Essais de Michel de Montaigne

Livre second

ÉDITION PRÉSENTÉE,
ÉTABLIE ET ANNOTÉE
PAR EMMANUEL NAYA,

Maître de conférences à l'Université Lumière Lyon 2

DELPHINE REGUIG,

Maître de conférences à l'Université Paris-Sorbonne (Paris IV)

ET ALEXANDRE TARRÊTE,

Maître de conférences à l'Université Paris-Sorbonne (Paris IV)

Gallimard

NOTE SUR L'ÉTABLISSEMENT DU TEXTE

Comme l'édition de Pierre Michel (Folio, 1965), dont elle prend la suite, cette nouvelle édition des *Essais* se fonde sur l'Exemplaire conservé à la Bibliothèque municipale de Bordeaux, qui comporte deux zones de texte bien distinctes : une partie imprimée (le texte de l'édition de 1588) et une partie manuscrite (les ajouts et corrections portés par Montaigne dans les marges après 1588). Nous avons choisi une police de caractères différente pour signaler la partie manuscrite : les ajouts et corrections portant au moins sur un mot entier ont ainsi été rendus immédiatement visibles ; les crochets signalent les passages restitués (tronqués par le massicot d'un relieur maladroit), pour lesquels on a eu recours au texte de l'édition posthume (1595).

Nous avons respecté la disposition typographique d'origine : absence d'alinéa dans le texte, italique sans alinéa pour la prose latine, et italique détaché et disposé en colonne centrée pour les vers. L'italique a été étendu aux citations en langues vivantes.

À la suite de Pierre Michel, nous avons modernisé les graphies et l'orthographe pour faciliter la lecture (à l'exception toutefois des noms propres, que Montaigne préférait conserver sous leur forme latine :

voir le chapitre « Des noms », I, 46). La syntaxe et les accords de la langue du XVIe siècle ont été conservés.

La ponctuation et ses corrections autographes ont été respectées, intégralement dans les parties imprimées, et au prix d'une restitution minimale dans les parties manuscrites (où elle était souvent très lacunaire). Montaigne emploie notamment la majuscule après une virgule ou après deux points, ce qui a pour effet de détacher un segment de phrase, de signaler une pause ou un élan nouveau dans la réflexion. La ponctuation du XVIe siècle ne donne pas aux deux points de valeur sémantique particulière (tandis qu'ils annoncent en général aujourd'hui une explication ou une conclusion), ils indiquent simplement une pause plus longue que le point-virgule (plus rare), et moins affirmée que le point. La virgule quant à elle a parfois un rôle rythmique, mais son usage est souvent lié à la syntaxe, d'une manière qui tranche avec les usages d'aujourd'hui : ainsi elle détache souvent la complétive et la principale, précédant un propos rapporté.

Une annotation abondante, en bas de page, explique les constructions et les mots difficiles ; elle propose également la traduction des passages en langue étrangère.

En fin de volume, une notice présente chaque chapitre ; des notes signalent les sources qui ont pu être utilisées par Montaigne, en renvoyant, par commodité, aux éditions d'aujourd'hui. Les références des citations sont rejetées en notes de fin, selon le choix de Montaigne sur ce point, qui ne donnait aucune référence en marge de son texte. Nous avons signalé les variantes antérieures ou postérieures les plus significatives (éditions de 1580 ou 1582, ou édition de 1595).

Essais
de
Michel de Montaigne

LIVRE SECOND

De l'inconstance de nos actions

Chap. premier

Ceux qui s'exercent à contrerôler[a] les actions humaines, ne se trouvent en aucune partie si empêchés, qu'à les rapiécer et mettre à même lustre[b] : car elles se contredisent communément de si étrange façon, qu'il semble impossible qu'elles soient parties de même boutique. Le jeune Marius se trouve tantôt fils de Mars, tantôt fils de Venus[1]. Le Pape Boniface huitième, entra, dit-on, en sa charge comme un renard, s'y porta[c] comme un lion, et mourut comme un chien[2]. Et qui croirait que ce fût Neron, cette vraie image de la cruauté, comme on lui présenta à signer, suivant le style[d], la sentence d'un criminel condamné, qui eût répondu : Plût à Dieu que je n'eusse jamais su écrire, tant le cœur lui serrait de condamner un homme à mort[3]. Tout est si plein de tels exemples : voire chacun en peut tant fournir à soi-même, que je trouve étrange, de voir quelquefois des gens d'entendement, se mettre en peine d'assortir ces pièces : vu que l'irrésolution me semble le plus commun et apparent vice de notre nature, témoin ce fameux verset[e] de Publius le farceur[f],

a. examiner – *b*. les rassembler et les mettre sous le même jour – *c*. comporta – *d*. l'usage – *e*. vers – *f*. l'auteur de farces

Malum consilium est, quod mutari non potest[a][1].
Il y a quelque apparence[b] de faire jugement d'un homme, par les plus communs traits de sa vie : mais vu la naturelle instabilité de nos mœurs et opinions, il m'a semblé souvent que les bons auteurs mêmes, ont tort de s'opiniâtrer à former de nous une constante et solide contexture. Ils choisissent un air universel et suivant cette image, vont rangeant et interprétant toutes les actions d'un personnage, et s'ils ne les peuvent assez tordre, les vont renvoyant à la dissimulation[c]. Auguste leur est échappé : car il se trouve en cet homme, une variété d'actions si apparente, soudaine, et continuelle, tout le cours de sa vie, qu'il s'est fait lâcher entier et indécis, aux plus hardis juges[d]. Je crois des hommes plus mal aisément la constance, que toute autre chose, et rien plus aisément que l'inconstance. Qui en jugerait en détail et distinctement pièce à pièce, rencontrerait plus souvent à dire vrai[e]. En toute l'ancienneté[f] il est malaisé de choisir une douzaine d'hommes, qui aient dressé leur vie à un certain et assuré train, qui[g] est le principal but de la sagesse : Car pour la comprendre toute en un mot, dit un ancien[2], et pour embrasser en une toutes les règles de notre vie, c'est vouloir, et ne vouloir pas toujours même chose. Je ne daignerais, dit-il, ajouter, pourvu que la volonté soit juste, car si elle n'est juste, il est impossible qu'elle soit toujours une. De vrai, j'ai autrefois appris que le vice, ce n'est que dérèglement et faute de mesure, et par conséquent, il est impossible d'y attacher la

a. « C'est une mauvaise décision, celle sur laquelle on ne peut revenir. » – *b*. raison – *c*. s'ils ne peuvent assez les conformer à leur propos, ils les accusent de mensonge – *d*. faute de certitude pleine, il a été relaxé par les juges les plus compétents – *e*. tomberait juste plus souvent – *f*. l'Antiquité – *g*. ce qui

constance. C'est un mot de Demosthenes, dit-on, que le commencement de toute vertu, c'est consultation[a] et délibération : et la fin et perfection, constance[1]. Si par discours nous entreprenions certaine voie[b], nous la prendrions la plus belle, mais nul n'y a pensé,

Quod petiit, spernit, repetit quod nuper omisit,
Æstuat, et vitæ disconvenit ordine toto[c2] :

Notre façon ordinaire c'est d'aller après les inclinations de notre appétit, à gauche, à dextre, contremont, contrebas[d], selon que le vent des occasions nous emporte : Nous ne pensons ce que nous voulons, qu'à l'instant que nous le voulons[3], et changeons comme cet animal, qui prend la couleur du lieu, où on le couche[4]. Ce que nous avons à cette heure proposé[e] nous le changeons tantôt, et tantôt encore retournons sur nos pas, ce n'est que branle[f] et inconstance,

Ducimur ut nervis alienis mobile lignum[g5].

Nous n'allons pas, on nous emporte, comme les choses qui flottent, ores[h] doucement, ores avec violence, selon que l'eau est ireuse[i] ou bonasse[j],

nonne videmus
Quid sibi quisque velit ne scire, et quærere semper,
Commutare locum quasi onus deponere possit[k6].

Chaque jour nouvelle fantaisie, et se meuvent nos humeurs avec les mouvements du temps,

Tales sunt hominum mentes, quali pater ipse
Juppiter auctifero lustravit lumine terras[l7].

a. examen – *b.* si par raisonnement nous choisissions une voie certaine – *c.* « Ce qu'il a demandé, il le dédaigne ; il cherche à nouveau ce que naguère il a abandonné ; il fluctue et ne met pas de suite dans l'ordre général de sa vie. » *d.* à droite, en haut, en bas – *e.* projeté – *f.* instabilité – *g.* « Nous sommes menés comme la marionnette de bois par des cordes étrangères. » – *h.* tantôt – *i.* irritée – *j.* calme – *k.* « Ne voyons-nous pas que l'homme ignore ce qu'il veut, qu'il est toujours en quête, qu'il change de lieu comme s'il pouvait déposer son fardeau ? » – *l.* « Les pensées des hommes varient suivant les rayons fécondants que

Nous flottons entre divers avis : nous ne voulons rien librement, rien absolument, rien constamment[1]. À qui aurait prescrit et établi certaines lois et certaine police[a] en sa tête, nous verrions tout par tout[b] en sa vie reluire une équalité de mœurs, un ordre, et une relation infaillible des unes choses aux autres. Empedocles remarquait cette difformité aux Agrigentins, qu'ils s'abandonnaient aux délices comme s'ils avaient l'endemain à mourir[c] et bâtissaient comme si jamais ils ne devaient mourir[2]. Le discours en serait bien aisé à faire, comme il se voit du jeune Caton[3] : qui en a touché une marche[d] a tout touché : c'est une harmonie de sons très accordants, qui ne se peut démentir. À nous au rebours, autant d'actions autant faut-il de jugements particuliers : Le plus sûr à mon opinion serait de les rapporter aux circonstances voisines, sans entrer en plus longue recherche, et sans en conclure autre conséquence. Pendant les débauches[e] de notre pauvre état[f], on me rapporta, qu'une fille bien près de là où j'étais, s'était précipitée du haut d'une fenêtre, pour éviter la force[g] d'un bélître de soldat son hôte : elle ne s'était pas tuée à la chute, et pour redoubler son entreprise, s'était voulu donner d'un couteau par la gorge, mais on l'en avait empêchée, toutefois après s'y être bien fort blessée : Elle-même confessait que le soldat ne l'avait encore pressée que de requêtes, sollicitations, et présents, mais qu'elle avait eu peur, qu'enfin il en vînt à la contrainte : Et là-dessus les paroles, la contenance, et ce sang témoin de sa vertu à la vraie façon d'une autre Lucrece[4]. Or j'ai su à la vérité, qu'avant et depuis elle avait été garce de non si difficile composition[h]. Comme dit le conte[5], tout

---

le Père lui-même, Jupiter, répand sur la terre. » – *a.* certain ordre – *b.* absolument partout – *c.* devaient mourir le lendemain – *d.* touche d'un clavier – *e.* troubles – *f.* État – *g.* violence – *h.* fille moins résistante

beau et honnête que vous êtes, quand vous aurez failli votre pointe[a], n'en concluez pas incontinent une chasteté inviolable en votre maîtresse, ce n'est pas à dire que le muletier n'y trouve son heure. Antigonus ayant pris en affection un de ses soldats, pour sa vertu et vaillance, commanda à ses médecins de le panser[b] d'une maladie longue et intérieure, qui l'avait tourmenté longtemps : et s'apercevant après sa guérison, qu'il allait beaucoup plus froidement aux affaires, lui demanda qui[c] l'avait ainsi changé et encouardi : Vous-même, Sire, lui répondit-il, m'ayant déchargé des maux, pour lesquels je ne tenais compte de ma vie[1]. Le soldat de Lucullus ayant été dévalisé par les ennemis, fit sur eux pour se revancher[d] une belle entreprise[2] : quand il se fut remplumé de[e] sa perte, Lucullus l'ayant pris en bonne opinion l'employait à quelque exploit hasardeux, par toutes les plus belles remontrances, de quoi il se pouvait aviser,

Verbis quæ timido quoque possent addere mentem[f][3].

Employez-y, répondit-il, quelque misérable soldat dévalisé,

quantumvis rusticus ibit,
Ibit eo, quo vis, qui zonam perdidit, inquit[g][4].

Et refusa résolument d'y aller. Quand nous lisons que Mechmet[5] ayant outrageusement rudoyé Chasan, chef de ses janissaires, de [ce] qu'il voyait sa troupe enfoncée par les Hongres et lui se porter[h] lâchement au combat, Chasan alla, pour toute réponse, se ruer furieusement, seul, en l'état qu'il était, les armes au poing, dans le premier corps des ennemis se présenta, où il fut soudain englouti : ce n'est à l'aventure[i] pas tant justification que ravisement, ni tant sa

a. échoué dans votre entreprise – *b.* soigner – *c.* ce qui – *d.* prendre sa revanche – *e.* il eut recouvré – *f.* « En termes propres à inspirer du courage même à un lâche. » – *g.* « Tout grossier qu'il était : il ira, dit-il, il ira là où tu veux, celui qui a perdu sa bourse. » – *h.* comporter – *i.* peut-être

prouesse naturelle qu'un nouveau dépit. Celui que vous vîtes hier si aventureux[a], ne trouvez pas étrange de le voir aussi poltron le lendemain : ou la colère, ou la nécessité, ou la compagnie, ou le vin, ou le son d'une trompette lui avait mis le cœur au ventre : ce n'est un cœur ainsi formé par discours[b] : ces circonstances le lui ont fermi[c], ce n'est pas merveille, si le voilà devenu autre par autres circonstances contraires. Cette variation et contradiction qui [se] voit en nous, si souple, a fait que aucuns[1] nous songent deux âmes[d], d'autres deux puissances qui nous accompagnent et agitent chacune à sa mode vers le bien l'une, l'autre vers le mal. Une si brusque diversité ne se pouvant bien assortir à un sujet simple. Non seulement le vent des accidents[e] me remue selon son inclination, mais en outre, je me remue et trouble moi-même par l'instabilité de ma posture : et qui y regarde primement[f], ne se trouve guère deux fois en même état. Je donne à mon âme, tantôt un visage, tantôt un autre, selon le côté où je la couche. Si je parle diversement de moi, c'est que je me regarde diversement. Toutes les contrariétés[g] s'y trouvent, selon quelque tour, et en quelque façon. Honteux[h] insolent, chaste luxurieux[i], bavard taciturne, laborieux[j] délicat, ingénieux hébété, chagrin débonnaire, menteur véritable[k], savant ignorant et libéral et avare et prodigue, tout cela, je le vois en moi aucunement[l], selon que je me vire[m] : et quiconque s'étudie bien attentivement, trouve en soi, voire et[n] en son jugement même, cette volubilité[o], et discordance. Je n'ai rien à dire de moi, entièrement[p], simplement, et

a. intrépide – *b.* réflexion approfondie – *c.* affermi – *d.* certains imaginent en nous – *e.* événements – *f.* exactement – *g.* contradictions – *h.* timide – *i.* adonné à la luxure – *j.* dur à la peine – *k.* véridique – *l.* en quelque manière – *m.* je me tourne – *n.* et même – *o.* mobilité – *p.* sans réserve

solidement, sans confusion et sans mélange, ni en un mot. *Distingo*[a], est le plus universel membre[b] de ma Logique. Encore que je sois toujours d'avis de dire du bien le bien[c], et d'interpréter plutôt en bonne part les choses qui le peuvent être, si est-ce que[d] l'étrangeté de notre condition, porte[e] que nous soyons souvent par le vice même poussés à bien faire, si le bien faire ne se jugeait par la seule intention. Par quoi un fait courageux ne doit pas conclure[f] un homme vaillant : celui qui le serait bien à point[g], il le serait toujours, et à toutes occasions. Si c'était une habitude de vertu, et non une saillie[h], elle rendrait un homme pareillement résolu à tous accidents, tel seul, qu'en compagnie : tel en camp clos[i], qu'en une bataille : car quoi qu'on die, il n'y a pas autre vaillance sur le pavé et autre au camp[j]. Aussi courageusement porterait-il[k] une maladie en son lit, qu'une blessure au camp, et ne craindrait non plus la mort en sa maison qu'en un assaut. Nous ne verrions pas un même homme, donner dans la brèche[l] d'une brave assurance, et se tourmenter après, comme une femme, de la perte d'un procès ou d'un fils. Quand étant lâche à l'infamie[m], il est [ferme] à la pauvreté. Quand étant mol entre les rasoirs des barbiers[n], il se trouve roide contre les épées des adversaires, l'action est louable, non [pas] l'homme[1]. Plusieurs grecs, dit Cicero[2], ne peuvent voir les ennemis et se trouvent constants [aux] maladies. Les Cimbres et Celtibériens tout le rebours. *Nihil enim potest esse æquabile quod non a certa ratione proficiscatur*[o]. Il n'est point de vaillance

a. « Je distingue » : terme d'argumentation scolastique – *b.* article – *c.* reconnaître le bien de ce qui est bien – *d.* toujours est-il que – *e.* entraîne que – *f.* faire conclure – *g.* exactement – *h.* mouvement soudain – *i.* champ clos, lieu du duel – *j.* il n'y a pas deux vaillances différentes, l'une dans la rue et l'autre au combat – *k.* supporterait-il – *l.* charger en première ligne – *m.* acceptant lâchement le déshonneur – *n.* lancettes des chirurgiens – *o.* « rien en effet ne peut être stable, qui

plus extrême en son espèce, que celle d'Alexandre : mais elle n'est qu'en espèce[a] : ni assez pleine partout, et[b] universelle : Toute incomparable qu'elle est si[c] a-elle encore ses taches. Qui[d] fait que nous le voyons se troubler si éperdument aux plus légères[e] soupçons qu'il prend des machinations des siens contre sa vie, et se porter en cette recherche d'une si véhémente, et indiscrète[f] injustice, et d'une crainte qui subvertit sa raison naturelle : La superstition aussi de quoi il était si fort atteint, porte quelque image de pusillanimité. Et l'excès de la pénitence qu'il fit du meurtre de Clytus est aussi témoignage de l'inégalité de son courage[1]. Notre fait, ce ne sont que pièces rapportées, *voluptatem contemnunt in dolore sunt molliores gloriam negligunt, franguntur infamia*[g][2], et voulons acquérir un honneur à fausses enseignes[h]. La vertu ne veut être suivie que pour elle-même, et si on emprunte parfois son masque pour autre occasion[i], elle nous l'arrache aussitôt du visage. C'est une vive et forte teinture, quand l'âme en est une fois abreuvée[j], et qui ne s'en va qu'elle n'emporte la pièce[k]. Voilà pourquoi pour juger d'un homme, il faut suivre longuement et curieusement[l] sa trace : Si la constance ne s'y maintient de son seul fondement, *cui vivendi via considerata atque provisa est*[m][3], si la variété des occurrences[n] lui fait changer de pas, (je dis[o] de voie, car le pas s'en peut ou hâter, ou appesantir) laissez-le courre[p] : celui-là s'en va à vau le vent[q], comme dit la devise de notre

---

ne procède d'un principe ferme. » – *a.* ce n'est qu'une espèce de vaillance – *b.* ni assez – *c.* pourtant – *d.* ce qui – *e.* légers – *f.* immodérée – *g.* « Ils méprisent le plaisir mais sont lâches dans la souffrance ; ils dédaignent la gloire mais sont abattus par le déshonneur » – *h.* avec de fausses garanties – *i.* cause – *j.* une fois que l'âme en est abreuvée – *k.* tout le morceau – *l.* soigneusement – *m.* « pour celui qui a examiné et choisi le chemin de sa vie » – *n.* circonstances – *o.* je veux dire – *p.* courir – *q.* au gré du vent

Talebot[1]. Ce n'est pas merveille, dit un ancien[2], que le hasard puisse tant sur nous, puisque nous vivons par hasard. À qui n'a dressé en gros sa vie à une certaine fin[a], il est impossible de disposer les actions particulières. Il est impossible de ranger les pièces, à qui n'a une forme du total en sa tête. À quoi[b] faire la provision des couleurs, à qui ne sait ce qu'il a à peindre. Aucun ne fait certain dessein de sa vie, et n'en délibérons qu'à parcelles[d]. L'archer doit premièrement savoir où il vise, et puis y accommoder la main, l'arc, la corde, la flèche, et les mouvements. Nos conseils fourvoient[e], parce qu'ils n'ont pas d'adresse[f] et de but. Nul vent fait[f] pour celui qui n'a point de port destiné. Je ne suis pas d'avis de ce jugement qu'on fit pour Sophocles, de l'avoir argumenté suffisant au maniement des choses domestiques[g], contre l'accusation de son fils, pour avoir vu l'une de ses tragédies[3]. Ni ne trouve [la] conjecture des Pariens[4], envoyés pour réformer les Milésiens, suffisante à [la] conséquence qu'ils en tirèrent. Visitant l'île, ils remarquaient les terres mieux cultivées et [maisons] champêtres mieux gouvernées et ayant enregistré le nom des [maîtres] d'icelles, comme[h] ils eurent fait l'[assemblée] des citoyens en la ville, ils nommèrent ces maîtres-là pour nouveaux gouverneurs et magistrats : jugeant [que] soigneux de leurs affaires privées, ils le seraient des publiques. Nous sommes tous de lopins[i], et d'une contexture si informe et diverse, que chaque pièce, chaque moment, fait son jeu[j]. Et se trouve autant de différence de nous à nous-mêmes, que de nous à autrui. *Magnam rem puta unum hominem*

a. ordonné sa vie globalement à une fin déterminée – *b.* dans quel intérêt – *c.* n'en décidons que pour d'infimes points – *d.* nos projets échouent – *e.* direction – *f.* n'agit – *g.* jugé apte à l'administration des affaires privées – *h.* quand – *i.* faits de lopins – *j.* joue son propre jeu

agere[a][1]. Puisque l'ambition peut apprendre aux hommes, et la vaillance, et la tempérance, et la libéralité, voire et[b] la justice : puisque l'avarice peut planter au courage[c] d'un garçon de boutique, nourri à[d] l'ombre et à l'oisiveté, l'assurance de se jeter si loin du foyer domestique, à la merci des vagues et de Neptune courroucé dans un frêle bateau, et qu'elle apprend encore la discrétion[e] et la prudence[f] : et que Venus même fournit de[g] résolution et de hardiesse la jeunesse encore sous la discipline et la verge, et gendarme[h] le tendre cœur des pucelles au giron de leurs mères :

Hac duce custodes furtim transgressa jacentes
Ad Juvenem tenebris sola puella venit[i][2],

ce n'est pas tour de rassis[j] entendement de nous juger simplement par nos actions de dehors, il faut sonder jusqu'au dedans, et voir par quels ressorts se donne le branle : mais d'autant que[k] c'est une hasardeuse et haute entreprise, je voudrais que moins de gens s'en mêlassent.

a. « Pense que c'est une grande chose de jouer toujours le même homme. » – *b*. et même – *c*. cœur – *d*. éduqué dans – *e*. discernement – *f*. sagesse – *g*. pourvoit en – *h*. aguerrit – *i*. « Sous sa conduite [celle de Vénus], la jeune fille passe furtivement parmi ses gardiens endormis, et seule, dans les ténèbres, va trouver le jeune homme » – *j*. bien établi – *k*. parce que

De l'ivrognerie

CHAP. II

Le monde n'est que variété et dissemblance. Les vices sont tous pareils en ce qu'ils sont tous vices, et de cette façon l'entendent à l'aventure[a] les Stoïciens[1]. Mais encore qu'ils soient également vices, ils ne sont pas égaux vices : Et que celui qui a franchi de cent pas les limites,

Quos ultra citraque nequit consistere rectum[b2],

ne soit de pire condition, que celui qui n'en est qu'à dix pas, il n'est pas croyable : Et que le sacrilège ne soit pire que le larcin d'un chou de notre jardin :

Nec vincet ratio, tantumdem ut peccet, idemque,
Qui teneros caules alieni fregerit horti,
Et qui nocturnus divum sacra legerit[c3].

Il y a autant en cela de diversité qu'en aucune[d] autre chose. La confusion de l'ordre et mesure des péchés, est dangereuse. Les meurtriers, les traîtres, les tyrans, y ont trop d'acquêt[e] : Ce n'est pas raison que leur conscience se soulage, sur ce, que tel autre ou est oisif, ou est lascif, ou moins assidu à la dévotion : Chacun

a. peut-être – *b.* « Au-delà et en deçà desquelles ne peut se trouver le bien » – *c.* « Et la raison ne persuadera pas qu'arracher de jeunes choux dans le jardin d'autrui soit une faute de même importance et nature que de piller la nuit le sanctuaire des dieux. » – *d.* n'importe quelle – *e.* profit

pèse sur[a] le péché de son compagnon, et élève[b] le sien. Les instructeurs[c] mêmes les rangent souvent mal à mon gré. Comme Socrates disait que le principal office[d] de la sagesse était distinguer les biens et les maux[1] : Nous autres à qui le meilleur est toujours en vice[e], devons dire de même, de la science de distinguer les vices : sans laquelle bien exacte le vertueux et le méchant demeurent mêlés et inconnus. Or l'ivrognerie entre les autres, me semble un vice grossier et brutal. L'esprit a plus de part ailleurs : et il y a des vices, qui ont je ne sais quoi de généreux[f], s'il le faut ainsi dire. Il y en a où la science se mêle, la diligence, la vaillance, la prudence[g], l'adresse et la finesse : cettui-ci est tout corporel et terrestre. Aussi la plus grossière nation de celles qui sont aujourd'hui[2], est celle-là seule qui le tient en crédit. Les autres vices altèrent l'entendement : cettui-ci le renverse : et étonne[h] le corps :

cum vini vis penetravit
Consequitur gravitas membrorum, præpediuntur
Crura vacillanti, tardescit lingua, madet mens
Nant oculi, clamor, singultus, jurgia gliscunt[i][3].

Le pire état de l'homme, c'est quand il perd la connaissance et gouvernement de soi. Et en dit-on entre autres choses, que comme le moût bouillant dans un vaisseau[j], pousse à mont[k] tout ce qu'il y a dans le fond : aussi le vin fait débonder les plus intimes secrets, à ceux qui en ont pris outre mesure[4],

tu sapientium
Curas, et arconum jocoso
Consilium retegis Liæo[l5].

a. aggrave – *b.* allège – *c.* maîtres – *d.* rôle – *e.* chez qui le meilleur appartient encore au vice – *f.* noble – *g.* sagesse – *h.* ébranle – *i.* « Quand la force du vin l'a pénétré, il en résulte une lourdeur des membres, les jambes sont embarrassées et vacillantes, la langue est engourdie, l'esprit est amolli, les regards sont flottants ; il se répand en cris, hoquets, altercations. » – *j.* cuve – *k.* en haut – *l.* « C'est toi qui dévoiles,

Josephe[1] conte qu'il tira le ver du nez à un certain ambassadeur que les ennemis lui avaient envoyé, l'ayant fait boire d'autant[a]. Toutefois Auguste[2] s'étant fié à Lucius Piso, qui conquit la Trace, des plus privés affaires[b] qu'il eût, ne s'en trouva jamais mécompté[c] : ni Tyberius de Cossus, à qui il se déchargeait de tous ses conseils[d] : quoique nous les sachions avoir été si fort sujets au vin, qu'il en a fallu rapporter souvent du sénat, et l'un et l'autre ivre,

Externo inflatum venas de more Lyæo[e3].

Et commit-on aussi fidèlement[f] qu'à Cassius buveur d'eau, à Cimber le dessein de tuer Cæsar : quoi qu'il s'enivrât souvent. D'où il répondit plaisamment. Que je portasse[g] un tyran, moi qui ne puis porter le vin ! Nous voyons nos Allemands[h] noyés dans le vin, se souvenir de leur quartier, du mot[i], et de leur rang,

nec facilis victoria de madidis, et
Blæsis, atque mero titubantibus[j4].

Je n'eusse pas cru d'ivresse si profonde, étouffée et ensevelie si je n'eusse lu ceci dans les histoires[k]. Qu'Attalus ayant convié à souper pour lui faire une notable indignité, ce Pausanias qui sur ce même sujet[l] tua depuis Philippus Roi de Macedoine : Roi portant par ses belles qualités témoignage de la nourriture[m] qu'il avait prise en la maison et compagnie d'Epaminondas : il le fit tant boire qu'il put abandonner sa beauté insensiblement[n], comme le corps d'une putain buissonnière[o], aux muletiers et nombre d'abjects serviteurs de sa maison[5]. Et ce que m'apprit une dame[6] que j'honore et prise singulièrement, que près de Bourdeaus, vers Castres où est sa

---

dans la joie de Bacchus, les soucis des sages et les desseins secrets. » – *a.* autant qu'il pouvait – *b.* privées affaires – *c.* déçu – *d.* à qui il confiait toutes ses décisions – *e.* « Les veines gonflées, comme de coutume, du vin absorbé » – *f.* l'on confia avec autant de confiance – *g.* supportasse – *h.* mercenaires allemands – *i.* mot de passe pour le guet – *j.* « et la victoire n'est pas facile à remporter sur eux, pourtant ivres, bégayant et titubant sous l'empire de l'ivresse. » – *k.* les écrits des historiens – *l.* pour la même raison – *m.* l'éducation – *n.* sans le sentir – *o.* libertine

maison, une femme de village, veuve, de chaste réputation, sentant les premiers ombrages[a] de grossesse, disait à ses voisines qu'elle penserait être enceinte si elle avait un mari. Mais du jour à la journée[b] croissant l'occasion[c] de ce soupçon et enfin jusques à l'évidence, elle en vint là de faire déclarer au prône[d] de son église que, qui serait consent de[e] ce fait, en l'avouant, elle promettait de le lui pardonner et s'il le trouvait bon, de l'épouser. Un sien jeune valet de labourage, enhardi de cette proclamation, déclara l'avoir trouvée, un jour de fête, ayant bien largement pris son vin, si profondément endormie près de son foyer et si indécemment, qu'il s'en était pu servir sans l'éveiller. Ils vivent encore mariés ensemble. Il est certain que l'antiquité, n'a pas fort décrié ce vice : Les écrits mêmes de plusieurs Philosophes en parlent bien mollement : Et jusques aux Stoïciens, il y en a qui[1] conseillent de se dispenser quelquefois à boire d'autant[f], et de s'enivrer pour relâcher l'âme :

Hoc quoque virtutum quondam certamine, magnum
Socratem palmam promeruisse ferunt[g][2].

Ce censeur et correcteur des autres Caton[3], a été reproché[h] de bien boire,

Narratur et prisci Catonis
Sæpe mero caluisse virtus[i][4].

Cyrus Roi tant renommé, allègue entre ses autres louanges, pour se préférer à son frère[j] Artaxerxes, qu'il savait beaucoup mieux boire que lui[5]. Et ès nations les mieux réglées, et policées[k], cet essai de boire d'autant, était fort en usage. J'ai ouï dire à Silvius[6] excellent médecin de Paris, que pour garder[l] que les forces de notre estomac ne s'apparessent[m], il

a. signes – *b.* de jour en jour – *c.* motif – *d.* à la chaire – *e.* reconnaîtrait – *f.* en rivalisant – *g.* « Dans cet assaut de vertus aussi, rapporte la tradition, le grand Socrate remporta jadis la palme. » – *h.* accusé – *i.* « On raconte que le vieux Caton aussi réchauffait souvent sa vertu dans le vin. » – *j.* s'attribuer la supériorité sur son frère – *k.* dans les nations les mieux ordonnées et gouvernées – *l.* empêcher – *m.* deviennent paresseuses

est bon une fois le mois les éveiller par cet excès, et les piquer pour les garder de s'engourdir. Et écrit-on[1] que les Perses après le vin consultaient de leurs principaux affaires[a]. Mon goût et ma complexion est plus ennemie[b] de ce vice, que mon discours : Car outre ce que je captive aisément mes créances[c] sous l'autorité des opinions anciennes[d] : je le trouve bien un vice lâche et stupide, mais moins malicieux[e] et dommageable que les autres : qui choquent quasi tous de plus droit fil[f] la société publique. Et si[g] nous ne pouvons nous donner du plaisir, qu'il ne nous coûte quelque chose, comme ils tiennent[h], je trouve que ce vice coûte moins à notre conscience que les autres : Outre ce[i] qu'il n'est point de difficile apprêt, et malaisé à trouver : considération non méprisable. Un homme avancé en dignité et en âge, entre trois principales commodités[j] qu'il me disait lui rester [en] la vie, comptait cette-ci. Mais il la [prenait][k] mal. La délicatesse y est à [fuir] et le soigneux triage[l] du vin. Si vous fondez votre volupté à le boire [agréable], vous vous obligez à la douleur de [le] boire parfois désagréable. Il faut avoir le goût plus lâche et plus libre. [Pour] être bon buveur il ne faut le [palais] si tendre. Les Allemands boivent quasi également de tout vin avec plaisir. Leur fin c'est l'avaler plus que le goûter. Ils en ont bien meilleur [marché][m]. Leur volupté est bien plus [plantureuse] et plus en main[n]. Secondement boire à la française à deux repas et modérément, en crainte de [sa] santé, c'est trop restreindre les faveurs de ce Dieu[2]. Il y faut plus [de] temps et de constance. Les anciens franchissaient des nuits entières à [cet] exercice et y attachaient souvent [les] jours. Et si[o] faut dresser son ordinaire [plus] large et plus ferme. J'ai vu un grand

a. principales affaires – *b.* sont plus ennemis – *c.* outre le fait que j'assujettis facilement mes opinions – *d.* à l'autorité des opinions des Anciens – *e.* malfaisant – *f.* en plus droite ligne – *g.* et pourtant – *h.* sans qu'il nous en coûte quelque chose, comme on le croit – *i.* outre le fait – *j.* agréments – *k.* concevait – *l.* choix – *m.* en obtiennent bien meilleur compte – *n.* elle est plus à leur portée – *o.* pourtant

seigneur de mon temps, personnage de hautes entreprises et [fameux] succès, qui sans effort et [au] train de ses repas communs ne buvait guère moins de [cinq] lots[a] de vin. Et ne se montrait [au] partir[b] de là que trop sage et [avisé] aux dépens de[c] nos affaires. Le plaisir, duquel nous voulons tenir compte au [cours] de notre vie, doit en employer plus d'espace[d]. Il faudrait comme des garçons de boutique et gens de travail[e] ne refuser nulle occasion de boire et avoir ce désir toujours en tête. Il semble que tous les jours, nous raccourcissons l'usage de cettui-ci. Et qu'en nos maisons comme j'ai vu en mon enfance, les déjeuners, les ressiners[f] et les collations fussent bien plus fréquentes[g] et ordinaires qu'à présent. Serait-ce qu'en quelque chose nous allassions vers l'amendement ? Vraiment non. Mais c'est que nous nous sommes beaucoup plus jetés à la paillardise que nos pères. Ce sont deux occupations qui s'entr'empêchent en leur vigueur. Elle a affaibli notre estomac d'une part, et d'autre part la sobriété sert à nous rendre plus coints[h], plus damerets[i] pour l'exercice de l'amour. C'est merveille des contes que j'ai ouï faire à mon père de la chasteté de son siècle. C'était à lui d'en dire : étant très avenant, et par art et par nature, à l'usage des dames. Il parlait peu et bien : et si[j] mêlait son langage de quelque ornement des livres vulgaires[k] : surtout Espagnols et entre les Espagnols lui était ordinaire celui qu'ils nomment Marc Aurelle[1]. La contenance il l'avait d'une gravité douce, humble et très modeste. Singulier soin de l'honnêteté et décence de sa personne et de ses habits soit à pied, soit [à] cheval. Monstrueuse foi[l] en ses paroles : et une conscience et religion en général penchant plutôt vers la superstition que vers [l'autre] bout. Pour un homme de petite taille, plein de vigueur, et d'une stature droite et bien proportionnée. D'un visage agréable tirant sur le brun. Adroit et exquis en tous nobles exercices[m]. J'ai vu encore des cannes farcies de plomb desquelles

a. vingt pintes – *b.* sortir – *c.* aux dépens des intérêts – *d.* de temps – *e.* hommes de peine – *f.* goûters – *g.* fréquents – *h.* galants – *i.* élégants – *j.* pourtant – *k.* écrits en langue vulgaire – *l.* prodigieuse loyauté – *m.* brillant dans tous les exercices de la noblesse

on dit qu'il exerçait ses bras pour se préparer à ruer[a] la barre ou la pierre, ou à[b] l'escrime : et des souliers aux semelles plombées pour s'alléger au courir et [à sauter. Du prim]saut[c], il a laissé en mémoire des petits miracles. Je l'ai vu par-delà soixante ans [se moquer de nos allégresses[d], se jeter avec sa] robe fourrée sur un cheval : faire le tour de la table sur son pouce[e] : ne monter guère en sa chambre sans s'élancer trois ou quatre degrés à la fois[f]. Sur mon propos, il disait qu'en toute une province à peine y avait-il une femme de qualité qui fût mal nommée[g]. Récitait des étranges privautés, nommément siennes[h], avec des honnêtes femmes sans soupçon quelconque. Et de soi, jurait saintement être venu vierge à son mariage. Et si avait eu fort longue part aux guerres delà les monts[i] desquelles il nous a laissé de sa main un papier journal[j] suivant point par point ce qui s'y passa, et pour le public et pour son privé[k]. Aussi se maria-il bien avant en âge, l'an 1528 qui était son trente-troisième, retournant d'Italie. Revenons à nos bouteilles. Les incommodités de la vieillesse, qui ont besoin de quelque appui et rafraîchissement[l], pourraient m'engendrer avec raison désir de cette faculté : Car c'est quasi le dernier plaisir que le cours des ans nous dérobe. La chaleur naturelle, disent les bons compagnons, se prend premièrement aux pieds : celle-là touche l'enfance. De là elle monte à la moyenne région, où elle se plante longtemps, et y produit, selon moi, les seuls vrais plaisirs de la vie corporelle : les autres voluptés dorment au prix[m]. Sur la fin, à la mode d'une vapeur qui va montant et s'exhalant, elle arrive au gosier, où elle fait sa dernière pose. Je ne puis pourtant entendre

a. lancer – *b.* se préparer à – *c.* saut d'un seul élan – *d.* tours d'agilité – *e.* sauter par-dessus la table en s'appuyant sur son pouce – *f.* sans sauter trois ou quatre marches à la fois – *g.* une femme noble, qui ne méritât pas cette dignité – *h.* racontait d'étonnantes liaisons, particulièrement les siennes – *i.* pourtant il avait longtemps participé aux guerres d'Italie – *j.* journal – *k.* du point de vue politique et du point de vue personnel – *l.* réparation – *m.* en comparaison

comment on vienne à allonger le plaisir de boire outre la soif, et se forger en l'imagination un appétit artificiel, et contre nature. Mon estomac n'irait pas jusque-là : il est assez empêché à[a] venir à bout de ce qu'il prend pour son besoin. Ma constitution est [de] ne faire cas de boire que pour la [suite] du manger[b]. Et bois à cette cause[c] le dernier coup quasi toujours le [plus] grand[1]. Anacharsis s'étonnait que les grecs bussent sur la fin du repas en plus grands verres que au commencement[2]. C'était, comme je pense, pour là même raison que les Allemands le font qui commencent lors le combat à boire [d'autant][d]. Platon défend aux enfants de boire vin avant dix-huit ans [et] avant quarante de s'enivrer[3], mais à ceux qui ont passé les quarante, [il] ordonne de s'y plaire et mêler largement en leurs convives[e] l'influence de Dionisius, ce bon dieu qui redonne aux hommes la gaieté et la jeunesse aux vieillards. Qui adoucit et amollit les passions de l'âme comme le fer s'amollit par le feu. Et en ses lois trouve telles assemblées à boire pourvu qu'il y ait un chef de bande à[f] les contenir et régler utiles : l'ivresse étant une bonne épreuve et certaine de la nature d'un chacun. Et quand et quand[g] propre à donner aux personnes d'âge le courage [de] s'ébaudir[h] en danses et en la musique, choses utiles et qu'ils n'osent entreprendre en sens rassis. Que le vin est capable de fournir à l'âme de la tempérance, au corps de la santé[4]. Toutefois ces restrictions en partie empruntées des Carthaginois lui plaisent. Qu'on s'en épargne[i] en expédition de guerre. Que tout magistrat et tout juge s'en abstienne sur le point d'exécuter sa charge et de consulter[j] des affaires publiques. Qu'on n'y emploie le [jour], temps dû à d'autres occupations, ni celle[k] nuit qu'on destine à faire des enfants. Ils disent[5] que le philosophe Stilpo aggravé[l] de vieillesse hâta sa fin à escient[m] par le breuvage[n] de vin pur. Pareille cause mais non du propre dessein[o],

a. a assez de mal à – *b.* mon règlement est de ne boire que pour accompagner le repas – *c.* pour cette raison – *d.* à qui mieux mieux – *e.* banquets – *f.* pour – *g.* en même temps – *h.* s'égayer – *i.* s'en abstienne – *j.* délibérer – *k.* cette – *l.* accablé – *m.* sciemment – *n.* action de boire – *o.* non de sa propre volonté

suffoqua[a] aussi les forces abattues par l'âge du philosophe Arcesilaus. Mais c'est une vieille et plaisante question, si l'âme du sage serait pour se rendre à la force du vin[1],

Si munitæ adhibet vim sapientiæ[b][2].

À combien de vanité nous pousse cette bonne opinion, que nous avons de nous : La plus réglée âme du monde n'a que trop affaire à se tenir en pieds[c], et à se garder de ne s'emporter par terre de sa propre faiblesse. De mille il n'en est pas une qui soit droite et rassise[d] un instant de sa vie : Et se pourrait mettre en doute, si selon sa naturelle condition elle y pût jamais être. Mais d'y joindre la constance, c'est sa dernière perfection. Je dis quand rien ne la choquerait, ce que mille accidents peuvent faire. Lucrece, ce grand poète a beau Philosopher et se bander[e], le voilà rendu insensé par un breuvage amoureux[3]. Pensent-ils qu'une Apoplexie n'étourdisse aussi bien Socrates, qu'un portefaix. Les uns ont oublié leur nom même par la force d'une maladie, et une légère blessure a renversé le jugement à d'autres. Tant sage qu'il voudra, mais enfin c'est un homme : qu'est-il plus caduc[f], plus misérable, et plus de néant ? La sagesse ne force[g] pas nos conditions naturelles :

Sudores itaque et pallorem existere toto
Corpore, et infringi linguam, vocemque aboriri,
Caligare oculos, sonore aures, succidere artus,
Denique concidere ex animi terrore videmus[h][4].

Il faut qu'il cille les yeux au coup qui le menace : il faut qu'il frémisse planté au bord d'un précipice comme

a. étouffa – *b*. « S'il fait violence à une sagesse bien fortifiée. » – *c*. sur ses pieds – *d*. bien établie – *e*. se concentrer – *f*. faible – *g*. vainc – *h*. « C'est ainsi que nous voyons la sueur et la pâleur se répandre sur tout le corps, la langue s'embarrasser, la voix s'éteindre, la vue s'obscurcir, les oreilles bourdonner, les membres fléchir, enfin tout s'effondrer sous l'effet de la terreur. »

un enfant : Nature ayant voulu se réserver ces légères marques de son autorité inexpugnables à notre raison et à la vertu Stoïque pour lui apprendre sa mortalité et notre fadaise[a]. Il pâlit à la peur, il rougit à la honte : il se plaint à l'estrette[b] d'une verte colique, sinon d'une voix désespérée et éclatante, au moins d'une voix casse[c] et enrouée,

Humani a se nihil alienum putet[d1].

Les poètes, qui feignent tout à leur poste[e], n'osent pas décharger, seulement des larmes, leurs héros,

Sic fatur lachrymans, classique immittit habenas[f2].

Lui suffise de brider et modérer ses inclinations, car de les emporter, il n'est pas en lui[g]. Cetui même notre Plutarque, si parfait et excellent juge des actions humaines, à voir Brutus et Torquatus tuer leurs enfants, est entré en doute si la vertu pouvait donner jusque-là : et si ces personnages n'avaient pas été plutôt agités par quelque autre passion[3]. Toutes actions hors les bornes ordinaires sont sujettes à sinistre[h] interprétation, d'autant que notre goût n'advient non plus à[i] ce qui est au-dessus de lui, qu'à ce qui est au-dessous. Laissons cette autre secte faisant expresse profession de fierté[4]. Mais quand en la secte même estimée la plus molle[5] nous oyons ces vantances[j] de [Metrodorus]. *Occupavi te Fortuna atque cepi : omnesque aditus [tuos] interclusi, ut ad me aspirare non posses*[k6]. Quand Anaxarchus par l'ordonnance [de] Nicocreon tyran de Cypre[l], couché dans un vaisseau[m] de pierre [et] assommé à coups de mail[n] de fer ne cesse de dire. Frappez, rompez : ce n'est pas Anaxarchus, c'est son étui que vous pilez[7]. Quand

a. sottise – *b.* à l'attaque – *c.* cassée – *d.* « Qu'il pense que rien d'humain ne lui est étranger. » – *e.* imaginent tout à leur convenance – *f.* « Il parle ainsi en pleurant, et lâche les rênes à sa flotte. » – *g.* de les faire disparaître, cela ne dépend pas de lui – *h.* défavorable – *i.* ne s'adapte non plus à – *j.* vantardises – *k.* « Je t'ai devancée, Fortune, et je t'ai surprise ; j'ai coupé toutes tes voies d'accès de sorte que tu ne puisses m'atteindre. » – *l.* Chypre – *m.* cuve – *n.* maillet

nous oyons nos martyrs, crier au Tyran au milieu de la flamme, C'est assez rôti de ce côté-là, hache-le, mange-le, il est cuit, recommence de l'autre[1]. Quand nous oyons en Josephe[2] cet enfant tout déchiré des tenailles mordantes, et percé des alênes[a] d'Antiochus, le défier encore, criant d'une voix ferme et assurée : Tyran tu perds temps, me voici toujours à mon aise : Où est cette douleur, où sont ces tourments, de quoi tu me menaçais ? N'y sais-tu que ceci ? Ma constance te donne plus de peine, que je n'en sens de ta cruauté : Ô lâche belître tu te rends, et je me renforce : Fais-moi plaindre[b], fais-moi fléchir, fais-moi rendre si tu peux. Donne courage à tes satellites[c], et à tes bourreaux. Les voilà défaillis de cœur, ils n'en peuvent plus : arme-les, acharne-les[d]. Certes il faut confesser qu'en ces âmes-là, il y a quelque altération, et quelque fureur, tant sainte soit-elle. Quand nous arrivons à ces saillies[e] Stoïques, j'aime mieux être furieux[f] que voluptueux, mot d'Antisthenes, Μανειεῖν μᾶλλον ἢ ᾑθείειν[3]. Quand Sextius nous dit, qu'il aime mieux être enferré[g] de la douleur que de la volupté : Quand Epicurus[4] entreprend de se faire mignarder à[h] la goutte, et refusant le repos et la santé, que de gaieté de cœur il défie les maux. Et méprisant les douleurs moins âpres, dédaignant les lutter[i], et les combattre, qu'il en appelle et désire des fortes, poignantes, et dignes de lui,

Spumantemque dari pecora inter inertia votis
Optat aprum, aut fulvum descendere monte leonem[j][5],

Qui ne juge que ce sont boutées[k] d'un courage élancé hors de son gîte. Notre âme ne saurait de son siège

a. poinçons de fer – *b.* tire-moi des plaintes – *c.* hommes de main – *d.* excite-les au meurtre – *e.* élans enthousiastes de l'esprit – *f.* fou – *g.* traversé par le fer – *h.* caresser par – *i.* dédaignant de lutter contre elles – *j.* « Parmi ce placide bétail, il appelle de ses vœux un sanglier écumant, ou un lion fauve, qui descende des montagnes » – *k.* saillies

atteindre si haut[1]. Il faut qu'elle le quitte et s'élève, et prenant le frein aux dents, qu'elle emporte, et ravisse son homme, si loin, qu'après il s'étonne lui-même de son fait. Comme aux exploits de la guerre, la chaleur du combat pousse les soldats généreux souvent à franchir des pas si hasardeux[a], qu'étant revenus à eux, ils en transissent d'étonnement les premiers. Comme aussi les poètes sont épris souvent d'admiration[b] de leurs propres ouvrages, et ne reconnaissent plus la trace, par où ils ont passé une si belle carrière[c] : C'est ce qu'on appelle aussi en eux ardeur et manie[d] : Et comme Platon[2] dit, que pour néant heurte à la porte de la poésie, un homme rassis[e] : aussi dit Aristote[3] que aucune âme excellente, n'est exempte de mélange de folie : Et a raison d'appeler folie tout élancement tant louable soit-il, qui surpasse notre propre jugement et discours[f]. D'autant que la sagesse c'est un maniement réglé[g] de notre âme, et qu'elle conduit avec mesure et proportion, et s'en répond[h]. Platon[4] argumente ainsi que la faculté de prophétiser est au-dessus de nous : qu'il nous faut être hors de nous : quand nous la traitons[i] : il faut que notre prudence soit offusquée[j] ou par le sommeil ou par quelque maladie ou enlevée de sa place par un ravissement céleste.

a. risqués – *b.* sont souvent saisis d'étonnement – *c.* accompli une si belle course – *d.* folie – *e.* pondéré – *f.* raison – *g.* conduite ordonnée – *h.* et dont elle est sûre – *i.* en usons – *j.* obscurcie

Coutume de l'Île de Cea[1]

CHAP. III

Si philosopher c'est douter, comme ils disent[a], à plus forte raison niaiser et fantastiquer[b], comme je fais, doit être douter : Car c'est aux apprentis à enquérir[c] et à débattre, et au cathédrant[d] de résoudre. Mon cathédrant, c'est l'autorité de la volonté divine, qui nous règle sans contredit, et qui a son rang au-dessus de ces humaines et vaines contestations. Philippus étant entré à main armée[e] au Peloponese, quelqu'un disait à Damidas, que les Lacédémoniens auraient beaucoup à souffrir, s'ils ne se remettaient en sa grâce[f] : Eh poltron, répondit-il, que peuvent souffrir ceux qui ne craignent point la mort[2] ? On demandait aussi à Agis, comment un homme pourrait vivre libre. Méprisant, dit-il, le mourir[3]. Ces propositions et mille pareilles qui se rencontrent à ce propos, sonnent évidemment quelque chose au-delà d'attendre[g] patiemment la mort, quand elle nous vient : Car il y a en la vie plusieurs accidents pires à souffrir que la mort même. Témoin cet enfant Lacédémonien, pris par Antigonus et vendu pour serf, lequel pressé par son maître de s'employer à quelque service abject. Tu

a. comme on dit – *b.* divaguer – *c.* enquêter – *d.* au maître – *e.* en armes – *f.* s'ils ne se rendaient pas – *g.* supposent davantage qu'attendre

verras, dit-il, qui tu as acheté : Ce me serait honte de servir ayant la liberté si à main[a] : Et ce disant se précipita du haut de la maison[1]. Antipater menaçant âprement les Lacédémoniens, pour les ranger à certaine sienne demande[b] : Si tu nous menaces de pis que la mort, répondirent-ils, nous mourrons plus volontiers[2]. Et à Philippus leur ayant écrit qu'il empêcherait toutes leurs entreprises : Quoi, nous empêcheras-tu aussi de mourir[3] ? C'est ce qu'on dit, que le sage vit tant qu'il doit, non pas tant qu'il peut[4] : Et que le présent que nature nous ait fait le plus favorable, et qui nous ôte tout moyen de nous plaindre de notre condition, c'est de nous avoir laissé la clef des champs. Elle n'a ordonné qu'une entrée à la vie, et cent mille issues[5]. Nous pouvons avoir faute[c] de terre pour y vivre, mais de terre pour y mourir nous n'en pouvons avoir faute, comme répondit Boiocatus aux Romains[6]. Pourquoi te plains-tu de ce monde ? il ne te tient pas : Si tu vis en peine, ta lâcheté en est cause : À mourir il ne reste[d] que le vouloir :

Ubique mors est : optime hoc cavit Deus,
Eripere vitam nemo non homini potest ;
At nemo mortem : mille ad hanc aditus patent[e][7].

Et ce n'est pas la recette[f] à une seule maladie, la mort est la recette à tous maux[8]. C'est un port très assuré, qui n'est jamais à craindre, et souvent à rechercher[9]. Tout revient à un, que l'homme se donne sa fin, ou qu'il la souffre[g] : Qu'il coure au-devant de son jour, ou qu'il l'attende[10] : D'où qu'il vienne c'est toujours le sien[11] : En quelque lieu que le filet[h] se rompe,

a. si proche – *b.* pour leur imposer ses exigences – *c.* manquer – *d.* il ne manque – *e.* « La mort est partout ; Dieu y a excellemment pourvu ; il n'est personne qui ne puisse ôter la vie à quelqu'un, mais personne ne peut lui enlever sa mort ; mille accès s'ouvrent vers elle. » – *f.* le remède – *g.* subisse – *h.* le fil

il y est tout[a], c'est le bout de la fusée. La plus volontaire mort c'est la plus belle : La vie dépend de la volonté d'autrui, la mort de la nôtre. En aucune chose nous ne devons tant nous accommoder à nos humeurs, qu'en celle-là. La réputation ne touche pas une telle entreprise, c'est folie d'en avoir respect[1]. Le vivre c'est servir, si la liberté de mourir en est à dire[b]. Le commun train[c] de la guérison se conduit aux dépens de la vie : On nous incise, on nous cautérise, on nous détranche les membres, on nous soustrait l'aliment, et le sang : un pas plus outre[d], nous voilà guéris tout à fait[2] : Pourquoi n'est la veine du gosier autant à notre commandement que la médiane[e] ? Aux plus fortes maladies les plus forts remèdes. Servius le Grammairien ayant la goutte, n'y trouva meilleur conseil[f], que de s'appliquer du poison et de tuer ses jambes[3]. Qu'elles fussent podagriques à leur poste, pourvu que ce fût sans sentiment[g]. Dieu nous donne assez de congé[h], quand il nous met en tel état, que le vivre nous est pire que le mourir. C'est faiblesse de céder aux maux, mais c'est folie de les nourrir. Les Stoïciens disent[4] que c'est vivre convenablement[i] à nature pour le sage de se départir[j] de la vie, encore qu'il soit en plein heur[k], s'il le fait opportunément, et au fol de maintenir[l] [sa] vie, encore qu'il soit misérable, pourvu qu'il soit en la plus grande part des choses qu'[ils] disent être selon nature. Comme je n'offense[m] les lois qui sont faites contre les larrons, quand j'emporte le mien[n] et que je me coupe ma bourse, ni des boute-feu[o] quand je brûle mon bois : aussi ne suis-je tenu aux lois faites contre les meur-

a. il est entier – *b.* y manque – *c.* le chemin ordinaire – *d.* un pas de plus – *e.* Pourquoi la veine du gosier ne nous obéit-elle pas autant que celle du coude où se pratiquaient les saignées ? – *f.* décision – *g.* Qu'elles souffrissent de la goutte, à leur guise, pourvu qu'elles fussent insensibles. – *h.* nous permet assez de partir – *i.* conformément – *j.* se défaire – *k.* en plein bonheur – *l.* et au fou de conserver – *m.* n'enfreins – *n.* ce qui m'appartient – *o.* incendiaires

triers pour m'avoir ôté ma vie. Hegesias disait que comme la condition de la vie aussi la condition de la mort devait dépendre de notre élection[a][1]. Et Diogenes rencontrant le philosophe Speusippus affligé de longue hydropisie, se faisant porter en litière, qui lui écria[b] : Le bon salut Diogenes. À toi point de salut, répondit-il, qui souffres le vivre, étant en tel état. De vrai quelque temps après Speusippus se fit mourir, ennuyé[c] d'une si [pénible] condition de vie[2]. Ceci ne s'en va pas sans contraste[d] : Car plusieurs tiennent[e3], que nous ne pouvons abandonner cette garnison du[f] monde, sans le commandement exprès de celui, qui nous y a mis : Et que c'est à Dieu qui nous a ici envoyés, non pour nous seulement, ains[g] pour sa gloire et service d'autrui, de nous donner congé, quand il lui plaira, non à nous de le prendre[4] : Que nous ne sommes pas nés pour nous, ains aussi pour notre pays. Les lois nous redemandent compte de nous pour leur intérêt, et ont action d'homicide contre nous[h]. Autrement comme déserteurs de notre charge nous sommes punis et en cettui-ci[i] et en l'autre monde,

Proxima deinde tenent mæsti loca, qui sibi lætum
Insontes peperere manu, lucemque perosi
Projecere animas[j5].

Il y a bien plus de constance à user la chaîne qui nous tient, qu'à la rompre : Et plus d'épreuve de fermeté[k] en Regulus qu'en Caton[6]. C'est l'indiscrétion[l] et l'impatience, qui nous hâte le pas. Nuls accidents ne font tourner le dos à la vive vertu : elle cherche les maux et la douleur, comme son aliment. Les menaces

a. choix – *b*. lança – *c*. accablé – *d*. Sur cette question, on ne manque pas d'avis contraires. – *e*. soutiennent – *f*. qu'est le – *g*. mais – *h*. peuvent nous inculper d'homicide – *i*. ce monde-ci – *j*. « À côté de là se tiennent les tristes âmes des justes qui se sont donné la mort et, par haine de la lumière, se sont précipitées aux Enfers. » – *k*. une fermeté plus éprouvée – *l*. le manque de discernement

des tyrans, les géhennes[a], et les bourreaux, l'animent et la vivifient,

Duris ut ilex tonsa bipennibus
Nigræ feraci frondis in Algido
Per damna, per cædes, ab ipso
Ducit opes animumque ferro[b1].

Et comme dit l'autre :

Non est ut putas virtus, pater,
Timere vitam, sed malis ingentibus
Obstare, nec se vertere ac retro dare[c2].
Rebus in adversis facile est contemnere mortem :
Fortius ille facit, qui miser esse potest[d3].

C'est le rôle de la couardise, non de la vertu, de s'aller tapir dans un creux, sous une tombe massive, pour éviter les coups de la fortune. Elle[e] ne rompt son chemin et son train, pour orage qu'il fasse,

Si fractus illabatur orbis,
Inpavidam ferient ruinæ[f4].

Le plus communément, la fuite d'autres inconvénients[g], nous pousse à cettui-ci[h] : Voire quelquefois la fuite de la mort, fait que nous y courons,

Hic, rogo, non furor est, ne moriare mori[i5] ?

Comme ceux qui de peur du précipice s'y lancent eux-mêmes :

multos in summa pericula misit
Venturi timor ipse mali : fortissimus ille est,

a. tortures – *b.* « Tel le chêne élagué par le tranchant de la double hache, sur l'Algide couvert de sombres feuillages, il tire du fer même qui l'endommage et le blesse sa puissance et sa vigueur » – *c.* « La vertu ne consiste pas comme tu le crois, père, à craindre la vie, mais à faire face aux plus grands maux sans se retourner ni prendre la fuite. » – *d.* « Dans l'adversité il est facile de mépriser la mort ; mais celui qui peut supporter le malheur est plus courageux. » – *e.* La vertu – *f.* « Si un jour l'univers entier se brise et s'écroule, ses ruines la frapperont sans qu'elle prenne peur. » – *g.* malheurs – *h.* à la mort – *i.* « N'est-ce pas folie, je le demande, que de mourir par peur de mourir ? »

Qui promptus metuenda pati, si cominus instent,
Et differre potest[a][1].
usque adeo mortis formidine, vitæ
Percipit humanos odium, lucisque videndæ,
Ut sibi consciscant mœrenti pectore lethum,
Obliti fontem curarum hunc esse timorem[b][2].

Platon en ses *Lois*[3] ordonne sépulture ignominieuse à celui qui a privé son plus proche et plus ami, savoir est[c] soi-même, de la vie et du cours des destinées, non contraint[d] par jugement public ni par quelque triste et inévitable accident de la fortune, [ni] par une honte insupportable, mais par lâcheté et faiblesse d'une âme craintive. Et l'opinion qui dédaigne notre vie, elle est ridicule : Car enfin c'est notre être, c'est notre tout. Les choses qui ont un être plus noble et plus riche, peuvent accuser[e] le nôtre : Mais c'est contre nature, que nous nous méprisons et mettons nous-mêmes à nonchaloir[f] : C'est une maladie particulière, et qui ne se voit en aucune autre créature, de se haïr et dédaigner. C'est de pareille vanité, que nous désirons être autre chose, que ce que nous sommes : Le fruit d'un tel désir ne nous touche[g] pas : d'autant qu'il[h] se contredit et s'empêche en soi[i] : Celui qui désire d'être fait d'un homme ange[j], il ne fait rien pour lui, il n'en vaudrait de[k] rien mieux. Car n'étant plus[l], qui se réjouira et ressentira de cet amendement pour lui ?

a. « Beaucoup ont été précipités dans les plus grands dangers par la crainte de mourir ; le plus courageux est celui qui est capable de souffrir les maux qu'il craint s'ils se présentent, mais qui sait aussi en différer la venue. » – *b.* « La peur de la mort est telle qu'elle inspire aux hommes une haine de la vie et de la lumière qui les pousse à se donner la mort par désespoir, en oubliant que la source de leurs maux est cette peur même. » – *c.* à savoir – *d.* sans y être contraint – *e.* blâmer – *f.* que nous nous comptons pour négligeables – *g.* concerne – *h.* parce qu'il – *i.* s'invalide lui-même – *j.* l'homme qui veut se faire ange – *k.* en – *l.* une fois qu'il ne sera plus

Debet enim, misere cui forte ægreque futurum est,
Ipse quoque esse in eo tum tempore, cum male possit
Accidere[a][1].

La sécurité, l'indolence, l'impassibilité[b], la privation des maux de cette vie, que nous achetons au prix de la mort, ne nous apporte[c] aucune commodité : Pour néant[d] évite la guerre, celui qui ne peut jouir de la paix, et pour néant fuit la peine, qui n'a de quoi savourer le repos. Entre ceux du premier avis[e], il y a eu grand doute sur ce[f], quelles occasions sont assez justes, pour faire entrer un homme en ce parti de se tuer. Ils appellent cela εὔλογον ἐξαγωγὴν[g][2]. Car quoiqu'ils dient, qu'il faut souvent mourir pour causes légères, puisque celles qui nous tiennent en vie, ne sont guère fortes[3], si[h] y faut-il quelque mesure. Il y a des humeurs fantastiques et sans discours[i], qui ont poussé, non des hommes particuliers seulement, mais des peuples à se défaire[j]. J'en ai allégué par ci-devant[k] des exemples[4] : Et nous lisons en outre, des vierges Milésiennes, que par une conspiration furieuse, elles se pendaient les unes après les autres, jusques à ce que le magistrat y pourvût, ordonnant que celles qui se trouveraient ainsi pendues fussent traînées du même licol toutes nues par la ville[5]. Quand Threicion prêche Cleomenes de se tuer, pour le[l] mauvais état de ses affaires, et ayant fui la mort plus[m] honorable en la bataille qu'il venait de perdre, d'accepter cette autre[n], qui lui est seconde en honneur, et ne donner point loisir au victorieux de lui faire souffrir, ou une

a. « Il faut en effet que celui à qui sont promis des malheurs et des souffrances existe encore quand ils pourront advenir. » – *b*. l'absence de douleurs et de passions – *c*. apportent – *d*. En vain – *e*. les partisans du droit au suicide – *f*. ce point – *g*. « sortie raisonnable » – *h*. pourtant – *i*. fantasques et irrationnelles – *j*. se tuer – *k*. plus haut – *l*. à cause du – *m*. ayant échappé à la mort la plus – *n*. le suicide

mort, ou une vie honteuse. Cleomenes d'un courage Lacédémonien et Stoïque, refuse ce conseil comme lâche et efféminé : C'est une recette[a], dit-il, qui ne me peut jamais manquer, et de laquelle il ne se faut servir tant qu'il y a un doigt d'espérance de reste : Que le vivre est quelquefois constance et vaillance : Qu'il veut que sa mort même serve à son pays, et en veut faire un acte d'honneur et de vertu. Threicion se crut dès lors[b] et se tua. Cleomenes en fit aussi autant depuis. Mais ce fut après avoir essayé le dernier point de la fortune[c][1]. Tous les inconvénients[d] ne valent pas qu'on veuille mourir pour les éviter. Et puis, y ayant tant de soudains changements aux choses humaines, il est malaisé à juger, à quel point nous sommes justement[e] au bout de notre espérance :

Sperat et in sæva victus gladiator arena
Sit licet infesto pollice turba minax[f][2].

Toutes choses, dit un mot ancien, sont espérables à[g] un homme pendant qu'il vit. Oui mais, répond Seneca, pourquoi aurai-je plutôt en la tête cela, que la fortune peut toutes choses pour celui qui est vivant, que ceci, que fortune ne peut rien sur celui qui sait mourir[3] ? On voit Josephe[4] engagé en un si apparent danger et si prochain, tout un peuple s'étant élevé contre lui, que par discours[h] il n'y pouvait avoir aucune ressource : Toutefois étant, comme il dit, conseillé sur ce point par un de ses amis, de se défaire[i], bien lui servit de s'opiniâtrer encore en l'espérance : Car la fortune contourna outre[j] toute raison humaine, cet

a. un remède – *b.* suivit alors son propre conseil – *c.* après avoir éprouvé la dernière infortune – *d.* malheurs – *e.* à juste titre – *f.* « Le gladiateur espère encore, même lorsqu'il est vaincu, dans l'arène cruelle, alors même que la foule menaçante le condamne d'un geste du pouce. » – *g.* peuvent être espérées par – *h.* raisonnablement – *i.* se suicider – *j.* dépassant

accident, si[a] qu'il s'en vit délivré sans aucun inconvénient. Et Cassius et Brutus, au contraire, achevèrent de perdre les reliques[b] de la Romaine liberté, de laquelle ils étaient protecteurs, par la précipitation et témérité, de quoi ils se tuèrent avant le temps et l'occasion[c][1]. J'ai vu cent lièvres se sauver sous les dents des lévriers, *aliquis carnifici suo superstes fuit*[d][2].

Multa dies variusque labor mutabilis ævi
Rettulit in melius, multos alterna revisens
Lusit, et in solido rursus fortuna locavit[e][3].

Pline dit qu'il n'y a que trois sortes de maladie, pour lesquelles éviter on ait droit de se tuer[4]. La plus âpre de toutes c'est la pierre à la vessie, quand l'urine en est retenue[5]. Seneque celles seulement qui ébranlent pour longtemps les offices[f] de l'âme[6]. Pour éviter une pire mort, il y en a qui sont d'avis de la prendre à leur poste[g]. Damocritus chef des Ætoliens, mené prisonnier à Rome, trouva moyen de nuit d'échapper : Mais suivi par ses gardes, avant que se laisser reprendre, il se donna de l'épée au travers le corps[7]. Antinous et Theodotus, leur ville d'Épire réduite à l'extrémité par les Romains, furent d'avis au peuple[h] [de] se tuer tous. Mais le conseil de se rendre plutôt ayant gagné : ils allèrent chercher la mort, se ruant sur les ennemis en intention de frapper, non de se couvrir[i][8]. L'île de Goze forcée[j] par les Turcs, il y a quelques années : un Sicilien qui avait [deux] belles filles prêtes à marier les tua de sa main et leur mère après qui accourut à leur mort. Cela fait, sortant en rue avec une arbalète et une arquebuse : de deux coups, il en tua les deux premiers Turcs qui s'approchèrent de sa porte et puis mettant l'épée au poing s'alla mêler[k] furieusement où il fut soudain enveloppé et

a. si bien – *b*. vestiges – *c*. le moment favorable – *d*. « Tel homme a survécu à son bourreau. » – *e*. « Les jours et le travail inconstant du temps ont souvent amélioré les choses, la fortune en changeant s'est jouée de bien des hommes et a rétabli leur situation. » – *f*. fonctions – *g*. à leur guise – *h*. à l'assemblée du peuple – *i*. se protéger – *j*. prise – *k*. partit à l'assaut

mis en pièces, se sauvant ainsi du servage après en avoir délivré les siens[1]. Les femmes Juives après avoir fait circoncire leurs enfants, s'allaient précipiter quant et eux[a], fuyant la cruauté d'Antiochus[2]. On m'a conté qu'un prisonnier de qualité, étant en nos conciergeries[b], ses parents avertis qu'il serait certainement condamné, Pour éviter la honte de telle mort, apostèrent[c] un prêtre pour lui dire, que le souverain remède de sa délivrance, était qu'il se recommandât à tel saint, avec tel et tel vœu, et qu'il fût huit jours sans prendre aucun aliment, quelque défaillance et faiblesse qu'il sentît en soi. Il l'en crut, et par ce moyen se défit sans y penser de sa vie et du danger. Scribonia conseillant Libo son neveu de se tuer, plutôt que d'attendre la main de la justice, lui disait, que c'était proprement faire l'affaire d'autrui, que de conserver sa vie, pour la remettre entre les mains de ceux qui la viendraient chercher trois ou quatre jours après : et que c'était servir ses ennemis, de garder son sang pour leur en faire curée[3]. Il se lit dans la Bible[4], que Nicanor persécuteur de la Loi de Dieu, ayant envoyé ses satellites[d] pour saisir le bon vieillard Rasias, surnommé pour[e] l'honneur de sa vertu, le père aux Juifs, comme ce bon homme n'y vit plus d'ordre[f], sa porte brûlée, ses ennemis prêts à le saisir, choisissant de mourir généreusement plutôt, que de venir entre les mains des méchants, et de se laisser mâtiner[g] contre l'honneur de son rang, qu'il se frappa de son épée : Mais le coup pour la hâte[h], n'ayant pas été bien assené, il courut se précipiter du haut d'un mur, au travers de la troupe, laquelle s'écartant et lui faisant

a. avec – *b*. un prisonnier noble étant dans nos prisons – *c*. envoyèrent – *d*. serviteurs – *e*. en raison de – *f*. plus de solutions – *g*. traiter comme un chien – *h*. en raison de sa hâte

place, il chut droitement[a] sur la tête. Ce néanmoins[b] se sentant encore quelque reste de vie, il ralluma son courage, et s'élevant en pieds[c], tout ensanglanté et chargé de coups, et faussant la presse[d] donna[e] jusques à certain rocher coupé et précipiteux, où n'en pouvant plus, il prit par l'une de ses plaies à deux mains ses entrailles, les déchirant et froissant, et les jeta à travers les poursuivants, appelant sur eux et attestant[f] la vengeance divine. Des violences qui se font à la conscience, la plus à éviter à mon avis, c'est celle qui se fait à la chasteté des femmes[g], d'autant qu'il y a quelque plaisir corporel, naturellement mêlé parmi : Et à cette cause[h], le dissentiment n'y peut être assez entier, et semble que la force soit mêlée à quelque volonté[i][1]. Pelagia et Sophronia toutes deux canonisées, celle-là se précipita dans la rivière avec sa mère et ses sœurs, pour éviter la force[j] de quelques soldats : et cette-ci se tua aussi pour éviter la force de Maxentius l'Empereur[2]. L'histoire ecclésiastique[3] [a] en révérence plusieurs tels exemples de personnes dévotes qui appelèrent la mort à[k] garant contre les outrages que les tyrans préparaient à leur conscience. Il nous sera à l'aventure[l] honorable aux siècles à venir, qu'un savant auteur de ce temps, et notamment Parisien[4], se met en peine de persuader aux Dames de notre siècle, de prendre plutôt tout autre parti, que d'entrer en l'horrible conseil[m] d'un tel désespoir. Je suis marri qu'il n'ait su, pour mêler à ses contes, le bon mot que j'appris à Toulouse d'une femme, passée par les mains de quelques soldats : Dieu soit loué, disait-elle, qu'au moins une fois en

a. tout droit – *b*. malgré cela – *c*. se mettant sur ses pieds – *d*. traversant la foule – *e*. alla – *f*. prenant à témoin – *g*. le viol – *h*. de ce fait – *i*. il semble que la contrainte se mêle à quelque forme d'acceptation – *j*. le viol – *k*. comme – *l*. peut-être – *m*. décision

ma vie, je m'en suis saoulée sans péché. À la vérité, ces cruautés[a] ne sont pas dignes de la douceur Française : aussi Dieu merci notre air s'en voit infiniment purgé depuis ce bon avertissement : suffit qu'elles dient nenny[b], en le faisant, suivant la règle du bon Marot[1]. L'Histoire est toute pleine de ceux qui en mille façons ont changé à la mort une vie peineuse[c]. Lucius Aruntius se tua, pour, disait-il, fuir et l'avenir et le passé[2]. Granius Silvanus et Statius Proximus après être pardonnés par Neron se tuèrent, Ou pour ne vivre de[d] la grâce d'un si méchant homme, ou pour n'être en peine une autre fois d'un second pardon[e], vu sa facilité aux soupçons et accusations à l'encontre des gens de bien[3]. Spargapises fils de la reine Tomiris, prisonnier de guerre de Cyrus, employa à se tuer la première faveur que Cyrus lui fit de le faire détacher, n'ayant prétendu autre fruit de sa liberté que de venger sur soi la honte de sa prise[f4]. [Bogez gouverneur en Eione de la part[g] du roi Xerxes[5], assiégé par l'armée des] Athéniens sous la conduite de Cimon, refusa la composition[h] de s'en retourner sûrement en Asie à toute sa chevance[i], impatient[j] de survivre à la perte de ce que son maître lui avait donné en garde : et après avoir défendu jusques à l'extrémité sa ville, n'y restant plus que[k] manger : jeta premièrement en la rivière Strymon tout l'or et tout ce de quoi il lui sembla l'ennemi pouvoir[l] faire plus de butin. Et puis ayant ordonné allumer[m] un grand bûcher et égosiller[n] femmes, enfants, concubines et serviteurs, les mit dans le feu et puis soi-même. Ninachetuen seigneur Indois[o], ayant senti le premier vent de la délibération[p] du vice-Roi Portugais de le déposséder sans aucune cause apparente de la charge qu'il avait en[q] Malacca pour la donner au Roi de Campar, prit à part soi cette résolution. Il fit dresser un échafaud plus long que

a. ces cruelles recommandations – *b.* non – *c.* ont échangé une vie douloureuse contre la mort – *d.* soit pour ne pas devoir la vie à – *e.* pour ne pas avoir à demander le pardon une seconde fois – *f.* de venger sur soi-même la honte de s'être fait prendre – *g.* au service – *h.* la proposition – *i.* avec tous ses biens – *j.* ne supportant pas – *k.* rien à – *l.* que l'ennemi pouvait – *m.* d'allumer – *n.* égorger – *o.* Indien – *p.* décision – *q.* à

large, appuyé sur des colonnes, royalement tapissé et orné de fleurs et de parfums en abondance. Et puis s'étant vêtu d'une robe de drap d'or chargée de quantité de pierreries de haut prix sortit en rue et par des degrés monta sur l'échafaud, en un coin duquel il y avait un bûcher de bois aromatiques allumé. Le monde accourut voir à quelle fin ces préparatifs inaccoutumés. Ninachetuen remontra[a] d'un visage hardi et mal content l'obligation que la nation Portugaloise lui avait, combien fidèlement il avait versé en[b] sa charge, qu'ayant si souvent témoigné pour autrui les armes en main que l'honneur lui était de beaucoup plus cher que la vie, il n'était pas pour[c] en abandonner le soin pour soi-même. Que sa fortune lui refusant tout moyen de s'opposer à l'injure[d] qu'on lui voulait faire, son courage au moins lui ordonnait de s'en ôter le sentiment et de [ne] servir de fable au peuple et de triomphe à des personnes qui valaient moins que lui. Ce disant il se jeta dans le feu[1]. Sextilia femme de Scaurus, et Paxea femme de Labeo, pour encourager leurs maris à éviter les dangers, qui les pressaient, auxquels elles n'avaient part, que par l'intérêt de l'affection conjugale, engagèrent[e] volontairement la vie pour leur servir en cette extrême nécessité, d'exemple et de compagnie[2]. Ce qu'elles firent pour leurs maris, Cocceius Nerva le fit pour sa patrie, moins utilement, mais de pareil amour. Ce grand Jurisconsulte, fleurissant en santé, en richesses, en réputation, en crédit, près de l'Empereur, n'eut autre cause de se tuer, que la compassion du misérable état de la chose publique romaine[3]. Il ne se peut rien ajouter à la délicatesse de la mort de la femme de Fulvius, familier d'Auguste. Auguste ayant découvert, qu'il avait éventé un secret important qu'il lui avait fié[f]. Un matin qu'il le vint voir, lui en fit une maigre mine. Il s'en retourna au logis plein de désespoir : Et dit tout piteusement à sa

a. déclara solennellement – *b.* rempli – *c.* disposé à – *d.* injustice – *e.* offrirent – *f.* confié

femme, qu'étant tombé en ce malheur, il était résolu de se tuer. Elle tout franchement. Tu ne feras que raison[a], vu qu'ayant assez souvent expérimenté l'incontinence de ma langue, tu ne t'en es point donné de garde[b]. Mais laisse, que je me tue la première : Et sans autrement marchander, se donna[c] d'une épée dans le corps[1]. [Vibius Virius désespéré du salut de sa ville assiégée par les Romains, et de leur miséricorde, en la dernière délibération] de leur sénat[d], après plusieurs remontrances employées à cette fin, conclut que le plus beau était d'échapper à la fortune par leurs propres mains : Les ennemis les en auraient en honneur[e] et Annibal sentirait combien fidèles amis il aurait abandonnés. Conviant ceux qui approuveraient son avis d'aller prendre un bon souper qu'on avait dressé chez lui, où après avoir fait bonne chère ils boiraient ensemble de ce qu'on lui présenterait : breuvage qui délivrera nos corps des tourments, nos âmes des injures, nos yeux et nos oreilles du sentiment de tant de vilains maux que les vaincus ont à souffrir des vainqueurs très cruels et offensés. J'ai, disait-il, mis ordre qu'il y aura personnes propres à nous jeter dans un bûcher au-devant de mon huis[f] quand nous serons expirés. Assez[g] approuvèrent cette haute résolution, peu l'imitèrent. Vingt-sept sénateurs le suivirent, et après avoir essayé d'étouffer dans le vin cette fâcheuse pensée, finirent leur repas par ce mortel mets. Et s'entre-embrassant après avoir en commun déploré le malheur de leur pays : les uns se retirèrent en leurs maisons : les autres s'arrêtèrent pour être enterrés dans le feu de Vibius avec lui : Et eurent tous la mort si longue, la vapeur du vin ayant occupé les veines et retardant l'effet du poison, qu'aucuns[h] furent à une heure près de voir les ennemis dans Capoue, qui fut emportée le lendemain, et d'encourir les misères qu'ils avaient si chèrement[i] fui. Taurea Jubellius, un autre citoyen de là[j], le

a. tu auras raison – *b.* l'indiscrétion de ma langue, tu n'y as point pris garde – *c.* se frappa – *d.* l'assemblée de la ville assiégée – *e.* les en estimeraient – *f.* de ma porte – *g.* beaucoup – *h.* que certains – *i.* ardemment – *j.* de Capoue

Consul Fulvius [retournant de cette honteuse boucherie qu'il avait faite de deux cent vingt-cinq Sénateurs, le rappela[a] fièrement par son nom, et l'ayant arrêté : Commande, fit-il, qu'on me massacre aussi] après tant d'autres, afin que tu te puisses vanter d'avoir tué un beaucoup plus vaillant homme que toi. Fulvius le dédaignant comme insensé : aussi que[b] sur l'heure, il venait de recevoir lettres de Rome, contraires à l'inhumanité de son exécution, qui lui liaient les mains : Jubellius continua : Puisque mon pays pris, mes amis morts, et ayant de ma main occis ma femme et mes enfants pour les soustraire à la désolation de cette ruine, il m'est interdit de mourir de la mort de mes concitoyens, empruntons de la vertu la vengeance de cette vie odieuse : Et tirant un glaive qu'il avait caché s'en donna au travers la poitrine, tombant renversé, mourant aux pieds du Consul[1]. Alexandre assiégeait une ville aux Indes : ceux de dedans se trouvant pressés[c], se résolurent vigoureusement à le priver du plaisir de cette victoire : et s'embrasèrent universellement tous, quant et[d] leur ville, en dépit de son humanité[e]. Nouvelle guerre[f], les ennemis combattaient pour les sauver, eux pour se perdre, Et faisaient pour garantir leur mort, toutes les choses qu'on fait pour garantir[g] sa vie[2]. [Astapa ville d'Espaigne se trouvant faible de murs et de défenses, pour soutenir les[h] Romains,] les habitants firent un amas de leurs richesses et meubles en la place, et ayant rangé au-dessus de ce monceau les femmes et les enfants, et l'ayant entouré de bois et matière propre à prendre feu soudainement, et laissé cinquante jeunes hommes d'entre eux pour l'exécution de leur résolution, firent une sortie, où suivant leur vœu à faute de pouvoir vaincre ils se firent tous tuer. Les cinquante après avoir massacré toute âme vivante éparse par leur ville et mis le feu en ce monceau s'y lancèrent aussi, finissant leur généreuse liberté en un état insensible[i] plutôt

a. l'interpella – *b.* et aussi pour cette autre raison que – *c.* condamnés – *d.* avec – *e.* de la clémence d'Alexandre – *f.* Guerre d'un genre nouveau – *g.* sauver – *h.* l'assaut des – *i.* terminant leur noble liberté par l'insensibilité de la mort

que douloureux et honteux : et montrant aux ennemis que si fortune l'eût voulu ils eussent eu aussi bien le courage de leur ôter la victoire, comme ils avaient eu de la leur rendre et frustratoire et hideuse : voire et[a] mortelle à ceux qui amorcés[b] par la lueur de l'or coulant dans cette flamme, s'en étant approchés en bon nombre, y furent suffoqués et brûlés, Le reculer leur étant interdit par la foule qui les suivait[1]. Les Abideens pressés par Philippus se résolurent de même. Mais étant pris de trop court, le Roi ayant horreur de voir la précipitation téméraire de cette exécution (les trésors et les meubles qu'ils avaient diversement condamnés au feu et au naufrage saisis) retirant ses soldats : leur concéda trois jours à[c] se tuer à l'aise : Lesquels ils remplirent de sang et de meurtre au-delà de toute hostile cruauté[d] : et ne s'en sauva une seule personne qui eût pouvoir sur soi[2]. Il y a infinis exemples de pareilles conclusions populaires[e], qui semblent plus âpres d'autant que l'effet en est plus universel[f]. Elles le sont moins que séparées[g]. Ce que le discours[h] ne ferait en chacun, il le fait en tous : l'ardeur de la société[i] ravissant les particuliers[j] jugements. Les condamnés qui attendaient l'exécution, du temps de Tibere perdaient leurs biens et étaient privés de sépulture : ceux qui l'anticipaient en se tuant eux-mêmes, étaient enterrés et pouvaient faire testament[3]. Mais on désire aussi quelquefois la mort pour l'espérance[k] d'un plus grand bien. Je désire, dit Saint Paul[4], être dissous, pour être avec Jésus-Christ : et qui me déprendra de ces liens[5] ? Cleombrotus Ambraciota ayant lu le *Phaedon* de Platon, entra en si grand appétit de la vie à venir, que sans autre occasion[l] il s'alla précipiter en la mer[6]. Par où il appert combien improprement nous appelons désespoir cette dissolution

a. et même – *b.* attirés – *c.* pour – *d.* avec une cruauté plus grande que celle dont l'ennemi aurait pu faire preuve – *e.* suicides collectifs – *f.* général – *g.* ces suicides sont en fait moins difficiles que les suicides individuels – *h.* la délibération – *i.* l'enthousiasme collectif – *j.* individuels – *k.* parce qu'on espère – *l.* motif

volontaire : à laquelle la chaleur de l'espoir nous porte souvent, et souvent une tranquille et rassise inclination de jugement. Jacques du Chastel Évêque de Soissons, au voyage d'outre-mer[a] que fit S. Loys, voyant le Roi et toute l'armée en train de revenir en France, laissant les affaires de la religion imparfaites[b], prit résolution de s'en aller plus tôt en paradis. Et ayant dit adieu à ses amis donna seul à la vue d'un chacun[c], dans l'armée des ennemis, où il fut mis en pièces[1]. En certain royaume de ces nouvelles terres[d], au jour d'une solemne[e] procession, auquel l'idole qu'ils adorent est promenée en public, sur un char de merveilleuse grandeur : outre ce, qu'il se voit plusieurs, se détaillant [les][f] morceaux de leur chair vive, à lui offrir : il s'en voit nombre d'autres, se prosternant emmi[g] la place, qui se font moudre et briser sous les roues, pour en acquérir après leur mort vénération de sainteté, qui leur est rendue[2]. La mort de cet évêque[h], les armes au poing, a de la générosité plus : et moins de sentiment : l'ardeur du combat en amusant une partie[i]. Il y a des polices[j] qui se sont mêlées de régler la justice et opportunité des morts volontaires. En notre Marseille il se gardait au temps passé du venin préparé à tout[k] de la ciguë, aux dépens publics[l], pour ceux qui voudraient hâter leurs jours, ayant premièrement approuvé[m] aux six cents, qui était leur sénat, les raisons de leur entreprise : et n'était loisible autrement que par congé[n] du magistrat, et par occasions légitimes, de mettre la main sur soi[o][3]. Cette loi était encore ailleurs. Sextus Pompeius allant en Asie, passa par l'Île de Cea de Negrepont, il advint de fortune[p] pendant qu'il y était, comme nous l'apprend

a. lors de la croisade – *b*. inachevées – *c*. se lança seul, à la vue de tous – *d*. de ces terres nouvellement découvertes – *e*. solennelle – *f*. se tranchant des – *g*. au milieu de – *h*. de l'évêque du Chastel – *i*. fut plus noble et moins douloureuse, l'ardeur du combat en diminuant la conscience – *j*. législations – *k*. du poison préparé avec – *l*. aux frais de l'État – *m*. fait approuver – *n*. permission – *o*. de se tuer – *p*. par hasard

l'un de ceux de sa compagnie[1], qu'une femme de grande autorité, ayant rendu compte à ses citoyens, pourquoi elle était résolue de finir sa vie, pria Pompeius d'assister à sa mort, pour la rendre plus honorable : ce qu'il fit, et ayant longtemps essayé pour néant[a], à force d'éloquence, qui lui était merveilleusement à main[b], et de persuasion, de la détourner de ce dessein, souffrit enfin qu'elle se contentât. Elle avait passé quatre vingts et dix ans, en très heureux état d'esprit et de corps, mais lors couchée sur son lit, mieux paré que de coutume, et appuyée sur le coude : les dieux dit-elle, ô Sextus Pompeius, et plutôt ceux que je laisse, que ceux que je vais trouver, te sachent gré de quoi tu n'as dédaigné d'être et conseiller de ma vie, et témoin de ma mort. De ma part ayant toujours essayé[c] le favorable visage de fortune, de peur que l'envie de trop vivre ne m'en fasse voir un contraire, je m'en vais d'une heureuse fin donner congé aux restes de mon âme, laissant de moi deux filles et une légion de neveux[d]. Cela fait ayant prêché et enhorté[e] les siens à l'union et à la paix, leur ayant départi[f] ses biens, et recommandé les dieux domestiques à sa fille aînée, elle prit d'une main assurée la coupe, où était le venin[g] : et ayant fait ses vœux à Mercure, et les prières de la conduire en quelque heureux siège en l'autre monde, avala brusquement ce mortel breuvage. Or[h] entretint-elle la compagnie, du progrès de son opération : et comme les parties de son corps se sentaient saisies de froid l'une après l'autre : jusques à ce qu'ayant dit enfin qu'il arrivait au cœur et aux entrailles, elle appelât ses filles pour lui faire le dernier office et lui clore les yeux. Pline récite[i]

a. en vain – *b*. dont il était remarquablement pourvu – *c*. éprouvé – *d*. petits-enfants – *e*. exhorté – *f*. réparti – *g*. poison – *h*. Alors – *i*. raconte

de certaine nation hyperborée[a], qu'en icelle, pour[b] la douce température de l'air, les vies ne se finissent communément que par la propre volonté des habitants, mais qu'étant las et saouls de vivre, ils ont en coutume, au bout d'un long âge, après avoir fait bonne chère, se précipiter en la mer, du haut d'un certain rocher, destiné à ce service[1]. La douleur insupportable[2], et une pire mort, me semblent les plus excusables incitations.

a. du grand Nord – *b*. à cause de

À demain les affaires

Chap. IV

Je donne avec raison, ce me semble, la palme à Jacques Amyot[1], sur tous nos écrivains Français. Non seulement pour la naïveté[a] et pureté du langage, en quoi il surpasse tous autres, ni[b] pour la constance d'un si long travail, ni pour la profondeur de son savoir, ayant pu développer si heureusement[c] un auteur si épineux et ferré[d] (car on m'en dira ce qu'on voudra : je n'entends rien au Grec, mais je vois un sens si beau, si bien joint et entretenu[e] partout en sa traduction, que ou il a certainement entendu l'imagination[f] vraie de l'auteur, ou ayant par longue conversation[g], planté vivement dans son âme une générale Idée de celle de Plutarque, il ne lui a au moins rien prêté qui le démente ou qui le dédie[h]) mais surtout, je lui sais bon gré d'avoir su trier et choisir un livre si digne et si à propos pour en faire présent à son pays. Nous autres ignorants, étions perdus, si ce livre ne nous eût relevés du bourbier : sa merci[i] nous osons à cette heure et parler et écrire : les dames en régentent[j] les maîtres d'école : c'est notre bréviaire.

a. caractère naturel – *b.* et – *c.* expliquer avec tant de succès – *d.* difficile – *e.* uni et cohérent – *f.* la pensée – *g.* fréquentation – *h.* contredise – *i.* grâce à lui – *j.* font la leçon

Si ce bonhomme vit, je lui résigne[a] Xenophon pour en faire autant : c'est une occupation plus aisée, et d'autant plus propre à sa vieillesse : et puis je ne sais comment il me semble, quoiqu'il se démêle bien brusquement et nettement d'un mauvais pas[b] que toutefois son style est plus chez soi, quand il n'est pas pressé[c], et qu'il roule à son aise. J'étais à cette heure sur ce passage, où Plutarque dit[1] de soi-même, que Rusticus assistant à une sienne déclamation à Rome, y reçut un paquet[d] de la part de l'Empereur, et temporisa de l'ouvrir, jusques à ce que tout fût fait : en quoi (dit-il) toute l'assistance loua singulièrement la gravité[e] de ce personnage. De vrai étant sur le propos de la curiosité, et de cette passion avide et gourmande de nouvelles, qui nous fait avec tant d'indiscrétion et d'impatience abandonner toutes choses, pour entretenir un nouveau venu, et perdre tout respect et contenance, pour crocheter[f] soudain, où que nous soyons, les lettres qu'on nous apporte : il a eu raison de louer la gravité de Rusticus : et pouvait encore y joindre la louange de sa civilité et courtoisie, de n'avoir voulu interrompre le cours de sa déclamation. Mais je fais doute qu'on le peut louer de prudence[g] : car recevant à l'improvu[h] lettres et notamment d'un Empereur, il pouvait bien advenir que le différer à les lire eût été d'un grand préjudice. Le vice contraire à la curiosité c'est la nonchalance : vers laquelle je penche évidemment de[i] ma complexion, et en laquelle j'ai vu plusieurs hommes si extrêmes[j], que trois ou quatre jours après, on retrouvait encore en leur

a. assigne – *b.* il éclaire vivement et totalement un passage difficile – *c.* quand il n'est pas gêné par une difficulté – *d.* courrier – *e.* le caractère posé – *f.* ouvrir – *g.* sagesse – *h.* à l'impromptu – *i.* manifestement par – *j.* si extrêmement versés

pochette les lettres toutes closes, qu'on leur avait envoyées. Je n'en ouvris jamais, non seulement de celles, qu'on m'eut commises[a] : mais de celles mêmes que la fortune m'eut fait passer par les mains. Et fais conscience[b] si mes yeux dérobent par mégarde, quelque connaissance des lettres d'importance qu'il lit, quand je suis à côté d'un grand. Jamais homme ne s'enquit moins, et ne fureta moins ès affaires d'autrui. Du temps de nos pères Monsieur de Boutieres[1] cuida[c] perdre Turin, pour, étant en bonne compagnie à souper, avoir remis à lire un avertissement qu'on donnait, des trahisons qui se dressaient contre cette ville, où il commandait : et ce même Plutarque m'a appris[2] que Julius Cæsar se fût sauvé, si allant au Sénat, le jour qu'il y fut tué par les conjurés, il eût lu un mémoire qu'on lui présenta. Et fait aussi le conte[d] d'Archias[3] Tyran de Thebes, que le soir avant l'exécution de l'entreprise que Pelopidas avait faite de le tuer, pour remettre son pays en liberté, il lui fut écrit par un autre Archias Athénien de point en point[e], ce qu'on lui préparait : et que ce paquet lui ayant été rendu[f] pendant son souper, il remit à l'ouvrir, disant ce mot, qui depuis passa en proverbe en Grece : À demain les affaires. Un sage homme peut à mon opinion pour l'intérêt d'autrui, comme pour ne rompre indécemment compagnie, ainsi que Rusticus, ou pour ne discontinuer un autre affaire[g] d'importance, remettre à entendre ce qu'on lui apporte de nouveau : mais pour son intérêt ou plaisir particulier, même[h] s'il est homme ayant charge publique, pour ne rompre son dîner, voire[i] ni son sommeil, il est inexcusable de

a. confiées – *b.* et je forme des scrupules – *c.* pensa – *d.* il raconte aussi – *e.* point par point– *f.* remis – *g.* une autre affaire – *h.* surtout – *i.* ni même

le faire. Et anciennement était à Rome la place consulaire, qu'ils appelaient[a], la plus honorable à table, pour être plus à délivre[b], et plus accessible à ceux qui surviendraient, pour entretenir celui qui y serait assis. Témoignage, que pour être à table, ils ne se départaient pas de l'entremise[c] d'autres affaires et survenances[d]. Mais quand tout est dit[e], il est malaisé ès actions humaines de donner règle si juste par discours de raison[f], que la fortune n'y maintienne son droit.

a. qu'on appelait – *b.* la plus à portée – *c.* ils n'abandonnaient pas la considération – *d.* événements – *e.* une fois dit tout cela – *f.* par jugement raisonnable

De la conscience

CHAP. V

Voyageant un jour, mon frère sieur de la Brousse[1] et moi, durant nos guerres civiles[a], nous rencontrâmes un gentilhomme de bonne façon : il était du parti contraire au nôtre[b], mais je n'en savais rien, car il se contrefaisait autre : et le pis de ces guerres, c'est que les cartes sont si mêlées, votre ennemi n'étant distingué d'avec vous d'aucune marque apparente, ni de langage, ni de port, nourri[c] en mêmes lois, mœurs et même air, qu'il est malaisé d'y éviter confusion et désordre. Cela me faisait craindre à moi-même de rencontrer nos troupes, en lieu où je ne fusse connu, pour n'être en peine de dire mon nom[d], et de pis à l'aventure[e]. Comme il m'était autrefois advenu : car en un tel mécompte, je perdis et hommes et chevaux, et m'y tua l'on misérablement, entre autres, un page gentilhomme Italien, que je nourrissais[f] soigneusement, et fut éteinte en lui une très belle enfance, et pleine de grande espérance. Mais cettui-ci en avait une frayeur si éperdue, et je le voyais si mort à chaque rencontre d'hommes à cheval, et passage de villes, qui tenaient pour le[g] Roi, que je devinai enfin que

a. les guerres de Religion – *b*. il était protestant – *c*. élevé – *d*. de peur d'avoir à prouver mon identité – *e*. peut-être – *f*. j'instruisais – *g*. qui

c'étaient alarmes que sa conscience lui donnait. Il semblait à ce pauvre homme qu'au travers de son masque et des croix de sa casaque on irait lire jusque dans son cœur, ses secrètes intentions. Tant est merveilleux l'effort[a] de la conscience : elle nous fait trahir, accuser, et combattre nous-mêmes, et à faute[b] de témoin étranger, elle nous produit[c], contre nous :

Occultum quatiens animo tortore flagellum[d1].

Ce conte est en la bouche des enfants[e2]. Bessus Pœnien reproché[f] d'avoir de gaieté de cœur abattu un nid de moineaux, et les avoir tués : disait avoir eu raison, parce que ces oisillons ne cessaient de l'accuser faussement du meurtre de son père. Ce parricide jusque lors avait été occulte[g] et inconnu : mais les furies vengeresses, de la conscience, le firent mettre hors[h] à celui même qui en devait porter la pénitence. Hesiode corrige le dire de Platon[i], que la peine suit de bien près le péché : car il dit qu'elle naît en l'instant et quant et quant[j] le péché. Quiconque attend la peine, il la souffre[3], et quiconque l'a méritée l'attend. La méchanceté, fabrique des tourments contre soi,

Malum consilium consultori pessimum[k4],

comme la mouche guêpe[l], pique et offense[m] autrui, mais plus soi-même, car elle y perd son aiguillon et sa force pour jamais,

vitasque in vulnere ponunt[n5].

Les Cantarides[6] ont en elles quelque partie[o] qui sert contre leur poison de contre-poison, par une contra-

---

s'étaient ralliés au – *a*. tant est surprenante la force – *b*. à défaut de – *c*. trahit – *d*. « Nous flagellant d'un fouet invisible avec le cœur d'un bourreau. » – *e*. est connu des enfants – *f*. accusé – *g*. caché – *h*. révéler – *i*. le mot d'Hésiode corrige celui de – *j*. avec – *k*. « Un mauvais dessein est encore pire pour celui qui l'a conçu » – *l*. l'abeille – *m*. blesse – *n*. « et elles laissent leur vie dans la blessure qu'elles infligent » – *o*. qualité

riété de nature[a]. Aussi à même[b] qu'on prend le plaisir au vice, il s'engendre un déplaisir contraire en la conscience, qui nous tourmente de plusieurs imaginations pénibles, veillants et dormants,

Quippe ubi se multi per somnia sæpe loquentes
Aut morbo delirantes procraxe ferantur
Et celata diu in medium peccata dedisse[c][1].

Apollodorus songeait[d] qu'il se voyait écorcher par les Scythes, et puis bouillir dedans une marmite, et que son cœur murmurait en disant, je te suis cause de tous ces maux[2]. Aucune cachette ne sert aux méchants, disait Epicurus[3], parce qu'ils ne se peuvent assurer d'être cachés, la conscience les découvrant à eux-mêmes,

prima est hæc ultio, quod se
Judice nemo nocens absolvitur[e][4].

Comme elle[f] nous remplit de crainte, aussi fait-elle[g] d'assurance et de confiance. Et je puis dire, avoir marché en plusieurs hasards[h], d'un pas bien plus ferme, en considération de la secrète science[i], que j'avais de ma volonté, et innocence[j] de mes desseins.

Conscia mens ut cuique sua est, ita concipit intra
Pectora pro facto, spemque metumque suo[k][5].

Il y en a mille exemples : il suffira d'en alléguer trois de même personnage. Scipion étant un jour accusé devant le peuple Romain d'une accusation importante, au lieu de s'excuser ou de flatter ses juges : Il

a. une composition contraire – *b.* à mesure qu'on – *c.* « De fait on rapporte que beaucoup, souvent en parlant dans leur sommeil ou en délirant dans leur fièvre, se sont accusés eux-mêmes et ont révélé des fautes depuis longtemps cachées. » – *d.* rêvait – *e.* « la première punition des coupables est que leur propre jugement refuse de les absoudre. » – *f.* De même que la conscience – *g.* de même nous remplit-elle – *h.* périls – *i.* certitude – *j.* et de l'innocence – *k.* « Chacun selon sa conscience conçoit en son cœur pour ses actes de l'espoir ou de la crainte. »

vous siéra bien, leur dit-il, de vouloir entreprendre de juger de la tête de celui, par le moyen duquel vous avez l'autorité de juger de tout le monde[1]. Et une autre fois, pour toute réponse aux imputations que lui mettait sus[a] un Tribun du peuple, au lieu de plaider sa cause: Allons, dit-il mes citoyens[b], allons rendre grâces aux Dieux de la victoire qu'ils me donnèrent contre les Carthaginois en pareil jour, que celui-ci: Et se mettant[c] à marcher devant vers le temple, voilà toute l'assemblée, et son accusateur même à sa suite[2]. Et Petilius ayant été suscité[d] par Caton pour lui demander compte de l'argent manié en la province d'Antioche, Scipion étant venu au Sénat pour cet effet, produisit le livre des raisons[e] qu'il avait dessous sa robe, et dit que ce livre en contenait au vrai la recette et la mise[f]: mais comme on le lui demanda pour le mettre au greffe, il le refusa, disant ne se vouloir pas faire cette honte à soi-même: et de ses mains en la présence du Sénat le déchira et mit en pièces. Je ne crois pas qu'une âme cautérisée[g] sût contrefaire une telle assurance: il avait le cœur trop[h] [gros] de nature et accoutumé à trop haute fortune, dit Tite Live[3], pour qu'il sût être criminel et se démettre[i] à la bassesse de défendre son innocence. C'est une dangereuse invention que celle des géhennes[j], et semble que ce soit plutôt un essai de patience que de vérité[k]. Et celui qui les peut souffrir[l] cache la vérité, et celui qui ne les peut souffrir[4]. Car pourquoi la douleur me fera-elle plutôt confesser ce qui en est, qu'elle ne me forcera de dire ce qui n'est pas? Et au rebours, si celui qui n'a pas fait ce, de quoi on

a. dont le chargeait – *b.* concitoyens – *c.* alors qu'il se mettait – *d.* envoyé – *e.* de comptes – *f.* dépense – *g.* que l'âme d'un criminel endurci – *h.* grand – *i.* déchoir – *j.* de la torture – *k.* que l'on y fasse davantage l'épreuve de la résistance de l'homme que celle de la vérité de ses dires – *l.* supporter

l'accuse, est assez patient pour supporter ces tourments, pourquoi ne le sera celui qui l'a fait, un si beau guerdon[a] que de la vie lui étant proposé ? Je pense que le fondement de cette invention, est appuyé sur la considération de l'effort[b] de la conscience. Car au[c] coupable il semble qu'elle aide à[d] la torture pour lui faire confesser sa faute, et qu'elle l'affaiblisse : et de l'autre part, qu'elle fortifie l'innocent contre la torture. Pour dire vrai, c'est un moyen plein d'incertitude et de danger[1]. Que ne dirait-on, que ne ferait-on, pour fuir à si grièves[e] douleurs.

Etiam innocentes cogit mentiri dolor[f2].

D'où il advient que celui que le juge a géhenné[g] pour ne le faire mourir innocent, il le fasse mourir et innocent et géhenné. Mille et mille en ont chargé leur tête de fausses confessions : Entre lesquels, je loge Philotas, considérant les circonstances du procès qu'Alexandre lui fit, et le progrès de sa gêne[h]. Mais tant y a[i], que c'est dit-on le moins mal que l'humaine faiblesse ait pu inventer. Bien inhumainement pourtant et bien inutilement à mon avis. Plusieurs nations moins barbares en cela que la grecque et la romaine qui les en appellent[j] estiment horrible et cruel de tourmenter et desrompre[k] un homme de la faute duquel vous êtes encore en doute. Que peut-il mais[l] de votre ignorance ? Êtes-vous pas injustes, qui pour ne le tuer sans occasion[m] lui faites pis que le tuer. Qu'il soit ainsi[n]: Voyez combien de fois il aime mieux mourir sans raison que de passer par cette information[o] plus pénible que le supplice : et qui souvent par son âpreté devance le supplice et l'exécute. Je ne sais d'où je tiens ce conte[p3], mais il rapporte[q] exactement la conscience de notre

a. récompense – *b.* la force – *c.* dans le cas du – *d.* augmente l'effet de – *e.* de si grandes – *f.* « La douleur force à mentir même les innocents. » – *g.* torturé – *h.* le déroulement de sa torture – *i.* toujours est-il que – *j.* qui les appellent ainsi – *k.* mettre en pièces – *l.* en quoi est-il responsable – *m.* sans motif – *n.* La preuve : – *o.* interrogatoire – *p.* anecdote – *q.* il exprime

justice. Une femme de village accusait devant un général d'armée, grand justicier, un soldat pour avoir[a] arraché à ses petits enfants ce peu de bouillie qui lui restait à les sustanter, cette armée ayant ravagé tous les villages à l'environ. De preuve, il n'y en avait point. Le général après avoir sommé la femme de regarder bien à ce qu'elle disait, d'autant qu'elle serait coupable de son accusation si elle mentait, et elle persistant, il fit ouvrir le ventre au soldat pour s'éclaircir de la vérité du fait. Et la femme se trouva avoir raison. Condamnation instructive[b].

a. d'avoir – *b.* La condamnation fit office d'instruction.

De l'exercitation

CHAP. VI

Il est malaisé que le discours[a] et l'instruction, encore que notre créance s'y applique[b] volontiers, soient assez puissantes pour nous acheminer jusques à l'action, si outre cela nous n'exerçons et formons notre âme par expérience, au train[c] auquel nous la voulons ranger : autrement quand elle sera au propre des effets[d], elle s'y trouvera sans doute empêchée[e]. Voilà pourquoi parmi les philosophes, ceux qui ont voulu atteindre à quelque plus grande excellence, ne se sont pas contentés d'attendre à couvert et en repos les rigueurs de la fortune, de peur qu'elle ne les surprît inexpérimentés et nouveaux[f] au combat : ains[g] ils lui sont allés au devant, et se sont jetés à escient[h] à la preuve[i] des difficultés. Les uns[1] en ont abandonné les richesses, pour s'exercer à une pauvreté volontaire : les autres[2] ont recherché le labeur, et une austérité de vie pénible pour se durcir[j] au mal et au travail[k] : d'autres[3] se sont privés des parties du corps, les plus chères, comme de la vue et des membres propres à la génération, de peur que leur service

a. raisonnement – *b.* même si nous y ajoutons foi – *c.* à l'allure – *d.* dans le vif de l'action – *e.* sans aucun doute embarrassée – *f.* novices – *g.* mais – *h.* sciemment – *i.* à l'épreuve – *j.* s'endurcir – *k.* à la douleur

trop plaisant et trop mol[a], ne relachât et n'attendrît la fermeté de leur âme. Mais à mourir, qui est la plus grande besogne que nous ayons à faire, l'exercitation[b] ne nous y peut aider. On se peut par usage et par expérience fortifier contre les douleurs, la honte, l'indigence, et tels autres accidents[c], mais, quant à la mort, nous ne la pouvons essayer[d] qu'une fois, nous y sommes tous apprentifs[e], quand nous y venons[f]. Il s'est trouvé anciennement des hommes si excellents ménagers du temps[g], qu'ils ont essayé en la mort même, de la goûter et savourer, et ont bandé[h] leur esprit pour voir que c'était[i] de ce passage, mais ils ne sont pas revenus nous en dire les nouvelles :

nemo expergitus extat
Frigida quem semel est vitai pausa sequuta[j][1].

Canius Julius[2] noble homme Romain, de vertu et fermeté singulière[k], ayant été condamné à la mort par ce maraud de Caligula : outre plusieurs merveilleuses[l] preuves qu'il donna de sa résolution[m], comme il était sur le point de souffrir la main du bourreau, un philosophe son ami lui demanda : Eh bien Canius, en quelle démarche[n] est à cette heure votre âme, que fait-elle, en quels pensements[o] êtes-vous ? Je pensais, lui répondit-il, à me tenir prêt et bandé de toute ma force, pour voir, si en cet instant de la mort, si court et si bref, je pourrai apercevoir quelque délogement de l'âme[p], et si elle aura quelque ressentiment de son issue[q], pour, si j'en apprends quelque chose, en reve-

a. voluptueux – *b*. l'exercice – *c*. événements malheureux – *d*. en faire l'expérience – *e*. apprentis – *f*. dans l'Antiquité – *g*. utilisant le temps de manière si excellente – *h*. concentré – *i*. ce que c'était – *j*. « personne ne se réveille et ne se lève une fois qu'il a été atteint par le froid arrêt de la vie. » – *k*. singulières – *l*. étonnantes – *m*. fermeté – *n*. disposition – *o*. quelles pensées – *p*. percevoir en quelque manière le départ de l'âme – *q*. sentiment de sa sortie

nir donner après, si je puis, avertissement à mes amis. Cettui-ci philosophe non seulement jusques à la mort, mais en la mort même. Quelle assurance était-ce, et quelle fierté de courage, de vouloir que sa mort lui servît de leçon, et avoir loisir de penser ailleurs[a] en un si grand affaire[b]:

jus hoc animi morientis habebat[c 1].

Il me semble toutefois qu'il y a quelque façon de nous apprivoiser à elle, et de l'essayer aucunement[d]. Nous en pouvons avoir expérience, sinon entière et parfaite[e], au moins telle, qu'elle ne soit pas inutile, et qui nous rende plus fortifiés et assurés. Si nous ne la pouvons joindre, nous la pouvons approcher, nous la pouvons reconnaître : et si nous ne donnons jusques à son fort[f], au moins verrons-nous et en pratiquerons les avenues[g]. Ce n'est pas sans raison qu'on nous fait regarder à notre sommeil même, pour la ressemblance qu'il a de[h] la mort : combien facilement nous passons du veiller au dormir, avec combien peu d'intérêt[i] nous perdons la connaissance de la lumière et de nous. À l'aventure[j] pourrait sembler inutile et contre nature la faculté du sommeil qui nous prive de toute action et de tout sentiment, n'était que par icelui[k] nature nous instruit qu'elle nous a pareillement faits pour mourir que pour vivre et dès la vie nous présente l'éternel état qu'elle nous garde après icelle pour nous y accoutumer et nous en ôter la crainte. Mais ceux qui sont tombés par quelque violent accident en défaillance de cœur[l], et qui y ont perdu tous sentiments, ceux-là à mon avis ont été bien près de voir son vrai et naturel visage : car quant à l'instant et au point du passage, il n'est pas à craindre, qu'il

a. à autre chose – *b.* une si grande affaire – *c.* « il avait encore cet empire sur son âme au moment d'expirer. » – *d.* en quelque façon – *e.* complète – *f.* si nous ne l'atteignons en son cœur – *g.* voies d'accès – *h.* avec – *i.* de préjudice – *j.* Peut-être – *k.* sinon que par le sommeil – *l.* perte de conscience

porte avec soi aucun travail[a] ou déplaisir, d'autant que nous ne pouvons avoir nul sentiment, sans loisir[b]. Nos souffrances ont besoin de temps, qui est si court et si précipité en la mort, qu'il faut nécessairement qu'elle soit insensible. Ce sont les approches que nous avons à craindre : et celles-là peuvent tomber en expérience. Plusieurs choses nous semblent plus grandes par imagination, que par effet. J'ai passé une bonne partie de mon âge[c] en une parfaite et entière santé : je dis non seulement entière, mais encore allègre et bouillante. Cet état plein de verdeur et de fête, me faisait trouver si horrible la considération des maladies, que quand je suis venu à les expérimenter, j'ai trouvé leurs pointures molles et lâches[d] au prix[e] de ma crainte. Voici que[f] j'éprouve tous les jours : suis-je à couvert chaudement dans une bonne salle, pendant qu'il se passe une nuit orageuse et tempêteuse : je m'étonne et m'afflige pour ceux qui sont lors en la campagne : y suis-je moi-même, je ne désire pas seulement[g] d'être ailleurs. Cela seul, d'être toujours enfermé dans une chambre me semblait insupportable : je fus incontinent dressé à y être une semaine, et un mois, plein d'émotion[h], d'altération et de faiblesse : et ai trouvé que lors de ma santé[i], je plaignais les malades beaucoup plus, que je ne me trouve à plaindre moi-même, quand j'en suis, et que la force de mon appréhension enchérissait près de moitié l'essence et la vérité de la chose. J'espère qu'il m'en adviendra de même de la mort : et qu'elle ne vaut pas la peine, que je prends à tant d'apprêts[j] que je dresse,

a. effort pénible – *b.* si nous n'en avons pas le temps – *c.* ma vie – *d.* leurs atteintes faibles et impuissantes – *e.* en comparaison – *f.* ce que – *g.* pas même – *h.* agitation – *i.* lorsque j'étais en bonne santé – *j.* préparatifs

et tant de secours que j'appelle et assemble pour en soutenir l'effort[a] : mais à toutes aventures[b] nous ne pouvons nous donner trop d'avantage. Pendant nos troisièmes troubles, ou deuxièmes[1] (il ne me souvient pas bien de cela) m'étant allé un jour promener à une lieue de chez moi, qui suis assis[c] dans le moiau[d] de tout le trouble des guerres civiles de France[2], estimant être en toute sûreté, et si voisin de ma retraite[e], que je n'avais point besoin de meilleur équipage, j'avais pris un cheval bien aisé, mais non guère ferme. À mon retour une occasion soudaine s'étant présentée, de m'aider de ce cheval à un service, qui n'était pas bien de son usage, un de mes gens grand et fort, monté sur un puissant roussin[f], qui avait une bouche désespérée[g], frais au demeurant et vigoureux, pour faire le hardi et devancer ses compagnons, vint à le pousser à toute bride droit dans ma route, et fondre comme un colosse sur le petit homme et petit cheval, et le foudroyer de sa roideur et de sa pesanteur[h], nous envoyant l'un et l'autre les pieds contre mont[i] : si que[j] voilà le cheval abattu et couché tout étourdi, moi dix ou douze pas au-delà, mort étendu à la renverse, le visage tout meurtri et tout écorché, mon épée que j'avais à la main, à plus de dix pas au-delà, ma ceinture en pièces, n'ayant ni mouvement, ni sentiment, non plus qu'une souche. C'est le seul évanouissement que j'aie senti, jusques à cette heure. Ceux qui étaient avec moi, après avoir essayé par tous les moyens qu'ils purent de me faire revenir[k], me tenant pour mort, me prirent entre leurs bras, et m'emportaient avec beaucoup de difficulté en ma

a. l'assaut – *b.* quoi qu'il en soit – *c.* situé – *d.* au milieu – *e.* demeure – *f.* cheval de ferme – *g.* désobéissante au mors – *h.* de sa force et de son poids – *i.* en l'air – *j.* si bien que – *k.* reprendre conscience

maison, qui était loin de là, environ une demi-lieue Française. Sur le chemin, et après avoir été plus de deux grosses heures tenu pour trépassé, je commençai à me mouvoir et respirer : car il était tombé si grande abondance de sang dans mon estomac, que pour l'en décharger nature eut besoin de ressusciter ses forces. On me dressa sur mes pieds, où je rendis un plein seau de bouillons de sang pur, et plusieurs fois par le chemin, il m'en fallut faire de même. Par là, je commençai à reprendre un peu de vie, mais ce fut par les menus[a], et par un si long trait[b] de temps, que mes premiers sentiments étaient beaucoup plus approchant de la mort que de la vie,

Perche dubbiosa anchor del suo ritorno
Non s'assecura attonita la mente[c][1].

Cette recordation[d] que j'en ai fort empreinte en mon âme, me représentant son visage et son idée[e] si près du naturel[f], me concilie aucunement à elle[g]. Quand je commençai à y voir, ce fut d'une vue si trouble, si faible, et si morte, que je ne discernais encore rien que la lumière,

come quel ch'or apre or chiude
Gli occhi, mezzo tra'l sonno è l'esser desto[h][2].

Quant aux fonctions de l'âme, elles naissaient avec même progrès[i], que celles du corps. Je me vis tout sanglant : car mon pourpoint[j] était taché partout du sang que j'avais rendu. La première pensée qui me vint, ce fut que j'avais une arquebusade[k] en la tête : de vrai en même temps, il s'en tirait plusieurs autour

a. peu à peu – *b*. une si longue durée – *c*. « Car, encore incertaine de son retour, l'âme frappée de stupeur ne peut s'affermir. » – *d*. Ce souvenir – *e*. image – *f*. de la réalité – *g*. me réconcilie quelque peu avec elle – *h*. « comme celui qui tantôt ouvre les yeux et tantôt les referme, à mi-chemin entre le sommeil et la veille. » – *i*. en même temps – *j*. vêtement d'homme couvrant le torse – *k*. un coup d'arquebuse

de nous. Il me semblait que ma vie ne me tenait plus qu'au bout des lèvres[1] : je fermais les yeux pour aider ce me semblait à la pousser hors, et prenais plaisir à m'alanguir et à me laisser aller. C'était une imagination[a] qui ne faisait que nager superficiellement en mon âme, aussi tendre et aussi faible que tout le reste : mais à la vérité non seulement exempte de déplaisir, ains[b] mêlée à cette douceur, que sentent ceux qui se laissent glisser au sommeil. Je crois que c'est ce même état, où se trouvent ceux qu'on voit défaillants de faiblesse, en l'agonie de la mort : et tiens que nous les plaignons sans cause, estimant qu'ils soient agités de grièves douleurs, ou avoir l'âme pressée de cogitations pénibles[c]. Ç'a été toujours mon avis, contre l'opinion de plusieurs, et même d'Estienne de la Boetie, que ceux que nous voyons ainsi renversés et assoupis aux approches de leur fin, ou accablés de la longueur du mal, ou par l'accident d'une apoplexie, ou mal caduc[d],

vi morbi sæpe coactus
Ante oculos aliquis nostros ut fulminis ictu,
Concidit, et spumas agit, ingemit, et fremit artus,
Desipit, extentat nervos, torquetur, anhelat,
Inconstanter et in jactando membra fatigat[e2],

ou blessés en la tête, que nous oyons rommeler[f], et rendre parfois des soupirs tranchants[g], quoique nous en tirions aucuns signes[h], par où il semble qu'il leur reste encore de la connaissance[i], et quelques mouvements que nous leur voyons faire du corps : j'ai

a. idée – *b*. mais – *c*. pensées douloureuses – *d*. épilepsie – *e*. « souvent un homme, terrassé par la violence de la maladie, comme frappé par la foudre, s'affaisse sous nos yeux : il écume, gémit, tous ses membres frémissent, il délire, raidit ses muscles, se débat, halète et épuise son corps en mouvements désordonnés » – *f*. geindre – *g*. déchirants – *h*. quelques indices – *i*. conscience

toujours pensé, dis-je, qu'ils avaient et l'âme, et le corps enseveli, et endormi[a] :

Vivit et est vitæ nescius ipse suæ[b][1].

Et ne pouvais croire que à un si grand étonnement de[c] membres, et si grande défaillance des sens, l'âme pût maintenir aucune[d] force au dedans pour se reconnaître : et que par ainsi ils n'avaient aucun discours[e] qui les tourmentât, et qui leur pût faire juger et sentir la misère de leur condition, et que par conséquent, ils n'étaient pas fort à plaindre. Je n'imagine aucun état pour moi si insupportable et horrible, que d'avoir l'âme vive, et affligée, sans moyen de se déclarer[f]. Comme je dirais, de ceux qu'on envoie au supplice, leur ayant coupé la langue, si ce n'était qu'en cette sorte de mort, la plus muette me semble la mieux séante, si elle est accompagnée d'un ferme visage et grave : et comme ces misérables[g] prisonniers qui tombent ès mains des vilains bourreaux soldats de ce temps, desquels ils sont tourmentés[h] de toute espèce de cruel traitement, pour les contraindre à quelque rançon excessive et impossible : tenus cependant en condition et en lieu, où ils n'ont moyen quelconque d'expression, et signification de[i] leurs pensées et de leur misère[2]. Les Poètes ont feint[j] quelques dieux favorables, à la délivrance de ceux qui traînaient ainsi une mort languissante,

hunc ego Diti
Sacrum jussa fero, teque isto corpore solvo[k][3].

Et les voix[l] et réponses courtes et décousues, qu'on leur arrache à force de crier autour de leurs oreilles,

a. ensevelis et endormis – *b.* « Il vit, mais il n'a pas lui-même conscience de vivre. » – *c.* ébranlement des – *d.* quelque – *e.* jugement – *f.* s'exprimer – *g.* pitoyables – *h.* torturés – *i.* d'exprimer et de faire connaître – *j.* imaginé – *k.* « selon les ordres des dieux, j'emporte ce cheveu consacré à Dis et je te délivre de ton corps. » – *l.* paroles

et de les tempêter[a], ou des mouvements qui semblent avoir quelque consentement à ce qu'on leur demande, ce n'est pas témoignage qu'ils vivent pourtant[b], au moins une vie entière. Il nous advient ainsi sur le bégaiement[c] du sommeil, avant qu'il nous ait du tout saisis, de sentir comme en songe, ce qui se fait autour de nous, et suivre les voix, d'une ouïe trouble et incertaine, qui semble ne donner qu'aux bords de l'âme : et faisons des réponses à la suite des dernières paroles, qu'on nous a dites, qui ont plus de fortune que de sens[d]. Or à présent que je l'ai essayé par effet[e], je ne fais nul doute que je n'en ai bien jugé jusques à cette heure. Car premièrement étant tout évanoui, je me travaillais[f] d'entrouvrir mon pourpoint à belles ongles[g] (car j'étais désarmé[h]) et si[i] sais que je ne sentais en l'imagination rien qui me blessât : car il y a plusieurs mouvements en nous, qui ne partent pas de notre ordonnance[j],

Semianimesque micant digiti ferrumque retractant[k][1].

Ceux qui tombent, élancent ainsi les bras au devant de leur chute, par une naturelle impulsion, qui fait que nos membres se prêtent des offices[l], et ont des agitations à part de notre discours[m] :

Falciferos memorant currus abscindere membra,
Ut tremere in terra videatur ab artubus, id quod
Decidit abscissum, cum mens tamen atque homini vis
Mobilitate mali non quit sentire dolorem[n][2].

J'avais mon estomac pressé de ce sang caillé, mes

a. harceler – *b*. pour autant – *c*. au début – *d*. qui doivent plus au hasard qu'à la conscience – *e*. j'en ai fait l'expérience – *f*. je m'efforçais – *g*. avec les ongles – *h*. sans cuirasse – *i*. et pourtant – *j*. volonté – *k*. « À demi morts, les doigts s'agitent et ressaisissent le fer. » – *l*. se rendent des services – *m*. ont des mouvement que ne commande pas notre jugement – *n*. « On rapporte que des chars armés de faux tranchent les membres de telle sorte que leurs tronçons séparés s'en agitent à terre, alors que la rapidité du coup empêche l'esprit puissant et la vigueur de

mains y couraient d'elles-mêmes, comme elles font souvent, où il nous démange, contre l'avis de notre volonté. Il y a plusieurs animaux et des hommes mêmes, après qu'ils sont trépassés, auxquels on voit resserrer et remuer des muscles. Chacun sait par expérience, qu'il y a des parties qui se branlent[a], dressent et couchent souvent sans son congé[b]. Or ces passions[c] qui ne nous touchent que par l'écorce, ne se peuvent dire nôtres : Pour les faire nôtres, il faut que l'homme y soit engagé tout entier : et les douleurs que le pied ou la main sentent pendant que nous dormons, ne sont pas à nous. Comme j'approchai de chez moi, où l'alarme de ma chute avait déjà couru, et que ceux de ma famille[d] m'eurent rencontré, avec les cris accoutumés en telles choses, non seulement je répondais quelque mot à ce qu'on me demandait, mais encore ils disent que je m'avisai de commander qu'on donnât un cheval à ma femme, que je voyais s'empêtrer et se tracasser[e] dans le chemin, qui est montueux et malaisé. Il semble que cette considération dût partir d'une âme éveillée, si est-ce que je n'y étais[f] aucunement : c'étaient des pensements vains en nue[g], qui étaient émus[h] par les sens des yeux et des oreilles : ils ne venaient pas de chez moi. Je ne savais pourtant[i] ni d'où je venais, ni où j'allais, ni ne pouvais peser et considérer ce qu'on me demandait : ce sont des légers effets, que les sens produisaient d'eux-mêmes, comme d'un usage[j] : ce que l'âme y prêtait, c'était en songe, touchée bien légèrement, et comme léchée seulement et arrosée par la molle

---

l'homme d'éprouver de la souffrance. » – *a*. s'agitent – *b*. sa permission – *c*. impressions – *d*. mes proches et mes domestiques – *e*. se démener – *f*. alors que je ne l'étais – *g*. des pensées vagues et inconsistantes – *h*. produits – *i*. pour cette raison – *j*. comme de manière mécanique

impression des sens. Cependant mon assiette[a] était à la vérité très douce et paisible : je n'avais affliction ni pour autrui ni pour moi : c'était une langueur et une extrême faiblesse, sans aucune douleur. Je vis ma maison sans la reconnaître. Quand on m'eut couché, je sentis une infinie douceur à ce repos, car j'avais été vilainement tirassé[b] par ces pauvres gens, qui avaient pris la peine de me porter sur leurs bras, par un long et très mauvais chemin, et s'y étaient lassés[c] deux ou trois fois les uns après les autres. On me présenta force remèdes, de quoi je n'en reçus[d] aucun, tenant pour certain, que j'étais blessé à mort par la tête. C'eût été sans mentir une mort bien heureuse : car la faiblesse de mon discours[e] me gardait[f] d'en rien juger, et celle du corps d'en rien sentir. Je me laissais couler si doucement et d'une façon si douce et si aisée, que je ne sens guère autre action moins pesante, que celle-là était. Quand je vins à revivre et à reprendre mes forces,

Ut tandem sensus convaluere mei[g][1],

qui[h] fut deux ou trois heures après, je me sentis tout d'un train r'engager aux douleurs[i], ayant les membres tout moulus et froissés de ma chute, et en fus si mal deux ou trois nuits après, que j'en cuidai[j] remourir encore un coup, mais d'une mort plus vive, et me sens encore de la secousse de cette froissure[k]. Je ne veux pas oublier ceci, que la dernière chose en quoi je me pus remettre[l], ce fut la souvenance de cet accident, et me fis redire plusieurs fois, où j'allais, d'où je venais, à quelle heure cela m'était advenu, avant que de le pouvoir concevoir. Quant à la façon[m]

a. état – *b*. durement secoué – *c*. éreintés – *d*. acceptai – *e*. ma raison – *f*. m'empêchait – *g*. « Lorsque enfin mes sens reprirent vigueur » – *h*. ce qui – *i*. en même temps gagner par les douleurs – *j*. crus – *k*. ce choc – *l*. dont je pus me souvenir – *m*. aux modalités

de ma chute on me la cachait, en faveur de celui, qui en avait été cause, et m'en forgeait-on d'autres. Mais longtemps après, et le lendemain, quand ma mémoire vint à s'entrouvrir, et me représenter l'état, où je m'étais trouvé en l'instant, que j'avais aperçu ce cheval fondant sur moi (car je l'avais vu à mes talons, et me tins pour mort, mais ce pensement[a] avait été si soudain, que la peur n'eut pas loisir de s'y engendrer) il me sembla que c'était un éclair qui me frappait l'âme de secousse, et que je revenais de l'autre monde. Ce conte d'un événement si léger, est assez vain, n'était l'instruction que j'en ai tirée pour moi : car à la vérité pour s'apprivoiser à la mort, je trouve qu'il n'y a que de s'en avoisiner[b]. Or, comme dit Pline[1], chacun est à soi-même une très bonne discipline[c], pourvu qu'il ait la suffisance de s'épier[d] de près. Ce n'est pas ici ma doctrine[e], c'est mon étude, et n'est pas la leçon d'autrui, c'est la mienne. Et ne me doit-on savoir mauvais gré pourtant[f] si je la communique. Ce qui me sert peut aussi par accident[g] servir à un autre. Au demeurant je ne gâte rien : je n'use que du mien. Et si je fais le fol c'est à mes dépens et sans l'intérêt de[h] personne. Car c'est en folie qui meurt en moi, qui n'a point de suite[i]. Nous n'avons nouvelles que de deux ou trois anciens[2] qui aient battu ce chemin : et si[j] ne pouvons dire si c'est du tout en pareille manière à cette-ci, n'en connaissant que les noms. Nul depuis ne s'est jeté sur leur trace. C'est une épineuse entreprise, et plus qu'il ne semble : de suivre une allure si vagabonde que celle de notre esprit : De pénétrer les profondeurs opaques de ses replis internes : De choisir et arrêter tant de menus airs de ses agitations[k].

a. cette pensée – *b.* approcher – *c.* un très bon sujet d'étude – *d.* qu'il soit capable de s'observer – *e.* ma théorie – *f.* pour cette raison – *g.* par incidence – *h.* sans dommage à – *i.* c'est, en matière de folie, une espèce qui m'est particulière et qu'on ne peut imiter – *j.* et encore nous – *k.* distinguer et fixer tant de subtiles qualités de ses mouvements

Et est un amusement[a] nouveau et extraordinaire qui nous retire des occupations communes du monde : oui, et des plus recommandées[b]. Il y a plusieurs années que je n'ai que moi pour visée à mes pensées : que je ne contrerôle[c] et étudie que moi : Et si j'étudie autre chose c'est pour soudain le coucher sur moi ou en moi, pour mieux dire. Et ne me semble point faillir[d] si, comme il se fait des autres sciences sans comparaison moins utiles, je fais part de ce que j'ai appris en cette-ci : quoique je ne me contente guère du progrès que j'y ai fait. Il n'est description pareille en difficulté à la description de soi-même, ni certes en utilité. Encore se faut-il testonner[e], encore se faut-il ordonner et ranger[f] pour sortir en place[g]. Or je me pare sans cesse, car je me décris sans cesse. La coutume a fait le parler de soi, vicieux[h], et le prohibe obstinément en haine de la vantance[i] qui semble toujours être attachée aux propres témoignages[j]. Au lieu qu'on doit moucher l'enfant, cela s'appelle l'énaser[k]. *In vitium ducit culpæ fuga*[l][1]. Je trouve plus de mal que de bien à ce remède. Mais quand il serait vrai que ce fût nécessairement présomption d'entretenir le peuple de soi, je ne dois pas suivant mon général dessein refuser une action qui publie[m] cette maladive qualité[n] puisqu'elle est en moi. Et ne dois cacher cette faute[o] que j'ai non seulement en usage mais en profession[p]. Toutefois, à dire ce que j'en crois, cette coutume a tort de condamner le vin parce que plusieurs s'y enivrent[2]. On ne peut abuser que des choses qui sont bonnes. Et crois de cette règle qu'elle ne regarde que la populaire défaillance[q]. Ce sont brides à veaux[r]: desquelles ni les Saints que nous oyons si hautement parler d'eux, ni les philosophes, ni les théologiens ne se brident. Ne fais-je moi[s], quoique je sois aussi peu l'un que l'autre. S'ils n'en écrivent à point nommé[t] : au moins, quand l'occasion les y porte ne

a. c'est une occupation – *b*. estimées – *c*. n'examine – *d*. faire erreur – *e*. peigner – *f*. arranger – *g*. se montrer en public – *h*. la coutume nous conduit à considérer le fait de parler de soi comme un vice – *i*. vantardise – *j*. à ce que l'on dit de soi-même – *k*. lui couper le nez – *l*. « Éviter une faute conduit à un vice. » – *m*. expose – *n*. cette défaillance – *o*. ce défaut – *p*. mais que je reconnais encore ouvertement – *q*. la faiblesse ordinaire – *r*. niaiseries – *s*. ni moi non plus – *t*. expressément

feignent-ils pas de se jeter bien avant sur le trottoir[a]. [De quoi traite Socrates plus largement que de soi ? À quoi achemine-il plus souvent] les propos [de ses disciples, qu'à parler d'eux, non pas de la leçon de leur livre, mais de l'être et branle[b] de leur âme ? Nous nous disons religieusement[c] à Dieu, et à notre confesseur, comme nos voisins à tout le peuple[1]. Mais nous n'en disons, me répondra-on, que les] accusations. Nous disons donc tout : car notre [vertu même est fautière[d] et repentable[e] :] Mon métier et mon art, c'est vivre. Qui me [défend d'en parler selon mon sens], expérience et usage, qu'il ordonne à l'architecte de parler des bâtiments non selon soi mais selon son voisin : selon la science d'un autre, non selon la sienne. Si c'est gloire[f] de soi-même publier ses valeurs, que ne met Cicero en avant l'éloquence de Hortance, Hortance celle de Cicero[2] ? À l'aventure[g] entendent-ils[h] que je témoigne de moi par ouvrages et effets[i], non nuement[j] [par] des paroles. je peins principalement mes cogitations[k], sujet informe qui ne peut tomber en production ouvragère[l]. À toute peine[m] le puis-je coucher en ce corps aéré de la voix[n]. Des plus [sages] hommes et des plus dévots ont vécu fuyant tous apparents effets[o]. Les effets diraient plus de la Fortune que de moi[p]. Ils témoignent leur rôle : non pas le mien si ce n'est conjecturalement [et] incertainement. Échantillons d'une montre particulière[q][3]. Je m'étale entier. C'est un *skeletos*[4] où d'une vue les veines, les muscles, les tendons paraissent, chaque pièce en [son] siège[r]. L'effet de la toux en produisait[s] une partie, l'effet de la pâleur ou battement de cœur une autre, et douteusement[t]. Ce ne sont mes gestes[u] que j'écris, c'est moi, c'est [mon] essence. Je tiens qu'il faut être prudent à estimer de soi[v] et pareillement consciencieux à en

a. ils n'hésitent pas à s'offrir largement à la vue de chacun – *b*. mouvement – *c*. nous nous confessons scrupuleusement – *d*. sujette à faillir – *e*. peut s'en repentir – *f*. présomption – *g*. peut-être – *h*. veulent-ils signifier – *i*. par mes œuvres et mes actes – *j*. simplement – *k*. pensées – *l*. qui ne peut se traduire en actes – *m*. à grand-peine – *n*. cette immatérialité de la parole – *o*. toutes actions visibles – *p*. les actions relèveraient davantage du hasard que de moi – *q*. d'une représentation de soi-même – *r*. à sa place – *s*. manifestait – *t*. de manière imprécise – *u*. actions – *v*. à se juger

témoigner, soit bas, soit haut, indifféremment. Si je me semblais bon et sage ou près de là, je l'entonnerais [à] pleine tête[a]. De dire moins de soi qu'il n'y en a, c'est sottise, non modestie. Se payer de moins qu'on ne vaut, là, c'est lâcheté et pusillanimité selon Aristote[1]. Nulle vertu ne s'aide de la fausseté : et la vérité n'est jamais matière d'erreur. De dire de soi plus qu'il n'y en a, ce n'est pas toujours présomption, c'est encore souvent sottise. Se complaire outre mesure de ce qu'on est : en tomber en amour de soi indiscrète[b] : est à mon avis la substance de ce vice. Le suprême remède à le guérir, c'est faire [tout] le rebours[c] de ce que ceux-ci ordonnent, qui en défendant le parler de soi défendent par conséquent encore plus de penser à soi. L'orgueil gît en la pensée. La langue n'y peut avoir qu'une bien [légère] part. De s'amuser à soi[d], il leur semble que c'est se plaire en soi, de se hanter[e] et pratiquer[f], que c'est se trop chérir : Il[g] peut être. Mais cet excès naît seulement en ceux qui ne se tâtent[h] [que] superficiellement. Qui se voient après leurs affaires. Qui appellent rêverie et oisiveté s'entretenir de soi. Et s'étoffer et bâtir[i], faire des châteaux en Hespaigne : s'estimant chose tierce et étrangère [à eux-]mêmes. [Si quelqu'un s'enivre de sa science, regardant sous soi : qu'il tourne les yeux au-dessus] vers les siècles passés, il baissera les cornes[j], y trouvant tant de milliers d'esprits qui le foulent aux pieds. S'il entre en quelque flatteuse présomption de sa vaillance, qu'il se ramentoive[k] les vies des deux Scipion, de tant d'armées, de tant de peuples, qui le laissent si loin derrière eux. Nulle particulière qualité n'enorgueillira celui qui mettra quant et quant[l] en compte tant d'imparfaites et faibles qualités autres[m], qui sont en lui : et au bout la nihilité[n] de l'humaine condition. Parce que Socrates avait seul mordu à certes[o] au précepte de son Dieu[2], de se connaître, et par cet étude était arrivé à se mépriser, il fut estimé seul digne du surnom de sage. [Qui] se connaîtra ainsi qu'il se donne hardiment à connaître par sa bouche[3].

a. je le chanterais à tue-tête – *b.* excessive – *c.* le contraire – *d.* s'occuper de soi-même – *e.* se fréquenter – *f.* être en relation avec soi-même – *g.* Cela – *h.* s'examinent – *i.* se cultiver et se former – *j.* il s'humiliera – *k.* qu'il se rappelle – *l.* en même temps – *m.* tant d'autres imperfections et faiblesses – *n.* le néant – *o.* sérieusement

Des récompenses d'honneur

CHAP. VII

Ceux qui écrivent la vie d'Auguste Cæsar[1], remarquent[a] ceci en sa discipline militaire, que des dons, il était merveilleusement[b] libéral envers ceux, qui le méritaient : mais que des pures récompenses d'honneur[c] il en était bien autant épargnant. Si est-ce qu[d]'il avait été lui-même gratifié par son oncle[2], de toutes les récompenses militaires, avant qu'il eût jamais été à la guerre. Ç'a été une belle invention, et reçue en la plupart des polices[e] du monde, d'établir certaines marques vaines et sans prix, pour en honorer et récompenser la vertu : comme sont les couronnes de laurier, de chêne, de myrte, la forme de certain vêtement, le privilège d'aller en coche par ville, ou de nuit avec flambeau, quelque assiette[f] particulière aux assemblées publiques, la prérogative d'aucuns surnoms[g] et titres, certaines marques aux armoiries, et choses semblables, de quoi l'usage a été diversement reçu selon l'opinion des nations, et dure encore. Nous avons pour notre part, et plusieurs de nos voisins, les ordres de chevalerie, qui ne sont établis qu'à

a. soulignent – *b.* extraordinairement – *c.* des récompenses purement honorifiques – *d.* Toujours est-il que – *e.* gouvernements – *f.* place – *g.* de certains noms

cette fin. C'est à la vérité une bien bonne et profitable coutume, de trouver moyen de reconnaître la valeur des hommes rares et excellents, et de les contenter et satisfaire par des paiements, qui ne chargent aucunement le public[a], et qui ne coûtent rien au Prince. Et ce qui a été toujours connu par expérience ancienne, et que nous avons autrefois aussi pu voir entre nous, que les gens de qualité[b], avaient plus de jalousie de telles récompenses, que de celles, où il y avait du gain et du profit, cela n'est pas sans raison et grande apparence[c]. Si au prix qui doit être simplement d'honneur, on y mêle d'autres commodités[d], et de la richesse : ce mélange, au lieu d'augmenter l'estimation, il la ravale et en retranche. L'ordre Saint Michel qui a été si longtemps en crédit parmi nous[1], n'avait point de plus grande commodité que celle-là, de n'avoir communication[e] d'aucune autre commodité. Cela faisait, qu'autrefois, il n'y avait ni charge ni état, quel qu'il fût, auquel la noblesse prétendît avec tant de désir et d'affection[f] qu'elle faisait à l'ordre, ni qualité qui apportât plus de respect et de grandeur : la vertu embrassant et aspirant plus volontiers à une récompense purement sienne : plutôt glorieuse qu'utile. Car à la vérité les autres dons n'ont pas leur usage si digne[g], d'autant qu'on les emploie à toute sorte d'occasions. Par des richesses, on satisfait[h] le service d'un valet, la diligence d'un courrier, le danser, le voltiger, le parler, et les plus vils offices[i] qu'on reçoive : voire et[j] le vice s'en paie, la flatterie, le maquerelage[k], la trahison : ce n'est pas merveille si la vertu reçoit et désire moins volontiers cette sorte

a. les finances publiques – *b.* nobles – *c.* vraisemblance – *d.* avantages – *e.* n'avoir part à aucune autre – *f.* attachement – *g.* noble – *h.* rémunère – *i.* services – *j.* et même – *k.* proxénétisme

de monnaie commune, que celle qui lui est propre et particulière, toute noble et généreuse. Auguste avait raison d'être beaucoup plus ménager[a] et épargnant de cette-ci, que de l'autre, d'autant que l'honneur, c'est un privilège qui tire sa principale essence de la rareté : et la vertu même :

Cui malus est nemo, quis bonus esse potest[b][1] ?

On ne remarque pas la recommandation[c] d'un homme, qu'il ait soin de la nourriture[d] de ses enfants, d'autant que c'est une action commune, quelque juste qu'elle soit : non plus qu'un grand arbre où la forêt est tout de même[e]. Je ne pense pas que aucun citoyen de Sparte se glorifiât de sa vaillance, car c'était une vertu populaire[f] en leur nation : et aussi peu de la fidélité et mépris des richesses. Il n'échoit pas de récompense à une vertu, pour grande qu'elle soit, qui est passée en coutume : et ne sais avec, si nous l'appellerions jamais grande étant commune. Puis donc que ces loyers d'honneur n'ont autre prix et estimation que cette-là, que peu de gens en jouissent, il n'est pour les anéantir que d'en faire largesse. Quand il se trouverait plus d'hommes qu'au temps passé, qui méritassent notre ordre, il n'en fallait pas pourtant corrompre l'estimation. Et peut aisément advenir que plus le méritent, car il n'est aucune des vertus qui s'épande si aisément que la vaillance militaire. Il y en a une autre vraie, parfaite et philosophique, de quoi je ne parle point, et me sers de ce mot[g], selon notre usage, bien plus grande que cette-ci et plus pleine : qui est une force et assurance de l'âme, méprisant également toute sorte d'accidents ennemis : équable[h], uniforme et cons-

a. économe – *b.* « Pour qui nul n'est méchant, qui pourrait être bon ? » – *c.* pour vanter les mérites – *d.* éducation – *e.* où la forêt en est uniformément plantée – *f.* ordinaire – *g.* le mot de vaillance – *h.* égale

tante, de laquelle la nôtre n'est qu'un bien petit rayon. L'usage, l'institution[a], l'exemple et la coutume, peuvent tout ce qu'elles[b] veulent en l'établissement de celle, de quoi je parle, et la rendent aisément vulgaire[c] : comme il est très aisé à voir par l'expérience que nous en donnent nos guerres civiles. Et qui nous pourrait joindre[d] à cette heure, et acharner à[e] une entreprise commune tout notre peuple, nous ferions refleurir notre ancien nom militaire. Il est bien certain que la récompense de l'ordre ne touchait pas au temps passé seulement cette considération, elle regardait plus loin. Ce n'a jamais été le paiement d'un valeureux soldat, mais d'un capitaine fameux. La science d'obéir ne méritait pas un loyer si honorable : on y requérait anciennement une expertice bellique plus universelle[f], et qui embrassât la plupart et plus grandes parties[g] d'un homme militaire : *neque enim eædem militares et imperatoriæ artes sunt*[h][1] : qui fut encore, outre cela de condition accommodable[i] à une telle dignité. Mais je dis, quand plus de gens en seraient dignes qu'il ne s'en trouvait autrefois, qu'il ne fallait pas pourtant s'en rendre plus libéral : et eût mieux valu faillir à n'en étrenner[j] pas tous ceux, à qui il[k] était dû, que de perdre pour jamais, comme nous venons de faire, l'usage d'une invention si utile. Aucun homme de cœur ne daigne s'avantager de ce qu'il a de commun avec plusieurs : et ceux d'aujourd'hui qui ont moins mérité cette récompense, font plus de contenance[l] de la dédaigner, pour se loger par là, au rang de ceux à qui on fait tort d'épandre indignement et avilir

a. l'éducation – *b.* ils – *c.* commune – *d.* et si l'on pouvait nous réunir – *e.* stimuler pour – *f.* une expérience de la guerre plus vaste – *g.* qualités – *h.* « car les qualités du soldat et celles du général ne sont pas les mêmes » – *i.* de rang social convenant – *j.* gratifier – *k.* cela – *l.* font plus mine de

cette marque qui leur était particulièrement due[a]. Or de s'attendre en effaçant et abolissant cette-ci, de pouvoir soudain remettre en crédit, et renouveler une semblable coutume, ce n'est pas entreprise propre à une saison si licencieuse[b] et malade qu'est celle, où nous nous trouvons à présent : et en adviendra que la dernière encourra dès sa naissance les incommodités[c], qui viennent de ruiner l'autre. Les règles de la dispensation de ce nouvel ordre[1], auraient besoin d'être extrêmement tendues et contraintes, pour lui donner autorité : et cette saison tumultuère[d] n'est pas capable d'une bride courte et réglée : outre ce[e] qu'avant qu'on lui puisse donner crédit, il est besoin qu'on ait perdu la mémoire du premier, et du mépris auquel il est chu. Ce lieu pourrait recevoir quelque discours[f] sur la considération de la vaillance, et différence de cette vertu aux autres : mais Plutarque étant souvent retombé sur ce propos[2], je me mêlerais pour néant[g] de rapporter ici ce qu'il en dit. Mais il est digne d'être considéré, que notre nation donne à la vaillance le premier degré des vertus, comme son nom montre, qui vient de valeur : et que à notre usage, quand nous disons un homme qui vaut beaucoup, ou un homme de bien, au style[h] de notre cour, et de notre noblesse, ce n'est à dire autre chose qu'un[i] vaillant homme : d'une façon pareille à la Romaine. Car la générale appellation de vertu prend chez eux étymologie de la force[3]. La forme propre, et seule, et essentielle, de noblesse en France, c'est la vacation[j] militaire. Il est vraisemblable que la première vertu qui se soit fait

a. due en particulier – *b.* époque déréglée – *c.* inconvénients – *d.* époque tumultueuse – *e.* outre le fait – *f.* ce thème mériterait d'être développé – *g.* en vain – *h.* suivant la manière de parler – *i.* cela revient à dire un – *j.* métier

paraître entre les hommes, et qui a donné avantage aux uns sur les autres, ç'a été cette-ci : par laquelle les plus forts et courageux se sont rendus maîtres des plus faibles, et ont acquis rang et réputation particulière[a] : d'où lui est demeuré cet honneur et dignité de langage : ou bien que ces nations étant très belliqueuses ont donné le prix à celle des vertus, qui leur était plus[b] familière, et le plus digne titre. Tout ainsi que notre passion, et cette fiévreuse sollicitude[c] que nous avons de la chasteté des femmes, fait aussi qu'une bonne femme, une femme de bien, et femme d'honneur et de vertu, ce ne soit en effet[d] à dire autre chose pour nous, qu'une femme chaste : comme si pour les obliger à ce devoir, nous mettions à nonchaloir[e] tous les autres, et leur lâchions la bride à toute autre faute, pour entrer en composition[f] de leur faire quitter cette-ci.

a. particuliers – *b*. la plus – *c*. préoccupation – *d*. en réalité – *e*. négligions – *f*. accepter comme compromis

DE L'AFFECTION DES PÈRES AUX ENFANTS

CHAP. VIII

À Madame d'Estissac[1].

Madame si l'étrangeté ne me sauve, et la nouvelleté, qui ont accoutumé de donner prix aux choses, je ne sors jamais à mon honneur de cette sotte entreprise[2] : mais elle est si fantastique[a], et a un visage si éloigné de l'usage commun, que cela lui pourra donner passage. C'est une humeur mélancolique, et une humeur par conséquent très ennemie de ma complexion naturelle[b], produite par le chagrin de la solitude, en laquelle il y a quelques années que je m'étais jeté, qui m'a mis premièrement en tête cette rêverie[c] de me mêler d'écrire. Et puis me trouvant entièrement dépourvu et vide de toute autre matière, je me suis présenté moi-même à moi, pour argument et pour sujet. C'est le seul livre au monde de son espèce, d'un dessein farouche et extravagant. Il n'y a rien aussi en cette besogne digne d'être remarqué que cette bizarrerie : car à un sujet si vain et si vil, le meilleur ouvrier du monde n'eût su donner façon[d] qui mérite qu'on en fasse compte[e]. Or madame, ayant à m'y

a. bizarre – *b.* tempérament – *c.* folie – *d.* façonner – *e.* tienne compte

pourtraire au vif[a], j'en eusse oublié un trait d'importance, si je n'y eusse représenté l'honneur, que j'ai toujours rendu à vos mérites. Et l'ai voulu dire signamment[b] à la tête de ce chapitre, d'autant que parmi vos autres bonnes qualités, celle de l'amitié que vous avez montrée à vos enfants tient l'un des premiers rangs. Qui saura l'âge auquel Monsieur d'Estissac votre mari vous laissa veuve : les grands et honorables partis, qui vous ont été offerts autant qu'à Dame de France de votre condition : la constance et fermeté de quoi vous avez soutenu tant d'années et au travers de tant d'épineuses difficultés, la charge et conduite de leurs affaires, qui vous ont agitée par tous les coins de France, et vous tiennent encore assiégée : l'heureux acheminement que vous y avez donné par votre seule prudence[c] ou bonne fortune : il dira aisément avec moi que nous n'avons point d'exemple d'affection maternelle en notre temps plus exprès[d] que le vôtre. Je loue Dieu, Madame, qu'elle ait si bien employée[e] : car les bonnes espérances que donne de soi Monsieur d'Estissac votre fils, assurent assez que quand il sera en âge, vous en tirerez l'obéissance et reconnaissance d'un très bon fils. Mais d'autant qu'à cause de son enfance, il n'a pu remarquer les extrêmes offices[f] qu'il a reçu de vous en si grand nombre, je veux, si ces écrits viennent un jour à lui tomber en main, lorsque je n'aurai plus ni bouche ni parole qui le puisse dire, qu'il reçoive de moi ce témoignage en toute vérité : qui lui sera encore plus vivement témoigné par les bons effets, de quoi si Dieu plaît[g] il se ressentira : qu'il n'est gentilhomme en France, lui

a. m'y représenter d'après nature – *b.* particulièrement – *c.* sagesse – *d.* affirmé – *e.* qu'elle soit si bien employée – *f.* immenses services – *g.* s'il plaît à Dieu

doive plus à sa mère qu'il fait : et qu'il ne peut donner à l'avenir plus certaine preuve de sa bonté, et de sa vertu, qu'en vous reconnaissant pour telle.

S'il y a quelque loi vraiment naturelle, c'est-à-dire quelque instinct, qui se voie universellement et perpétuellement empreint aux bêtes et en nous (ce qui n'est pas sans controverse) je puis dire à mon avis, qu'après le soin que chaque animal a de sa conservation, et de fuir ce qui nuit, l'affection que l'engendrant porte à son engeance[a], tient le second lieu en ce rang[1]. Et parce que nature semble nous l'avoir recommandée, regardant à étendre et faire aller avant les pièces successives de cette sienne machine : ce n'est pas merveille[b], si à reculons[c] des enfants aux pères, elle n'est pas si grande. Joint cette autre considération Aristotélique[2] : que celui qui bien fait[d] à quelqu'un l'aime mieux qu'il n'en est aimé : et celui à qui il est dû aime mieux que celui qui doit. Et tout ouvrier mieux son ouvrage qu'il n'en serait aimé si l'ouvrage avait du sentiment. D'autant que nous avons cher, être[e], et être consiste en mouvement et action. Par quoi chacun, est, aucunement[f] en son ouvrage. Qui bien fait exerce une action belle et honnête : qui reçoit l'exerce utile seulement. Or l'utile est de beaucoup moins aimable que l'honnête. L'honnête est stable et permanent, fournissant à celui qui l'a fait une gratification constante. L'utile se perd et échappe facilement, et n'en est la mémoire ni si fraîche ni si douce[3]. Les choses nous sont plus chères qui nous ont plus coûté : et il est plus difficile de donner que de prendre. Puisqu'il a plu à Dieu nous douer de quelque capacité de discours[g], afin que comme les bêtes[4] nous ne fussions pas servilement assujettis aux lois communes, ains[h] que nous nous appliquassions par jugement et liberté volontaire : nous devons bien

a. descendance – *b.* ce n'est pas étonnant – *c.* en remontant – *d.* fait du bien – *e.* Parce que nous accordons de la valeur à l'existence – *f.* en quelque façon – *g.* raisonnement – *h.* mais prêter un peu à la simple autorité de nature : mais non pas nous laisser tyranniquement emporter à[a] elle : la seule raison doit avoir la conduite de nos inclinations. J'ai de ma part le goût étrangement mousse[b] à ces propensions, qui sont produites en nous sans l'ordonnance et entremise de notre jugement. Comme sur ce sujet, de quoi je parle, je ne puis recevoir cette passion, de quoi on embrasse les enfants à peine encore nés, n'ayant ni mouvement en l'âme, ni forme reconnaissable au corps, par où ils se puissent rendre aimables. Et ne les ai pas soufferts volontiers nourris près de moi[c]. Une vraie affection et bien réglée, devrait naître, et s'augmenter avec la connaissance qu'ils nous donnent d'eux, et lors, s'ils le valent, la propension naturelle marchant quant et[d] la raison, les chérir d'une amitié vraiment paternelle, et en juger de même s'ils sont autres, nous rendant toujours à la raison, nonobstant la force naturelle. Il en va fort souvent au rebours, et le plus communément nous nous sentons plus émus des trépignements, jeux et niaiseries puériles de nos enfants, que nous ne faisons après, de leurs actions toutes formées : comme si nous les avions aimés pour notre passe-temps, comme des guenons, non comme des hommes. Et tel fournit bien libéralement de jouets à leur enfance, qui se trouve resserré[e] à la moindre dépense qu'il leur faut étant en âge. Voire il semble que la jalousie que nous avons de les voir paraître et jouir du monde, quand nous sommes à même[f] de le quitter, nous rende plus épargnants et restreints[g] envers eux : Il nous fâche qu'ils nous marchent sur les talons, comme pour nous solliciter de sortir.

a. par – *b*. émoussé – *c*. Et je n'ai pas volontiers accepté qu'ils soient élevés près de moi – *d*. avec – *e*. économe – *f*. sur le point de – *g*. regardants

Et si nous avions à craindre cela, puisque l'ordre des choses porte qu'ils ne peuvent, à dire vérité, être, ni vivre qu'aux dépens de notre être et de notre vie, nous ne devions pas[a] nous mêler d'être pères. Quant à moi je trouve que c'est cruauté et injustice de ne les recevoir au partage et société[b] de nos biens, et compagnons en l'intelligence de nos affaires domestiques, quand ils en sont capables, et de ne retrancher et resserrer nos commodités pour pourvoir aux leurs, puisque nous les avons engendrés à cet effet. C'est injustice de voir qu'un père vieil, cassé, et demi-mort, jouisse seul à un coin du foyer, des biens qui suffiraient à l'avancement et entretien de plusieurs enfants, et qu'il les laisse cependant[c] par faute de moyen, perdre leurs meilleures années, sans se pousser au service public, et connaissance des hommes. On les jette au désespoir de chercher par quelque voie, pour injuste qu'elle soit, à pourvoir à leur besoin. Comme j'ai vu de mon temps, plusieurs jeunes hommes de bonne maison, si adonnés au larcin, que nulle correction les en pouvait[d] détourner. J'en connais un bien apparenté[e], à qui par la prière d'un sien frère, très honnête et brave gentilhomme, je parlai une fois pour cet effet[f]. Il me répondit et confessa tout rondement, qu'il avait été acheminé à cette ordure[g] par la rigueur et avarice de son père, mais qu'à présent il y était si accoutumé, qu'il ne s'en pouvait garder[h]. Et lors il venait d'être surpris en larcin des bagues d'une dame, au lever de laquelle il s'était trouvé avec beaucoup d'autres. Il me fit souvenir du conte que j'avais ouï faire d'un autre gentilhomme, si fait et façonné[i] à ce beau

a. nous n'aurions pas dû – *b.* communauté – *c.* pendant ce temps – *d.* ne les en pouvait – *e.* de bonne famille – *f.* dans ce but – *g.* cette dépravation – *h.* empêcher – *i.* formé

métier, du temps de sa jeunesse, que venant après à être maître de ses biens, délibéré d'abandonner cette trafique[a], il ne se pouvait garder pourtant, s'il passait près d'une boutique, où il y eût chose, de quoi il eût besoin, de la dérober, en peine[b] de l'envoyer payer après. Et en ai vu plusieurs si dressés et duits[c] à cela, que parmi leurs compagnons mêmes, ils dérobaient ordinairement des choses qu'ils voulaient rendre. Je suis Gascon, et si[d] n'est vice auquel je m'entende moins : Je le hais un peu plus par complexion, que je ne l'accuse par discours[e] : Seulement par désir, je ne soustrais rien à personne. Ce quartier[f] en est à la vérité un peu plus décrié que les autres de la Française nation : si est-ce que[g] nous avons vu de notre temps à diverses fois, entre les mains de la justice, des hommes de maison, d'autres contrées convaincus de plusieurs horribles voleries. Je crains que de cette débauche il s'en faille aucunement[h] prendre à ce vice des pères. Et si on me répond ce que fit un jour un Seigneur de bon entendement, qu'il faisait épargne des richesses, non pour en tirer autre fruit et usage, que pour se faire honorer et rechercher aux siens[i], et que l'âge lui ayant ôté toutes autres forces, c'était le seul remède qui lui restait pour se maintenir en autorité en sa famille, et pour éviter qu'il ne vînt à mépris et dédain à tout le monde. De vrai non la vieillesse seulement, mais toute imbécillité[j] selon Aristote[1], est promotrice de l'avarice. Cela est quelque chose : mais c'est la médecine à un mal, duquel on devait[k] éviter la naissance. Un père est bien misérable qui ne tient l'affection de ses enfants, que par le besoin qu'ils ont de son secours,

a. ce métier – *b.* avec l'ennui de – *c.* habitués – *d.* et pourtant – *e.* raison – *f.* cette province – *g.* pourtant – *h.* en quelque façon – *i.* par les siens – *j.* faiblesse – *k.* on aurait dû

si cela se doit nommer affection : Il faut se rendre respectable par sa vertu, et par sa suffisance[a], et aimable par sa bonté et douceur de ses mœurs. Les cendres mêmes d'une riche matière, elles ont leur prix : et les os et reliques des personnes d'honneur, nous avons accoutumé de les tenir en respect et révérence. Nulle vieillesse ne peut être si caduque et si rance[b], à un personnage qui a passé en honneur son âge[c], qu'elle ne soit vénérable, et notamment à ses enfants, desquels il faut avoir réglé l'âme à leur devoir par raison, non par nécessité et par le besoin, ni par rudesse et par force,

et errat longe mea quidem sententia,
Qui imperium credat esse gravius aut stabilius
Vi quod fit, quam illud quod amicitia adjungitur[d1].

J'accuse[e] toute violence en l'éducation d'une âme tendre, qu'on dresse pour l'honneur et la liberté. Il y a je ne sais quoi de servile en la rigueur, et en la contrainte : et tiens que ce qui ne se peut faire par la raison, et par prudence[f], et adresse, ne se fait jamais par la force. On m'a ainsi élevé. Ils disent qu'en tout mon premier âge[g], je n'ai tâté des verges qu'à deux coups, et bien mollement. J'ai dû la pareille aux enfants que j'ai eu[h] : ils me meurent tous en nourrice : mais Leonor[2] une seule fille qui est échappée à cette infortune a atteint six ans et plus, sans qu'on ait employé à sa conduite, et pour le châtiment de ses fautes puériles, l'indulgence de sa mère s'y appliquant aisément, autre chose que paroles, et bien douces : Et quand mon désir y serait frustré[i], il est assez

a. sa qualité – *b.* décrépite – *c.* son existence – *d.* « il se trompe beaucoup, du moins, celui qui croit que l'autorité fondée sur la contrainte est plus forte et plus solide que celle qui s'associe à l'affection. » – *e.* je condamne – *f.* sagesse – *g.* On raconte que durant toute mon enfance – *h.* eus – *i.* quand je n'obtiendrais pas les résultats escomptés

d'autres causes auxquelles nous prendre, sans entrer en reproche avec ma discipline[a], que je sais être juste et naturelle. J'eusse été beaucoup plus religieux[b] encore en cela envers des mâles, moins nés à[c] servir, et de condition plus libre : j'eusse aimé à leur grossir le cœur d'ingénuité et de franchise[d]. Je n'ai vu autre effet aux verges, sinon de rendre les âmes plus lâches, ou plus malicieusement[e] opiniâtres. Voulons-nous être aimés de nos enfants, leur voulons-nous ôter l'occasion de souhaiter notre mort[1] (combien que nulle occasion d'un si horrible souhait, peut être ni juste ni excusable, *nullum scelus rationem habet*[f][2]) accommodons leur vie raisonnablement, de ce qui est en notre puissance. Pour cela, il ne nous faudrait pas marier si jeunes que notre âge vienne quasi à se confondre avec le leur : Car cet inconvénient nous jette à plusieurs grandes difficultés. Je dis spécialement à la noblesse, qui est d'une condition oisive, et qui ne vit, comme on dit, que de ses rentes : Car ailleurs, où la vie est questuaire[g], la pluralité et compagnie des enfants, c'est un agencement de ménage[h], ce sont autant de nouveaux outils et instruments à s'enrichir. Je me mariai à trente-trois ans[3], et loue l'opinion de trente-cinq qu'on dit être d'Aristote[4]. Platon ne veut pas qu'on se marie avant les trente, mais il a raison de se moquer de ceux qui font les œuvres de mariage après cinquante-cinq et condamne leur engeance[i] indigne d'aliment et de vie[5]. Thales y donna les plus vraies bornes, qui jeune répondit à sa mère le pressant de se marier, qu'il n'était pas temps, et devenu sur l'âge, qu'il n'était plus temps[6]. Il faudrait refuser l'opportunité à toute

a. sans désavouer mes principes d'éducation – *b*. scrupuleux – *c*. pour – *d*. de noblesse et d'indépendance – *e*. méchamment – *f*. « aucun crime n'est fondé en raison » – *g*. où la vie est gouvernée par l'intérêt matériel – *h*. une organisation domestique – *i*. descendance

action importune. Les anciens Gaulois[1] estimaient à extrême reproche d'avoir eu accointance de femme[a], avant l'âge de vingt ans : et recommandaient singulièrement aux hommes, qui se voulaient dresser pour la guerre, de conserver bien avant en l'âge leur pucelage, d'autant que[b] les courages s'amollissent et divertissent[c] par l'accouplage des femmes.

Ma hor congiunto à giovinetta sposa
Lieto homai de' figli era invilito
Ne gli affetti di padre e di marito[d2].

L'histoire grecque remarque[e] de Jecus Tarentin, de Chryso, d'Astylus, de Diopompus et d'autres, que pour maintenir leurs corps fermes au service de la course des jeux Olympiques, de la palestrine[f] et autres exercices, ils se privèrent, autant que leur dura ce soin[g], de toute sorte d'acte vénérien[3]. Muleasses[4] Roi de Thunes[h], celui que l'empereur Charles cinquième remit en son état, reprochait la mémoire de son père pour son hantise[i] avec ses femmes et l'appelait brède[j], efféminé, faiseur d'enfants. En certaine contrée des Indes Espagnoles[5], on ne permettait aux hommes de se marier, qu'après quarante ans, et si[k] le permettait-on aux filles à dix ans. Un gentilhomme qui a trente-cinq ans, il n'est pas temps qu'il fasse place à son fils qui en a vingt : il est lui-même au train de paraître et aux voyages des guerres et en[l] la cour de son Prince : il a besoin de ses pièces[m], et en doit certainement faire part, mais telle part, qu'il ne s'oublie pas pour autrui. Et à celui-là peut servir justement cette réponse que les pères ont ordinairement en la bouche : je ne

a. condamnaient vivement le fait d'avoir eu des relations sexuelles avec une femme – *b*. parce que – *c*. se détournent – *d*. « Mais alors, uni à une jeune épouse, heureux d'avoir des enfants, il avait amolli son courage dans ses affections de père et de mari. » – *e*. signale – *f*. lutte – *g*. durant toute la durée de leur effort – *h*. Tunis – *i*. fréquentation – *j*. lâche – *k*. et pourtant – *l*. en état d'être remarqué tant dans les expéditions militaires qu'en – *m*. biens

me veux pas dépouiller devant que de m'aller coucher[a]. Mais un père atterré[b] d'années et de maux, privé par sa faiblesse et faute de santé, de la commune société des hommes, il se fait tort et aux siens, de couver inutilement un grand tas de richesses. Il est assez en état, s'il est sage, pour avoir désir de se dépouiller pour se coucher : non pas jusques à la chemise, mais jusques à une robe de nuit bien chaude : le reste des pompes, de quoi il n'a plus que faire, il doit en étrenner[c] volontiers ceux, à qui par ordonnance naturelle cela doit appartenir. C'est raison qu'il leur en laisse l'usage, puisque nature l'en prive : autrement sans doute il y a de la malice[d] et de l'envie. La plus belle des actions de l'Empereur Charles cinquième[1] fut celle-là, à l'imitation d'aucuns anciens[e] de son calibre, d'avoir su reconnaître que la raison nous commande assez de nous dépouiller, quand nos robes nous chargent et empêchent[f], et de nous coucher quand les jambes nous faillent. Il résigna ses moyens, grandeur et puissance à son fils[g], lorsqu'il sentit défaillir en soi[h] la fermeté et la force pour conduire les affaires, avec la gloire qu'il y avait acquise.

Solve sene scentem mature sanus equum, ne
Peccet ad extremum ridendus, et ilia ducat[i][2].

Cette faute de ne se savoir reconnaître de bonne heure, et ne sentir l'impuissance et extrême altération que l'âge apporte naturellement, et au corps et à l'âme, qui à mon opinion est égale (si l'âme n'en a plus de la moitié) a perdu la réputation de la plu-

a. je ne veux pas me déshabiller avant d'aller me coucher – *b*. accablé – *c*. gratifier – *d*. sans aucun doute il y a de la méchanceté – *e*. de certains hommes de l'Antiquité – *f*. entravent – *g*. il se démit de ses richesses, grandeur et puissance au profit de son fils – *h*. en lui-même – *i*. « Si tu es sensé, débride à temps ton cheval vieillissant, de peur qu'il ne bronche ridiculement en fin de course, tout haletant. »

part des grands hommes du monde. J'ai vu de mon temps et connu familièrement, des personnages de grande autorité, qu'il était bien aisé à voir, être merveilleusement déchus de cette ancienne suffisance[a], que je connaissais par la réputation qu'ils en avaient acquise en leurs meilleurs ans. Je les eusse pour leur honneur, volontiers souhaités retirés en leur maison à leur aise, et déchargés des occupations publiques et guerrières, qui n'étaient plus pour leurs épaules. J'ai autrefois été privé[b] en la maison d'un gentilhomme veuf et fort vieil, d'une vieillesse toutefois assez verte. Cettui-ci avait plusieurs filles à marier, et un fils déjà en âge de paraître, cela chargeait sa maison de plusieurs dépenses et visites étrangères, à quoi il prenait peu de plaisir, non seulement pour le soin de l'épargne, mais encore plus, pour avoir, à cause de l'âge, pris une forme de vie fort éloignée de la nôtre. Je lui dis un jour un peu hardiment, comme j'ai accoutumé, qu'il lui siérait mieux de nous faire place, et de laisser à son fils sa maison principale, (car il n'avait que celle-là de bien logée et accommodée[c]) et se retirer en une sienne terre voisine, où personne n'apporterait incommodité à son repos, puisqu'il ne pouvait autrement éviter notre importunité, vu la condition de ses enfants. Il m'en crut depuis, et s'en trouva bien. Ce n'est pas à dire qu'on leur donne, par telle voie d'obligation, de laquelle on ne se puisse plus dédire[d]. Je leur lairrais[e], moi qui suis à même de jouer ce rôle, la jouissance de ma maison et de mes biens, mais avec liberté de m'en

a. dont il était bien facile de constater qu'ils avaient entièrement perdu cette sagesse antique – *b*. familier – *c*. bien garnie et confortable – *d*. Cela ne signifie pas qu'on leur octroie une donation sous des modalités telles que l'acte en devienne irrévocable. – *e*. laisserais

repentir, s'ils m'en donnaient occasion[a]. Je leur en lairrais l'usage, parce qu'il ne me serait plus commode: Et de l'autorité des affaires en gros, je m'en réserverais autant qu'il me plairait: Ayant toujours jugé que ce doit être un grand contentement à un père vieil, de mettre lui-même ses enfants en train du gouvernement de ses affaires, et de pouvoir pendant sa vie contrerôler leurs déportements[b]: leur fournissant d'instruction et d'avis suivant l'expérience qu'il en a, et d'acheminer lui-même l'ancien honneur et ordre de sa maison en la main de ses successeurs, et se répondre[c] par là, des espérances qu'il peut prendre de leur conduite à venir. Et pour cet effet je ne voudrais pas fuir leur compagnie, je voudrais les éclairer[d] de près, et jouir selon la condition de mon âge, de leur allégresse, et de leurs fêtes. Si je ne vivais parmi eux (comme je ne pourrais sans offenser[e] leur assemblée par le chagrin[f] de mon âge et la sujétion[g] de mes maladies, et sans contraindre aussi et forcer les règles et façons de vivre que j'aurais lors) je voudrais au moins vivre près d'eux en un quartier[h] de ma maison, non pas le plus en parade, mais le plus en commodité. Non comme je vis il y a quelques années, un Doyen de S. Hilaire de Poitiers[1], rendu à telle solitude par l'incommodité de sa mélancolie, que lorsque j'entrai en sa chambre, il y avait vingt et deux ans, qu'il n'en était sorti un seul pas, et si[i] avait toutes ses actions libres et aisées, sauf un rhume qui lui tombait sur l'estomac[j]. À peine une fois la semaine, voulait-il permettre que aucun[k] entrât pour le voir: il se tenait toujours enfermé par le dedans de sa chambre seul,

a. motif – *b.* régler leurs manières de se comporter – *c.* s'assurer – *d.* examiner – *e.* gêner – *f.* l'amertume – *g.* le poids – *h.* en une partie – *i.* pourtant – *j.* la poitrine – *k.* que quelqu'un sauf qu'un valet lui apportait une fois le jour à manger, qui ne faisait qu'entrer et sortir. Son occupation était se promener et lire quelque livre (car il connaissait aucunement[a] les lettres) obstiné au demeurant de mourir en cette démarche[b], comme il fit bientôt après. J'essaierais par une douce conversation[c] de nourrir en mes enfants une vive amitié et bienveillance non feinte en mon endroit. Ce qu'on gagne aisément en une nature bien née[d] : car si ce sont bêtes furieuses comme notre siècle en produit à foison, il les faut haïr et fuir pour telles. Je veux mal à cette coutume, d'interdire aux enfants l'appellation paternelle, et leur en enjoindre une étrangère, comme plus révérentiale[e] : nature n'ayant volontiers pas suffisamment pourvu à notre autorité : nous appelons dieu tout-puissant père, et dédaignons que nos enfants nous en appellent[f][1]. C'est aussi injustice [et] folie de priver les enfants qui sont en âge, de la familiarité des pères et vouloir maintenir en leur endroit une morgue austère et dédaigneuse, espérant par là, les tenir en crainte et obéissance. Car c'est une farce très inutile, qui rend les pères ennuyeux[g] aux enfants, et qui pis est, ridicules. Ils ont la jeunesse et les forces en la main, et par conséquent le vent et la faveur du monde : et reçoivent avec moquerie, ces mines fières et tyranniques d'un homme qui n'a plus de sang, ni au cœur, ni aux veines : vrais épouvantails de chènevière[h]. Quand je pourrais me faire craindre, j'aimerais encore mieux me faire aimer[2]. Il y a tant de sortes de défauts en la vieillesse, tant d'impuissance, elle est si propre au mépris, que le meilleur acquêt[i] qu'elle puisse faire, c'est l'affec-

a. quelque peu – *b.* ce genre de vie – *c.* relation – *d.* dotées de qualités immédiates – *e.* respectueuse – *f.* et ne daignons pas que nos enfants nous appellent de ces mêmes termes – *g.* odieux – *h.* épouvantails des champs où croît le chanvre – *i.* profit

tion et amour des siens : le commandement et la crainte ce ne sont plus ses armes. J'en ai vu quelqu'un[a], duquel la jeunesse avait été très impérieuse, quand c'est venu sur l'âge, quoiqu'il le passe sainement ce qui se peut[b], il frappe, il mord, il jure, le plus tempêtatif[c] maître de France : il se ronge de soin et de vigilance, tout cela n'est qu'un batelage[d], auquel la famille même conspire : du grenier, du cellier, voire et[e] de sa bourse, d'autres ont la meilleure part de l'usage, cependant qu'il en a les clés en sa gibecière, plus chèrement que[f] ses yeux. Cependant qu'il se contente de l'épargne et chicheté de sa table, tout est en débauche[g] en divers réduits de sa maison, en jeu, et en dépense, et en l'entretien des comptes de sa vaine colère et pourvoyance[h]. Chacun est en sentinelle contre lui. Si par fortune quelque chétif serviteur s'y adonne[i], soudain il lui est mis en soupçon : qualité à laquelle la vieillesse mord si volontiers de soi-même. Quant de fois[j] s'est-il vanté à moi, de la bride qu'il donnait aux siens, et exacte obéissance et révérence qu'il en recevait, combien il voyait clair en ses affaires,

Ille solus nescit omnia[k][1].

Je ne sache homme qui peut apporter plus de parties[l] et naturelles et acquises, propres à conserver la maîtrise, qu'il fait, et si[m], en est déchu comme un enfant. Partant[n] l'ai-je choisi, parmi plusieurs telles conditions[o] que je connais, comme plus exemplaire. [Ce serait matière à une question scholastique[p], s'il est ainsi mieux, ou autrement. En présence[q], toutes choses lui cèdent. Et] laisse-on ce

a. un – *b.* dans le meilleur état de santé possible – *c.* tempétueux – *d.* une comédie – *e.* et même – *f.* qu'il chérit plus que – *g.* désordre – *h.* prévoyance – *i.* Si par hasard quelque pauvre domestique s'attache à lui – *j.* Combien de fois – *k.* « Lui seul ignore tout. » – *l.* qualités – *m.* et pourtant – *n.* Par conséquent – *o.* plusieurs cas similaires – *p.* une question d'école – *q.* En sa présence

[vain cours à son autorité], qu'on ne lui résiste jamais : on le croit, on le craint, on le respecte tout son soûl. Donne-il congé à un valet : il plie son paquet, le voilà parti, mais hors de devant lui seulement. Les pas de la vieillesse sont si lents, les sens si troubles, qu'il vivra et fera son office[a] en même maison, un an, sans être aperçu. Et quand la saison en est[b] on fait venir des lettres lointaines, piteuses[c], suppliantes, pleines de promesse de mieux faire, par où on le remet en grâce. Monsieur fait-il quelque marché ou quelque dépêche[d] qui déplaise, on la supprime: forgeant tantôt[e] après assez de causes pour excuser la faute[f] d'exécution ou de [réponse]. Nulles lettres étrangères ne lui étant premièrement apportées[g], il ne voit que celles qui semblent commodes à sa science[h]. Si par [cas] d'aventure[i] il les saisit, ayant en coutume de se reposer sur certaine personne de les lui lire, on y trouve sur-le-champ ce qu'on [veut]: et fait-on à tous coups que [tel] lui demande pardon, qui l'injurie par même lettre. Il ne voit enfin ses affaires que par une image disposée et desseignée et satisfactoire[j] le plus qu'on peut pour n'éveiller son chagrin[k] et son courroux. J'ai vu sous des figures différentes assez d'économies[l] longues, constantes, de tout pareil effet. Il est toujours proclive aux femmes de disconvenir à leurs maris[m]. Elles saisissent à deux mains, toutes couvertures de leur contraster[n]: la première excuse leur sert de plénière justification. J'en ai vu[o], qui dérobait gros à son mari, pour, disait-elle à son confesseur, faire ses aumônes plus grasses. Fiez-vous à cette religieuse dispensation[p]. Nul maniement[q] leur semble avoir assez de dignité, s'il vient de la concession du mari. Il faut qu'elles l'usurpent ou finement ou fièrement, et toujours injurieusement[r], pour lui don-

a. service – *b.* quand c'est le moment favorable – *c.* pitoyables – *d.* lettre – *e.* inventant aussitôt – *f.* le défaut – *g.* Aucune lettre de l'extérieur ne lui étant apportée en premier – *h.* qu'il paraît profitable de lui faire connaître – *i.* par hasard – *j.* organisée à dessein pour lui donner satisfaction – *k.* son amertume – *l.* administrations domestiques – *m.* C'est une inclination naturelle aux femmes que d'être en désaccord avec leur mari. – *n.* tous les prétextes pour s'opposer à eux – *o.* J'en ai vu une – *p.* scrupuleuse justification – *q.* Nulle action ne – *r.* ou par ruse ou par force, et toujours injustement

ner de la grâce et de l'autorité. Comme en mon propos, quand c'est contre un pauvre vieillard, et pour des enfants, lors empoignent-elles ce titre[a], et en servent leur passion, avec gloire : et comme en un commun servage monopolent[b] facilement contre sa domination [et gouvernement. Si ce sont mâles,] [1] grands et fleurissants, ils subornent aussi incontinent, ou par force ou par faveur, et maître d'Hôtel et receveur[c], et tout le reste. Ceux qui n'ont ni femme ni fils, tombent en ce malheur, plus difficilement, mais plus cruellement aussi et indignement. Le vieux Caton disait en son temps qu'autant de valets, autant d'ennemis[2]. Voyez si selon la distance de la pureté de son siècle au nôtre il ne nous a pas voulu avertir que femme, fils et valet, autant d'ennemis à nous. Bien sert à la décrépitude de nous fournir le doux bénéfice d'inapercevance[d] et d'ignorance, et facilité à nous laisser tromper. Si nous y mordions, que serait-ce de nous : même[e] en ce temps, où les Juges qui ont à décider nos controverses, sont communément partisans de l'enfance et intéressés[f]. Au cas que cette piperie [m'échappe à voir, au moins ne m'échappe-il pas, à voir] que je suis très pipable[g]. Et aura l'on jamais assez dit de quel prix est un ami, et de combien autre chose que ces liaisons civiles[h]. L'image même que j'en vois aux bêtes, si pure, avec quelle religion[i] je la respecte. Si les autres me pipent, au moins [ne] me pipé-je pas moi-même à m'estimer capable de m'en garder : [ni] à me ronger la cervelle pour m'en rendre[j]. Je me sauve de telles trahisons en mon propre giron, non par une inquiète et tumultuaire[k] curiosité, mais par diversion plutôt et résolution. Quand j'ois réciter[l] l'état de quelqu'un, je ne m'amuse pas à lui[m] : je tourne incontinent[n] [les] yeux à moi, voir comment j'en suis. Tout ce qui [le] touche me regarde. Son accident[o]

a. ce prétexte – *b.* complotent – *c.* intendant – *d.* bienfait de ne nous apercevoir de rien – *e.* surtout – *f.* trouvent leur intérêt matériel dans ces querelles – *g.* je suis très facile à tromper – *h.* relations sociales – *i.* quel scrupule – *j.* pour m'en rendre capable – *k.* agitée – *l.* j'entends décrire – *m.* je ne perds pas mon temps avec lui – *n.* sur-le-champ – *o.* Ce qui lui arrive m'avertit et [m']éveille de ce côté-là. Tous les jours et à toutes heures nous disons d'un autre [ce] que nous dirions plus proprement de nous si nous savions replier aussi bien qu'étendre notre considération. Et plusieurs auteurs blessent en cette manière[a] la protection de leur cause, courant témérairement en avant de l'encontre de celle qu'ils attaquent et lançant [à] leurs ennemis des traits propres à leur être relancés. Feu Monsieur le Maréchal de Monluc[1], ayant perdu son fils qui mourut en l'île de Maderes, brave gentilhomme à la vérité et de grande espérance, me faisait fort valoir entre ses autres regrets, le déplaisir et crève-cœur qu'il sentait de ne s'être jamais communiqué[b] à lui : et sur cette humeur d'une gravité et grimace paternelle, avoir perdu la commodité[c] de goûter et bien connaître son fils, et aussi de lui déclarer l'extrême amitié qu'il lui portait, et le digne jugement qu'il faisait de sa vertu. Et ce pauvre garçon, disait-il, n'a rien vu de moi qu'une contenance renfrognée et pleine de mépris, et a emporté cette créance[d], que je n'ai su ni l'aimer ni l'estimer selon son mérite. À qui gardais-je, à découvrir cette singulière affection que je lui portai dans mon âme ? était-ce pas lui qui en devait[e] avoir tout le plaisir et toute l'obligation[f] ? Je me suis contraint et gêné[g] pour maintenir ce vain masque : et y ai perdu le plaisir de sa conversation, et sa volonté quant et quant[h], qu'il ne me peut avoir portée autre que bien froide, n'ayant jamais reçu de moi que rudesse, ni senti qu'une façon tyrannique. Je trouve que cette plainte était bien prise[i] et raisonnable : car comme je sais par une trop certaine expérience[2], il n'est aucune si douce consolation en la perte de nos amis, que celle que nous apporte la

a. desservent ainsi – *b.* confié – *c.* l'agrément – *d.* croyance – *e.* aurait dû – *f.* la reconnaissance – *g.* tourmenté – *h.* de sa fréquentation, et de son affection en même temps – *i.* bien conçue science[a] de n'avoir rien oublié à leur dire, et d'avoir eu avec eux une parfaite et entière communication[1]. Je m'ouvre aux miens tant que je puis, et leur signifie très volontiers l'état de ma volonté, et de mon jugement envers eux, comme envers un chacun : je me hâte de me produire[b], et de me présenter : car je ne veux pas qu'on s'y mécompte, à quelque part que ce soit[c]. Entre autres coutumes particulières qu'avaient nos anciens Gaulois, à ce que dit Cæsar[2], cette-ci en était : que les enfants ne se présentaient aux pères, ni s'osaient[d] trouver en public en leur compagnie, que lorsqu'ils commençaient à porter les armes, comme s'ils voulaient dire que lors il était aussi saison[e] que les pères les reçussent en leur familiarité et accointance[f]. J'ai vu encore une autre sorte d'indiscrétion[g] en aucuns[h] pères de mon temps : qui ne se contentent pas d'avoir privé pendant leur longue vie, leurs enfants de la part, qu'ils devaient avoir naturellement en leurs fortunes, mais laissent encore après eux, à leurs femmes cette même autorité sur tous leurs biens, et loi[i] d'en disposer à leur fantaisie. Et ai connu tel Seigneur des premiers officiers de notre couronne[3], ayant par espérance de droit à venir, plus de cinquante mille écus de rente, qui est mort nécessiteux et accablé de dettes, âgé de plus de cinquante ans, sa mère en son extrême décrépitude, jouissant encore de tous ses biens par l'ordonnance du père, qui avait de[j] sa part vécu près de quatre-vingts ans. Cela ne me semble aucunement raisonnable. Pourtant[k] trouvé-je peu d'avancement[l] à un homme de qui les affaires

a. certitude – *b.* me faire connaître – *c.* on s'y trompe, que ce soit en bien ou en mal – *d.* ne s'osaient – *e.* temps – *f.* intimité – *g.* manque de discernement – *h.* certains – *i.* le droit – *f.* pour – *k.* Par conséquent – *l.* avantages

se portent bien, d'aller chercher une femme qui le charge d'un grand dot[a][1], il n'est point de dette étranger qui apporte plus de ruine aux maisons : mes prédécesseurs ont communément suivi ce conseil bien à propos, et moi aussi. Mais ceux qui nous déconseillent les femmes riches, de peur qu'elles soient moins traitables[b] et reconnaissantes : se trompent, de faire perdre quelque réelle commodité, pour une si frivole conjecture. À une femme déraisonnable, il ne coûte non[c] plus de passer par-dessus une raison que par-dessus une autre. Elles s'aiment le mieux où[d] elles ont plus de tort. L'injustice les allèche. Comme les bonnes, l'honneur de leurs actions vertueuses : et en sont débonnaires[e] d'autant plus qu'elles sont plus riches : comme plus volontiers et glorieusement chastes, de ce qu'elles sont belles. C'est raison de laisser l'administration des affaires aux mères, pendant que les enfants ne sont pas en l'âge selon les lois pour en manier la charge[f] : mais le père les a bien mal nourris[g], s'il ne peut espérer qu'en cet âge-là, ils auront plus de sagesse et de suffisance[h] que sa femme, vu l'ordinaire faiblesse du sexe. Bien serait-il toutefois à la vérité plus contre nature, de faire dépendre les mères de la discrétion[i] de leurs enfants. On leur doit donner largement, de quoi maintenir leur état selon la condition de leur maison et de leur âge, d'autant que la nécessité et l'indigence, est beaucoup plus mal séante et mal aisée à supporter à elles qu'aux mâles : il faut plutôt en charger les enfants que la mère. En général, [la plus saine distribution de nos biens en mourant me semble être les laisser distribuer à] l'usage du pays. Les lois y ont mieux pensé que nous, et vaut mieux les laisser faillir en leur élection[j] que de nous hasarder témérairement de faillir en la nôtre. Ils ne sont pas

a. douaire, usufruit de la veuve sur les biens de son mari – *b.* conciliantes – *c.* pas – *d.* quand – *e.* bonnes – *f.* exercer la responsabilité – *g.* éduqués – *h.* compétence – *i.* du jugement – *j.* choix

proprement nôtres puisque, d'une prescription civile et sans nous, ils sont destinés à certains successeurs[a]. Et encore que nous ayons quelque liberté au-delà, je tiens qu'il faut une grande cause et bien apparente[b] pour nous faire ôter à [un] ce que sa fortune lui avait acquis et à quoi la justice commune l'appelait. Et que c'est abuser contre raison [de] cette liberté : d'en servir nos fantaisies[c] frivoles et privées. Mon sort m'a fait grâce : de ne m'avoir présenté des occasions qui me pussent tenter, et divertir[d] mon affection de la commune et légitime ordonnance. [J'en] vois envers qui c'est temps perdu d'employer un long soin de bons offices, [un] mot reçu de mauvais biais[e] efface [le] mérite de dix ans. Heureux qui se trouve à point pour leur oindre la volonté sur ce dernier passage[f]. [La] voisine[g] action l'emporte, non pas les meilleurs et plus fréquents offices, mais [les] plus récents et présents font l'opération[h]. Ce sont gens qui se jouent de leurs testaments comme de pommes ou de verges[i] [à] gratifier ou châtier chaque action de ceux qui y prétendent intérêt. C'est chose de trop longue suite[j], et de trop de poids, pour être ainsi promenée à chaque instant : et en laquelle les sages se plantent[k] une fois pour toutes, regardant à la raison et observations publiques[l]. Nous prenons un peu trop à cœur ces substitutions masculines[m]. Et proposons une éternité ridicule à nos noms. Nous pesons aussi trop les[n] vaines conjectures de l'avenir, que nous donnent les esprits puérils[o]. [À] l'aventure[p] eût-on fait injustice de me déplacer de mon rang[1] pour avoir été le plus lourd et plombé, le plus long et dégoûté en ma leçon[q], non seulement que tous mes frères, mais que tous les enfants de ma province : soit leçon d'exercice d'esprit, soit leçon d'exercice du corps[r]. C'est folie de faire des triages extraordinaires[s] sur la foi de

a. à des héritiers déterminés – *b.* raisonnable – *c.* de la faire servir à nos imaginations – *d.* qui auraient pu me tenter et détourner – *e.* de travers – *f.* pour flatter leurs volontés au moment de mourir – *g.* récente – *h.* sont efficaces – *i.* de carottes ou de bâtons – *j.* de trop grande conséquence – *k.* prennent position – *l.* règles communes – *m.* procédure de substitution d'un héritier à une héritière – *n.* donnons trop de poids aux – *o.* des enfants – *p.* peut-être – *q.* le plus balourd et stupide, le plus lent et passif dans l'étude – *r.* que ce soit étude exerçant l'esprit ou étude exerçant le corps – *s.* des choix hors de l'ordre de succession

ces divinations auxquelles nous sommes si souvent trompés. Si on peut blesser[a] cette règle [et] corriger les destinées aux choix qu'elles ont fait de nos héritiers, on le peut avec plus d'apparence[b] en considération de quelque remarquable et énorme difformité corporelle, vice constant, inamendable, et, selon nous, grands estimateurs de la beauté, d'important préjudice. Le plaisant dialogue du législateur de Platon[1] avec ses citoyens fera honneur à ce passage. [Comment donc, disent-ils sentant leur fin] prochaine, Ne pourrons-nous point disposer de ce qui est à nous, à[c] qui il nous plaira ? Ô dieux, quelle cruauté qu'il [ne nous soit loisible, selon que les nôtres nous auront servi en nos maladies, en notre] vieillesse, en nos affaires, de leur [donner plus et moins selon nos fantaisies ! À quoi le législateur répond en cette manière :] Mes amis qui avez sans doute bientôt à mourir, il est malaisé et que vous vous connaissiez et que vous connaissiez ce qui est à vous, suivant l'inscription Delphique[2]. Moi qui fais les lois tiens que ni vous n'êtes à vous, ni n'est [à] vous ce que[d] vous jouissez. Et vos biens et vous, êtes à votre famille, tant passée que future. Mais encore plus sont au public[e] et votre famille et vos biens. Par quoi si quelque flatteur en votre vieillesse ou en votre maladie, ou quelque passion vous sollicite mal à propos de faire testament injuste, je vous en garderai. Mais ayant respect et à l'intérêt universel de la cité, et à celui de votre famille, j'établirai des lois et ferai sentir comme de raison que la commodité particulière doit céder à la commune[f]. Allez-vous-en doucement et de bonne voglie[g] où l'humaine nécessité vous appelle. C'est à moi, qui ne regarde pas l'une chose plus que l'autre, qui autant que puis me soigne[h] du général, d'avoir soin[i] de ce que vous laissez. Revenant à mon propos, il me semble, je ne sais comment, qu'en toutes façons la maîtrise n'est aucunement due aux femmes sur des hommes, sauf la maternelle et naturelle : si ce n'est pour le châtiment de ceux, qui par quelque humeur fiévreuse, se

a. enfreindre – *b.* de raison – *c.* en faveur de – *d.* ce dont – *e.* à l'État – *f.* l'intérêt particulier doit céder à l'intérêt général – *g.* de bon gré – *h.* prends soin – *i.* de me préoccuper

sont volontairement soumis à elles : mais cela ne touche point les vieilles, de quoi nous parlons ici. C'est l'apparence[a] de cette considération, qui nous a fait forger et donner pied[b] si volontiers à cette loi, que nul ne vit onques, qui prive les femmes de la succession de cette couronne[1] : et n'est guère Seigneurie au monde, où elle ne s'allègue, comme ici, par une vraisemblance de raison qui l'autorise[c] : mais la fortune lui a donné plus de crédit en certains lieux qu'aux autres. Il est dangereux de laisser à leur jugement la dispensation[d] de notre succession, selon le choix qu'elles feront des enfants, qui est à tous les coups inique et fantastique[e]. Car cet appétit déréglé et goût malade, qu'elles ont au temps de leurs groisses[f], elles l'ont en l'âme, en tout temps. Communément on les voit s'adonner aux plus faibles et malotrus[g], ou à ceux, si elles en ont, qui leur pendent encore au col. Car n'ayant point assez de force de discours[h], pour choisir et embrasser ce qui le vaut, elles se laissent plus volontiers aller, où les impressions de nature sont plus seules : comme les animaux qui n'ont connaissance de leurs petits, que pendant qu'ils tiennent à leur mamelle. Au demeurant il est aisé à voir par expérience, que cette affection naturelle, à qui nous donnons tant d'autorité, a les racines bien faibles. Pour un fort léger profit nous arrachons tous les jours leurs propres enfants d'entre les bras des mères, et leur faisons prendre les nôtres en charge : nous leur faisons abandonner les leurs à quelque chétive[i] nourrice à qui nous ne voulons pas commettre[j] les nôtres, ou à quelque chèvre : leur défendant non seulement de les

a. la vraisemblance – *b.* autorité – *c.* lui confère autorité – *d.* l'application – *e.* bizarre – *f.* grossesses – *g.* s'attacher aux plus faibles et plus mal formés – *h.* raisonnement – *i.* pauvre – *j.* confier

allaiter, quelque danger qu'ils en puissent encourir : mais encore d'en avoir aucun soin, pour s'employer du tout[a] au service des nôtres. Et voit-on en la plupart d'entre elles, s'engendrer bientôt par accoutumance une affection bâtarde, plus véhémente que la naturelle, et plus grande sollicitude de la conservation des enfants empruntés, que des leurs propres. Et ce que[b] j'ai parlé des chèvres, c'est d'autant qu'il[c] est ordinaire autour de chez moi de voir les femmes de village, lorsqu'elles ne peuvent nourrir les enfants de leurs mamelles, appeler des chèvres à leur secours : Et j'ai à cette heure deux laquais, qui ne tétèrent jamais que huit jours lait de femme. Ces chèvres sont incontinent duites[d] à venir allaiter ces petits enfants, reconnaissent leur voix quand ils crient, et y accourent : Si on leur en présente un autre que leur nourrisson, elles le refusent, et l'enfant en fait de même d'une autre chèvre. J'en vis un l'autre jour, à qui on ôta la sienne, parce que son père ne l'avait qu'empruntée d'un sien voisin, il ne put jamais s'adonner[e] à l'autre qu'on lui présenta, et mourut sans doute[f], de faim. Les bêtes altèrent et abâtardissent aussi aisément que nous, l'affection naturelle. Je crois qu'en ce que récite[g] Herodote[1] de certain détroit[h] de la Libye, qu'on s'y mêle[i] aux femmes indifféremment : mais que l'enfant ayant force de marcher trouve son père[j], celui vers lequel, en la presse[k], la naturelle inclination porte ses premiers pas, il y a souvent du mécompte. Or à considérer cette simple occasion[l] d'aimer nos enfants, pour les avoir engendrés, pour laquelle nous les appelons autres nous-mêmes : il semble qu'il y ait bien une autre production venant de nous, qui ne soit pas de moindre

a. totalement – *b.* si – *c.* parce qu'il – *d.* aussitôt dressées – *e.* s'attacher – *f.* sans nul doute – *g.* rapporte – *h.* certaine région – *i.* s'y unit – *j.* reconnaît son père en – *k.* foule – *l.* raison

recommandation[a]. Car ce que nous engendrons par l'âme, les enfantements de notre esprit, de notre courage et suffisance[b], sont produits par une plus noble partie que la corporelle, et sont plus nôtres : nous sommes père et mère ensemble en cette génération : ceux-ci nous coûtent bien plus cher, et nous apportent plus d'honneur, s'ils ont quelque chose de bon. Car la valeur de nos autres enfants, est beaucoup plus leur, que nôtre : la part que nous y avons est bien légère : mais de ceux-ci, toute la beauté, toute la grâce et prix est nôtre. Par ainsi ils nous représentent et nous rapportent[c] bien plus vivement que les autres. Platon ajoute[1] que ce sont ici des enfants immortels qui immortalisent leurs pères, voire et[d] les déifient, comme à Lycurgus, à Solon, à Minos. Or les Histoires étant pleines d'exemples de cette amitié commune des pères envers les enfants, il ne m'a pas semblé hors de propos d'en trier aussi quelqu'un[e] de cette-ci. Heliodorus[2], ce bon évêque de Tricea, aima mieux perdre la dignité, le profit, la dévotion d'une prélature si vénérable, que de perdre sa fille. Fille qui dure encore, bien gentille[f]. Mais à l'aventure[g] pour tant un peu trop curieusement et mollement goderonnée[h] pour fille ecclésiastique et sacerdotale, et de trop amoureuse façon. Il y eut un Labienus[3] à Rome, personnage de grande valeur et autorité, et entre autres qualités, excellent en toute sorte de littérature[i], qui était, ce crois-je, fils de ce grand Labienus, le premier des capitaines qui furent sous Cæsar en la guerre des Gaules, et qui depuis[j] s'étant jeté au parti du grand Pompeius, s'y maintint si valeureusement jusques à ce que Cæsar le défît en Espaigne. Ce Labienus de quoi je parle, eut plusieurs envieux de sa vertu, et

a. valeur – *b*. de notre cœur et sagesse – *c*. nous ressemblent et nous révèlent – *d*. et même – *e*. un exemple – *f*. gracieuse – *g*. peut-être – *h*. parée – *i*. dans tous les domaines du savoir – *j*. ensuite

comme il est vraisemblable, les courtisans et favoris des Empereurs de son temps pour ennemis de sa franchise[a] et des humeurs paternelles, qu'il retenait encore contre la tyrannie, desquelles il est croyable qu'il avait teint ses écrits et ses livres. Ses adversaires poursuivirent devant le magistrat[b] à Rome, et obtinrent de faire condamner plusieurs siens ouvrages qu'il avait mis en lumière[c], à être brûlés. Ce fut par lui que commença ce nouvel exemple de peine, qui depuis fut continué à Rome à plusieurs autres, de punir de mort les écrits mêmes, et les études. Il n'y avait point assez de moyen et matière de cruauté, si nous n'y mêlions des choses que nature a exemptées de tout sentiment et de toute souffrance, comme la réputation et les inventions de notre esprit : et si nous n'allions communiquer[d] les maux corporels aux disciplines[e] et monuments des Muses. Or Labienus ne put souffrir cette perte, ni de survivre à cette sienne si chère géniture[f], il se fit porter et enfermer tout vif dans le monument[g] de ses ancêtres, là où il pourvut tout d'un train[h] à se tuer et à s'enterrer ensemble. Il est malaisé de montrer aucune[i] autre plus véhémente affection paternelle que celle-là. Cassius Severus, homme très éloquent et son familier, voyant brûler ses livres criait que par même sentence on le devait quant et quant[j] condamner à être brûlé tout vif, car il portait et conservait en sa mémoire ce qu'ils contenaient. Pareil accident[k] advint à Greuntius Cordus[1] accusé d'avoir en ses livres loué Brutus et Cassius. Ce sénat vilain[l], servile, et corrompu, et digne d'un pire maître que Tibere, condamna ses écrits au feu : il fut content

a. liberté – *b.* engagèrent une procédure judiciaire – *c.* publiés – *d.* transmettre – *e.* sciences – *f.* enfant – *g.* tombeau – *h.* tout à la fois – *i.* quelque – *j.* en même temps – *k.* Une mésaventure semblable – *l.* vil

de faire compagnie à leur mort, et se tua par abstinence de manger. Le bon Lucanus[1] étant jugé par ce coquin de Neron, sur les derniers traits[a] de sa vie, comme la plupart du sang fut déjà écoulé par les veines des bras, qu'il s'était faites tailler à[b] son médecin pour mourir, et que la froideur eut saisi les extrémités de ses membres, et commença à approcher des parties vitales, la dernière chose qu'il eut en sa mémoire, ce furent aucuns[c] des vers de son livre de la guerre de Pharsale, qu'il récitait, et mourut ayant cette dernière voix[d] en la bouche. Cela qu'était-ce qu'un tendre et paternel congé qu'il prenait de ses enfants, représentant les adieux et les étroits embrassements que nous donnons aux nôtres en mourant, et un effet de cette naturelle inclination qui rappelle en notre souvenance en cette extrémité, les choses, que nous avons eu[e] les plus chères pendant notre vie. Pensons-nous qu'Epicurus[2] qui en mourant tourmenté, comme il dit, des extrêmes douleurs de la colique, avait toute sa consolation en la beauté de sa doctrine qu'il laissait au monde, eût reçu autant de contentement d'un nombre d'enfants bien nés et bien élevés, s'il en eût eu, comme il faisait de la production[f] de ses riches écrits ? et que s'il eût été au choix de laisser après lui un enfant contrefait et mal né[g], ou un livre sot et inepte, il ne choisît plutôt, et non lui seulement, mais tout homme de pareille suffisance[h], d'encourir le premier malheur que l'autre ? Ce serait à l'aventure[i] impiété en Saint Augustin (pour exemple) si d'un côté on lui proposait d'enterrer ses écrits, de quoi notre religion reçoit un si

a. instants – *b.* par – *c.* quelques-uns – *d.* ces derniers mots – *e.* eues – *f.* qu'il en recevait de la publication – *g.* né avec un défaut – *h.* valeur – *i.* peut-être

grand fruit, ou d'enterrer ses enfants au cas qu'il en eût, s'il n'aimait mieux enterrer ses enfants[1]. Et je ne sais si je n'aimerais pas mieux beaucoup[a] en avoir produit un parfaitement bien formé, de l'accointance[b] des muses, que de l'accointance de ma femme. À cetui-ci[c], tel qu'il est, ce que je donne, je le donne purement et irrévocablement, comme on donne aux enfants corporels : ce peu de bien que je lui ai fait, il n'est plus en ma disposition : il peut savoir assez[d] de choses que je ne sais plus, et tenir de moi ce que je n'ai point retenu. Et qu'il faudrait que tout ainsi qu'un étranger j'empruntasse de lui si besoin m'en venait. Il est plus riche que moi : si je suis plus sage que lui. Il est peu d'hommes adonnés à la poésie, qui ne se gratifiassent plus d'être pères de l'*Eneide* que du plus beau garçon de Rome : et qui ne souffrissent plus aisément l'une perte que l'autre. Car selon Aristote[2], de tous les ouvriers, le poète nommément[e] est le plus amoureux de son ouvrage. Il est malaisé à croire qu'Epaminondas[3] qui se vantait de laisser pour toute postérité des filles qui feraient un jour honneur à leur père (c'étaient les deux nobles victoires qu'il avait gagné[f] sur les Lacédémoniens) eût volontiers consenti à échanger celles-là, aux plus gorgiases[g] de toute la Grece : ou que Alexandre et Cæsar aient jamais souhaité d'être privés de la grandeur de leurs glorieux faits de guerre, pour la commodité d'avoir des enfants et héritiers, quelque parfaits et accomplis qu'ils pussent être : voire[h] je fais grand doute que Phidias ou autre excellent statuaire, aimât autant la conversation et la durée de ses enfants naturels, comme il ferait d'une image[i] excellente, qu'avec long travail et étude il aurait parfaite selon l'art. Et quant à ces passions

a. beaucoup mieux – *b*. l'accouplement – *c*. aux *Essais* – *d*. beaucoup – *e*. en particulier – *f*. gagnées – *g*. contre les plus belles – *h*. et même – *i*. statue

vicieuses et furieuses, qui ont échauffé quelquefois les pères à l'amour de leurs filles, ou les mères envers leurs fils, encore s'en trouve-il de pareilles en cette autre sorte de parenté : témoin ce que l'on récite[a] de Pygmalion, qui ayant bâti une statue de femme de beauté singulière, il devint si éperdument épris de l'amour forcené de ce sien ouvrage, qu'il fallut, qu'en faveur de sa rage les dieux la lui vivifiassent[b],

Tentatum mollescit ebur, positoque rigore
Subsedit digitis[c 1].

a. rapporte – *b*. lui insufflassent la vie – *c*. « L'ivoire qu'il a touché s'amollit et, perdant sa dureté, cède sous ses doigts. »

Des armes des Parthes

Chap. IX

C'est une façon vicieuse de la noblesse de notre temps, et pleine de mollesse, de ne prendre les armes que sur le point[a] d'une extrême nécessité, et s'en décharger aussitôt qu'il y a tant soit peu d'apparence, que le danger soit éloigné : D'où il survient plusieurs désordres : Car chacun criant et courant à ses armes, sur le point de la charge, les uns sont à lacer encore leur cuirasse, que leurs compagnons sont déjà rompus[b]. Nos pères donnaient leur salade[c], leur lance, et leurs gantelets à porter, et n'abandonnaient le reste de leur équipage, tant que la corvée durait. Nos troupes sont à cette heure[d] toutes troublées et difformées[e] par la confusion du bagage et des valets, qui ne peuvent éloigner[f] leurs maîtres, à cause de leurs armes. Tite Live parlant des nôtres : *Intolerantissima laboris corpora vix arma humeris gerebant*[g][1]. Plusieurs nations vont encore et allaient anciennement à la guerre sans se couvrir : ou se couvraient d'inutiles défenses,

Tegmina queis capitum raptus de subere cortex[h][2].

a. de ne mettre les armures qu'au moment – *b*. en déroute – *c*. casque – *d*. aujourd'hui – *e*. dérangées – *f*. s'éloigner de – *g*. « Incapables d'endurer la peine, ils pouvaient à peine porter leurs armes sur leurs épaules. » – *h*. « Eux qui se couvrent la tête d'une écorce de liège qu'ils ont arrachée. »

Alexandre le plus hasardeux[a] capitaine qui fut jamais, s'armait fort rarement[b][1], Et ceux d'entre nous qui les[c] méprisent n'empirent pour cela de guère leur marché[d]. S'il se voit quelqu'un tué par le défaut d'un harnais, il n'en est guère moindre nombre, que l'empêchement des armes, a fait perdre, engagés sous leur pesanteur, ou froissés et rompus, ou par un contrecoup, ou autrement. Car il semble, à la vérité, à voir le poids des nôtres[e] et leur épaisseur, que nous ne cherchons qu'à nous défendre et en sommes plus chargés que couverts[2]. Nous avons assez à faire à en soutenir le faix[f], entravés et contraints, comme si nous n'avions à combattre que du choc de nos armes : Et comme si nous n'avions pareille obligation à les défendre que elles ont à nous. Tacitus[3] peint plaisamment des gens de guerre de nos anciens Gaulois, ainsi armés, pour se maintenir seulement, n'ayant moyen ni d'offenser[g], ni d'être offensés, ni de se relever abattus[h]. Lucullus voyant certains hommes d'armes Médois, qui faisaient front en l'armée de Tigranes, pesamment et malaisément armés, comme dans une prison de fer, prit de là opinion de les défaire aisément, et par eux commença sa charge et sa victoire[4]. Et à présent que nos mousquetaires[i] sont en crédit[j], je crois que l'on trouvera quelque invention de nous emmurer pour nous en garantir[k], et nous faire traîner à la guerre enfermés dans des bastions, comme ceux que les anciens faisaient porter à leurs éléphants. Cette humeur est bien éloignée de celle du jeune Scipion, lequel accusa aigrement ses soldats, de ce qu'ils avaient semé des chausse-

a. qui s'expose au risque – *b.* portait rarement l'armure – *c.* les armures – *d.* ne s'en tirent pas plus mal – *e.* de nos armures – *f.* fardeau – *g.* de blesser – *h.* une fois à terre – *i.* fantassin armé d'un mousquet – *j.* à la mode – *k.* protéger

trapes sous l'eau à l'endroit du fossé, par où ceux d'une ville qu'il assiégeait, pouvaient faire des sorties sur lui : disant que ceux qui assaillaient, devaient penser à entreprendre[a] non pas à craindre[1] : et craignant avec raison que cette provision[b] endormît leur vigilance à se garder[c]. Il dit aussi à un jeune homme, qui lui faisait montre de son beau bouclier, il est vraiment beau, mon fils, mais un soldat Romain doit avoir plus de fiance[d] en sa main dextre, qu'en la gauche[2]. Or il n'est que la coutume, qui nous rende insupportable la charge de nos armes :

L'husbergo in dosso haveano, e l'elmo in testa,
Dui di quelli guerrier de i quali io canto.
Ne notte o di doppo ch'entraro in questa
Stanza, gli haveanò mai mesi da canto,
Che facile a portar comme la vesta
Era lor, perche in uso l'avean tanto[e][3].

L'empereur Caracalla allait par pays[f], à pied, armé de toutes pièces, conduisant son armée[4]. Les piétons[g] Romains, portaient non seulement le morion[h], l'épée, et l'écu : car quant aux armes, dit Cicero, ils étaient si accoutumés à les avoir sur le dos, qu'elles ne les empêchaient non plus[i] que leurs membres : *arma enim membra militis esse dicunt*[j][5]. Mais quant et quant[k] encore, ce qu'il leur fallait de vivres, pour quinze jours, et certaine quantité de paux[l] pour faire leurs remparts, jusques à soixante livres de poids. Et les soldats de Marius ainsi chargés, étaient

a. conquérir – *b.* précaution – *c.* se protéger – *d.* confiance – *e.* « Ils avaient la cuirasse sur le dos, et le heaume sur la tête, les deux guerriers que je chante, et depuis qu'ils étaient entrés dans ce château, ils ne les avaient jamais déposés, ni de jour, ni de nuit, car ils les portaient aussi facilement que leur vêtement, tant ils y étaient accoutumés. » – *f.* voyageait – *g.* fantassins – *h.* casque – *i.* embarrassaient pas davantage – *j.* « on dit en effet que les armes sont les membres du soldat » – *k.* en même temps – *l.* pieux

duits[a] à faire cinq lieues en cinq heures, et six s'il y avait hâte. Leur discipline militaire était beaucoup plus rude que la nôtre : aussi produisait-elle de bien autres effets. Ce trait est merveilleux à ce propos, qu'il fut reproché à un soldat Lacédémonien, qu'étant à l'expédition d'une guerre[b], on l'avait vu sous le couvert d'une maison. Ils étaient si durcis à la peine, que c'était honte d'être vu sous un autre toit que celui du ciel, quelque temps qu'il fît[1]. Le jeune Scipion, reformant son armée en Hespaigne, ordonna à ses soldats de ne manger que debout et rien de cuit[2]. Nous ne mènerions guère loin nos gens à ce prix-là. Au demeurant Marcellinus, homme nourri[c] aux guerres Romaines[3], remarque curieusement[d] la façon que les Parthes avaient de s'armer, et la remarque d'autant qu'elle était éloignée de la Romaine[4]. Ils avaient, dit-il, des armes tissues[e] en manière de petites plumes, qui n'empêchaient pas le mouvement de leur corps : et si[f] étaient si fortes que nos dards rejaillissaient venant à les heurter[5] (ce sont les écailles, de quoi nos ancêtres avaient fort accoutumé de se servir). Et en un autre lieu. Ils avaient, dit-il, leurs chevaux forts et raides, couverts de gros cuir, et eux étaient armés de cap à pied, de grosses lames de fer, rangées de tel artifice, qu'à l'endroit des jointures des membres elles prêtaient au mouvement. On eût dit que c'étaient des hommes de fer : car ils avaient des accoutrements de tête si proprement assis[g], et représentant au naturel la forme et parties du visage, qu'il n'y avait moyen de les assener[h] que par des petits trous ronds, qui répondaient à leurs yeux, leur donnant un peu de lumière,

a. habitués – *b.* en expédition lors d'une guerre – *c.* formé – *d.* soigneusement – *e.* tissées – *f.* pourtant – *g.* posés – *h.* frapper

et par des fentes, qui étaient à l'endroit des naseaux, par où ils prenaient assez malaisément haleine[1],

Flexilis inductis animatur lamina membris,
Horribilis visu, credas simulachra moveri
Ferrea, cognatoque viros spirare metallo.
Par vestitus equis, ferrata fronte minantur,
Ferratosque movent securi vulneris armos[a][2].

Voilà une description, qui retire[b] bien fort à l'équipage d'un homme d'armes Français, à tout[c] ses bardes[d]. Plutarque dit que Demetrius fit faire pour lui, et pour Alcinus, le premier homme de guerre qui fut auprès de lui, à chacun un harnais complet du poids de six vingts[e] livres, là où les communs harnais n'en pesaient que soixante[3].

a. « Leur cuirasse flexible prend vie des membres qu'elle recouvre, spectacle terrifiant, on croirait voir bouger des statues de fer, et voir respirer des hommes incorporés au métal. Les chevaux sont vêtus de même, leur front menaçant est ferré, ferrés aussi les flancs qu'ils avancent, à l'abri des blessures. » – *b.* ressemble – *c.* avec – *d.* son harnachement – *e.* cent vingt

Des Livres

CHAP. X

Je ne fais point de doute, qu'il ne m'advienne souvent de parler de choses, qui sont mieux traitées chez les maîtres du métier, et plus véritablement. C'est ici purement l'essai de mes facultés naturelles, et nullement des acquises : et qui me surprendra[a] d'ignorance, il ne fera rien contre moi : car à peine[b] répondrai-je à autrui de mes discours, qui ne m'en réponds point à moi : ni n'en suis satisfait. Qui sera en cherche[c] de science, si la[d] pêche où elle se loge : il n'est rien de quoi je fasse moins de profession. Ce sont ici mes fantaisies[e], par lesquelles je ne tâche point à donner à connaître les choses, mais moi : elles me seront à l'aventure[f] connues un jour, ou l'ont autrefois été, selon que la fortune m'a pu porter, sur les lieux, où elles étaient éclaircies. Mais il ne m'en souvient plus. Et si je suis homme de quelque leçon[g], je suis homme de nulle rétention[h]. Ainsi je ne pleuvis[i] aucune certitude, si ce n'est de faire connaître jusques à quel point monte pour cette heure, la connaissance, que j'en ai. Qu'on ne s'attende pas[j] aux matières, mais à la façon que j'y donne[1]. Qu'on voie

a. prendra en flagrant délit – *b*. avec peine – *c*. quête – *d*. qu'il la – *e*. opinions – *f*. peut-être – *g*. si j'ai un peu lu – *h*. je n'ai aucune mémoire – *i*. garantis – *j*. ne s'arrête pas

en ce que j'emprunte si j'ai su choisir de quoi rehausser mon propos. Car je fais dire aux autres ce que je ne puis si bien dire : Tantôt par faiblesse de mon langage, tantôt par faiblesse de mon sens. Je ne compte pas mes emprunts, je les pèse. Et si je les eusse voulu faire valoir par nombre je m'en fusse chargé deux fois autant. Ils sont tous ou fort peu s'en faut, de noms si fameux et anciens, qu'ils me semblent se nommer assez sans moi. Ès raisons[a] et inventions que je transplante en mon solage[b] et confonds aux miennes, j'ai à escient[c] omis parfois d'en marquer l'auteur pour tenir en bride la témérité de ces sentences[d] hâtives qui se jettent sur toute sorte d'écrits : notamment jeunes écrits d'hommes encore vivants : et en vulgaire[e] : qui reçoit[f] tout le monde à en parler et qui semble convaincre la conception et le dessein, vulgaire[g] de même. Je veux qu'ils[h] donnent une nasarde[i] à Plutarque sur mon nez : et qu'ils s'échaudent[j] à injurier Seneque en moi : Il faut musser[k] ma faiblesse sous ces grands crédits[l]. J'aimerais quelqu'un qui me sache déplumer[m]. Je dis[n] par clarté de jugement et par la seule distinction de la force et beauté des propos. Car moi qui à faute de[o] mémoire, demeure court tous les coups à les trier par connaissance de nation[p], sais très bien sentir à mesurer ma portée que mon terroir n'est aucunement capable d'aucunes fleurs trop riches que j'y [trouve semées, et que tous les fruits de mon cru ne les sauraient payer[1].] De ceci suis-je tenu de répondre, si je m'empêche[q] moi-même, s'il y a de la vanité et vice en mes discours, que je ne sente point, ou que je ne sois capable de sentir en me le représentant[r]. Car il échappe souvent des fautes à nos yeux, mais la maladie du jugement consiste à ne les pouvoir apercevoir, lorsqu'un autre nous les découvre. La science

a. réflexions – *b.* sol – *c.* sciemment – *d.* jugements – *e.* en langue vulgaire, en français – *f.* autorise – *g.* convaincre de même de vulgarité la conception et le dessein – *h.* qu'on donne – *i.* chiquenaude – *j.* s'excitent – *k.* cacher – *l.* ces grandes autorités – *m.* m'apercevoir sous les plumes empruntées – *n.* j'entends – *o.* faute de – *p.* en reconnaissant leur origine – *q.* m'embarrasse – *r.* dont je ne peux avoir conscience quand on me le montre

et la vérité, peuvent loger chez nous sans jugement, et le jugement y peut aussi être sans elles : voire la reconnaissance de l'ignorance est, l'un des plus beaux et plus sûrs témoignages de jugement que je trouve. Je n'ai point d'autre sergent de bande[a], à ranger mes pièces, que la fortune. À même que[b] mes rêveries[c] se présentent, je les entasse : tantôt elles se pressent en foule, tantôt elles se traînent à la file. Je veux qu'on voie mon pas naturel et ordinaire ainsi détraqué[d] qu'il est. Je me laisse aller comme je me trouve. Aussi ne sont-ce pas ici matières, qu'il ne soit pas permis d'ignorer, et d'en parler casuellement[e] et témérairement[f]. Je souhaiterais bien avoir plus parfaite intelligence des choses, mais je ne la veux pas acheter si cher qu'elle coûte. Mon dessein est de passer doucement, et non laborieusement ce qui me reste de vie. Il n'est rien pourquoi je me veuille rompre la tête, non pas[g] pour la science, de quelque grand prix qu'elle soit. Je ne cherche aux livres qu'à m'y donner du plaisir par un honnête amusement : ou si j'étudie, je n'y cherche que la science, qui traite de la connaissance de moi-même, et qui m'instruise à bien mourir et à bien vivre,

Has meus ad metas sudet oportet equus[h][1].

Les difficultés, si en rencontre en lisant, je n'en ronge pas mes ongles. Je les laisse là : après leur avoir fait une charge ou deux. Si je m'y plantais, je m'y perdrais, et le temps[i] : car j'ai un esprit primesautier : Ce que je ne vois de la première charge[j], je le vois moins en m'y obstinant. Je ne fais rien sans gaieté : Et la

a. sergent de bataille dont la fonction est de ranger les troupes en bataille – *b*. À mesure que – *c*. divagations – *d*. irrégulier – *e*. au hasard – *f*. à la légère – *g*. pas même – *h*. « Voilà le but vers lequel mon cheval doit courir au prix de sa sueur. » – *i*. et j'y perdrais le temps – *j*. à la première charge

continuation et la contention[a] trop ferme éblouit mon jugement, l'attriste, et le lasse. Ma vue s'y confond et s'y dissipe[b] : Il faut que je le retire, et que je l'y remette à secousses[c]. Tout ainsi que pour juger du lustre de l'écarlate[d], on nous ordonne de passer les yeux par-dessus, en la parcourant à diverses vues, soudaines reprises, et réitérées[e]. Si ce livre me fâche, j'en prends un autre, et ne m'y adonne qu'aux heures, où l'ennui de rien[f] faire commence à me saisir. Je ne me prends[g] guère aux nouveaux, pour ce que les anciens me semblent plus pleins et plus roides : ni aux Grecs[1], parce que mon jugement ne sait pas faire ses besognes d'une puérile et apprentisse intelligence[h]. Entre les livres simplement plaisants[i], je trouve des[j] modernes, le *Decameron* de Boccace, Rabelays, et les *baisers* de Jean Second[2], s'il les faut loger sous ce titre[k], dignes qu'on s'y amuse[l]. Quant aux *Amadis* et telles sortes d'écrits[3], ils n'ont pas eu le crédit d'arrêter seulement mon enfance. Je dirai encore ceci, ou hardiment, ou téméroirement, que cette vieille âme pesante, ne se laisse plus chatouiller, non seulement à l'Arioste, mais encore au bon Ovide : sa facilité, et ses inventions, qui m'ont ravi autrefois, à peine m'entretiennent-elles[m] à cette heure. Je dis librement mon avis de toutes choses, voire et[n] de celles qui surpassent à l'aventure[o] ma suffisance[p], et que je ne tiens aucunement être de ma juridiction. Ce que j'en opine, c'est aussi pour déclarer la mesure de ma vue, non la mesure des choses. Quand je me trouve dégoûté de l'*Axioche*[4] de Platon, comme

a. effort – *b*. s'y brouille et s'y égare – *c*. de temps à autre – *d*. de l'éclat de l'étoffe écarlate – *e*. à reprises soudaines et réitérées – *f*. de ne rien – *g*. m'attache – *h*. tirer profit d'une compétence de débutant et de novice – *i*. lus seulement par plaisir – *j*. parmi les – *k*. si on peut les ranger parmi les modernes – *l*. arrête – *m*. me retiennent-elles – *n*. et même – *o*. peut-être – *p*. compétence

d'un ouvrage sans force, eu égard à un tel auteur, mon jugement ne s'en croit pas[a] : il n'est pas si sot, de s'opposer à l'autorité de tant d'autres fameux jugements anciens : qu'il tient ses régents[b] et ses maîtres : et avec lesquels il est plutôt content de faillir[c] [1]. Il s'en prend à soi et se condamne, ou de s'arrêter à l'écorce, ne pouvant pénétrer jusques au fond : ou de regarder la chose par quelque faux lustre[d]. Il se contente de se garantir seulement du trouble et du dérèglement : quant à sa faiblesse il la reconnaît, et avoue volontiers. Il pense donner juste interprétation aux apparences, que sa conception[e] lui présente : mais elles sont imbéciles[f] et imparfaites. La plupart des fables d'Esope, ont plusieurs sens et intelligences[g] : ceux qui les mythologisent[h] en choisissent quelque visage, qui cadre bien à la fable, mais pour la plupart, ce n'est que le premier visage et superficiel : il y en a d'autres plus vifs, plus essentiels et internes, auxquels ils n'ont su pénétrer : voilà comme j'en fais. Mais pour suivre ma route, il m'a toujours semblé, qu'en la poésie, Vergile, Lucrece, Catulle, et Horace, tiennent de bien loin le premier rang : et signammant[i] Vergile en ses *Géorgiques*, que j'estime le plus accompli ouvrage de la Poésie : À la comparaison duquel on peut reconnaître aisément qu'il y a des endroits de l'*Æneide*, auxquels l'auteur eût donné encore quelque tour de peigne, s'il en eût eu loisir : et le cinquième livre en l'*Æneide* me semble le plus parfait[j]. J'aime aussi Lucain, et le pratique volontiers : non tant pour son style[2], que pour sa valeur propre, et vérité de ses opinions et jugements. Quant au bon Terence, la mignardise[k], et les grâces

a. ne s'en remet pas à lui-même – *b.* pour ses professeurs – *c.* se tromper – *d.* aspect – *e.* pensée – *f.* faibles – *g.* significations – *h.* les interprètent dans un sens allégorique – *i.* notamment – *j.* achevé – *k.* grâce

du langage Latin, je le trouve admirable à représenter au vif, les mouvements de l'âme, et la condition de nos mœurs : à toute heure nos actions me rejettent[a] [à] lui. Je ne le puis lire si souvent que je n'y trouve quelque beauté et grâce nouvelle[b]. Ceux des temps voisins à Vergile se plaignaient, de quoi aucuns[c] lui comparaient Lucrece. Je suis d'opinion, que c'est à la vérité une comparaison inégale : mais j'ai bien à faire à me rassurer en cette créance[d], quand je me trouve attaché à quelque beau lieu[e] de ceux de Lucrece. S'ils se piquaient de cette comparaison, que diraient-ils de la bêtise et stupidité barbaresque, de ceux qui lui comparent à cette heure Arioste ? et qu'en dirait Arioste lui-même.

O seclum insipiens et infacetum[f][1].

J'estime que les anciens, avaient encore plus à se plaindre de ceux qui appariaient Plaute à Terence (cettui-ci sent bien mieux son Gentilhomme) que Lucrece à Vergile. Pour l'estimation et préférence de Terence, fait beaucoup que [le] père de l'éloquence romaine[2] l'a si souvent en la bouche, et seul de son rang. Et la sentence que [le] premier juge des poètes romains[3] donne de son compagnon. Il m'est souvent tombé en fantaisie[g], comme en notre temps, ceux qui se mêlent de faire des comédies (ainsi que les Italiens, qui y sont assez heureux) emploient trois ou quatre arguments[h] de celles de Terence, ou de Plaute, pour en faire une des leurs. Ils entassent en une seule Comédie, cinq ou six contes de Boccace. Ce qui les fait ainsi se charger de matière, c'est la défiance, qu'ils ont de se pouvoir soutenir de leurs propres grâces, il faut qu'ils trouvent un corps, où s'appuyer, et n'ayant pas du leur assez de quoi nous arrêter, ils veulent que

a. renvoient – *b.* nouvelles – *c.* quelques-uns – *d.* m'assurer en cette opinion – *e.* passage – *f.* « Ô siècle sans goût et sans jugement. » – *g.* venu à l'esprit – *h.* sujets

le conte nous amuse[a]. Il en va de mon auteur tout au contraire : les perfections et beautés de sa façon de dire nous font perdre l'appétit[b] de son sujet : Sa gentillesse[c] et sa mignardise nous retiennent partout : il est partout si plaisant,

liquidus puroque simillimus anni[d][1],

et nous remplit tant l'âme de ses grâces, que nous en oublions celles de sa fable. Cette même considération me tire plus avant. Je vois que les bons et anciens Poètes ont évité l'affectation et la recherche, non seulement des fantastiques élévations[e] Espagnoles et Pétrarquistes, mais des pointes mêmes plus douces et plus retenues, qui font l'ornement de tous les ouvrages Poétiques des siècles suivants. Si n'y a-il bon juge qui les trouve à dire en ces anciens[f], et qui n'admire plus sans comparaison, l'égale polissure et cette perpétuelle douceur et beauté fleurissante des *Épigrammes* de Catulle, que tous les aiguillons, de quoi Martial aiguise la queue des siens. C'est cette même raison que je disais tantôt, comme Martial de soi, *minus illi ingenio laborandum fuit, in cujus locum materia successerat*[g][2]. Ces premiers-là, sans s'émouvoir et sans se piquer[h], se font assez sentir : ils ont de quoi rire partout, il ne faut pas qu'ils se chatouillent : ceux-ci ont besoin de secours étranger : à mesure qu'ils ont moins d'esprit, il leur faut plus de corps : ils montent à cheval parce qu'ils ne sont assez forts sur leurs jambes. Tout ainsi qu'en nos bals, ces hommes de vile condition, qui en tiennent école, pour ne pouvoir représenter[i] le port et la décence[j] de notre noblesse,

a. retienne – *b.* goût pour – *c.* distinction – *d.* « limpide et tout semblable au courant d'eau pure » – *e.* hyperboles – *f.* pourtant il n'y a aucun bon juge qui en regrette l'absence chez les anciens – *g.* « son esprit n'eut guère d'effort à fournir : le sujet lui tenait lieu d'esprit. » – *h.* sans s'exciter ni s'acharner – *i.* imiter – *j.* dignité

cherchent à se recommander par des sauts périlleux, et autres mouvements étranges et bateleresques[a]. Et les Dames ont meilleur marché[b] de leur contenance, aux danses, où il y a diverses découpures[c] et agitation de corps, qu'en certaines autres danses de parade, où elles n'ont simplement qu'à marcher un pas naturel, et représenter un port naïf[d] et leur grâce ordinaire. Comme j'ai vu aussi les badins[e] excellents, vêtus à leur ordinaire et d'une contenance commune, nous donner tout le plaisir qui se peut tirer de leur art : les apprentis et qui ne sont de si haute leçon[f], avoir besoin de s'enfariner le visage, de se travestir et se contrefaire en mouvements et grimaces sauvages pour nous apprêter[g] à rire. Cette mienne conception se reconnaît mieux qu'en tout autre lieu, en la comparaison de l'*Æneide* et du *Furieux*[1]. Celui-là on le voit aller à tire-d'aile, d'un vol haut et ferme, suivant toujours sa pointe[h] : cettui-ci voleter et sauteler de conte en conte, comme de branche en branche ne se fiant à ses ailes, que pour une bien courte traverse[i], et prendre pied à chaque bout de champ, de peur que l'haleine et la force lui faille[j],

Excursusque breves tentat[k2].

Voilà donc quant à cette sorte de sujets, les auteurs qui me plaisent le plus. Quant à mon autre leçon[l], qui mêle un peu plus de fruit au plaisir, par où j'apprends à ranger[m] mes humeurs et mes conditions[n], les livres qui m'y servent, c'est Plutarque, depuis qu'il est Français[3], et Seneque. Ils ont tous deux cette notable commodité pour mon humeur, que la science que j'y

a. de bateleur – *b.* meilleur compte – *c.* mouvements variés – *d.* simple – *e.* comédiens – *f.* aussi instruits – *g.* entraîner – *h.* suivant son inspiration – *i.* parcours – *j.* manquent – *k.* « Et les courses qu'il tente sont brèves. » – *l.* lecture – *m.* régler – *n.* opinions

cherche, y est traitée à pièces décousues, qui ne demandent pas l'obligation d'un long travail[a], de quoi je suis incapable, comme sont les *Opuscules* de Plutarque et les *Épîtres* de Seneque[1], qui est la plus belle partie de ses écrits et la plus profitable. Il ne faut pas grande entreprise[b] pour m'y mettre, et les quitte où il me plaît. Car elles n'ont point de suite des unes aux autres. Ces auteurs se rencontrent en la plupart des opinions utiles et vraies : comme aussi leur fortune les fit naître environ même siècle[c], tous deux précepteurs de deux Empereurs Romains, tous deux venus de pays étrangers[2], tous deux riches et puissants. Leur instruction est de la crème de la philosophie, et présentée d'une simple façon et pertinente. Plutarque est plus uniforme et constant, Seneque plus ondoyant et divers. Cettui-ci se peine, se roidit et se tend pour armer la vertu contre la faiblesse, la crainte, et les vicieux appétits : l'autre semble n'estimer pas tant leur effort[d], et dédaigner d'en hâter son pas et se mettre sur sa targue[e]. Plutarque a les opinions Platoniques[f], douces, et accommodables à la société civile : l'autre les a Stoïques et Épicuriennes, plus éloignées de l'usage commun, mais selon moi, plus commodes en particulier[g] et plus fermes. Il paraît[h] en Seneque qu'il prête[i] un peu à la tyrannie des Empereurs de son temps : car je tiens pour certain, que c'est d'un jugement forcé qu'il condamne la cause de ces généreux meurtriers de Cæsar[3] : Plutarque est libre par tout. Seneque est plein de pointes et saillies, Plutarque de choses. Celui-là vous échauffe plus, et vous émeut : cettui-ci vous contente davantage et vous paie mieux : il nous guide,

a. effort – *b.* grand courage – *c.* autour du même siècle – *d.* force – *e.* sur ses gardes – *f.* adhère au platonisme – *g.* pour le particulier – *h.* apparaît – *i.* cède

l'autre nous pousse[1]. Quant à Cicero, les ouvrages, qui me peuvent servir chez lui à mon dessein, ce sont ceux qui traitent de la philosophie signamment[a] morale. Mais à confesser hardiment la vérité (car puisqu'[b]on a franchi les barrières de l'impudence, il n'y a plus de bride[2]) sa façon d'écrire me semble ennuyeuse, et toute autre pareille façon. Car ses préfaces, définitions, partitions[c], étymologies, consument la plupart de son ouvrage. Ce qu'il a de vif et de moelle, est étouffé par ses longueries[d] d'apprêts. Si j'ai employé une heure à le lire, qui[e] est beaucoup pour moi, et que je ramentoive[f] ce que j'en ai tiré de suc et de substance, la plupart du temps je n'y trouve que du vent : car il n'est pas encore venu aux arguments, qui servent à son propos, et aux raisons qui touchent proprement le nœud que je cherche. Pour moi, qui ne demande qu'à devenir plus sage, non plus savant ou éloquent, ces ordonnances logiciennes et Aristotéliques[g] ne sont pas à propos : je veux qu'on commence par le dernier point : j'entends assez que[h] c'est que mort, et volupté, qu'on ne s'amuse pas à les anatomiser[i] : je cherche des raisons bonnes et fermes d'arrivée[j], qui m'instruisent à en soutenir l'effort[k]. Ni les subtilités grammairiennes, ni l'ingénieuse contexture de paroles et d'argumentations n'y servent : je veux des discours qui donnent la première charge dans le plus fort du doute : les siens languissent autour du pot. Ils sont bons pour l'école, pour le barreau, et pour le sermon, où nous avons loisir de sommeiller, et sommes encore un quart d'heure après, assez à temps pour

a. en particulier – *b*. une fois qu'on – *c*. divisions – *d*. longueurs – *e*. ce qui – *f*. me rappelle – *g*. dispositions à la manière des logiciens et d'Aristote – *h*. ce que – *i*. ne s'arrête pas à les disséquer – *j*. d'emblée – *k*. la charge

rencontrer le fil du propos. Il est besoin de parler ainsi aux juges, qu'on veut gagner à tort ou à droit[a], aux enfants, et au vulgaire[b] à qui il faut tout dire : voir ce qui portera[c]. Je ne veux pas qu'on s'emploie à me rendre attentif, et qu'on me crie cinquante fois, Or oyez, à la mode de nos Hérauts. Les Romains disaient en leur Religion, *Hoc age*[d][1], que[e] nous disons en la nôtre, *sursum corda*[f][2] : ce sont autant de paroles perdues pour moi. J'y viens tout préparé du logis : il ne me faut point d'allèchement, ni de sauce : je mange bien la viande toute crue : et au lieu de m'aiguiser l'appétit par ces préparatoires et avant-jeux[g], on me le lasse et affadit. La licence du temps m'excusera[-elle] de cette sacrilège audace d'estimer aussi traînants [les] dialogismes[h] de Platon même : et étouffant par trop [sa] matière. [Et] de plaindre[i] le temps que [met] à ces longues interlocutions[j] vaines et préparatoires, un homme qui avait tant de meilleures choses à dire. Mon ignorance m'excusera mieux : sur ce que je ne vois rien en[k] la beauté de son langage. Je demande en général les livres qui usent des sciences, non ceux qui [les] dressent. Les deux premiers et Pline[3], et leurs semblables, ils n'ont point de, *hoc age*, ils veulent avoir à faire à gens qui s'en soient avertis eux-mêmes : ou s'ils en ont, c'est un, *hoc age*, substantiel, et qui a son corps à part. Je vois aussi volontiers les *Épîtres ad Atticum*[4] : non seulement parce qu'elles contiennent une très ample instruction de l'Histoire et affaires de son temps, mais beaucoup plus pour y découvrir ses humeurs privées. Car j'ai une singulière curiosité, comme j'ai dit ailleurs[5], de connaître l'âme et les naïfs[l] jugements de mes auteurs. Il faut bien juger leur

a. à raison – *b*. peuple – *c*. aura de l'effet – *d*. « Fais attention à ceci » – *e*. ce que – *f*. « Haut les cœurs » – *g*. préparations et préludes – *h*. dialogues – *i*. regretter – *j*. échanges dialogués – *k*. je n'ai aucun accès à – *l*. naturels

suffisance[a], mais non pas leurs mœurs, ni eux, par cette montre[b] de leurs écrits, qu'ils étalent au théâtre du monde. J'ai mille fois regretté, que nous ayons perdu le livre, que Brutus avait écrit de la vertu[1], car il fait beau apprendre la théorique[c] de ceux, qui savent bien la pratique. Mais d'autant que[d] c'est autre chose le prêche, que le prêcheur : j'aime bien autant voir Brutus chez Plutarque[2], que chez lui-même. Je choisirais plutôt de savoir au vrai les devis[e], qu'il tenait en sa tente à quelqu'un de ses privés amis la veille d'une bataille, que les propos qu'il tint le lendemain à son armée : et ce qu'il faisait en son cabinet et en sa chambre, que ce qu'il faisait emmi[f] la place et au Sénat. Quant à Cicero, je suis du jugement commun, que hors la science, il n'y avait pas beaucoup d'excellence en son âme : il était bon citoyen, d'une nature débonnaire, comme sont volontiers[g] les hommes gras, et gausseurs[h], tel qu'il était, mais de mollesse et de vanité ambitieuse, il en avait sans mentir beaucoup. Et si[i] ne sais comment l'excuser d'avoir estimé sa poésie digne d'être mise en lumière[j] : Ce n'est pas grande imperfection que de mal faire des vers, mais c'est à lui faute de jugement, de n'avoir pas senti combien ils étaient indignes de la gloire de son nom. Quant à son éloquence, elle est du tout[k] hors de comparaison, je crois que jamais homme ne l'égalera[3]. Le jeune Cicero[4], qui n'a ressemblé son père[l] que de nom, commandant en Asie, il se trouva un jour en sa table plusieurs étrangers, et entre autres Cæstius assis au bas bout[m], comme on se fourre souvent aux tables ouvertes des grands : Cicero s'informa qui il

a. capacité – *b.* exhibition – *c.* théorie – *d.* parce que – *e.* propos – *f.* au milieu de – *g.* habituellement – *h.* railleurs – *i.* Aussi – *j.* publiée – *k.* tout à fait – *l.* à son père – *m.* à l'opposé des places d'honneur

était à l'un de ses gens, qui lui dit son nom : mais comme celui qui songeait ailleurs[a], et qui oubliait ce qu'on lui répondait, il le lui redemanda encore depuis[b] deux ou trois fois : le serviteur pour n'être plus en peine de lui redire si souvent même chose, et pour le lui faire connaître par quelque circonstance, c'est, dit-il, ce Cæstius de qui on vous a dit, qu'il ne fait pas grand état de l'éloquence de votre père au prix[c] de la sienne : Cicero s'étant soudain piqué de cela commanda qu'on empoignât ce pauvre Cæstius, et le fit très bien[d] fouetter en sa présence : voilà un mal courtois hôte. Entre ceux mêmes, qui ont estimé toutes choses comptées cette sienne éloquence incomparable, il y en a eu, qui n'ont pas laissé d'y remarquer des fautes : comme ce grand Brutus son ami, disait que c'était une éloquence cassée et esrenée[e], *fractam et elumbem*[1]. Les orateurs voisins de son siècle[2], reprenaient aussi en lui ce curieux[f] soin de certaine longue cadence, au bout de ses clauses[g], et notaient[h] ces mots, *esse videatur*[i], qu'il y emploie si souvent. Pour moi j'aime mieux une cadence qui tombe plus court, coupée en jambes[j]. Si mêle-il[k] parfois bien rudement ses nombres[l], mais rarement. J'en ai remarqué ce lieu à mes oreilles. *Ego vero me minus diu senem esse mallem, quam esse senem, antequam essem*[m][3]. Les Historiens sont ma droite balle[n][4] : ils sont plaisants et avisés : et quant et quant[o] l'homme en général, de qui je cherche la connaissance, y paraît plus vif et plus entier qu'en nul

a. en homme qui pensait à autre chose – *b.* ensuite – *c.* en comparaison de – *d.* abondamment – *e.* éreintée – *f.* attentif – *g.* longue clausule au bout de ses phrases – *h.* soulignaient – *i.* « il semble être » – *j.* pieds comportant deux syllabes (une brève et une longue) – *k.* Cependant il mêle – *l.* rythmes – *m.* « J'aime mieux être moins longtemps vieil que d'être vieil avant que de l'être. » (Montaigne, III, 5) – *n.* ce qui me convient le mieux – *o.* en même temps

autre lieu : la diversité et vérité de ses conditions internes en gros et en détail : la variété des moyens de son assemblage et des accidents qui le menacent[1]. Or ceux qui écrivent les vies, d'autant qu'ils s'amusent plus aux conseils qu'aux événements[a], plus à ce, qui part du dedans, qu'à ce qui arrive au-dehors, ceux-là me sont plus propres. Voilà pourquoi en toutes sortes, c'est mon homme que Plutarque[2]. Je suis bien marri que nous n'ayons une douzaine de Laertius[b] : ou qu'il ne soit ou plus étendu ou plus entendu[c]. Car je ne considère pas moins curieusement la fortune et la vie de ces grands précepteurs du monde que la diversité de leurs dogmes et fantaisies[d]. En ce genre d'étude des Histoires, il faut feuilleter sans distinction toutes sortes d'auteurs et vieils et nouveaux, et barragouins[e] et Français, pour y apprendre les choses, de quoi diversement ils traitent. Mais Cæsar singulièrement[f] me semble mériter qu'on l'étudie, non pour la science de l'Histoire seulement, mais pour lui-même, tant il a de perfection et d'excellence par-dessus tous les autres : quoique Salluste soit du nombre. Certes je lis cet auteur avec un peu plus de révérence et de respect, qu'on ne lit les humains ouvrages : Tantôt le considérant lui-même par ses actions, et le miracle de sa grandeur. Tantôt la pureté et inimitable polissure[g] de son langage : qui a surpassé non seulement tous les Historiens, comme dit Cicero, mais à l'aventure[h] Cicero même. Avec tant de sincérité en ses jugements, parlant de ses ennemis, que sauf les fausses couleurs, de quoi il veut couvrir sa mauvaise cause, et l'ordure de sa pestilente ambition, je pense qu'en cela seul on y puisse trouver à redire, qu'il a été trop épargnant à parler de soi[i] : Car tant

a. s'occupent plus des intentions que des réalisations – *b.* Diogène Laërce – *c.* compétent – *d.* opinions et idées – *e.* étrangers – *f.* en particulier – *g.* élégance – *h.* peut-être – *i.* qu'il a mis trop de réserve à parler

de grandes choses ne peuvent avoir été exécutées par lui, qu'il n'y soit allé beaucoup plus du sien, qu'il n'y en met[a]. J'aime les Historiens, ou fort simples, ou excellents. Les simples qui n'ont point de quoi y[b] mêler quelque chose du leur, et qui n'y apportent que le soin, et la diligence de ramasser tout ce qui vient à leur notice[c], et d'enregistrer à la bonne foi[d] toutes choses, sans choix et sans triage[e], nous laissent le jugement entier, pour la connaissance de la vérité. Tel est entre autres pour exemple, le bon Froissard[1], qui a marché en son entreprise d'une si franche naïveté[f], qu'ayant fait une faute, il ne craint aucunement de la reconnaître et corriger, en l'endroit, où il en a été averti : Et qui nous représente la diversité même des bruits, qui couraient et les différents rapports qu'on lui faisait. C'est la matière de l'Histoire nue et informe : chacun en peut faire son profit autant qu'il a d'entendement. Les bien excellents ont la suffisance[g] de choisir ce qui est digne d'être su, peuvent trier de deux rapports celui qui est plus vraisemblable : de la condition des Princes et de leurs humeurs, ils en concluent les conseils[h] et leur attribuent les paroles convenables : ils ont raison de prendre l'autorité de régler notre créance[i] à la leur : mais certes cela n'appartient à guère de gens. Ceux d'entre-deux (qui est la plus commune façon) ceux-là nous gâtent tout : ils veulent nous mâcher les morceaux, ils se donnent loi[j] de juger et par conséquent d'incliner l'Histoire à leur fantaisie : car depuis que[k] le jugement pend d'un côté, on ne se peut garder de contourner et tordre la

de lui-même – *a.* sans qu'il y ait lui-même contribué, beaucoup plus qu'il ne l'admet – *b.* à leur histoire – *c.* connaissance – *d.* de bonne foi – *e.* sélection – *f.* simplicité – *g.* capacité – *h.* intentions – *i.* croyance – *j.* le droit – *k.* une fois que

narration à ce biais. Ils entreprennent de choisir les choses dignes d'être sues, et nous cachent souvent telle parole, telle action privée, qui nous instruirait mieux : omettent pour choses incroyables celles qu'ils n'entendent pas : et peut-être encore telle chose pour ne la savoir dire en bon Latin ou Français. Qu'ils étalent hardiment leur éloquence et leurs discours : qu'ils jugent à leur poste[a] : mais qu'ils nous laissent aussi de quoi juger après eux : et qui n'altèrent ni dispensent[b] par leurs raccourciments et par leur choix, rien sur le corps de la matière : ains[c] qu'ils nous la renvoient pure et entière en toutes ses dimensions[1]. Le plus souvent on trie pour cette charge, et notamment en ces siècles ici, des personnes d'entre le vulgaire, pour cette seule considération de savoir bien parler[d] : comme si nous cherchions d'y apprendre la grammaire : et eux ont raison n'ayant été gagés[e] que pour cela, et n'ayant mis en vente que le babil, de ne se soucier aussi principalement que de cette partie. Ainsi à force[f] beaux mots ils nous vont patissant[g] une belle contexture des bruits, qu'ils ramassent ès carrefours des villes. Les seules bonnes histoires sont celles, qui ont été écrites par ceux mêmes, qui commandaient aux affaires, ou qui étaient participants à les conduire, ou au moins qui ont eu la fortune d'en conduire d'autres de même sorte. Telles sont quasi toutes les Grecques et Romaines. Car plusieurs témoins oculaires ayant écrit de[h] même sujet (comme il advenait en ce temps-là, que la grandeur et le savoir se rencontraient communément) s'il y a de la faute, elle doit être merveilleusement[i] légère, et sur un accident fort douteux[j]. Que peut-on

a. à leur guise – *b.* ni ne disposent – *c.* mais – *d.* du peuple, en les jugeant pour leur seule capacité à bien parler – *e.* payés – *f.* avec force – *g.* nous accommodent – *h.* sur le – *i.* extraordinairement – *j.* événe-

espérer d'un médecin traitant de la guerre, ou d'un écolier traitant les desseins des Princes ? Si nous voulons remarquer la religion[a], que les Romains avaient en cela, il n'en faut que cet exemple : Asinius Pollio[1] trouvait ès histoires mêmes de Cæsar quelque mécompte[b], en quoi il était tombé, pour n'avoir pu jeter les yeux en tous les endroits de son armée, et en avoir cru les particuliers, qui lui rapportaient souvent des choses non assez vérifiées : ou bien pour n'avoir été assez curieusement[c] averti, par ses Lieutenants, des choses qu'ils avaient conduites en son absence. On peut voir par cet exemple, si cette recherche de la vérité est délicate, qu'on ne se puisse pas fier d'un combat à la science[d] de celui, qui y a commandé, ni aux soldats, de ce qui s'est passé près d'eux, si à la mode d'une information judiciaire, on ne confronte les témoins, et reçoit les objets[e] sur la preuve des pointilles[f], de chaque accident[g]. Vraiment la connaissance que nous avons de nos affaires est bien plus lâche. Mais ceci a été suffisamment traité par Bodin[2], et selon ma conception. Pour subvenir[h] un peu à la trahison de ma mémoire, et à son défaut, si extrême, qu'il m'est advenu plus d'une fois, de reprendre en main des livres, comme récents[i], et à moi inconnus, que j'avais lu[j] soigneusement quelques années auparavant et barbouillés de mes notes : j'ai pris en coutume depuis quelque temps, d'ajouter au bout de chaque livre (je dis de ceux desquels je ne me veux servir qu'une fois) le temps auquel j'ai achevé de le lire, et le jugement que j'en ai retiré en gros : afin que cela me représente au moins l'air et Idée générale

---

ment très incertain – *a.* soin scrupuleux – *b.* erreur – *c.* soigneusement – *d.* connaissance – *e.* objections – *f.* détails – *g.* fait – *h.* suppléer – *i.* nouveaux – *j.* lus

que j'avais conçus de l'auteur en le lisant. Je veux ici transcrire aucunes[a] de ces annotations. Voici ce que je mis il y a environ dix ans en mon Guicciardin[1] (car quelque langue que parlent mes livres, je leur parle en la mienne.) Il est historiographe diligent, et duquel à mon avis, autant exactement que de nul autre on peut apprendre la vérité des affaires de son temps : aussi en la plupart en a-il été acteur lui-même, et en rang honorable. Il n'y a aucune apparence[b] que par haine, faveur, ou vanité il ait déguisé les choses : de quoi font foi les libres jugements qu'il donne des grands, et notamment de ceux, par lesquels il avait été avancé[c], et employé aux charges, comme du Pape Clement septième. Quant à la partie de quoi il semble se vouloir prévaloir le plus, qui sont ses digressions et discours[d], il y en a de bons et enrichis de beaux traits : mais il s'y est trop plu : Car pour ne vouloir rien laisser à dire[e], ayant un sujet si plein et ample, et à peu près infini, il en devient lâche[f], et sentant un peu au caquet scolastique. J'ai aussi remarqué ceci, que de tant d'âmes et effets qu'il juge, de tant de mouvements et conseils[g], il n'en rapporte jamais un seul à la vertu, religion[h], et conscience, comme si ces parties[i]-là étaient du tout éteintes au monde : et de toutes les actions, pour belles par apparence qu'elles soient d'elles-mêmes, il en rejette la cause à quelque occasion[j] vicieuse, ou à quelque profit. Il est impossible d'imaginer, que parmi cet infini nombre d'actions, de quoi il juge, il n'y en ait eu quelqu'une produite par la voie de la raison. Nulle corruption peut[k] avoir saisi les hommes si universel-

a. quelques-unes – *b.* il n'est pas du tout vraisemblable – *c.* promu – *d.* réflexions – *e.* rien négliger – *f.* prolixe – *g.* intentions – *h.* scrupule – *i.* qualités – *j.* raison – *k.* ne peut

lement, que quelqu'un n'échappe de[a] la contagion : cela me fait craindre qu'il y ait un peu du vice de son goût[b], et peut[c] être advenu, qu'il ait estimé d'autrui selon soi. En mon Philippe de Comines[1], il y a ceci : Vous y trouverez le langage doux et agréable, d'une naïve simplicité, la narration pure, et en laquelle la bonne foi de l'auteur reluit évidemment[d], exempte de vanité parlant de soi, et d'affection et d'envie[e] parlant d'autrui : ses discours et enhortements[f], accompagnés, plus de bon zèle et de vérité, que d'aucune exquise suffisance, et tout partout[g] de l'autorité et gravité, représentant son homme de bon lieu[h] et élevé aux grands affaires[i]. Sur les mémoires de monsieur du Bellay[2]. C'est toujours plaisir, de voir les choses écrites par ceux, qui ont essayé comme[j] il les faut conduire : mais il ne se peut nier qu'il ne se découvre évidemment en ces deux seigneurs ici, un grand déchet[k] de la franchise et liberté d'écrire, qui reluit ès anciens de leur sorte[l] : comme au Sire de Jouinvile domestique de[m] S. Loys, Eginard Chancelier de Charlemaigne, et de plus fraîche mémoire en Philippe de Comines. C'est ici plutôt un plaidoyer pour le Roi François, contre l'Empereur Charles cinquième[n], qu'une histoire. Je ne veux pas croire, qu'ils aient rien changé, quant au gros du fait, mais de contourner le jugement des événements souvent contre raison, à notre avantage, et d'omettre tout ce qu'il y a de chatouilleux[o] en la vie de leur maître, ils en font métier : témoin les reculements[p] de messieurs de Montmorency et de Brion[3], qui y sont oubliés, voire

a. à – *b.* quelque défaut dans son jugement – *c.* il peut – *d.* manifestement – *e.* de passion et de malveillance – *f.* exhortations – *g.* vraiment partout – *h.* de bonne famille – *i.* grandes affaires – *j.* comment – *k.* déperdition – *l.* chez les historiens anciens – *m.* attaché à la maison de – *n.* Charles Quint – *o.* épineux – *p.* disgrâces

le seul nom de Madame d'Estampes[1], ne s'y trouve point. On peut couvrir les actions secrètes, mais de taire ce que tout le monde sait, et les choses qui ont tiré[a] des effets publics, et de telle conséquence, c'est un défaut inexcusable. Somme[b] pour avoir l'entière connaissance du Roi François, et des choses advenues de son temps, qu'on s'adresse ailleurs, si on m'en croit : ce qu'on peut faire ici de profit, c'est par la déduction[c] particulière des batailles et exploits de guerre, où ces gentilshommes se sont trouvés, quelques paroles et actions privées d'aucuns[d] princes de leur temps, et les pratiques[e] et négociations conduites par le Seigneur de Langeay, où il y a tout plein de choses dignes d'être sues, et des discours[f] non vulgaires.

a. entraîné – *b.* En somme – *c.* récit – *d.* de certains – *e.* pourparlers – *f.* réflexions

De la cruauté

CHAP. XI

Il me semble que la vertu est chose autre, et plus noble, que les inclinations à la bonté, qui naissent en nous[1]. Les âmes réglées d'elles-mêmes et bien nées, elles suivent même train, et représentent en leurs actions même visage que les vertueuses : Mais la vertu, sonne[a], je ne sais quoi, de plus grand et de plus actif, que de se laisser par une heureuse complexion[b], doucement et paisiblement conduire à la suite de la raison : Celui qui d'une douceur et facilité naturelle, mépriserait les offenses reçues, ferait chose très belle et digne de louange : Mais celui qui piqué et outré, jusques au vif, d'une offense, s'armerait des armes de la raison contre ce furieux appétit de vengeance : et après un grand conflit s'en rendrait enfin maître, ferait sans doute[c] beaucoup plus : Celui-là ferait bien, et cettui-ci vertueusement : L'une[d] action se pourrait dire bonté, l'autre vertu : Car il semble que le nom de la vertu présuppose de la difficulté et du contraste, et qu'elle ne peut s'exercer sans partie[e]. C'est à l'aventure[f] pourquoi nous nommons Dieu bon, fort, et libéral[g], et juste, mais nous ne le nommons pas vertueux : Ses

a. laisse entendre – *b*. par un heureux naturel – *c*. assurément – *d*. la première – *e*. adversaire – *f*. peut-être – *g*. généreux

opérations[a] sont toutes naïves[b] et sans effort. Des Philosophes non seulement Stoïciens, mais encore Épicuriens (et cette enchère[c], je l'emprunte de l'opinion commune, qui est fausse : quoi que die ce subtil rencontre[d] d'Arcesilaus, [à] celui qui lui reprochait que beaucoup de gens passaient de son école en l'Épicurienne, mais jamais au rebours[e]. Je crois bien. Des coqs il se fait des chapons assez, mais des chapons il ne [s'en] fait jamais des coqs[1]. Car à la vérité en fermeté et rigueur d'opinions et de préceptes, la secte Épicurienne, ne cède aucunement à la Stoïque. Et un Stoïcien reconnaissant meilleure foi[f], que ces disputeurs, qui pour combattre Epicurus, et se donner beau jeu, lui font dire, ce à quoi il ne pensa jamais : contournant ses paroles à gauche[g] : argumentant par la loi grammairienne, autre sens de sa façon de parler, et autre créance[h], que celle qu'ils savent qu'il avait en l'âme, et en ses mœurs : dit qu'il a laissé[i] d'être Épicurien, pour cette considération entre autres, qu'il trouve leur route trop hautaine et inaccessible, *et ii qui* φιλήδονοι *vocantur, sunt* φιλόκαλοι *et* φιλοδίκαιοι *omnesque virtutes et colunt et retinent*[j][2]). Des philosophes Stoïciens et Épicuriens, dis-je, il y en a plusieurs qui ont jugé, que ce n'était pas assez d'avoir l'âme en bonne assiette[k], bien réglée et bien disposée à la vertu : Ce n'était pas assez d'avoir nos résolutions et nos discours, au-dessus de tous les efforts de fortune : Mais qu'il fallait encore rechercher les occasions d'en venir à la preuve[l]. Ils veulent quêter[m] de la douleur, de la nécessité, et du mépris, pour les combattre : et pour tenir

a. actions – *b.* naturelles – *c.* ce renchérissement – *d.* quoi que dise ce bon mot – *e.* en sens inverse – *f.* faisant preuve de plus de bonne foi – *g.* gauchissant ses paroles – *h.* croyance – *i.* cessé – *j.* « car ceux que l'on appelle *amoureux du plaisir* sont des *amoureux du beau* et *de la justice,* et ils pratiquent et honorent toutes les vertus » – *k.* bien équilibrée – *l.* de les mettre à l'épreuve – *m.* chercher

leur âme en haleine : *multum sibi adjicit virtus lacessita*[a][1]. C'est l'une des raisons, pour quoi Epaminondas, qui était encore d'une tierce secte[b][2], refuse des richesses que la fortune lui met en main, par une voie très légitime : Pour avoir, dit-il, à s'escrimer contre la pauvreté, en laquelle extrême il se maintint toujours[3]. Socrates s'essayait[c], ce me semble, encore plus rudement, conservant pour son exercice, la malignité de sa femme[4] : qui est un essai à fer émoulu[d]. Metellus ayant seul de tous les Sénateurs Romains entrepris par l'effort[e] de sa vertu, de soutenir[f] la violence de Saturninus Tribun du peuple à Rome, qui voulait à toute force faire passer une loi injuste, en faveur de la commune[g] : et ayant encouru par là, les peines capitales que Saturninus avait établies contre les refusants : entretenait ceux, qui en cette extrémité, le conduisaient en la place[h], de tels propos. Que c'était chose trop facile et trop lâche que de mal faire, et que de faire bien, où il n'y eût point de danger, c'était chose vulgaire. Mais de faire bien, où il y eût danger, c'était le propre office[i] d'un homme de vertu[5]. Ces paroles de Metellus nous représentent bien clairement ce que je voulais vérifier[j] : que la vertu refuse la facilité pour compagne, Et que cette aisée, douce, et penchante voie, par où se conduisent les pas réglés d'une bonne inclination de nature, n'est pas celle de la vraie vertu. Elle demande un chemin âpre et épineux : elle veut avoir ou des difficultés étrangères à lutter[k], comme celle de Metellus, par le moyen desquelles fortune se plaît à lui rompre la roideur de sa course :

a. « la vertu se grandit beaucoup par la lutte. » – *b.* d'une troisième secte – *c.* s'exerçait – *d.* avec des armes aiguisées – *e.* la force – *f.* résister à – *g.* la plèbe – *h.* en place publique – *i.* proprement le devoir – *j.* prouver – *k.* combattre

ou des difficultés internes, que lui apportent les appétits désordonnés et imperfections de notre condition. Je suis venu jusques ici bien à mon aise. Mais au bout de ce discours, il me tombe en fantaisie[a] que l'âme de Socrates, qui est la plus parfaite qui soit venue à ma connaissance, serait à mon compte une âme de peu de recommandation[b] : Car je ne puis concevoir en ce personnage-là, aucun effort de vicieuse concupiscence[c]. Au train de[d] sa vertu, je n'y puis imaginer aucune difficulté et aucune contrainte : Je connais sa raison si puissante et si maîtresse chez lui, qu'elle n'eût jamais donné moyen à un appétit vicieux, seulement de naître. À une vertu si élevée que la sienne, je ne puis rien mettre en tête[e]. Il me semble la voir marcher d'un victorieux pas et triomphant, en pompe et à son aise, sans empêchement, ni détourbier[f]. Si la vertu ne peut luire[g] que par le combat des appétits contraires : dirons-nous donc qu'elle ne se puisse passer de l'assistance du vice, et qu'elle lui doive cela, d'en être mise en crédit et en honneur ? Que deviendrait aussi[h] cette brave et généreuse[i] volupté Épicurienne : qui fait état de[j] nourrir mollement[k] en son giron, et y faire folâtrer la vertu : lui donnant pour ses jouets la honte, les fièvres, la pauvreté, la mort et les gênes[l] ? Si je présuppose que la vertu parfaite, se connaît[m] à combattre et porter[n] patiemment la douleur, à soutenir les efforts[o] de la goutte, sans s'ébranler de son assiette[p] : si je lui donne pour son objet nécessaire l'âpreté et la difficulté : que deviendra la vertu qui sera montée à tel point, que

a. vient à l'esprit – *b*. selon mon raisonnement, une âme de peu de mérite – *c*. aucune velléité de désir vicieux – *d*. Dans la marche de – *e*. au-dessus – *f*. sans obstacle ni trouble – *g*. briller – *h*. alors – *i*. courageuse et noble – *j*. déclare – *k*. doucement – *l*. souffrances – *m*. se reconnaît – *n*. supporter – *o*. assauts – *p*. sans perdre son équilibre

de non seulement mépriser la douleur, mais de s'en éjouir : et de se faire chatouiller aux[a] pointes d'une forte colique, comme est celle[b], que les Épicuriens ont établie : et de laquelle plusieurs d'entre eux nous ont laissé par leurs actions, des preuves très certaines ? Comme ont[c] bien d'autres, que je trouve avoir surpassé par effet[d] les règles mêmes de leur discipline : Témoin le jeune Caton[e][1] : Quand je le vois mourir et se déchirer les entrailles, je ne me puis contenter de croire simplement, qu'il eût lors[f] son âme exempte totalement de trouble et d'effroi : je ne puis croire qu'il se maintînt seulement en cette démarche[g], que les règles de la secte Stoïque lui ordonnaient, rassise, sans émotion et impassible : il y avait, ce me semble, en la vertu de cet homme trop de gaillardise[h] et de verdeur, pour s'en arrêter là. Je crois sans doute qu'il sentit du plaisir et de la volupté, en une si noble action : et qu'il s'y agréa plus qu'en autre[i] de celles de sa vie. *Sic abiit e vita ut causam moriendi nactum se esse gauderet*[j][2]. Je le crois si avant[k], que j'entre en doute s'il eût voulu que l'occasion d'un si bel exploit lui fût ôtée : Et si la bonté qui lui faisait embrasser les commodités publiques plus que les siennes[l], ne me tenait en bride[m], je tomberais aisément en cette opinion, qu'il savait bon gré à la fortune d'avoir mis sa vertu à une si belle épreuve : et d'avoir favorisé ce brigand[3] à[n] fouler aux pieds l'ancienne liberté de sa patrie. Il me semble lire en cette action, je ne sais quelle éjouissance de son âme, et une émotion de plaisir extraordi-

a. de trouver agréable les – *b*. la vertu – *c*. l'ont fait – *d*. par leurs actes – *e*. Caton d'Utique – *f*. alors – *g*. allure – *h*. ardeur – *i*. en aucune autre – *j*. « Il sortit de la vie comme réjoui d'avoir trouvé une raison pour mourir. » – *k*. tellement – *l*. le bonheur public plus que le sien – *m*. ne me retenait pas – *n*. d'avoir permis à ce brigand de

naire, et d'une volupté virile, lorsqu'elle[a] considérait la noblesse et hauteur de son entreprise.

Deliberata morte ferocior[b][1].

Non pas aiguisée par quelque espérance de gloire, comme les jugements populaires, et efféminés, d'aucuns[c] hommes ont jugé : car cette considération est trop basse, pour toucher un cœur si généreux, si hautain et si roide : mais pour la beauté de la chose même en soi : laquelle il voyait bien plus à clair[d], et en sa perfection, lui qui en maniait les ressorts[e], que nous ne pouvons faire. La philosophie m'a fait plaisir de juger qu'une si belle action eût été indécemment logée en toute autre vie qu'en celle [de] Caton et qu'à la sienne seule [il] appartenait de finir ainsi. Pourtant ordonna-il selon raison[f] [et] à son fils et aux sénateurs [qui] l'accompagnaient de pourvoir autrement à leur fait[g]. *Catoni cum incredibilem natura tribuisset gravitatem eamque ipse perpetua constantia roboravisset semperque [in] proposito consilio permansisset, moriendum potius quam tyranni vultus aspiciendus erat*[h][2]. Toute mort doit être [de] même sa vie[i]. Nous ne devenons pas autres, pour mourir. J'interprète toujours la mort par [la] vie[3]. Et si on me la récite[j] d'apparence forte, attachée à une faible vie, je tiens qu'elle est produite d'une cause faible et sortable[k] à sa vie. L'aisance donc de cette mort, et cette facilité qu'il avait acquise par la force de son âme, dirons-nous qu'elle doive rabattre quelque chose du lustre de sa vertu ? Et qui de ceux qui ont la cervelle tant soit peu teinte de la vraie philosophie, peut se contenter d'ima-

a. son âme – *b.* « Plus farouche parce qu'elle avait résolu de mourir. » – *c.* de certains – *d.* clairement – *e.* les motivations internes – *f.* c'est pourquoi il ordonna avec raison – *g.* à leur propre sort – *h.* « Parce que la nature lui avait donné une incroyable force d'âme qu'il avait lui-même affermie avec une constance perpétuelle, et qu'il s'était toujours tenu aux décisions qu'il avait prises, il revenait à Caton de mourir plutôt que de voir le visage d'un tyran. » – *i.* ressembler à la vie qu'elle termine – *j.* si on me raconte une mort – *k.* assortie

giner Socrates seulement franc[a] de crainte et de passion, en l'accident[b] de sa prison, de ses fers, et de sa condamnation ? Et qui ne reconnaît en lui non seulement de la fermeté et de la constance (c'était son assiette[c] ordinaire que celle-là) mais encore je ne sais quel contentement nouveau, et une allégresse enjouée en ses propos et façons dernières ? [À] ce tressaillir, du plaisir[d] qu'il sent à gratter sa jambe après que les fers en furent hors[e], accuse-il[f] pas une pareille douceur et joie en son âme, pour être désenforgée[g] des incommodités passées, et à même d'entrer en connaissance des choses à venir. Caton me pardonnera, s'il lui plaît, sa mort est plus tragique, et plus tendue : mais cette-ci est encore, je ne sais comment, plus belle. Aristippus à ceux qui la plaignaient[h], Les dieux m'en envoient une telle, fit-il[1]. On voit aux âmes de ces deux personnages[i], et de leurs imitateurs (car de semblables, je fais grand doute qu'il y en ait eu) une si parfaite habitude à la vertu, qu'elle leur est passée en complexion[j] : Ce n'est plus vertu pénible, ni des ordonnances de[k] la raison, pour lesquelles maintenir[l] il faille que leur âme se roidisse : c'est l'essence même de leur âme, c'est son train naturel et ordinaire. Ils l'ont rendue telle par un long exercice des préceptes de la philosophie, ayant rencontré une belle et riche nature : Les passions vicieuses, qui naissent en nous, ne trouvent plus par où faire entrée en eux : la force et roideur de leur âme, étouffe et éteint les concupiscences, aussitôt qu'elles commencent à s'ébranler. Or qu'il ne soit plus beau, par une haute et divine résolution, d'empêcher la naissance des tentations : et de s'être formé à la vertu, de manière que les semences

a. libre – *b*. l'infortune – *c*. état – *d*. par ce tressaillement de plaisir – *e*. ôtés – *f*. ne révèle-t-il – *g*. délivrée – *h*. la déploraient – *i*. Caton et Socrate – *j*. tempérament naturel – *k*. ordonnée par – *l*. respecter

mêmes des vices en soient déracinées : que d'empêcher à vive force leur progrès : et s'étant laissé surprendre aux émotions premières des passions, s'armer et se bander pour arrêter leur course et les vaincre : et que ce second effet ne soit encore plus beau, que d'être simplement garni[a] d'une nature facile et débonnaire, et dégoûtée par soi-même de la débauche et du vice, je ne pense point qu'il y ait doute. Car cette tierce et dernière façon, il semble bien qu'elle rende un homme innocent, mais non pas vertueux : exempt de mal faire, mais non assez apte à bien faire. Joint que cette condition est si voisine à l'imperfection et à la faiblesse, que je ne sais pas bien comment en démêler les confins et les distinguer. Les noms mêmes de bonté et d'innocence sont à cette cause aucunement[b] noms de mépris. Je vois que plusieurs vertus, comme la chasteté, sobriété, et tempérance, peuvent arriver à nous[c], par défaillance corporelle. La fermeté aux dangers (si fermeté il la faut appeler) le mépris de la mort, la patience aux infortunes, peuvent venir et se trouvent souvent aux hommes, par faute de bien juger de tels accidents, et ne les concevoir tels qu'ils sont. La faute d'appréhension et la bêtise, contrefont ainsi parfois les effets vertueux : Comme j'ai vu souvent advenir qu'on a loué des hommes de ce, de quoi ils méritaient du blâme. Un Seigneur Italien tenait une fois ce propos en ma présence, au désavantage de sa nation : Que la subtilité des Italiens et la vivacité de leurs conceptions était si grande, qu'ils prévoyaient les dangers et accidents qui leur pouvaient advenir, de si loin, qu'il ne fallait pas trouver étrange, si on les voyait souvent à la guerre pourvoir à leur sûreté, voire[d] avant que d'avoir reconnu le

a. doté – *b*. pour cela quelque peu – *c*. nous échoir – *d*. même

péril : Que nous et les Espagnols, qui n'étions pas si fins, allions plus outre : et qu'il nous fallait faire voir à l'œil et toucher à la main, le danger, avant que de nous en effrayer : et que lors aussi nous n'avions plus de tenue[a] : Mais que les Allemands et les Suisses, plus grossiers et plus lourds, n'avaient le sens[b] de se raviser, à peine lors même qu'ils étaient accablés sous les coups. Ce n'était à l'aventure[c] que pour rire : Si[d] est-il bien vrai qu'au métier de la guerre, les apprentis se jettent bien souvent aux dangers, d'autre inconsidération qu'ils ne font[e] après y avoir été échaudés :

haud ignarus, quantum nova gloria in armis
Et prædulce decus primo certamine possit[f][1].

Voilà pourquoi quand on juge d'une action particulière, il faut considérer plusieurs circonstances, et l'homme tout entier qui l'a produite, avant la baptiser. Pour dire un mot de moi-même. J'ai vu quelquefois mes amis appeler prudence en moi, ce qui était fortune : et estimer avantage de courage et de patience, ce qui était avantage de Jugement et opinion : et m'attribuer un titre pour autre : tantôt à mon gain, tantôt à ma perte. Au demeurant, il s'en faut tant que je sois arrivé à ce premier et plus parfait degré d'excellence, où de la vertu il se fait une habitude, que du second même, je n'en ai fait guère de preuve. Je ne me suis mis en grand effort, pour brider les désirs de quoi je me suis trouvé pressé. Ma vertu c'est une vertu, ou innocence, pour mieux dire, accidentelle et fortuite : Si je fusse né d'une complexion[g]

a. de fermeté au combat – *b.* l'idée – *c.* peut-être – *d.* Pourtant – *e.* avec une inconscience qu'ils n'ont plus – *f.* « n'ignorant pas tout ce que permet, dans un premier combat, une gloire neuve dans les armes et la douceur de l'honneur. » – *g.* d'un tempérament

plus déréglée, je crains qu'il fût allé piteusement de mon fait[a] : Car je n'ai essayé[b] guère de fermeté en mon âme, pour soutenir des passions, si elles eussent été tant soit peu véhémentes : Je ne sais point nourrir des querelles et du débat chez moi. Ainsi je ne me puis dire nul grand merci, de quoi je me trouve exempt de plusieurs vices :

si vitiis mediocribus et mea paucis
Mendosa est natura, alioqui recta, velut si
Egregio inspersos reprehendas corpore nævos[c] [1],

Je le dois plus à ma fortune qu'à ma raison. Elle m'a fait naître d'une race fameuse en prud'homie[d] et d'un très bon père : je ne sais s'il a écoulé en moi partie de ses humeurs, ou bien si les exemples domestiques, et la bonne institution[e] de mon enfance, y ont insensiblement aidé : ou si je suis autrement ainsi né,

Seu libra, seu me scorpius aspicit
Formidolosus, pars violentior
Natalis horæ, seu tyrannus
Hesperiæ Capricornus undæ[f] [2].

Mais tant y a, que la plupart des vices je les ai de moi-même en horreur. La réponse d'Antisthenes à celui qui lui demandait le meilleur apprentissage : Désapprendre le mal : semble s'arrêter[g] à cette image[3] : Je [les] ai, dis-je, en horreur : d'une opinion si naturelle et si mienne, que ce même instinct et impression, que j'en ai apporté de la nourrice, je l'ai conservé, sans qu'aucunes occasions me l'aient su faire altérer : Voire non pas mes discours

a. que mon sort eût été pitoyable – *b.* éprouvé – *c.* « si ma nature, bonne dans l'ensemble, n'est entachée que de vices médiocres et peu nombreux, comme un beau corps auquel on n'aurait à reprocher que quelques verrues dispersées » – *d.* d'une famille célèbre pour la sagesse – *e.* éducation – *f.* « Soit que je sois né sous le regard de la Balance ou du redoutable Scorpion terrible au moment de la naissance, ou encore du Capricorne, tyran de la mer d'Hespérie. » – *g.* correspondre

propres[a], qui pour s'être débandés en aucunes choses[b] de la route commune, me licencieraient aisément à des actions[c], que cette naturelle inclination me fait haïr. Je dirai un monstre[d] : mais je le dirai pourtant, Je trouve par là, en plusieurs choses plus d'arrêt[e], et de règle en mes mœurs qu'en mon opinion : et ma concupiscence[f] moins débauchée que ma raison. Aristippus établit des opinions si hardies en faveur de la volupté et des richesses qu'il mit en rumeur toute [la] philosophie à l'encontre de lui. Mais quant à ses mœurs, le tyran Dionisius lui ayant présenté trois belles garces[g] pour qu'il en fît le choix : il répondit qu'il les choisissait toutes trois et qu'il avait mal pris à Pâris d'en préférer une [à] ses compagnes. Mais les ayant conduites à son logis, il les renvoya sans en tâter[h][1]. Son valet se trouvant surchargé en chemin de l'argent qu'il portait après lui : il lui ordonna qu'il en jetât et versât là, ce qui lui fâchait[i][2]. Et Epicurus duquel les dogmes sont irréligieux et délicats[j], se porta[k] en sa vie très dévotieusement et laborieusement. Il écrit à un sien ami qu'il ne vit que de pain bis et d'eau, qu'il lui envoie un peu de fromage pour quand il voudra faire quelque somptueux repas[3]. Serait-il vrai que pour être bon à fait[l], il nous le faille être par occulte, naturelle et universelle propriété, sans loi, sans raison, sans exemple ? Les débordements auxquels je me suis trouvé engagé, ne sont pas Dieu merci des pires. Je les ai bien condamnés chez moi, selon qu'ils le valent : car mon jugement ne s'est pas trouvé infecté par eux : Au rebours, il les accuse plus rigoureusement en moi, qu'en un autre. Mais c'est tout, car au demeurant j'y apporte trop peu de résistance : et me laisse trop aisément pencher à l'autre part de la balance : sauf pour les régler, et empêcher du mélange d'autres vices :

a. non pas même mes propres opinions – *b.* détournés en certaines choses – *c.* me donneraient facilement licence d'agir d'une façon – *d.* une chose étrange – *e.* de fermeté – *f.* mon désir – *g.* filles – *h.* sans les toucher – *i.* ce qui le gênait – *j.* tournés vers le plaisirs – *k.* se comporta – *l.* tout à fait

Lesquels s'entretiennent et s'entr'enchaînent pour la plupart les uns aux autres, qui ne s'en prend[a] garde. Les miens, je les ai retranchés et contraints les[b] plus seuls, et les plus simples que j'ai pu,

nec ultra
Errorem foveo[c][1].

Car quant à l'opinion des Stoïciens, qui disent, le sage œuvrer[d] quand il œuvre, par toutes les vertus ensemble[2], quoiqu'il en ait une plus apparente selon la nature de l'action : Et à cela leur pourrait servir aucunement la similitude du[e] corps humain : car l'action de la colère, ne se peut exercer que toutes les humeurs ne nous y aident, quoique la colère prédomine : si de là, ils veulent tirer pareille conséquence, que quand le fautier faut, il faut[f] par tous les vices ensemble, je ne les en crois pas ainsi simplement : ou je ne les entends pas : car je sens par effet[g] le contraire. Ce sont subtilités aiguës, insubstantielles, auxquelles la philosophie [s'] arrête parfois. Je suis quelques vices, mais j'en fuis d'autres autant qu'un saint saurait faire. Aussi désavouent les Péripatéticiens cette connexité et couture indissoluble[h]. Et tient[i] Aristote qu'un homme prudent et juste peut être et intempérant [et] incontinent[3]. Socrates avouait à ceux qui reconnaissaient en sa physionomie quelque inclination au vice, que c'était à la vérité sa propension naturelle, mais qu'il avait corrigée par discipline[4]. Et les familiers du philosophe Stilpo disaient qu'étant né sujet au vin et aux femmes, il s'était rendu par étude[j] très abstinent de l'un et de l'autre[5]. Ce que j'ai de bien, je l'ai au rebours[k], par le sort de ma naissance. Je ne le tiens ni de loi ni de précepte ou autre apprentis-

a. si l'on n'y prend – *b*. pour les maintenir les – *c*. « et je ne chéris pas davantage mon vice. » – *d*. que le sage agit – *e*. la comparaison avec – *f*. celui qui faute le fait, il faute – *g*. par expérience – *h*. cette liaison indissoluble des vertus – *i*. soutient – *j*. par exercice – *k*. à l'inverse

sage. L'innocence qui est en moi, est une innocence niaise[a] : peu de vigueur, et point d'art. Je hais entre autres vices cruellement la cruauté, et par nature et par jugement, comme l'extrême de tous les vices. Mais c'est jusques à telle mollesse[b] que je ne vois pas égorger un poulet sans déplaisir, et ouïs impatiemment gémir un lièvre sous les dents de mes chiens : Quoique ce soit un plaisir violent que la chasse. Ceux qui ont à combattre la volupté usent volontiers de cet argument, pour montrer qu'elle est toute vicieuse et déraisonnable : Que lorsqu'elle est en son plus grand effort[c], elle nous maîtrise de façon, que la raison n'y peut avoir accès. Et allèguent l'expérience que nous en sentons en l'accointance des femmes[d],

cum jam præsagit gaudia corpus,
Atque in eo est venus, ut muliebria conserat arva[e][1] :

où il leur semble que le plaisir nous transporte si fort hors de nous, que notre discours[f] ne saurait lors faire son office, tout perclus et ravi en la volupté. Je sais qu'il en peut aller autrement : et qu'on arrivera parfois, si on veut, à rejeter l'âme sur ce même instant, à autres pensements[g]. Mais il la faut tendre et roidir d'aguet[h]. Je sais qu'on peut gourmander[i] l'effort de ce plaisir, et m'y connais bien. Et si[j] n'ai point trouvé Venus si impérieuse Déesse que plusieurs et plus chastes que moi la témoignent. Je ne prends pour miracle, comme fait la Reine de Navarre, en l'un des contes de son *Heptameron*[2] (qui est un gentil livre pour son étoffe[k]) ni pour chose d'extrême difficulté, de passer des nuits entières, en

a. naturelle – *b.* délicatesse – *c.* sa plus grande force – *d.* lors du rapport sexuel – *e.* « lorsque déjà le corps pressent la jouissance, et que Vénus est sur le point d'ensemencer le champ féminin » – *f.* notre raison – *g.* en ce même instant à d'autres pensées – *h.* avec attention – *i.* rabrouer – *j.* pourtant – *k.* un joli livre dans son genre (le genre romanesque)

toute commodité et liberté, avec une maîtresse de[a] longtemps désirée : maintenant la foi qu'on lui aura engagée de se contenter des baisers et simples attouchements. Je crois que l'exemple de la chasse y serait plus propre : comme il[b] y a moins de plaisir, il y a plus de ravissement et de surprise, par où notre raison étonnée perd le loisir[c] de se préparer et bander à l'encontre : lorsqu'après une longue quête, la bête vient en sursaut à se présenter, en lieu où à l'aventure[d], nous l'espérions le moins. Cette secousse, et l'ardeur de ces huées[e] nous frappe, si qu'il[f] serait malaisé, à ceux qui aiment cette sorte de chasse, de retirer sur ce point[g] la pensée ailleurs. Et les poètes font[h] Diane victorieuse du brandon et des flèches de Cupidon :

Quis non malarum quas amor curas habet
Hæc inter obliviscitur[i][1] ?

Pour revenir à mon propos, je me compassionne fort tendrement des afflictions d'autrui, et pleurerais aisément par compagnie, si pour occasion[j] que ce soit, je savais pleurer. Il n'est rien qui tente mes larmes que [les] larmes. Non vraies seulement mais comment que ce soit[k], ou feintes ou peintes. Les morts je ne les plains guère : et les envierais plutôt : mais je plains bien fort les mourants. Les sauvages ne m'offensent pas tant, de rôtir et manger les corps des trépassés, que ceux qui les tourmentent et persécutent vivants[2]. Les exécutions mêmes de la justice pour raisonnables qu'elles soient, je ne les puis voir d'une vue ferme. Quelqu'un[3] ayant à témoigner la clémence de Julius Cæsar : Il était, dit-il, doux en ses vengeances : ayant forcé les Pirates

a. depuis – *b.* alors qu'il – *c.* n'a pas le temps – *d.* peut-être – *e.* les huées des rabatteurs – *f.* de sorte qu'il – *g.* à cet instant – *h.* représentent – *i.* « Qui n'oublie parmi ces plaisirs les cruels tourments de l'amour ? » – *j.* pour quelque cause – *k.* quelles qu'elles soient

de se rendre à lui qu'ils avaient auparavant pris prisonnier et mis à rançon, d'autant qu'il[a] les avait menacés de les faire mettre en croix, il les y condamna, mais ce fut après les avoir fait étrangler : Philomon son secrétaire qui l'avait voulu empoisonner, il ne le punit pas plus aigrement que d'une mort simple. Sans dire qui est cet auteur Latin, qui ose alléguer pour témoignage de clémence, de seulement tuer ceux, desquels on a été offensé, il est aisé à deviner qu'il est frappé des vilains et horribles exemples de cruauté, que les tyrans Romains mirent en usage. Quant à moi, en la justice même tout ce qui est au-delà de la mort simple, me semble pure cruauté : Et notamment à nous[b] : qui devrions avoir respect d'en envoyer les âmes en bon état[c]. Ce qui ne se peut, les ayant agitées et désespérées par tourments insupportables[1]. Ces jours passés un soldat prisonnier ayant aperçu d'une tour où il était, qu'en la place des charpentiers commençaient à dresser leurs ouvrages, et le peuple à s'y assembler, tint[d] que c'était pour lui et entré en désespoir, n'ayant autre chose à[e] se tuer, se saisit d'un vieux clou de charrette rouillé que la fortune lui présenta, et s'en donna deux grands coups autour de la gorge : et voyant qu'il n'en avait pu ébranler sa vie s'en donna un autre tantôt après dans le ventre, de quoi il tomba en évanouissement. Et en cet état le trouva le premier de ses gardes qui entra pour le voir. On le fit revenir[f] et pour employer le temps avant qu'il défaillît, on lui fit sur l'heure lire sa sentence qui était d'avoir la tête tranchée : de laquelle il se trouva infiniment réjoui et accepta à prendre du vin qu'il avait refusé : et remerciant les juges de la douceur inespérée de leur condamnation, dit que cette délibération[g] de se tuer lui était venue par l'horreur de quelque plus cruel supplice duquel lui avaient augmenté la crainte

a. parce qu'il – *b.* pour nous, chrétiens – *c.* qui devrions avoir souci que les âmes des mourants soient pacifiées – *d.* crut – *e.* pour – *f.* on le ranima – *g.* décision

les apprêts [qu'il avait vu faire en la place] [...] [et qu'il avait pris parti d'appeler la mort,] pour en fuir une plus insupportable.[1] Je conseillerais que ces exemples de rigueur, par le moyen desquels on veut tenir le peuple en office[a], s'exerçassent contre les corps des criminels : Car de les voir priver de sépulture, de les voir bouillir et mettre à quartiers[b], cela toucherait quasi autant le vulgaire, que les peines, qu'on fait souffrir aux vivants, Quoique par effet[c] ce soit peu, ou rien. Comme Dieu dit, *Qui corpus occidunt, et postea non habent quod faciant*[d2]. Et les poètes font singulièrement valoir l'horreur de cette peinture et au-dessus de la mort[e].

Heu relliquias semiassi regis, denudatis ossibus,
Per terram sanie delibutas fœde divexarier[f3].

Je me rencontrai[g] un jour à Rome[4] sur le point qu'on défaisait[h] Catena, un voleur insigne : on l'étrangla sans aucune émotion de l'assistance : mais quand on vint à le mettre à quartiers[i], le bourreau ne donnait coup, que le peuple ne suivit d'une voix plaintive, et d'une exclamation, comme si chacun eût prêté son sentiment à cette charogne[j]. Il faut exercer ces inhumains excès contre l'écorce[k], non contre le vif. Ainsi amollit[l], en cas aucunement[m] pareil, Artoxerses, l'âpreté des lois anciennes de Perse : ordonnant que les Seigneurs qui avaient failli en leur état[n], au lieu qu'on les soulait[o] fouetter, fussent dépouillés, et leurs vêtements fouettés pour eux : et au lieu qu'on leur soulait arracher les cheveux, qu'on leur ôtât leur haut chapeau

a. dans son devoir – *b.* coupés en morceaux – *c.* en réalité – *d.* « Ils tuent le corps, et ensuite ils ne peuvent plus rien faire d'autre. » – *e.* pire que celle de la mort – *f.* « Hélas ! Les restes sanguinolents d'un roi à demi rôti, les os mis à nu, seraient odieusement traînés sur le sol. » – *g.* trouvai – *h.* exécutait – *i.* le dépecer – *j.* à ce cadavre – *k.* le corps mort – *l.* adoucit – *m.* quelque peu – *n.* qui avaient fauté dans leur charge – *o.* alors qu'on avait l'habitude de

seulement[1]. Les Égyptiens si dévotieux[a] estimaient bien satisfaire à la justice divine lui sacrifiant des pourceaux en figure [et] représentés[2] : invention [hardie] de vouloir payer en peinture et en ombrage[b] Dieu, substance si essentielle. Je vis en une saison en laquelle nous foisonnons en exemples incroyables de ce vice[c], par la licence de nos guerres civiles[d] : Et ne voit-on rien aux histoires anciennes, de plus extrême, que ce que nous en essayons[e] tous les jours. Mais cela ne m'y a nullement apprivoisé. À peine me pouvais-je persuader, avant que je l'eusse vu, qu'il se fût trouvé des âmes si monstrueuses, qui pour le seul plaisir du meurtre le voulussent commettre : hacher et détrancher les membres d'autrui : aiguiser leur esprit à inventer des tourments inusités, et des morts nouvelles : sans inimitié, sans profit : et pour cette seule fin, de jouir du plaisant spectacle des gestes, et mouvements pitoyables, des gémissements, et voix[f] lamentables, d'un homme mourant en angoisse. Car voilà l'extrême point, où la cruauté puisse atteindre. *Ut homo hominem non iratus, non timens, tantum spectaturus, occidat*[g][3]. De moi[h] je n'ai pas su voir seulement sans déplaisir, poursuivre et tuer une bête innocente, qui est sans défense, et de qui nous ne recevons aucune offense[i]. Et comme il advient communément que le cerf se sentant hors d'haleine et de force, n'ayant plus autre remède, se rejette et rend à nous-mêmes qui le poursuivons, nous demandant merci[j] par ses larmes,

quæstuque cruentus
Atque imploranti similis[k][4],

a. pieux – *b.* ombre – *c.* la cruauté – *d.* à cause des excès des guerres de Religion – *e.* éprouvons – *f.* cris – *g.* « Que l'homme tue l'homme ni par colère, ni par crainte, mais simplement pour le spectacle » – *h.* Pour moi – *i.* aucun mal – *j.* grâce – *k.* « gémissant, sanglant, et semblant supplier »

ce m'a toujours semblé un spectacle très déplaisant. Je ne prends guère bête en vie à qui je ne redonne les champs[a]. Pythagoras les achetait des pêcheurs et des oiseleurs, pour en faire autant[1] :

primoque a cæde ferarum
Incaluisse puto maculatum sanguine ferrum[b][2].

Les naturels sanguinaires à l'endroit des bêtes, témoignent une propension naturelle à la cruauté. Après qu'on se fut apprivoisé à Romme aux spectacles des meurtres des animaux, on vint aux hommes et aux gladiateurs. Nature, a ce crains-je, elle-même attaché à l'homme quelque instinct à l'inhumanité. Nul ne prend son ébat[c] à voir des bêtes s'entrejouer et caresser : et nul ne faut[d] de le prendre à les voir s'entredéchirer et démembrer. Et afin qu'on ne se moque de cette sympathie que j'ai avec elles, la Théologie même nous ordonne quelque faveur en leur endroit[3] : et considérant que un même maître nous a logés en ce palais[e] pour son service, et qu'elles sont, comme nous, de sa famille, elle a raison de nous enjoindre quelque respect et affection envers elles. Pythagoras emprunta la Métempsycose des Égyptiens, mais depuis elle a été reçue par plusieurs nations, et notamment par nos Druides[4],

Morte carent animæ, semperque priore relicta
Sede, novis domibus vivunt, habitantque receptæ[f][5].

La religion de nos anciens Gaulois, portait[g] que les âmes étant éternelles, ne cessaient de se remuer et changer de place d'un corps à un autre[6] : Mêlant en outre à cette fantaisie[h], quelque considération de la

a. la liberté – *b.* « je pense que c'est lors d'un massacre de bêtes sauvages que le fer s'est taché pour la première fois de sang. » – *c.* son plaisir – *d.* manque – *e.* en ce monde – *f.* « Les âmes ne connaissent pas la mort, mais toujours, après avoir quitté leur ancien siège, elles sont reçues dans de nouvelles demeures où elles habitent. » – *g.* comportait – *h.* imagination

justice divine : car selon les déportements[a] de l'âme, pendant qu'elle avait été chez[b] Alexandre, ils disaient que Dieu lui ordonnait un autre corps à habiter, plus ou moins pénible, et rapportant à[c] sa condition :

muta ferarum
Cogit vincla pati, truculentos ingerit ursis,
Prædonesque lupis, fallaces vulpibus addit,
Atque ubi per varios annos per mille figuras
Egit, lethæo purgatos flumine tandem
Rursus ad humanæ revocat primordia formæ[d][1].

Si elle avait été vaillante, la logeaient au corps d'un Lion : si voluptueuse, en celui d'un pourceau : si lâche, en celui d'un cerf ou d'un lièvre : si malicieuse, en celui d'un renard : ainsi du reste : jusques à ce que purifiée par ce châtiment elle reprenait le corps de quelque autre homme.

Ipse ego, nam memini, Trojani tempore belli
Panthoides Euphorbus eram[e][2].

Quant à ce cousinage-là d'entre nous et les bêtes, je n'en fais pas grande recette[f] : Ni de ce aussi que plusieurs nations et notamment des plus anciennes et plus nobles, ont non seulement reçu des bêtes, à leur société et compagnie, mais leur ont donné un rang bien loin au-dessus d'eux, les estimant tantôt familières, et favorites de leurs dieux : et les ayant en respect et révérence plus qu'humaine. Et d'autres ne

a. la mauvaise conduite – *b*. dans le corps d' – *c*. en rapport avec – *d*. « Il les force à subir la muette prison d'un corps de bête, fait entrer les âmes brutales dans un corps d'ours, les voleuses dans un loup, les menteuses dans un renard, et les ayant fait passer pendant de nombreuses années à travers mille figures, il les purifie enfin dans le fleuve du Léthé et les rappelle à leur forme humaine. » – *e*. « Moi même, je m'en souviens, au temps de la guerre de Troie, j'étais Euphorbe, fils de Panthée. » – *f*. grand cas

reconnaissant autre Dieu, ni autre divinité qu'elles : *Belluæ a barbaris propter beneficium consecratæ*[a][1].

crocodilon adorat
Pars hæc, illa pavet saturam serpentibus Ibin,
Effigies sacri hic nitet aurea cercopitheci
hic piscem fluminis, illic
Oppida tota canem venerantur[b][2].

Et l'interprétation même que Plutarque donne à cet[c] erreur, qui est très bien prise[d], leur est encore honorable : Car il dit que ce n'était le chat, ou le bœuf (pour exemple) que les Égyptiens adoraient, mais qu'ils adoraient en ces bêtes-là, quelque image des facultés divines : En cette-ci la patience et l'utilité, en cette-là la vivacité[3], ou comme nos voisins les Bourguignons, avec toute l'Alemaigne, l'impatience de se voir enfermée[e], par où ils se représentaient la liberté, laquelle ils aimaient et adoraient au-delà de toute autre faculté divine, et ainsi des autres. Mais quand je rencontre parmi les opinions les plus modérées, les discours qui essaient à montrer la prochaine[f] ressemblance de nous aux animaux, et combien ils ont de part à[g] nos plus grands privilèges : et avec combien de vraisemblance on nous les apparie[h] : certes j'en rabats beaucoup de notre présomption : et me démets volontiers de cette royauté imaginaire, qu'on nous donne sur les autres créatures[4]. Quand tout cela en serait à dire[i], si y a-il un certain respect, qui nous attache, et un général devoir d'humanité, non aux bêtes seulement, qui ont vie et sentiment, mais

a. « Les barbares ont sacralisé les bêtes sauvages pour en obtenir des bienfaits. » – *b*. « les uns adorent le Crocodile, les autres craignent l'Ibis rassasié de serpents, ici brille la statue d'or du Singe sacré, des villes entières adorent le poisson d'un fleuve, d'autres un chien. » – *c*. cette – *d*. trouvée – *e*. chez d'autres animaux, le refus de survivre en captivité – *f*. l'étroite – *g*. combien ils partagent – *h*. associe – *i*. quand tous ces points communs feraient défaut, toutefois

aux arbres mêmes et aux plantes. Nous devons la justice aux hommes, et la grâce et la bénignité[a] aux autres créatures, qui en peuvent être capables[b][1]. Il y a quelque commerce entre elles et nous, et quelque obligation mutuelle. Je ne crains point à dire la tendresse de ma nature, [si] puérile, que je ne puis pas [bien] refuser à mon chien la fête qu'il m'offre, hors de saison: ou qu'il me demande. Les Turcs ont des aumônes et des hôpitaux pour les bêtes: Les Romains avaient un soin[c] public de la nourriture des oies, par la vigilance desquelles leur Capitole avait été sauvé[2]: Les Athéniens ordonnèrent que les mules et mulets qui avaient servi au bâtiment du temple appelé Hecatompedon fussent libres: et qu'on les laissât paître partout sans empêchement[3]. Les Agrigentins avaient en usage commun d'enterrer sérieusement les bêtes qu'ils avaient eues chères[d], comme les chevaux de quelque rare mérite, les chiens [et] les oiseaux utiles : ou même qui avaient servi de passe-temps à leurs enfants. Et la magnificence qui leur était ordinaire [en] toutes autres choses, paraissait aussi singulièrement à la somptuosité et nombre des monuments élevés [à] cette fin : qui ont duré [en] parade plusieurs siècles depuis[4]. Les Égyptiens enterraient les loups, les ours, les crocodiles, les chiens et les chats [en] lieux sacrés, embaumaient leurs corps et portaient le deuil à leur trépas[5]. Cimon fit une sépulture honorable aux juments, avec lesquelles il avait gagné par trois fois le prix de la course aux jeux Olympiques[6]: l'ancien Xantippus fit enterrer son chien sur un chef[e], en la côte de la mer, qui en a depuis retenu le nom: et Plutarque faisait, dit-il, conscience de vendre et envoyer à la boucherie, pour un léger profit, un bœuf qui l'avait longtemps servi.

a. la bienveillance – *b*. qui peuvent la recevoir – *c*. service – *d*. qui leur avaient été chères – *e*. cap

Apologie de Raimond Sebond

CHAP. XII

C'est à la vérité une très utile et grande partie[a] que la science, ceux qui la méprisent témoignent assez leur bêtise : mais je n'estime pas pourtant sa valeur jusques à cette mesure extrême qu'aucuns[b] lui attribuent : comme Herillus le philosophe[1], qui logeait en elle le souverain bien, et tenait qu'il fût en elle[c] de nous rendre sages et contents : ce que je ne crois pas : ni ce que d'autres ont dit, que la science est mère de toute vertu, et que tout vice est produit par l'ignorance. Si cela est vrai, il[d] est sujet à une longue interprétation. Ma maison a été de longtemps ouverte aux gens de savoir, et en est fort connue, car mon père qui l'a commandée cinquante ans et plus, échauffé de cette ardeur nouvelle, de quoi le Roi François premier embrassa les lettres et les mit en crédit[2], rechercha avec grand soin et dépense l'accointance des hommes doctes, les recevant chez lui, comme personnes saintes, et ayant quelque particulière inspiration de sagesse divine, recueillant leurs sentences, et leurs discours comme des oracles, et avec d'autant plus de révérence[e], et de religion, qu'il avait moins de loi[f]

a. entreprise – *b.* que certains – *c.* en son pouvoir – *d.* cela – *e.* respect – *f.* possibilité

d'en juger: car il n'avait aucune connaissance des lettres, non plus que ses prédécesseurs. Moi je les aime bien, mais je ne les adore pas. Entre autres, Pierre Bunel[1], homme de grande réputation de savoir en son temps, ayant arrêté quelques jours à Montaigne en la compagnie de mon père, avec d'autres hommes de sa sorte, lui fit présent au déloger[a], d'un livre qui s'intitule *Theologia naturalis sive liber creaturarum magistri Raymondi de Sabonde*[b]. Et parce que la langue Italienne et Espagnole étaient familières à mon père, et ce livre est bâti d'un Espagnol baragouiné en terminaisons Latines, il espérait qu'avec un bien peu d'aide, il en pourrait faire son profit, et le lui recommanda, comme livre très utile et propre à la saison[c], en laquelle il le lui donna: ce fut lorsque les nouvelletés de Luther commençaient d'entrer en crédit, et ébranler en beaucoup de lieux notre ancienne créance[d]. En quoi il avait un très bon avis, prévoyant bien par discours de raison[e], que ce commencement de maladie, déclinerait[f] aisément en un exécrable athéisme: car le vulgaire n'ayant[2] pas la faculté de juger des choses par elles-mêmes, se laissant emporter à la fortune et aux apparences, après qu'on lui a mis en main la hardiesse de mépriser et contrerôler[g] les opinions qu'il avait eues en extrême révérence, comme sont celles où il va de son salut, et qu'on a mis aucuns articles de sa religion en doute et à la balance, il jette tantôt après[h] aisément en pareille incertitude toutes les autres pièces de sa créance, qui n'avaient pas chez lui plus d'autorité ni de fondement, que celles qu'on

a. à son départ – *b. Théologie naturelle, ou Livre des créatures de Maître Raimond de Sebonde.* – *c.* l'époque – *d.* croyance – *e.* démarche rationnelle, raisonnement – *f.* dégénérerait – *g.* soumettre à vérification, critiquer – *h.* sur-le-champ

lui a ébranlées : et secoue comme un joug tyrannique toutes les impressions, qu'il avait reçues par l'autorité des lois, ou révérence de l'ancien usage,

Nam cupide conculcatur nimis ante metutum[a][1] : entreprenant dès lors en avant[b], de ne recevoir rien, à quoi il n'ait interposé son décret[c] et prêté particulier consentement[2]. Or quelques jours avant sa mort, mon père ayant de fortune[d] rencontré ce livre sous un tas d'autres papiers abandonnés, me commanda de le lui mettre en Français. Il fait bon traduire les auteurs, comme celui-là, où il n'y a guère que la matière à représenter[e] : mais ceux qui ont donné beaucoup à la grâce, et à l'élégance du langage, ils sont dangereux à entreprendre : nommément[f] pour les rapporter à un idiome plus faible. C'était une occupation bien étrange et nouvelle pour moi : mais étant de fortune pour lors de loisir, et ne pouvant rien refuser au commandement du meilleur père qui fut onques, j'en vins à bout, comme je pus : à quoi il prit un singulier plaisir, et donna charge[g] qu'on le fît imprimer : ce qui fut exécuté après sa mort[3]. Je trouvai[4] belles les imaginations de cet auteur, la contexture[h] de son ouvrage bien suivie, et son dessein plein de piété. Parce que beaucoup de gens s'amusent[i] à le lire, et notamment les dames, à qui nous devons plus de service, je me suis trouvé souvent à même de les secourir, pour décharger leur livre de deux principales objections qu'on lui fait. Sa fin[j] est hardie et courageuse[5], car il entreprend par raisons humaines et naturelles, établir et vérifier contre les athéistes tous les articles de la religion

a. « Car c'est avec avidité que l'on piétine ce que l'on a trop craint par le passé » – *b*. désormais – *c*. avis, jugement – *d*. par hasard – *e*. restituer – *f*. spécifiquement – *g*. office, mission – *h*. composition – *i*. passent du temps à – *j*. son objectif

Chrétienne. En quoi, à dire la vérité, je le trouve si ferme et si heureux, que je ne pense point qu'il soit possible de mieux faire en cet argument-là, et crois que nul ne l'a égalé : cet ouvrage me semblant trop riche et trop beau, pour un auteur, duquel le nom soit si peu connu, et duquel tout ce que nous savons, c'est qu'il était Espagnol, faisant profession de médecine à Thoulouse, il y a environ deux cents ans[1] : je m'enquis autrefois à Adrien Tournebu[2], qui savait toutes choses, que ce pouvait être de ce[a] livre : il me répondit, qu'il pensait que ce fût quelque quintessence tirée de S. Thomas d'Aquin : car de vrai cet esprit-là, plein d'une érudition infinie et d'une subtilité admirable, était seul capable de telles imaginations[b][3]. Tant y a que[c] quiconque en soit l'auteur et inventeur (et ce n'est pas raison d'ôter sans plus grande occasion à Sebond ce titre) c'était un très suffisant[d] homme, et ayant plusieurs belles parties[e]. La première répréhension[f] qu'on fait de son ouvrage, c'est que les Chrétiens se font tort de vouloir appuyer leur créance, par des raisons humaines, qui ne se conçoit que par foi, et par une inspiration particulière de la grâce divine. En cette objection, il semble qu'il y ait quelque zèle de piété, et à cette cause nous faut-il avec autant plus de douceur et de respect essayer de satisfaire à ceux qui la mettent en avant. Ce serait mieux la charge d'un homme versé en la Théologie que de moi, qui n'y sais rien[4]. Toutefois je juge ainsi, qu'à une chose si divine et si hautaine[g], et surpassant de si loin l'humaine intelligence, comme est cette vérité, de laquelle il a plu à la bonté de Dieu nous éclairer, il est bien besoin qu'il nous prête encore son secours,

a. ce qu'il pouvait en être de ce – *b*. idées – *c*. Quoi qu'il en soit – *d*. compétent – *e*. qualités – *f*. critique – *g*. haute

d'une faveur extraordinaire et privilégiée, pour la pouvoir concevoir et loger en nous : et je ne crois pas que les moyens purement humains en soient aucunement capables. Et s'ils l'étaient, tant d'âmes rares et excellentes, et si abondamment garnies de forces naturelles ès[a] siècles anciens, n'eussent pas failli par leur discours[b], d'arriver à cette connaissance. C'est la foi seule qui embrasse vivement et certainement les hauts mystères de notre Religion. Mais ce n'est pas à dire, que ce ne soit une très belle et très louable entreprise, d'accommoder encore au service de notre foi, les outils naturels et humains, que Dieu nous a donnés. Il ne faut pas douter que ce ne soit l'usage le plus honorable, que nous leur saurions donner : et qu'il n'est occupation ni dessein plus digne d'un homme Chrétien, que de viser par tous ses études et pensements[c] à embellir, étendre et amplifier la vérité de sa créance[1]. Nous ne nous contentons point de servir Dieu d'esprit et d'âme : nous lui devons encore, et rendons une révérence corporelle : nous appliquons nos membres mêmes, et nos mouvements et les choses externes à l'honorer. Il en faut faire de même, et accompagner notre foi de toute la raison qui est en nous : mais toujours avec cette réservation[d], de n'estimer pas que ce soit de nous qu'elle dépende, ni que nos efforts et arguments puissent atteindre à une si supernaturelle et divine science[2]. Si elle n'entre chez nous par une infusion extraordinaire[e] : si elle y entre non seulement par discours, mais encore par moyens humains[3], elle n'y est pas en sa dignité ni en sa splendeur. Et certes je crains pourtant que nous ne la jouissions[f] que par cette voie. Si nous tenions à Dieu

a. dans les – *b.* raison – *c.* réflexions – *d.* sous réserve de – *e.* par une inspiration miraculeuse – *f.* nous n'en fassions usage par l'entremise d'une foi vive : si nous tenions à Dieu par lui, non par nous : si nous avions un pied et un fondement divin, les occasions humaines n'auraient pas le pouvoir de nous ébranler, comme elles ont : notre fort ne serait pas pour se rendre à une si faible batterie[a] : l'amour de la nouvelleté, la contrainte des Princes, la bonne fortune d'un parti, le changement téméraire[b] 1 et fortuit de nos opinions, n'auraient pas la force de secouer, et altérer notre croyance : nous ne la lairrions[c] pas troubler à la merci d'un nouvel argument, et à la persuasion, non pas de toute la Rhétorique qui fût onques[d] : nous soutiendrions ces flots d'une fermeté inflexible et immobile,

Illisos fluctus rupes ut vasta refundit
Et varias circum latrantes dissipat undas
Mole sua[e] 2.

Si ce rayon de la divinité nous touchait aucunement[f], il y paraîtrait par tout : non seulement nos paroles, mais encore nos opérations[g] en porteraient la lueur et le lustre. Tout ce qui partirait de nous on le verrait illuminé de cette noble clarté : Nous devrions avoir honte, qu'ès sectes humaines il ne fût jamais partisan, quelque difficulté et étrangeté que maintînt sa doctrine, qui n'y conformât aucunement ses déportements[h] et sa vie : et une si divine et céleste institution ne marque les Chrétiens que par la langue. Voulez-vous voir cela, comparez nos mœurs à un Mahométan, à un Païen, vous demeurez toujours au-dessous : Là où au regard de l'avantage de notre religion, nous devrions luire en excellence, d'une extrême et incom-

a. canonnade – *b*. précipité, inconsidéré – *c*. laisserions – *d*. jamais – *e*. « Tel un énorme rocher refoule les flots qui s'abattent et, de sa masse, disperse l'afflux des ondes qui rugissent autour de lui. » – *f*. en quelque manière – *g*. actions – *h*. comportement

parable distance : et devrait-on dire, sont-ils si justes, si charitables, si bons, ils sont donc Chrétiens[1]. Toutes autres apparences sont communes à toutes religions : espérance, confiance, événements, cérémonies, pénitence, martyres. La marque péculière[a] de notre vérité devrait être notre vertu, comme elle est aussi la plus céleste marque et la plus difficile, et que c'est la plus digne production de la vérité. Pourtant[b] eut raison notre bon S. Loys, quand ce Roi Tartare, qui s'était fait Chrétien, desseignait[c] de venir à Lyon, baiser les pieds au Pape, et y reconnaître la sanctimonie[d] qu'il espérait trouver en nos mœurs, de l'en détourner instamment, de peur qu'au contraire, notre débordée[e] façon de vivre ne le dégoûtât d'une si sainte créance[2]. Combien que[f] depuis il advint tout diversement, à cet autre, lequel, étant allé à Romme pour même effet, y voyant la dissolution des prélats, et peuple de ce temps-là s'établit d'autant plus fort en notre religion, considérant combien elle devait avoir de force et de divinité, à maintenir sa dignité et sa splendeur, parmi tant de corruption, et en mains si vicieuses[3]. Si nous avions une seule goutte de foi, nous remuerions les montagnes de leur place, dit la sainte parole[4], nos actions qui seraient guidées et accompagnées de la divinité, ne seraient pas simplement humaines, elles auraient quelque chose de miraculeux, comme notre croyance : *Brevis est institutio vitæ honestæ beatæque, si credas*[g][5]. Les uns font accroire[h] [au] monde qu'ils croient ce qu'ils ne croient pas. Les autres, [en] plus grand nombre, se le font accroire à eux-mêmes, [ne] sachant pas pénétrer que [c'est] que croire. Et nous trouvons étrange si aux guerres, qui pressent à cette heure

a. particulière – *b.* c'est pourquoi – *c.* projetait – *d.* sainteté – *e.* intempérante – *f.* Bien que – *g.* « Court est l'apprentissage d'une vie honnête et heureuse, pour peu que l'on croie. » – *h.* les uns portent le monde à croire

notre état, nous voyons flotter les événements et diversifier d'une manière commune et ordinaire: C'est que nous n'y apportons rien que le nôtre. La justice, qui est en l'un des partis, elle n'y est que pour ornement et couverture: Elle y est bien alléguée, mais elle n'y est ni reçue, ni logée, ni épousée: Elle y est comme en la bouche de l'avocat, non comme dans le cœur et affection de la partie. Dieu doit son secours extraordinaire à la foi et à la religion, non pas à nos passions. Les hommes y sont conducteurs, et s'y servent de la religion: ce devrait être tout le contraire. Sentez si ce n'est par nos mains que nous la menons: à [tirer] comme de cire tant de figures contraires, d'une règle si droite et si ferme. Quand s'est-il vu mieux qu'en France en nos jours. Ceux qui [l'ont] prise à gauche, ceux qui [l'ont] prise à droite: ceux qui [en] disent le noir, ceux qui en disent le blanc l'emploient si pareillement à leurs violentes et ambitieuses entreprises, s'y conduisent d'un progrès si conforme[a] en débordement et injustice qu'ils rendent douteuse et malaisée à croire la diversité qu'ils prétendent de leurs opinions, en chose de laquelle dépend la conduite et loi [de] notre vie. Peut-on voir partir [de] même école et discipline [des] mœurs plus unies, plus unes. [Voyez] l'horrible impudence [de] quoi nous pelotons[b] les raisons divines et combien irréligieusement nous les avons [et] rejetées et reprises selon que la fortune nous a changé de place en ces orages publics. Cette proposition [si] solemne[c]: S'il est permis au sujet de se rebeller et armer contre son prince pour la défense de la religion: Souvienne-vous[d] en quelles bouches cette année passée l'affirmative d'icelle était l'arc-boutant d'un parti[e], la négative de quel autre parti c'était l'arc-boutant[1] et oyez à présent de quel quartier[f] vient la voix et instruction de l'une et de l'autre, et si les armes bruient moins[g] pour cette cause que pour cette-là. Et nous

a. d'une démarche si semblable – *b.* jouons en nous renvoyant la balle (comme au jeu de paume) – *c.* solennelle – *d.* Souvenez-vous – *e.* la réponse par l'affirmative étayait l'argumentation d'un parti – *f.* côté – *g.* font

brûlons les gens qui disent qu'il faut faire souffrir[a] à la vérité le joug de notre besoin : et de combien fait la France pis que de le dire. Confessons la vérité, qui trierait de l'armée même légitime et moyenne, ceux qui y marchent par le seul zèle d'une affection religieuse, et encore ceux qui regardent seulement la protection des lois de leur pays, ou service du Prince, il n'en saurait bâtir une compagnie de gendarmes[b] complète. D'où vient cela, qu'il s'en trouve si peu, qui aient maintenu même volonté et même progrès en nos mouvements publics, et que nous les voyons tantôt n'aller que le pas, tantôt y courir à bride avalée ? Et mêmes hommes tantôt gâter nos affaires par leur violence et âpreté, tantôt par leur froideur, mollesse et pesanteur, si ce n'est qu'ils y sont poussés par des considérations particulières et casuelles[c], selon la diversité desquelles ils se remuent ? Je vois cela évidemment[d], que nous ne prêtons volontiers à la dévotion, que les offices qui flattent nos passions. Il n'est point d'hostilité excellente[e] comme la chrétienne. Notre zèle fait merveilles quand il va secondant notre pente vers la haine, la cruauté, l'ambition, l'avarice[f], la détraction[g], la rébellion. À contre-poil, vers la bonté, la bénignité, la tempérance, si comme par miracle quelque rare complexion[h] ne l'y porte, il ne va ni de pied ni d'aile. Notre religion est faite pour extirper les vices, elle les couvre, les nourrit, les incite. Il ne faut point faire barbe de foarre[i][1] à Dieu (comme on dit). Si nous le croyions, je ne dis pas par foi, mais d'une simple croyance : voire (et je le dis à notre grande confusion) si nous le croyions et connaissions comme une autre histoire, comme l'un de nos compagnons, nous l'aimerions au-dessus de toutes autres choses, pour l'infinie bonté et beauté qui reluit

---

moins de bruit – *a.* supporter – *b.* soldats – *c.* accidentelles – *d.* avec évidence – *e.* éminente – *f.* la cupidité – *g.* le dénigrement – *h.* tempérament (*i.e.* équilibre humoral) – *i.* tenter de duper

en lui : au moins marcherait-il en même rang de notre affection[a], que les richesses, les plaisirs, la gloire et nos amis. [Le meilleur de nous ne craint point de l'outrager, comme il craint d'outrager son voisin, son parent,] son maître. Est-il si simple entendement, lequel ayant d'un côté l'objet d'un de nos vicieux plaisirs, et de l'autre en pareille connaissance et persuasion, l'état d'une gloire immortelle, entrât en troc[b] de l'un pour l'autre ? Et si[c] nous y renonçons souvent de pur mépris, car quel goût nous attire au blasphémer, sinon à l'aventure le goût même de l'offense. Le philosophe Antisthenes, comme on l'initiait aux mystères d'Orpheus, le prêtre lui disant que ceux qui se vouaient à cette religion avaient à recevoir après leur mort des biens éternels et parfaits, Pourquoi ne[1] meurs-tu donc toi-même, lui fit-il[2]. Diogenes, plus brusquement selon sa mode, et hors de notre propos : au prêtre qui le prêchait de même de se faire de son ordre pour parvenir aux biens de l'autre monde, Veux-tu pas que je croie qu'Agesilaus et Epaminondas, si grands hommes, seront misérables et que toi, qui n'es qu'un veau, seras[3] bien heureux parce que tu es prêtre[4] ? Ces grandes promesses de la béatitude éternelle si nous les recevions de pareille autorité qu'un discours philosophique, nous n'aurions pas la mort en telle horreur que nous avons.

Non jam se moriens dissolvi conquereretur
Sed magis ire foras, vestémque relinquere ut anguis
Gauderet, prælonga senex aut cornua cervus[d5].

Je veux être dissous[6], dirions-nous, et être avec Jesus-Christ. La force du discours de Platon de l'immortalité de l'âme, poussa bien aucuns[e] de ses disciples à la mort, pour jouir plus promptement des espérances qu'il leur donnait[7]. Tout cela c'est un signe très évident

a. au même degré de notre attachement, à la même place dans notre cœur – *b.* se mît à troquer – *c.* Et pourtant – *d.* « Au moment de mourir, on ne se plaindrait plus d'être dissous, mais on se réjouirait plutôt de partir et d'abandonner son enveloppe comme le serpent, ou comme le vieux cerf, d'abandonner ses bois trop longs. » – *e.* certains que nous ne recevons notre religion qu'à notre façon et par nos mains, et non autrement que comme les autres religions se reçoivent. Nous nous sommes rencontrés[a] au pays, où elle était en usage : ou nous regardons[b] son ancienneté, ou l'autorité des hommes qui l'ont maintenue, où craignons les menaces qu'elle attache aux mécréants, où suivons ses promesses. Ces considérations-là, doivent être employées à notre créance, mais comme subsidiaires : ce sont liaisons[c] humaines. Une autre région, d'autres témoins, pareilles promesses et menaces, nous pourraient imprimer par même voie une croyance contraire. Nous sommes Chrétiens à même titre que nous sommes ou Périgourdins ou Allemands. Et ce que dit Plato[1], qu'il est peu d'hommes si fermes en l'athéisme, qu'un danger pressant ne ramène à la reconnaissance de la divine puissance : ce rôle ne touche point un vrai Chrétien : C'est à faire aux religions mortelles et humaines, d'être reçues par une humaine conduite. Quelle foi doit-ce être, que la lâcheté et la faiblesse de cœur plantent en nous et établissent ? Plaisante foi qui ne croit ce qu'elle croit que pour n'avoir[d] le courage de le décroire. Une vicieuse passion, comme celle de l'inconstance et de l'étonnement[e], peut-elle faire en notre âme aucune production réglée ? Ils établissent, dit-il[f][2], par [la] raison de leur jugement, que ce qui se récite[g] des enfers [et] des peines futures est feint. Mais l'occasion de l'expérimenter s'offrant lorsque la vieillesse ou les maladies les approchent de leur mort, la terreur d'icelle les remplit d'une nouvelle créance par l'horreur de leur condition à venir. [Et] parce que telles impressions rendent les courages[h] craintifs, il défend en ses lois toute instruction

a. trouvés – *b.* respectons – *c.* entraves, obligations – *d.* que parce qu'elle n'a pas – *e.* de l'absence de fermeté d'âme et de la peur – *f.* dit Platon – *g.* se raconte – *h.* cœurs

de telles menaces : et [la] persuasion que des Dieux il puisse venir à l'homme aucun mal sinon pour son plus grand bien, quand il y échoit, et pour un médicinal effet. Ils récitent[a][1] de Bion qu'infecté des athéismes de Theodorus, [il] avait été longtemps se moquant des hommes religieux : mais la mort le surprenant, qu'il se rendit aux plus extrêmes superstitions : comme [si] les Dieux s'ôtaient et se remettaient selon l'affaire de Bion. Platon [et] ces exemples veulent conclure que nous sommes ramenés à la créance de Dieu ou par amour, [ou] par force[2]. L'Athéisme étant une proposition comme dénaturée et monstrueuse, difficile aussi et malaisée d'établir en l'esprit humain, pour insolent et déréglé qu'il puisse être. Il [s'en] est vu assez par vanité et par fierté de concevoir des opinions non vulgaires et réformatrices du monde, en affecter la profession par contenance[b], qui s'ils sont assez fols, ne sont pas assez forts pour l'avoir plantée en leur conscience pourtant. Ils ne lairront[c] de joindre les mains vers le ciel si vous leur attachez un bon coup d'épée en la poitrine. Et quand la crainte ou la maladie aura abattu cette licencieuse ferveur d'humeur volage, ils ne lairront de se revenir[d] et se laisser tout discrètement manier aux créances [et] exemples publics. Autre chose est un dogme sérieusement digéré[e], autre chose ces impressions superficielles, lesquelles nées de la débauche d'un esprit démanché vont nageant témérairement[f] et incertainement en la fantaisie[g]. Hommes bien misérables et écervelés, qui tâchent d'être pires qu'ils ne peuvent. L'erreur du paganisme, et l'ignorance de notre sainte vérité, laissa tomber cette grande âme de Platon, mais grande d'humaine grandeur seulement, encore en cet autre voisin abus : que les enfants et les vieillards se trouvent plus susceptibles de religion[3], comme si elle naissait et tirait son crédit de notre imbécillité[h]. Le nœud qui devrait attacher notre jugement et notre volonté, qui devrait

a. On rapporte – *b*. faire semblant de s'avouer athées – *c*. laisseront [manqueront pas] – *d*. se ressaisir – *e*. assimilé – *f*. de manière inconsidérée et précipitée – *g*. l'imagination – *h*. faiblesse

étreindre notre âme et joindre à notre créateur, ce devrait être un nœud prenant ses replis et ses forces, non pas de nos considérations, de nos raisons et passions, mais d'une étreinte divine et supernaturelle[a], n'ayant qu'une forme, un visage, et un lustre, qui est l'autorité de Dieu et sa grâce. Or notre cœur et notre âme étant régis et commandés par la foi, c'est raison qu'elle tire au service de son dessein toutes nos autres pièces selon leur portée. Aussi n'est-il pas croyable que toute cette machine n'ait quelques marques empreintes de la main de ce grand architecte, et qu'il n'y ait quelque image ès[b] choses du monde rapportant aucunement[c] à l'ouvrier, qui les a bâties et formées. Il a laissé en ces hauts ouvrages le caractère de sa divinité, et ne tient qu'à notre imbécillité, que nous ne le puissions découvrir. C'est ce qu'il nous dit lui-même, que ses opérations invisibles, il nous les manifeste par les visibles[1]. Sebond s'est travaillé[d] à ce digne étude, et nous montre comment il n'est pièce du monde, qui démente son facteur. Ce serait faire tort à la bonté divine, si l'univers ne consentait[e] à notre créance. Le ciel, la terre, les éléments, notre corps et notre âme, toutes choses y conspirent : il n'est que de trouver le moyen de s'en servir : elles nous instruisent, si nous sommes capables d'entendre. Car ce monde est un temple très saint[2], dedans lequel l'homme est introduit, pour y contempler des statues, non ouvrées de mortelle main, mais celles que la divine pensée a fait sensibles : le Soleil, les étoiles, les eaux et la terre, pour nous représenter les intelligibles. Les choses invisibles de Dieu, dit Saint Paul[3], apparaissent par la création

a. surnaturelle – *b*. dans les – *c*. offrant en quelque façon une ressemblance – *d*. s'est épuisé – *e*. ne se conformait

du monde, considérant sa sapience[a] éternelle, et sa divinité par ses œuvres.

Atque adeo faciem cœli non invidet orbi
Ipse Deus, vultúsque suos corpúsque recludit
Semper volvendo : seque ipsum inculcat et offert.
Ut bene cognosci possit, doceátque videndo
Qualis eat, doceátque suas attendere leges[b][1].

Or[2] nos raisons et nos discours humains c'est comme la matière lourde et stérile : la grâce de Dieu en est la forme[3] : c'est elle qui y donne la façon et le prix. Tout ainsi que les actions vertueuses de Socrates et de Caton demeurent vaines et inutiles pour n'avoir eu leur fin, et n'avoir regardé l'amour et obéissance du vrai créateur de toutes choses, et pour avoir ignoré Dieu[4]. Ainsi est-il de nos imaginations et discours : ils ont quelque corps, mais c'est une masse informe sans façon et sans jour, si la foi et grâce de Dieu n'y sont jointes. La foi venant à teindre et illustrer[c] les arguments de Sebond, elle les rend fermes et solides : ils sont capables de servir d'acheminement, et de première[d] guide à un apprenti, pour le mettre à la voie de cette connaissance : ils le façonnent aucunement[e] et rendent capable de la grâce de Dieu, par le moyen de laquelle se parfournit[f] et se parfait après notre créance. Je sais un homme d'autorité nourri aux lettres, qui m'a confessé avoir été ramené des erreurs de la mécréance par l'entremise des arguments de Sebond. Et quand on les dépouillera de cet ornement, et du secours et approbation de la foi, et

a. sagesse – *b.* « Et Dieu même ne refuse pas à la terre l'aspect du ciel, il met au jour son visage et son corps dans une infinie révolution : il s'impose et s'offre en personne à nos yeux, afin qu'on puisse bien le connaître, qu'on apprenne visuellement sa façon d'aller, qu'on apprenne à être attentif à ses lois. » – *c.* illuminer – *d.* premier – *e.* en quelque sorte – *f.* s'accomplit

qu'on les prendra pour fantaisies pures[a] humaines, pour en combattre ceux qui sont précipités aux épouvantables et horribles ténèbres de l'irréligion, ils se trouveront encore lors, aussi solides et autant fermes, que nuls autres de même condition qu'on leur puisse opposer. De façon que nous serons sur les termes de dire à nos parties[b],

Si melius quid habes accerse, vel imperium fer[c][1] :

qu'ils souffrent la force de nos preuves, ou qu'ils nous en fassent voir ailleurs, et sur quelque autre sujet, de mieux tissues, et mieux étoffées. Je me suis sans y penser à demi déjà engagé dans la seconde objection, à laquelle j'avais proposé[d] de répondre pour Sebond. Aucuns[e] disent que ses arguments sont faibles et ineptes à vérifier ce qu'il veut, et entreprennent de les choquer[f] aisément. Il faut secouer ceux-ci un peu plus rudement, car ils sont plus dangereux et plus malicieux[g] que les premiers. On couche[h] volontiers le sens des écrits d'autrui à la faveur des opinions qu'on a préjugées en soi : et un athéiste se flatte à amener tous auteurs à l'athéisme : infectant de son propre venin la matière innocente. Ceux-ci ont quelque préoccupation[2] de jugement[i] qui leur rend le goût fade aux raisons de Sebond. Au demeurant il leur semble qu'on leur donne beau jeu, de les mettre en liberté de combattre notre religion par les armes pures humaines, laquelle ils n'oseraient attaquer en sa majesté pleine d'autorité et de commandement. Le moyen que je prends pour rabattre cette frénésie, et qui me semble le plus propre, c'est de froisser[j] et fouler aux pieds l'orgueil, et humaine fierté, leur faire

a. purement – *b.* en mesure de dire à nos adversaires – *c.* « Si tu as mieux à dire, propose, ou soumets-toi à ma domination » – *d.* projeté – *e.* Certains – *f.* contredire – *g.* malfaisants – *h.* dispose – *i.* préjugé – *j.* briser

sentir l'inanité, la vanité, et dénéantise[a] de l'homme : leur arracher des poings, les chétives armes de leur raison : leur faire baisser la tête et mordre la terre, sous l'autorité et révérence de la majesté divine. C'est à elle seule qu'appartient la science et la sapience[b], elle seule qui peut estimer de soi quelque chose, et à qui nous dérobons ce que nous nous comptons et ce que nous nous prisons,

Οὐ γὰρ ἐᾶ φρονεῖν ὁ Θεὸς μέγα ἄλλον ἢ ἑωυτον[c][1].

Abattons ce cuider[d], premier fondement de la tyrannie du malin esprit. *Deus superbis resistit : humilibus autem dat gratiam*[e][2]. L'intelligence est en tous les dieux, dit Platon, et en fort peu d'[hommes[3].] Or c'est cependant beaucoup de consolation à l'homme Chrétien, de voir nos outils mortels et caducs si proprement assortis à notre foi sainte et divine : que lorsqu'on les emploie aux sujets de leur nature mortels et caducs, ils n'y soient pas appropriés plus uniment[f] ni avec plus de force. Voyons donc si l'homme a en sa puissance d'autres raisons plus fortes que celles de Sebond : voire s'il est en lui d'arriver à aucune certitude par argument et par discours. Car Saint Augustin[4], plaidant contre ces gens ici, a occasion de reprocher leur injustice en ce qu'ils tiennent [les] parties de notre créance fausses, que notre raison faut[g] à établir. Et pour montrer qu'assez de choses peuvent être et avoir été, desquelles notre discours ne saurait fonder la nature et les causes, il leur met en avant certaines expériences connues et indubitables auxquelles l'homme confesse rien ne voir. Et cela comme toutes autres choses d'une curieuse[h] et ingénieuse recherche. Il faut plus faire : et leur apprendre que pour convaincre[i] la faiblesse de leur raison, il n'est besoin d'aller triant

a. le néant – *b*. sagesse – *c*. « Car Dieu ne veut pas qu'un autre que lui-même s'enorgueillisse. » – *d*. cette pensée présomptueuse – *e*. « Dieu résiste aux orgueilleux : mais aux humbles, il accorde sa grâce. » – *f*. harmonieusement – *g*. n'arrive pas – *h*. soigneuse – *i*. prouver

des rares exemples et qu'elle est si manque[a] et si aveugle, qu'il n'y a nulle si claire facilité qui lui soit assez claire : que l'aisé et le malaisé lui sont un : que tous sujets également, et la nature en général désavoue sa juridiction et entremise. Que nous prêche la vérité, quand elle nous prêche de fuir la mondaine philosophie[1] : quand elle nous inculque si souvent, que notre sagesse n'est que folie devant Dieu[2] : que de toutes les vanités la plus vaine c'est l'homme[3] : que l'homme qui présume de son savoir, ne sait pas encore que c'est que savoir[4] : et que l'homme, qui n'est rien, s'il pense être quelque chose, se séduit soi-même et se trompe[5] ? Ces sentences du saint esprit, expriment si clairement et si vivement ce que je veux maintenir, qu'il ne me faudrait aucune autre preuve, contre des gens qui se rendraient avec toute soumission et obéissance à son autorité. Mais ceux-ci veulent être fouettés à leurs propres dépens, et ne veulent souffrir qu'on combatte leur raison que par elle-même. Considérons donc pour cette heure l'homme seul, sans secours étranger, armé seulement de ses armes, et dépourvu de la grâce et connaissance divine, qui est tout son honneur, sa force, et le fondement de son être. Voyons combien il a de tenue en ce bel équipage. Qu'il me fasse entendre par l'effort de son discours, sur quels fondements il a bâti ces grands avantages, qu'il pense avoir sur les autres créatures. Qui lui a persuadé que ce branle[b] admirable de la voûte céleste, la lumière éternelle de ces flambeaux roulants si fièrement sur sa tête, les mouvements épouvantables de cette mer infinie, soient établis et se continuent tant de siècles pour sa commodité et pour son service ? Est-il possible de rien imaginer si ridicule, que cette misérable et chétive créature, qui n'est pas seulement

a. faible, défectueuse – *b*. mouvement

maîtresse de soi, exposée aux offenses de toutes choses, se die[a] maîtresse et emperière[b] de l'univers ? duquel il n'est pas en sa puissance de connaître la moindre partie, tant s'en faut de la commander. Et ce privilège qu'il s'attribue d'être seul en ce grand bâtiment, qui ait la suffisance[c] d'en reconnaître la beauté et les pièces, seul qui en puisse rendre grâces à l'architecte, et tenir compte de la recette et mise[d] du monde, qui lui a scellé ce privilège[1] ? qu'il nous montre lettres[e] de cette belle et grande charge. Ont-elles été octroyées en faveur des sages seulement, elles ne touchent guère de gens. Les fols et les méchants sont-ils dignes [de] faveur si extraordinaire : [et] étant la pire pièce du monde, d'être préférés à tout le reste. En croirons-nous cetui-là : *Quorum igitur causa quis dixerit effectum esse mundum? Eorum scilicet animantium quæ ratione utuntur. Hi sunt dii et homines, quibus profecto nihil est melius*[f2]. Nous n'aurons jamais assez bafoué l'impudence de cet accouplage[g]. Mais pauvret qu'a-il en soi digne d'un tel avantage ? À considérer cette vie incorruptible des corps célestes, leur beauté, leur grandeur, leur agitation continuée d'une si juste règle :

cum suspicimus magni cœlestia mundi
Templa super, stellisque micantibus Aethera fixum,
Et venit in mentem Lunæ solisque viarum[h3] :

À considérer la domination et puissance que ces corps-là ont, non seulement sur nos vies et conditions de notre fortune,

Facta etenim et vitas hominum suspendit ab astris[i4].

a. dise – *b*. impératrice – *c*. capacité – *d*. dépense – *e*. lettres patentes – *f*. « Pour qui donc pourrait-on dire que le monde a été créé ? Assurément pour les êtres vivants qui usent de raison. Tels sont les dieux et les hommes, en comparaison desquels il n'y a sans aucun doute rien de meilleur. » – *g*. comparaison – *h*. « lorsque nous contemplons la voûte céleste de ce grand monde au-dessus de nous et l'éther fiché d'étoiles scintillantes, et que nous vient à l'esprit le parcours de la lune et du soleil » – *i*. « Il fait en effet dépendre des astres les actions et la vie des

Mais sur nos inclinations mêmes, nos discours[a], nos volontés : qu'ils régissent, poussent et agitent à la merci de leurs influences, selon que notre raison nous l'apprend et le trouve,

speculatáque longè
Deprendit tacitis dominantia legibus astra,
Et totum alterna mundum ratione moveri,
Fatorùmque vices certis discernere signis[b][1].

À voir que non un homme seul, non un Roi, mais les monarchies, les empires, et tout ce bas monde se meut, au branle des moindres mouvements célestes :

Quantáque quam parvi faciant discrimina motus :
Tantum est hoc regnum quod regibus imperat ipsis[c][2].

Si notre vertu, nos vices, notre suffisance et science, et ce même discours que nous faisons de la force des astres, et cette comparaison d'eux à nous, elle vient, comme juge notre raison, par leur moyen et de leur faveur :

furit alter amore,
Et pontum tranare potest et vertere Troiam,
Alterius sors est scribendis legibus apta,
Ecce patrem nati perimunt, natósque parentes,
Mutuáque armati coeunt in vulnera fratres,
Non nostrum hoc bellum est, coguntur tanta movere,
Inque suas ferri pœnas, lacerandáque membra,
Hoc quoque fatale est sic ipsum expendere fatum[d][3].

---

hommes. » – *a*. raisonnements – *b*. « et par une longue contemplation, elle saisit que les astres règnent par des lois muettes, et que le monde dans son ensemble se meut selon une règle périodique, et discerne les vicissitudes des destinées grâce à des signes déterminés. » – *c*. « Combien sont grandes les différences que produisent de petits mouvements : un tel pouvoir est si grand qu'il commande aux rois eux-mêmes. » – *d*. « l'un est pris de fureur amoureuse et peut traverser la mer, renverser Troie ; le sort d'un autre est attaché à la rédaction des lois, voici des enfants qui tuent leur père, et des parents leurs enfants, des frères se retrouvent en armes pour se blesser les uns les autres, une telle guerre n'est pas de

Si nous tenons de la distribution du ciel cette part de raison que nous avons, comment nous pourra-elle égaler à lui ? comment soumettre à notre science son essence et ses conditions ? Tout ce que nous voyons en ces corps-là, nous étonne : *Quæ molitio, quæ ferramenta, qui vectes, quæ machinæ, qui ministri tanti operis fuerunt*[a 1] *?* Pourquoi les privons-nous et d'âme, et de vie, et de discours[b] ? y avons-nous reconnu quelque stupidité immobile et insensible, nous qui n'avons aucun commerce avec eux que d'obéissance ? Dirons-nous que nous n'avons vu en nulle autre créature qu'en l'homme l'usage d'une âme raisonnable ? Et quoi, avons-nous vu quelque chose semblable au soleil ? Laisse-il d'être parce que nous n'avons rien vu de semblable ? et ses mouvements d'être, parce qu'il n'en est point de pareils ? Si ce que nous n'avons pas vu n'est pas, notre science est merveilleusement raccourcie. *Quæ sunt tantæ animi angustiæ*[c 2]. Sont-ce pas des songes de l'humaine vanité, de faire de la lune une terre céleste, y songer des montagnes, des vallées, comme Anaxagoras[3] ? y planter des habitations et demeures humaines, et y dresser des colonies pour notre commodité, comme fait Platon et Plutarque[4] ? et de notre terre en faire un astre éclairant et lumineux ? *Inter cætera mortalitatis incommoda et hoc est: calligo mentium : nec tantum necessitas errandi sed errorum amor*[5]. *Corruptibile corpus aggravat animam: et deprimit terrena inhabitatio sensum multa cogitantem*[d 6]. La présomption est notre

---

notre fait, ils sont contraints à d'importants bouleversements, à s'infliger leurs propres châtiments et à se démembrer, et cela aussi dépend du destin, de poursuivre moi-même de tels développements sur le destin. » – *a*. « Quels furent la construction, les outils, les leviers, les machines, les ouvriers d'une œuvre si grandiose ? » – *b*. raison – *c*. « Que les limites de notre esprit sont étroites. » – *d*. « Entre autres désagréments de la condition mortelle, il y a aussi celui-ci : l'aveuglement des esprits : non seulement cause d'une nécessaire errance, mais aussi amour des erreurs. En ce qu'il est soumis à corruption, le corps appesantit l'âme, et cette habitation terrestre rabaisse un intellect qui ne

maladie naturelle et originelle. La plus calamiteuse et frêle de toutes les créatures c'est l'homme, et quant et quant[a] la plus orgueilleuse[1]. Elle se sent et se voit logée ici parmi la bourbe et le fient[b] du monde[2], attachée et clouée à la pire, plus morte et croupie partie de l'univers, au dernier étage du logis, et le plus éloigné de la voûte céleste, avec les animaux de la pire condition des trois[3]: et se va plantant par imagination au-dessus du cercle de la Lune, et ramenant le ciel sous ses pieds. C'est par la vanité de cette même imagination qu'il s'égale à Dieu, qu'il s'attribue les conditions divines, qu'il se trie soi-même et sépare de la presse[c] des autres créatures, taille les parts aux animaux ses confrères et compagnons, et leur distribue telle portion de facultés et de forces, que bon lui semble. Comment connaît-il par l'effort de son intelligence, les branles internes et secrets des animaux ? par quelle comparaison d'eux à nous conclut-il la bêtise qu'il leur attribue[4] ? Quand je me joue à ma chatte, qui sait si elle passe son temps [de] moi, plus que je ne fais d'elle. Platon[5], [en] sa peinture de l'âge doré sous Saturne, compte entre les principaux avantages de l'homme de lors la communication qu'il avait avec les bêtes, desquelles s'enquérant et s'instruisant, il savait les vraies qualités et différences de chacune d'icelles, par où il acquérait une très parfaite intelligence et prudence : et en conduisait de bien loin plus heureusement sa vie que nous ne saurions faire[6]. Nous faut-il meilleure preuve à juger l'impudence humaine sur le fait des bêtes ? Ce grand auteur [a] opiné qu'en la plupart de la forme corporelle que nature leur a donnée, elle a regardé seulement l'usage des pronostications qu'on [en] tirait en son temps[7]. Ce défaut qui empêche la communication d'entre elles et nous, pourquoi n'est-il aussi bien à nous qu'à elles ? C'est à

---

cesse pourtant de réfléchir. » – *a*. et en même temps – *b*. l'excrément – *c*. foule

deviner à qui est la faute de ne nous entendre[a] point, car nous ne les entendons non plus qu'elles nous. Par cette même raison, elles nous peuvent estimer bêtes, comme nous les en estimons. Ce n'est pas grand merveille, si nous ne les entendons pas, aussi ne faisons-nous[b] les Basques et les Troglodytes. Toutefois aucuns se sont vantés de les entendre, comme Apollonius Thyaneus, Melampus, Tyresias, Thales et autres[1]. Et puisqu'il est ainsi, comme disent les cosmographes qu'il y a des nations qui reçoivent un chien pour leur Roi[2], il faut bien qu'ils donnent certaine interprétation à sa voix et mouvements. Il nous faut remarquer la parité qui est entre nous. Nous avons quelque moyenne intelligence de leur sens, aussi ont les bêtes du nôtre, environ à même mesure. Elles nous flattent, nous menacent et nous requièrent, et nous elles. Au demeurant nous découvrons bien évidemment que entre elles, il y a une pleine et entière communication, et qu'elles s'entr'entendent, non seulement celles de même espèce, mais aussi d'espèces diverses[3].

Et mutæ pecudes et denique secla ferarum
Dissimiles suerunt voces variásque cluere
Cum metus aut dolor est aut cum jam gaudia gliscunt[c4].

En certain aboyer[d] du chien le cheval connaît qu'il y a de la colère: de certaine autre sienne voix, il ne s'effraie point. Aux bêtes mêmes qui n'ont pas de voix, par la société d'offices[e], que nous voyons entre elles, nous argumentons aisément, quelque autre moyen de communication: leurs mouvements discourent et traitent:

a. comprendre – *b*. aussi n'entendons-nous pas – *c*. « Les troupeaux muets aussi, et enfin les bêtes sauvages émettent d'ordinaire des sons différents et variables, lorsqu'ils craignent ou souffrent, ou encore lorsqu'ils éprouvent de la joie. » – *d*. aboiement – *e*. par la communauté de services réciproques

Non alia longè ratione atque ipsa videtur
Protrahere ad gestum pueros infantia linguæ[a][1].

Pourquoi non, tout aussi bien que nos muets disputent, argumentent, et content des histoires par signes ? J'en ai vu de si souples et formés à cela, qu'à la vérité, il ne leur manquait rien à la perfection de se savoir faire entendre : les amoureux se courroucent, se réconcilient, se prient, se remercient, s'assignent, et disent enfin toutes choses des yeux :

E'l silentio ancor suole
Haver prieghi e parole[b][2].

Quoi des mains ? nous requérons, nous promettons, appelons, congédions, menaçons, prions, supplions, nions, refusons, interrogeons, admirons, nombrons[c], confessons, repentons, craignons, vergognons[d] : doutons, instruisons, commandons, incitons, encourageons, jurons, témoignons, accusons, condamnons, absolvons, injurions, méprisons, défions, dépitons, flattons, applaudissons, bénissons, humilions, moquons, réconcilions, recommandons, exaltons, festoyons, réjouissons, complaignons[e], attristons, déconfortons[f], désespérons, étonnons, écrions, taisons : et quoi non[g] ? d'une variation et multiplication à l'envi de la langue. De la tête, nous convions, nous renvoyons, avouons, désavouons, démentons, bienveignons[h], honorons, vénérons, dédaignons, demandons, éconduisons, égayons, lamentons, caressons, tançons[i], soumettons, bravons, exhortons, menaçons, assurons, enquérons. Quoi des sourcils, quoi des épaules ? il n'est mouvement qui ne parle et un langage intelligible sans discipline[j] et un langage public : Qui fait[k], voyant la variété et usage distingué des autres, que cetui-ci doit plutôt être jugé le propre de l'humaine nature. Je laisse à part ce que particulièrement la nécessité en apprend soudain à

a. « D'une manière assez peu différente, on voit l'incapacité même de parler pousser les enfants à s'exprimer par gestes. » – *b*. « Et même le silence sait prier et parler. » – *c*. comptons – *d*. exprimons de la honte – *e*. manifestons notre compassion – *f*. décourageons – *g*. et que ne faisons-nous pas ? – *h*. souhaitons la bienvenue – *i*. réprimandons – *j*. sans apprentissage – *k*. Ce qui fait

ceux qui en ont besoin, et les alphabets des doigts et grammaires en gestes, et les sciences qui ne s'exercent et expriment que par iceux. Et [les nations que Pline dit n'avoir point[a] d'autre langue[1].] Un Ambassadeur de la ville d'Abdere, après avoir longuement parlé au Roi Agis de Sparte, lui demanda, Eh bien, Sire, quelle réponse veux-tu que je rapporte à nos citoyens : que je t'ai laissé dire tout ce que tu as voulu, et tant que tu as voulu, sans jamais dire mot[2] : voilà pas un taire parlier[b] et bien intelligible. Au reste quelle sorte de notre suffisance[c], ne reconnaissons-nous aux opérations des animaux ? est-il police[d] réglée avec plus d'ordre, diversifiée à plus de charges et d'offices, et plus constamment entretenue, que celle des mouches à miel[e] ? Cette disposition d'actions et de vacations[f] si ordonnée, la pouvons-nous imaginer se conduire sans discours[g] et sans providence[h] ?

His quidam signis atque hæc exempla sequuti,
Esse apibus partem divinæ mentis, et haustus
Æthereos dixere[i][3].

Les arondelles[j] que nous voyons au retour du printemps fureter tous les coins de nos maisons, cherchent-elles sans jugement, et choisissent-elles sans discrétion[k], de mille places, celle qui leur est la plus commode à se loger[4] ? Et en cette belle et admirable contexture de leurs bâtiments, les oiseaux peuvent-ils se servir plutôt d'une figure carrée, que de la ronde, d'un angle obtus, que d'un angle droit, sans en savoir les conditions et les effets ? Prennent-ils tantôt de l'eau, tantôt de l'argile, sans juger que la

a. dont Pline dit qu'elles n'ont point – *b*. un silence éloquent – *c*. quelle sorte de capacité parmi les nôtres – *d*. organisation politique – *e*. abeilles – *f*. activités – *g*. raison – *h*. prévoyance – *i*. « En suivant de tels signes et de tels exemples, certains ont dit que les abeilles possédaient une parcelle de l'âme divine et des émanations de l'éther. » – *j*. hirondelles – *k*. discernement

dureté s'amollit en l'humectant ? planchent-ils[a] de mousse leur palais, ou de duvet, sans prévoir que les membres tendres de leurs petits y seront plus mollement et plus à l'aise ? Se couvrent-ils du vent pluvieux, et plantent leur loge à l'Orient, sans connaître les conditions différentes de ces vents, et considérer que l'un leur est plus salutaire que l'autre ? Pourquoi épaissit l'araignée sa toile en un endroit, et relâche en un autre ? se sert à cette heure de cette sorte de nœud, tantôt de celle-là, si elle n'a et délibération, et pensement[b], et conclusion ? Nous reconnaissons assez en la plupart de leurs ouvrages, combien les animaux ont d'excellence au-dessus de nous[c], et combien notre art est faible à les imiter. Nous voyons toutefois aux nôtres[d] plus grossiers, les facultés que nous y employons, et que notre âme s'y sert de toutes ses forces : pourquoi n'en estimons-nous autant d'eux ? Pourquoi attribuons-nous à je ne sais quelle inclination naturelle et servile, les ouvrages qui surpassent tout ce que nous pouvons par nature et par art ? En quoi sans y penser nous leur donnons un très grand avantage sur nous, de faire que nature par une douceur maternelle les accompagne et guide, comme par la main à toutes les actions et commodités de leur vie, et qu'à nous elle nous abandonne au hasard et à la fortune, et à quêter par art[e], les choses nécessaires à notre conservation : et nous refuse quant et quant[f] les moyens de pouvoir arriver par aucune institution et contention d'esprit[g], à l'industrie naturelle des bêtes : de manière que leur stupidité brutale[h], surpasse en toutes commodités, tout ce que peut notre

a. garnissent-ils – *b.* pensée – *c.* supérieure à la nôtre – *d.* à nos ouvrages – *e.* artificiellement, de manière non naturelle – *f.* en même temps – *g.* apprentissage et effort – *h.* bestiale

divine intelligence. Vraiment à ce compte nous aurions bien raison de l'appeler une très injuste marâtre. Mais il n'en est rien : notre police[a] n'est pas si difforme et déréglée. Nature a embrassé universellement toutes ses créatures, et n'en est aucune, qu'elle n'ait bien pleinement fourni de tous moyens nécessaires à la conservation de son être : car ces plaintes vulgaires, que j'ois[b] faire aux hommes (comme la licence de leurs opinions les élève tantôt au-dessus des nues, et puis les ravale aux antipodes) que nous sommes le seul animal abandonné nu sur la terre nue, lié, garrotté, n'ayant de quoi s'armer et couvrir que de la dépouille d'autrui[1] : là où[c] toutes les autres créatures, nature les a revêtues de coquilles, de gousses, d'écorce, de poil, de laine, de pointes, de cuir, de bourre, de plume, d'écaille, de toison et de soie, selon le besoin de leur être : les a armées de griffes, de dents, de cornes pour assaillir et pour défendre : et les a elle-même instruites à ce qui lui est propre, à nager, à courir, à voler, à chanter : là où l'homme ne sait ni cheminer, ni parler, ni manger, ni rien que pleurer sans apprentissage :

Tum porro puer ut sævis projectus ab undis
Navita, nudus humi jacet infans, indigus omni
Vitali auxilio, cum primum in luminis oras
Nixibus ex alvo matris natura profudit :
Vagitúque locum lugubri complet, ut æquum est
Cui tantum in vita restet transire malorum :
At variæ crescunt pecudes, armenta, feræque,
Nec crepitacula eis opus est, nec cuiquam adhibenda est
Almæ nutricis blanda atque infracta loquella :

a. organisation humaine – *b*. ces plaintes communes que j'entends – *c*. alors que

Nec varias quærunt vestes pro tempore cœli :
Denique non armis opus est, non mœnibus altis
Queis sua tutentur, quando omnibus omnia largè
Tellus ipsa parit naturaque dædala rerum[a][1].

Ces plaintes-là sont fausses, il y a en la police du monde, une égalité plus grande, et une relation plus uniforme. Notre peau[2] est pourvue aussi suffisamment que la leur, de fermeté contre les injures du temps : témoin tant de nations, qui n'ont encore goûté aucun usage de vêtements. Nos anciens Gaulois n'étaient guère vêtus, ne sont pas les Irlandais[b] nos voisins, sous un ciel si froid. Mais nous le jugeons mieux par nous-mêmes : car tous les endroits de la personne, qu'il nous plaît découvrir au vent et à l'air, se trouvent propres à le souffrir[c] : le visage, les pieds, les mains, les jambes, les épaules, la tête selon que l'usage nous y convie : Car s'il y a partie en nous faible, et qui semble devoir craindre la froidure, ce devrait être l'estomac, où se fait la digestion : nos pères le portaient découvert[3], et nos Dames, ainsi molles et délicates qu'elles sont, elles s'en vont tantôt[d] entrouvertes jusques au nombril. Les liaisons et emmaillotements des enfants, ne sont non plus nécessaires : et les mères Lacédémoniennes, élevaient les leurs en toute liberté

a. « En outre l'enfant, tel le marin projeté par la cruauté des flots, gît au sol, nu, incapable de parler, manquant de tout secours dont sa vie dépendrait, dès qu'aux rives du jour la nature dans son travail l'a fait sortir du ventre de sa mère : d'un lugubre vagissement il emplit le lieu, comme il est normal à qui la vie réserve de traverser tant de malheurs : au contraire, les divers troupeaux, bestiaux, bêtes sauvages, grandissent sans avoir besoin de hochets, ni des caresses et du babil d'une tendre nourrice : ils ne cherchent pas à se vêtir de diverses manières en fonction des circonstances météorologiques : enfin, il ne leur faut pas d'armes ni de hautes murailles pour défendre leur bien, puisque la terre elle-même et la nature industrieuse procurent à tous tout à profusion. » – *b*. ne sont pas non plus vêtus les Irlandais – *c*. supporter – *d*. ont vite fait de s'en aller

de mouvements de membres, sans les attacher ni plier[1]. Notre pleurer est commun à la plupart des autres animaux : et n'en est guère qu'on ne voie se plaindre et gémir longtemps après leur naissance : d'autant que c'est une contenance bien sortable[a] à la faiblesse, en quoi ils se sentent. Quant à l'usage du manger, il est en nous, comme en eux naturel et sans instruction,

Sentit enim vim quisque suam quam possit abuti[b2].

Qui fait doute qu'un enfant arrivé à la force de se nourrir, ne sût quêter sa nourriture ? Et la terre en produit, et lui en offre assez pour sa nécessité, sans autre culture et artifice : et sinon en tout temps, aussi ne fait-elle pas aux bêtes[c] : témoin les provisions, que nous voyons faire aux fourmis et autres, pour les saisons stériles de l'année[3]. Ces nations, que nous venons de découvrir[4] si abondamment fournies de viande[d] et de breuvage naturel, sans soin et sans façon, nous viennent d'apprendre que le pain n'est pas notre seule nourriture : et que sans labourage, notre mère nature nous avait munis à planté[e] de tout ce qu'il fallait : voire, comme il est vraisemblable, plus pleinement et plus richement qu'elle ne fait à présent, que nous y avons mêlé notre artifice,

Et tellus nitidas fruges, vinetáque læta,
Sponte sua primum mortalibus ipsa creavit,
Ipsa dedit dulces fœtus, et pabula læta,
Quæ nunc vix nostro grandescunt aucta labore,
Conterimúsque boves et vires agricolarum[f5],

a. appropriée – *b.* « En effet chacun sent de quelle aptitude il peut user. » – *c.* et si elle ne le fait pas en tout temps, il n'en va pas autrement pour les bêtes – *d.* nourriture – *e.* à satiété – *f.* « Et spontanément, la terre a elle-même créé pour les hommes les moissons brillantes et les riants vignobles, elle-même, elle a donné de doux fruits et de plaisants pâturages, qui de nos jours ont du mal à pousser malgré un accroissement de nos efforts, et nous y épuisons nos bœufs et les forces des paysans. »

le débordement et dérèglement de notre appétit devançant toutes les inventions, que nous cherchons de l'assouvir. Quant aux armes, nous en avons plus de naturelles que la plupart des autres animaux, plus de divers mouvements de membres, et en tirons plus de service, naturellement et sans leçon : ceux qui sont duits[a] à combattre nus, on les voit se jeter aux hasards pareils aux nôtres[b]. Si quelques bêtes nous surpassent en cet avantage, nous en surpassons plusieurs autres. Et l'industrie de fortifier le corps et le couvrir par moyens acquis, nous l'avons par un instinct et précepte naturel. Qu'il soit ainsi[c], l'éléphant[1] aiguise et émoud[d] ses dents, desquelles il se sert à la guerre (car il en a de particulières pour cet usage, qu'il épargne et ne les emploie aucunement à ses autres services). Quand les taureaux vont au combat, ils répandent et jettent la poussière à l'entour d'eux : les sangliers affinent leurs défenses : et l'ichneaumon, quand il doit venir aux prises avec le crocodile, munit son corps, l'enduit et le croûte tout à l'entour, de limon bien serré et bien pétri, comme d'une cuirasse. Pourquoi ne dirons-nous qu'il est aussi naturel de nous armer de bois et de fer ? Quant au parler, il est certain que s'il n'est pas naturel, il n'est pas nécessaire. Toutefois je crois qu'un enfant, qu'on aurait nourri[e] en pleine solitude, éloigné de tout commerce[f] (qui[g] serait un essai[h] malaisé à faire) aurait quelque espèce de parole pour exprimer ses conceptions[2] : et n'est pas croyable, que nature nous ait refusé ce moyen qu'elle a donné à plusieurs autres animaux : car qu'est-ce autre chose que parler, cette faculté que

a. orientés – *b*. dans des dangers pareils à ceux dans lesquels nous nous jetons – *c*. Pour preuve qu'il en est ainsi – *d*. affûte – *e*. élevé – *f*. fréquentation d'autrui – *g*. ce qui – *h*. une expérience

nous leur voyons de se plaindre, de se réjouir, de s'entr'appeler au secours, se convier à l'amour, comme ils font par l'usage de leur voix : comment ne parleraient-elles entr'elles, elles parlent bien à nous, et nous à elles : en combien de sortes parlons-nous à nos chiens, et ils nous répondent : d'autre langage, d'autres appellations, devisons-nous avec eux, qu'avec les oiseaux, avec les pourceaux, les bœufs, les chevaux, et changeons d'idiome selon l'espèce :

Cosi per entro loro schiera bruna
S'ammusa l'una con l'altra formica
Forse à spiar lor via, e lor fortuna[a][1].

Il me semble que Lactance attribue aux bêtes, non le parler seulement, mais le rire encore[2]. Et la différence de langage, qui se voit entre nous, selon la différence des contrées, elle se trouve aussi aux animaux de même espèce. Aristote allègue à ce propos le chant divers des perdrix, selon la situation des lieux[3],

variæque volucres
Longè alias alio jaciunt in tempore voces,
Et partim mutant cum tempestatibus una
Raucisonos cantus[b][4].

Mais cela est à savoir quel langage parlerait cet enfant[c] : et ce qui s'en dit par divination[d], n'a pas beaucoup d'apparence[e]. Si on m'allègue contre cette opinion, que les sourds naturels ne parlent point : je réponds que ce n'est pas seulement pour n'avoir pu recevoir l'instruction de la parole par les oreilles,

a. « C'est ainsi qu'au beau milieu de leur noire légion, les fourmis s'accolent l'une à l'autre, peut-être pour s'informer de leur chemin et de leur sort. » – *b.* « et les différents oiseaux poussent des cris extrêmement diversifiés selon l'époque, et certains d'entre eux changent leurs chants en sons rauques pour accompagner les changements climatiques. » – *c.* Mais il reste à savoir quel langage parlerait cet enfant – *d.* hypothèse – *e.* de vraisemblance

mais plutôt pour ce que le sens de l'ouïe, duquel ils sont privés, se rapporte celui du parler, et se tiennent ensemble d'une couture[a] naturelle : en façon, que ce que nous parlons, il faut que nous le parlions premièrement à nous, et que nous le fassions sonner[b] au dedans à nos oreilles avant que de l'envoyer aux étrangères. J'ai dit tout ceci pour maintenir cette ressemblance, qu'il y a aux choses humaines, et pour nous ramener et joindre au nombre[c]. Nous ne sommes, ni au-dessus, ni au-dessous du reste : tout ce qui est sous le Ciel, dit le sage, court une loi et fortune pareille[1],

Indupedita suis fatalibus omnia vinclis[d2].

Il y a quelque différence, il y a des ordres et des degrés : mais c'est sous le visage d'une même nature :

res quæque suo ritu procedit, et omnes
Fœdere naturæ certo discrimina servant[e3].

Il faut contraindre l'homme, et le ranger dans les barrières de cette police. Le misérable n'a garde d'enjamber par effet[f] au-delà : il est entravé et engagé, il est assujetti de pareille obligation que les autres créatures de son ordre, et d'une condition fort moyenne, sans aucune prérogative pré-excellence vraie et essentielle. Celle qu'il se donne par opinion, et par fantaisie, n'a ni corps, ni goût : et s'il est ainsi que lui seul de tous les animaux ait cette liberté de l'imagination, et ce dérèglement de pensée, lui représentant ce qui est, ce qui n'est pas, et ce qu'il veut, le faux et le véritable : c'est un avantage qui lui est bien cher vendu, et duquel il a bien peu à se glorifier : car de là naît la

a. liaison – *b.* résonner – *c.* au nombre des animaux – *d.* « Tout est enchaîné par les liens de sa destinée. » – *e.* « chaque chose procède selon son propre rite, et tout conserve ses différences en vertu d'une loi naturelle déterminée. » – *f.* de manière effective

source principale des maux qui le pressent, péché, maladie, irrésolution, trouble, désespoir. Je dis donc, pour revenir à mon propos, qu'il n'y a point d'apparence[a] d'estimer, que les bêtes fassent par inclination naturelle et forcée, les mêmes choses que nous faisons par notre choix et industrie. Nous devons conclure de pareils effets pareilles facultés, et confesser[1] par conséquent, que ce même discours, cette même voie, que nous tenons à ouvrer, c'est aussi celle des animaux. Pourquoi[2] imaginons-nous en eux cette contrainte naturelle, nous qui n'en éprouvons aucun pareil effet ? joint qu'il est plus honorable d'être acheminé et obligé à réglément agir par naturelle et inévitable condition, et plus approchant de la divinité, que d'agir réglément par liberté téméraire[b] et fortuite : et plus sûr de laisser à nature, qu'à nous, les rênes de notre conduite. La vanité de notre présomption fait, que nous aimons mieux devoir à nos forces, qu'à sa libéralité, notre suffisance : et enrichissons les autres animaux des biens naturels, et les leur renonçons[c], pour nous honorer et ennoblir des biens acquis : par une humeur bien simple, ce me semble, car je priserais bien autant des grâces toutes miennes et naïves[d], que celles que j'aurais été mendier et quêter de l'apprentissage. Il n'est pas en notre puissance d'acquérir une plus belle recommandation[e] que d'être favorisé de Dieu et de nature. Par ainsi le renard, de quoi se servent les habitants de la Thrace, quand ils veulent entreprendre de passer par-dessus la glace quelque rivière gelée, et le lâchent devant eux pour cet effet[3], quand nous le verrions au bord de l'eau approcher son oreille bien près de la glace, pour

a. qu'il est invraisemblable – *b.* inconsidérée – *c.* abandonnons – *d.* naturelles – *e.* un plus grand mérite

sentir s'il orra[a] d'une longue ou d'une voisine distance, bruire l'eau courant au-dessous, et selon qu'il trouve par là, qu'il y a plus ou moins d'épaisseur en la glace, se reculer, ou s'avancer, n'aurions-nous pas raison de juger qu'il lui passe par la tête ce même discours, qu'il ferait en la nôtre : et que c'est une ratiocination et conséquence tirée[b] du sens naturel : Ce qui fait bruit se remue, ce qui se remue, n'est pas gelé, ce qui n'est pas gelé est liquide, et ce qui est liquide plie sous le faix. Car d'attribuer cela seulement à une vivacité du sens de l'ouïe, sans discours[c] et sans conséquence, c'est une chimère, et ne peut entrer en notre imagination. De même faut-il estimer de tant de sortes de ruses et d'inventions, de quoi les bêtes se couvrent[d] des entreprises, que nous faisons sur elles. Et si nous voulons prendre quelque avantage de cela même, qu'il est en nous[e] de les saisir, de nous en servir, et d'en user à notre volonté, ce n'est que ce même avantage, que nous avons les uns sur les autres. Nous avons à cette condition nos esclaves, et les Climacides[1] étaient-ce pas des femmes en Syrie qui servaient couchées à quatre pattes, de marchepied et d'échelle aux dames à monter en coche[f] ? Et la plupart des personnes libres abandonnent pour bien légères commodités, leur vie, et leur être à la puissance d'autrui. Les femmes et concubines des Thraces plaident à qui sera choisie pour être tuée au tombeau de son mari[2]. Les tyrans ont-ils jamais failli de trouver assez d'hommes voués à leur dévotion : aucuns d'eux[g] ajoutant davantage cette nécessité de les accompagner à la mort, comme en la vie ? Des armées entières se sont ainsi

a. entendra – *b*. un raisonnement et une conclusion tirées – *c*. raisonnement – *d*. protègent – *e*. il est en notre pouvoir – *f*. voiture – *g*. certains d'entre eux

obligées à leurs capitaines. La formule du serment en cette rude école des escrimeurs à outrance[a], portait ces promesses : Nous jurons de nous laisser enchaîner, brûler, battre, et tuer de glaive, et souffrir tout ce que les gladiateurs légitimes souffrent de leur maître, engageant très religieusement et le corps et l'âme à son service[1],

Ure meum si vis flamma caput, et pete ferro
Corpus, et intorto verbere terga seca[b2].

C'était une obligation véritable, et si[c] il s'en trouvait dix mille telle année, qui y entraient et s'y perdaient. Quand les Scythes enterraient leur Roi[3], ils étranglaient sur son corps la plus favorite de ses concubines, son échanson, écuyer d'écurie, chambellan, huissier de chambre et cuisinier. Et en son anniversaire, ils tuaient cinquante chevaux montés de cinquante pages qu'ils avaient empalés par l'épine du dos jusques au gosier et les laissaient ainsi plantés en parade autour de la tombe. Les hommes qui nous servent, le font à meilleur marché, et pour un traitement moins curieux[d] et moins favorable, que celui que nous faisons aux oiseaux, aux chevaux, et aux chiens. [À] quel souci ne nous démettons-nous[e] pour leur commodité ? Il ne me semble point que les plus abjects serviteurs fassent volontiers pour leurs maîtres ce que les princes s'honorent de faire pour ces bêtes. Diogenes voyant ses parents en peine de le racheter de servitude[4], Ils sont fols, disait-il. C'est celui qui me traite et nourrit qui me sert, et ceux qui entretiennent [les] bêtes se doivent dire plutôt les servir qu'en être servis. Et si[f] elles ont cela de plus généreux[g], que jamais Lion ne s'asservit à un autre Lion, ni un cheval à un autre cheval par faute de cœur[5]. Comme nous allons à la chasse des

a. gladiateurs – *b.* « Brûle-moi la tête, si tu veux, avec la flamme, d'une épée perce-moi le corps, et déchire-moi le dos à coups de fouet. » – *c.* pourtant – *d.* minutieux – *e.* Dans quel souci ne plongeons-nous pas – *f.* Et pourtant – *g.* noble

bêtes, ainsi vont les Tigres et les Lions à la chasse des hommes : et ont un pareil exercice les unes sur les autres : les chiens sur les lièvres, les brochets sur les tanches, les arondelles[a] sur les cigales, les éperviers sur les merles et sur les alouettes :

serpente ciconia pullos
Nutrit, et inventa per devia rura lacerta,
Et leporem aut capream famulæ Jovis, et generosæ
In saltu venantur aves[b][1].

Nous partons[c] le fruit de notre chasse avec nos chiens et oiseaux, comme la peine et l'industrie. Et au-dessus d'Amphipolis en Thrace[2], les chasseurs et les faucons sauvages, partent justement[d] le butin par moitié : comme le long des palus[e] Mœotides, si le pêcheur ne laisse aux loups de bonne foi[f], une part égale de sa prise, ils vont incontinent[g] déchirer ses rets[3]. Et comme nous avons une chasse, qui se conduit plus par subtilité, que par force, comme celle des colliers[h], de nos lignes et de l'hameçon, il s'en voit aussi de pareilles entre les bêtes. Aristote dit, que la seiche jette de son col un boyau long comme une ligne, qu'elle étend au loin en le lâchant, et le retire à soi quand elle veut : à mesure qu'elle aperçoit quelque petit poisson s'approcher, elle lui laisse mordre le bout de ce boyau, étant cachée dans le sable, ou dans la vase, et petit à petit le retire jusques à ce que ce petit poisson soit si près d'elle, que d'un saut elle puisse l'attraper[4]. Quant à la force, il n'est animal au monde en butte de tant d'offenses, que l'homme : il ne nous faut point une baleine, un éléphant, et un

a. hirondelles – *b.* « c'est de serpents que la cigogne nourrit ses poussins, et de lézards trouvés en parcourant des champs écartés, et en serviteurs de Jupiter, les nobles oiseaux chassent le lièvre ou le chevreuil dans les bocages. » – *c.* partageons – *d.* répartissent comme il se doit – *e.* marais – *f.* de manière loyale – *g.* sur-le-champ – *h.* collets

crocodile, ni tels autres animaux, desquels un seul est capable de défaire un grand nombre d'hommes : les poux sont suffisants pour faire vaquer[a] la dictature de Sylla[1] : c'est le déjeuner d'un petit ver, que le cœur et la vie d'un grand et triomphant Empereur. Pourquoi disons-nous, que c'est à l'homme science et connaissance, bâtie par art et par discours[b], de discerner les choses utiles à son vivre, et au secours de ses maladies, de celles qui ne le sont pas, de connaître la force de la rhubarbe et du polypode[2], et quand nous voyons les chèvres de Candie, si elles ont reçu un coup de trait, aller entre un million d'herbes choisir le dictame[3] pour leur guérison, et la tortue quand elle a mangé de la vipère, chercher incontinent de l'origanum pour se purger, le dragon fourbir et éclairer ses yeux avecques du fenouil, les cigognes se donner elles-mêmes des clystères à tout[c] de l'eau de marine, les éléphants arracher non seulement de leur corps et de leurs compagnons, mais des corps aussi de leurs maîtres, témoin celui du Roi Porus qu'Alexandre défit, les javelots et les dards qu'on leur a jetés au combat, et les arracher si dextrement, que nous ne le saurions faire avec si peu de douleur[4] : pourquoi ne disons-nous de même, que c'est d'une science et prudence ? Car d'alléguer pour les déprimer[d], que c'est par la seule instruction et maîtrise de nature, qu'elles le savent, ce n'est pas leur ôter le titre de science et de prudence : c'est la leur attribuer à plus forte raison qu'à nous, pour l'honneur d'une si certaine maîtresse d'école. Chrysippus[5], bien que en toutes autres choses, autant dédaigneux juge de la condition des animaux, que nul autre philosophe, considérant les mouvements

a. faire chômer – *b*. raisonnement – *c*. avec – *d*. rabaisser

du chien, qui se rencontrant en un carrefour à trois chemins, ou à la quête de son maître qu'il a égaré, ou à la poursuite de quelque proie qui fuit devant lui, va essayant l'un chemin après l'autre, et après s'être assuré des deux, et n'y avoir trouvé la trace de ce qu'il cherche, s'élance dans le troisième sans marchander[a] : il est contraint de confesser, qu'en ce chien-là, un tel discours se passe. J'ai suivi jusques à ce carrefour mon maître à la trace, il faut nécessairement qu'il passe par l'un de ces trois chemins : ce n'est ni par cettui-ci, ni par celui-là, il faut donc infailliblement, qu'il passe par cet autre : et que s'assurant par cette conclusion et discours, il ne se sert plus de son sentiment[b] au troisième chemin, ni ne le sonde plus, ains[c] s'y laisse emporter par la force de la raison. Ce trait purement dialecticien, et cet usage de propositions divisées et conjointes, et de la suffisante énumération[d] des parties, vaut-il pas autant que le chien le sache de soi que de Trapezonce[1] ? Si[e] ne sont pas les bêtes incapables d'être encore instruites à notre mode. Les merles, les corbeaux, les pies, les perroquets, nous leur apprenons à parler[2] : et cette facilité, que nous reconnaissons à nous fournir leur voix et haleine si souple et si maniable, pour la former et l'étreindre à certain nombre de lettres et de syllabes, témoigne, qu'ils ont un discours[f] au dedans, qui les rend ainsi disciplinables[g] et volontaires à apprendre. Chacun est saoul[h], ce crois-je, de voir tant de sortes de singeries que les bateleurs apprennent à leurs chiens : les danses, où ils ne faillent[i] une seule cadence du son qu'ils oient[j], plusieurs divers mouvements et sauts

a. hésiter – *b.* sa faculté sensorielle – *c.* mais – *d.* décompte complet – *e.* Pourtant – *f.* intellect – *g.* capables d'apprentissage –*h.* las – *i.* manquent – *j.* entendent

qu'ils leur font faire par le commandement de leur parole : mais je remarque avec plus d'admiration cet effet, qui est toutefois assez vulgaire[a], des chiens, de quoi se servent les aveugles, et aux champs et aux villes : je me suis pris garde[b] comme ils s'arrêtent à certaines portes, d'où ils ont accoutumé de tirer l'aumône, comme ils évitent le choc des coches[c] et des charrettes, lors même que pour leur regard, ils ont assez de place pour leur passage : j'en ai vu le long d'un fossé de ville, laisser un sentier plein et uni, et en prendre un pire, pour éloigner son maître du fossé. Comment pouvait-on avoir fait concevoir à ce chien, que c'était sa charge de regarder seulement à la sûreté de son maître, et mépriser ses propres commodités pour le servir : et comment avait-il la connaissance que tel chemin lui était bien assez large, qui ne le serait pas pour un aveugle ? Tout cela se peut-il comprendre sans ratiocination et sans discours[d] ? Il ne faut pas oublier ce que Plutarque dit avoir vu à Rome d'un chien, avec l'Empereur Vespasian le père au Théâtre de Marcellus[1]. Ce chien servait à un bateleur qui jouait une fiction[e] à plusieurs mines[f] et à plusieurs personnages, et y avait son rôle : il fallait entre autres choses qu'il contrefît pour un temps le mort pour avoir mangé de certaine drogue : après avoir avalé le pain qu'on feignait être cette drogue, il commença tantôt à trembler et branler, comme s'il eût été étourdi : finalement s'étendant et se roidissant, comme mort, il se laissa tirer et traîner d'un lieu à autre, ainsi que portait le sujet du jeu, et puis quand il connut qu'il était temps, il commença premièrement à se remuer tout bellement, ainsi que

a. commun – *b*. j'ai remarqué – *c*. voitures – *d*. raisonnement – *e*. pièce – *f*. scènes

s'il se fut revenu d'un profond sommeil, et levant la tête regarda çà et là d'une façon qui étonnait tous les assistants. Les bœufs qui servaient aux jardins Royaux de Suse, pour les arroser et tourner certaines grandes roues à puiser de l'eau, auxquelles il y a des baquets attachés (comme il s'en voit plusieurs en Languedoc) on leur avait ordonné d'en tirer par jour jusques à cent tours chacun, ils étaient si accoutumés à ce nombre, qu'il était impossible par aucune force de leur en faire tirer un tour davantage, et ayant fait leur tâche ils s'arrêtaient tout court[1] : nous sommes en l'adolescence avant que nous sachions compter jusques à cent, et venons de découvrir des nations qui n'ont aucune connaissance des nombres. Il y a encore plus de discours[a] à instruire autrui qu'à être instruit : or laissant à part ce que Democritus jugeait et prouvait, que la plupart des arts, les bêtes nous les ont apprises[2] : comme l'araignée à tistre[b] et à coudre, l'arondelle à bâtir, le cygne et le rossignol la musique, et plusieurs animaux par leur imitation à faire la médecine : Aristote tient que les rossignols instruisent leurs petits à chanter et y emploient du temps et du soin : d'où il advient que ceux que nous nourrissons en cage, qui n'ont point eu loisir d'aller à l'école sous leurs parents, perdent beaucoup de la grâce de leur chant[3]. Nous pouvons juger par là qu'il reçoit de l'amendement[c] par discipline et par étude : Et entre les libres[d] même, il n'est pas un et pareil, chacun en a pris selon sa capacité, et sur la jalousie[e] de leur apprentissage, ils se débattent à l'envi, d'une contention[f] si courageuse, que parfois le vaincu y demeure mort, l'haleine lui faillant plutôt, que la voix. Les

a. mise en œuvre de la raison – *b.* tisser – *c.* qu'il progresse – *d.* entre les animaux sauvages – *e.* l'émulation – *f.* d'un effort

plus jeunes ruminent pensifs, et prennent à imiter certains couplets de chanson : le disciple écoute la leçon de son précepteur, et en rend compte avec grand soin : ils se taisent l'un tantôt, tantôt l'autre : on oit[a] corriger les fautes, et sent-on aucunes répréhensions[b] du précepteur. J'ai vu (dit Arrius[1]) autrefois un éléphant ayant à chaque cuisse un cymbale pendu, et un autre attaché à sa trompe, au son desquels tous les autres dansaient en rond, s'élevant et s'inclinant à certaines cadences selon que l'instrument les guidait, et y avait plaisir à ouïr cette harmonie. Aux spectacles de Rome, il se voyait ordinairement des Éléphants dressés à se mouvoir et danser au son de la voix, des danses à plusieurs entrelaçures, coupures[c] et diverses cadences très difficiles à apprendre[2]. Il s'en est vu, qui en leur privé remémoraient[d] leur leçon et s'exerçaient par soin et par étude pour n'être tancés[e] et battus de leurs maîtres. Mais cette autre histoire de la pie, de laquelle nous avons Plutarque même pour répondant[3], est étrange : Elle était en la boutique d'un barbier à Rome, et faisait merveilles de contrefaire avec la voix tout ce qu'elle oyait[f] : un jour il advint que certaines trompettes s'arrêtèrent à sonner longtemps devant cette boutique : depuis cela et tout le lendemain voilà cette pie pensive, muette et mélancolique, de quoi tout le monde était émerveillé, et pensait-on que le son des trompettes l'eût ainsi étourdie et étonnée : et qu'avec l'ouïe, la voix se fût quant et quant[g] éteinte : mais on trouva enfin que c'était une étude profonde et une retraite en soi-même, son esprit s'exercitant[h] et préparant sa voix à

a. entend – *b.* et l'on perçoit certains reproches – *c.* à plusieurs figures entrelacées, ruptures rythmiques – *d.* révisaient – *e.* réprimandés – *f.* entendait – *g.* en même temps – *h.* s'exerçant

représenter le son de ces trompettes : de manière que sa première voix ce fut celle-là, d'exprimer parfaitement leurs reprises, leurs pauses et leurs nuances[a] : ayant quitté par ce nouvel apprentissage et pris à dédain tout ce qu'elle savait dire auparavant. Je ne veux pas omettre à alléguer[b] aussi cet autre exemple d'un chien, que ce même Plutarque dit avoir vu (car quant à l'ordre, je sens bien que je le trouble, mais je n'en observe non plus à ranger ces exemples, qu'au reste de toute ma besogne) lui étant dans un navire[1], ce chien étant en peine d'avoir l'huile qui était dans le fond d'une cruche, où il ne pouvait arriver de la langue, pour l'étroite embouchure du vaisseau[c], alla quérir des cailloux et en mit dans cette cruche jusques à ce qu'il eut fait hausser l'huile plus près du bord, où il la put atteindre. Cela, qu'est-ce, si ce n'est l'effet d'un esprit bien subtil ? On dit que les corbeaux de barbarie en font de même, quand l'eau qu'ils veulent boire est trop basse[2]. Cette action est aucunement[d] voisine de ce que récitait[e] des Éléphants un Roi de leur nation Juba, que quand par la finesse de ceux qui les chassent, l'un d'entre eux se trouve pris dans certaines fosses profondes qu'on leur prépare, et les recouvre l'on de menues broussailles pour les tromper, ses compagnons y apportent en diligence force pierres, et pièces de bois, afin que cela l'aide à s'en mettre hors[3]. Mais cet animal rapporte[f] en tant d'autres effets à l'humaine suffisance[g], que si je voulais suivre par le menu ce que l'expérience en a appris, je gagnerais aisément ce que je maintiens ordinairement[4], qu'il se trouve plus de différence de tel homme à tel homme, que de tel animal à tel

a. variations – *b.* d'alléguer – *c.* vase – *d.* quelque peu – *e.* racontait – *f.* est comparable – *g.* capacité

homme[1]. Le gouverneur d'un éléphant en une maison privée de Syrie, dérobait à tous les repas, la moitié de la pension qu'on lui avait ordonnée : un jour le maître voulut lui-même le panser, versa dans sa mangeoire la juste mesure d'orge, qu'il lui avait prescrite, pour sa nourriture : l'éléphant regardant de mauvais œil ce gouverneur, sépara avec la trompe et en mit à part la moitié, déclarant par là le tort qu'on lui faisait. Et un autre, ayant un gouverneur qui mêlait dans sa mangeaille des pierres pour en croître la mesure, s'approcha du pot où il faisait cuire sa chair pour son dîner, et le lui remplit de cendre[2]. Cela ce sont des effets particuliers : mais ce que tout le monde a vu, et que tout le monde sait, qu'en toutes les armées qui se conduisaient du pays de levant, l'une des plus grandes forces consistait aux éléphants, desquels on tirait des effets sans comparaison plus grands que nous ne faisons à présent de notre artillerie, qui tient à peu près leur place en une bataille ordonnée (cela est aisé à juger à ceux qui connaissent les histoires anciennes)

siquidem Tirio servire solebant
Annibali, et nostris ducibus, regique Molosso,
Horum maiores, et dorso ferre cohortes
Partem aliquam belli et euntem in prælia turmam[a][3].

Il fallait bien qu'on se répondît à bon escient de la créance de ces bêtes et de leur discours[b], leur abandonnant la tête d'une bataille, là où le moindre arrêt qu'elles eussent su faire, pour la grandeur et pesanteur de leur corps, le moindre effroi qui leur eût fait

a. « puisque les ancêtres de ces éléphants avaient pour coutume de servir Hannibal le Tyrien, mais aussi nos généraux et le roi Molosse, et de porter sur le dos tout en prenant part à la guerre, les cohortes et le bataillon montant au front. » – *b*. Il fallait bien qu'on eût des garanties légitimes de la confiance en ces bêtes et de leur capacité à raisonner

tourner la tête sur leurs gens, était suffisant pour tout perdre. Et s'est vu moins d'exemples, où cela soit advenu qu'ils se rejetassent sur leurs troupes, que de ceux, où nous-mêmes nous rejetons les uns sur les autres, et nous rompons. On leur donnait charge non d'un mouvement simple, mais de plusieurs diverses parties au combat : comme faisaient aux chiens les Espagnols à la nouvelle conquête des Indes, auxquels ils payaient solde et faisaient partage au butin, et montraient ces animaux, autant d'adresse et de jugement, à poursuivre et arrêter leur victoire, à charger ou à reculer, selon les occasions, à distinguer les amis des ennemis, comme ils faisaient d'ardeur et d'âpreté[1]. Nous admirons et pesons mieux les choses étrangères que les ordinaires : et sans cela je ne me fusse pas amusé[a] à ce long registre : car selon mon opinion, qui contrerôlera[b] de près ce que nous voyons ordinairement des animaux, qui vivent parmi nous, il y a de quoi y trouver des effets autant admirables, que ceux qu'on va recueillant ès[c] pays et siècles étrangers. C'est une même nature qui roule son cours. Qui en aurait suffisamment jugé le présent état, en pourrait sûrement conclure et tout l'avenir et tout le passé. J'ai vu autrefois[2] parmi nous, des hommes amenés par mer de lointain pays[3], desquels parce que nous n'entendions aucunement le langage, et que leur façon au demeurant et leur contenance, et leurs vêtements étaient du tout[d] éloignés des nôtres, qui de nous ne les estimait et sauvages et brutes ? qui n'attribuait à stupidité et à bêtise, de les voir muets, ignorant la langue Française, ignorant nos baisemains, et nos inclinations serpentées[e], notre port et notre maintien, sur lequel sans faillir, doit prendre

a. je n'aurais pas passé mon temps – *b.* enregistrera – *c.* dans les – *d.* complètement – *e.* contournées –

son patron la nature humaine ? Tout ce qui nous semble étrange, nous le condamnons, et ce que nous n'entendons pas : comme il nous advient au jugement que nous faisons des bêtes : Elles ont plusieurs conditions, qui se rapportent[a] aux nôtres : de celles-là par comparaisons nous pouvons tirer quelque conjecture : mais de ce qu'elles ont particulier, que savons-nous que c'est. Les chevaux, les chiens, les bœufs, les brebis, les oiseaux, et la plupart des animaux, qui vivent avec nous, reconnaissent notre voix, et se laissent conduire par elle : si[b] faisait bien encore la murène de Crassus, et venait à lui quand il l'appelait : et le font aussi les anguilles, qui se trouvent en la fontaine d'Arethuse[1] et j'ai vu des gardoirs[c] assez, où les poissons accourent, pour manger, à certain cri de ceux qui les traitent[d2],

nomen habent, et ad magistri
Venit quisque sui vocem citatus[e3].

Nous pouvons juger de cela. Nous pouvons aussi dire, que les éléphants ont quelque participation de[f] religion, d'autant qu'après plusieurs ablutions et purifications, on les voit haussant leur trompe comme des bras, et tenant les yeux fichés vers le Soleil levant, se planter longtemps en méditation et contemplation, à certaines heures du jour, de leur propre inclination, sans instruction et sans précepte[4]. Mais pour ne voir aucune telle apparence ès[g] autres animaux, nous ne pouvons pourtant établir qu'ils soient sans religion, et ne pouvons prendre en aucune part ce qui nous est caché. Comme nous voyons quelque chose en cette action que le philosophe Cleanthes remarqua, par ce

a. sont comparables – *b.* ainsi – *c.* viviers – *d.* qui s'en occupent – *e.* « ils ont un nom, et chacun vient à la voix de son maître qui l'appelle. » – *f.* participent en quelque manière à – *g.* aucun phénomène comparable chez les

qu'elle retire[a] aux nôtres[1] : Il vit, dit-il, des fourmis partir de leur fourmilière portants le corps d'un fourmi mort vers une autre fourmilière, de laquelle plusieurs autres fourmis leur vinrent au devant, comme pour parler à eux, et après avoir été ensemble quelque pièce[b], ceux-ci s'en retournèrent, pour consulter[c], pensez, avec leurs concitoyens, et firent ainsi deux ou trois voyages pour la difficulté de la capitulation[d] : enfin ces derniers venus, apportèrent aux premiers un ver de leur tanière, comme pour la rançon du mort, lequel ver les premiers chargèrent sur leur dos et emportèrent chez eux, laissant aux autres le corps du trépassé. Voilà l'interprétation que Cleanthes y donna. Témoignant par là que[2] celles qui n'ont point de voix, ne laissent pas d'avoir pratique[e] et communication mutuelle, de laquelle c'est notre défaut que nous ne soyons participants : et nous entremettons à cette cause sottement d'en opiner[f]. Or elles produisent encore d'autres effets, qui surpassent de bien loin notre capacité, auxquels il s'en faut tant que nous puissions arriver par imitation, que par imagination même nous ne les pouvons concevoir. Plusieurs[3] tiennent qu'en cette grande et dernière bataille navale qu'Antonius perdit contre Auguste[4], sa galère capitainesse fut arrêtée au milieu de sa course, par ce petit poisson, que les Latins nomment *remora*, à cause de cette sienne propriété d'arrêter toute sorte de vaisseaux, auxquels il s'attache. Et l'Empereur Calligula voguant avec une grande flotte en la côte de la Romanie[g], sa seule galère fut arrêtée tout court, par ce même poisson : lequel il fit prendre attaché comme il était

a. ressemble – *b*. quelque temps – *c*. délibérer – *d*. l'accord – *e*. ne manquent pas d'avoir fréquentation – *f*. et pour cette raison, c'est avec sottise que nous nous mêlons d'en juger – *g*. Romagne

au bas de son vaisseau, tout dépit de quoi un si petit animal pouvait forcer et la mer et les vents, et la violence de tous ses avirons, pour être seulement attaché par le bec à la galère (car c'est un poisson à coquille) et s'étonna encore, non sans grande raison, de ce que lui étant apporté dans le bateau, il n'avait plus cette force, qu'il avait au dehors. Un citoyen de Cyzique, acquit jadis réputation de bon mathématicien, pour avoir appris de la condition de l'hérisson[1], qu'il a sa tanière ouverte à divers endroits et à divers vents, et prévoyant le vent à venir, il va boucher le trou du côté de ce vent-là, ce que remarquant ce citoyen apportait en sa ville certaines prédictions du vent, qui avait à tirer[a]. Le caméléon prend la couleur du lieu, où il est assis : mais le poulpe se donne lui-même la couleur qu'il lui plaît, selon les occasions, pour se cacher de ce qu'il craint, et attraper ce qu'il cherche : au caméléon c'est changement de passion[b], mais au poulpe c'est changement d'action[2]. Nous avons quelques mutations de couleur à la frayeur, la colère, la honte, et autres passions, qui altèrent le teint de notre visage, mais c'est par l'effet de la souffrance[c], comme au caméléon : il est bien en la jaunisse de nous faire jaunir, mais il n'est pas en la disposition de notre volonté. Or ces effets que nous reconnaissons aux autres animaux, plus grands que les nôtres, témoignent en eux quelque faculté plus excellente, qui nous est occulte, comme il est vraisemblable que sont plusieurs autres de leurs conditions et puissances desquelles nulles apparences ne viennent jusques à nous[3]. De toutes les prédictions du temps passé, les plus anciennes et plus certaines étaient

a. qui devait souffler – *b*. c'est une modification des affects – *c*. de l'affection passive (*passio*)

celles, qui se tiraient du vol des oiseaux[1] : Nous n'avons rien de pareil et de si admirable ? Cette règle, cet ordre du branler[a] de leur aile, par lequel on tire les conséquences des choses à venir, il faut bien qu'il soit conduit par quelque excellent moyen à une si noble opération, car c'est prêter à la lettre[b], d'aller attribuant ce grand effet à quelque ordonnance naturelle sans l'intelligence, consentement et discours[c], de qui le produit : et est une opinion évidemment fausse. Qu'il soit ainsi : La torpille, a cette condition[2], non seulement d'endormir les membres, qui la touchent, mais au travers des filets, et de la seine[d], elle transmet une pesanteur endormie aux mains de ceux qui la remuent et manient : voire dit-on davantage que si on verse de l'eau dessus, on sent cette passion[e] qui gagne contremont[f] jusques à la main, et endort l'attouchement au travers de l'eau : cette force est merveilleuse : mais elle n'est pas inutile à la torpille : elle la sent et s'en sert, de manière que pour attraper la proie qu'elle quête, on la voit se tapir sous le limon, afin que les autres poissons se coulant pardessus, frappés et endormis de cette sienne froideur, tombent en sa puissance. Les grues, les arondelles[g], et autres oiseaux passagers[h], changeant de demeure selon les saisons de l'an, montrent assez la connaissance qu'elles ont de leur faculté divinatrice, et la mettent en usage. Les chasseurs nous assurent[3], que pour choisir d'un nombre de petits chiens, celui qu'on doit conserver pour le meilleur, il ne faut que mettre la mère au propre de le choisir elle-même, comme si on les emporte hors de leur gîte, le premier qu'elle y

a. du mouvement – *b*. prendre les choses au pied de la lettre – *c*. raison – *d*. du filet que l'on tire – *e*. affection – *f*. en montant – *g*. hirondelles – *h*. migrateurs

rapportera, sera toujours le meilleur : ou bien si on fait semblant d'entourner[a] de feu leur gîte, de toutes parts, celui des petits, au secours duquel elle courra premièrement. Par où il appert qu'elles ont un usage de pronostic que nous n'avons pas : ou qu'elles ont quelque vertu à juger de leurs petits, autre et plus vive que la nôtre. La manière[1] de naître, d'engendrer, nourrir, agir, mouvoir, vivre et mourir des bêtes, étant si voisine de la nôtre, tout ce que nous retranchons de leurs causes motrices, et que nous ajoutons à notre condition au-dessus de la leur, cela ne peut aucunement partir du discours de notre raison. Pour règlement de notre santé, les médecins nous proposent l'exemple du vivre des bêtes et leur façon : car ce mot est de tout temps en la bouche du peuple,

Tenez chauds les pieds et la tête,
Au demeurant vivez en bête[2].

La génération est la principale des actions naturelles : nous avons quelque disposition de membres, qui nous est plus propre à cela : toutefois ils nous ordonnent de nous ranger à l'assiette et disposition brutale, comme plus effectuelle[b],

more ferarum,
Quadrupedúmque magis ritu, plerúmque putantur
Concipere uxores : quia sic loca sumere possunt
Pectoribus positis sublatis semina lumbis[c3].

Et rejettent comme nuisibles ces mouvements indiscrets, et insolents[d], que les femmes y ont mêlés de leur cru, les ramenant à l'exemple et usage des bêtes de leur sexe, plus modeste et rassis :

a. d'entourer – *b.* la position et disposition des bêtes, comme étant plus efficace – *c.* « la plupart du temps, on croit que c'est selon l'usage des bêtes et selon les manières des quadrupèdes que les femmes conçoivent davantage : parce qu'ainsi, poitrine horizontale et reins soulevés, la semence peut atteindre son but » – *d.* désordonnés et indécents

Nam mulier prohibet se concipere atque repugnat,
Clunibus ipsa viri venerem si læta retractet,
Atque exossato ciet omni pectore fluctus.
Eiicit enim sulci recta regione viáque
Vomerem, atque locis avertit seminis ictum[a][1].

Si c'est justice de rendre à chacun ce qui lui est dû, les bêtes qui servent, aiment et défendent leurs bienfaiteurs, et qui poursuivent et outragent les étrangers et ceux qui les offensent, elles représentent en cela quelque air de notre justice : comme aussi en conservant une équalité[b] très équitable en la dispensation[c] de leurs biens à leurs petits. Quant à l'amitié elles l'ont sans comparaison plus vive et plus constante, que n'ont pas les hommes. Hircanus le chien du Roi Lisimachus, son maître mort, demeura obstiné sur son lit, sans vouloir boire ni manger[2] : et le jour qu'on en brûla le corps, il prit sa course, et se jeta dans le feu, où il fut brûlé. Comme fit aussi le chien d'un nommé Pyrrhus, car il ne bougea de dessus le lit de son maître, depuis qu'il fut mort : et quand on l'emporta, il se laissa enlever quant et[d] lui, et finalement se lança dans le bûcher où on brûlait le corps de son maître. Il y a certaines inclinations d'affection, qui naissent quelquefois en nous, sans le conseil[e] de la raison, qui viennent d'une témérité fortuite[f], que d'autres nomment sympathie : les bêtes en sont capables comme nous : Nous voyons les chevaux prendre certaine accointance des uns aux autres,

a. « Car la femme s'interdit la conception et la contrecarre, si par ses déhanchements, au comble du plaisir, elle stimule la jouissance de l'homme et fait jaillir le flot en s'agitant à se rompre la poitrine. Elle écarte ainsi le soc du droit tracé et de la direction du sillon, et détourne de son but le jet séminal. » – *b.* égalité – *c.* répartition – *d.* avec – *e.* sans la délibération – *f.* impulsion irrationnelle et préméditée

jusques à nous mettre en peine pour les faire vivre ou voyager séparément : On les voit appliquer leur affection à certain poil de leurs compagnons, comme à certain visage : et où ils le rencontrent s'y joindre incontinent avec fête et démonstration de bienveillance, et prendre quelque autre forme à contrecœur et en haine. Les animaux ont choix comme nous, en leurs amours, et font quelque triage de leurs femelles. Ils ne sont pas exempts de nos jalousies et d'envies extrêmes et irréconciliables. Les cupidités[a] sont ou naturelles et nécessaires[1], comme le boire et le manger : ou naturelles et non nécessaires, comme l'accointance des femelles : ou elles ne sont ni naturelles ni nécessaires : de cette dernière sorte sont quasi toutes celles des hommes : elles sont toutes superflues et artificielles : Car c'est merveille combien peu il faut à nature pour se contenter, combien peu elle nous a laissé à désirer : Les apprêts à nos cuisines, ne touchent pas son ordonnance[b] : Les Stoïciens disent qu'un homme aurait de quoi se sustenter d'une olive par jour[2]. La délicatesse de nos vins n'est pas de sa leçon, ni la recharge[c] que nous ajoutons aux appétits amoureux,

neque illa
Magno prognatum deposcit consule cunnum[d][3].

Ces cupidités étrangères, que l'ignorance du bien, et une fausse opinion ont coulées en nous, sont en si grand nombre, qu'elles chassent presque toutes les naturelles : ni plus ni moins que si en une cité, il y avait si grand nombre d'étrangers, qu'ils en missent hors les naturels habitants, ou éteignissent leur autorité et puissance ancienne, l'usurpant entièrement et

a. désirs – *b.* ne relèvent pas de sa réglementation – *c.* le surplus – *d.* « et elle [la nature] ne réclame pas le sexe d'une fille de grand consul. »

s'en saisissant. Les animaux sont beaucoup plus réglés que nous ne sommes, et se contiennent avec plus de modération sous les limites que nature nous a prescrits. Mais non pas si exactement[a], qu'ils n'aient encore quelque convenance à notre débauche. Et tout ainsi comme il s'est trouvé des désirs furieux, qui ont poussé les hommes à l'amour des bêtes, elles se trouvent aussi parfois éprises de notre amour, et reçoivent des affections monstrueuses d'une espèce à autre : témoin[1] l'éléphant corrival[b] d'Aristophanes le grammairien, en l'amour d'une jeune bouquetière[c] en la ville d'Alexandrie, qui ne lui cédait en rien aux offices d'un poursuivant[d] bien passionné : car se promenant par le marché, où l'on vendait des fruits, il en prenait avec sa trompe et les lui portait : il ne la perdait de vue, que le moins qu'il lui était possible, et lui mettait quelquefois la trompe dans le sein par-dessous son collet, et lui tâtait les tétins. Ils récitent[e] aussi d'un dragon amoureux d'une fille, et d'une oie éprise de l'amour d'un enfant, en la ville d'Asope, et d'un bélier serviteur de la ménestrière[f] Glaucia : et il se voit tous les jours des magots[g] furieusement épris de l'amour des femmes. On voit aussi certains animaux, s'adonner à l'amour des mâles de leur sexe : Oppianus et autres[2] récitent quelques exemples, pour montrer la révérence que les bêtes en leurs mariages portent à la parenté, mais l'expérience nous fait bien souvent voir le contraire,

nec habetur turpe Juvencæ
Ferre patrem tergo : fit equo sua filia conjux :
Quásque creavit init pecudes caper : ipsáque cujus
Semine concepta est, ex illo concipit ales[h][3].

a. rapport – *b.* rival – *c.* fleuriste – *d.* pour ce qui est des marques d'attention d'un prétendant – *e.* On rapporte l'histoire – *f.* musicienne – *g.* macaques – *h.* « et il n'est pas honteux pour la génisse d'être montée

De subtilité malicieuse, en est-il une plus expresse que celle du mulet du philosophe Thales[1] ? lequel passant au travers d'une rivière chargé de sel, et de fortune[a] y étant bronché[b], si que[c] les sacs qu'il portait en furent tout mouillés, s'étant aperçu que le sel fondu par ce moyen, lui avait rendu sa charge plus légère, ne faillait[d] jamais aussitôt qu'il rencontrait quelque ruisseau, de se plonger dedans avec sa charge, jusques à ce que son maître découvrant sa malice, ordonna qu'on le chargeât de laine, à quoi se trouvant mécompté[e], il cessa de plus user de cette finesse. Il y en a plusieurs qui représentent naïvement le visage de notre avarice, car on leur voit un soin extrême de surprendre tout ce qu'elles peuvent et de le curieusement[f] cacher, quoiqu'elles n'en tirent point d'usage. Quant à la ménagerie[g], elles nous surpassent non seulement en cette prévoyance d'amasser et épargner pour temps à venir, mais elles ont encore beaucoup de parties de la science, qui y est nécessaire. Les fourmis[2] étendent au-dehors de l'aire leurs grains et semences pour les éventer, rafraîchir et sécher, quand ils[h] voient qu'ils commencent à se moisir et à sentir le rance, de peur qu'ils ne se corrompent et pourrissent. Mais la caution et prévention[i], dont ils usent à ronger le grain de froment, surpasse toute imagination de prudence[j] humaine : Parce que le froment ne demeure pas toujours sec ni sain, ains[k] s'amollit, se résout[l] et détrempe comme en lait, s'acheminant à germer et produire : de peur qu'il ne

---

par son père : sa propre fille devient une épouse pour le cheval : le bouc pénètre les chèvres qu'il a engendrées : et par la semence même dont il a été conçu, l'oiseau conçoit. » – *a*. par hasard – *b*. ayant trébuché – *c*. si bien que – *d*. manquait – *e*. lésé – *f*. soigneusement – *g*. organisation domestique – *h*. les fourmis [masculin] – *i*. précaution et prudence – *j*. sagesse pratique – *k*. mais – *l*. se désagrège

devienne semence, et perde sa nature et propriété de magasin[a] pour leur nourriture, ils rongent le bout, par où le germe a accoutumé de sortir. Quant à la guerre, qui est la plus grande et pompeuse des actions humaines, je saurais volontiers[b], si nous nous en voulons servir pour argument de quelque prérogative, ou, au rebours pour témoignage de notre imbécillité[c] et imperfection : comme de vrai la science de nous entredéfaire et entre-tuer, de ruiner et perdre notre propre espèce, il semble qu'elle n'a pas beaucoup de quoi se faire désirer aux bêtes qui ne l'ont pas :

quando leoni
Fortior eripuit vitam Leo, quo nemore unquam
Expiravit aper majoris dentibus apri[d1].

Mais elles n'en sont pas universellement exemptes pourtant : témoin les furieuses rencontres des mouches à miel[e], et les entreprises des princes des deux armées contraires,

sæpe duobus
Regibus incessit magno discordia motu.
Continuóque animos vulgi et trepidantia bello
Corda licet longè præsciscere[f2].

Je ne vois jamais cette divine description, qu'il ne m'y semble lire peinte l'ineptie et vanité humaine. Car ces mouvements guerriers, qui nous ravissent de leur horreur et épouvantement, cette tempête de sons et de cris,

Fulgur ubi ad cælum se tollit, totáque circum
Ære renidescit tellus, subtérque virum vi

a. de produit stockable – *b*. j'aimerais savoir – *c*. faiblesse – *d*. « quand un lion plus vaillant a-t-il arraché la vie à un lion, dans quel bois un sanglier a-t-il jamais expiré sous les défenses plus longues d'un sanglier ? » – *e*. abeilles – *f*. « souvent entre deux rois éclate à grand fracas la discorde. Et l'on peut tout de suite prévoir de loin l'emportement du peuple et son cœur battant pour la guerre »

Excitur pedibus sonitus, clamoréque montes
Icti rejectant voces ad sidera mundi[a1] :

cette effroyable ordonnance de tant de milliers d'hommes armés, tant de fureur, d'ardeur, et de courage, il est plaisant à considérer, par combien vaines occasions elle est agitée, et par combien légères occasions éteinte.

Paridis propter narratur amorem
Græcia Barbariæ diro collisa duello[b2] :

toute l'Asie se perdit et se consomma[c] en guerres pour le maquerellage[d] de Paris. L'envie d'un seul homme, un dépit, un plaisir, une jalousie domestique, causes qui ne devraient pas émouvoir deux harengères à s'égratigner, c'est l'âme et le mouvement de tout ce grand trouble. Voulons-nous en croire ceux mêmes, qui en sont les principaux auteurs et motifs ? oyons le plus grand, le plus victorieux Empereur et le plus puissant, qui fût onques[e3], se jouant et mettant en risée très plaisamment et très ingénieusement, plusieurs batailles hasardées et par mer et par terre, le sang et la vie de cinq cent mille hommes qui suivirent sa fortune, et les forces et richesses des deux parties du monde épuisées pour le service de ses entreprises,

Quod futuit Glaphyran Antonius, hanc mihi pænam
Fulvia constituit, se quoque uti futuam.
Fulviam ego ut futuam ? quid si me Manius oret
Pædicem, faciam ? non puto, si sapiam.
Aut futue, aut pugnemus ait. quid si mihi vita
Charior est ipsa mentula ? Signa canant[f4].

a. « Quand l'éclat des armes s'élève jusqu'au ciel, et que tout à l'entour la terre réfléchit l'airain étincelant et résonne sous les pas puissants des guerriers, et que les montagnes frappées par la clameur en renvoient l'écho jusqu'aux astres de l'univers. » – *b.* « On raconte qu'à cause de l'amour de Pâris les Grecs et les Barbares se sont opposés dans un funeste affrontement » – *c.* détruisit – *d.* débauche – *e.* jamais – *f.* « Parce

(J'use en liberté de conscience de mon Latin avec le congé que vous m'en avez donné[1].) Or ce grand corps à tant de visages et de mouvements, qui semble menacer le ciel et la terre :

Quam multi Lybico volvuntur marmore fluctus
Sævus ubi Orion hybernis conditur undis
Vel cum sole novo densæ torrentur aristæ,
Aut Hermi campo aut Lyciæ flaventibus arvis,
Scruta sonant, pulsuque pedum tremit excita tellus[a2].

Ce furieux monstre à tant de bras et à tant de têtes[3], c'est toujours l'homme faible, calamiteux, et misérable. Ce n'est qu'une fourmilière émue et échauffée,

It nigrum campis agmen[b4].

Un souffle de vent contraire, le croassement d'un vol de corbeaux, le faux pas d'un cheval, le passage fortuit d'un aigle, un songe, une voix, un signe, une brouée matinière[c], suffisent à le renverser et porter par terre. Donnez-lui seulement d'un rayon de Soleil par le visage, le voilà fondu et évanoui : qu'on lui évente seulement un peu de poussière aux yeux, comme aux mouches à miel[d] de notre poète[5], voilà toutes nos enseignes, nos légions, et le grand Pompeius même à leur tête, rompu[e] et fracassé, car ce fut lui ce me semble[6], que Sertorius battit en Espagne atout[f] ces belles armes, qui ont aussi servi à d'autres,

---

qu'Antoine a baisé Glaphyre, Fulvie m'a assigné cette peine, de la baiser elle aussi. Moi, baiser Fulvie ? Et si Manius me supplie de le sodomiser, le ferai-je ? Ah çà non, je pense, si j'en sais. Ou tu baises, ou c'est la guerre, dit-elle. Et quoi, si mon membre même m'est plus précieux que la vie ? Que sonnent les trompettes. » – *a.* « Comme les flots innombrables roulent sur la mer de Libye lorsque l'impitoyable Orion se cache dans les ondes hivernales, ou comme au retour du soleil se dorent les épis serrés dans la plaine de l'Hermus ou dans les champs blonds de Lycie, les boucliers se mettent à résonner et la terre ébranlée par le choc des pas se met à trembler. » – *b.* « La noire colonne s'avance dans la plaine. » – *c.* brume matinale – *d.* abeilles – *e.* mis en déroute – *f.* avec

comme à Eumenes contre Antigonus[1], à Surena contre Crassus[2] :

Hi motus animorum, atque hæc certamina tanta
Pulveris exigui jactu compressa quiescent[a3].

Qu'on découple[b] même, de nos mouches après, elles auront et la force et le courage de le dissiper[c]. De fraîche mémoire[4], les Portugais pressants la ville de Tamly au territoire de Xiatime, les habitants d'icelle portèrent sur la muraille grande quantité de ruches, de quoi ils sont riches. Et à tout[d] du feu chassèrent les abeilles si vivement sur leurs ennemis qu'ils les mirent en route[e], ne pouvant soutenir leurs assauts et leurs pointures[f]. Ainsi demeura la victoire et liberté de leur ville à ce nouveau secours, avec telle fortune qu'au retour du combat, il ne s'en trouva une seule à dire[g]. Les âmes des Empereurs et des savetiers sont jetées à même moule. Considérant l'importance des actions des princes et leur poids, nous nous persuadons qu'elles soient produites, par quelques causes aussi pesantes et importantes : nous nous trompons : ils sont menés et ramenés en leurs mouvements, par les mêmes ressorts, que nous sommes aux nôtres. La même raison qui nous fait tancer[h] avec un voisin, dresse entre les Princes une guerre : la même raison, qui nous fait fouetter un laquais, tombant en un Roi, lui fait ruiner une province. Ils veulent aussi légèrement que nous, mais ils peuvent plus. Pareils appétits[i] agitent un ciron et un éléphant. Quant à la fidélité, il n'est animal au monde traître au prix de[j] l'homme : nos histoires racontent la vive poursuite que certains chiens ont fait[k] de la mort de leurs maîtres. Le roi Pyrrhus[5] ayant rencontré un chien qui gardait un homme

a. « Ces émotions et ces combats si disputés s'apaiseront, réprimés par le jet d'un peu de poussière. » – *b.* lâche – *c.* de mettre en déroute [ce furieux monstre] – *d.* avec – *e.* en déroute – *f.* piqûres – *g.* trouva pas une seule de manquante – *h.* nous disputer – *i.* désirs – *j.* comme peut l'être – *k.* faite

mort, et ayant entendu qu'il y avait trois jours qu'il faisait cet office, commanda qu'on enterrât ce corps, et mena ce chien quant et lui[a] : Un jour qu'il assistait aux montres[b] générales de son armée, ce chien apercevant les meurtriers de son maître, leur courut sus, avec grands abois[c] et âpreté de courroux, et par ce premier indice achemina la vengeance de ce meurtre, qui en fut faite bientôt après par la voie de la justice. Autant en fit le chien du sage Hesiode ayant convaincu les enfants de Ganistor Naupactien, du meurtre commis en la personne de son maître. Un autre chien étant à la garde d'un temple à Athenes, ayant aperçu un larron sacrilège qui emportait les plus beaux joyaux, se mit à aboyer contre lui tant qu'il put : mais les marguilliers[d] ne s'étant point éveillés pour cela, il se mit à le suivre, et le jour étant venu se tint un peu plus éloigné de lui, sans le perdre jamais de vue : s'il lui offrait à manger il n'en voulait pas, et aux autres passants qu'il rencontrait en son chemin, il leur faisait fête de la queue, et prenait de leurs mains ce qu'ils lui donnaient à manger : si son larron s'arrêtait pour dormir, il s'arrêtait quant et quant[e] au lieu même. La nouvelle de ce chien étant venue aux marguilliers de cette Église, ils se mirent à le suivre à la trace, s'enquérant des nouvelles du poil de ce chien, et enfin le rencontrèrent en la ville de Cromyon, et le larron aussi, qu'ils ramenèrent en la ville d'Athenes, où il fut puni. Et les juges en reconnaissance de ce bon office, ordonnèrent du public[f] certaine mesure de blé pour nourrir le chien, et aux prêtres d'en avoir soin. Plutarque témoigne cette histoire, comme chose très avérée et advenue en son

a. avec – *b.* revues – *c.* aboiements – *d.* fidèles chargés d'entretenir le temple – *e.* en même temps – *f.* du Trésor public

siècle. Quant à la gratitude (car il me semble que nous avons besoin de mettre ce mot en crédit) ce seul exemple y suffira, que Apion récite[a][1] comme en ayant été lui-même spectateur. Un jour, dit-il, qu'on donnait à Rome au peuple le plaisir du combat de plusieurs bêtes étranges, et principalement de Lions de grandeur inusitée, il y en avait un entre autres qui par son port furieux, par la force et grosseur de ses membres, et un rugissement hautain et épouvantable, attirait à soi la vue de toute l'assistance. Entre les autres esclaves, qui furent présentés au peuple en ce combat des bêtes, fut un Androdus de Dace[b], qui était à un Seigneur Romain, de qualité consulaire. Ce lion l'ayant aperçu de loin, s'arrêta premièrement tout court, comme étant entré en admiration, et puis s'approcha tout doucement d'une façon molle et paisible, comme pour entrer en reconnaissance avec lui. Cela fait et s'étant assuré de ce qu'il cherchait, il commença à battre de la queue à la mode des chiens qui flattent leur maître, et à baiser, et lécher les mains et les cuisses de ce pauvre misérable, tout transi d'effroi, et hors de soi. Androdus ayant repris ses esprits par la bénignité de ce lion, et rassuré sa vue pour le considérer et reconnaître : c'était un singulier plaisir de voir les caresses, et les fêtes qu'ils s'entrefaisaient l'un à l'autre. De quoi le peuple ayant élevé des cris de joie, l'Empereur fit appeler cet esclave, pour entendre de lui le moyen d'un si étrange événement : il lui récita une histoire nouvelle et admirable. Mon maître, dit-il, étant proconsul en Aphrique, je fus contraint par la cruauté et rigueur qu'il me tenait, me faisant journellement battre, me dérober de lui, et m'enfuir. Et pour me cacher sûrement d'un

a. raconte – *b.* Dacie, l'actuelle Roumanie

personnage ayant si grande autorité en la province, je trouvai mon plus court de[a] gagner les solitudes et les contrées sablonneuses et inhabitables de ce pays-là, résolu, si le moyen de me nourrir venait à me faillir, de trouver quelque façon de me tuer moi-même. Le soleil étant extrêmement âpre sur le midi, et les chaleurs insupportables, m'étant embattu sur[b] une caverne cachée et inaccessible je me jetai dedans. Bientôt après y survint ce lion, ayant une patte sanglante et blessée, tout plaintif et gémissant des douleurs qu'il y souffrait : à son arrivée j'eus beaucoup de frayeur, mais lui me voyant mussé[c] dans un coin de sa loge, s'approcha tout doucement de moi, me présentant sa patte offensée[d], et me la montrant comme pour demander secours : je lui ôtai lors un grand écot[e] qu'il y avait, et m'étant un peu apprivoisé à lui, pressant sa plaie en fis sortir l'ordure[f] qui s'y amassait, l'essuyai, et nettoyai le plus proprement que je pus : lui se sentant allégé de son mal, et soulagé de cette douleur, se prit à reposer, et à dormir, ayant toujours sa patte entre mes mains. De là en hors[g] lui et moi vécûmes ensemble en cette caverne trois ans entiers de mêmes viandes[h] : car des bêtes qu'il tuait à sa chasse, il m'en apportait les meilleurs endroits, que je faisais cuire au soleil à faute de feu, et m'en nourrissais. À la longue, m'étant ennuyé de cette vie brutale[i] et sauvage, ce Lion étant allé un jour à sa quête accoutumée, je partis de là, et à ma troisième journée fus surpris par les soldats, qui me menèrent d'Affrique en cette ville à mon maître, lequel soudain me condamna à mort, et à être abandonné aux bêtes.

a. je trouvai que le plus court moyen qui s'offrait à moi était de – *b*. retrouvé sur – *c*. blotti – *d*. blessée – *e*. écharde, éclat de bois – *f*. le pus – *g*. Depuis lors – *h*. aliments – *i*. bestiale

Or à ce que je vois ce Lion fut aussi pris bientôt après, qui m'a à cette heure voulu récompenser du bienfait et guérison qu'il avait reçus de moi. Voilà l'histoire qu'Androdus récita à l'Empereur, laquelle il fit aussi entendre de main à main au peuple. Par quoi à la requête de tous il fut mis en liberté, et absous de cette condamnation, et par ordonnance du peuple lui fut fait présent de ce Lion. Nous voyons depuis, dit Apion, Androdus conduisant ce Lion à tout[a] une petite laisse : se promenant par les tavernes à Rome, recevoir l'argent qu'on lui donnait : le Lion se laisser couvrir des fleurs qu'on lui jetait, et chacun dire en les rencontrant. Voilà le Lion hôte de l'homme, voilà l'homme médecin du Lion. Nous pleurons souvent la perte des bêtes que nous aimons, aussi font-elles la nôtre,

Post bellator equus positis insignibus Aethon
It lachrymans, guttisque humectat grandibus ora[b1].

Comme aucunes[c] de nos nations ont les femmes en commun, aucunes a chacun la sienne : cela ne se voit-il pas aussi entre les bêtes, et des mariages mieux gardés que les nôtres. Quant à la société et confédération qu'elles dressent entre elles pour se liguer ensemble, et s'entre-secourir, il se voit des bœufs, des pourceaux, et autres animaux, qu'au cri de celui que vous offensez[d], toute la troupe accourt à son aide, et se rallie pour sa défense. Le scare[2], quand il a avalé l'hameçon du pêcheur, ses compagnons s'assemblent en foule autour de lui, et rongent la ligne : et si d'aventure, il y en a un, qui ait donné[e] dedans la nasse, les autres lui baillent[f] la queue par-dehors, et

a. avec – *b.* « Ensuite s'avance en larmes Æthon, son cheval de combat, dépouillé de ses ornements, et il mouille sa face de grosses gouttes. » – *c.* certaines – *d.* attaquez – *e.* soit entré – *f.* saisissent

lui la serrent tant qu'il peut à belles dents, ils le tirent ainsi au dehors et l'entraînent. Les barbiers, quand l'un de leurs compagnons est engagé, mettent la ligne contre leur dos, dressant une épine qu'ils ont dentelée comme une scie, à tout[a] laquelle ils la scient et coupent. Quant aux particuliers offices[b] que nous tirons l'un de l'autre pour le service de la vie, il s'en voit plusieurs pareils exemples parmi elles. Ils tiennent, que la baleine ne marche jamais qu'elle n'ait au-devant d'elle un petit poisson semblable au gayon[c] de mer[1], qui s'appelle pour cela la guide : la baleine le suit, se laissant mener et tourner aussi facilement, que le timon fait retourner la navire : et en récompense aussi, au lieu que toute autre chose, soit bête ou vaisseau, qui entre dans l'horrible chaos de la bouche de ce monstre, est incontinent perdu et englouti, ce petit poisson s'y retire en toute sûreté, et y dort, et pendant son sommeil la baleine ne bouge : mais aussitôt qu'il sort, elle se met à le suivre sans cesse : et si de fortune[d] elle l'écarte, elle va errant çà et là, et souvent se froissant[e] contre les rochers, comme un vaisseau qui n'a point de gouvernail : ce que Plutarque témoigne avoir vu en l'île d'Anticyre. Il y a une pareille société entre le petit oiseau qu'on nomme le roitelet, et le crocodile[2] : le roitelet sert de sentinelle à ce grand animal : et si l'ichneaumon[f] son ennemi approche pour le combattre, ce petit oiseau, de peur qu'il ne le surprenne endormi, va de son chant et à coups de bec l'éveillant, et l'avertissant de son danger : il vit des demeurants[g] de ce monstre, qui le reçoit familièrement en sa bouche, et lui permet de becqueter dans ses mâchoires, et entre ses dents, et y

a. avec – *b.* bienfaits mutuels – *c.* goujon – *d.* par hasard – *e.* s'écrasant – *f.* sorte de mangouste – *g.* restes

recueillir les morceaux de chair qui y sont demeurés : et s'il veut fermer la bouche, il l'avertit premièrement d'en sortir en la serrant peu à peu sans l'étreindre et l'offenser[a]. Cette coquille qu'on nomme la nacre, vit aussi ainsi avec le pinnothère, qui est un petit animal de la sorte d'un cancre[b], lui servant d'huissier et de portier assis à l'ouverture de cette coquille, qu'il tient continuellement entrebâillée et ouverte, jusques à ce qu'il y voie entrer quelque petit poisson propre à leur prise : car lors il entre dans la nacre, et lui va pinçant la chair vive et la contraint de fermer sa coquille : lors eux deux ensemble mangent la proie enfermée dans leur fort. En la manière de vivre des thons on y remarque une singulière science de trois parties de la Mathématique[1]. Quant à l'Astrologie, ils l'enseignent à l'homme : car ils s'arrêtent au lieu où le solstice d'hiver les surprend, et n'en bougent jusques à l'équinoxe ensuivant : voilà pourquoi Aristote même leur concède volontiers cette science[2]. Quant à la Géométrie et Arithmétique, ils font toujours leur bande de figure cubique, carrée en tout sens, et en dressent un corps de bataillon, solide, clos, et environné tout à l'entour, à six faces toutes égales : puis nagent en cette ordonnance carrée, autant large derrière que devant, de façon que qui en voit et compte un rang, il peut aisément nombrer toute la troupe, d'autant que le nombre de la profondeur est égal à la largeur, et la largeur, à la longueur. Quant à la magnanimité, il est malaisé de lui donner un visage plus apparent, qu'en ce fait du grand chien, qui fut envoyé des Indes au Roi Alexandre[3] : on lui présenta premièrement un cerf pour le combattre, et puis un sanglier, et puis un ours, il n'en fit compte, et ne daigna se remuer de sa

a. le blesser – *b*. crabe

place : mais quand il vit un lion, il se dressa incontinent sur ses pieds, montrant manifestement qu'il déclarait celui-là seul digne d'entrer en combat avec lui. Touchant la repentance et reconnaissance des fautes, on récite[a] d'un éléphant, lequel ayant tué son gouverneur par impétuosité de colère, en prit un deuil si extrême, qu'il ne voulut onques puis[b] manger, et se laissa mourir[1]. Quant à la clémence, on récite d'un tigre, la plus inhumaine bête de toutes, que lui ayant été baillé[c] un chevreau, il souffrit[d] deux jours la faim avant que de le vouloir offenser[e], et le troisième il brisa la cage où il était enfermé, pour aller chercher autre pâture, ne se voulant prendre au chevreau, son familier et son hôte. Et quant aux droits de la familiarité et convenance, qui se dresse par la conversation[f], il nous advient ordinairement d'apprivoiser des chats, des chiens, et des lièvres ensemble : mais ce que l'expérience apprend à ceux, qui voyagent par mer, et notamment en la mer de Sicile, de la condition des alcyons[2], surpasse toute humaine cogitation[g]. De quelle espèce d'animaux a jamais nature tant honoré les couches[h], la naissance, et l'enfantement ? car les Poètes disent bien qu'une seule île de Delos, étant auparavant vaguante[i] fut affermie[j] pour le service de l'enfantement de Latone : mais Dieu a voulu que toute la mer fût arrêtée, affermie et aplanie sans vagues, sans vents et sans pluie, cependant que l'alcyon fait ses petits : qui est justement environ le[k] solstice, le plus court jour de l'an : et par son privilège nous avons sept jours et sept nuits, au fin[l] cœur de l'hiver, que nous pouvons naviguer sans

a. raconte – *b.* jamais plus – *c.* donné – *d.* supporta – *e.* attaquer – *f.* qui s'établissent par l'intimité – *g.* conception – *h.* les accouchements – *i.* errante – *j.* fixée – *k.* au moment du – *l.* en plein danger. Leurs femelles ne reconnaissent autre mâle que le leur propre : l'assistent toute leur vie sans jamais l'abandonner : s'il vient à être débile[a] et cassé, elles le chargent sur leurs épaules, le portent partout, et le servent jusques à la mort. Mais aucune suffisance[b] n'a encore pu atteindre à la connaissance de cette merveilleuse fabrique, de quoi l'alcyon compose[c] le nid pour ses petits, ni en deviner la matière. Plutarque, qui en a vu et manié plusieurs, pense que ce soit des arêtes de quelque poisson qu'elle conjoint et lie ensemble, les entrelaçant les unes de long, les autres de travers, et ajoutant des courbes et des arrondissements, tellement qu'enfin elle en forme un vaisseau rond prêt à voguer : puis quand elle a parachevé de le construire, elle le porte au battement du flot marin, là où la mer le battant tout doucement lui enseigne à radouber[d] ce qui n'est pas bien lié, et à mieux fortifier aux endroits où elle voit que sa structure se dément[e], et se lâche pour les coups de mer : et au contraire ce qui est bien joint, le battement de la mer le vous étreint et vous le serre de sorte, qu'il ne se peut ni rompre ni dissoudre, ou endommager à coups de pierre, ni de fer, si ce n'est à toute[f] peine. Et ce qui plus est à admirer, c'est la proportion et figure de la concavité du dedans : car elle est composée et proportionnée de manière, qu'elle ne peut recevoir ni admettre autre chose, que l'oiseau qui l'a bâtie : car à toute autre chose, elle est impénétrable, close, et fermée, tellement qu'il n'y peut rien entrer, non pas l'eau de la mer seulement. Voilà une description bien claire de ce bâtiment et empruntée de

a. faible – *b*. compétence – *c*. pu réussir à comprendre cette admirable construction mise en œuvre par l'alcyon pour assembler – *d*. réparer – *e*. se rompt – *f*. à grand-peine

bon lieu : toutefois il me semble qu'elle ne nous éclaircit pas encore suffisamment la difficulté de cette architecture. Or de quelle vanité nous peut-il partir de loger au-dessous de nous, et d'interpréter dédaigneusement, les effets, que nous ne pouvons imiter ni comprendre ? Pour suivre encore un peu plus loin cette équalité[a] et correspondance de nous aux bêtes, le privilège de quoi notre âme se glorifie, de ramener à sa condition, tout ce qu'elle conçoit[1], de dépouiller de qualités mortelles et corporelles, tout ce qui vient à elle, de ranger[b] les choses qu'elle estime dignes de son accointance[c], à dévêtir et dépouiller leurs conditions corruptibles, et leur faire laisser à part, comme vêtements superflus et vils, l'épaisseur, la longueur, la profondeur, le poids, la couleur, l'odeur, l'âpreté, la polissure, la dureté, la mollesse, et tous accidents sensibles, pour les accommoder à sa condition immortelle et spirituelle : de manière que Rome et Paris, que j'ai en l'âme, Paris que j'imagine, je l'imagine et le comprends, sans grandeur et sans lieu, sans pierre, sans plâtre, et sans bois : ce même privilège, dis-je, semble être bien évidemment aux bêtes : car un cheval accoutumé aux trompettes, aux arquebusades, et aux combats, que nous voyons trémousser et frémir en dormant, étendu sur sa litière, comme s'il était en la mêlée, il est certain qu'il conçoit en son âme un son de tambourin sans bruit, une armée sans armes et sans corps :

Quippe videbis equos fortes, cum membra jacebunt
In somnis, sudare tamen, spiraréque sæpe,
Et quasi de palma summas contendere vires[d2].

a. similitude – *b*. discriminer – *c*. fréquentation – *d*. « Tu verras bien sûr que de fiers chevaux, au moment où leurs membres sont relâchés dans le sommeil, transpirent pourtant, halètent fréquemment, et bandent toutes leurs forces comme s'il s'agissait de disputer la palme. »

Ce lièvre qu'un lévrier imagine en songe, après lequel nous le voyons haleter en dormant, allonger la queue, secouer les jarrets, et représenter parfaitement les mouvements de sa course : c'est un lièvre sans poil et sans os,

Venantúmque canes in molli sæpe quiete,
Iactant crura tamen subito, vocesque repente
Mittunt, et crebras reducunt naribus auras,
Ut vestigia si teneant inventa ferarum.
Experge factique, sequuntur inania sæpe
Cervorum simulachra, fugæ quasi dedita cernant :
Donec discussis redeant erroribus ad se[a][1].

Les chiens de garde, que nous voyons souvent gronder en songeant, et puis japper tout à fait et s'éveiller en sursaut, comme s'ils apercevaient quelque étranger arriver, cet étranger que leur âme voit, c'est un homme spirituel et imperceptible, sans dimension, sans couleur, et sans être :

consueta domi catulorum blanda propago
Degere, sæpe levem ex oculis volucremque soporem
Discutere, et corpus de terra corripere instant,
Proinde quasi ignotas facies atque ora tueantur[b][2].

Quant à la beauté du corps, avant de passer outre, il me faudrait savoir si nous sommes d'accord de sa description. Il est vraisemblable que nous ne savons guère, que[c] c'est beauté en nature et en général,

a. « Souvent les chiens de chasse au beau milieu d'un doux repos agitent subitement leurs pattes, donnent soudain de la voix, et reniflent fréquemment comme s'ils avaient trouvé des traces de gibier. Et même s'ils se réveillent, ils traquent fréquemment les vains fantômes de cerfs, comme s'ils les voyaient en train de s'enfuir : jusqu'à ce qu'une fois ces illusions dissipées ils reviennent à eux. » – *b.* « la race caressante des petits chiens domestiques secoue souvent avec insistance de ses yeux le léger sommeil ailé, contracte le corps en se relevant, comme si elle apercevait des silhouettes et des visages inconnus. » – *c.* ce que

puisque à l'humaine et nôtre beauté nous donnons tant de formes diverses, de laquelle s'il y avait quelque prescription naturelle, nous la reconnaîtrions [en] commun comme la chaleur du feu. Nous en fantasions[a] les formes à notre poste[b][1].

Turpis Romano Belgicus ore color[c][2].

Les Indes la peignent noire et basanée, aux lèvres grosses et enflées, au nez plat et large : et chargent de gros anneaux d'or le cartilage d'entre les naseaux, pour le faire pendre jusques à la bouche[3], comme aussi la balèvre[d], de gros cercles enrichis de pierreries, si qu'elle leur tombe sur le menton, et est leur grâce, de montrer leurs dents jusques au-dessous des racines. Au Peru les plus grandes oreilles sont les plus belles, et les étendent autant qu'ils peuvent par artifice[4] : et un homme d'aujourd'hui[5] dit avoir vu en une nation orientale ce soin de les agrandir en tel crédit et de les charger de pesants joyaux, qu'à tous coups il passait son bras vêtu, au travers d'un trou d'oreille. Il est ailleurs des nations, qui noircissent les dents avec grand soin, et ont à mépris de les voir blanches : ailleurs ils les teignent de couleur rouge[6]. Non seulement en Basque les femmes se trouvent plus belles la tête rase : mais assez ailleurs : et qui plus est en certaines contrées glaciales, comme dit Pline[7]. Les Mexicaines comptent entre les beautés la petitesse du front[8], et où elles se font le poil[e] par tout le reste du corps, elles le nourrissent au front, et peuplent par art : et ont en si grande recommandation la grandeur des tétins, qu'elles affectent de pouvoir donner la mamelle à leurs enfants par-dessus l'épaule : nous formerions ainsi la laideur. Les Italiens la façonnent grosse et massive : les Espagnols vidée et étrillée[f] : et entre nous, l'un la fait blanche, l'autre brune : l'un molle et délicate, l'autre forte et vigou-

a. imaginons – *b.* à notre gré – *c.* « Il serait laid qu'un visage romain ait le teint d'un Belge. » – *d.* lèvre inférieure – *e.* s'épilent – *f.* mince

reuse : qui y demande de la mignardise, et de la douceur, qui de la fierté et majesté. Tout ainsi que la préférence en beauté que Platon attribue à la figure sphérique, les Épicuriens la donnent à la pyramidale plutôt ou carrée, et ne peuvent avaler un dieu en forme de boule[1]. Mais quoi qu'il en soit, nature ne nous a non plus privilégiés en cela que au demeurant[a], sur ses lois communes. Et si nous nous jugeons bien, nous trouverons que s'il est quelques animaux moins favorisés en cela que nous, il y en a d'autres et en grand nombre, qui le sont plus. *A multis animalibus decore vincimur*[b][2] : voire des terrestres, nos compatriotes : car quant aux marins, laissant la figure[c] qui ne peut tomber en proportion, tant elle est autre : en couleur, netteté, polissure, disposition, nous leur cédons assez : et non moins, en toutes qualités, aux aérées[d]. Et cette prérogative que les Poètes font valoir de notre stature droite, regardant vers le ciel son origine,

Pronàque cum spectent animalia cætera terram,
Os homini sublime dedit, cælúmque videre
Iussit, et erectos ad sydera tollere vultus[e][3],

elle est vraiment poétique : car il y a plusieurs bestioles, qui ont la vue renversée tout à fait vers le ciel : et l'encolure des chameaux, et des autruches, je la trouve encore plus relevée et droite que la nôtre. Quels animaux n'ont la face au haut et ne l'ont devant, et ne regardent vis-à-vis comme nous : et ne découvrent en leur juste posture autant du ciel et de la terre que l'homme ? Et quelles qualités de notre corporelle constitution en Platon et en Cicero[4] ne peuvent servir à mille sortes de bêtes. Celles qui nous retirent[f] le plus, ce sont les plus laides, et les plus abjectes de toute la bande :

a. qu'au reste – *b*. « En beauté, bien des animaux nous surpassent » – *c*. forme – *d*. aériens, animaux de l'air – *e*. « Alors que tous les autres êtres vivants, penchés en avant, regardent la terre, [Dieu] a donné à l'homme un visage élevé, l'a engagé à contempler le ciel et à porter ses regards vers les étoiles » – *f*. ressemblent

car pour l'apparence extérieure et forme du visage, ce sont les magots[a] :

Simia quam similis turpissima bestia, nobis[b][1]:

pour le dedans et parties vitales, c'est le pourceau[2]. Certes quand j'imagine l'homme tout nu : oui[c] en ce sexe qui semble avoir plus de part à la beauté, ses tares, sa sujétion naturelle et ses imperfections, je trouve que nous avons eu plus de raison que nul autre animal, de nous couvrir. Nous avons été excusables d'emprunter ceux que nature avait favorisé en cela plus qu'à nous, pour nous parer de leur beauté : et nous cacher sous leur dépouille, laine, plume, poil, soie. Remarquons[3] au demeurant, que nous sommes le seul animal, duquel le défaut[d], offense nos propres compagnons, et seuls qui avons à nous dérober[e] en nos actions naturelles, de notre espèce. Vraiment c'est aussi un effet digne de considération, que les maîtres du métier ordonnent pour remède aux passions amoureuses, l'entière vue et libre du corps qu'on recherche : que pour refroidir l'amitié, il ne faille que voir librement ce qu'on aime,

Ille quod obscœnas in aperto corpore partes
Viderat, in cursu qui fuit, hæsit amor[f][4].

Et encore que cette recette puisse à l'aventure partir d'une humeur un peu délicate et refroidie, si est-ce un merveilleux[g] signe de notre défaillance, que l'usage et la connaissance nous dégoûte les uns des autres. Ce n'est pas tant pudeur, qu'art et prudence, qui rend nos dames si circonspectes, à nous refuser l'entrée de

a. macaques, singes – *b.* « Combien le singe, bête si laide, nous ressemble » – *c.* même – *d.* le manque de vêtement – *e.* cacher – *f.* « Celui-ci, qui avait vu les parties honteuses d'un corps découvert, son amour, en pleine action, est retombé. » – *g.* toujours est-il que c'est un considérable

leurs cabinets, avant qu'elles soient peintes et parées pour la montre[a] publique,

Nec veneres nostras hoc fallit, quo magis ipsæ
Omnia summopere hos vitæ post scenia celant
Quos retinere volunt adstrictóque esse in amore[b][1].

Là où[c] en plusieurs animaux il n'est rien d'eux que nous n'aimons, et qui ne plaise à nos sens : de façon que de leurs excréments mêmes et de leur décharge[d], nous tirons non seulement de la friandise au manger, mais nos plus riches ornements et parfums. Ce discours ne touche que notre commun ordre, et n'est pas si sacrilège d'y vouloir comprendre ces divines, supernaturelles et extraordinaires beautés, qu'on voit parfois reluire entre nous, comme des astres sous un voile corporel et terrestre. Au demeurant la part même que nous faisons aux animaux, des faveurs de nature, par notre confession[e], elle leur est bien avantageuse. Nous nous attribuons des biens imaginaires et fantastiques, des biens futurs et absents, desquels l'humaine capacité ne se peut d'elle-même répondre[f] : ou des biens que nous nous attribuons faussement, par la licence de notre opinion, comme la raison, la science et l'honneur : et à eux, nous laissons en partage des biens essentiels, maniables et palpables, la paix, le repos, la sécurité, l'innocence, et la santé : la santé, dis-je, le plus beau et le plus riche présent, que nature nous sache faire. De façon que la Philosophie[2], voire la Stoïque, ose bien dire que Heraclitus et Pherecides, s'ils eussent pu échanger leur sagesse, avec la santé, et se délivrer par ce marché, l'un de l'hydro-

a. l'apparition – *b*. « Et cela n'échappe pas à nos Vénus, qui mettent le plus grand soin à dérober les coulisses de leur vie à ceux qu'elles veulent retenir et enchaîner dans leur amour. » – *c*. Tandis que – *d*. sécrétion – *e*. par notre propre aveu – *f*. dont l'humaine capacité ne peut d'elle-même s'assurer la jouissance

pisie, l'autre de la maladie pédiculaire[a] qui le pressait, qu'ils eussent bien fait. Par où ils donnent encore plus grand prix à la sagesse, la comparant et contrepesant à[b] la santé, qu'ils ne font en cette autre proposition, qui est aussi les leurs. Ils disent que si Circé eût présenté à Ulysses deux breuvages, l'un pour faire devenir un homme de fol sage, l'autre de sage fol, qu'Ulysses eût dû plutôt accepter celui de la folie, que de consentir que Circé eût changé sa figure humaine en celle d'une bête : Et disent que la sagesse même eût parlé à lui en cette manière : quitte-moi, laisse-moi là, plutôt que de me loger sous la figure et corps d'un âne. Comment ? cette grande et divine sapience[c], les Philosophes la quittent donc, pour ce voile corporel et terrestre ? Ce n'est donc plus par la raison, par le discours[d], et par l'âme, que nous excellons sur les bêtes : c'est par notre beauté, notre beau teint, et notre belle disposition de membres, pour laquelle il nous faut mettre notre intelligence, notre prudence, et tout le reste à l'abandon. Or j'accepte cette naïve et franche confession : Certes ils ont connu[e] que ces parties[f]-là, de quoi nous faisons tant de fête, ce n'est que vaine fantaisie[g]. Quand les bêtes auraient donc toute la vertu, la science, la sagesse et suffisance[h] Stoïque, ce seraient toujours de[1] bêtes : ni ne seraient pourtant comparables à un homme misérable, méchant, et insensé. Enfin tout ce qui n'est pas comme nous sommes, n'est rien qui vaille. Et Dieu même pour se faire valoir, il faut qu'il y retire[i] : comme nous dirons tantôt[j]. Par où il appert[k] que ce n'est par vrai[2] discours[l], mais par une fierté folle et opiniâtreté, que nous nous préférons aux autres animaux, et nous

a. des poux – *b.* mettant en balance avec – *c.* sagesse – *d.* l'intellect – *e.* compris – *f.* qualités – *g.* chimère – *h.* compétence – *i.* ressemble – *j.* plus loin – *k.* Il semble par suite que – *l.* raisonnement exact

séquestrons[a] de leur condition et société. Mais pour revenir à mon propos, nous avons pour notre part, l'inconstance, l'irrésolution, l'incertitude, le deuil[b], la superstition, la sollicitude des choses à venir, voire après notre vie, l'ambition, l'avarice, la jalousie, l'envie, les appétits déréglés, forcenés et indomptables, la guerre, la mensonge, la déloyauté, la détraction[c], et la curiosité. Certes nous avons étrangement surpayé ce beau discours[d], de quoi nous nous glorifions, et cette capacité de juger et connaître, si nous l'avons achetée au prix, de ce nombre infini de passions, auxquelles nous sommes incessamment en prise. S'il ne nous plaît de faire encore valoir, comme fait bien Socrates[1], cette notable prérogative[2] sur les autres animaux, que où[e] nature leur a prescrit certaines saisons et limites à la volupté Vénérienne[f], elle nous en a lâché la bride à toutes heures et occasions. *Ut vinum œgrotis quia prodest raro, nocet sæpissime, melius est non adhibere omnino, quam spe dubiæ salutis in apertam perniciem incurrere: sic haud scio an melius fuerit humano generi motum istum celerem cogitationis, acumen, solertiam, quam rationem vocamus, quoniam pestifera sint multis, admodum paucis salutaria, non dari omnino quam tam munifice et tam large dari*[g][3]. De quel fruit[h] pouvons-nous estimer avoir été à Varro et Aristote, cette intelligence[i] de tant de choses ? Les a-elle exemptés des

a. nous nous écartons – *b*. la douleur – *c*. le dénigrement – *d*. cette belle raison – *e*. alors que – *f*. amoureuse – *g*. « De même qu'il vaut mieux que le malade ne fasse aucun usage du vin, en raison de sa rare utilité et de sa très fréquente nocivité, plutôt que courir dans l'espoir d'un incertain salut à un dommage manifeste, de même je ne sais s'il n'aurait pas été préférable que ne fussent pas donnés du tout au genre humain, plutôt qu'avec tant de générosité et de largesse, ce mouvement véloce de la réflexion, cette finesse, cette habileté que nous appelons raison, puisque ces facultés sont funestes pour le grand nombre et salutaires seulement à un tout petit nombre. » – *h*. profit – *i*. compréhension

incommodités humaines ? ont-ils été déchargés des accidents qui pressent un crocheteur[a] ? ont-ils tiré de la Logique quelque consolation à la goutte ? Pour avoir su comme cette humeur se loge aux jointures, l'en ont-ils moins sentie ? sont-ils entrés en composition de[b] la mort, pour savoir qu'aucunes[c] nations s'en réjouissent, et du cocuage pour savoir les femmes être communes en quelque région ? Au rebours, ayant tenu le premier rang en savoir, l'un entre les Romains, l'autre entre les Grecs, et en la saison où la science fleurissait le plus, nous n'avons pas pourtant appris qu'ils aient eu aucune particulière excellence en leur vie : voire le Grec a assez affaire à se décharger d'aucunes taches notables en la sienne[1]. A l'on trouvé que la volupté et la santé soient plus savoureuses à celui qui sait l'Astrologie, et la Grammaire,

Illiterati num minus nervi rigent[d2] ?

et la honte et pauvreté moins importunes ?

Scilicet et morbis et debilitate carebis,
Et luctum et curam effigies, et tempora vitæ
Longa tibi post hæc fato meliore dabuntur[e3].

J'ai vu en mon temps cent artisans, cent laboureurs, plus sages et plus heureux que des recteurs de l'université, et lesquels[f] j'aimerais mieux ressembler. La doctrine[g], ce m'est avis, tient rang entre les choses nécessaires à la vie, comme la gloire[4], la noblesse, la dignité ou pour le plus comme la beauté, la richesse, et telles autres qualités qui y servent voirement[h], mais de loin, et un peu plus par fantaisie que par nature. Il ne nous faut guère non plus

a. portefaix – *b*. ont-ils composé avec la mort – *c*. certaines – *d*. « Les illettrés raidissent-ils moins du membre ? » – *e*. « Sans doute tu éviteras les maladies et l'infirmité, tu échapperas au chagrin et au souci, et une longue existence te sera échue par un destin plus propice. » – *f*. auxquels – *g*. le savoir – *h*. vraiment

d'offices[a], de règles et de lois [de] vivre en notre communauté, qu'il en faut aux grues et aux fourmis en la leur. Et ce néanmoins nous voyons qu'elles s'y conduisent très ordonnément[b] sans érudition[c]. Si l'homme était sage, il prendrait le vrai prix de chaque chose selon qu'elle serait la plus utile et propre à sa vie. Qui nous comptera par nos actions et déportements[d], il s'en trouvera plus grand nombre d'excellents entre les ignorants, qu'entre les savants : je dis en toute sorte de vertu. La vieille Rome me semble en avoir bien porté de plus grande valeur, et pour la paix, et pour la guerre, que cette Rome savante, qui se ruina soi-même. Quand le demeurant[e] serait tout pareil, au moins la prud'homie[f] et l'innocence demeureraient du côté de l'ancienne, car elle loge singulièrement bien avec la simplicité. Mais je laisse ce discours, qui me tirerait plus loin, que je ne voudrais suivre. J'en dirai seulement encore cela, que c'est la seule humilité et soumission, qui peut[g] effectuer[h] un homme de bien. Il ne faut pas laisser au jugement de chacun la connaissance de son devoir, il le lui faut prescrire, non pas le laisser choisir à son discours[i] : autrement selon l'imbécillité[j] et variété infinie de nos raisons et opinions, nous nous forgerions enfin des devoirs, qui nous mettraient à nous manger les uns les autres, comme dit Epicurus[1]. La première loi, que Dieu donna jamais à l'homme, ce fut une loi de pure obéissance[2], ce fut un commandement nu et simple, où l'homme n'eût rien à connaître et à causer[k], d'autant que l'obéir est le principal office d'une âme raisonnable, reconnaissant un céleste supérieur et bienfaiteur. De l'obéir et céder naît toute autre vertu, comme du cuider[l] tout péché. Et au rebours, la première tentation

a. de devoirs – *b.* avec grand ordre – *c.* instruction – *d.* conduites – *e.* reste – *f.* la probité – *g.* peuvent – *h.* parachever – *i.* selon son jugement – *j.* la faiblesse – *k.* expliquer – *l.* de la présomptueuse pensée

qui vint à l'humaine nature de la part du diable, sa première[a] poison, s'insinua en nous par les promesses qu'il nous fit de science et de connaissance, *eritis sicut dii scientes bonum et malum*[b][1]. Et les Sirènes pour piper[c] Ulysse en Homere et l'attirer [en] leurs dangereux et ruineux lacs[d], lui offrent en don la science[2]. La peste de l'homme c'est l'opinion de savoir. Voilà pourquoi l'ignorance nous est tant recommandée par notre religion, comme pièce propre à la créance[e] et l'obéissance. *Cavete ne quis vos decipiat per philosophiam [et] inanes seductiones secundum elementa mundi*[f][3]. En ceci y a-il une générale convenance entre tous les philosophes de toutes sectes, que le souverain bien consiste en la tranquillité de l'âme et du corps. Mais où la trouvons-nous ?

Ad summum sapiens uno minor est Jove, dives,
Liber, honoratus, pulcher, rex denique regum :
Præcipue sanus, nisi cum pituita molesta est[g][4].

Il semble à la vérité, que nature, pour la consolation de notre état misérable et chétif, ne nous ait donné en partage que la présomption. C'est ce que dit Epictete[5], que l'homme n'a rien proprement sien, que l'usage de ses opinions. Nous n'avons que du vent et de la fumée en partage. Les dieux ont la santé en essence dit la philosophie[6], et la maladie en intelligence : l'homme au rebours, possède ses biens par fantaisie[h], les maux en essence. Nous avons eu raison de faire valoir les forces de notre imagination : car tous nos biens ne sont qu'en songe. Oyez braver[i] ce pauvre et

a. son premier – *b*. « vous serez comme des dieux, connaissant le bien et le mal » – *c*. tromper – *d*. pièges – *e*. croyance – *f*. « Prenez garde qu'on ne vous abuse par la philosophie et par de vaines séductions, accordées aux principes du monde. » – *g*. « En somme, le sage n'est inférieur qu'au seul Jupiter, riche, libre, honoré, beau, en dernière instance roi des rois : et surtout en bonne santé, sauf quand la pituite le tourmente. » – *h*. par effet de l'imagination – *i*. fanfaronner

calamiteux animal : il n'est rien, dit Cicero[1], si doux que l'occupation des lettres : de ces lettres, dis-je, par le moyen desquelles l'infinité des choses, l'immense grandeur de nature, les cieux en ce monde même, et les terres, et les mers nous sont découvertes : ce sont elles qui nous ont appris la religion, la modération, la grandeur de courage : et qui ont arraché notre âme des ténèbres, pour lui faire voir toutes choses hautes, basses, premières, dernières, et moyennes : ce sont elles qui nous fournissent de quoi bien et heureusement vivre, et nous guident à passer notre âge sans déplaisir et sans offense. Cettui-ci ne semble-il pas parler de la condition de Dieu tout-vivant et tout-puissant[2] ? Et quant à l'effet[a], mille femmelettes ont vécu au village une vie plus équable[b], plus douce, et plus constante, que ne fut la sienne.

Deus ille fuit Deus, inclute Memmi,
Qui princeps vitæ rationem invenit eam, quæ
Nunc appellatur sapientia, quique per artem
Fluctibus è tantis vitam tantisque tenebris,
In tam tranquillo et tam clara luce locavit[c][3].

Voilà des paroles très magnifiques et belles : mais un bien léger accident mit l'entendement de cettui-ci[4] en pire état, que celui du moindre berger, nonobstant ce Dieu précepteur et cette divine sapience. De même impudence est cette promesse du livre de Democritus. Je m'en vais parler de toutes choses[5]. Et ce sot titre qu'Aristote nous prête : de Dieux mortels[6]. Et ce jugement de Chrisippus, que Dion était aussi vertueux que Dieu[7]. Et mon Seneca, reconnaît, dit-il, que Dieu lui a donné le

a. l'expérience réelle – *b*. égale – *c*. « Celui-ci fut un dieu, un dieu oui, illustre Memmius, qui fut le premier à trouver cette règle de vie que l'on appelle maintenant sagesse, et qui a mis son art à tirer notre existence d'une si forte tempête et de si noires ténèbres pour la placer dans un si grand calme et une si claire lumière. »

vivre : mais qu'il a de soi le bien vivre[1] : conformément à cet autre[2]. *In virtute vere gloriamur, quod non contingeret si id donum a deo non a nobis haberemus*[a]. Ceci est aussi de Seneque[3], que le sage a la fortitude[b] pareille à dieu : mais en l'humaine faiblesse, par où il le surmonte. Il n'est rien si ordinaire que de rencontrer des traits de pareille témérité : Il n'y a aucun de nous qui s'offense tant de se voir apparier à Dieu, comme il fait de se voir déprimer[c] au rang des autres animaux : tant nous sommes plus jaloux de notre intérêt, que de celui de notre créateur. Mais il faut mettre[d] aux pieds cette sotte vanité, et secouer vivement et hardiment les fondements ridicules, sur quoi ces fausses opinions se bâtissent. Tant qu'il pensera avoir quelque moyen et quelque force de soi, jamais l'homme ne reconnaîtra ce qu'il doit à son maître : il fera toujours de ses œufs poules, comme on dit, il le faut mettre en chemise[e]. Voyons quelque notable exemple de l'effet de sa philosophie : Possidonius[4] étant pressé d'une si douloureuse maladie, qu'elle lui faisait tordre les bras et grincer les dents, pensait bien faire la figue à[f] la douleur pour s'écrier contre elle : tu as beau faire, si[g] ne dirai-je pas que tu sois mal. Il sent les mêmes passions que mon laquais, mais il se brave[h] sur ce qu'il contient au moins sa langue sous les lois de sa secte. *Re succumbere non oportebat verbis gloriantem*[i][5]. Archesilas était malade de la goutte[6]. Carneades, l'étant venu visiter et s'en retournant tout fâché, il le rappela et lui montrant [ses] pieds et sa poitrine : il n'est rien venu de là ici, lui dit-il. Cetui-ci a un peu meilleure grâce. Car il sent avoir du mal et voudrait en être dépêtré. Mais de [ce] mal pourtant son cœur

a. « Nous avons raison de nous glorifier de notre vertu ; ce qui n'arriverait pas si nous tenions ce présent non de Dieu, mais de nous-mêmes. » – *b*. le courage – *c*. rabaisser – *d*. fouler – *e*. dépouiller – *f*. se moquer de – *g*. pourtant – *h*. s'enorgueillit – *i*. « Il ne fallait pas succomber dans les faits alors qu'on se vantait en paroles. »

n'en [est] pas abattu et affaibli. L'autre se tient en sa roideur plus, ce crains-je, verbale qu'essentielle. Et Dionisius Heracleotes, affligé d'une cuisson[a] véhémente des yeux, fut rangé à[b] quitter ces résolutions Stoïques. Mais[1] quand la science ferait par effet[c] ce qu'ils disent, d'émousser et rabattre l'aigreur des infortunes qui nous suivent[d], que fait-elle, que ce que fait beaucoup plus purement l'ignorance et plus évidemment ? Le philosophe Pyrrho courant en mer le hasard d'une grande tourmente, ne présentait à ceux qui étaient avec lui à imiter que la sécurité d'un pourceau, qui voyageait avec eux, regardant cette tempête sans effroi[2]. La philosophie au bout de ses préceptes nous renvoie aux exemples d'un athlète et d'un muletier, auxquels on voit ordinairement beaucoup moins de ressentiment[e] de mort, de douleur et d'autres inconvénients, et plus de fermeté, que la science n'en fournit onques à aucun qui n'y fût né et préparé de soi-même par habitude naturelle. Qui[3] fait qu'on incise et taille les tendres membres d'un enfant plus aisément que les nôtres, si ce n'est l'ignorance ? Et ceux d'un cheval ? Combien en a rendu de malades la seule force de l'imagination[4] ? Nous en voyons ordinairement se faire saigner, purger, et médiciner, pour guérir des maux qu'ils ne sentent qu'en leurs discours. Lorsque les vrais maux nous faillent[f], la science nous prête les siens : Cette couleur et ce teint vous présagent quelque défluxion catarrheuse[g] : cette saison chaude vous menace d'une émotion fiévreuse : cette coupure de la ligne vitale de votre main gauche vous avertit de quelque notable et voisine indisposition : Et enfin elle s'en adresse tout détroussément[h] à la santé

a. irritation – *b*. obligé de – *c*. concrètement – *d*. poursuivent – *e*. dont on voit ordinairement qu'ils ressentent beaucoup moins – *f*. manquent – *g*. rhume – *h*. ouvertement

même : Cette allégresse et vigueur de jeunesse, ne peut arrêter en une assiette[a], il lui faut dérober du sang et de la force, de peur qu'elle ne se tourne contre vous-même. Comparez la vie d'un homme asservi à telles imaginations, à celle d'un laboureur, se laissant aller après son appétit naturel, mesurant les choses au seul sentiment présent, sans science et sans pronostic, qui n'a du mal que lorsqu'il l'a[1] : où l'autre a souvent la pierre[b] en l'âme avant qu'il l'ait aux reins : comme s'il n'était point assez à temps pour souffrir le mal lorsqu'il y sera, il l'anticipe par fantaisie[c], et lui court au devant. Ce que je dis de la médecine, se peut tirer par exemple généralement à toute science : De là est venue cette ancienne opinion des philosophes[2], qui logeaient le souverain bien à la reconnaissance de la faiblesse de notre jugement. Mon ignorance me prête autant d'occasion d'espérance que de crainte, et n'ayant autre règle de ma santé, que celle des exemples d'autrui, et des événements que je vois ailleurs en pareille occasion, j'en trouve de toutes sortes, et m'arrête aux comparaisons, qui me sont plus favorables. Je reçois la santé les bras ouverts, libre, pleine, et entière : et aiguise mon appétit à la jouir, d'autant plus, qu'elle m'est à présent moins ordinaire et plus rare : tant s'en faut que je trouble son repos et sa douceur, par l'amertume d'une nouvelle et contrainte forme de vivre. Les bêtes nous montrent assez combien l'agitation de notre esprit nous apporte de maladies. Ce qu'on nous dit de ceux du Brésil[3], qu'ils ne mouraient que de vieillesse, et qu'on attribue à la sérénité et tranquillité [de] leur air, je l'attribue plutôt à la tranquillité et sérénité de leur âme, déchargée de toute passion et pensée et occupation tendue ou déplaisante,

a. ne peut demeurer stable – *b.* le calcul [gravelle] – *c.* en imagination

comme gens qui passaient leur vie en une admirable simplicité et ignorance, sans lettres, sans loi, sans Roi, sans religion quelconque. Et d'où vient[1] ce qu'on voit par expérience, que les plus grossiers et plus lourds, sont plus fermes et plus désirables aux exécutions amoureuses, et que l'amour d'un muletier se rend souvent plus acceptable, que celle d'un galant homme : sinon que en cetui-ci l'agitation de l'âme trouble sa force corporelle, la rompt, et lasse : Comme elle lasse aussi et trouble ordinairement soi-même. Qui la dément[a], qui la jette plus coutumièrement à la manie[b] que sa promptitude, sa pointe, son agilité, et enfin sa force propre ? De quoi se fait la plus subtile folie que de la plus subtile sagesse. Comme des grandes amitiés naissent des grandes inimitiés, des santés vigoureuses les mortelles maladies : ainsi des rares et vives agitations de nos âmes, les plus excellentes manies, et plus détraquées : il n'y a qu'un demi-tour de cheville[c] à passer de l'un à l'autre. Aux actions des hommes insensés, nous voyons combien proprement s'advient[d] la folie, avec les plus vigoureuses opérations de notre âme. Qui ne sait combien est imperceptible le voisinage d'entre la folie avec les gaillardes élévations d'un esprit libre, et les effets d'une vertu suprême et extraordinaire ? Platon dit les mélancoliques plus disciplinables et excellents[2] : aussi n'en est-il point qui aient tant de propension à la folie. Infinis esprits[e] se trouvent ruinés par leur propre force et souplesse. Quel saut vient de prendre de sa propre agitation et allégresse l'un des plus judicieux, ingénieux et plus formés à l'air de cette antique, et pure poésie, qu'autre poète Italien ait de longtemps été[3] ? N'a-il pas de

a. la ruine – *b.* folie – *c.* cheville d'un instrument à cordes – *d.* s'adjoint de manière appropriée – *e.* Des esprits sans nombre

quoi savoir gré à cette sienne vivacité meurtrière ? à cette clarté qui l'a aveuglé ? à cette exacte, et tendue appréhension de la raison, qui l'a mis sans raison ? à la curieuse[a] et laborieuse quête des sciences, qui l'a conduit à la bêtise[b] ? à cette rare aptitude aux exercices de l'âme, qui l'a rendu sans exercice et sans âme ? J'eus plus de dépit encore que de compassion, de le voir à Ferrare[1] en si piteux état, survivant à soi-même, méconnaissant et soi et ses ouvrages, lesquels sans son su, et toutefois à sa vue on a mis en lumière incorrigés et informes[c2]. Voulez-vous un homme sain, le voulez-vous réglé et en ferme et sûre posture, affublez-le de ténèbres, d'oisiveté et de pesanteur. Il nous faut abêtir pour nous assagir : et nous éblouir pour nous guider. Et si on me dit que la commodité d'avoir le goût froid et mousse[d] aux douleurs et aux maux, tire après soi cette incommodité, de nous rendre aussi par conséquent moins aigus et friands, à la jouissance des biens, et des plaisirs, cela est vrai : mais la misère de notre condition porte, que nous n'avons pas tant à jouir qu'à fuir, et que l'extrême volupté ne nous touche pas comme une légère douleur : *Segnius homines bona quam mala sentiunt*[e3] : nous ne sentons point l'entière santé, comme la moindre des maladies,

pungit
In cute vix summa violatum plagula corpus,
Quando valere nihil quemquam movet. Hoc juvat unum,
Quod me non torquet latus aut pes : cætera quisquam
Vix queat aut sanum sese, aut sentire valentem[f4].

a. méticuleuse, demandant mille efforts – *b*. embrasser l'état des bêtes – *c*. on a publiés sans correction ni composition – *d*. émoussée – *e*. « Les hommes sont moins prompts à ressentir les biens que les maux » – *f*. « le corps nous lance s'il subit à peine une petite éraflure à fleur de peau, tandis que la santé ne nous provoque aucune émotion particu-

Notre bien-être, ce n'est que la privation d'être mal. Voilà pourquoi la secte de philosophie, qui a le plus fait valoir la volupté, encore l'a-elle rangée à la seule indolence[a][1]. Le n'avoir point de mal, c'est le plus avoir de bien, que l'homme puisse espérer, comme disait Ennius.

Nimium boni est, cui nihil est mali[b][2].

Car ce même chatouillement et aiguisement, qui se rencontre en certains plaisirs, et semble nous enlever au-dessus de la santé simple, et de l'indolence, cette volupté active, mouvante, et je ne sais comment cuisante et mordante, celle-là même, ne vise qu'à l'indolence, comme à son but. L'appétit qui nous ravit à l'accointance[c] des femmes, il ne cherche qu'à chasser la peine que nous apporte le désir ardent et furieux, et ne demande qu'à l'assouvir et se loger en repos, et en l'exemption de cette fièvre. Ainsi des autres. Je dis donc, que si la simplesse[d] nous achemine à point n'avoir de mal, elle nous achemine à un très heureux état selon notre condition. Si[e] ne la faut-il point imaginer si plombée qu'elle soit du tout[f] sans goût. Car Crantor avait bien raison de combattre l'indolence[g] d'Epicurus[3], si on [la] bâtissait si profonde que l'abord même et la naissance des maux en fut à dire[h]. Je ne loue point cette indolence qui n'est ni possible ni désirable. Je suis content de n'être pas malade, mais si je le suis, je veux savoir que je le suis, et si on me cautérise ou incise, je le veux sentir. De vrai, qui déracinerait la connaissance du mal, il extirperait quant et quant[i] la connaissance [de la] volupté, et enfin anéantirait l'homme. *Istud nihil dolere non sine magna mercede contingit immanitatis in animo,*

---

lière. Tel est mon seul sujet de plaisir, de ne pas être tourmenté au flanc et au pied : pour le reste c'est à peine si l'on peut sentir que l'on est ou sain ou en bonne santé. » – *a*. absence de douleur – *b*. « Le comble du bien, c'est de ne subir aucun mal. » – *c*. L'envie qui se saisit de nous à l'approche – *d*. simplicité – *e*. Pourtant – *f*. imaginer la simplicité si lourde qu'elle soit absolument – *g*. insensibilité – *h*. en fussent absents – *i*. en même temps *stuporis in corpore*[a][1]. Le mal est à l'homme bien à son tour. Ni la douleur ne lui est toujours [à] fuir, ni la volupté toujours à suivre. C'est un très grand avantage pour l'honneur de l'ignorance, que la science même nous rejette entre ses bras, quand elle se trouve empêchée à nous roidir contre la pesanteur des maux : elle est contrainte de venir à cette composition[b], de nous lâcher la bride et donner congé de nous sauver en son giron, et nous mettre sous sa faveur à l'abri des corps et injures de la fortune. Car que veut-elle dire autre chose, quand elle nous prêche de retirer notre pensée des maux qui nous tiennent, et l'entretenir des voluptés perdues, et de nous servir pour consolation des maux présents, de la souvenance des biens passés, et d'appeler à notre secours un contentement évanoui, pour l'opposer à ce qui nous presse[2] ? *Levationes œgritudinum in avocatione a cogitanda molestia et revocatione ad contemplandas voluptates ponit*[c][3]. Si ce n'est que où la[d] force lui manque, elle veut user de ruse, et donner un tour de souplesse et de jambe, où la vigueur du corps et des bras vient à lui faillir. Car non seulement à un philosophe, mais simplement à un homme rassis[e], quand il sent par effet l'altération cuisante d'une fièvre chaude, quelle monnaie est-ce, de le payer de la souvenance[f] de la douceur du vin Grec ? Ce serait plutôt lui empirer son marché,

Che ricordar si il ben doppia la noia[g][4].

De même condition est cet autre conseil[5], que la philosophie donne, de maintenir en la mémoire seulement le bonheur passé, et d'en effacer les déplaisirs

a. « Cette insensibilité ne se produit sans payer le prix fort de la monstruosité pour l'âme, et de la pétrification pour le corps. » – *b.* ce compromis – *c.* « Les soulagements des troubles, il les place dans le fait d'éloigner sa pensée de toute idée fâcheuse, et de convoquer à nouveau les plaisirs pour les contempler. » – *d.* alors que – *e.* posé – *f.* la réminiscence – *g.* « Car se souvenir du bien redouble la peine. »

que nous avons soufferts, comme si nous avions en notre pouvoir la science de l'oubli. Et conseil duquel[a] nous valons moins encore un coup.

Suavis est laborum præteritorum memoria[b 1].

Comment, la philosophie qui me doit mettre les armes à la main, pour combattre la fortune, qui me doit roidir le courage pour fouler aux pieds toutes les adversités humaines, vient-elle à cette mollesse de me faire conniller[c] par ces détours couards et ridicules ? Car la mémoire nous représente, non pas ce que nous choisissons, mais ce qui lui plaît, Voire il n'est rien qui imprime si vivement quelque chose en notre souvenance, que le désir de l'oublier : C'est une bonne manière de donner en garde, et d'empreindre en notre âme quelque chose, que de la solliciter de la perdre. Et cela est faux. *Est situm in nobis ut et adversa quasi perpetua oblivione obruamus, et secunda jucunde et suaviter meminerimus*[d 2]. Et ceci est vrai. *Memini etiam quæ nolo : oblivisci non possum quæ volo*[e 3]. Et de qui est ce conseil ? de celui, *qui se unus sapientem profiteri sit ausus*[f 4].

Qui genus humanum ingenio superavit, et omnes
Præstrinxit stellas, exortus uti ætherius sol[g 5].

De vider et démunir la mémoire, est-ce pas le vrai et propre chemin à l'ignorance ? *Iners malorum remedium ignorantia est*[h 6]. Nous voyons plusieurs pareils préceptes, par lesquels on nous permet d'emprunter du vulgaire des apparences frivoles, où la raison vive et forte ne peut assez : pourvu qu'elles nous servent

a. par lequel – *b.* « Doux est le souvenir des épreuves passées. » – *c.* détaler comme un lapin [conil] – *d.* « Il dépend de nous d'ensevelir les malheurs comme sous l'effet d'un perpétuel oubli et de nous rappeler les bonheurs dans ce qu'ils ont d'agréable et de doux. » – *e.* « Je me souviens encore des choses dont je ne veux pas me souvenir, et ne peux oublier celles que je veux oublier. » – *f.* « qui a eu l'audace de se proclamer le seul sage » – *g.* « Qui par son génie a surpassé le genre humain et a éclipsé tous les astres, comme le soleil à son lever s'élève vers l'éther. » – *h.* « C'est un remède inefficace à nos maux que l'ignorance. »

de contentement et de consolation. Où ils[a] ne peuvent guérir la plaie, ils sont contents de l'endormir et pallier. Je crois qu'ils ne me nieront pas ceci, que s'ils pouvaient ajouter de l'ordre, et de la constance en un état de vie, qui se maintînt en plaisir et en tranquillité par quelque faiblesse et maladie de jugement, qu'ils ne l'acceptassent :

potare, et spargere flores
Incipiam, patiárque vel inconsultus haberi[b][1].

Il se trouverait plusieurs philosophes de l'avis de Lycas[2] : cettui-ci ayant au demeurant ses mœurs bien réglées, vivant doucement et paisiblement en sa famille, ne manquant à nul office de son devoir envers les siens et étrangers, se conservant[c] très bien des choses nuisibles, s'était par quelque altération de sens imprimé en la fantaisie[d] une rêverie : c'est qu'il pensait être perpétuellement aux théâtres à y voir des passe-temps, des spectacles, et des plus belles comédies du monde. Guéri qu'il fût par les médecins, de cette humeur peccante, à peine qu'il[e] ne les mît en procès pour le rétablir en la douceur de ces imaginations,

pol me occidistis amici,
Non servastis ait, cui sic extorta voluptas,
Et demptus per vim mentis gratissimus error[f][3].

D'une pareille rêverie à celle de Thrasilaus, fils de Pythodorus, qui se faisait à croire que tous les navires qui relâchaient du port de Pyrée et y abordaient, ne travaillaient que pour son service : se réjouissant de la bonne fortune de leur navigation, les recueillant[g]

a. Où les philosophes – *b*. « je commencerai par boire et par répandre des fleurs, et je souffrirai même d'être tenu pour quelqu'un d'inconsidéré. » – *c*. préservant – *d*. en l'imagination – *e*. c'est tout juste s'il – *f*. « ah ! vous m'avez tué, mes amis, au lieu de me sauver, dit-il, en m'arrachant ainsi mon plaisir, et en me privant de force d'une si délicieuse illusion. » – *g*. accueillant avec joie. Son frère Crito l'ayant fait remettre en son meilleur sens, il regrettait cette sorte de condition, en laquelle il avait vécu plein de liesse, et déchargé de tout déplaisir[1]. C'est ce que dit ce vers ancien Grec, qu'il y a beaucoup de commodité à n'être pas si avisé,

'Εν τῷ φρονεῖν γὰρ μηδὲν ἥδιστος βίος[a][2].

Et l'Ecclésiaste : en beaucoup de sagesse beaucoup de déplaisir : et qui acquiert science s'acquiert du travail et tourment[3]. Cela même, à quoi en général la philosophie[4] consent, cette dernière recette[b] qu'elle ordonne à toute sorte de nécessités, qui est de mettre fin à la vie, que nous ne pouvons supporter, *Placet ? pare : Non placet ? quacumque vis exi*[c][5]. *Pungit dolor, vel fodiat sane : si nudus es, da jugulum : sin tectus armis Vulcaniis, id est fortitudine, resiste*[d][6]. Et [ce] mot des Grecs convives qu'ils y appliquent : *Aut bibat, aut abeat*[e][7]. Qui sonne plus sortablement[f] en [la] langue d'un Gascon qui change volontiers en -v- le -b-, qu'en celle de Cicero.

Vivere si rectè nescis, decede peritis.
Lusisti satis, edisti satis, atque bibisti :
Tempus abire tibi est, ne potum largius æquo
Rideat, et pulset lasciva decentius ætas[g][8],

qu'est-ce autre chose qu'une confession de son impuissance, et un renvoi non seulement à l'ignorance, pour y être à couvert, mais à la stupidité même, au non-sentir et au non-être ?

a. « Car une totale inconscience est la clé de la douceur de vivre. » – *b.* ce dernier procédé – *c.* « Te plaît-elle ? garde-la. Ne te plaît-elle pas ? par où tu veux, sors-en. » – *d.* « La douleur te lance, ou même elle va jusqu'à te transpercer : si tu es désarmé, tends la gorge : si tu es au contraire muni des armes de Vulcain, c'est-à-dire de courage, résiste. » – *e.* « Qu'il boive, ou qu'il parte. » – *f.* convenablement – *g.* « Si tu ne sais vivre correctement, cède la place à ceux qui le savent. Tu as suffisamment joué, et suffisamment mangé et bu : il est temps pour toi de partir de peur qu'en buvant plus que de raison tu ne sois raillé et malmené par une génération à laquelle la folâtrerie convient mieux. »

Democritum postquam matura vetustas
Admonuit memorem, motus languescere mentis :
Sponte sua leto caput obvius obtulit ipse[a][1].

C'est ce que disait Antisthenes, qu'il fallait faire provision ou de sens[b] pour entendre, ou de licol pour se pendre : et ce que Chrysippus alléguait sur ce propos du poète Tyrtæus,

De la vertu, ou de mort approcher[2].

Et Cratès disait que l'Amour se guérissait par la faim, sinon par le temps, et à qui ces deux moyens ne plairaient, par la hart[c][3]. Celui Sextius duquel Senecque et Plutarque parlent avec si grande recommandation[4], s'étant jeté toutes choses laissées, à l'étude de la philosophie, délibéra de se précipiter en la mer, voyant le progrès de ses études trop tardif et trop long. Il courait à la mort, au défaut de la science. Voici les mots de la loi sur ce sujet. Si d'aventure il survient quelque grand inconvénient qui ne se puisse remédier, le port est prochain : et se peut-on sauver à nage, hors du corps, comme hors d'un esquif qui fait eau : car c'est la crainte de mourir, non pas le désir de vivre, qui tient le fol attaché au corps[5]. Comme la vie se rend par la simplicité, plus plaisante, elle s'en rend aussi plus innocente et meilleure, comme je commençais tantôt à dire. Les simples, dit S. Paul[6], et les ignorants s'élèvent et saisissent du ciel, et nous, à tout[d] notre savoir, nous plongeons aux abîmes infernaux. Je ne m'arrête ni à Valentian[7], ennemi déclaré de la science et des lettres, ni à Licinius, tous deux Empereurs Romains, qui les nommaient le venin et la peste de tout état politique, ni à Mahumet, qui, comme j'ai entendu, interdit la science à

a. « Démocrite, une fois averti par l'accomplissement de sa vieillesse, de ce que sa mémoire et l'agilité de son esprit déclinaient, offrit spontanément sa tête à la mort. » – *b*. d'intelligence – *c*. pendaison – *d*. avec

ses hommes : mais l'exemple de ce grand Lycurgus et son autorité doit certes avoir grand poids[1], et la révérence[a] de cette divine police[b] Lacédémonienne, si grande, si admirable, et si longtemps fleurissante en vertu et en bonheur, sans aucune institution[c] ni exercice de lettres. Ceux qui reviennent de ce monde nouveau qui a été découvert du temps de nos pères par les Espagnols, nous peuvent témoigner combien ces nations, sans magistrat, et sans loi, vivent plus légitimement et plus réglément que les nôtres, où il y a plus d'officiers et de lois, qu'il n'y a d'autres hommes, et qu'il n'y a d'actions,

Di cittatorie piene e di libelli,
D'esamine e di carte, di procure
Hanno le máni e il seno, e gran fastelli
Di chiose, di consigli e di letture,
Per cui le faculta de poverelli
Non sono mai ne le citta sicure,
Hanno dietro e dinanzi e d'ambi ilati
Notai procuratori e advocati[d][2].

C'était ce que disait un sénateur Romain des derniers siècles[3], que leurs prédécesseurs avaient l'haleine puante à l'ail, et l'estomac musqué de bonne conscience : et qu'au rebours, ceux de son temps ne sentaient au dehors que le parfum, puant au dedans toute sorte de vices : c'est-à-dire, comme je pense, qu'ils avaient beaucoup de savoir et de suffisance, et grande faute de prud'homie[e]. L'incivilité, l'ignorance, la simplesse, la rudesse s'accompagnent volontiers

a. le respect – *b.* organisation politique – *c.* éducation – *d.* « Ils ont les mains et la poche remplies de citations à comparaître et de requêtes, d'informations et de papiers, de procurations, ainsi que de liasses de gloses, de consultations et de procédures, pièces qui font que les biens des pauvres ne sont jamais en sécurité dans les villes ; par devant, par derrière et de chaque côté, notaires, procureurs et avocats. » – *e.* probité

de l'innocence: la curiosité, la subtilité, le savoir, traînent la malice à leur suite: l'humilité, la crainte, l'obéissance, la débonnaireté (qui sont les pièces principales pour la conservation de la société humaine) demandent une âme vide, docile et présumant peu de soi[1]. Les Chrétiens ont une particulière connaissance, combien la curiosité est un mal naturel et originel en l'homme[2]. Le soin de s'augmenter en sagesse et en science, ce fut la première ruine du genre humain, c'est la voie, par où il s'est précipité à la damnation éternelle. L'orgueil est sa perte et sa corruption: c'est l'orgueil qui jette l'homme à quartier[a] des voies communes, qui lui fait embrasser les nouvelletés, et aimer mieux être chef d'une troupe errante, et dévoyée au sentier de perdition, aimer mieux être régent et précepteur d'erreur et de mensonge, que d'être disciple en l'école de vérité, se laissant mener et conduire par la main d'autrui, à la voie battue et droiturière[b]. C'est à l'aventure[c] ce que dit ce mot Grec ancien, que la superstition suit l'orgueil, et lui obéit comme à son père: ἡ δεισιδαιμονία κατάπερ πατρὶ τῷ τυφῷ πείθεται[d3]. Ô cuider[e], combien tu nous empêches[f]. Après que Socrates fut averti que le Dieu de sagesse lui avait attribué le surnom de sage, il en fut étonné[4]: et se recherchant et secouant partout, n'y trouvait aucun fondement à cette divine sentence. Il en savait de justes, tempérants, vaillants, savants comme lui, et plus éloquents, et plus beaux, et plus utiles au pays. Enfin il se résolut qu'il n'était distingué des autres et n'était sage que parce qu'il ne s'en tenait pas[g]. Et que son Dieu estimait bêtise singulière à l'homme l'opinion de science et de sagesse. Et que sa meilleure doctrine était la doctrine de l'ignorance, et sa meilleure sagesse la simplicité. La sainte

a. à l'écart – *b.* dans le bon et droit chemin – *c.* peut-être – *d.* « la superstition se fie à l'orgueil comme à un père. » – *e.* pensée présomptueuse – *f.* embarrasses – *g.* qu'il ne se tenait pas pour sage

parole déclare misérables ceux d'entre nous, qui s'estiment : Bourbe et cendre, leur dit-elle, qu'as-tu à te glorifier[1] ? et ailleurs, Dieu a fait l'homme semblable à l'ombre, de laquelle qui jugera, quand par l'éloignement de la lumière elle sera évanouie[2] ? Ce n'est rien à la vérité que de nous. Il s'en faut tant que nos forces conçoivent la hauteur divine, que des ouvrages de notre créateur ceux-là portent mieux sa marque, et sont mieux siens, que nous entendons le moins : C'est aux Chrétiens une occasion de croire, que de rencontrer une chose incroyable : Elle est d'autant plus selon raison, qu'elle est contre l'humaine raison. Si elle était selon raison, ce ne serait plus miracle : et si elle était selon quelque exemple, ce ne serait plus chose singulière. *Melius scitur deus nesciendo*[a] : dit S. Augustin[3]. Et Tacitus, *Sanctius est ac reverentius de actis deorum credere quam scire*[b][4]. Et Platon estime qu'il y ait quelque vice d'impiété à trop curieusement s'enquérir et de Dieu : et du monde : et des causes premières des choses[5]. *Atque illum quidem parentem huius universitatis invenire difficile : et quum iam inveneris indicare in vulgus, nefas*[c], dit Cicero[6]. Nous disons bien puissance, vérité, justice : ce sont paroles qui signifient quelque chose de grand : mais cette chose-là nous ne la voyons aucunement, ni ne la concevons. Nous disons que Dieu craint, que Dieu se courrouce, que Dieu aime,

Immortalia mortali sermone notantes[d][7] :

ce sont toutes agitations et émotions, qui ne peuvent loger en Dieu selon notre forme : ni nous, l'imaginer selon la sienne : C'est à Dieu seul de se connaître et d'in-

a. « On connaît mieux Dieu en ne le connaissant pas. » – *b*. « Il est plus saint et plus respectueux, au chapitre des actions des dieux, de croire que de connaître. » – *c*. « Et il est assurément difficile de découvrir le père d'un tel univers : et quand on y parviendrait, il serait sacrilège de le révéler au commun des mortels » – *d*. « Signifiant des réalités immortelles par un discours de mortel »

terpréter ses ouvrages. Et le fait en notre langue improprement pour s'avaller[a] et descendre à nous, qui sommes à terre, couchés. La prudence[1], comment lui peut-elle convenir, qui est l'élite[b] entre le bien et le mal, vu que nul mal ne le touche. Quoi[c] la raison et l'intelligence desquelles nous nous servons pour, par les choses obscures, arriver aux apparentes[2], vu qu'il n'y a rien d'obscur à dieu. La justice, qui distribue à chacun ce qui lui appartient, engendrée pour la société et communauté des hommes, comment est-elle en dieu. La tempérance, comment? qui est la modération des voluptés corporelles, qui n'ont nulle place en la divinité. La fortitude à porter la douleur, le labeur, les dangers, lui appartiennent aussi peu, ces trois choses n'ayant nul accès près de lui: Par quoi Aristote le tient également exempt de vertu et de vice[3]. *Neque gratia neque ira teneri potest, quod quæ talia essent, imbecilla essent omnia*[d4]. La participation que nous avons à la connaissance de la vérité, quelle qu'elle soit, ce n'est pas par nos propres forces que nous l'avons acquise. Dieu nous a assez appris cela, par les témoins qu'il a choisi du vulgaire, simples et ignorants, pour nous instruire de ses admirables secrets[5]: notre foi ce n'est pas notre acquêt[e], c'est un pur présent de la libéralité d'autrui. Ce n'est pas par discours[f] ou par notre entendement que nous avons reçu notre religion, c'est par autorité et par commandement étranger. La faiblesse de notre jugement nous y aide plus que la force, et notre aveuglement plus que notre clairvoyance. C'est par l'entremise de notre ignorance plus que de notre science, que nous sommes savants de ce divin savoir. Ce n'est pas merveille, si nos moyens naturels et terrestres ne peuvent concevoir cette connaissance supernaturelle et céleste:

a. se rabaisser – *b*. la faculté de choisir – *c*. Que dire de – *d*. « Il ne peut être habité ni par l'affection ni par la colère, parce que toutes les passions de ce genre seraient des faiblesses. » – *e*. acquisition – *f*. raison

apportons-y seulement du nôtre, l'obéissance et la sujétion : car, comme il est écrit[1], Je détruirai la sapience des sages, et abattrai la prudence des prudents. Où est le sage ? où est l'écrivain ? où est le disputateur[a] de ce siècle ? Dieu n'a-il pas abêti la sapience[b] de ce monde ? Car puisque le monde n'a point connu Dieu par sapience, il lui a plu par la vanité de la prédication sauver les croyants. Si[c] me faut-il voir enfin, s'il est en la puissance de l'homme de trouver ce qu'il cherche : et si cette quête, qu'il y a employé[d] depuis tant de siècles, l'a enrichi de quelque nouvelle force et de quelque vérité solide. Je crois qu'il me confessera, s'il parle en conscience, que tout l'acquêt qu'il a retiré d'une si longue poursuite, c'est d'avoir appris à reconnaître sa faiblesse. L'ignorance qui était naturellement en nous, nous l'avons par longue étude confirmée et avérée. Il est advenu aux gens véritablement savants, ce qui advient aux épis de blé[2] : ils vont s'élevant et se haussant la tête droite et fière tant qu'ils sont vides, mais quand ils sont pleins et grossis de grain en leur maturité, ils commencent à s'humilier et à baisser les cornes. Pareillement les hommes ayant tout essayé et tout sondé, n'ayant trouvé en cet amas de science et provision de tant de choses diverses, rien de massif et ferme, et rien que vanité, ils ont renoncé à leur présomption, et reconnu leur condition naturelle. C'est ce que Velleius reproche à Cotta et à Cicero, qu'ils ont appris de Philo n'avoir rien appris[3]. Pherecydes l'un des sept sages, écrivant à Thales comme il expirait[4]. J'ai, dit-il, ordonné aux miens, après qu'ils m'auront enterré, de t'apporter mes écrits : s'ils contentent et toi et les autres sages, publie-les : sinon supprime-les. Ils ne

a. le raisonneur, l'inquisiteur (celui qui examine rationnellement point par point) – *b.* sagesse – *c.* Pourtant – *d.* employée

contiennent nulle certitude qui me satisfasse à moi-même. Aussi ne fais-je pas profession de savoir la vérité et d'y atteindre. J'ouvre les choses plus que je ne les découvre. Le plus sage homme qui fut onques[a] quand[1] on lui demanda ce qu'il savait, répondit, qu'il savait cela, qu'il ne savait rien[2]. Il vérifiait ce qu'on dit, que la plus grande part de ce que nous savons, est la moindre de celles que nous ignorons : c'est-à-dire, que ce même que nous pensons savoir, c'est une pièce, et bien petite, de notre ignorance. Nous savons les choses en songe dit Platon[3], et les ignorons en vérité. *Omnes pene veteres nihil cognosci, nihil percipi, nihil sciri posse dixerunt, angustos sensus, imbecillos animos brevia curricula vitæ*[b][4]. Cicero même, qui devait au savoir tout son vaillant[c], Valerius dit, que sur sa vieillesse il commença à désestimer les lettres[5]. Et pendant qu'il les traitait, c'était sans obligation d'aucun parti[d], suivant ce qui lui semblait probable[6] tantôt en l'une secte, tantôt en l'autre[7] : se tenant toujours sous la dubitation[e] de l'Académie[8]. *Dicendum est, sed ita ut nihil affirmem, quæram omnia, dubitans plerumque et mihi diffidens*[f][9]. J'aurais trop beau jeu, si je voulais considérer l'homme en sa commune façon et en gros : et le pourrais faire pourtant par sa règle propre, qui juge la vérité non par le poids des voix, mais par le nombre. Laissons là le peuple,

Qui vigilans stertit,
Mortua cui vita est, prope jam vivo atque videnti[g][10],

qui ne se sent point, qui ne se juge point, qui laisse la

a. jamais – *b.* « Presque tous les Anciens ont dit qu'on ne pouvait rien connaître, rien comprendre, rien savoir, que nos sens étaient limités, notre esprit faible et le cours de l'existence bref. » – *c.* toute sa valeur – *d.* sans être lié au moindre parti – *e.* le doute – *f.* « S'il faut que je parle, c'est de manière à ne rien affirmer et à s'interroger à tout propos, doutant le plus souvent et me défiant de moi-même. » – *g.* « Qui ronfle tout éveillé, et dont la vie n'est pas loin d'être un trépas, même s'il vit et voit »

plupart de ses facultés naturelles oisives. Je veux prendre l'homme en sa plus haute assiette[a]. Considérons-le en ce petit nombre d'hommes excellents et triés, qui ayant été doués d'une belle et particulière force naturelle, l'ont encore roidie et aiguisée par soin, par étude et par art, et l'ont montée au plus haut point de sagesse, où elle puisse atteindre. Ils ont manié leur âme à tout sens, et à tout biais, l'ont appuyée et étançonnée[b] de tout le secours étranger qui lui a été propre, et enrichie et ornée de tout ce qu'ils ont pu emprunter pour sa commodité, du dedans et dehors du monde : c'est en eux que loge la hauteur extrême de l'humaine nature. Ils ont réglé le monde de polices[c] et de lois : ils l'ont instruit par arts et sciences : et instruit encore par l'exemple de leurs mœurs admirables. Je ne mettrai en compte que ces gens-là, leur témoignage, et leur expérience. Voyons jusques où ils sont allés, et à quoi ils se sont tenus. Les maladies et les défauts que nous trouverons en ce collège-là, le monde les pourra hardiment bien avouer pour siens. Quiconque[1] cherche quelque chose, il en vient à ce point, ou qu'il dit, qu'il l'a trouvée, ou qu'elle ne se peut trouver, ou qu'il en est encore en quête. Toute la philosophie est départie[d] en ces trois genres. Son dessein est de chercher la vérité, la science, et la certitude. Les Péripatéticiens, Épicuriens, Stoïciens, et autres ont pensé avoir trouvée. Ceux-ci ont établi les sciences que nous avons, et les ont traitées, comme notices[e] certaines. Clitomachus, Carneades, et les Académiciens ont désespéré de leur quête, et jugé, que la vérité ne se pouvait concevoir par nos moyens. La fin de ceux-ci, c'est la faiblesse

a. en sa position la plus éminente – *b*. étayée – *c*. constitutions - *d*. répartie – *e*. connaissances

et humaine ignorance: Ce parti a eu la plus grande suite, et les sectateurs, les plus nobles. Pyrrho et autres Sceptiques ou Épéchistes[a], desquels les dogmes plusieurs anciens[1] ont tenu tirés[b] de Homere, des sept sages, d'Archilochus, d'Euripides, et y attachent Zeno, Democritus, Xenophanes, disent, qu'ils sont encore en cherche de la vérité: Ceux-ci jugent que ceux qui pensent l'avoir trouvée, se trompent infiniment: et qu'il y a encore de la vanité trop hardie en ce second degré, qui assure que les forces humaines ne sont pas capables d'y atteindre. Car cela, d'établir la mesure de notre puissance, de connaître et juger la difficulté des choses, c'est une grande et extrême science, de laquelle ils doutent que l'homme soit capable.

Nil sciri quisquis putat, id quoque nescit,
An sciri possit, quo se nil scire fatetur[c2].

L'ignorance qui se sait, qui se juge et qui se condamne, ce n'est pas une entière ignorance: pour l'être, il faut qu'elle s'ignore soi-même[3]. De façon que la profession des Pyrrhoniens est de branler[d], douter, et enquérir, ne s'assurer de rien, de rien ne se répondre[e]. Des trois actions de l'âme, l'imaginative, l'appétitive, et la consentante, ils en reçoivent les deux premières: la dernière ils la soutiennent[f] et la maintiennent ambiguë, sans inclination, ni approbation d'une part ou d'autre, tant soit-elle légère. Zenon peignait de geste[g] son imagination[4] sur cette partition des facultés de l'âme. La main épandue[h] et ouverte, c'était apparence. La main à demi serrée et les doigts un peu croches, consentement. Le poing fermé: compré-

a. Éphectiques [ceux qui suspendent le jugement] – *b.* dont les dogmes ont été tenus par plusieurs Anciens tirés – *c.* « Quiconque pense que l'on ne peut rien savoir ne sait pas non plus s'il peut savoir la raison pour laquelle il fait profession de ne rien savoir. » – *d.* balancer, osciller – *e.* de ne rien garantir – *f.* suspendent – *g.* représentait gestuellement – *h.* déployée

hension. Quand de la main gauche il venait encore à clore ce poing plus étroit : science[1]. Or cette assiette de leur jugement, droite, et inflexible, recevant tous objets sans application et consentement[a], les achemine à leur Ataraxie, qui est une condition de vie paisible, rassise, exempte des agitations que nous recevons par l'impression de l'opinion, et science que nous pensons avoir des choses[2]. D'où naissent la crainte, l'avarice, l'envie, les désirs immodérés, l'ambition, l'orgueil, la superstition, l'amour de nouvelleté, la rébellion, la désobéissance, l'opiniâtreté, et la plupart des maux corporels. Voire ils s'exemptent par là de la jalousie de leur discipline[b]. Car ils débattent d'une bien molle[3] façon : Ils ne craignent point la revanche à leur dispute[c]. Quand ils disent que le pesant va contrebas[d], ils seraient bien marris qu'on les en crût, et cherchent qu'on les contredie, pour engendrer la dubitation et surséance[e] de jugement, qui est leur fin[4]. Ils ne mettent en avant leurs propositions, que pour combattre celles qu'ils pensent, que nous ayons en notre créance[f]. Si vous tenez la leur, ils prendront aussi volontiers la contraire à soutenir : tout leur est un : ils n'y ont aucun choix. Si vous établissez que la neige soit noire, ils argumentent au rebours, qu'elle est blanche[5]. Si vous dites qu'elle n'est ni l'un, ni l'autre, c'est à eux à maintenir qu'elle est tous les deux. Si par certain[g] jugement vous tenez que vous n'en savez rien, ils vous maintiendront que vous le savez. Oui[h], et si par un axiome affirmatif vous assurez que vous en doutez, ils vous iront débattant que vous n'en doutez pas : ou que vous ne pouvez juger et

a. sans s'y appliquer et y prêter l'assentiment – *b*. de tout sectarisme – *c*. le contre-examen – *d*. que le poids entraîne vers le bas – *e*. suspension – *f*. opinion – *g*. par jugement assuré – *h*. Même

établir que vous en doutez. Et par cette extrémité de doute, qui se secoue soi-même, ils se séparent et se divisent de plusieurs opinions, de celles mêmes, qui ont maintenu en plusieurs façons, le doute et l'ignorance[1] : Pourquoi ne leur sera-il permis, disent-ils, comme il est entre les dogmatistes, à l'un dire vert à l'autre jaune, à eux aussi de douter : est-il chose qu'on vous puisse proposer pour l'avouer[a] ou refuser, laquelle il ne soit pas loisible de considérer comme ambiguë ? Et où[b] les autres sont portés, ou par la coutume de leur pays, ou par l'institution des parents, ou par rencontre, comme par une tempête, sans jugement et sans choix, voire le plus souvent avant l'âge de discrétion[c], à telle ou telle opinion, à la secte ou Stoïque ou Épicurienne, à laquelle ils se trouvent hypothéqués, asservis et collés, comme à une prise qu'ils ne peuvent démordre : *ad quamcumque disciplinam velut tempestate delati, ad eam tanquam ad saxum adhærescunt*[d2]. Pourquoi à ceux-ci ne sera-il pareillement concédé de maintenir leur liberté, et considérer les choses sans obligation et servitude ? *Hoc liberiores et solutiores quod integra illis est judicandi potestas*[e3]. N'est-ce pas quelque avantage de se trouver désengagé de la nécessité qui bride les autres ? Vaut-il pas mieux demeurer en suspens, que de s'infrasquer[f] en tant d'erreurs que l'humaine fantaisie[g] a produites[4] ? Vaut-il pas mieux suspendre sa persuasion, que de se mêler à ces divisions séditieuses et querelleuses ? Qu'irai-je choisir ? Ce qu'il vous plaira, pourvu que vous choisissiez. Voilà une sotte réponse. À laquelle pourtant il semble que tout le dogmatisme arrive. Par qui il ne nous est pas permis d'ignorer ce que nous ignorons. Prenez le plus fameux parti,

a. l'admettre – *b.* alors que – *c.* discernement – *d.* « ils s'accrochent à n'importe quelle doctrine comme à un rocher sur lequel la tempête les aurait fait échouer » – *e.* « D'autant plus libres et indépendants que leur faculté de juger est entière. » – *f.* s'empêtrer – *g.* imagination

il ne sera jamais si sûr, qu'il ne vous faille pour le défendre, attaquer et combattre cent et cent contraires partis. Vaut-il pas mieux se tenir hors de cette mêlée ? Il vous est permis d'épouser comme votre honneur et votre vie, la créance[a] d'Aristote sur l'Éternité de l'âme, et dédire et démentir Platon là-dessus, et à eux il sera interdit d'en douter ? S'il est loisible à Panætius[1] de soutenir[b] son jugement autour des haruspices, songes, oracles, vaticinations, desquelles choses les Stoïciens ne doutent aucunement, pourquoi un sage n'osera-il en toutes choses ce que cetui-ci ose en celles qu'il a apprises de ses maîtres, établies du commun consentement de l'école de laquelle il est sectateur et professeur. Si c'est un enfant qui juge, il ne sait que c'est : si c'est un savant il est préoccupé[c]. Ils se sont réservés[d] un merveilleux avantage au combat, s'étant déchargés du soin de se couvrir. Il ne leur importe qu'on les frappe, pourvu qu'ils frappent, et font leurs besognes de tout : S'ils vainquent, votre proposition cloche, si vous, la leur : S'ils faillent, ils vérifient l'ignorance, si vous faillez, vous la vérifiez : S'ils prouvent que rien ne se sache, il[e] va bien, s'ils ne le savent pas prouver, il est bon de même. *Ut quum in eadem re paria contrariis in partibus momenta inveniuntur, facilius ab utraque parte assertio sustineatur*[f][2]. Et font état de trouver bien plus facilement pourquoi une chose soit fausse que non pas qu'elle soit vraie, et ce qui n'est pas que ce qui est, et ce qu'ils ne croient pas que ce qu'ils croient. Leurs façons de parler sont[3], je n'établis rien : il n'est non plus ainsi qu'ainsi, ou que ni l'un ni l'autre : je ne le comprends point : les apparences sont égales partout : la loi de parler, et pour et contre, est

a. croyance – *b*. suspendre – *c*. soumis à des préjugés – *d*. réservé – *e*. cela – *f*. « Si bien que, lorsqu'on trouve sur un même sujet des raisons équipollentes et pour et contre, on peut plus facilement suspendre des deux côtés toute assertion. »

pareille. Rien ne semble vrai qui ne puisse sembler faux. Leur mot sacramentel, c'est ἐπέχω, c'est-à-dire je soutiens[a], je ne bouge. Voilà leurs refrains, et autres de pareille substance. Leur effet, c'est une pure, entière, et très parfaite surséance et suspension de jugement. Ils se servent de leur raison pour enquérir et pour débattre : mais non pas pour arrêter et choisir. Quiconque imaginera une perpétuelle confession[b] d'ignorance, un jugement sans pente, et sans inclination, à quelque occasion que ce puisse être, il conçoit le Pyrrhonisme. J'exprime cette fantaisie[c] autant que je puis, parce que plusieurs la trouvent difficile à concevoir, et les auteurs mêmes, la représentent un peu obscurément et diversement[1]. Quant aux actions de la vie, ils sont en cela de la commune façon. Ils se prêtent et accommodent aux inclinations naturelles, à l'impulsion et contrainte des passions, aux constitutions des lois et des coutumes, et à la tradition des arts[2]. *Non enim nos Deus ista scire sed tantummodo uti voluit*[d][3]. Ils laissent guider à ces choses-là, leurs actions communes, sans aucune opination[e] ou jugement. Qui fait que je ne puis pas bien assortir à ce discours[f], ce qu'on dit de Pyrrho. Ils le peignent[4] stupide et immobile, prenant un train de vie farouche et inassociable, attendant le heurt des charrettes, se présentant aux précipices, refusant de s'accommoder aux lois[5]. Cela est enchérir sur sa discipline. Il n'a pas voulu se faire pierre ou souche : il a voulu se faire homme vivant, discourant, et raisonnant, jouissant de tous plaisirs et commodités naturelles, embesognant et se servant de toutes ses

a. suspends [mon jugement] – *b.* un perpétuel aveu – *c.* représentation, conception – *d.* « En effet Dieu n'a pas voulu que nous comprenions le monde, mais seulement que nous en ayons l'usage. » – *e.* opinion – *f.* raisonnement

pièces corporelles et spirituelles en règle et droiture. Les privilèges fantastiques[a], imaginaires, et faux, que l'homme s'est usurpé, de régenter, d'ordonner, d'établir la vérité, il les a de bonne foi renoncés et quittés. Si[b] n'est-il point de secte qui ne soit contrainte de permettre à son sage de suivre assez de choses non comprises, ni perçues, ni consenties, s'il veut vivre[1]. Et quand il monte en mer il suit ce dessein, ignorant s'il lui sera utile : et se plie à ce que le vaisseau est bon, le pilote expérimenté, la saison commode, circonstances probables seulement. Après lesquelles il est tenu d'aller, et se laisser remuer aux apparences pourvu qu'elles n'aient point d'expresse contrariété. Il a un corps, il a une âme, les sens le poussent, l'esprit l'agite. Encore qu'il ne trouve point en soi cette propre et singulière marque de juger et qu'il s'aperçoive qu'il ne doit engager son consentement, attendu qu'il peut être quelque faux pareil à ce vrai, il ne laisse[c] de conduire [les] offices de sa vie pleinement et commodément. Combien y a-il d'arts[2] qui font profession de consister en la conjecture plus qu'en la science : qui ne décident pas du vrai [et] du faux et suivent seulement ce qui semble. Il y a, disent-ils, et vrai et faux, et a en nous de quoi le chercher mais non pas de quoi l'arrêter à la touche[d]. Nous en valons bien mieux de nous laisser manier sans inquisition à[e] l'ordre du monde. Une âme garantie de préjugé a un merveilleux avancement vers la tranquillité. Gens qui jugent et contrerôlent[f] leurs juges ne s'y soumettent jamais dûment. Combien et aux lois de la religion et aux lois politiques se trouvent plus dociles et aisés à mener les esprits simples et incurieux, que ces esprits surveillants et pédagogues des causes divines et humaines. Il n'est rien en l'humaine invention, où il y ait tant de vérisimilitude[g] et d'utilité. Cette-ci[3] présente l'homme nu et vide, reconnaissant sa faiblesse naturelle, propre à recevoir d'en haut quelque force étrangère, dégarni

a. formés par la fantaisie [l'imagination] – *b.* Pourtant – *c.* manque – *d.* de quoi le fixer comme à la pierre de touche – *e.* se poser de question par – *f.* vérifient – *g.* vraisemblance

d'humaine science, et d'autant plus apte à loger en soi la divine[1]: anéantissant son jugement, pour faire plus de place à la foi : ni mécréant ni établissant aucun dogme contre les observances communes : humble, obéissant, disciplinable, studieux : ennemi juré d'hérésie, et s'exemptant par conséquent des vaines et irréligieuses opinions introduites par les fausses sectes. C'est une carte blanche préparée à prendre du doigt de Dieu telles formes qu'il lui plaira y graver. Plus nous nous renvoyons et commettons à Dieu, et renonçons à nous, mieux nous en valons. Accepte, dit l'Ecclésiaste[2], en bonne part les choses au visage et au goût, qu'elles se présentent à toi, du jour à la journée : le demeurant est hors de ta connaissance. *Dominus novit cogitationes hominum quoniam vanæ sunt*[a][3]. Voilà comment des trois générales sectes de Philosophie, les deux font expresse profession de dubitation et d'ignorance : et en celle des dogmatistes, qui est troisième, il est aisé à découvrir que la plupart n'ont pris le visage de l'assurance que pour avoir meilleure mine. Ils n'ont pas tant pensé nous établir quelque certitude, que nous montrer jusques où ils étaient allés en cette chasse de la vérité : *quam docti fingunt magis quam norunt*[b][4]. Timæus[5] ayant [à] instruire Socrates de ce qu'il sait des dieux, du monde [et] des hommes, propose d'en parler comme un homme à un homme, et qu'il suffit si ses raisons sont probables comme les raisons d'un autre, car les exactes raisons n'être en sa main ni en mortelle main. [Ce] que l'un de ses sectateurs a ainsi imité : *Ut potero explicabo : nec tamen ut Pythius Apollo certa ut sint et fixa quæ dixero, sed ut homunculus probabilia conjectura sequens*[c][6]. [Et]

a. « Le Seigneur connaît les pensées des hommes, et sait qu'elles sont vaines. » – *b*. « que les savants imaginent plus qu'ils ne la connaissent. » – *c*. « Je m'expliquerai autant que possible : non pas toutefois comme le ferait Apollon Pythien, par des paroles sûres et déterminées, mais comme un homme faible, recherchant le probable par conjectures. »

cela sur le discours du mépris de la mort : discours naturel et populaire. Ailleurs il l'a traduit sur le propos même de Platon. *Si forte de deorum natura ortuque mundi disserentes minus id quod habemus animo consequimur, haud erit mirum. Æquum est enim meminisse et me [qui] disseram hominem esse et [vos] qui judicetis, ut si probabilia dicentur nihil ultra requiratis*[a][1]. Aristote nous entasse ordinairement un grand nombre d'autres opinions, et d'autres créances[b], pour y comparer la sienne, et nous faire voir de combien il est allé plus outre[c], et combien il a approché de plus près la vérisimilitude[d] : car la vérité ne se juge point par autorité et témoignage d'autrui. Et pourtant[e] évita religieusement Epicurus d'en alléguer en ses écrits. Cettui-là[f] est le prince des dogmatistes, et si[g] nous apprenons de lui, que le beaucoup savoir apporte l'occasion de plus douter. On le voit à escient se couvrir[2] souvent d'obscurité si épaisse et inextricable, qu'on n'y peut rien choisir de son avis. C'est par effet[h] un Pyrrhonisme sous une forme résolutive[i][3]. Oyez la protestation de Cicero qui nous explique la fantaisie d'autrui par la sienne. *Qui requirunt quid de quaque re ipsi sentiamus curiosius id faciunt quam necesse est. Hæc in philosophia ratio contra omnia disserendi nullamque rem aperte judicandi profecta a Socrate, repetita ab Arcesila, confirmata a Carneade, usque ad nostram viget ætatem. Hi sumus qui omnibus veris falsa quædam adjuncta esse dicamus tanta similitudine ut in iis nulla insit certe judicandi et assentiendi nota*[j][4]. Pourquoi non Aristote seule-

a. « Si par hasard, en discourant sur la nature des dieux et sur l'origine du monde, nous obtenons un résultat inférieur à nos attentes, ce ne sera pas étonnant. Il est en effet juste de nous souvenir que moi qui parle, comme vous qui jugez, sommes des hommes, de sorte que si l'on énonce des probabilités, n'exigez pas que nous allions plus loin. » – *b.* croyances – *c.* plus loin – *d.* le vraisemblable – *e.* pour cette raison – *f.* Aristote – *g.* pourtant – *h.* dans les faits – *i.* assertive, conclusive – *j.* « Ceux qui cherchent à connaître notre avis à tout propos poussent la curiosité plus que de nécessaire. Cette méthode en philosophie de tout contredire sans rien juger nettement, instaurée par Socrate, reconduite

ment, mais la plupart des philosophes, ont affecté la difficulté, si ce n'est pour faire valoir la vanité du sujet, et amuser[a] la curiosité de notre Esprit, lui donnant où se paître, à ronger cet os creux et décharné ? Clitomachus affirmait n'avoir jamais su par les écrits de Carneades entendre de quelle opinion il était[1]. Pourquoi a évité aux siens[b] Epicurus la facilité, et Heraclytus en a été surnommé σκοτεινός[c2] ? La difficulté est, une monnaie que les savants emploient comme les joueurs de passe-passe pour ne découvrir la vanité de leur art : et de laquelle l'humaine bêtise se paie aisément :

Clarus ob obscuram linguam, magis inter inanes,
Omnia enim stolidi magis admirantur amantque,
Inversis quæ sub verbis latitantia cernunt[d3].

Cicero reprend aucuns[e] de ses amis d'avoir accoutumé de mettre à l'astrologie, au droit, à la dialectique et à la géométrie plus de temps que ne méritaient ces arts[4] : et que cela les divertissait[f] des devoirs de la vie, plus utiles et honnêtes. Les philosophes Cyrénaïques méprisaient également la physique [et] la dialectique[5]. Zenon tout au commencement des livres [de] sa *République* déclarait inutiles toutes les libérales disciplines[6]. Chrysippus disait, que ce que Platon et Aristote avaient écrit de la Logique, ils l'avaient écrit par jeu et par exercice : et ne pouvait croire qu'ils eussent parlé à certes[g] d'une si vaine matière[7] : Plutarque le dit de la métaphysique[8]. Epicurus l'eût encore dit de la Rhétorique, de la Grammaire, poésie, mathématiques et, hors de la physique, de toutes les sciences[9]. Et

---

par Arcésilas, confirmée par Carnéade, est encore en vigueur à notre époque. Ainsi sommes-nous : ceux qui disent qu'à toute vérité du faux s'est mêlé, avec une si grande ressemblance que n'y réside nulle marque permettant de juger avec certitude et de donner son assentiment. » – *a.* occuper – *b.* dans ses écrits – *c.* « le ténébreux » – *d.* « Célèbre pour l'obscurité de son langage, surtout parmi les décervelés, car les sots admirent et aiment davantage tout ce qu'ils discernent de caché sous des mots sinueux. » – *e.* certains – *f.* détournait – *g.* avec certitude

Socrates de toutes aussi, sauf celle seulement qui traite des mœurs et de la vie. De quelque chose qu'on s'enquît à lui, il ramenait en premier lieu toujours l'enquérant[a] à rendre compte des conditions de sa vie présente et passée : lesquelles il examinait et jugeait : estimant tout autre apprentissage subsécutif à celui-là et supernuméraire[b]. *Parum mihi placeant eæ litteræ quæ ad virtutem doctoribus nihil profuerunt*[c][1]. [La] plupart des arts ont été ainsi méprisées par le savoir même : Mais ils n'ont pas pensé qu'il fût hors de propos d'exercer et ébattre leur esprit ès[d] choses, où il n'y avait aucune solidité profitable. Au demeurant les uns ont estimé Plato dogmatiste, les autres dubitateur, les autres en certaines choses l'un, et en certaines choses l'autre[2]. Le conducteur de ses dialogismes[e], Socrates, va toujours demandant et émouvant[f] la dispute : jamais l'arrêtant, jamais satisfaisant : et dit n'avoir autre science que la science de s'opposer. Homere, leur auteur, a planté également les fondements à toutes les sectes de philosophie : pour montrer combien il était indifférent par où nous allassions[3]. De Platon naquirent dix sectes diverses, dit-on[4]. Aussi à mon gré jamais instruction ne fut titubante et rien assévérante[g], si la sienne ne l'est. Socrates disait[5] que les sages-femmes, en prenant ce métier de faire engendrer les autres, quittent le métier d'engendrer, elles. Que lui, par le titre de sage-homme que les dieux lui ont déféré[h], s'est aussi défait en son amour viril et mental de la faculté d'enfanter, et se contente d'aider et favoriser de son secours les engendrants : Ouvrir leur nature, graisser leurs conduits, faciliter l'issue de leur enfantement, juger d'icelui, le baptiser, le nourrir, le fortifier, le mailloter et circoncrire[i]. Exerçant et maniant son engin[j] aux périls et fortunes d'autrui. Il est ainsi de la plupart des auteurs de ce tiers[k] genre, comme les anciens ont

a. celui qui cherche – *b.* accessoire – *c.* « Ces lettres qui n'ont été d'aucune utilité aux savants sur le chemin de la vertu ne sauraient me plaire. » – *d.* dans les – *e.* dialogues – *f.* provoquant – *g.* affirmant quoi que ce soit – *h.* conféré – *i.* l'emmailloter et entourer – *j.* ses lumières naturelles – *k.* troisième

remarqué des écrits d'Anaxagoras, Democritus, Parmenides, Zenophanes, et autres[1]. Ils ont une forme d'écrire douteuse[a] en substance, et un dessein enquérant[b], plutôt qu'instruisant : encore qu'ils entresèment leur style de cadences dogmatistes[c]. Cela se voit-il pas aussi bien et en Seneque et en Plutarque ? Combien disent-ils tantôt d'un visage, tantôt d'un autre, pour ceux qui y regardent de près. Et les réconciliateurs des jurisconsultes[d] devraient premièrement les concilier chacun à soi. Platon me semble avoir aimé cette forme de philosopher par dialogues à escient[e] pour loger plus décemment en diverses bouches la diversité et variation de ses propres fantaisies[f]. Diversement traiter les matières est aussi bien les traiter que conformément, et mieux : à savoir plus copieusement et utilement. Prenons exemple de nous. Les arrêts[g] font le point extrême du parler dogmatiste et résolutif. Si est-ce que[h] ceux que nos parlements présentent au peuple les plus exemplaires, propres à nourrir en lui la révérence qu'il doit à cette dignité, principalement par la suffisance[i] des personnes qui l'exercent, prennent leur beauté non de la conclusion, qui est à eux quotidienne, et qui est commune à tout juge, tant comme de la disceptation et agitation[j] des diverses et contraires ratiocinations que la matière du droit souffre[k]. Et le plus large champ aux répréhensions[l] des uns philosophes à l'encontre des autres se tire des contradictions et diversités en quoi chacun d'eux se trouve empêtré, ou à escient[m] pour montrer la vacillation de l'esprit humain autour de toute matière, ou forcé ignoramment par la volubilité[n] et incompréhensibilité de toute matière. Que signifie ce refrain[2] : En un lieu glissant et coulant suspendons notre créance[o][3] : car, comme dit Euripides,

Les œuvres de Dieu en diverses
Façons nous donnent des traverses[p][4],

a. qui doute, interrogative – *b.* zététique, qui cherche – *c.* conclusions dogmatiques – *d.* Et ceux qui travaillent à la conciliation des avis des jurisconsultes – *e.* en connaissance de causes – *f.* opinions – *g.* verdicts judiciaires – *h.* Pourtant – *i.* compétence – *j.* discussion et production – *k.* permet – *l.* critiques – *m.* par dessein – *n.* l'instabilité – *o.* croyance – *p.* difficultés

Semblable à celui qu'Empedocles semait souvent en ses livres[1], comme agité d'une divine fureur et forcé de la vérité : Non non, nous ne sentons rien, nous ne voyons rien, toutes choses nous sont occultes, il n'en est aucune de laquelle nous puissions établir quelle elle est. Revenant à ce mot divin. *Cogitationes mortalium timidæ et incertæ adinventiones nostræ et providentiæ*[a][2]. Il ne faut pas trouver étrange, si gens désespérés de la prise n'ont pas laissé[b] d'avoir plaisir à la chasse : l'étude étant de soi une occupation plaisante : Et si plaisante, que parmi les voluptés, les Stoïciens[3] défendent aussi celle qui vient de l'exercitation[c] de l'esprit, y veulent de la bride, et trouvent de l'intempérance à trop savoir. Democritus[4] ayant mangé à sa table des figues, qui sentaient le miel, commença soudain à chercher en son esprit, d'où leur venait cette douceur inusitée, et pour s'en éclaircir s'allait lever de table, pour voir l'assiette du lieu où ces figues avaient été cueillies : sa chambrière, ayant entendu la cause de ce remuement, lui dit en riant, qu'il ne se peinât plus pour cela, car c'était qu'elle les avait mises en un vaisseau[d], où il y avait eu du miel. Il se dépita, de quoi elle lui avait ôté l'occasion de cette recherche, et dérobé matière à sa curiosité. Va, lui dit-il, tu m'as fait déplaisir : je ne lairrai[e] pourtant d'en chercher la cause, comme si elle était naturelle. Et volontiers ne faillit[f] de trouver quelque raison vraie [à] un effet faux et supposé. Cette histoire d'un fameux et grand Philosophe, nous représente bien clairement cette passion studieuse, qui nous amuse[g] à la poursuite des choses, de l'acquêt[h] desquelles nous sommes désespérés. Plutarque récite un pareil

a. « Les pensées des mortels sont timides, et incertaines nos inventions et prévisions. » – *b*. manqué – *c*. l'exercice – *d*. vase – *e*. renoncerai – *f*. probablement ne manqua – *g*. occupe – *h*. l'acquisition

exemple de quelqu'un[1], qui ne voulait pas être éclairci de ce, de quoi il était en doute, pour ne perdre le plaisir de le chercher : comme l'autre qui ne voulait pas que son médecin lui ôtât l'altération de la fièvre, pour ne perdre le plaisir de l'assouvir en buvant. *Satius est supervacua discere quam nihil*[a][2]. Tout ainsi qu'en toute pâture[b], il y a le plaisir souvent seul : et tout ce que nous prenons qui est plaisant n'est pas toujours nutritif ou sain. Pareillement ce que notre esprit tire de la science ne laisse[c] pas d'être voluptueux, encore qu'il ne soit ni alimentant ni salutaire. Voici comme ils disent[3] : La considération de la nature est une pâture propre à nos esprits, elle nous élève et enfle, nous fait dédaigner les choses basses et terriennes, par la comparaison des supérieures et célestes : la recherche même des choses occultes et grandes, est très plaisante, voire à celui qui n'en acquiert que la révérence, et crainte d'en Juger. Ce sont des mots de leur profession. La vaine image de cette maladive curiosité, se voit plus expressément encore, en cet autre exemple qu'ils ont par honneur si souvent en la bouche. Eudoxus[4] souhaitait et priait les Dieux qu'il pût une fois voir le soleil de près, comprendre sa forme, sa grandeur, et sa beauté, à peine[d] d'en être brûlé soudainement. Il veut au prix de sa vie, acquérir une science, de laquelle l'usage et possession lui soit quant et quant[e] ôtée, Et pour cette soudaine et volage connaissance, perdre toutes autres connaissances qu'il a, et qu'il peut acquérir par après. Je ne me persuade pas aisément, qu'Epicurus, Platon, et Pythagoras nous aient donné pour argent comptant leurs Atomes, leurs Idées, et leurs Nombres. Ils

a. « Mieux vaut apprendre des choses superflues que ne rien apprendre. » – *b*. que pour toute nourriture – *c*. manque – *d*. au risque – *e*. en même temps

étaient trop sages, pour établir leurs articles de foi, de chose si incertaine, et si débattable : Mais en cette obscurité et ignorance du monde, chacun de ces grands personnages s'est travaillé[a] d'apporter une telle quelle[b] image de lumière : et ont promené leur âme à des inventions, qui eussent au moins une plaisante et subtile apparence : pourvu que toute fausse elle se pût maintenir contre les oppositions contraires : *unicuique ista pro ingenio finguntur, non ex scientiæ vi*[c][1]. Un ancien[2], à qui on reprochait, qu'il faisait profession de la Philosophie, de laquelle pourtant en son jugement, il ne tenait pas grand compte, répondit que cela, c'était vraiment philosopher. Ils ont voulu considérer tout, balancer tout, et ont trouvé cette occupation propre à la naturelle curiosité qui est en nous. Aucunes[d] choses, ils les ont écrites pour le besoin de la société publique, comme leurs religions : et a été raisonnable[3] pour cette considération, que les communes opinions, ils n'aient voulu les éplucher au vif, aux fins de n'engendrer du trouble en l'obéissance des lois et coutumes de leur pays. Platon traite ce mystère d'un jeu assez découvert. Car où il écrit selon soi, il ne prescrit rien à certes[e]. Quand il fait le législateur, il emprunte un style régentant et assévérant[f], et si[g] y mêle hardiment les plus fantastiques[h] de ses inventions, autant utiles à persuader à la commune[i] que ridicules à persuader à soi-même, sachant combien nous sommes propres à recevoir toutes impressions et, sur toutes, les plus farouches et énormes. Et pourtant[j] en ses *Lois*[4] il a grand soin qu'on ne chante en public que des poésies desquelles les fabuleuses feintes[k] tendent à quelque utile fin : et, étant si facile d'imprimer tous fantômes en l'esprit humain, que c'est injustice de ne le

a. s'est efforcé – *b*. quelconque – *c*. « ce sont des fictions propres au génie de chacun, non des résultats scientifiques. » – *d*. Certaines – *e*. de manière certaine – *f*. directif et affirmatif – *g*. néanmoins – *h*. imaginatives – *i*. multitude – *j*. pour cette raison – *k*. histoires fictives

paître[a] plutôt de mensonges profitables ou inutiles ou dommageables. Il dit tout détroussément[b] en sa *République*[1] que pour le profit des hommes, il est souvent besoin de les piper[c]. Il est aisé à distinguer les unes sectes [avoir plus suivi la vérité, les autres l'utilité, par où celles-ci ont gagné crédit. C'est la misère de notre condition, que souvent ce qui se présente à notre imagination pour le plus vrai, ne s'y présente pas pour le plus utile à notre vie. Les plus hardies sectes, Épicurienne, Pyrrhonienne, nouvelle Académique, encore sont-elles contraintes de se plier à la loi civile, au bout du compte.] Il y a d'autres sujets qu'ils ont belutés[d], qui à gauche, qui à dextre, chacun se travaillant[e] à y donner quelque visage, à tort ou à droit. Car n'ayant rien trouvé de si caché, de quoi ils n'aient voulu parler, il leur est souvent force de forger des conjectures faibles et folles : non qu'ils les prissent eux-mêmes pour fondement, ni pour établir quelque vérité, mais pour l'exercice de leur étude. *Non tam id sensisse quod dicerent, quam exercere ingenia materiæ difficultate videntur voluisse*[f][2]. Et si on ne le prenait ainsi, comme[g] couvririons-nous une si grande inconstance, variété, et vanité d'opinions, que nous voyons avoir été produites par ces âmes excellentes et admirables ? Car pour exemple, qu'est-il plus vain, que de vouloir deviner Dieu par nos analogies et conjectures : le régler et le monde à notre capacité et à nos lois ? et nous servir aux dépens de la divinité, de ce petit échantillon de suffisance[h] qu'il lui a plu départir[i] à notre naturelle condition ? Et parce que nous ne pouvons étendre notre vue jusques en son glorieux siège, l'avoir ramené çà-bas à notre corruption et à nos misères ? De toutes les opinions humaines

a. nourrir – *b.* franchement – *c.* tromper – *d.* passé au tamis – *e.* s'épuisant – *f.* « Ils semblent ne pas tant avoir pensé ce qu'ils disaient qu'avoir voulu exercer leur esprit par la difficulté du sujet. » – *g.* comment – *h.* compétence – *i.* accorder

et anciennes touchant la religion, celle-là me semble avoir eu plus de vraisemblance et plus d'excuse, qui reconnaissait Dieu comme une puissance incompréhensible, origine et conservatrice de toutes choses, toute bonté, toute perfection, recevant et prenant en bonne part l'honneur et la révérence, que les humains lui rendaient sous quelque visage, sous quelque nom et en quelque manière que ce fût.

Juppiter omnipotens rerum regumque deûmque
Progenitor genitrixque[a] [1].

Ce zèle universellement a été vu du ciel de bon œil. Toutes polices[b] ont tiré fruit de leur dévotion : les hommes, les actions impies, ont eu partout les événements sortables[c]. Les histoires païennes reconnaissent de la dignité, ordre, justice et des prodiges et oracles employés à leur profit et instruction en leurs religions fabuleuses : dieu par sa miséricorde, daignant à l'aventure fomenter par ces bénéfices temporels[d] les tendres principes d'une telle quelle brute connaissance[e] que la raison naturelle nous a donnée de lui, au travers des fausses images de nos songes. Non seulement fausses mais impies aussi et injurieuses sont celles que l'homme a forgées de son invention. Et de toutes les religions, que Saint Paul trouva en crédit à Athenes, celle qu'ils avaient dédiée à une divinité cachée et inconnue, lui sembla la plus excusable[2]. Pythagoras adombra[f] la vérité de plus près[3], jugeant que la connaissance de cette cause première, et être des êtres, devait être indéfinie, sans prescription, sans déclaration : Que ce n'était autre chose que l'extrême effort de notre imagination vers la perfection, chacun en amplifiant l'idée selon sa capacité. Mais si Numa entreprit de conformer à ce projet la dévotion de son peuple, l'attacher à une religion purement mentale, sans objet préfix[g], et sans mélange matériel, il entreprit chose de nul usage[4] : L'esprit

a. « Jupiter tout-puissant, père et mère de l'univers, des rois et des dieux. » – *b.* les sociétés – *c.* correspondants – *d.* bienfaits terrestres – *e.* d'une connaissance, toute primitive fût-elle – *f.* représenta – *g.* déterminé

humain ne se saurait maintenir vaguant en cet infini de pensées informes : il les lui faut compiler en certaine image[a] à son modèle. La majesté divine s'est ainsi pour nous aucunement[b] laissé circonscrire aux limites corporels[c] : Ses sacrements [supernaturels et célestes, ont des] signes de notre terrestre condition : Son adoration s'exprime [par offices et paroles sensibles : car c'est l'homme, qui croit et qui prie. Je laisse à part les autres arguments qui s'emploient à ce sujet. Mais à peine me ferait-on accroire[d], que la vue de nos crucifix, et peinture de ce piteux[e] supplice, que les ornements et mouvements cérémonieux de nos Églises, que les voix accommodées à la dévotion de notre pensée, et cette émotion des sens n'échauffent l'âme des peuples, d'une passion religieuse, de très utile effet.] De celles[f] auxquelles on a donné corps, comme la nécessité l'a requis, parmi cette cécité universelle, je me fusse, ce me semble, plus volontiers attaché à ceux qui adoraient le Soleil,

la lumière commune,
L'œil du monde : et si Dieu au chef[g] porte des yeux,
Les rayons du Soleil sont ses yeux radieux :
Qui donnent vie à tous, nous maintiennent et gardent,
Et les faits des humains en ce monde regardent :
Ce beau ce grand Soleil, qui nous fait les saisons,
Selon qu'il entre ou sort de ses douze maisons.
Qui remplit l'univers de ses vertus[h] connues :
Qui d'un trait de ses yeux nous dissipe les nues :
L'esprit, l'âme du monde, ardent et flamboyant,
En la course d'un jour tout le Ciel tournoyant,
Plein d'immense grandeur, rond, vagabond et ferme :
Lequel tient dessous lui tout le monde pour terme :
En repos sans repos, oisif, et sans séjour,
Fils aîné de nature, et le père du jour[1].

a. assembler en une image précise – *b*. en quelque sorte – *c*. corporelles – *d*. on me ferait difficilement croire – *e*. pitoyable – *f*. Des divinités – *g*. à la tête – *h*. de ses pouvoirs

D'autant qu'outre cette sienne grandeur et beauté, c'est la pièce de cette machine, que nous découvrons la plus éloignée de nous, et par ce moyen si peu connue, qu'ils étaient pardonnables, d'en entrer en admiration et révérence. Thales[1] qui [le] premier s'enquêta de telle matière estima dieu un esprit qui fit d'eau toutes choses. Anaximander, que les dieux étaient mourants et naissants à diverses saisons, et que c'étaient des mondes infinis en nombre. Anaximenes, que l'air était dieu, qu'il était produit et immense, toujours mouvant, Anaxagoras, le premier, a tenu la description et manière de toutes choses être conduite par la force et raison d'un esprit infini. Alcmæon a donné la divinité au soleil, à la lune, aux astres et à l'âme. Pythagoras a fait Dieu un esprit épandu par la nature de toutes choses : d'où nos âmes sont déprises. Parmenides, un cercle entourant le ciel et maintenant le monde par l'ardeur de la lumière. Empedocles disait être des dieux, les quatre natures desquelles toutes choses sont faites. Protagoras, n'avoir que dire, s'ils sont ou non, ou quels ils sont. Democritus, tantôt que les images et leurs circuitions[a] sont dieux : tantôt cette nature qui élance ces images : et puis notre science et intelligence. Platon dissipe sa créance à divers visages[b]. Il dit au *Timæ* le père du monde ne se pouvoir nommer. Aux *Lois*, qu'il ne se faut enquérir de son être. Et ailleurs en ces mêmes livres, il fait le monde, le ciel, les astres, la terre et nos âmes Dieux, et reçoit en outre ceux qui ont été reçus par l'ancienne institution en chaque république[c]. Xenophon rapporte un pareil trouble de la discipline de Socrates : Tantôt qu'il ne se faut enquérir de la forme de Dieu, et puis il lui fait établir que le Soleil est dieu, et l'âme dieu. Qu'il n'y en a qu'un et puis qu'il y en a plusieurs. Speusippus, neveu de Platon, fait Dieu certaine force gouvernant les choses, et qu'elle est animale. Aristote, asteure[d] que c'est l'esprit, asteure le monde, asteure il donne un autre maître à ce monde et asteure fait Dieu l'ardeur[e] du ciel : Zenocrates en fait huit. Les cinq

a. mouvements circulaires – *b*. disperse son opinion en divers aspects – *c*. État – *d*. tantôt – *e*. combustion

nommés entre les planètes, le sixième composé de toutes les étoiles fixes comme de ses membres, le septième et huitième, le soleil et la lune. Heraclides Ponticus ne fait que vaguer entre les avis et enfin prive dieu de sentiment et le fait remuant de forme à autre, et puis dit que c'est le ciel et la terre. Theophraste se promène de pareille irrésolution entre toutes ses fantaisies [attribuant l'intendance du monde tantôt à l'entendement, tantôt au ciel, tantôt aux étoiles.] Strato, que c'est nature ayant la force d'engendrer, [augmenter et diminuer, sans forme et sentiment. Zeno, la loi naturelle, commandant le bien et prohibant le mal :] laquelle loi est un animant, et ôte les Dieux accoutumés, [Jupiter, Junon, Vesta. Diogenes Apolloniates, que c'est l'âge. Xenophane fait Dieu rond, voyant, oyant, non respirant, n'ayant rien de commun avec l'humaine nature.] Ariston estime la forme de Dieu incomprenable, le prive de sens et ignore s'il est animant ou autre chose. Cleanthes, tantôt la raison, tantôt le monde, tantôt l'âme de nature, tantôt la chaleur suprême entournant et enveloppant tout. Perseus, auditeur de Zeno, a tenu qu'on a surnommé Dieux ceux qui avaient apporté quelque notable utilité à l'humaine vie et les choses mêmes profitables. Chrysippus faisait un amas confus de toutes les précédentes sentences et compte entre mille formes de dieux qu'il fait, les hommes aussi qui sont immortalisés. Diagoras et Theodorus niaient tout sec qu'il y eût des dieux. Epicurus fait les dieux luisants, transparents et perflables[a], logés comme entre deux forts, entre deux mondes, à couvert des coups : revêtus d'une humaine figure et de nos membres, lesquels membres leur sont de nul usage.

Ego deûm genus esse semper duxi, et dicam cœlitum
Sed eos non curare opinor quid agat humanum genus[b 1].

Fiez-vous à votre philosophie : vantez-vous d'avoir trouvé la fève au gâteau, à voir ce tintamarre de tant de cervelles philosophiques. Le trouble des formes mondaines[c] a gagné sur moi que les diverses

a. perméables à l'air – *b*. « Pour ma part, j'ai toujours pensé et je dirai toujours qu'existe la race céleste des dieux : mais je ne pense pas qu'ils se soucient des affaires humaines. » – *c*. l'irrégularité des phénomènes

mœurs et fantaisies aux miennes[a] ne me déplaisent pas tant comme elles m'instruisent : ne m'enorgueillissent pas tant comme elles m'humilient en les conférant[b][1] : et tout autre choix que celui qui vient de la main expresse[c] de Dieu me semble choix de peu de prérogative. Je laisse à part les trains de vie monstrueux et contre nature. Les polices[d] du monde ne sont pas moins contraires en ce sujet que les écoles : par où nous pouvons apprendre que la fortune même n'est pas plus diverse et variable que notre raison, ni plus aveugle et inconsidérée. Les choses les plus ignorées sont plus propres à être déifiées : Par quoi de faire de nous des Dieux, comme l'ancienneté, cela surpasse l'extrême faiblesse de discours[e]. J'eusse encore[2] plutôt suivi ceux, qui adoraient le serpent, le chien[3] et le bœuf : d'autant que leur nature et leur être nous est moins connu, et avons plus de loi d'imaginer[f] ce qu'il nous plaît de ces bêtes-là, et leur attribuer des facultés extraordinaires. Mais d'avoir fait des dieux de notre condition, de laquelle nous devons connaître l'imperfection, leur avoir attribué le désir, la colère, les vengeances, les mariages, les générations, et les parentelles, l'amour, et la jalousie, nos membres et nos os, nos fièvres et nos plaisirs, nos morts, nos sépultures, il faut que cela soit parti d'une merveilleuse[g] ivresse de l'entendement humain,

Quæ procul usque adeo divino ab numine distant,
Inque Deum numero quæ sint indigna videri[h][4].

Formæ, ætates, vestitus, ornatus noti sunt : genera, conjugia, cognationes omniaque traducta ad similitudinem imbecillitatis humanæ : nam et perturbatis animis inducuntur, accipimus enim deorum cupiditates, ægritudines, iracundias[i][5]. Comme d'avoir attribué la

terrestres – *a.* que les mœurs et opinions différentes des miennes – *b.* opposant – *c.* propre – *d.* organisations politiques – *e.* raisonnement [la sottise] – *f.* nous pouvons davantage imaginer – *g.* étonnante – *h.* « Réalités qui sont tellement éloignées de la puissance divine et indignes d'être mises au nombre des dieux. » – *i.* « On connaît leur aspect, leur âge, leur accoutrement, leurs ornements : leur filiation, leurs ma-

divinité non seulement à la foi, [à la vertu, à l'honneur, concorde, liberté, victoire, piété : mais aussi à la volupté, fraude,] mort, envie, vieillesse, misère, à la peur, à la fièvre, et à la male fortune[a], et autres injures[b] de notre vie frêle et caduque[1].

Qui juvat hoc, templis nostros inducere mores ?
O curvæ in terris animæ et cælestium inanes[c2].

Les Égyptiens[3], d'une impudente prudence, défendaient sur peine [de] la hart[d] que nul eût [à] dire que Serapis et Isis, leurs dieux, eussent autrefois été hommes : et nul n'ignorait qu'ils ne l'eussent été. Et leur effigie représentée le doigt sur la bouche signifiait, dit Varro, cette ordonnance mystérieuse à leurs prêtres [de] taire leur origine mortelle, comme par raison nécessaire annulant toute leur vénération. Puisque l'homme désirait tant de s'apparier à Dieu, il eût mieux fait, dit Cicero[4], de ramener à soi les conditions divines, et les attirer çà-bas, que d'envoyer là-haut sa corruption et sa misère : mais à le bien prendre, il a fait en plusieurs façons, et l'un, et l'autre, de pareille vanité d'opinion. Quand les Philosophes épluchent[e] la hiérarchie de leurs dieux, et font les empressés à distinguer leurs alliances, leurs charges, et leur puissance, je ne puis pas croire qu'ils parlent à certes[f]. Quand Platon nous déchiffre le verger de Pluton[5], et les commodités ou peines corporelles, qui nous attendent encore après la ruine et anéantissement de nos corps, et les accommode au ressentiment[g], que nous avons en cette vie,

Secreti celant colles, et myrtea circum
Sylva tegit, curæ non ipsa in morte relinquunt[h6].

---

riages, leurs alliances et tout ce que l'on transpose à la ressemblance de l'humaine faiblesse : car on leur attribue aussi des perturbations de l'âme, puisqu'on admet chez les dieux passions, chagrins, colères. » – *a.* l'infortune – *b.* dommages – *c.* « À quoi bon introduire nos mœurs dans les temples ? Ô âmes recourbées vers la terre et vides de spiritualité céleste. » – *d.* pendaison – *e.* examinent de manière critique – *f.* en tenant pour certain ce qu'ils disent – *g.* sentiment- *h.* « Des coteaux

Quand Mahumet promet aux siens un paradis tapissé, paré d'or et de pierreries, peuplé de garces[a] d'excellente beauté, de vins, et de vivres singuliers, je vois bien que ce sont des moqueurs qui se plient à notre bêtise, pour nous emmieller et attirer par ces opinions et espérances convenables à notre mortel appétit. Si[b] sont aucuns des nôtres[c] tombés en pareille erreur, se promettants après la résurrection une vie terrestre et temporelle, accompagnée de toutes sortes de plaisirs et commodités mondaines[d]. Croyons-nous que Platon, lui qui a eu ses conceptions si célestes, et si grande accointance à[e] la divinité, que le surnom lui en est demeuré[1], ait estimé que l'homme, cette pauvre créature, eût rien en lui applicable, à cette incompréhensible puissance ? et qu'il ait cru que nos prises languissantes fussent capables, ni la force de notre sens assez robuste, pour participer à la béatitude, ou peine éternelle ? Il faudrait lui dire de la part de la raison humaine : Si les plaisirs que tu nous promets en l'autre vie, sont de ceux que j'ai sentis çà-bas, cela n'a rien de commun avec l'infinité : Quand tous mes cinq sens de nature seraient combles[f] de liesse, et cette âme saisie de tout le contentement qu'elle peut désirer et espérer, nous savons ce qu'elle peut : cela, ce ne serait encore rien : S'il y a quelque chose du mien, il n'y a rien de divin : Si cela n'est autre, que ce qui peut appartenir à cette nôtre condition présente, il ne peut être mis en compte. Tout contentement des mortels est mortel. La reconnaissance de nos parents, de nos enfants et de nos amis, si elle nous peut toucher et chatouiller en l'autre monde, si nous tenons encore à un tel plaisir, nous sommes dans les commo-

---

reculés les cachent et un bois de myrte les entoure, mais les soucis ne les quittent pas même dans la mort. » – *a.* filles – *b.* Pourtant – *c.* certains des nôtres [les Chrétiens] – *d.* terrestres – *e.* proximité avec – *f.* débordants

dités terrestres et finies. Nous ne pouvons dignement concevoir la grandeur de ces hautes et divines promesses, si nous les pouvons aucunement[a] concevoir : pour dignement les imaginer, il faut les imaginer inimaginables, indicibles et incompréhensibles, et parfaitement autres que celles de notre misérable expérience. Œil ne saurait voir, dit Saint Paul[1] : et ne peut monter en cœur d'homme l'heur que Dieu a préparé aux siens. Et si pour nous en rendre capables, on reforme et rechange notre être (comme tu dis Platon par tes purifications[2]) ce doit être d'un si extrême changement et si universel, que par la doctrine physique[b], ce ne sera plus nous,

Hector erat tunc cum bello certabat, at ille
Tractus ab Æmonio non erat Hector equo[c3].

Ce sera quelque autre chose qui recevra ces récompenses,

quod mutatur dissolvitur, interit ergo,
Trajiciuntur enim partes atque ordine migrant[d4].

Car en la Métempsycose de Pythagoras, et changement d'habitation qu'il imaginait aux âmes, pensons-nous que le lion, dans lequel est l'âme de Cæsar, épouse les passions, qui touchaient Cæsar, ni que ce soit lui. Si c'était encore lui, ceux-là auraient raison qui, combattant cette opinion contre Platon[5], lui reprochent que le fils se pourrait trouver à chevaucher sa mère revêtue d'un corps de mule, et semblables absurdités[6]. Et pensons-nous qu'ès[e] mutations qui se font des corps des animaux en autres de même espèce, les nouveaux venus ne soient autres que leurs prédécesseurs ? Des cendres d'un phénix, s'engendre,

a. en quelque façon – *b.* en vertu des lois de la physique – *c.* « C'était Hector au temps où il combattait sur le front, mais celui qui était traîné par le cheval hémonien, ce n'était pas Hector. » – *d.* « qui se transforme, se dissout, donc périt, puisque les parties sont déplacées et sorties de leur ordre. » – *e.* que dans les

dit-on, un ver, et puis un autre phénix[1] : ce second Phénix, qui peut imaginer, qu'il ne soit autre que le premier ? Les vers qui font notre soie, on les voit comme mourir et assécher, et de ce même corps se produire un papillon, et de là un autre ver, qu'il serait ridicule estimer être encore le premier. Ce qui a cessé une fois d'être, n'est plus,

Nec si materiam nostram collegerit ætas
Post obitum, rur sûmque redegerit, ut sita nunc est
Atque iterum nobis fuerint data lumina vitæ,
Pertineat quidquam tamen ad nos id quoque factum,
Interrupta semel cum sit repetentia nostra[a][2].

Et quand tu dis ailleurs[3] Platon, que ce sera la partie spirituelle de l'homme, à qui il touchera[b] de jouir des récompenses de l'autre vie, tu nous dis choses d'aussi peu d'apparence[c],

Scilicet avolsis radicibus ut nequit ullam
Dispicere ipse oculus rem seorsum corpore toto[d][4].

Car à ce compte ce ne sera plus l'homme, ni nous par conséquent à qui touchera cette jouissance : car nous sommes bâtis de deux pièces principales essentielles, desquelles la séparation, c'est la mort et ruine de notre être,

Inter enim jacta est vitai pausa, vagéque
Deerrarunt passim motus ab sensibus omnes[e][5].

Nous ne disons pas que l'homme souffre, quand les

a. « Même si le temps, après notre mort, rassemblait notre matière et la ramenait à son état antérieur, dans sa conformation actuelle, et qu'à nouveau les lumières de la vie nous étaient données, ce processus ne nous toucherait pourtant en rien, puisque le fil de nos souvenirs aurait été interrompu. » – *b.* reviendra – *c.* aussi invraisemblables – *d.* « Comme l'œil, une fois ses ligaments arrachés, ne peut évidemment rien apercevoir lui-même, séparé de la totalité du corps. » – *e.* « Une interruption de la vie s'est en effet intercalée, et tous les mouvements se sont égarés sans ordre, séparés des sens. »

vers lui rongent ses membres, de quoi il vivait, et que la terre les consomme,

Et nihil hoc ad nos, qui coitu conjugiòque
Corporis atque animæ consistimus uniter apti[a][1].

Davantage sur quel fondement de leur justice peuvent les dieux reconnaître et récompenser à l'homme après sa mort ses actions bonnes et vertueuses : puisque ce sont eux-mêmes, qui les ont acheminées et produites en lui ? Et pourquoi s'offensent-ils et vengent sur lui les vicieuses, puisqu'ils l'ont eux-mêmes produit en cette condition fautière, et que d'un seul clin[b] de leur volonté, ils le peuvent empêcher de faillir. Epicurus opposerait-il pas cela à Platon, avec grande apparence de l'humaine raison[c] ? S'il ne se couvrait souvent par cette sentence, qu'il est impossible d'établir quelque chose de certain de l'immortelle nature par la mortelle. Elle ne fait que fourvoyer partout, mais spécialement quand elle se mêle des choses divines. Qui le sent plus évidemment que nous ? Car encore que nous lui ayons donné des principes certains et infaillibles, encore que nous éclairions ses pas par la sainte lampe de la vérité, qu'il a plu à Dieu nous communiquer : nous voyons pourtant journellement, pour peu qu'elle se démente du[d] sentier ordinaire, et qu'elle se détourne ou écarte de la voie tracée et battue[e] par l'Église, comme tout aussitôt elle se perd, s'embarrasse et s'entrave, tournoyant et flottant dans cette mer vaste, trouble, et ondoyante des opinions humaines, sans bride et sans but. Aussitôt qu'elle perd ce grand et commun chemin, elle va se divisant et dissipant en mille routes diverses. L'homme ne peut être que ce qu'il est, ni

a. « Et rien en cela ne nous touche, nous qui maintenons notre unité par une union et mariage du corps et de l'âme. » – *b.* signe – *c.* de manière humainement raisonnable – *d.* vienne à contredire le – *e.* explorée

imaginer que selon sa portée: C'est plus grande présomption, dit Plutarque[1], à ceux qui ne sont qu'hommes, d'entreprendre de parler et discourir des dieux, et des demi-dieux, que ce n'est à un homme ignorant de musique, vouloir juger de ceux qui chantent: ou à un homme qui ne fut jamais au camp, vouloir disputer des armes et de la guerre: en présumant comprendre par quelque légère conjecture, les effets d'un art qui est hors de sa connaissance. L'ancienneté[a] pensa, ce crois-je, faire quelque chose pour la grandeur divine, de l'apparier à l'homme, la vêtir de ses facultés, et étrenner[b] de ses belles humeurs et plus honteuses nécessités: lui offrant de nos viandes à manger, de nos danses, momeries[c] et farces à la réjouir[d], de nos vêtements à se couvrir, et maisons à loger, la caressant par l'odeur des encens et sons de la musique, festons et bouquets: Et pour l'accommoder à nos vicieuses [passions, flattant] sa justice d'une inhumaine vengeance: l'éjouissant[e] de la ruine et dissipation des choses par elle créées et conservées: Comme Tib. Sempronius qui fit brûler pour sacrifice à Vulcan les riches dépouilles et armes qu'il avait gagnées sur les ennemis en la Sardaigne[2]: et Paul'Emille, celles de Macedoine à Mars et à Minerve[3]: et Alexandre, arrivé à l'océan Indique[f], jeta en mer, en faveur de Thetis, plusieurs grands vases d'or[4]: remplissant en outre ses autels d'une boucherie non [de] bêtes innocentes seulement, mais d'hommes aussi, ainsi que plusieurs nations[5], et entre autres la nôtre[6], avaient en usage ordinaire: Et crois qu'il n'en est aucune exempte d'en avoir fait essai,

Sulmone creatos
Quattuor hic juvenes, totidem quos educat Ufens,
Viventes rapit, inferias quos immolet umbris[g][7].

a. L'Antiquité – *b.* gratifier – *c.* mascarades – *d.* propres à la réjouir – *e.* la réjouissant – *f.* Indien – *g.* «[Énée] saisit quatre jeunes hommes engendrés par Sulmone, tous quatre éduqués par Ufens, afin de les

Les Gètes[1] se tiennent immortels et leur mourir n'est que s'acheminer vers leur Dieu Zamolxis. De cinq en cinq ans ils dépêchent vers lui quelqu'un d'entre eux pour [le] requérir des choses nécessaires. [Ce] député est choisi au sort. Et [la] forme de le dépêcher après l'avoir de bouche informé de sa charge, est que, de ceux qui l'assistent, trois tiennent debout autant de javelines sur lesquelles les autres le lancent à force de bras : S'il vient à s'enferrer en lieu mortel[a] et qu'il trépasse soudain, ce leur est certain argument[b] de faveur divine : s'il en échappe, ils l'estiment méchant et exécrable, et en députent encore un autre de même. Amestris[2], mère de Xerxes, devenue vieille, fit pour une fois[c] ensevelir tout vifs quatorze jouvenceaux des meilleures maisons [de] Perse, suivant la religion du pays, pour gratifier[d] à quelque Dieu souterrain. Encore aujourd'hui[3], les idoles de Themistitan se cimentent du sang des petits enfants, et n'aiment sacrifice que de ces puériles et pures âmes : justice affamée du sang de l'innocence. *Tantum relligio potuit suadere malorum*[e][4]. Les Carthaginois immolaient leurs propres enfants à Saturne[5], et qui n'en avait point en achetait, étant cependant le père et la mère tenus d'assister à cet office, avec contenance[f] gaie et contente. C'était une étrange fantaisie de vouloir payer la bonté divine, de notre affliction. Comme les Lacédémoniens[6] qui mignardaient[g] leur Diane, par le bourrellement[h] des jeunes garçons, qu'ils faisaient fouetter en sa faveur, souvent jusques à la mort. C'était une humeur farouche de vouloir gratifier l'architecte de la subversion[i] de son bâtiment : Et de vouloir garantir la peine due aux coupables, par la punition des non-coupables : et que la pauvre Iphigenia au port d'Aulide, par sa mort et immolation, déchargeât[j] envers Dieu l'armée des Grecs des offenses qu'ils avaient commises :

---

immoler aux mânes [de Pallas]. » – *a*. s'empaler sur des organes vitaux – *b*. argument certain – *c*. en une seule fois – *d*. rendre grâces – *e*. « Tant de crimes ont pu être inspirés par la religion. » – *f*. comportement – *g*. charmaient – *h*. la torture – *i*. destruction – *j*. libérât

Et casta inceste nubendi tempore in ipso
Hostia concideret mactatu mæsta parentis[a][1].

Et[b] ces deux belles et généreuses âmes des deux Decius père et fils[2], pour propitier[c] la faveur des Dieux envers les affaires Romaines, s'allassent jeter à corps perdu à travers le plus épais des ennemis. *Quæ fuit tanta deorum iniquitas, ut placari populo Romano non possent nisi tales viri occidissent*[d][3]. Joint que[4] ce n'est pas au criminel de se faire fouetter à sa mesure, et à son heure : c'est au juge, qui ne met en compte de châtiment, que la peine qu'il ordonne : et ne peut attribuer à punition ce qui vient à gré[e] à celui qui le souffre. La vengeance divine présuppose notre dissentiment[f] entier, pour sa justice, et pour notre peine. Et fut ridicule l'humeur de Policrates[5] tyran de Samos, lequel pour interrompre le cours de son continuel bonheur, et le compenser, alla jeter en mer le plus cher et précieux joyau qu'il eût, estimant que par ce malheur aposté[g], il satisfaisait à la révolution et vicissitude de la fortune. Et elle pour se moquer de son ineptie fit que ce même joyau revînt encore en ses mains, trouvé au ventre d'un poisson. Et puis [à quel usage[h], les déchirements et démembrements des Corybantes, des Ménades, et en] nos temps, des Mahométans qui se balafrent les visages, l'estomac, les membres, pour gratifier leur prophète[6] : vu que l'offense consiste en la volonté, non en la poitrine, aux yeux, aux génitoires, en l'embonpoint[i], aux épaules et au gosier : *Tantus est perturbatæ mentis et sedibus suis pulsæ furor, ut sic dii placentur, quemadmodum ne homines quidem sæviunt*[j][7]. Cette contexture naturelle regarde[k] par

a. « Et que, criminellement laissée vierge au temps de son mariage, elle tombât, triste victime immolée par son père. » – *b.* Et [c'était une humeur farouche, que] – *c.* rendre propice – *d.* « Et l'injustice des dieux fut si grande qu'ils ne purent être rendus favorables au peuple romain que par le sacrifice de tels hommes. » – *e.* convient – *f.* désaccord – *g.* choisi à dessein – *h.* à quoi bon – *i.* les parties génitales, le ventre – *j.* « Si grande est la folie de leur esprit perturbé et poussé hors de ses gonds, qu'ils ne pensent rendre les dieux favorables que par des cruautés supérieures à celles des hommes. » – *k.* concerne

son usage non seulement nous, mais aussi le service de dieu et des autres hommes : c'est injustice de l'affoler à notre escient[a], comme de nous tuer pour quelque prétexte que ce soit. Ce semble être grande lâcheté et trahison de mâtiner[b] et corrompre les fonctions du corps, stupides et serves, pour épargner à l'âme la sollicitude[c] de les conduire selon raison. *Ubi iratos deos timent [qui] sic propitios habere merentur. In regiæ libidinis voluptatem castrati sunt quidam, sed nemo sibi ne vir esset jubente domino manus intulit*[d][1]. Ainsi remplissaient-ils leur religion de plusieurs mauvais effets,

sæpius olim
Relligio peperit scelerosa atque impia facta[e][2].

Or rien du nôtre ne se peut assortir ou rapporter en quelque façon que ce soit à la nature divine, qui ne la tache et marque d'autant d'imperfection. Cette infinie, beauté, puissance, et bonté, comment peut-elle souffrir quelque correspondance et similitude à chose si abjecte que nous sommes, sans un extrême intérêt et déchet[f] de sa divine grandeur ? *Infirmum dei fortius est hominibus et stultum dei sapientius est hominibus*[g][3]. Stilpon le philosophe[4], interrogé si les dieux s'éjouissent de nos honneurs et sacrifices. Vous êtes indiscret, répondit-il : retirons-nous à part si vous voulez parler de cela. Toutefois nous lui[h] prescrivons des bornes, nous tenons sa puissance assiégée par nos raisons (j'appelle raison nos rêveries et nos songes, avec la dispense de la philosophie, qui dit le fol même et le méchant forcener[i] par raison, mais que c'est une

a. en connaissance de cause – *b.* maltraiter – *c.* le soin – *d.* « Quand craignent-ils la colère des dieux, eux qui paient un tel prix pour se les rendre propices ? On en a châtré certains pour le plaisir de la concupiscence des rois, mais personne n'a porté la main sur lui-même pour ne plus être un homme, même sur ordre de son maître. » – *e.* « Jadis, trop souvent la religion a enfanté des crimes et des impiétés. » – *f.* préjudice et perte – *g.* « La faiblesse de Dieu est plus forte que les hommes et la folie de Dieu est plus sage que les hommes. » – *h.* à la nature divine – *i.* déraisonner

raison de particulière forme) nous le voulons asservir aux apparences vaines et faibles de notre entendement, lui, qui a fait et nous et notre connaissance. Parce que rien ne se fait de rien, Dieu n'aura su bâtir le monde sans matière. Quoi, Dieu nous a-il mis en mains les clés et les derniers ressorts de sa puissance ? s'est-il obligé à n'outrepasser les bornes de notre science ? Mets le cas[a] ô homme, que tu aies pu remarquer ici quelques traces de ses effets : penses-tu qu'il y ait employé tout ce qu'il a pu, et qu'il ait mis toutes ses formes et toutes ses idées, en cet ouvrage. Tu ne vois que l'ordre et la police[b] de ce petit caveau où tu es logé, au moins si tu la vois : sa divinité a une juridiction infinie au-delà : cette pièce n'est rien au prix du tout :

omnia cum cælo terraque marìque,
Nil sunt ad summam summai totius omnem[c 1] :

c'est une loi municipale que tu allègues, tu ne sais pas qu'elle est l'universelle. Attache-toi à ce à quoi tu es sujet, mais non pas lui : il n'est pas ton confrère, ou concitoyen, ou compagnon : s'il s'est aucunement[d] communiqué à toi, ce n'est pas pour se ravaler à ta petitesse, ni pour te donner le contrerôle[e] de son pouvoir. Le corps humain ne peut voler aux nues, c'est pour toi : le Soleil branle sans séjour[f] sa course ordinaire : les bornes des mers et de la terre ne se peuvent confondre : l'eau est instable et sans fermeté : un mur est, sans froissure[g], impénétrable à un corps solide : l'homme ne peut conserver sa vie dans les flammes : il ne peut être et au ciel et en la terre, et en mille lieux ensemble corporellement. C'est pour toi

a. Fais l'hypothèse – *b.* l'organisation – *c.* « l'univers avec son ciel, et sa terre, et sa mer, n'est rien en comparaison de la somme de toutes les sommes » – *d.* de quelque manière – *e.* contrôle – *f.* repos – *g.* fissure

qu'il a fait ces règles : c'est toi qu'elles attachent. Il a témoigné aux Chrétiens qu'il les a toutes franchies quand il lui a plu[1]. De vrai pourquoi tout-puissant, comme il est, aurait-il restreint ses forces à certaine mesure ? en faveur de qui aurait-il renoncé son privilège ? Ta raison n'a en aucune autre chose plus de vérisimilitude[a] et de fondement, qu'en ce qu'elle te persuade la pluralité des mondes :

Terrámque et solem lunam mare cætera quæ sunt
Non esse unica sed numero magis innumerali[b][2].

Les plus fameux esprits du temps passé l'ont crue[3], et aucuns[c] des nôtres mêmes, forcés par l'apparence[d] de la raison humaine. D'autant qu'en ce bâtiment, que nous voyons, il n'y a rien seul et un,

cum in summa res nulla sit una,
Unica quæ gignatur, et unica soláque crescat[e][4],

et que toutes les espèces sont multipliées en quelque nombre : par où il semble n'être pas vraisemblable que Dieu ait fait ce seul voyage sans compagnon : et que la matière de cette forme ait été toute épuisée en ce seul individu :

Quare etiam atque etiam tales fateare necesse est
Esse alios alibi congressus materiai,
Qualis hic est avido complexu quem tenet æther[f][5],

notamment si c'est un animant[g] : comme ses mouvements le rendent si croyable que Platon l'assure[6] et que, plusieurs des nôtres [ou] le confirment ou ne l'osent infirmer[7]. Non plus que cette ancienne opinion[8] : que le [ciel], les étoiles, et autres

a. vraisemblance – *b.* « La terre, et le soleil, la lune, la mer, et tout ce qui existe, ne sont pas uniques, mais en nombre infini. » – *c.* certains – *d.* l'aspect raisonnable de cette théorie – *e.* « puisqu'en somme il n'est rien qui ne soit qu'un, qui naisse unique, et qui seul et unique croisse » – *f.* « C'est pourquoi, il faut bien avouer encore et encore qu'il y a ailleurs d'autres conglomérats de matière semblables à celui-ci que l'éther étreint avidement » – *g.* animal, un être animé

membres du monde sont créatures composées de corps et âme : mortelles en considération de leur composition mais immortelles par la détermination du créateur. Or s'il y a plusieurs mondes, comme Democritus, Epicurus[1] et presque toute la philosophie[2] a pensé, que savons-nous si les principes et les règles de cettui-ci[a] touchent pareillement les autres ? Ils ont à l'aventure autre visage et autre police[b]. Epicurus les imagine ou semblables ou dissemblables[3]. Nous voyons en ce monde une infinie différence et variété, pour[c] la seule distance des lieux. Ni le blé ni le vin se voit[d], ni aucun de nos animaux en ces nouvelles terres, que nos pères ont découvert : tout y est divers[e]. Et au temps passé, voyez en combien de parties du monde on n'avait connaissance ni de Bacchus [ni] de Ceres[f]. Qui en voudra croire Pline et Herodote[4], il y a des espèces d'hommes en certains endroits, qui ont fort peu de ressemblance à la nôtre. Et y a des formes métisses et ambiguës entre l'humaine nature et la brutale[g]. Il y a des contrées où les hommes naissent sans tête, portant les yeux et la bouche en la poitrine[5] : où ils sont tous androgynes : où ils marchent de quatre pattes : où ils n'ont qu'un œil au front, et la tête plus semblable à celle d'un chien qu'à la nôtre[6] : où ils sont moitié poissons par en bas, et vivent en l'eau[7] : où les femmes s'accouchent à cinq ans, et n'en vivent que huit : où ils ont la tête si dure et la peau du front, que le fer n'y peut mordre, et rebouche[h] contre : où les hommes sont sans barbe[8] : des nations sans usage et connaissance de feu[9] : d'autres qui rendent le sperme de couleur noire[10]. Quoi[i] ceux qui naturellement se changent en loups, en juments et puis encore en hommes[11] ? Et s'il en est

a. notre monde – *b*. organisation – *c*. en raison de – *d*. voient – *e*. différent – *f*. ni du vin ni du blé – *g*. celle des bêtes – *h*. s'émousse – *i*. Que dire de

ainsi comme dit Plutarque[1], que en quelque endroit des Indes il y ait des hommes sans bouche, se nourrissants de la senteur de certaines odeurs, combien y a-il de nos descriptions fausses ? il n'est plus risible[a][2], ni à l'aventure capable de raison et de société : L'ordonnance et la cause de notre bâtiment[b] interne seraient pour la plupart, hors de propos. Davantage, combien y a-il de choses en notre connaissance, qui combattent ces belles règles que nous avons taillées et prescrites à nature ? et nous entreprendrons d'y attacher Dieu même ? Combien de choses appelons-nous miraculeuses, et contre nature ? Cela se fait par chaque homme et par chaque [nation] selon la mesure de son ignorance. Combien trouvons-nous de propriétés occultes et de quintessences ? car, aller selon nature pour nous, ce n'est qu'aller selon notre intelligence, autant qu'elle peut suivre et autant que nous y voyons : ce qui est au-delà est monstrueux et désordonné. Or à ce compte, aux plus avisés et aux plus habiles, tout sera donc monstrueux : car à ceux-là, l'humaine raison a persuadé, qu'elle n'avait ni pied, ni fondement quelconque : non pas seulement pour assurer [si] la neige est blanche : et Anaxagoras la disait être noire[3] : s'il y a quelque chose ou s'il n'y a nulle chose : s'il y a science [ou] ignorance, Metrodorus [Chius] niait l'homme pouvoir dire[4] : Ou si nous vivons : comme Euripides, est en doute, si la vie que nous vivons est vie, ou si c'est ce que nous appelons mort, qui soit vie,

Τίς δ'οἶδεν εἰ ζῆν τοῦθ' ὃ κέκληται θανεῖν
Τὸ ζῆν δὲ θνέσκειν ἔστι[c][5].

Et non sans apparence[d] : car pourquoi prenons-nous titre d'être, de cet instant, qui n'est qu'une éloise[e]

a. capable de rire – *b.* structure – *c.* « Qui sait si ce qu'on appelle mourir n'est pas vivre et si à l'inverse vivre n'est pas mourir ? » – *d.* vraisemblance – *e.* un éclair dans le cours infini d'une nuit éternelle : et une interruption si brève de notre perpétuelle et naturelle condition : la mort occupant tout le devant et tout le derrière de ce moment, et une bonne partie encore de ce moment. D'autres jurent qu'il n'y a point de mouvement, que rien ne bouge. Comme les suivants de Melissus[1], car s'il n'y a qu'un, ni le mouvement sphérique ne lui peut servir, ni le mouvement de lieu à autre, comme Platon prouve[2]. Qu'il n'y a ni génération ni corruption en nature. Protagoras dit[3] qu'il n'y a rien en nature que le doute, que de toutes choses on peut également disputer. Et de cela même, si on peut également disputer de toutes choses. Nausiphanez que des choses qui semblent, rien est non plus que non est. Qu'il n'y a autre certain que l'incertitude. Parmenides que de ce qu'il semble, il n'est aucune chose en général. Qu'il n'est qu'un. Zenon qu'un même n'est pas. Et qu'il n'y a rien. Si un était, il serait ou en un autre ou en soi-même. S'il est en un autre, ce sont deux. S'il est en soi-même, ce sont encore deux, le comprenant et le compris[4]. Selon ces dogmes, la nature des choses n'est qu'une ombre ou fausse ou vaine. Il m'a toujours semblé[5] qu'à un homme Chrétien cette sorte de parler est pleine d'indiscrétion et d'irrévérence : Dieu ne peut mourir, Dieu ne se peut dédire, Dieu ne peut faire ceci, ou cela[6]. Je ne trouve pas bon d'enfermer ainsi la puissance divine sous les lois de notre parole. Et l'apparence qui s'offre à nous, en ces propositions, il la faudrait représenter plus révéremment et plus religieusement. Notre parler a ses faiblesses et ses défauts, comme tout le reste. La plupart des occasions des troubles du monde sont Grammairiennes. Nos procès ne naissent que du débat de l'interprétation des lois : et la plupart des guerres, de cette impuissance de n'avoir su clairement exprimer les conventions et traités d'accord des princes. Combien de querelles et combien importantes a produit au monde le doute du sens de cette syllabe. *Hoc*[7]. Prenons la clause que la logique même nous présentera pour la plus claire. Si vous dites[1], il fait beau temps, et que vous disiez vérité, il fait donc beau temps. Voilà pas une forme de parler certaine ? Encore nous trompera-elle : Qu'il soit ainsi, suivons l'exemple : Si vous dites : je mens, et que vous disiez vrai, vous mentez donc[2]. L'art, la raison, la force de la conclusion de cette-ci, sont pareilles à l'autre[3], toutefois nous voilà embourbés. Je vois les philosophes Pyrrhoniens qui ne peuvent exprimer leur générale conception[4] en aucune manière de parler : car il leur faudrait un nouveau langage. Le nôtre est tout formé de propositions affirmatives, qui leur sont du tout[a] ennemies : de façon que quand ils disent, je doute, on les tient incontinent à la gorge, pour leur faire avouer qu'au moins assurent et savent-ils cela, qu'ils doutent. Ainsi on les a contraints de se sauver dans cette comparaison de la médecine, sans laquelle leur humeur[b] serait inexplicable : quand ils prononcent, j'ignore, ou je doute, ils disent que cette proposition s'emporte elle-même quant et quant[c] le reste : ni plus ni moins que la rhubarbe qui pousse hors les mauvaises humeurs et s'emporte hors quant et quant elle-même[5]. Cette fantaisie[d] est plus sûrement conçue par interrogation. Que sais-je ? comme je la porte à la devise d'une balance[6]. Voyez comment on se prévaut de cette sorte de parler pleine d'irrévérence. Aux disputes qui sont à présent en notre religion, si vous pressez trop les adversaires, ils vous diront tout détroussément[e], qu'il n'est pas en la puissance de Dieu de faire que son corps soit en paradis et en la terre, et en plusieurs lieux ensemble[7]. Et ce moqueur ancien[8] comment il en fait son profit. Au

a. absolument – *b.* manière d'être – *c.* avec – *d.* façon de se représenter les choses – *e.* franchement

moins dit-il, est-ce une non légère consolation à l'homme, de ce qu'il voit Dieu ne pouvoir pas toutes choses : car il ne se peut tuer quand il le voudrait, qui est la plus grande faveur que nous ayons en notre condition : il ne peut faire les mortels immortels, ni revivre[a] les trépassés, ni que celui qui a vécu n'ait point vécu, celui qui a eu des honneurs ne les ait point eus, n'ayant autre droit sur le passé que de l'oubliance. Et afin que cette société[b] de l'homme à Dieu s'accouple[c] encore par des exemples plaisants, il ne peut faire que deux fois dix ne soient vingt. Voilà ce qu'il dit, et qu'un Chrétien devrait éviter de passer par sa bouche. Là où[d] au rebours il semble que les hommes recherchent cette folle fierté de langage, pour ramener Dieu à leur mesure,

cras vel atra
Nube polum pater occupato,
Vel sole puro, non tamen irritum
Quodcumque retro est efficiet, neque
Diffinget infectumque reddet
Quod fugiens semel hora vexit[e][1].

Quand nous disons que l'infinité des siècles tant passés qu'à venir n'est à Dieu qu'un instant : que sa bonté, sapience, puissance sont même chose avec son essence[2], notre parole le dit, mais notre intelligence ne l'appréhende point. Et toutefois notre outrecuidance veut faire passer la divinité par notre étamine. Et de là s'engendrent toutes les rêveries[f] et erreurs, desquelles le monde se trouve saisi, ramenant et pesant à sa balance chose si éloignée de son poids. *Mirum*

a. faire revivre – *b.* alliance – *c.* s'unisse – *d.* Alors que – *e.* « que demain le père des dieux couvre le firmament d'une noire nuée ou d'un clair soleil, il n'anéantira pas toutefois tout ce qui est derrière nous, il ne changera ni ne réduira à l'inachèvement ce qu'a emporté une fois pour toutes l'heure fugitive. » – *f.* chimères *quo procedat improbitas cordis humani parvulo aliquo invitata successu*[a][1]. Combien insolemment rabrouent Epicurus les Stoïciens[2] sur ce qu'il tient l'être véritablement bon et heureux n'appartenir qu'à dieu, et l'homme sage n'en avoir qu'un ombrage et similitude. Combien témérairement ont-ils attaché Dieu à la destinée (à la mienne volonté qu'aucuns du surnom de Chrétiens ne le fassent pas encore[b]) et Thales, Platon, et Pythagoras, l'ont asservi à la nécessité[3]. Cette fierté de vouloir découvrir Dieu par nos yeux, a fait qu'un grand personnage des nôtres[c][4], a donné à la divinité une forme corporelle. Et est cause de ce qui nous advient tous les jours, d'attribuer à Dieu, les événements d'importance, d'une particulière assignation[d]. Parce qu'ils nous pèsent, il semble qu'ils lui pèsent aussi, et qu'il y regarde plus entier et plus attentif, qu'aux événements qui nous sont légers, ou d'une suite ordinaire. *Magna dii curant, parva negligunt*[e][5]. Écoutez son exemple[f], il vous éclaircira de sa raison. *Nec in regnis quidem reges omnia minima curant*[g][6]. Comme si ce lui était plus et moins, de remuer un empire ou la feuille d'un arbre, et si sa providence s'exerçait autrement, inclinant l'événement d'une bataille, que le saut d'une puce. La main de son gouvernement [se] prête à toutes choses de pareille teneur, même force, et même ordre : notre intérêt n'y apporte rien : nos mouvements et nos mesures ne le touchent pas. *Deus ita artifex magnus in magnis, ut minor non sit in parvis*[h][7]. Notre arrogance nous remet toujours en avant cette blasphémeuse appariation. Parce que nos occupations nous chargent, Strato a étrenné[i] les dieux de toute immunité d'offices[j] comme sont leurs prêtres[8]. Il fait produire

a. « Il est étonnant de voir jusqu'où va la malhonnêteté du cœur, quand elle est encouragée par quelque petit succès. » – *b*. que personne qui se proclame chrétien n'aille aussi le faire – *c*. de la chrétienté – *d*. attribution – *e*. « Les dieux s'occupent des affaires importantes, mais négligent les petites. » – *f*. l'exemple de Cicéron – *g*. « Et dans les royaumes pas même les rois ne se soucient de tous les détails. » – *h*. « S'il est un grand artisan dans les grandes choses, Dieu ne l'est pas moins dans les petites. » – *i*. gratifié – *j*. d'une exemption totale de charges

et maintenir toutes choses à nature, et de ses poids et mouvements construit les parties du monde, déchargeant l'humaine nature de la crainte des jugements divins. *Quod beatum æternumque sit id nec habere negotii quicquam nec exhibere alteri*[a][1]. Nature veut qu'en choses pareilles il y ait relation pareille[2]. Le nombre donc infini des mortels conclut un pareil nombre d'immortels. Les choses infinies qui tuent et nuisent en présupposent autant qui conservent et profitent. Comme les âmes des dieux, sans langue, sans yeux, sans oreilles, sentent entre eux chacun ce que l'autre sent, et jugent nos pensées : ainsi les âmes des hommes, quand elles sont libres et déprises du [corps par le sommeil, ou par] quelque ravissement[b], devinent, pronostiquent, et [voient choses, qu'elles ne sauraient voir mêlées aux corps[3].] Les hommes, dit Saint Paul[4], sont devenus fols cuidants[c] être sages, et ont mué[d] la gloire de Dieu incorruptible, en l'image de l'homme corruptible. Voyez un peu ce batelage[e] des déifications anciennes[5]. Après la grande et superbe pompe[f] de l'enterrement, comme le feu venait à prendre au haut de la pyramide, et saisir le lit du trépassé, ils laissaient en même temps échapper un aigle, lequel s'envolant à mont[g], signifiait que l'âme s'en allait en paradis. Nous avons mille médailles, et notamment de cette honnête femme[6] de Faustine, où cet aigle est représenté, emportant à la chèvre-morte[h] vers le ciel ces âmes déifiées. C'est pitié que nous nous pipons[i] de nos propres singeries et inventions,

Quod finxere timent[j][7] :

comme les enfants qui s'effraient de ce même visage qu'ils ont barbouillé et noirci à leur compagnon. *Quasi quicquam infelicius sit homine cui sua figmenta dominantur*[k][8]. C'est

a. « Une entité heureuse et éternelle n'a aucun motif de souci et n'en cause pas à autrui. » – *b*. extase – *c*. présumant – *d*. transformé – *e*. charlatanerie – *f*. procession – *g*. en l'air – *h*. sur son dos – *i*. leurrions – *j*. « Ce qu'ils ont inventé, ils le craignent » – *k*. « Comme s'il y avait plus misérable que l'homme dominé par ses propres fictions. »

bien loin d'honorer celui qui nous a fait, que d'honorer celui que nous avons fait. Auguste eut plus de temples que Juppiter, servis avec autant de religion, et créances[a] de miracles. Les Thasiens[1] en récompense des bienfaits qu'ils avaient reçus d'Agesilaus, lui vinrent dire qu'ils l'avaient canonisé : votre nation, leur dit-il, a-elle ce pouvoir de faire Dieu qui bon lui semble ? Faites-en pour voir l'un d'entre vous, et puis quand j'aurai vu comme il s'en sera trouvé, je vous dirai grand merci de votre offre. L'homme est bien insensé. Il ne saurait forger un ciron, et forge des Dieux à douzaines. Oyez Trismegiste[2] louant notre suffisance[b]. De toutes les choses admirables a surmonté l'admiration que[c] l'homme ait pu trouver la divine nature et la faire. Voici des arguments de l'école même de la philosophie.

Nosse cui Divos, et cœli numina soli,
Aut soli nescire datum[d3].

Si Dieu est[4], il est animal[e], s'il est animal, il a sens, et s'il a sens, il est sujet à corruption. S'il est sans corps, il est sans âme, et par conséquent sans action : et s'il a corps il est périssable. Voilà pas triomphé ? Nous sommes incapables [d'avoir fait le monde[5] : il y a donc quelque nature plus] excellente qui y a mis la main. Ce serait une sotte arrogance de nous estimer la plus parfaite chose de cet univers, il y a donc quelque chose de meilleur, cela, c'est dieu. Quand vous voyez une riche et pompeuse demeure, encore que vous ne sachez qui en est le maître, si ne direz-vous pas qu'elle soit faite pour des rats. Et cette divine structure que nous voyons du palais céleste, n'avons-nous pas à croire que ce [soit] le logis de quelque maître plus grand que nous ne sommes ? Le plus haut est-il pas toujours le plus digne, et nous sommes placés au bas. Rien sans âme [et] sans raison ne

a. croyances – *b*. valeur – *c*. De toutes les choses admirables, le plus étonnant est que – *d*. « À qui seule est donné de connaître les Dieux et les puissances célestes, ou de ne pouvoir les connaître. » – *e*. un être vivant peut produire un animant[a] capable de raison. Le monde nous produit, [il a] donc âme et raison. Chaque part de nous est moins que nous. Nous sommes part [du] monde. Le monde est donc fourni de sagesse et de raison, et plus abondamment [que] nous ne sommes. C'est belle [chose] d'avoir un grand gouvernement. Le gouvernement du monde appartient donc à quelque [heureuse] nature. Les astres ne nous font pas de nuisance, ils sont donc pleins de bonté. Nous avons besoin de nourriture[1], aussi ont donc les Dieux, et se paissent des vapeurs de çà-bas : Les biens mondains[b] [ne] sont pas biens à dieu, ce ne sont donc pas biens à nous. L'offenser et l'être offensé sont également témoignages d'imbécillité[c], c'est donc folie de craindre dieu. Dieu est bon par sa nature : l'homme par son industrie[d], qui est plus. La sagesse divine et l'humaine sagesse n'ont autre distinction : sinon que celle-là est éternelle. Or la durée n'est aucune accession[e] à la sagesse, par quoi nous voilà compagnons. Nous avons vie, raison et liberté, estimons la bonté, la charité, et la justice, ces qualités sont donc en lui. Somme[f] le bâtiment, et le débâtiment[g], les conditions de la divinité, se forgent par l'homme, selon la relation à soi. Quel patron et quel modèle ! Étirons, élevons, et grossissons les qualités humaines tant qu'il nous plaira : Enfle-toi pauvre homme, et encore, et encore, et encore,

non si te ruperis, inquit[h][2].

Profecto non Deum quem cogitare non possunt sed semet ipsos pro illo cogitantes non illum sed se ipsos non illi sed sibi comparant[i][3]. Ès[j] choses naturelles les effets ne rapportent[k] qu'à demi leurs causes : quoi[l] cette-ci ? elle est au-dessus de l'ordre de nature : sa

a. un être vivant – *b.* terrestres – *c.* de faiblesse – *d.* activité – *e.* n'ajoute rien – *f.* En somme – *g.* la construction et déconstruction – *h.* « non pas même si tu crevais, dit-il. » – *i.* « Assurément, en concevant non pas Dieu qu'ils ne peuvent concevoir mais eux-mêmes au lieu de Lui, ils ne comparent pas Lui, mais eux-mêmes, non à Lui mais à leur propre personne. » – *j.* Dans les – *k.* expriment – *l.* que dire de

condition est trop hautaine[a], trop éloignée, et trop maîtresse, pour souffrir que nos conclusions l'attachent et la garrottent. Ce n'est par nous qu'on y arrive, cette route est trop basse. Nous ne sommes non plus près du ciel sur le mont Senis, qu'au fond de la mer : consultez-en pour voir avec votre astrolabe. Ils[b] ramènent Dieu jusques à l'accointance charnelle des[c] femmes : à combien de fois, à combien de générations ? Paulina femme de Saturninus matrone[d] de grande réputation à Romme, pensant coucher avec le Dieu Serapis, se trouva entre les bras d'un sien amoureux[e], par le maquerellage des prêtres de ce temple[1]. Varro[2], le plus subtil et le plus savant auteur Latin : en ses livres de la Théologie écrit que le secretain[f] de Hercules, jetant au sort d'une main pour [soi], de l'autre pour Hercules, joua contre lui un souper et une garce : [s'il] gagnait, aux dépens des offrandes : s'il perdait, aux siens. [Il] perdit, paya son souper et [sa] garce. Son nom fut Laurentine qui vit de nuit ce dieu entre ses bras, lui disant au surplus que lendemain le premier qu'elle rencontrerait la paierait célestement de son salaire. Ce fut Taruntius, jeune homme riche qui [la] mena chez lui et, avec le temps, [la] laissa héritière. Elle, à son tour, espérant faire chose agréable [à] ce dieu, laissa héritier le peuple Romain. Pour quoi on lui attribua des honneurs divins. Comme s'il ne suffisait pas que par double [estoc[g]] Platon fût originellement descendu des Dieux[3], et avoir pour auteur commun de sa race Neptune : il était tenu pour certain à Athenes que Ariston, ayant voulu jouir de la belle Perictione, n'avait su : Et fut averti en songe par le dieu Apollo de la laisser impollue et intacte[h] jusqu'à ce qu'elle fût accouchée. C'étaient le père et mère de Platon. Combien y a-il ès[i] histoires de pareils cocuages procurés par les Dieux contre les pauvres humains, et des maris injurieusement décriés en faveur des enfants. En la

a. élevée – *b.* Les philosophes – *c.* avec les – *d.* dame de la noblesse – *e.* l'entremise malhonnête – *f.* sacristain – *g.* souche, ascendance – *h.* sans la souiller et la toucher – *i.* dans les

religion de Mahumet il se trouve par la créance[a] de ce peuple assez de Merlins[1] : à savoir enfants sans père, spirituels, nés divinement au ventre des pucelles : et portent un nom qui le signifie en leur langue. Il nous faut noter, qu'à chaque chose, il n'est rien plus cher, et plus estimable, que son être : le lion, l'aigle, le dauphin ne prisent rien au-dessus de leur espèce : et que chacune rapporte les qualités de toutes autres choses à ses propres qualités : Lesquelles nous pouvons bien étendre et raccourcir, mais c'est tout : car hors de ce rapport, et de ce principe, notre imagination ne peut aller : ne peut rien deviner autre, et est impossible qu'elle sorte de là, et qu'elle passe au-delà. D'où naissent ces anciennes conclusions. De toutes les formes[2], la plus belle est celle de l'homme. Dieu donc est de cette forme. Nul ne peut être heureux sans [vertu][3], ni la vertu être sans raison, et nulle raison loger ailleurs qu'en l'humaine figure[b]. Dieu est donc revêtu [de] l'humaine figure. *Ita est informatum anticipatum mentibus nostris ut homini cum de deo cogitet forma occurrat humana*[c][4]. Pourtant[d] disait Plaisamment Xenophanes[5], que si les animaux se forgent des dieux, comme il est vraisemblable qu'ils fassent, ils les forgent certainement de même eux[e], et se glorifient, comme nous. Car pourquoi ne dira un oison ainsi. Toutes les pièces de l'univers me regardent[f], la terre me sert à marcher, le Soleil à m'éclairer, les étoiles à m'inspirer leurs influences : j'ai telle commodité des vents, telle des eaux : Il n'est rien que cette voûte regarde si favorablement que moi : Je suis le mignon[g] de nature : est-ce pas l'homme qui me traite[h], qui me loge, qui me sert ? C'est pour moi qu'il fait et semer et moudre : S'il me mange, aussi fait-il[i] bien

a. croyance – *b.* forme – *c.* « Nos esprits se représentent et préjugent de sorte que lorsqu'il pense à Dieu, c'est la forme humaine qui s'impose à l'homme. » – *d.* Pour cette raison – *e.* semblables à eux – *f.* concernent – *g.* favori – *h.* s'occupe de moi – *i.* mange-t-il

l'homme son compagnon, et si fais-je moi[a] les vers qui le tuent, et qui le mangent. Autant en dirait une grue, et plus magnifiquement encore pour la liberté[b] de son vol, et la possession de cette belle et haute région. *Tam blanda conciliatrix et tam sui est lena ipsa natura*[c][1]. Or donc par ce même train, pour nous sont les destinées, pour nous le monde, il luit[d], il tonne pour nous, et le créateur, et les créatures, tout est pour nous. C'est le but et le point où vise l'université[e] des choses. Regardez le registre que la philosophie a tenu deux mille ans et plus, des affaires célestes : les dieux n'ont agi, n'ont parlé, que pour l'homme : elle ne leur attribue autre consultation, et autre vacation[f] : Les voilà contre nous en guerre,

domitósque Herculea manu
Telluris juvenes, unde periculum
Fulgens contremuit domus
Saturni veteris[g][2].

Les voici partisans de nos troubles, pour nous rendre la pareille de ce que tant de fois nous sommes partisans des leurs.

Neptunus muros magnóque emota tridenti
Fundamenta quatit, totámque a sedibus urbem
Eruit, hic Iuno Scœas sævissima portas
Prima tenet[h][3].

Les Cauniens[4], pour la jalousie de la domination de leurs Dieux propres[i], prennent armes en dos le jour de leur dévotion[j], et vont courant toute leur banlieue[k], frappant l'air par-ci par-là à tout[l] leurs

a. et ainsi je mange, moi – *b.* hardiesse – *c.* « Tant la nature est une charmante amadoueuse et entremetteuse d'elle-même. » – *d.* fait jour – *e.* l'universalité – *f.* délibération et autre occupation – *g.* « et domptés par le bras d'Hercule, les jeunes fils de la Terre, à l'origine du péril qui ébranla l'étincelante demeure du vieux Saturne. » – *h.* « Neptune secoue de son grand trident les murs et les fondations ébranlées, et renverse de ses fondations la ville tout entière ; voilà la si cruelle Junon qui est la première à occuper les portes Scées. » – *i.* par attachement farouche à la domination de leurs propres dieux – *j.* au jour réservé à la dévotion – *k.* espace d'une lieue en périphérie de la ville – *l.* avec

glaives, pourchassant ainsi à outrance[a] et bannissant les dieux étrangers de leur territoire. Leurs puissances sont retranchées[b] selon notre nécessité. Qui guérit les chevaux, qui les hommes, qui la peste, qui la teigne, qui la toux, qui une sorte de gale, qui une autre, *adeo minimis etiam rebus prava relligio inserit deos*[c 1] : qui fait naître les raisins, qui les aulse, qui a la charge de la paillardise, qui de la marchandise, à chaque race d'artisans un dieu : qui a sa province en orient et son crédit, qui en ponant,

hic illius arma
Hic currus fuit[d2].
O sancte Apollo qui umbilicum certum terrarum obtines[e3]
Pallada Cecropidæ, Minoïa Creta Dianam
Vulcanum tellus Hipsipilea colit
Junonem Sparte Pelopeiadesque Mycenæ
Pinigerum Fauni Mænalis ora caput,
Mars Latio venerandus[f4].

Qui n'a qu'un bourg, ou une famille en sa possession. Qui loge seul : qui en compagnie ou volontaire ou nécessaire.

Junctaque sunt magno templa nepotis avo[g5].

Il en est de si chétifs et populaires[6] (car le nombre s'en monte jusques à trente-six mille), qu'il en faut entasser bien cinq ou six à produire un épi de blé, et en prennent leurs noms divers[7]. Trois à une porte. Celui de l'ais, celui du gond, celui du seuil. Quatre à un enfant, protecteurs de son maillot, de son boire, de son manger, de son téter. Aucuns[h]

a. sans répit – *b.* Leurs pouvoirs sont délimités – *c.* « tant une religion dévoyée introduit les Dieux même dans les choses les plus insignifiantes » – *d.* « là étaient ses armes, là son char. » – *e.* « Ô saint Apollon, qui occupes le nombril exact de la terre » – *f.* « Les descendants de Cécrops [les Athéniens] adorent Pallas ; la Crète de Minos, Diane ; la terre d'Hypsipyle [Lemnos], Vulcain ; Sparte et Mycènes, cité des fils de Pelops, Junon ; le Ménale, Pan couronné de pin ; le Latium, Mars. » – *g.* « Le temple du petit-fils est réuni à celui de son grand aïeul. » – *h.* Quelques-uns

certains, aucuns incertains et douteux[1]. Aucuns qui n'entrent pas encore en Paradis,

Quos quoniam cœli nondum dignamur honore,
Quas dedimus certe terras habitare sinamus[a] [2].

[Il] en est de physiciens, de poétiques, [de] civils[3]. Aucuns, moyens[b] entre la divine et l'humaine nature, médiateurs, entremetteurs de nous à dieu[4]. Adorés [par] certain second ordre d'adoration [et] diminutif[c]. Infinis en titres et offices. Les uns bons, les autres mauvais. Il en est de vieux et cassés, et en est de mortels. Car Chrysippus[5] estimait qu'en la dernière conflagration du monde tous les dieux auraient à finir, sauf Juppiter. L'homme forge mille plaisantes sociétés entre dieu et lui. Est-il pas son compatriote.

Jovis incunabula Creten[d] [6].

Voici l'excuse que nous donnent sur la considération de ce sujet Scevola, grand Pontife, et Varro, grand théologien, en leur temps[7]. Qu'il est besoin que le peuple ignore beaucoup de choses vraies et en croie beaucoup de fausses. *Cum veritatem qua liberetur inquirat, credatur ei expedire, quod fallitur*[e] [8]. Les yeux humains ne peuvent apercevoir les choses, que par les formes de leur connaissance. Et ne nous souvient pas quel saut prit le misérable Phaeton pour avoir voulu manier les rênes des chevaux de son père d'une main mortelle[9]. Notre esprit retombe en pareille profondeur, [se] dissipe et se froisse[f] de même, par sa témérité[g]. Si vous demandez à la philosophie de quelle matière est le ciel et le Soleil que vous répondra-elle, sinon de fer ou avec Anaxagoras[10], de pierre, et telle étoffe de notre usage. S'enquiert-on à Zenon que c'est que nature[11]. Un feu, dit-il, artiste, propre à engendrer, procédant réglement. Archimedes

a. « Puisque nous ne les jugeons pas encore dignes de l'honneur du ciel, permettons-leur au moins d'habiter les terres que nous leur avons données. » – *b*. intermédiaires – *c*. de moindre importance – *d*. « Crète, berceau de Jupiter. » – *e*. « Comme il cherche la vérité pour se libérer, on pourrait croire qu'il serait dans son intérêt d'être trompé. » – *f*. blesse – *g*. précipitation

maître de cette science qui s'attribue la préséance sur toutes les autres en vérité et certitude[1] : le Soleil, dit-il, est un Dieu de fer enflammé. Voilà pas une belle imagination, produite de la beauté et inévitable nécessité des démonstrations géométriques. Non pourtant si inévitable et utile que Socrates n'ait estimé qu'il suffisait en savoir jusques à pouvoir arpenter[a] la terre qu'on donnait et recevait[2] et que Poliænus qui en avait été fameux et illustre docteur, ne les ait prises à mépris, comme pleines de fausseté, et de vanité apparente, après qu'il eut goûté les doux fruits des jardins poltronesques[b] d'Epicurus[3]. Socrates en Xenophon[4] sur [ce] propos d'Anaxagoras, estimé par l'antiquité entendu[c] au-dessus tous autres ès choses célestes et divines, dit qu'il se troubla [du] cerveau, comme font tous [les] hommes qui perscrutent[d] immodérément les connaissances, qui ne sont de leur appartenance. Sur ce qu'il faisait le Soleil une pierre ardente, il ne s'avisait pas qu'une pierre ne luit point au feu et, qui pis est, qu'elle s'y consomme[e]. En ce qu'il faisait un du Soleil et du feu[f], que le feu ne noircit pas ceux qu'il regarde : que nous regardons fixement le feu : que le feu tue les plantes et les herbes. C'est, à l'avis de Socrates et au mien aussi, le plus sagement jugé du ciel que n'en juger point. Platon, ayant à parler des Démons au *Timœ*[5] : c'est entreprise, dit-il, qui surpasse notre portée. Il en faut croire ces anciens qui se sont dits engendrés d'eux. C'est contre raison de refuser foi aux enfants des dieux, encore que leur dire ne soit établi par raisons nécessaires ni vraisemblables, puisqu'ils nous répondent[g] de parler de choses domestiques et familières. Voyons si nous avons quelque peu plus de clarté en la connaissance des choses humaines et naturelles. N'est-ce pas une ridicule entreprise, à celles auxquelles par notre propre confession notre science ne peut atteindre, leur aller forgeant un autre corps, et prêtant une

a. mesurer – *b.* amollis, paresseux – *c.* avisé – *d.* scrutent à fond – *e.* consume – *f.* assimilait le Soleil et le feu – *g.* garantissent

forme fausse de notre invention : comme il se voit au mouvement des planètes, auquel d'autant que notre esprit ne peut arriver, ni imaginer sa naturelle conduite, nous leur prêtons du nôtre, des ressorts matériels, lourds, et corporels :

temo aureus, aurea summæ
Curvatura rotæ, radiorum argenteus ordo[a][1].

Vous diriez que nous avons eu des cochers, des charpentiers, et des peintres qui sont allés dresser là-haut des engins à divers mouvements, et ranger les rouages et entrelacements des corps célestes bigarrés en couleur autour du fuseau de la nécessité, selon Platon[2].

Mundus domus est maxima rerum,
Quam quinque altitonæ fragmine zonæ
Cingunt, perquam limbus pictus bis sex signis
Stellimicantibus, altus in obliquo æthere, lunæ
Bigas acceptat[b][3].

Ce sont tous songes et fanatiques[c] folies. Que ne plaît-il un jour à nature nous ouvrir son sein, et nous faire voir au propre[d], les moyens et la conduite de ses mouvements, et y préparer nos yeux. Ô Dieu quels abus, quels mécomptes, nous trouverions en notre pauvre science : je suis trompé [si] elle tient une seule chose droitement en son point : et m'en partirai d'ici plus ignorant toute autre chose que mon ignorance. Ai-je pas vu en Platon ce divin mot, que nature n'est rien qu'une poésie énigmatique[4]. Comme peut-être qui dirait : une peinture voilée et ténébreuse, entreluisant d'une infinie variété de faux jours à exercer[e] nos conjectures. *Latent ista omnia crassis occultata et circumfusa tenebris, ut nulla acies humani ingenii tanta sit, quæ*

a. « le timon est d'or, d'or le grand cercle des roues, d'argent l'enfilade des rayons. » – *b*. « Le monde est une immense demeure, que ceignent cinq ceintures dont les déflagrations retentissent aux confins du ciel, et à travers laquelle une frange peinte de deux fois six signes étincelants d'étoiles, traversant l'éther tout en haut, accueille le char de la lune. » – *c*. inspirées par la divinité – *d*. tels qu'ils sont – *e*. pour exercer

penetrare in cœlum, terram intrare possit[a][1]. Et certes la philosophie n'est qu'une poésie sophistiquée. D'où tirent ses auteurs anciens toutes leurs autorités, que[b] des poètes, et les premiers furent poètes eux-mêmes et la traitèrent en leur art. Platon n'est qu'un poète décousu. Timon l'appelle par injure grand forgeur de miracles[2]. Tout[3] ainsi que les femmes emploient des dents d'ivoire, où les leurs naturelles leur manquent, et au lieu de leur vrai teint en forgent un de quelque matière étrangère : comme elles font des cuisses de drap et de feutre, et de l'embonpoint de coton, et au vu et su d'un chacun s'embellissent d'une beauté fausse et empruntée : ainsi fait la science (et notre droit même a, dit-on, des fictions légitimes[c], sur lesquelles il fonde la vérité de sa justice), elle nous donne en paiement et en présupposition[d], les choses qu'elle-même nous apprend être inventées : car ces épicycles, excentriques, concentriques, de quoi l'Astrologie s'aide à conduire le branle[e] de ses étoiles, elle nous les donne, pour le mieux qu'elle ait su inventer en ce sujet : comme aussi au reste, la philosophie nous présente, non pas ce qui est, ou ce qu'elle croit, mais ce qu'elle forge ayant plus d'apparence et de gentillesse[f]. Platon, sur le discours de l'état de notre corps et de celui des bêtes[4]. Que ce que nous avons dit soit vrai, nous [en] assurerions, si nous avions [sur] ce la confirmation d'un oracle. Seulement nous assurons que c'est le plus vraisemblablement que nous ayons su dire. Ce n'est pas au ciel seulement qu'elle envoie ses cordages, ses engins et ses roues : considérons un peu ce qu'elle dit de nous-mêmes et de notre contexture. Il n'y a pas plus de rétrogradation, trépidation, accession, recu-

a. « Tout cela est caché et entouré d'épaisses ténèbres, au point que nul esprit humain n'est assez perçant pour pénétrer au ciel ou entrer dans la terre. » – *b.* si ce n'est – *c.* légales – *d.* à titre d'axiomes – *e.* mouvement – *f.* de vraisemblance et d'élégance

lement, ravissement, aux astres et corps célestes[1], qu'ils en ont forgé en ce pauvre petit corps humain. Vraiment ils ont eu par là, raison de l'appeler le petit monde[2], tant ils ont employé de pièces, et de visages à le maçonner et bâtir. Pour accommoder les mouvements qu'ils voient en l'homme, les diverses fonctions et facultés que nous sentons en nous, en combien de parties ont-ils divisé notre âme ? en combien de sièges logée ? à combien d'ordres et étages ont-ils départi[a] ce pauvre homme, outre les naturels et perceptibles ? et à combien d'offices et de vacations[b] ? Ils en font une chose publique[c] imaginaire. C'est un sujet qu'ils tiennent et qu'ils manient : on leur laisse toute puissance de le découdre, ranger, rassembler, et étoffer, chacun à sa fantaisie, et si[d] ne le possèdent pas encore. Non seulement en vérité, mais en songe même, ils ne le peuvent régler, qu'il ne s'y trouve quelque cadence, ou quelque son, qui échappe à leur architecture, toute énorme[e] qu'elle est, et rapiécée de mille lopins faux et fantastiques. Et ce n'est pas raison de [les] excuser. Car aux peintres[3], quand ils peignent le ciel, [la] terre, les mers, les monts, [les] îles écartées, nous leur condonnons[f] qu'ils nous en rapportent seulement quelque marque légère : et comme de choses ignorées nous contentons d'un tel quel ombrage [et] feinte[g]. Mais quand ils nous tirent après le naturel[h] en un sujet qui nous [est] familier et connu, nous exigeons d'eux une parfaite [et] exacte représentation des linéaments et des couleurs, et [les] méprisons s'ils y faillent[i]. Je sais bon gré à la garce Milésienne[4], qui voyant le philosophe Thales s'amuser continuellement à la contemplation de la voûte céleste, et tenir

a. partagé – *b.* de devoirs et de fonctions – *c.* république – *d.* et pourtant – *e.* disproportionnée – *f.* concédons – *g.* de n'importe quelle esquisse et représentation – *h.* Mais quand ils font notre portrait au vif – *i.* échouent

toujours les yeux élevés contremont[a], lui mit en son passage quelque chose à le faire broncher[b], pour l'avertir qu'il serait temps d'amuser son pensement[c] aux choses qui étaient dans les nues, quand il aurait pourvu à celles qui étaient à ses pieds. Elle lui conseillait certes bien, de regarder plutôt à soi qu'au ciel : Car, comme dit Democritus par la bouche de Cicero.

Quod est ante pedes nemo spectat, cœli scrutantur plagas[d 1].

Mais notre condition porte, que la connaissance de ce que nous avons entre mains, est aussi éloignée de nous, et aussi bien au-dessus des nues, que celle des astres. Comme dit Socrates en Platon[2], qu'à quiconque se mêle de la philosophie, on peut faire le reproche que fait cette femme à Thales, qu'il ne voit rien de ce qui est devant lui. Car tout philosophe ignore ce que fait son voisin, oui et[e] ce qu'il fait lui-même, et ignore ce qu'ils sont tous deux, ou bêtes ou hommes. Ces gens-ci, qui trouvent les raisons de Sebond trop faibles, qui n'ignorent rien, qui gouvernent le monde, qui savent tout,

Quæ mare compescant causæ, quid temperet annum,
Stellæ sponte sua, jussæve vagentur et errent :
Quid premat obscurum Lunæ, quid proferat orbem,
Quid velit et possit rerum concordia discors[f 3] :

n'ont-ils pas quelquefois sondé parmi leurs livres, les difficultés qui se présentent, à connaître leur être propre ? Nous voyons bien que le doigt se meut, et que le pied se meut, qu'aucunes[g] parties se branlent

a. vers le haut – *b.* pour le faire trébucher – *c.* d'occuper sa pensée – *d.* « Personne ne regarde ce qu'il a devant ses pieds, mais on scrute les étendues célestes. » – *e.* y compris – *f.* « Les causes qui retiennent la mer, ce qui règle les saisons, si l'errance et le vagabondage des étoiles est spontané ou contraint : quelle force obscurcit ou illumine l'orbe lunaire, quel est le but et le pouvoir de la discordante concorde des éléments » – *g.* certaines

d'elles-mêmes sans notre congé, et que d'autres nous les agitons par notre ordonnance[a], que certaine appréhension engendre la rougeur, certaine autre la pâleur, telle imagination agit en la rate seulement, telle autre au cerveau, l'une nous cause le rire, l'autre le pleurer, telle autre transit et étonne tous nos sens, et arrête le mouvement de nos membres, à tel objet l'estomac se soulève, à tel autre, quelque partie plus basse. Mais comme une impression spirituelle, fasse une telle faucée[b] dans un sujet massif, et solide, et la nature de la liaison et couture de ces admirables ressorts, jamais homme ne l'a su[1]. *Omnia incerta ratione et in naturæ majestate abdita*[c][2], dit Pline, et S. Augustin, *Modus quo corporibus adhærent spiritus omnino mirus est nec comprehendi ab homine potest : et hoc ipse homo est*[d][3]. Et si[e] ne le met-on pas[4] pourtant[f] en doute : car les opinions des hommes, sont reçues à la suite des créances[g] anciennes, par autorité et à crédit, comme si c'était religion et loi. On reçoit comme un jargon, ce qui en est communément tenu : on reçoit cette vérité, avec tout son bâtiment et attelage d'arguments et de preuves, comme un corps ferme et solide, qu'on n'ébranle plus, qu'on ne juge plus. Au contraire, chacun à qui mieux mieux, va plâtrant et confortant cette créance reçue, de tout ce que peut sa raison, qui est un outil souple, contournable[h], et accommodable à toute figure. Ainsi se remplit le monde et se confit[i] en fadaise et en mensonge. Ce qui fait qu'on ne doute de guère de choses, c'est que les communes

a. volonté – *b.* percée – *c.* « Toutes choses d'une cause incertaine et cachées dans la majesté de la nature. » – *d.* « La manière dont les esprits sont liés au corps est absolument étonnante et ne peut être comprise par l'homme : et c'est cela même qui fait l'homme. » – *e.* Et pourtant – *f.* pour cette raison – *g.* croyances – *h.* à laquelle on peut donner les contours [de toute figure] – *i.* s'imbibe, se remplit de

impressions, on ne les essaie jamais[a] : on n'en sonde point le pied, où gît la faute et la faiblesse : on ne débat que sur les branches : on ne demande pas si cela est vrai, mais s'il a été ainsi ou ainsi entendu. On ne demande pas si Galen a rien dit qui vaille, mais s'il a dit ainsi ou autrement. Vraiment c'était bien raison que cette bride et contrainte de la liberté de nos jugements, et cette tyrannie de nos créances, s'étendit jusques aux écoles et aux arts[b]. Le Dieu de la science scolastique c'est Aristote[1] : c'est religion de débattre de ses ordonnances, comme de celles de Lycurgus à Sparte[2]. Sa doctrine nous sert de loi magistrale, qui est à l'aventure[c] autant fausse qu'une autre. Je ne sais pas pourquoi je n'acceptasse autant[d] volontiers, ou les idées de Platon[3], ou les atomes d'Epicurus, ou le plein et le vide de Leucippus et Democritus, ou l'eau de Thales, ou l'infinité de nature d'Anaximander, ou l'air de Diogenes[4], ou les nombres et symétrie de Pythagoras, ou l'infini de Parmenides, ou l'un de Musæus, ou l'eau et le feu d'Apollodorus, ou les parties similaires d'Anaxagoras, ou la discorde et amitié d'Empedocles, ou le feu de Heraclitus, ou toute autre opinion de cette confusion infinie d'avis et de sentences, que produit cette belle raison humaine par sa certitude et clairvoyance, en tout ce de quoi elle se mêle, que je ferais l'opinion d'Aristote, sur ce sujet des principes des choses naturelles : Lesquels principes il bâtit de trois pièces, matière, forme, et privation. Et qu'est-il plus vain que de faire l'inanité même, cause de la production des choses[5] ? La privation c'est une négative : de quelle humeur en a-il

a. on ne les met jamais à l'épreuve – *b*. aux humanités – *c*. peut-être – *d*. je n'accepterais aussi

pu faire la cause et origine des choses qui sont. Cela toutefois ne s'oserait ébranler, que pour l'exercice de la Logique. On n'y débat rien pour le mettre en doute, mais pour défendre l'auteur de l'école, des objections étrangères : son autorité c'est le but, au-delà duquel il n'est pas permis de s'enquérir. Il est bien aisé sur des fondements avoués[a], de bâtir ce qu'on veut : car selon la loi et ordonnance de ce commencement, le reste des pièces du bâtiment se conduit aisément, sans se démentir[b]. Par cette voie nous trouvons notre raison bien fondée, et discourons à boule vue[c] : car nos maîtres préoccupent et gagnent avant main, autant de lieu[d] en notre créance[e], qu'il leur en faut pour conclure après ce qu'ils veulent, à la mode des Géométriens par leurs demandes avouées : le consentement et approbation que nous leur prêtons, leur donnant de quoi nous traîner à gauche et à dextre, et nous pirouetter[f] à leur volonté. Quiconque est cru de ses présuppositions, il est notre maître et notre Dieu : il prendra le plant[g] de ses fondements si ample et si aisé, que par iceux il nous pourra monter, s'il veut, jusques aux nues. En cette pratique et négociation de science, nous avons pris pour argent comptant le mot de Pythagoras, que chaque expert doit être cru en son art[1]. Le dialecticien se rapporte au grammairien de la signification des mots : le rhétoricien emprunte du dialecticien les lieux des arguments : le poète du musicien les mesures : le géométrien de l'arithméticien les proportions : les métaphysiciens prennent pour fondement les conjec-

a. admis – *b.* sans se démettre – *c.* à coup sûr – *d.* nous occupent à l'avance et gagnent d'un coup poussé du devant de la raquette [terme de jeu de paume] autant de place – *e.* croyance – *f.* faire pirouetter – *g.* l'implantation

tures de la physique. Car chaque science a ses principes présupposés, par où le jugement humain est bridé de toutes parts. Si vous venez à choquer cette barrière, en laquelle gît la principale erreur, ils ont incontinent[a] cette sentence en la bouche, qu'il ne faut pas débattre contre ceux qui nient les principes. Or n'y peut-il avoir des principes aux hommes, si la divinité ne les leur a révélés : de tout le demeurant[b], et le commencement, et le milieu, et la fin, ce n'est que songe et fumée. À ceux qui combattent par présupposition, il leur faut présupposer au contraire[c], le même axiome, de quoi on débat. Car toute présupposition humaine et toute énonciation a autant d'autorité que l'autre, si la raison n'en fait la différence[1]. Ainsi il les faut toutes mettre à la balance : et premièrement les générales, et celles qui nous tyrannisent. L'impression de la certitude est un certain témoignage de folie et d'incertitude extrême. Et n'est point de plus [folles] gens, ni moins philosophes que les philodoxes de Platon[2]. Il faut savoir si le feu est chaud, si la neige est blanche, s'il y a rien de dur ou de mol en notre connaissance. Et quant à ces réponses, de quoi il se fait des contes anciens : comme à celui qui mettait en doute la chaleur, à qui on dit qu'il se jetât dans le feu[3] : à celui qui niait la froideur de la glace, qu'il s'en mît dans le sein : elles sont très indignes de la profession philosophique. S'ils nous eussent laissé en notre état naturel, recevant les apparences étrangères selon qu'elles se présentent à nous par nos sens, et nous eussent laissé aller après nos appétits simples, et réglés par la condition de notre naissance, ils auraient raison de parler ainsi : mais c'est d'eux que nous avons appris de nous rendre juges du monde : c'est d'eux que nous tenons cette

a. immédiatement – *b.* tout le reste – *c.* en sens contraire

fantaisie[a], que la raison humaine est contrerôleuse[b] générale de tout ce qui est au dehors et au dedans de la voûte céleste, qui embrasse tout, qui peut tout : par le moyen de laquelle tout se sait, et connaît : Cette réponse serait bonne parmi les Cannibales, qui jouissent l'heur d'une longue vie, tranquille et paisible sans les préceptes d'Aristote, et sans la connaissance du nom de la physique. Cette réponse vaudrait mieux à l'aventure[c], et aurait plus de fermeté, que toutes celles qu'ils emprunteront de leur raison et de leur invention. De cette-ci seraient capables avec nous, tous les animaux, et tout ce, où le commandement est encore pur et simple de la loi naturelle : mais eux, ils y ont renoncé. Il ne faut pas qu'ils me dient, il est vrai, car vous le voyez et sentez ainsi : il faut qu'ils me dient, si ce que je pense sentir, je le sens pourtant en effet[d] : et si je le sens, qu'ils me disent après, pourquoi je le sens, et comment, et quoi : qu'ils me dient le nom, l'origine, les tenants, et aboutissants de la chaleur, du froid, les qualités de celui qui agit, et de celui qui souffre[e] : ou qu'ils me quittent[f] leur profession, qui est de ne recevoir ni approuver rien, que par la voie de la raison : c'est leur touche à toutes sortes d'essais[g] : mais certes c'est une touche pleine de fausseté, d'erreur, de faiblesse : et défaillance. Par où la voulons-nous mieux éprouver que par elle-même ? S'il ne la faut croire parlant de soi, à peine[h] sera-elle propre à juger des choses étrangères : si elle connaît quelque chose, au moins sera-ce son être et son domicile. Elle est en l'âme, et partie, ou effet d'icelle : car la vraie raison et essentielle, de qui nous dérobons le nom à fausses

a. opinion – *b.* contrôleuse – *c.* peut-être – *d.* pour ce motif en réalité – *e.* subit – *f.* renoncent à – *g.* c'est leur pierre de touche dans tout ce qu'ils expérimentent – *h.* à grand-peine

enseignes[a], elle loge dans le sein de Dieu, c'est là son gîte et sa retraite, c'est de là où elle part, quand il plaît à Dieu nous en faire voir quelque rayon : comme Pallas saillit de la tête de son père, pour se communiquer au[b] monde. Or voyons ce que l'humaine raison nous a appris de soi et de l'âme. Non de l'âme en général, de laquelle quasi toute la philosophie rend les corps célestes et les premiers corps participants : ni de celle que Thales attribuait aux choses mêmes qu'on tient inanimées[1], convié par la considération de l'aimant : mais de celle qui nous appartient, que nous devons mieux connaître.

Ignoratur enim quæ sit natura animaï,
Nata sit an contra nascentibus insinuetur,
Et simul intereat nobiscum morte dirempta,
An tenebras orci visat vastásque lacunas,
An pecudes alias divinitus insinuet se[c2].

À Crates et Dicærchus[d3], qu'il n'y en avait du tout point, mais que le corps s'ébranlait ainsi d'un mouvement naturel : à Platon que c'était une substance se mouvant de soi-même : à Thales une nature sans repos : à Asclepiades une exercitation[e] des sens : à Hesiodus et Anaximander, chose composée de terre et d'eau : à Parmenides, de terre et de feu : à Empedocles de sang.

Sanguineam vomit ille animam[f4] :

à Possidonius, Cleantes et Galen, une chaleur ou complexion chaleureuse,

a. dont nous dérobons le nom illégitimement – *b.* pour entrer en contact avec le – *c.* « On ignore en effet quelle est la nature de l'âme, si elle prend naissance ou si, au contraire, elle s'insinue dans ceux qui viennent au monde, si elle périt en même temps que nous quand la mort l'en sépare, ou si elle va visiter les ténèbres et les vastes abîmes d'Orcus, ou si, par une divine impulsion, elle s'introduit dans d'autres animaux. » – *d.* et Dicéarque, [l'humaine raison a appris de l'âme] – *e.* agitation – *f.* « Il vomit son âme de sang »

Igneus est ollis vigor, et cælestis origo[a1] :

à Hypocrates un esprit épandu par le corps : à Varro un air reçu par la bouche, échauffé au poumon, attrempé[b] au cœur, et épandu par tout le corps : à Zeno la quintessence des quatre éléments : à Heraclides Ponticus la lumière : à Xenocrates, et aux Égyptiens un nombre mobile : aux Chaldéens, une vertu sans forme déterminée,

habitum quemdam vitalem corporis esse,
Harmoniam Græci quam dicunt[c2].

N'oublions pas Aristote, ce qui naturellement fait mouvoir le corps, qu'il nomme entéléchie[d3] : D'une autant[e] froide invention que nulle autre, car il ne parle ni de l'essence, ni de l'origine, ni de la nature de l'âme, mais en remarque seulement l'effet. Lactance, Seneque et la meilleure part entre les dogmatistes, ont confessé que c'était chose qu'ils n'entendaient pas. Et après tout ce dénombrement d'opinions : *Harum sententiarum quæ vera sit [deus] aliquis viderit*[f4], dit Cicero. Je connais par moi, dit S. Bernard[5], combien Dieu est incompréhensible, puisque les pièces de mon être propre je ne les puis comprendre. Heraclytus qui tenait tout être plein d'âmes et de démons, maintenait pourtant qu'on ne pouvait aller tant avant vers la connaissance de l'âme qu'on y pût arriver, si profonde être[g] son essence[6]. Il n'y a pas moins de dissension[7], ni de débat à la loger[8]. Hipocrates et Hierophilus la mettent au ventricule du cerveau : Democritus et Aristote, par tout le corps,

Ut bona sæpe valetudo cum dicitur esse
Corporis, et non est tamen hæc pars ulla valentis[h9].

a. « Elles ont une vigueur ignée et une céleste origine » – *b*. tempéré – *c*. « une sorte de disposition vitale du corps, que les Grecs nomment harmonie. » – *d*. acte (par opposition à la puissance) – *e*. aussi – *f*. « Quelle est la vraie de toutes ces opinions, quelque dieu pourrait le voir » – *g*. tant est profonde – *h*. « De même que l'on parle souvent de la bonne

Epicurus en l'estomac,

Hic exultat enim pavor ac metus, hæc loca circum
Lætitiæ mulcent[a] [1].

Les Stoïciens autour et dedans le cœur : Erasistratus, joignant la membrane de l'épicrâne : Empedocles au sang : comme aussi Moyse, qui fut la cause pourquoi il défendit de manger le sang des bêtes, auquel leur âme est jointe[2] : Galen a pensé que chaque partie du corps ait son âme : Strato l'a logée entre les deux sourcils : *Qua facie quidem sit animus [aut] ubi habitet, ne quærendum quidem est*[b], dit Cicero[3]. Je laisse volontiers [à] cet homme ses mots propres : Irais-je altérer à l'éloquence son parler ? Joint qu'il y a [peu] d'acquêt à dérober la matière de ses inventions, elles sont et peu fréquentes, [et] peu roides, et peu ignorées. Mais la raison pourquoi Chrysippus l'argumente[c] autour du cœur, comme les autres de sa secte, n'est pas pour être oubliée[4] : C'est parce, dit-il, que quand nous voulons assurer quelque chose, nous mettons la main sur l'estomac : et quand nous voulons prononcer, ἔγω, qui signifie, moi, nous baissons vers l'estomac la mâchoire d'en bas. Ce lieu[d] ne se doit passer sans remarquer la vanité d'un si grand personnage : Car outre ce que ces considérations sont d'elles-mêmes infiniment légères, la dernière ne prouve que aux Grecs, qu'ils aient l'âme en cet endroit-là. Il n'est jugement humain, si tendu, qui ne sommeille parfois. Que craignons-nous à dire ? Voilà les Stoïciens, pères de l'humaine prudence, qui trouvent que l'âme d'un homme accablé sous une ruine traîne et ahane[e] longtemps à sortir, ne [se] pouvant démêler[f] de

santé du corps, sans que pourtant celle-ci soit une partie de la personne bien portante. » – *a*. « C'est en effet là que palpitent la peur et la crainte, c'est cette zone que flattent les joies. » – *b*. « Quel est l'aspect de l'âme et où siège-t-elle, on ne doit pas même se le demander » – *c*. Mais la raison pour laquelle Chrysippe argumente en faveur de sa localisation – *d*. passage – *e*. respire avec difficulté sous l'effort – *f*. dégager

la charge, comme une souris prise à la trapelle[a] [1]. [Aucuns] [b] [2] tiennent que le monde fut fait pour donner corps par punition aux esprits déchus par leur faute de la pureté en quoi ils avaient été créés : la première création n'ayant été qu'incorporelle. Et que selon qu'ils se sont plus ou moins éloignés de leur spiritualité, on les incorpore plus et moins allègrement ou lourdement. De là vient [la] variété de tant de matière créée. Mais l'esprit qui fut pour [sa] peine investi du corps du soleil devait avoir une mesure d'altération[c] bien rare et particulière. Les extrémités de notre perquisition[d] tombent toutes en éblouissement. Comme dit Plutarque de la tête des histoires[3], qu'à la mode des cartes l'orée des terres connues est saisie de marais, forêts profondes, déserts et lieux inhabitables. Voilà pourquoi les plus grossières et puériles rêvasseries se trouvent plus en ceux qui traitent les choses plus hautes et plus avant : s'abîmant en leur curiosité et présomption. La fin et le commencement de science se tiennent en pareille bêtise. Voyez prendre amont l'essor à Platon[e] en ses nuages poétiques : voyez chez lui le jargon des Dieux. Mais à quoi songeait-il quand il définit l'homme, un animal à deux pieds, sans plume[4] : fournissant à ceux qui avaient envie de se moquer de lui une plaisante occasion : car ayant plumé un chapon vif, ils l'allaient nommant l'homme de Platon. Et quoi les[f] Épicuriens[5], de quelle simplicité étaient-ils allés premièrement imaginer que leurs atomes, qu'ils disaient être des corps ayant quelque pesanteur, et un mouvement naturel contre-bas, eussent bâti le monde : jusques à ce qu'ils fussent avisés par leurs adversaires, que par cette description, il n'était pas possible qu'elles se joignissent et se prissent l'une à l'autre, leur chute étant ainsi droite et perpendiculaire, et engendrant partout des lignes parallèles ? Par quoi, il fut force[g] qu'ils y ajoutassent

a. au piège – *b.* Certains – *c.* quantité d'anomalies – *d.* minutieuse enquête – *e.* Voyez Platon prendre son essor vers le ciel – *f.* Et que dire des – *g.* nécessaire depuis un mouvement de côté, fortuit : et qu'ils fournissent encore à leurs atomes, des queues courbes et crochues pour les rendre aptes à s'attacher et se coudre. Et lors même ceux qui les poursuivent de cette autre considération les mettent-ils pas en peine. Si les atomes ont par sort formé tant de sortes de figures, pourquoi ne se sont-ils jamais rencontrés à faire une maison, un soulier ? Pourquoi, de même, ne croit-on qu'un nombre infini de lettres grecques versées emmi[a] la place, seraient pour arriver à la contexture de l'*Iliade*[b][1] ? Ce qui est capable de raison, dit Zeno[2], est meilleur que ce qui n'en est point capable, il n'est rien meilleur que le monde, il est donc capable de raison. Cotta par cette même argumentation fait le monde mathématicien. Et le fait musicien et organiste par cette autre argumentation, aussi de Zeno. Le tout est plus que la partie. Nous sommes capables de sagesse et parties du monde, il est donc sage. Il se voit infinis pareils exemples, non d'arguments faux seulement, mais ineptes, ne se tenant point, et accusant leurs auteurs non tant d'ignorance que d'imprudence, ès[c] reproches que les philosophes se font les uns aux autres sur les dissensions de leurs opinions, et de leurs sectes. Qui fagoterait suffisamment[d] un amas des âneries de l'humaine prudence, il dirait merveilles. J'en assemble volontiers : comme une montre[e] : par quelque biais non moins utile à considérer que les opinions saines et modérées. Jugeons[3] par là ce que nous avons à estimer de l'homme, de son sens et de sa raison, puisqu'en ces grands personnages, et qui ont porté si haut l'humaine suffisance[f], il s'y trouve des défauts si apparents et si grossiers. Moi j'aime mieux croire qu'ils ont traité la science casuellement[g] ainsi qu'un jouet à toutes mains, Et se sont ébattus de[h] la raison, comme

a. au milieu de – *b.* seraient capables d'arriver à former le texte de l'*Iliade* – *c.* dans les – *d.* Qui mettrait toute sa compétence à rassembler – *e.* revue – *f.* valeur – *g.* de manière hasardeuse – *h.* amusés avec

d'un instrument vain et frivole, mettant en avant toutes sortes d'inventions et de fantaisies tantôt plus tendues, tantôt plus lâches. Ce même Platon[1], qui définit l'homme comme une poule, il dit ailleurs[2] après Socrates, qu'il ne sait à la vérité que[a] c'est que l'homme, et que c'est l'une des pièces du monde d'autant difficile[b] connaissance. Par cette variété et instabilité d'opinions, ils nous mènent comme par la main tacitement à cette résolution de leur irrésolution. Ils font profession de ne présenter pas toujours leur avis en visage découvert et apparent : ils l'ont caché tantôt sous des ombrages fabuleux de la Poésie, tantôt sous quelque autre masque : car notre imperfection porte encore cela, que la viande crue n'est pas toujours propre[c] à notre estomac : il la faut assécher, altérer[d] et corrompre : Ils font de même : ils obscurcissent parfois leurs naïves opinions et jugements, et les falsifient pour s'accommoder à l'usage public. Ils ne veulent pas faire profession expresse[e] d'ignorance, et de l'imbécillité[f] de la raison humaine pour ne faire peur aux enfants. Mais ils nous la découvrent assez sous l'apparence d'une science trouble et inconstante. Je conseillais en Italie à quelqu'un qui était en peine de parler Italien, que pourvu qu'il ne cherchât qu'à se faire entendre[g], sans y vouloir autrement exceller, qu'il employât seulement les premiers mots qui lui viendraient à la bouche, Latins, Français, Espagnols ou Gascons, et qu'en y ajoutant la terminaison Italienne, il ne faudrait jamais à[h] rencontrer quelque idiome du pays, ou Toscan ou Romain ou Vénitien ou Piémontais ou Napolitain, et de se joindre à quelqu'une de

a. ce que – *b*. de fort difficile – *c*. adaptée – *d*. transformer – *e*. avouer directement leur – *f*. faiblesse – *g*. comprendre – *h*. manquerait jamais de

tant de formes. Je dis de même de la Philosophie : elle a tant de visages et de variété, et a tant dit, que tous nos songes et rêveries s'y trouvent : L'humaine fantaisie[a] ne peut rien concevoir en bien et en mal qui n'y soit : *Nihil tam absurde dici potest quod non dicatur ab aliquo philosophorum*[b][1]. Et j'en laisse plus librement aller mes caprices en public, d'autant que bien qu'ils soient nés chez moi, et sans patron[c], je sais qu'ils trouveront leur relation à quelque humeur ancienne, et ne faudra[d] quelqu'un de dire, voilà d'où il le prit. Mes mœurs sont naturelles : je n'ai point appelé à les bâtir le secours d'aucune discipline. Mais toutes imbéciles[e] qu'elles sont, quand l'envie m'a pris de les réciter[f] : et que pour les faire sortir en public un peu plus décemment, je me suis mis en devoir de les assister et de discours[g] et d'exemples: ça a été merveille à moi-même de les rencontrer par cas d'aventure[h] conformes à tant d'exemples et discours philosophiques. De quel régiment[i] était [ma] vie, je ne l'ai appris qu'après qu'elle est exploitée et employée[j]. Nouvelle figure. Un philosophe imprémédité et fortuit. Pour revenir à notre âme, ce que[k] Platon[2] a mis la raison au cerveau, l'ire au cœur, et la cupidité[l] au foie, il est vraisemblable que ç'a été plutôt une interprétation des mouvements de l'âme, qu'une division, et séparation qu'il en ait voulu faire, comme d'un corps en plusieurs membres. Et la plus vraisemblable de leurs opinions est, que c'est toujours une âme, qui par sa faculté ratiocine, se souvient, comprend, juge, désire et exerce toutes ses autres opérations, par divers instruments du corps : comme le nocher gouverne son navire selon l'expérience qu'il en a, ores tendant ou lâchant une corde, ores[m] haus-

a. imagination – *b.* « On ne peut rien dire de si absurde qui n'ait été dit par l'un ou l'autre des philosophes. » – *c.* modèle – *d.* manquera – *e.* faibles – *f.* raconter – *g.* raisonnements – *h.* par hasard – *i.* quelle catégorie – *j.* qu'après l'avoir accomplie et utilisée – *k.* le fait que – *l.* la colère au cœur, et le désir au foie – *m.* tantôt… tantôt…

sant l'antenne, ou remuant l'aviron, par une seule puissance conduisant divers effets. Et qu'elle loge au cerveau : ce qui appert[a] de ce que les blessures et accidents qui touchent cette partie, offensent incontinent[b] les facultés de l'âme : de là, il n'est pas inconvénient[c] qu'elle s'écoule par le reste du corps :

medium non deserit unquam
Cœli Phœbus iter, radiis tamen omnia lustrat[d1] :

comme le soleil épand du ciel en hors sa lumière et ses puissances, et en remplit le monde :

Cætera pars animæ par totum dissita corpus
Paret, et ad numen mentis momenque movetur[e2].

Aucuns[f3] ont dit, qu'il y avait une âme générale, comme un grand corps, duquel toutes les âmes particulières étaient extraites et s'y en retournaient, se remêlant toujours à cette matière universelle,

Deum namque ire per omnes
Terrásque tractúsque maris cælumque profundum,
Hinc pecudes, armenta, viros, genus omne ferarum,
Quemque sibi tenues nascentem arcessere vitas,
Scilicet huc reddi deinde, ac resoluta referri
Omnia : nec morti esse locum[g4] :

D'autres, qu'elles ne faisaient que s'y rejoindre et rattacher : d'autres qu'elles étaient produites de la substance divine : d'autres par les anges de feu et d'air. Aucuns de toute ancienneté : aucuns sur l'heure

a. apparaît – *b.* immédiatement – *c.* extraordinaire – *d.* « Phébus ne s'écarte jamais de son chemin au milieu du ciel : de ses rayons pourtant il répand sa lumière sur toute chose » – *e.* « L'autre partie que constitue l'âme, disséminée par tout le corps, obéit et se meut au gré de la volonté et de l'impulsion de l'esprit. » – *f.* Certains – *g.* « Car dieu va par toute la terre, les étendues maritimes et les profondeurs célestes, c'est de là que le bétail, petit et gros, les hommes, les bêtes sauvages de toute espèce et chaque être qui naît tirent leurs subtiles ressources vitales, et c'est assurément là ensuite que tout est rendu et restitué après dissolution, sans qu'il y ait de place pour la mort »

même du besoin. Aucuns les font descendre du rond de la Lune et y retourner. Le commun[a1] des anciens, qu'elles sont engendrées de père en fils, d'une pareille manière et production que toutes autres choses naturelles, argumentants cela par la ressemblance des enfants aux pères,

Instillata patris virtus tibi[b2] *:*
Fortes creantur fortibus et bonis[c3],

et qu'on voit écouler des pères aux enfants, non seulement les marques du corps, mais encore une ressemblance d'humeurs, de complexions, et inclinations de l'âme,

Denique cur acris violentia triste leonum
Seminium sequitur, dolus vulpibus, et fuga cervis
A patribus datur, et patrius pavor incitat artus,
Si non certa suo quia semine seminióque,
Vis animi pariter crescit cum corpore toto[d4] :

que là-dessus se fonde la justice divine, punissant aux enfants la faute des pères[5] : d'autant que la contagion des vices paternels est aucunement empreinte en l'âme des enfants, et que le dérèglement de leur volonté les touche. Davantage que si les âmes venaient d'ailleurs, que d'une suite naturelle, et qu'elles eussent été quelque autre chose hors du corps, elles auraient recordation[e] de leur être premier, attendu les naturelles facultés, qui lui sont propres, de discourir, raisonner et se souvenir :

a. lieu commun – *b.* « La vertu de ton père t'a été instillée » – *c.* « Les enfants courageux descendent de pères courageux et vertueux » – *d.* « Enfin pourquoi la violence des lions est-elle la conséquence de la funeste engeance des lions, pourquoi la ruse est-elle donnée aux renards par leurs pères, l'instinct de fuite aux cerfs, et pourquoi la crainte héritée de leurs pères agite-t-elle leurs membres, si ce n'est parce que la force de l'âme, déterminée par sa semence et son principe séminal, croît en même temps que le corps dans son ensemble » – *e.* souvenir

si in corpus nascentibus insinuatur,
Cur superante actam ætatem meminisse nequimus,
Nec vestigia gestarum rerum ulla tenemus[a][1] ?

Car pour faire valoir la condition de nos âmes, comme nous voulons, il les faut présupposer toutes savantes, lorsqu'elles sont en leur simplicité et pureté naturelle. Par ainsi elles eussent été telles, étant exemptes de la prison corporelle, aussi bien avant que d'y entrer, comme nous espérons qu'elles seront après qu'elles en seront sorties. Et de ce savoir, il faudrait qu'elles se ressouvinssent encore étant au corps : comme disait Platon[2], que ce que nous apprenions, n'était qu'un ressouvenir de ce que nous avions su : chose que chacun par expérience peut maintenir[b] être fausse. En premier lieu d'autant qu'il ne nous ressouvient justement que de ce qu'on nous apprend : et que si la mémoire faisait purement son office, au moins nous suggérerait-elle quelque trait outre l'apprentissage[c]. Secondement ce qu'elle savait étant en sa pureté, c'était une vraie science, connaissant les choses comme elles sont par sa divine intelligence : là où ici on lui fait recevoir la[d] mensonge, et le vice, si on l'en instruit ! en quoi elle ne peut employer sa réminiscence, cette image et conception n'ayant jamais logé en elle. De dire que la prison corporelle étouffe de manière ses facultés naïves[e], qu'elles y sont toutes éteintes : cela est premièrement contraire à cette autre créance[f], de reconnaître ses forces si grandes, et les opérations que les hommes en sentent en cette vie si admirables,

a. « si l'âme est introduite dans le corps à la naissance, pourquoi sommes-nous incapables de nous rappeler notre vie passée et ne conservons-nous aucune trace de nos anciennes actions ? » – *b.* affirmer sans le moindre doute – *c.* en plus de ce qu'elle a appris – *d.* le – *e.* originelles – *f.* opinion

que d'en avoir conclu cette divinité et éternité passées, et l'immortalité à venir :

Nam si tantopere est animi mutata potestas
Omnis ut actarum exciderit retinentia rerum,
Non ut opinor ea ab leto jam longior errat[a][1].

En outre, c'est ici chez nous, et non ailleurs, que doivent être considérés les forces et les effets de l'âme : tout le reste de ses perfections, lui est vain et inutile : c'est de l'état présent, que doit être payée et reconnue toute son immortalité, et de la vie de l'homme, qu'elle est comptable seulement. Ce serait injustice de lui avoir retranché ses moyens et ses puissances, de l'avoir désarmée, pour du temps de sa captivité et de sa prison, de sa faiblesse et maladie, du temps où elle aurait été forcée et contrainte, tirer le jugement et une condamnation de durée infinie et perpétuelle : et de s'arrêter à la considération d'un temps si court, qui est à l'aventure d'une ou de deux heures, ou au pis aller, d'un siècle, qui n'a non plus de proportion à l'infinité qu'un instant : pour de ce moment d'intervalle, ordonner et établir définivement de tout son être. Ce serait une disproportion inique, de tirer une récompense éternelle en conséquence d'une si courte vie. Platon[2] pour se sauver [de] cet inconvénient veut que les paiements futurs se limitent à la durée de cent ans relativement à l'humaine durée, et des nôtres[b] assez[3] leur ont donné bornes temporelles. Par ainsi ils jugeaient que sa génération[c] suivait la commune condition des choses humaines : comme aussi sa vie par l'opinion d'Epicurus et de Democritus, qui a été la plus reçue, suivant ces belles apparences. Qu'on la voyait naître, à même que[d] le

a. « Car, si les facultés de l'âme sont altérées au point que tout souvenir des actions passées soit banni, cette errance n'est pas loin, d'après moi, de la mort. » – *b*. des chrétiens – *c*. la génération de l'âme – *d*. selon que

corps en était capable : on voyait élever ses forces comme les corporelles : on y reconnaissait la faiblesse de son enfance, et avec le temps sa vigueur et sa maturité : et puis sa déclination[a] et sa vieillesse, et enfin sa décrépitude,

gigni pariter cum corpore, et una
Crescere sentimus, paritérque senescere mentem[b][1].

Ils l'apercevaient capable de diverses passions, et agitée de plusieurs mouvements pénibles, d'où elle tombait en lassitude et en douleur, capable d'altération[c] et de changement, d'allégresse, d'assoupissement, et de langueur, sujette à ses maladies et aux offenses[d], comme l'estomac ou le pied,

mentem sanari, corpus ut ægrum
Cernimus, et flecti medicina posse videmus[e][2],

éblouie et troublée par la force du vin : démue de son assiette[f], par les vapeurs d'une fièvre chaude : endormie par l'application d'aucuns[g] médicaments, et réveillée par d'autres :

corpoream naturam animi esse necesse est
Corporeis quoniam telis ictuque laborat[h][3].

On lui voyait étonner[i] et renverser toutes ses facultés par la seule morsure d'un chien malade, et n'y avoir nulle si grande fermeté de discours[j], nulle suffisance[k], nulle vertu, nulle résolution philosophique, nulle contention[l] de ses forces, qui la pût exempter de la sujétion de ces accidents : la salive d'un chétif mâtin[m] versée sur la main de Socrates, secouer toute sa

a. son déclin – *b.* « nous avons le sentiment que l'esprit naît de pair avec le corps, qu'il croît avec lui et vieillit de pair avec lui. » – *c.* de transformation – *d.* atteintes – *e.* « nous voyons l'esprit se soigner comme un corps malade et se remettre sous l'effet de la médecine » – *f.* démise de son assise – *g.* de certains – *h.* « la nature de l'âme est forcément corporelle, puisqu'elle souffre des coups et atteintes portés au corps » – *i.* étourdir – *j.* raison – *k.* compétence – *l.* tension – *m.* chien

sagesse et toutes ses grandes et si réglées imaginations, les anéantir de manière qu'il ne restât aucune trace de sa connaissance première,

vis animaï
Conturbatur et divisa seorsum
Disjectatur eodem illo distracta veneno[a 1].

Et ce venin ne trouver non plus de résistance en cette âme, qu'en celle d'un enfant de quatre ans : venin capable de faire devenir toute la philosophie, si elle était incarnée, furieuse et insensée : si que[b] Caton, qui tordait le col[c] à la mort même et à la fortune, ne peut souffrir la vue d'un miroir, ou de l'eau, accablé d'épouvantement et d'effroi, quand il serait tombé par la contagion d'un chien enragé, en la maladie que les médecins nomment Hydrophobie[2] :

vis morbi distracta per artus
Turbat agens animam, spumantes æquore salso
Ventorum ut validis fervescunt viribus undæ[d 3].

Or quant à ce point, la philosophie a bien armé l'homme pour la souffrance de tous autres accidents, ou de patience[e], ou si elle coûte trop à trouver, d'une défaite infaillible, en se dérobant tout à fait du sentiment : mais ce sont moyens, qui servent à une âme étant à soi, et en ses forces, capable de discours[f] et de délibération : non pas à cet inconvénient, où chez un philosophe une âme devient l'âme d'un fol, troublée, renversée, et perdue. Ce que plusieurs occasions produisent : comme une agitation trop véhémente, que par quelque forte passion l'âme peut engendrer en

a. « la puissance de l'âme est bouleversée, et séparée d'elle-même, ce même poison la divise pour la disperser ensuite » – *b.* si bien que – *c.* cou – *d.* « la force de la maladie répandue dans les membres trouble l'âme à force de l'agiter, de même que les flots écumant bouillonnent sur la mer salée sous l'action des vents puissants » – *e.* d'endurance – *f.* raisonnement

soi-même : ou une blessure en certain endroit de la personne : ou une exhalaison de l'estomac[a], nous jetant à un éblouissement et tournoiement de tête,

morbis in corporis, avius errat
Sæpe animus, dementit enim, deliraque fatur,
Interdumque gravi Lethargo fertur in altum
Æternumque soporem, oculis nutuque cadenti[b][1].

Les philosophes n'ont, ce me semble, guère touché cette corde. Non plus qu'une autre de pareille importance. Ils ont [ce] dilemme toujours en [la] bouche pour consoler notre mortelle condition[2]. Ou l'âme est mortelle, ou immortelle. Si mortelle, elle sera sans peine : si immortelle, elle ira en amendant[c]. Ils ne touchent jamais l'autre branche. Quoi, si elle va en empirant. Et laissent aux poètes les menaces des peines futures. Mais par là ils se donnent un beau jeu. Ce sont deux omissions qui s'offrent à moi souvent[d] en leurs discours. Je reviens [à] la première. Cette âme perd le goût du souverain bien Stoïque, si constant et si ferme. Il faut que notre belle sagesse se rende en cet endroit et quitte les armes. Au demeurant, ils considéraient aussi par la vanité de l'humaine raison, que le mélange et société[e] de deux pièces si diverses, comme est le mortel et l'immortel, est inimaginable :

Quippe etenim mortale æterno jungere, et una
Consentire putare, et fungi mutua posse,
Desipere est. Quid enim diversius esse putandum est,
Aut magis inter se disjunctum discrepitánsque,
Quam mortale quod est, immortali atque perenni
Junctum in concilio sævas tolerare procellas[f][3] ?

a. remontée gastrique – *b.* « dans les affections corporelles souvent l'esprit s'égare et erre, il est en effet frappé de démence et laisse échapper des propos délirants ; et de temps en temps, une lourde léthargie le plonge dans un sommeil profond et sans fin, alors que tombent les paupières et le front » – *c.* s'améliorant – *d.* me viennent souvent à l'esprit – *e.* assemblage – *f.* « Ce qui est sûr, c'est que joindre le mortel à l'éternel et aller penser qu'ils puissent avoir des sentiments communs

Davantage ils sentaient l'âme s'engager en la mort, comme le corps,

simul ævo fessa fatiscit[a][1].

[Ce] que selon Zeno[2] l'image [du] sommeil nous montre assez, car il estime que c'est une défaillance et chute de l'âme aussi bien que du corps, *Contrahi animum et quasi labi putat atque concidere*[b][3]. Et ce qu'on apercevait en aucuns[c], sa force et sa vigueur se maintenir en la fin de la vie, ils le rapportaient à la diversité des maladies, comme on voit les hommes en cette extrémité, maintenir, qui un sens, qui un autre, qui l'ouïr, qui le fleurer[d], sans altération : et ne se voit point d'affaiblissement si universel, qu'il n'y reste quelques parties entières et vigoureuses :

Non alio pacto quam si pes cum dolet ægri
In nullo caput interea sit forte dolore[e][4].

La vue de notre jugement se rapporte à la vérité, comme fait l'œil du chat-huant, à la splendeur du Soleil : ainsi que dit Aristote[5] : Par où le saurions-nous mieux convaincre que par si grossiers aveuglements en une si apparente lumière. Car l'opinion contraire, de l'immortalité de l'âme, Laquelle Cicero dit[6] avoir été premièrement introduite, au moins du témoignage des livres, par Pherecides Syrus du temps du Roi Tullus. D'autres en attribuent l'invention à Thales[7], et autres à d'autres, c'est la partie de l'humaine science traitée avec plus de réservation[f] et de doute. Les dogmatistes[g] les plus fermes, sont

---

et se rendre des services mutuels, c'est être fou. Que peut-on en effet concevoir de plus contradictoire, de plus incohérent et de plus discordant, que l'idée selon laquelle une substance mortelle, parce qu'elle est liée à une substance immortelle et éternelle, brave de concert avec elle les rigueurs des tempêtes ? » – *a*. « fatiguée par les ans, elle s'affaisse avec lui » – *b*. « Il pense que l'esprit se contracte et en quelque sorte glisse et tombe. » – *c*. Et le fait qu'on apercevait chez certains – *d*. l'odorat – *e*. « Tout comme un malade, s'il a mal au pied, peut ne pas du tout souffrir de la tête au même moment » – *f*. réserve – *g*. dogmatiques

contraints en cet endroit principalement de se rejeter à l'abri des ombrages de l'Academie. Nul ne sait ce qu'Aristote a établi de ce sujet[1] : non plus que tous les anciens en général, qui le manient d'une vacillante créance[a] : *rem gratissimam promittentium magis quam probantium*[b2] : il s'est caché sous le nuage de paroles et sens difficiles, et non intelligibles, et a laissé à ses sectateurs, autant à débattre sur son jugement que sur la matière. Deux choses leur rendaient cette opinion plausible : L'une, que sans l'immortalité des âmes, il n'y aurait plus de quoi asseoir les vaines espérances de la gloire, qui est une considération de merveilleux crédit au monde[c] : L'autre, que c'est une très utile impression comme dit Platon[3], que les vices, quand ils se déroberont à la vue obscure et incertaine de l'humaine justice, demeurent toujours en butte à la divine, qui les poursuivra, voire après la mort des coupables. Un soin extrême tient l'homme d'allonger son être[d4] : il y a pourvu par toutes ses pièces. Et pour la conservation du corps sont les sépultures : pour la conservation du nom, la gloire. Il a employé toute son opinion à se rebâtir : impatient de sa fortune[e] : et à s'étançonner[f] par ses inventions. L'âme par son trouble et sa faiblesse ne pouvant tenir sur son pied, va quêtant de toutes parts des consolations, espérances et fondements en des circonstances étrangères où elle s'attache et se plante. Et pour légers et fantastiques[g] que son invention les lui forge, s'y repose plus sûrement qu'en soi, et plus volontiers. Mais les plus aheurtés[h] à cette si juste et claire persuasion de l'immortalité de nos esprits, c'est merveille comme ils se sont trouvés courts et impuissants, à l'établir par leurs humaines forces. *Somnia sunt non docentis sed optantis*[i] : disait

a. croyance – *b.* « qui promettent une chose très agréable, plus qu'ils ne prouvent » – *c.* qui est une considération d'une influence étonnante en notre monde – *d.* Le très grand souci d'allonger son existence occupe l'homme – *e.* ne supportant pas son sort – *f.* se fortifier, s'étayer – *g.* imaginaires – *h.* obstinés – *i.* « Ce sont les songes non d'un homme

un ancien[1]. L'homme peut reconnaître par ce témoignage, qu'il doit à la fortune et au rencontre[a], la vérité qu'il découvre lui seul, puisque lors même, qu'elle lui est tombée en main, il n'a pas de quoi la saisir et la maintenir, et que sa raison n'a pas la force de s'en prévaloir. Toutes choses produites par notre propre discours et suffisance[b], autant vraies que fausses, sont sujettes à incertitude et débat. C'est pour le châtiment de notre fierté, et instruction de notre misère et incapacité, que Dieu produisit le trouble, et la confusion de l'ancienne tour de Babel[2]. Tout ce que nous entreprenons sans son assistance, tout ce que nous voyons sans la lampe de sa grâce, ce n'est que vanité et folie : L'essence même de la vérité, qui est uniforme et constante, quand la fortune nous en donne la possession, nous la corrompons et abâtardissons par notre faiblesse. Quelque train que l'homme prenne de soi, Dieu permet qu'il arrive toujours à cette même confusion, de laquelle il nous représente si vivement l'image, par le juste châtiment, de quoi il battit l'outrecuidance de Nembrot, et anéantit les vaines entreprises du bâtiment de sa pyramide. *Perdam sapientiam sapientium et prudentiam prudentium reprobabo*[c3]. La diversité d'idiomes et de langues, de quoi il troubla cet ouvrage, qu'est-ce autre chose, que cette infinie et perpétuelle altercation et discordance d'opinions et de raisons, qui accompagne et embrouille le vain bâtiment de l'humaine science ? Et l'embrouille utilement. Qui nous tiendrait si nous avions un grain de connaissance. [Ce] saint m'a fait grand plaisir. *Ipsa utilitatis occultatio aut humilitatis exercitatio est aut elationis attritio*[d4]. Jusques à quel point [de]

---

qui enseigne, mais d'un qui prend ses désirs pour des réalités » – *a.* au hasard – *b.* raison et compétence – *c.* « Je détruirai la sagesse des sages et je réprouverai la prudence des prudents. » – *d.* « L'occultation même

présomption et d'insolence [ne] portons-nous notre aveuglement et notre bêtise. Mais pour reprendre mon propos : C'était vraiment bien raison[a], que nous fussions tenus à Dieu seul, et au bénéfice de sa grâce, de la vérité d'une si noble créance[b], puisque de sa seule libéralité nous recevons le fruit de l'immortalité, lequel consiste en la jouissance de la béatitude éternelle. Confessons ingénument que Dieu seul nous l'a dit, et la foi : car leçon n'est-ce pas de nature et de notre raison[c]. Et qui retentera[d] son être et ses forces et dedans et dehors sans ce privilège divin : qui verra l'homme sans le flatter : il n'y verra ni efficace[e], ni faculté qui sente autre chose que la mort et la terre. Plus nous donnons et devons et rendons à Dieu, nous en faisons d'autant plus Chrétiennement. Ce que ce philosophe Stoïcien[1] dit tenir du fortuit consentement de la voix populaire, valait-il pas mieux qu'il le tînt de Dieu. *Cum de animorum æternitate disserimus, non leve momentum apud nos habet consensus hominum aut timentium inferos aut colentium. Utor hac publica persuasione*[f]. Or la faiblesse des arguments humains sur ce sujet, se connaît singulièrement par les fabuleuses[g] circonstances, qu'ils ont ajoutées à la suite de cette opinion, pour trouver de quelle condition était cette nôtre immortalité. Laissons les Stoïciens, *Usuram nobis largiuntur tanquam cornicibus, diu mansuros aïunt animos, semper negant*[h][2], qui donnent aux âmes une vie au-delà [de] cette-ci, mais finie. La plus universelle et plus reçue opinion, et[3] qui dure jusques à nous en divers lieux, ç'a été celle, de laquelle on fait auteur Pythagoras, non qu'il en fût le premier inventeur[4],

---

de ce qui nous est utile est un exercice d'humilité ou bien une mortification de notre orgueil. » – *a.* juste – *b.* croyance – *c.* car ce n'est pas une leçon de nature et de notre raison – *d.* mettra à l'épreuve encore et encore – *e.* vertu active (de Dieu) – *f.* « Lorsque nous traitons de l'immortalité des âmes, ce n'est pas un argument de faible poids chez nous que le consentement des hommes qui craignent ou vénèrent les dieux infernaux. Je tire parti d'une telle conviction générale. » – *g.* fictives – *h.* « Ils nous en dispensent la jouissance, comme à des corneilles, ils affirment que les âmes perdureront longtemps, mais non éternellement »

mais d'autant qu'elle reçut beaucoup de poids, et de crédit par l'autorité de son approbation. C'est que les âmes, au partir de nous, ne faisaient que rouler de l'un corps à un autre, d'un lion à un cheval, d'un cheval à un Roi, se promenant ainsi sans cesse, de maison en maison. [Et] lui, disait se souvenir avoir été Æthalides, depuis Euphorbus, en après Hermotimus, enfin de Pyrrus être passé [en] Pythagoras : ayant mémoire de soi de deux cent six ans[1]. Ajoutaient aucuns[a] que ces âmes remontent au ciel parfois et après en dévalent[b] encore[2].

[O] pater anne aliquas ad cœlum hinc ire putandum est
Sublimes animas iterumque ad tarda reverti
Corpora ? quæ lucis miseris tam dira cupido[c][3] *?*

Origene les fait aller et venir éternellement du bon au mauvais état[4]. L'opinion que Varro récite[d] est qu'en 440 ans de révolution elles se rejoignent [à] leur premier corps[5]. Chrysippus, que cela doit advenir après certain espace de temps non limité[6]. Platon qui dit[7] tenir de Pindare et de l'ancienne poésie cette créance[e] des infinies vicissitudes de mutation auxquelles l'âme est préparée, n'ayant ni les peines ni les récompenses en l'autre monde que temporelles, comme sa vie en cetui-ci n'est que temporelle, conclut en elle une singulière science des affaires du ciel, de l'enfer et d'ici où elle a passé, repassé et séjourné à plusieurs voyages, matière à sa réminiscence. Voici son progrès[f] ailleurs[8]. Qui a bien vécu, il se rejoint[g] à l'astre auquel il est assigné : qui mal, [il] passe en femme, et si lors même il ne se corrige point, il se rechange en bête de condition convenable à ses mœurs vicieuses, [et ne verra fin à ses punitions] qu'il[h] ne soit revenu à sa naïve constitution, s'étant par la force de la raison défait des [qualités grossières, stupides, et élémentaires, qui étaient en lui.] Mais je[9] ne veux oublier l'objection que font

a. certains – *b.* redescendent – *c.* « Ô mon père, ne doit-on pas penser que certaines âmes sublimes s'en vont d'ici pour remonter vers le ciel et qui de nouveau retournent à la lourdeur corporelle ? quel est, chez ces malheureuses, ce si furieux désir de lumière ? » – *d.* rapporte – *e.* croyance – *f.* Voici le processus expliqué – *g.* joint – *h.* avant qu'il

à cette transmigration de corps à un autre les Épicuriens. Elle est plaisante. Ils demandent quel ordre il y aurait, si la presse[a] des mourants venait à être plus grande que des naissants, Car les âmes délogées de leur gîte seraient à se fouler[b] à qui prendrait place la première dans ce nouvel étui. Et demandent aussi à quoi elles passeraient leur temps, cependant qu'elles attendraient qu'un logis leur fût apprêté : Ou au rebours s'il naissait plus d'animaux, qu'il n'en mourait, ils disent que les corps seraient en mauvais parti, attendant l'infusion de[c] leur âme, et en adviendrait qu'aucuns d'iceux se mourraient avant que d'avoir été vivants :

Denique connubia ad veneris, partúsque ferarum,
Esse animas præsto deridiculum esse videtur.
Et spectare immortales mortalia membra
Innumero numero, certaréque præproperanter
Inter se, quæ prima potissimâque insinuetur[d][1].

D'autres[2] ont arrêté l'âme au corps des trépassés, pour en animer les serpents, les vers, et autres bêtes qu'on dit s'engendrer de la corruption de nos membres, voire et de nos cendres : D'autres[3] la divisent en une partie mortelle, et l'autre immortelle : Autres[4] la font corporelle, et ce néanmoins immortelle : Aucuns la font immortelle, sans science et sans connaissance. Il y en a aussi, qui ont estimé, que des âmes des condamnés il s'en faisait des diables et aucuns des nôtres[5] l'ont ainsi jugé : comme Plutarque[6] pense, qu'il se fasse des dieux de celles qui sont sauvées : Car il est peu de choses que cet auteur-là établisse d'une

a. foule – *b*. piétiner – *c*. d'être emplis de – *d*. « Il semble enfin ridicule que les âmes guettent les unions et les accouchements des bêtes. Et qu'immortelles, elles guettent les corps mortels en nombre innombrable, et qu'elles luttent entre elles de vitesse à qui réussira à s'y introduire la première. »

façon de parler si résolue, qu'il fait celle-ci[a], maintenant partout ailleurs une manière dubitatrice et ambiguë. Il faut estimer (dit-il[1]) et croire fermement, que les âmes des hommes vertueux selon nature et selon justice divine, deviennent d'hommes saints, et de saints demi-dieux, et de demi-dieux, après qu'ils sont parfaitement, comme ès[b] sacrifices de purgation, nettoyés et purifiés, étants délivrés de toute passibilité[c] et de toute mortalité, ils deviennent, non par aucune ordonnance civile, mais à la vérité, et selon raison vraisemblable, dieux entiers et parfaits, en recevant une fin très heureuse et très glorieuse. Mais qui le voudra voir, lui qui est des plus retenus pourtant et modérés de la bande, s'escarmoucher avec plus de hardiesse, et nous conter ses miracles sur ce propos, je le renvoie à son discours de la Lune et du Démon de Socrate[2], là où aussi évidemment qu'en nul autre lieu, il se peut avérer, les mystères de la philosophie avoir beaucoup d'étrangetés communes avec celles de la poésie : l'entendement humain se perdant à vouloir sonder et contrerôler[d] toutes choses, jusques au bout : tout ainsi comme, lassés et travaillés de la longue course de notre vie, nous retombons en enfantillage. Voilà les belles et certaines instructions, que nous tirons de la science humaine sur le sujet de notre âme. Il n'y a point moins de témérité en ce qu'elle nous apprend des parties corporelles. Choisissons-en un, ou deux exemples : car autrement nous nous perdrions dans cette mer trouble et vaste des erreurs médicinales. Sachons, si on s'accorde au moins en ceci, de quelle matière les hommes se produisent les uns des autres[3]. Car quant à leur première production, ce n'est

a. qu'il fait avec celle-ci – *b.* dans les – *c.* capacité sensible – *d.* examiner pas merveille si en chose si haute et ancienne l'entendement humain [se] trouble et dissipe. Archelaus [le] physicien[1], duquel Socrates fut [le] disciple et le mignon selon Aristoxenus, disait et les hommes et les animaux avoir été faits d'un limon laiteux, exprimé[a] par la chaleur de la terre. Pithagoras dit notre semence être l'écume de notre meilleur sang: Platon l'écoulement de la moelle de l'épine du dos, ce qu'il argumente de ce, que cet endroit se sent le premier, de la lasseté de la besogne[b]: Alcmeon, partie de la substance du cerveau, et qu'il soit ainsi, dit-il, les yeux troublent à ceux qui se travaillent outre mesure à cet exercice: Democritus, une substance extraite de toute la masse corporelle: Epicurus extraite de l'âme et du corps: Aristote, un excrément tiré de l'aliment du sang, le dernier qui s'épand en nos membres: Autres du sang cuit et digéré par la chaleur des génitoires: ce qu'ils jugent de ce qu'aux extrêmes efforts, on rend des gouttes de pur sang: en quoi il semble qu'il y ait plus d'apparence[c], si on peut tirer quelque apparence d'une confusion si infinie. Or pour mener à effet[d] cette semence, combien en font-ils d'opinions contraires? Aristote et Democritus tiennent que les femmes n'ont point de sperme, et que ce n'est qu'une sueur qu'elles élancent par la chaleur du plaisir et du mouvement, qui ne sert de rien à la génération. Galen au contraire et ses suivants, que sans la rencontre des semences, la génération ne se peut faire. Voilà les médecins, les philosophes, les jurisconsultes, et les théologiens aux prises pêle-mêle avec nos femmes, sur la dispute, à quels termes les femmes portent leur fruit[2]. Et moi je secours par l'exemple de moi-même, ceux d'entre eux, qui maintiennent[e] la grossesse d'onze mois. Le monde est bâti

a. produit – *b*. fatigue entraînée par l'activité sexuelle – *c*. de vraisemblance – *d*. au terme de ses propriétés – *e*. soutiennent avec constance

de cette expérience, il n'est si simple femmelette qui ne puisse dire son avis sur toutes ces contestations, et si[a] nous n'en saurions être d'accord. En voilà assez pour vérifier que l'homme n'est non plus instruit de la connaissance de soi, en la partie corporelle, qu'en la spirituelle. Nous l'avons proposé lui-même à soi, et sa raison à sa raison, pour voir ce qu'elle nous en dirait. Il me semble assez avoir montré combien peu elle s'entend en elle-même. Et qui ne s'entend en soi, en quoi se peut-il entendre ? *quasi vero mensuram ullius rei possit agere qui sui nesciat*[b][1]. Vraiment Protagoras nous en contait de belles[2], faisant l'homme la mesure de toutes choses, qui ne sut jamais seulement la sienne. Si ce n'est lui, sa dignité ne permettra pas qu'autre créature ait cet avantage. Or lui étant en soi [si] contraire et l'un jugement en subvertissant l'autre sans cesse, cette favorable proposition n'était qu'une risée qui nous menait à conclure par nécessité la néantise[c] du compas et du compasseur. Quand Thales estime la connaissance de l'homme très difficile à l'homme[3], il lui apprend la connaissance de toute autre chose lui être impossible[d]. Vous[4], pour qui j'ai pris la peine d'étendre un si long corps contre ma coutume, ne refuirez point de maintenir[e] votre Sebond, par la forme ordinaire d'argumenter, de quoi vous êtes tous les jours instruite, et exercerez en cela votre esprit et votre étude : car ce dernier tour d'escrime ici, il ne le faut employer que comme un extrême remède. C'est un coup désespéré, auquel il faut abandonner vos armes, pour faire perdre à votre adversaire les siennes[5], et un tour secret, duquel il se faut servir rarement et réservément : C'est grande témérité, de vous perdre vous-même

a. et pourtant – *b.* « comme si celui qui s'ignore lui-même pouvait prendre la mesure de la moindre chose. » – *c.* nullité – *d.* que la connaissance de toute autre chose lui est impossible – *e.* ne refuserez pas de défendre

pour perdre un autre. Il ne faut pas vouloir mourir pour se venger, comme fit Gobrias[1] : car étant aux prises bien étroites avec un seigneur de Perse, Darius y survenant l'épée au poing, qui craignait de frapper, de peur d'assener[a] Gobrias, il lui cria qu'il donnât hardiment, quand il devrait[b] donner au travers tous les deux. [Et] des armes et conditions [de] combat si désespérées qu'il est hors de créance [que] l'un ni l'autre se puisse sauver, je les ai vu condamner, ayant été offertes. Les[2] Portugais prirent 14 Turcs [en] la mer des Indes[3], lesquels impatients de leur captivité[c] se résolurent, [et] leur succéda, [à][d] mettre et eux et leurs maîtres et le vaisseau en cendre, frottant des clous de navire l'un contre l'autre, tant qu'une étincelle de feu tomba sur les barils [de] poudre à canon qu'il [y] avait. Nous secouons ici les limites et dernières clôtures des sciences, auxquelles l'extrémité est vicieuse, comme en la vertu[4]. Tenez-vous dans la route commune, il ne fait mie[e] bon être si subtil et si fin. Souvienne-vous de ce que dit le proverbe Toscan, *Chi troppo s'assottiglia si scavezza*[f][5]. Je vous conseille en vos opinions et en vos discours[g], autant qu'en vos mœurs, et en toute autre chose, la modération et l'attrempance[h], et la fuite de la nouvelleté[i] et de l'étrangeté. Toutes les voies extravagantes me fâchent. Vous qui par l'autorité que votre grandeur vous apporte, et encore plus par les avantages que vous donnent les qualités plus vôtres[j], pouvez d'un clin d'œil commander à qui il vous plaît, deviez donner cette charge à quelqu'un, qui fît profession des lettres, qui vous eût bien autrement appuyé et enrichi cette fantaisie[k]. Toutefois[6] en voici

a. de donner un coup à – *b.* qu'il frappât hardiment, même s'il devait – *c.* ne pouvant supporter leur captivité – *d.* prirent la décision, couronnée de succès, de – *e.* pas – *f.* « Qui se fait trop fin se brise » – *g.* raisonnements – *h.* la tempérance – *i.* nouveauté – *j.* qui vous sont propres – *k.* ce raisonnement

assez, pour ce que vous en avez à faire. Epicurus disait des lois[1], que les pires nous étaient si nécessaires, que sans elles les hommes s'entremangeraient les uns les autres. Et Platon[2] à deux doigts près, que sans lois nous vivrions comme bêtes brutes, [et s'] essaie à le vérifier. Notre esprit est un outil vagabond, dangereux et téméraire : il est malaisé d'y joindre l'ordre et la mesure : Et de mon temps ceux, qui ont quelque rare excellence au-dessus des autres, et quelque vivacité extraordinaire, nous les voyons quasi tous, débordés en licence d'opinions[a], et de mœurs : C'est miracle s'il s'en rencontre un rassis et sociable. On a raison de donner à l'esprit humain les barrières les plus contraintes qu'on peut. En l'étude, comme au reste, il lui faut compter et régler ses marches : il lui faut tailler par art les limites de sa chasse. On le bride et garrotte de religions, de lois, de coutumes, de science, de préceptes, de peines, et récompenses mortelles et immortelles : encore voit-on que par sa volubilité et dissolution[b], il échappe à toutes ces liaisons[c]. C'est un corps vain, qui n'a par où être saisi et assené[d] : un corps divers et difforme, auquel on ne peut asseoir nœud ni prise. Certes il est peu d'âmes si réglées, si fortes et bien nées, à qui on se puisse fier de leur propre conduite : et qui puissent avec modération et sans témérité voguer en la liberté de leurs jugements, au-delà des opinions communes. Il est plus expédient[e] de les mettre en tutelle. C'est un outrageux glaive que l'esprit, à son possesseur même, pour qui ne sait s'en armer ordonnément et discrètement[f]. Et n'y a point de bête à qui plus justement il faille donner des orbières[g] pour tenir sa

a. tous aller outre mesure dans leurs opinions – *b*. son inconstance et sa dépravation – *c*. entraves – *d*. frappé – *e*. utile – *f*. avec discernement – *g*. œillères

vue sujette et contrainte devant ses pas, et la garder d'extravaguer ni çà, ni là, hors les ornières que l'usage et les lois lui tracent. Par quoi il vous siéra mieux de vous resserrer dans le train accoutumé[a], quel qu'il soit, que de jeter votre vol à cette licence effrénée. Mais si quelqu'un de ces nouveaux docteurs[1], entreprend de faire l'ingénieux en votre présence, aux dépens de son salut et du vôtre : pour vous défaire de cette dangereuse peste, qui se répand tous les jours en vos cours, ce préservatif à l'extrême nécessité[b], empêchera que la contagion de ce venin n'offensera, ni vous, ni votre assistance. La liberté donc et gaillardise[c] de ces esprits anciens, produisait en la philosophie et sciences humaines, plusieurs sectes d'opinions différentes, chacun entreprenant de juger et de choisir, pour prendre parti. Mais à présent, que les hommes vont tous un train, *qui certis quibusdam destinatisque sententiis addicti et consecrati sunt, ut etiam quæ non probant cogantur defendere*[d2] : Et que nous recevons les arts par civile autorité et ordonnance, si que[e] les écoles n'ont qu'un patron[f] et pareille institution et discipline circonscrite[g], on ne regarde plus[3] ce que les monnaies pèsent et valent mais chacun à son tour, les reçoit selon le prix, que l'approbation commune et le cours leur donnent : On ne plaide pas de l'aloi[h], mais de l'usage : ainsi se mettent également toutes choses. On reçoit la médecine, comme la Géométrie, et les batelages[i], les enchantements, les liaisons[j], le commerce[k] des esprits des trépassés, les pronostications, les domifications[l],

a. de vous borner à suivre l'usage établi – *b.* ce remède préventif à utiliser en cas de nécessité absolue – *c.* la vigueur – *d.* « qui se sont adonnés et voués à des opinions déterminées et arrêtées au point d'être contraints de défendre même ce qu'ils n'approuvent pas » – *e.* si bien que – *f.* modèle – *g.* et doctrine déterminées – *h.* la valeur – *i.* tours de foire – *j.* les nouements d'aiguillettes – *k.* la fréquentation – *l.* division du ciel en douze « demeures » dans l'établissement d'un horoscope

et jusques à cette ridicule poursuite de la pierre philosophale, tout se met sans contredit. Il ne faut que savoir[1], que le lieu de Mars loge au milieu du triangle de la main, celui de Vénus au pouce, et de Mercure au petit doigt : et que quand la mensale coupe le tubercle de l'enseigneur[a], c'est signe de cruauté : quand elle faut sous le mitoyen, et que la moyenne naturelle fait un angle avec la vitale sous même endroit[b], que c'est signe d'une mort misérable : Que si à une femme, la naturelle est ouverte, et ne ferme point l'angle avec la vitale, cela dénote qu'elle sera mal chaste. Je vous appelle vous-même à témoin, si avec cette science un homme ne peut passer avec réputation et faveur parmi toutes compagnies. Theophrastus disait[2], que l'humaine connaissance, acheminée par les sens, pouvait juger des causes des choses jusques à certaine mesure, mais qu'étant arrivée aux causes extrêmes et premières, il fallait qu'elle s'arrêtât, et qu'elle rebouchât[c] : à cause ou de sa faiblesse, ou de la difficulté des choses. C'est une opinion moyenne et douce, que notre suffisance[d] nous peut conduire jusques à la connaissance d'aucunes[e] choses, et qu'elle a certaines mesures de puissance, outre lesquelles c'est témérité de l'employer. Cette opinion est plausible, et introduite par gens de composition[f] : mais il est malaisé de donner bornes à notre esprit : il est curieux et avide, et n'a point occasion de s'arrêter plutôt à mille pas qu'à cinquante. Ayant essayé[g] par expérience, que ce à quoi l'un s'était failli[h], l'autre y est arrivé : et que ce qui était inconnu à un

a. quand la ligne de cœur coupe la saillie de l'index – *b*. quand elle manque sous le médius, que la ligne de chance fait un angle avec la ligne de vie au même endroit – *c*. s'émoussât – *d*. compétence – *e*. de certaines – *f*. de compromis – *g*. éprouvé – *h*. avait échoué

siècle, le siècle suivant l'a éclairci : et que les sciences et les arts ne se jettent pas en moule, ains[a] se forment et figurent peu à peu, en les maniant et polissant à plusieurs fois, comme les ours façonnent leurs petits en les léchant à loisir : ce que ma force ne peut découvrir, je ne laisse[b] pas de le sonder et essayer : et en retâtant et pétrissant cette nouvelle matière, la remuant et l'échauffant, j'ouvre à celui qui me suit, quelque facilité pour en jouir plus à son aise, et la lui rends plus souple, et plus maniable,

ut hymettia sole
Cera remollescit, tractatáque pollice, multas
Vertitur in facies, ipsoque fit utilis usu[c1].

Autant en fera le second au tiers : qui est cause que la difficulté ne me doit désespérer, ni aussi peu mon impuissance, car ce n'est que la mienne. L'homme est capable de toutes choses comme d'aucunes : et s'il avoue, comme dit Theophrastus, l'ignorance des causes premières et des principes, qu'il me quitte hardiment tout le reste de sa science[2] : si le fondement lui faut[d], son discours[e] est par terre : le disputer et l'enquérir n'a autre but et arrêt que les principes : si cette fin n'arrête son cours, il se jette à une irrésolution infinie. *Non potest aliud alio magis minusve comprehendi, quoniam omnium rerum una est definitio comprehendendi*[f3]. Or il est vraisemblable que si l'âme savait quelque chose, elle se saurait premièrement elle-même, et si elle savait quelque chose hors d'elle, ce serait son corps et son étui, avant toute autre chose. Si on voit jusques

a. mais – *b*. n'arrête – *c*. « tout comme la cire de l'Hymette s'amollit au soleil et, modelée par le pouce, se change en de nombreuses formes, devenant plus maniable à force d'être maniée. » – *d*. fait défaut – *e*. raisonnement – *f*. « Il est impossible qu'un objet soit plus ou moins compris qu'un autre, puisqu'il n'y a qu'une seule définition de la compréhension de toutes les choses. »

aujourd'hui les dieux de la médecine se débattre[a] de notre anatomie,

Mulciber in Trojam, pro Troja stabat Apollo[b1] :

quand attendons-nous qu'ils en soient d'accord ? Nous nous sommes plus voisins, que ne nous est la blancheur de la neige, ou la pesanteur de la pierre. Si l'homme ne se connaît, comment connaît-il ses fonctions et ses forces ? Il n'est pas à l'aventure que quelque notice[c] véritable ne loge chez nous, mais c'est par hasard. Et d'autant que par même voie, même façon et conduite, les erreurs se reçoivent en notre âme, elle n'a pas de quoi les distinguer, ni de quoi choisir[d] la vérité du mensonge[2]. Les Académiciens recevaient quelque inclination de jugement[e], et trouvaient trop cru, de dire qu'il n'était pas plus vraisemblable que la neige fût blanche, que noire, et que nous ne fussions non plus assurés du mouvement d'une pierre, qui part de notre main, que de celui de la huitième sphère. Et pour éviter cette difficulté et étrangeté, qui ne peut à la vérité loger en notre imagination, que malaisément, quoiqu'ils établissent que nous n'étions aucunement capables de savoir, et que la vérité est engouffrée dans des profonds abîmes, où la vue humaine ne peut pénétrer[3] : si[f] avouaient-ils les unes choses plus vraisemblables, que les autres, et recevaient en leur jugement cette faculté, de se pouvoir incliner plutôt à une apparence, qu'à une autre : ils lui permettaient cette propension, lui défendant toute résolution[4]. L'avis des Pyrrhoniens est plus hardi, et quant et quant[g] plus vraisemblable. Car[5] cette inclination Acadé-

a. se tourmenter – *b*. « Vulcain avait pris position contre Troie, et pour Troie Apollon » – *c*. connaissance – *d*. distinguer – *e*. admettaient que leur jugement penche dans un sens ou dans l'autre – *f*. pourtant – *g*. à la fois

mique, et cette propension à une proposition plutôt qu'à une autre, qu'est-ce autre chose que la reconnaissance de quelque plus apparente vérité en cette-ci qu'en celle-là ? Si notre entendement est capable de la forme, des linéaments, du port, et du visage, de la vérité, il la verrait entière, aussi bien que demie[a], naissante, et imparfaite. Cette apparence de vérisimilitude[b], qui les fait pendre plutôt à gauche qu'à droite, augmentez-la : cette once de vérisimilitude, qui incline la balance, multipliez-la de cent, de mille onces, il en adviendra enfin que la balance prendra parti tout à fait, et arrêtera un choix et une vérité entière[1]. Mais comment se laissent-ils plier à la vraisemblance, s'ils ne connaissent le vrai ? Comment connaissent-ils la semblance[c] de ce, de quoi ils ne connaissent pas l'essence ? Ou nous pouvons juger tout à fait, ou tout à fait nous ne le pouvons pas. Si nos facultés intellectuelles et sensibles sont sans fondement et sans pied[d], si elles ne font que flotter et venter[e], pour néant laissons-nous emporter notre jugement à aucune partie de leur opération[f], quelque apparence[g] qu'elle semble nous présenter, et la plus sûre assiette[h] de notre entendement et la plus heureuse, ce serait celle-là, où il se maintiendrait rassis, droit, inflexible, sans branle et sans agitation. *Inter visa vera aut falsa ad animi assensum nihil interest*[i 2]. Que les choses ne logent pas chez nous en leur forme et en leur essence, et n'y fassent leur entrée de leur force propre et autorité[j], nous le voyons assez. Parce que s'il était ainsi, nous les recevrions de même façon : le

a. qu'à moitié – *b.* vraisemblance – *c.* l'aspect – *d.* instables – *e.* se laisser agiter par le vent – *f.* action – *g.* vraisemblance – *h.* position – *i.* « Entre les apparences vraies ou fausses, il n'y a pas de différence qui entraîne l'assentiment de l'esprit » – *j.* force et autorité propres

vin serait tel en la bouche du malade qu'en la bouche du sain. Celui qui a des crevasses aux doigts, ou qui les a gourds, trouverait une pareille dureté au bois ou au fer, qu'il manie, que fait un autre[1]. Les sujets étrangers se rendent donc à notre merci, ils logent chez nous, comme il nous plaît. Or si de notre part nous recevions quelque chose sans altération, si les prises humaines étaient assez capables et fermes, pour saisir la vérité par nos propres moyens, ces moyens étant communs à tous les hommes, cette vérité se rejetterait de main en main de l'un à l'autre. Et au moins se trouverait-il une chose au monde, de tant qu'il y en a, qui se croirait par les hommes d'un consentement universel. Mais ce, qu'il[a] ne se voit aucune proposition, qui ne soit débattue et controverse[b] entre nous, ou qui ne le puisse être, montre bien que notre jugement naturel ne saisit pas bien clairement ce qu'il saisit[2] : car mon jugement ne le peut faire recevoir au jugement de mon compagnon : qui est signe que je l'ai saisi par quelque autre moyen que par une naturelle puissance, qui soit en moi et en tous les hommes. Laissons à part cette infinie confusion d'opinions, qui se voit entre les philosophes mêmes, et ce débat perpétuel et universel en la connaissance des choses. Car cela est présupposé très véritablement, que d'aucune chose les hommes, je dis les savants, les mieux nés, les plus suffisants[c], ne sont d'accord : non pas que le ciel soit sur notre tête : car ceux qui doutent de tout, doutent aussi de cela : et ceux qui nient que nous puissions aucune chose comprendre, disent que nous n'avons pas compris que le ciel soit sur notre tête : et ces deux opinions sont en nombre, sans comparaison les plus

a. Mais le fait qu'il – *b*. controversée – *c*. compétents

fortes. Outre cette diversité et division infinie, par le trouble que notre jugement nous donne à nous-mêmes, et l'incertitude que chacun sent en soi, il est aisé à voir qu'il a son assiette[a] bien mal assurée. Combien diversement jugeons-nous des choses ? combien de fois changeons-nous nos fantaisies[b] ? Ce que je tiens aujourd'hui et ce que je crois, je le tiens et le crois de toute ma croyance, tous mes outils et tous mes ressorts empoignent cette opinion, et m'en répondent, sur tout ce qu'ils peuvent, je ne saurais embrasser aucune vérité ni conserver avec plus de force, que je fais cette-ci[c]. J'y suis tout entier, j'y suis voirement[d] : mais ne m'est-il pas advenu non une fois, mais cent, mais mille, et tous les jours, d'avoir embrassé quelque autre chose à tous[e] ces mêmes instruments, en cette même condition, que depuis j'aie jugée fausse ? Au moins faut-il devenir sage à ses propres dépens. Si je me suis trouvé souvent trahi sous cette couleur[f], si ma touche[g] se trouve ordinairement fausse, et ma balance inégale[h] et injuste, quelle assurance en puis-je prendre à cette fois, plus qu'aux autres ? N'est-ce pas sottise de me laisser tant de fois piper à un guide[i] ? Toutefois, que la fortune nous remue cinq cents fois de place, qu'elle ne fasse que vider et remplir sans cesse, comme dans un vaisseau[j], dans notre croyance, autres et autres opinions, toujours la présente et la dernière c'est la certaine, et l'infaillible. Pour cette-ci il faut abandonner les biens, l'honneur, la vie, et le salut, et tout,

posterior res illa reperta,
Perdit, et immutat sensus ad pristina quæque[k 1].

a. assise – *b*. opinions – *c*. que je n'embrasse celle-ci – *d*. vraiment – *e*. avec – *f*. cet aspect – *g*. pierre de touche – *h*. partiale – *i*. tromper par un principe directeur – *j*. vase – *k*. « une découverte plus récente ruine

Quoi qu'on nous prêche, quoi que nous apprenons, il faudrait toujours se souvenir que c'est l'homme qui donne, et l'homme qui reçoit, c'est une mortelle main qui nous le présente, c'est une mortelle main qui l'accepte. Les choses qui nous viennent du ciel, ont seules droit et autorité de persuasion, seules marque de vérité : laquelle aussi ne voyons-nous pas de nos yeux, ni ne la recevons par nos moyens : cette sainte et grande image ne pourrait pas en[a] un si chétif domicile, si Dieu pour cet usage ne le prépare, si Dieu ne le reforme et fortifie par sa grâce et faveur particulière et supernaturelle. Au moins devrait notre condition fautière[b] nous faire porter[c] plus modérément et retenuement[d] en nos changements. Il nous devrait souvenir, quoi que nous reçussions en l'entendement, que nous y recevons souvent des choses fausses, et que c'est par ces mêmes outils qui se démentent[e] et qui se trompent souvent. Or n'est-il pas merveille, s'ils se démentent, étant si aisés à incliner et à tordre par bien légères occurrences[f]. Il est certain que notre appréhension, notre jugement et les facultés de notre âme en général, souffrent selon les[g] mouvements et altérations du corps : lesquelles altérations sont continuelles. N'avons-nous pas l'esprit plus éveillé, la mémoire plus prompte, le discours plus vif en santé qu'en maladie ? La joie et la gaieté ne nous font-elles pas recevoir les sujets qui se présentent à notre âme, d'un tout autre visage, que le chagrin et la mélancolie ? Pensez-vous que les vers de Catulle ou de Sapho, rient à un vieillard avaricieux

---

les anciennes et change la perception que nous en avions » – *a*. ne pourrait pas loger en – *b*. pécheresse – *c*. nous comporter – *d*. avec plus de modération et de retenue – *e*. se contredisent – *f*. légers événements – *g*. subissent les

et rechigné[a], comme à un jeune homme vigoureux et ardent ? Cleomenes fils d'Anaxandridas étant malade, ses amis lui reprochaient qu'il avait des humeurs et fantaisies nouvelles, et non accoutumées : je crois bien, fit-il, aussi ne suis-je pas celui que je suis étant sain : étant autre, aussi sont autres mes opinions et fantaisies[b][1]. En la chicane[c] de nos palais ce mot est en usage, qui se dit des criminels qui rencontrent les juges en quelque bonne trempe[d], douce et débonnaire, *gaudeat de bona fortuna*[e], qu'il jouisse de ce bonheur : car il est certain que les jugements se rencontrent parfois plus tendus à la condamnation, plus épineux et âpres, tantôt plus faciles, aisés, et enclins à l'excuse. Tel qui rapporte de sa maison la douleur de la goutte, la jalousie, ou le larcin de son valet, ayant toute l'âme teinte et abreuvée de colère, il ne faut pas douter que son jugement ne s'en altère vers cette part-là. Ce vénérable sénat d'Areopage jugeait de nuit, de peur que la vue des poursuivants[f] corrompît sa justice[2]. L'air même et la sérénité du ciel, nous apporte quelque mutation, comme dit ce vers Grec en Cicero,

Tales sunt hominum mentes, quali pater ipse
Juppiter, auctifera lustravit lampade terras[g][3].

Ce ne sont pas seulement les fièvres, les breuvages, et les grands accidents, qui renversent notre jugement : les moindres choses du monde le tournevirent[h]. Et ne faut pas douter, encore que nous ne le sentions pas, que si la fièvre continue peut atterrer[i] notre âme, que la tierce[j] n'y apporte quelque altération, selon

a. grincheux – *b.* représentations – *c.* dans les débats juridiques – *d.* bonne disposition d'esprit – *e.* « qu'il se réjouisse de cette bonne fortune » – *f.* des plaignants – *g.* « Les esprits des hommes sont pareils aux terres que le père des Dieux en personne, Jupiter, éclaire de sa lumière fécondante. » – *h.* bouleversent – *i.* mettre à bas – *j.* fièvre tierce

sa mesure et proportion. Si l'apoplexie assoupit et éteint tout à fait la vue de notre intelligence, il ne faut pas douter que le morfondement[a] ne l'éblouisse. Et par conséquent, à peine se peut-il rencontrer une seule heure en la vie, où notre jugement se trouve en sa due assiette[b], notre corps étant sujet à tant de continuelles mutations, et étoffé de tant de sortes de ressorts, que (j'en crois les médecins) combien il est malaisé, qu'il n'y en ait toujours quelqu'un qui tire de travers. Au demeurant, cette maladie ne se découvre pas si aisément, si elle n'est du tout[c] extrême et irrémédiable : d'autant que la raison va toujours : et torte[d], et boiteuse, et déhanchée : et avec le mensonge comme avec la vérité. Par ainsi il est malaisé de découvrir son mécompte[e], et dérèglement. J'appelle toujours raison, cette apparence de discours[f] que chacun forge en soi : cette raison, de la condition de laquelle, il y en peut avoir cent contraires autour d'un même sujet : c'est un instrument de plomb, et de cire, allongeable, ployable, et accommodable à tout biais et à toutes mesures : il ne reste que la suffisance de le savoir contourner[g]. Quelque bon dessein qu'ait un juge, s'il ne s'écoute de près, à quoi peu de gens s'amusent, l'inclination à l'amitié, à la parenté, à la beauté, et à la vengeance, et non pas seulement choses si pesantes, mais cet instinct fortuit, qui nous fait favoriser une chose plus qu'une autre, et qui nous donne sans le congé[h] de la raison, le choix en deux pareils sujets, ou quelque ombrage de pareille vanité, peuvent insinuer insensiblement en son jugement, la recommandation ou défaveur d'une cause,

a. le rhume de cerveau – *b*. en son juste équilibre – *c*. tout à fait – *d*. tordue – *e*. erreur – *f*. raisonnement – *g*. il ne manque que la capacité de savoir le modeler – *h*. la permission

et donner pente à la balance. Moi qui m'épie de plus près, qui ai les yeux incessamment tendus sur moi, comme celui qui n'ai pas fort à faire ailleurs,

quis sub Arcto
Rex gelidæ metuatur oræ
Quod Tyridatem terreat, unice
Securus[a] [1],

à peine oserais-je dire la vanité et la faiblesse que je trouve chez moi. J'ai le pied si instable et si mal assis, je le trouve si aisé à crouler, et si prêt au branle[b], et ma vue si déréglée, que à jeun je me sens autre, qu'après le repas : si ma santé me rit, et la clarté d'un beau jour, me voilà honnête homme : si j'ai un cor qui me presse l'orteil, me voilà renfrogné, mal plaisant et inaccessible. Un même pas de cheval me semble tantôt rude, tantôt aisé, et même chemin à cette heure plus court, une autre fois plus long : et une même forme ores plus ores moins agréable : maintenant je suis à tout faire, maintenant à rien faire : ce qui m'est plaisir à cette heure, me sera quelquefois peine. Il se fait mille agitations indiscrètes et casuelles[c] chez moi. Ou l'humeur mélancolique me tient, ou la colérique, et de son autorité privée, à cette heure le chagrin prédomine en moi, à cette heure l'allégresse. Quand je prends des livres, j'aurai aperçu en tel passage des grâces excellentes, et qui auront féru[d] mon âme, qu'une autre fois j'y retombe, j'ai beau le tourner et virer, j'ai beau le plier et le manier, c'est une masse inconnue et informe pour moi. En mes écrits mêmes, je ne retrouve pas toujours l'air de ma première imagination : je ne sais ce que j'ai voulu dire : et

a. « guère inquiet de savoir quel roi l'on craint sous l'Ourse glacée, et ce qui terrifie Tiridate » – *b.* à être ébranlé – *c.* intempestives et accidentelles – *d.* frappé

m'échaude[a] souvent à corriger, et y mettre un nouveau sens, pour avoir perdu le premier qui valait mieux[1]. Je ne fais qu'aller et venir : mon jugement ne tire pas toujours avant, il flotte, il vague,

velut minuta magno
Deprensa navis in mari vesaniente vento[b2].

Maintes fois (comme il m'advient de faire volontiers) ayant pris pour exercice et pour ébat, à maintenir une contraire opinion à la mienne, mon esprit s'appliquant et tournant de ce côté-là, m'y attache si bien, que je ne trouve plus la raison, de mon premier avis, et m'en dépars. Je m'entraîne quasi où je penche, comment que ce soit : et m'emporte de mon poids. Chacun à peu près en dirait autant de soi, s'il se regardait comme moi. Les prêcheurs savent, que l'émotion qui leur vient en parlant, les anime vers la créance : et qu'en colère nous nous adonnons plus à la défense de notre proposition, l'imprimons en nous, et l'embrassons avec plus de véhémence et d'approbation, que nous ne faisons étant en notre sens froid et reposé. Vous récitez[c] simplement une cause à l'avocat, il vous y répond chancelant et douteux : vous sentez qu'il lui est indifférent de prendre à soutenir l'un ou l'autre parti : l'avez-vous bien payé pour y mordre, et pour s'en formaliser[d], commence-il d'en être intéressé, y a-il échauffé sa volonté : sa raison et sa science s'y échauffent quant et quant[e] : voilà une apparente et indubitable vérité, qui se présente à son entendement : il y découvre une toute nouvelle lumière, et le croit à bon escient[f], et se le persuade ainsi.

a. je me brûle (je me fais tort) – *b.* « tel un frêle esquif surpris sur la vaste mer par une violente bourrasque. » – *c.* décrivez – *d.* pour qu'il s'y attache et la prenne au pied de la lettre – *e.* en même temps – *f.* sérieusement

Voire je ne sais si l'ardeur qui naît du dépit, et de l'obstination, à l'encontre de l'impression et violence du magistrat, et du danger, ou l'intérêt de la réputation, n'ont envoyé tel homme soutenir jusques au feu, l'opinion pour laquelle entre ses amis, et en liberté, il n'eût pas voulu s'échauder le bout du doigt. Les secousses et ébranlements que notre âme reçoit par les passions corporelles peuvent beaucoup en elle, mais encore plus les siennes propres : auxquelles elle est si fort en prise, qu'il est à l'aventure soutenable, qu'elle n'a aucune autre allure et mouvement, que du souffle de ses vents, et que sans leur agitation elle resterait sans action, comme un navire en pleine mer, que les vents abandonnent de leur secours[1]. Et qui maintiendrait cela suivant le parti des Péripatéticiens[2], ne nous ferait pas beaucoup de tort, puisqu'il est connu, que la plupart des plus belles actions de l'âme, procèdent et ont besoin de cette impulsion des passions. La vaillance, disent-ils, ne se peut parfaire sans l'assistance de la colère :

Semper Ajax fortis, fortissimus tamen in furore[a][3],

ni ne court-on sus aux méchants et aux ennemis assez vigoureusement si on n'est courroucé[4] : et veulent que l'avocat inspire le courroux aux juges pour en tirer justice. Les cupidités[b] émurent Themistocles, émurent Demosthenes, [et] ont poussé les philosophes aux travaux, veillées et pérégrinations. Nous mènent à l'honneur, à la doctrine, à la santé, fins utiles. Et cette lâcheté d'âme à souffrir l'ennui[5] et la fâcherie sert à nourrir en la conscience la pénitence et la repentance : et à sentir les fléaux de dieu pour notre châtiment, et les fléaux de la correction politique. La compassion, sert d'aiguillon à la clémence : et la prudence de nous conserver et gouverner, est éveillée par notre crainte :

a. « Ajax fut toujours vaillant, et cependant le fut plus encore dans son accès de folie » – *b.* passions

et combien de belles actions par l'ambition ? combien par la présomption ? Aucune éminente et gaillarde vertu enfin, n'est sans quelque agitation déréglée. Serait-ce pas l'une des raisons qui aurait mû les Épicuriens, à décharger Dieu de tout soin et sollicitude de nos affaires : d'autant que les effets mêmes de sa bonté ne se pouvaient exercer envers nous, sans ébranler son repos, par le moyen des passions, qui sont comme des piqûres et sollicitations, acheminant l'âme aux actions vertueuses ? Ou bien ont-ils cru autrement et les ont prises comme tempêtes qui débauchent honteusement l'âme de sa tranquillité. *Ut maris tranquillitas intelligitur, nulla ne minima quidem aura fluctus commovente, sic animi quietus et placatus status cernitur quum perturbatio nulla est qua moveri queat*[a][1]. Quelles différences[2] de sens et de raison, quelle contrariété d'imaginations nous présente la diversité de nos passions ? Quelle assurance pouvons-nous donc prendre de chose si instable et si mobile, sujette par sa condition à la maîtrise du trouble, n'allant jamais qu'un pas forcé et emprunté ? Si notre jugement est en main à[b] la maladie même, et à la perturbation, si c'est de la folie et de la témérité, qu'il est tenu de recevoir l'impression des choses, quelle sûreté pouvons-nous attendre de lui ? N'y a-t-il point de la hardiesse à la philosophie[3] d'estimer [des] hommes qu'ils produisent leurs plus grands effets et plus approchants de la divinité quand ils sont hors d'eux et furieux et insensés ? Nous nous amendons par la privation de notre raison et son assoupissement. Les deux voies naturelles[4] pour entrer au cabinet des [dieux] et y prévoir le cours des destinées sont la fureur et le sommeil. Ceci est plaisant à considérer. Par la dislocation que

a. « De même que l'on conçoit qu'une mer est calme quand aucune brise, même la plus légère, n'agite ses flots, de même l'état calme et paisible de l'âme est sensible lorsqu'il n'y a aucune perturbation qui puisse la mettre en mouvement. » – *b*. tombe sous la coupe de

les passions apportent à notre raison, nous devenons vertueux. Par [son] extirpation que la fureur ou l'image de la mort[a] apporte, nous devenons prophètes et devins. Jamais plus volontiers je ne l'en crus. C'est un pur enthousiasme que la sainte vérité a inspiré en l'esprit philosophique, qui lui arrache contre sa proposition[b] : que l'état tranquille de notre âme, l'état rassis, l'état plus sain que la philosophie lui puisse acquérir, n'est pas son meilleur état. Notre veillée est plus endormie que le dormir, notre sagesse, moins sage que la folie. Nos songes valent mieux que nos discours[c]. La pire place que nous puissions prendre, c'est en nous. Mais pense-elle pas[d] que nous ayons l'avisement[e] de remarquer que la voix qui fait l'esprit, quand il est dépris de l'homme, si clairvoyant, si grand, si parfait et pendant qu'il est en l'homme, si terrestre, ignorant et ténébreux, c'est une voix partant de l'esprit qui est partie de l'homme terrestre, ignorant et ténébreux. Et à cette cause voix infiable[f] et incroyable. Je n'ai point grande expérience de ces agitations véhémentes, étant d'une complexion molle et pesante, desquelles la plupart surprennent subitement notre âme, sans lui donner loisir de se connaître. Mais cette passion, qu'on dit être produite par l'oisiveté, au cœur des jeunes hommes[1], quoiqu'elle s'achemine avec loisir et d'un progrès mesuré, elle représente bien évidemment, à ceux qui ont essayé de s'opposer à son effort, la force de cette conversion et altération, que notre jugement souffre[g]. J'ai autrefois entrepris de me tenir bandé pour la soutenir[h] et rabattre : car il s'en faut tant que je sois de ceux, qui convient les vices, que je ne les suis pas seulement, s'ils[i] ne m'entraînent : je la sentais naître, croître, et s'augmenter en dépit de ma résistance : et enfin tout voyant et

a. le sommeil – *b.* son projet – *c.* raisonnements – *d.* Mais [la philosophie] ne pense-t-elle pas – *e.* le bon sens – *f.* et pour cette raison indigne de confiance – *g.* de cette métamorphose et changement que subit notre jugement – *h.* de mettre tous mes efforts à la contenir – *i.* à moins qu'ils

vivant, me saisir et posséder, de façon que comme d'une ivresse, l'image des choses me commençait à paraître autre que de coutume : je voyais évidemment grossir et croître les avantages du sujet que j'allais désirant, et agrandir et enfler par le vent de mon imagination : les difficultés de mon entreprise, s'aiser et se planir[a], mon discours[b] et ma conscience se tirer arrière[c] : mais ce feu étant évaporé, tout à un instant, comme de la clarté d'un éclair, mon âme reprendre une autre sorte de vue, autre état, et autre jugement : les difficultés de la retraite, me sembler grandes et invincibles, et les mêmes choses de bien autre goût et visage, que la chaleur du désir ne me les avait présentées. Lequel[d] plus véritablement, Pyrrho n'en sait rien. Nous ne sommes jamais sans maladie. Les fièvres ont leur chaud et leur froid : des effets d'une passion ardente, nous retombons aux effets d'une passion frileuse. Autant que je m'étais jeté en avant, je me relance d'autant en arrière :

Qualis ubi alterno procurrens gurgite pontus,
Nunc ruit ad terras, scopulisque superjacit undam,
Spumeus, extremámque sinu perfundit arenam :
Nunc rapidus retro atque æstu revoluta resorbens
Saxa fugit, littúsque vado labente relinquit[e][1].

Or de la connaissance de cette mienne volubilité[f], j'ai par accident[g] engendré en moi quelque constance d'opinions : et n'ai guère altéré les miennes premières et naturelles : Car quelque apparence[h] qu'il y ait en

a. devenir faciles et s'aplanir – *b.* intellect – *c.* reculer – *d.* Lequel [des goûts et visages] – *e.* « Ainsi fait la mer quand par la déferlante alternée de ses eaux, tantôt elle se précipite vers la terre, recouvre de ses vagues les rochers en écumant, et inonde en ses replis l'extrémité de la plage : tantôt revenant rapidement en arrière et ravalant dans sa houle les galets qu'elle a roulés, elle s'enfuit et son flot baissant, abandonne le rivage » – *f.* instabilité – *g.* hasard – *h.* vraisemblance

la nouvelleté, je ne change pas aisément, de peur que j'ai de perdre au change : Et puisque je ne suis pas capable de choisir, je prends le choix d'autrui, et me tiens en l'assiette[a] où Dieu m'a mis. Autrement, je ne me saurais garder de rouler sans cesse. Ainsi me suis-je, par la grâce de Dieu, conservé entier, sans agitation et trouble de conscience, aux anciennes créances[b] de notre religion, au travers de tant de sectes et de divisions, que notre siècle a produites. Les écrits des anciens, je dis les bons écrits, pleins et solides, me tentent, et remuent quasi où ils veulent : celui que j'ois, me semble toujours le plus roide : je les trouve avoir raison chacun à son tour, quoiqu'ils se contrarient[c]. Cette aisance que les bons esprits ont, de rendre ce qu'ils veulent vraisemblable, et qu'il n'est rien si étrange, à quoi ils n'entreprennent de donner assez de couleur[d], pour tromper une simplicité pareille à la mienne, cela montre évidemment la faiblesse de leur preuve. Le ciel et les étoiles ont branlé[e] trois mille ans, tout le monde l'avait ainsi cru, jusques à ce que Cleanthes le Samien[1] ou, [selon] Theophraste, Nicetas Siracusien[2], s'avisa de maintenir[3] que c'était la terre qui se mouvait, par le cercle oblique du Zodiaque tournant à l'entour de son essieu. Et de notre temps[4] Copernicus a si bien fondé cette doctrine, qu'il s'en sert très réglément à toutes les conséquences astronomiques. Que prendrons-nous de là, sinon qu'il ne nous doit chaloir[f] lequel ce soit des deux : Et qui sait qu'une tierce opinion d'ici à mille ans, ne renverse les deux précédentes :

Sic volvenda œtas commutat tempora rerum,
Quod fuit in pretio, fit nullo denique honore,
Porro aliud succedit, et è contemptibus exit,

a. au point d'équilibre – *b.* croyances – *c.* contredisent – *d.* apparence fausse – *e.* ont été en mouvement – *f.* importer

Inque dies magis appetitur, florétque repertum
Laudibus, et miro est mortales inter honore[a][1].

Ainsi, quand il se présente à nous quelque doctrine nouvelle, nous avons grande occasion de nous en défier, et de considérer qu'avant qu'elle fût produite, sa contraire était en vogue, et comme elle a été renversée par cette-ci, il pourra naître à l'avenir une tierce invention, qui choquera de même la seconde. Avant que les principes qu'Aristote a introduits, fussent en crédit, d'autres principes contentaient la raison humaine, comme ceux-ci nous contentent à cette heure. Quelles lettres[b] ont ceux-ci, quel privilège particulier, que le cours de notre invention s'arrête à eux, et qu'à eux appartient pour tout le temps à venir la possession de notre créance[c] ? ils ne sont non plus exempts du boute-hors[d], qu'étaient leurs devanciers. Quand on me presse d'un nouvel argument, c'est à moi à estimer, que ce à quoi je ne puis satisfaire, un autre y satisfera : car de croire toutes les apparences, desquelles nous ne pouvons nous défaire, c'est une grande simplesse : il en adviendrait par là que tout le vulgaire[e] et nous sommes tous du vulgaire, aurait sa créance contournable[f], comme une girouette : car leur âme étant molle et sans résistance, serait forcée de recevoir sans cesse, autres et autres impressions, la dernière effaçant toujours la trace de la précédente. Celui qui se trouve faible, il doit répondre suivant la pratique[g], qu'il en parlera à son conseil, ou s'en rap-

a. « Ainsi le temps dans son déroulement transforme les circonstances, ce qui a été précieux finit par n'être plus du tout tenu en honneur, voilà qu'un autre objet lui succède et sort du mépris, de jour en jour on le recherche davantage, sa découverte fleurit d'éloges et il jouit d'une étonnante considération parmi les mortels. » – *b*. lettres de noblesse – *c*. croyance – *d*. d'être délogés – *e*. que tout homme du commun – *f*. sa croyance orientable, influençable – *g*. l'usage juridique

porter aux plus sages, desquels il a reçu son apprentissage. Combien y a-il que la médecine est au monde ? On dit qu'un nouveau venu, qu'on nomme Paracelse[1], change et renverse tout l'ordre des règles anciennes, et maintient que jusques à cette heure, elle n'a servi qu'à faire mourir les hommes. Je crois qu'il vérifiera aisément cela : mais de mettre ma vie à la preuve[a] de sa nouvelle expérience, je trouve que ce ne serait pas grande sagesse. Il ne faut pas croire à chacun, dit le précepte, parce que chacun peut dire toutes choses. Un homme de cette profession de nouvelletés, et de réformations[b] physiques[2], me disait il n'y a pas longtemps, que tous les anciens s'étaient évidemment mécomptés[c] en la nature et mouvements des vents, ce qu'il me ferait très évidemment toucher à la main, si je voulais l'entendre. Après que j'eus eu un peu de patience à ouïr ses arguments, qui avaient tout plein de vérisimilitude[d] : comment donc, lui fis-je, ceux qui naviguaient sous les lois de Theophraste[3], allaient-ils en occident, quand ils tiraient en levant[e] ? allaient-ils à côté, ou à reculons ? C'est la fortune, me répondit-il : tant y a, qu'ils se mécomptaient. Je lui répliquai lors, que j'aimais mieux suivre les effets[f], que la raison. Or ce sont choses, qui se choquent souvent : et m'a l'on dit qu'en la Géométrie (qui pense avoir gagné le haut point de certitude parmi les sciences) il se trouve des démonstrations inévitables, subvertissants la vérité de l'expérience : comme Jaques Peletier me disait chez moi, qu'il avait trouvé deux lignes s'acheminants l'une vers l'autre pour se joindre, qu'il vérifiait toutefois ne pouvoir jamais jusques à l'infinité,

a. mettre ma vie en jeu pour prouver – *b*. Un homme qui revendiquait des innovations et des réformes – *c*. trompés – *d*. vraisemblance – *e*. vers l'orient – *f*. les données de l'expérience

arriver à se toucher[1] : et les Pyrrhoniens ne se servent de leurs arguments et de leur raison, que pour ruiner l'apparence de l'expérience : et est merveille jusques où la souplesse de notre raison, les a suivis à ce dessein de combattre l'évidence des effets : car ils vérifient que nous ne nous mouvons pas, que nous ne parlons pas, qu'il n'y a point de pesant ou de chaud, avec une pareille force d'argumentations, que nous vérifions les choses plus vraisemblables[2]. Ptolemeus, qui a été un grand personnage, avait établi les bornes de notre monde[3] : tous les philosophes anciens ont pensé en tenir la mesure, sauf quelques Îles écartées, qui pouvaient échapper à leur connaissance : c'eût été Pyrrhoniser, il y a mille ans, que de mettre en doute la science de la Cosmographie, et les opinions qui en étaient reçues d'un chacun : c'était hérésie d'avouer des Antipodes[4] : voilà de notre siècle une grandeur infinie de terre ferme, non pas une île, ou une contrée particulière, mais une partie égale à peu près en grandeur, à celle que nous connaissions, qui vient d'être découverte. Les Géographes de ce temps ne faillent pas d'assurer que méshui[a] tout est trouvé et que tout est vu,

Nam quod adest praesto, placet, et pollere videtur[b][5].

Savoir mon[c] si Ptolomée s'y est trompé autrefois sur les fondements de sa raison, si ce ne serait pas sottise de me fier maintenant à ce que ceux-ci en disent : et s'il n'est pas plus vraisemblable que ce grand corps que nous appelons le monde est chose bien autre que nous ne jugeons. Platon tient[6] qu'il change de visage à tout sens : que le ciel, les étoiles et le soleil renversent parfois le mouvement que nous y voyons, changeant l'orient en occident. Les prêtres égyptiens dirent à Herodote[7] que

a. désormais – *b.* « Car ce dont on dispose plaît et paraît préférable au reste. » – *c.* Reste à savoir

depuis leur premier Roi, de quoi il y avait onze mille tant d'ans, et de tous leurs Rois ils lui firent voir les effigies en statues tirées après le vif, le Soleil avait changé quatre fois de route. Que la mer et la terre se changent alternativement l'un en l'autre. Que la naissance du monde est indéterminée. Aristote, Cicero[1], de même. Et quelqu'un d'entre nous[2], qu'il est de toute éternité mortel et renaissant à plusieurs vicissitudes, appelant à témoins Salomon et Esaïe, [pour éviter ces oppositions que Dieu] a été quelquefois créateur sans créature : qu'il a été oisif : [qu'il s'est dédit de son oisiveté, mettant la main à cet ouvrage : et] qu'il est par conséquent sujet à mutation. En la plus fameuse des Grecques écoles[3], le monde est tenu un dieu fait par un autre dieu plus grand : et est composé d'un corps et d'une âme qui loge en son centre, s'épandant par nombres de musique à sa circonférence, divin, très heureux, très grand, très sage, éternel. En lui sont d'autres dieux, la terre, la mer, les astres, qui s'entretiennent d'une harmonieuse et perpétuelle agitation et danse divine, tantôt se rencontrants, tantôt s'éloignants, se cachants, se montrants, changeants de rang, ores devant et ores derrière. Heraclytus établissait le monde être composé par feu[4] et, par l'ordre des destinées[a], se devoir enflammer et résoudre en feu quelque jour et quelque jour encore renaître. Et des hommes dit Apuleius. *Sigillatim mortales, cunctim perpetui*[b][5]. Alexandre écrivit à sa mère[6] la narration d'un prêtre Égyptien tirée de leurs monuments, témoignant l'ancienneté de cette nation infinie et comprenant la naissance et progrès[c] des autres pays au vrai. Cicero et Diodorus[7] disent de leur temps que les Chaldéens tenaient registre de quatre cent mille tant d'ans. Aristote, Pline et autres[8], que Zoroastre vivait six mille ans avant l'âge de Platon. Platon dit[9] que ceux de la ville de Sais [ont des] mémoires par écrit de huit mille ans et que la ville d'Athenes fut bâtie mille ans avant ladite ville de Sais. Epicurus[10] qu'en même temps que les choses sont ici comme nous les voyons, elles sont toutes pareilles, et en même façon, en plusieurs autres

a. par l'ordre du destin – *b*. « Individuellement mortels, collectivement éternels. » – *c*. développement

mondes. Ce qu'il eût dit plus assurément, s'il eût vu les similitudes, et convenances[a] de ce nouveau monde des Indes occidentales, avec le nôtre, présent et passé, en si étranges exemples. En vérité, considérant ce qui est venu à notre science du cours de cette police[b] terrestre, je me suis souvent émerveillé de voir en une très grande distance de lieux [et] de temps les rencontres d'un grand nombre d'opinions populaires monstrueuses et des mœurs et créances[c] sauvages, et qui par aucun biais ne semblent tenir [à] notre naturel discours[d]. C'est un grand ouvrier de miracles que l'esprit humain, mais cette relation a je ne sais quoi encore de plus hétéroclite, elle se trouve aussi en noms, en accidents et en mille autres choses. Car on y trouva des nations[1], n'ayant, que nous sachions, ouï de nouvelles de nous, où la circoncision était en crédit : où il y avait des états et grandes polices maintenues par des femmes, sans hommes : où nos jeûnes et notre carême était représenté[e], y ajoutant l'abstinence des femmes : où nos croix étaient en diverses façons en crédit, ici on en honorait les sépultures, on les appliquait là, et nommément celle de S. André, à se défendre des visions nocturnes, et à les mettre sur les couches des enfants contre les enchantements : ailleurs ils en rencontrèrent une de bois de grande hauteur, adorée pour Dieu de la pluie, et celle-là bien fort avant dans la terre ferme : on y trouva une bien expresse image de nos pénitenciers[f] : l'usage des mitres, célibat des prêtres, l'art de deviner par les entrailles des animaux sacrifiés : l'abstinence de toute sorte de chair et poisson à leur vivre[g] : la façon aux prêtres d'user en officiant de langue particulière et non vulgaire : et cette fantaisie, que le premier dieu fut chassé par un second, son

a. correspondances – *b.* organisation du monde – *c.* croyances – *d.* naturelle raison – *e.* étaient représentés – *f.* confesseurs – *g.* dans leur nourriture

frère puîné : qu'ils furent créés avec toutes commodités, lesquelles on leur a depuis retranchées pour leur péché, changé leur territoire, et empiré leur condition naturelle : qu'autrefois ils ont été submergés par l'inondation des eaux célestes, qu'il ne s'en sauva que peu de familles, qui se jetèrent dans les hauts creux des montagnes, lesquels creux ils bouchèrent, si que l'eau n'y entra point, ayant enfermé là-dedans, plusieurs sortes d'animaux : que quand ils sentirent la pluie cesser, ils mirent hors des chiens, lesquels étants revenus nets et mouillés, ils jugèrent l'eau n'être encore guère abaissée : depuis en ayant fait sortir d'autres, et les voyants revenir bourbeux, ils sortirent repeupler le monde, qu'ils trouvèrent plein seulement de serpents. On rencontra en quelque endroit la persuasion du jour du jugement[a], si qu'ils s'offensaient merveilleusement[b] contre les Espaignols qui épandaient[c] les os des trépassés, en fouillant les richesses des sépultures, disant que ces os écartés ne se pourraient facilement rejoindre[1] : la trafique par échange et non autre : foires et marchés pour cet effet : des nains et personnes difformes, pour l'ornement des tables des princes : l'usage de la fauconnerie selon la nature de leurs oiseaux : subsides[d] tyranniques : délicatesses[e] de jardinages : danses, sauts bateleresques[f] : musique d'instruments : armoiries : jeux de paume, jeux de dés et de sort, auquel ils s'échauffent souvent, jusques à s'y jouer eux-mêmes, et leur liberté : médecine non autre que de charmes : la forme d'écrire par figures : créance[g] d'un seul premier homme, père de tous les peuples : adoration d'un dieu qui vécut autrefois

a. conviction du Jugement dernier – *b.* si bien qu'ils s'irritaient extraordinairement] – *c.* éparpillaient – *d.* impôts – *e.* raffinements – *f.* de saltimbanques – *g.* croyance

homme en parfaite virginité, jeûne, et pénitence, prêchant la loi de nature, et des cérémonies de la religion, et qui disparut du monde sans mort naturelle : l'opinion des géants : l'usage de s'enivrer de leurs breuvages, et de boire d'autant[a] : ornements religieux peints d'ossements et têtes de morts, surplis, eau bénite, aspergés[b] : femmes et serviteurs, qui se présentent à l'envi à se brûler et enterrer, avec le mari ou maître trépassé : loi que les aînés succèdent à tout le bien[c], et n'est[d] réservé aucune part au puîné, que d'obéissance : coutume à la promotion de certain office de grande autorité, que celui qui est promu prend un nouveau nom et quitte le sien : de verser de la chaux, sur le genou de l'enfant fraîchement né, en lui disant, tu es venu de poudre[e] et retourneras en poudre : l'art des augures. Ces vains ombrages[f] de notre religion, qui se voient en aucuns[g] de ces exemples, en témoignent la dignité et la divinité : Non seulement elle s'est aucunement[h] insinuée en toutes les nations infidèles de deçà[i], par quelque imitation, mais à ces barbares aussi, comme par une commune et supernaturelle inspiration. Car on y trouva aussi la créance du purgatoire, mais d'une forme nouvelle : ce que nous donnons au feu, ils le donnent au froid, et imaginent les âmes, et purgées, et punies, par la rigueur d'une extrême froidure. Et m'avertit cet exemple d'une autre plaisante diversité, car comme il s'y trouva des peuples qui aimaient à défubler[j] le bout de leur membre, et en retranchaient la peau à la Mahométane et à la Juive, il s'y en trouva d'autres, qui faisaient si

a. de rivaliser en buvant – *b.* goupillons – *c.* prennent la succession avec tout le bien – *d.* et [loi selon laquelle] n'est – *e.* poussière – *f.* représentations – *g.* certains – *h.* en quelque sorte – *i.* de l'Ancien Monde – *j.* dépouiller

grande conscience[a] de le défubler qu'à tout[b] des petits cordons, ils portaient leur peau bien soigneusement étirée et attachée au-dessus, de peur que ce bout ne vît l'air. Et de cette diversité aussi, que comme nous honorons les Rois et les fêtes, en nous parant des plus honnêtes vêtements que nous ayons : en aucunes régions, pour montrer toute disparité[c] et soumission à leur Roi, les sujets se présentaient à lui en leurs plus vils habillements, et entrant au palais prennent quelque vieille robe déchirée sur la leur bonne, à ce que tout le lustre, et l'ornement soit au maître. Mais suivons[d]. Si nature enserre[1] dans les termes de son progrès[e] ordinaire, comme toutes autres choses, aussi les créances[f], les jugements, et opinions des hommes, si elles ont leur révolution, leur saison, leur naissance, leur mort, comme les choux : si le ciel les agite, et les roule à sa poste[g], quelle magistrale autorité et permanente, leur allons-nous attribuant ? Si par expérience nous touchons à la main[h], que la forme de notre être dépend de l'air, du climat, et du terroir, où nous naissons : non seulement le teint, la taille, la complexion, et les contenances[i] : mais encore les facultés de l'âme[2] : *et plaga cœli non solum ad robur corporum sed etiam animorum facit*[j][3] : dit Vegece. Et que [la] déesse fondatrice de la ville d'Athenes choisit à[k] la situer une température de pays qui fit les hommes prudents, comme les prêtres d'Ægipte apprirent à Solon[4], *Athenis tenue cœlum ex quo etiam acutiores putantur Attici, crassum Thebis, itaque pingues Thebani et valentes*[l][5] : en manière

a. avaient si grand scrupule – *b.* qu'avec – *c.* la totale inégalité – *d.* poursuivons – *e.* cours – *f.* croyances – *g.* à sa guise – *h.* nous vérifions *i.* comportements – *j.* « et le climat n'a pas seulement un effet sur la vigueur des corps, mais aussi sur celle des esprits » – *k.* pour – *l.* « à Athènes l'air est subtil, ce qui explique, pense-t-on, que les habitants de l'Attique soient plus fins ; à Thèbes il est épais, d'où l'épaisseur et la vigueur des Thébains » qu'ainsi que les fruits naissent divers, et les animaux : les hommes naissent aussi plus et moins belliqueux, justes, tempérants et dociles : ici sujets au vin, ailleurs au larcin ou à la paillardise : ici enclins à superstition, ailleurs à la mécréance : ici à la liberté, ici à la servitude : capables d'une science ou d'un art, grossiers ou ingénieux, obéissants ou rebelles, bons ou mauvais, selon que porte l'inclination du lieu où ils sont assis, et prennent nouvelle complexion, si on les change de place, comme les arbres : qui[a] fut la raison, pour laquelle Cyrus[1] ne voulut accorder aux Perses d'abandonner leur pays âpre et bossu[b], pour se transporter en un autre doux et plain[c], disant que les terres grasses et molles font les hommes mols, et [les] fertiles les esprits infertiles. Si nous voyons tantôt fleurir un art, une opinion, tantôt une autre, par quelque influence céleste : tel siècle produire telles natures, et incliner l'humain genre à tel ou tel pli : les esprits des hommes tantôt gaillards, tantôt maigres, comme nos champs : que deviennent toutes ces belles prérogatives de quoi nous nous allons flattant. Puisqu'un homme sage se peut mécompter[d], et cent hommes, et plusieurs nations : voire et l'humaine nature selon nous, se mécompte plusieurs siècles, en ceci ou en cela : quelle sûreté avons-nous que parfois elle cesse de se mécompter et qu'en ce siècle elle ne soit en mécompte. Il me semble entre autres témoignages de notre imbécillité[e], que celui-ci ne mérite pas d'être oublié, que par désir même, l'homme ne sache trouver ce qu'il lui faut : que non par jouissance, mais par imagination et par souhait, nous ne puissions être d'accord de ce de quoi nous avons besoin pour nous contenter. Laissons à notre pensée tailler et coudre à son plaisir, elle ne

a. ce qui – *b.* montagneux – *c.* plat – *d.* tromper – *e.* faiblesse pourra pas seulement désirer ce qui lui est propre et se satisfaire,

quid enim ratione timemus
Aut cupimus? quid tam dextro pede concipis, ut te
Conatus non pœniteat votique peracti[a][1].

C'est pourquoi Socrates ne requérait les dieux sinon de lui donner ce qu'ils savaient lui être salutaire. Et la prière des Lacédémoniens, publique et privée[2], portait simplement les choses bonnes et belles leur être octroyées. Remettant [à] la discrétion[b] divine le triage et choix d'icelles[3] :

Coniugium petimus partumque uxoris, at illi
Notum qui pueri, qualisque futura sit uxor[c][4].

Et le Chrétien supplie Dieu que sa volonté soit faite[5], pour ne tomber en l'inconvénient que les poètes[6] feignent[d] du Roi Midas[7]. Il requit les dieux, que tout ce qu'il toucherait se convertît en or : Sa prière fut exaucée, son vin fut or, son pain or, et la plume de sa couche, et d'or sa chemise et son vêtement : de façon qu'il se trouva accablé sous la jouissance de son désir, et étrenné[e] d'une commodité insupportable. Il lui fallut déprier ses prières,

Attonitus novitate mali, divesque miserque,
Effugere optat opes, et quæ modo voverat, odit[f][8].

Disons de moi-même. Je demandais à la fortune autant qu'autre chose, l'ordre Saint Michel[9], étant jeune : car c'était lors l'extrême marque d'honneur de la noblesse Française et très rare. Elle me l'a plaisamment

a. « Que craignons-nous en effet ou désirons-nous par raison ? qu'entreprend-on avec assez de bonheur pour ne pas regretter ses efforts et l'accomplissement de son vœu ? » – *b.* au discernement – *c.* « Nous aspirons à nous marier et à avoir des enfants de notre femme, mais c'est lui [Dieu] qui sait quels seront nos enfants et notre femme. » – *d.* représentent – *e.* gratifié – *f.* « Stupéfié de la nouveauté du malheur, à la fois riche et misérable, il souhaite échapper à ses richesses, et les biens qu'il avait auparavant appelés de ses vœux, il les exècre. »

accordé. Au lieu de me monter et hausser de ma place, pour y aveindre[a] : elle m'a bien plus gracieusement traité, elle l'a ravalé et rabaissé jusques à mes épaules et au-dessous. Cleobis et Biton, Trophonius et Agamedes[1], ayant requis, ceux-là leur déesse, ceux-ci leur dieu, d'une récompense digne de leur piété, eurent la mort pour présent, tant les opinions célestes sur ce qu'il nous faut sont diverses aux[b] nôtres. Dieu pourrait nous octroyer les richesses, les honneurs, la vie et la santé même, quelquefois à notre dommage : car tout ce qui nous est plaisant, ne nous est pas toujours salutaire : si au lieu de la guérison, il nous envoie la mort, ou l'empirement de nos maux, *Virga tua et baculus tuus ipsa me consolata sunt*[c][2], il le fait par les raisons de sa providence, qui regarde bien plus certainement ce qui nous est dû, que nous ne pouvons faire, et le devons prendre en bonne part, comme d'une main très sage et très amie :

si consilium vis,
Permittes ipsis expendere numinibus, quid
Conveniat nobis, rebusque sit utile nostris :
Charior est illis homo quam sibi[d][3].

Car de les requérir des honneurs, des charges, c'est les requérir, qu'ils vous jettent à une bataille, ou au jeu de dés, ou telle autre chose, de laquelle l'issue vous est inconnue, et le fruit douteux[4]. Il n'est point de combat si violent entre les philosophes, et si âpre, que celui qui se dresse sur la question du souverain bien de l'homme : duquel par le calcul de Varro naquirent deux cent quatre-vingt-huit sectes[5]. *Qui autem de summo bono dissentit, de tota philosophiæ ratione dissentit*[e][6].

a. advenir – *b*. différentes des – *c*. « Ta verge et ton bâton mêmes m'ont consolé » – *d*. « si tu veux un conseil, laisse aux dieux mêmes le soin de peser ce qui nous convient et est utile à nos affaires : l'homme leur est plus cher qu'il ne l'est à lui-même. » – *e*. « Or dès qu'on est en

Tres mihi convivæ prope dissentire videntur,
Poscentes vario multum diversa palato :
Quid dem ? quid non dem ? renuis tu quod jubet alter,
Quod petis, id sanè est invisum acidûmque duobus[a][1].

Nature devrait ainsi répondre à leurs contestations, et à leurs débats. Les uns disent notre bien-être, loger en la vertu : d'autres en la volupté : d'autres au consentir à nature : qui en la science : qui à n'avoir point de douleur : qui à ne se laisser emporter aux apparences : et à cette fantaisie semble retirer[b] cette autre, de l'ancien Pythagoras[2],

Nil admirari prope res est una, Numaci,
Soláque quæ possit facere et servare beatum[c][3],

qui est la fin de la secte Pyrrhonienne. Aristote attribue à magnanimité rien n'admirer[4]. Et disait Archesilas, les soutènements[d] et l'état droit et inflexible du jugement, être les biens : mais les consentements et applications être les vices et les maux[5]. Il est vrai qu'en ce qu'il l'établissait par axiome certain, il se départait du Pyrrhonisme. Les Pyrrhoniens, quand ils disent que le souverain bien c'est l'Ataraxie, qui est l'immobilité du jugement, ils ne l'entendent pas dire d'une façon affirmative[6], mais le même branle[e] de leur âme, qui leur fait fuir les précipices, et se mettre à couvert du serein, celui-là même, leur présente cette fantaisie[f] et leur en fait refuser une autre[7]. Combien je désire, que pendant que je vis, ou quelque autre, ou Justus

---

désaccord sur le souverain bien, on est en désaccord sur tout le système philosophique » – *a.* « Je crois presque voir trois convives en désaccord qui, pour une différence de palais, réclament des mets parfaitement opposés. Que servir ? Que ne pas servir ? Tu refuses ce que l'autre commande ; ce que tu demandes est détestable et aigre aux deux autres. » – *b.* ressembler – *c.* « Ne s'étonner de rien, Numacius, est presque le seul et unique moyen qui puisse rendre et maintenir heureux » – *d.* suspensions – *e.* mouvement – *f.* opinion

Lipsius[1], le plus savant homme qui nous reste, d'un esprit très poli et judicieux, vraiment germain[a] à mon Turnebus[2], eût et la volonté, et la santé, et assez de repos, pour ramasser en un registre, selon leurs divisions et leurs classes, sincèrement et curieusement[b], autant que nous y pouvons voir, les opinions de l'ancienne philosophie sur le sujet de notre être, et de nos mœurs, leurs controverses, le crédit et suite des parts[c], l'application de la vie des auteurs et sectateurs à leurs préceptes, ès accidents[d] mémorables et exemplaires : Le bel ouvrage et utile que ce serait. Au demeurant, si c'est de nous que nous tirons le règlement de nos mœurs, à quelle confusion nous rejetons-nous ? Car ce que notre raison nous y conseille de plus vraisemblable, c'est généralement à chacun d'obéir aux lois de son pays, comme est l'avis de Socrates inspiré dit-il, d'un conseil divin[3]. Et par là que veut-elle dire, sinon que notre devoir n'a autre règle que fortuite ? La vérité doit avoir un visage pareil et universel. La droiture et la justice, si l'homme en connaissait, qui eût corps et véritable essence, il ne l'attacherait pas à la condition des coutumes de cette contrée, ou de celle-là : ce ne serait pas de la fantaisie[e] des Perses ou des Indes que la vertu prendrait sa forme. Il n'est rien sujet à plus continuelle agitation que les lois. Depuis que je suis né, j'ai vu trois et quatre fois rechanger celles des Anglais nos voisins, non seulement en sujet politique, qui est celui qu'on veut dispenser de constance, mais au plus important sujet qui puisse être, à savoir de la religion[4]. De quoi j'ai honte et dépit, d'autant plus que c'est une nation, à laquelle ceux de mon quartier[f] ont eu autrefois une si privée accointance, qu'il reste encore en ma

a. du même bois que – *b.* soigneusement – *c.* la succession des tendances – *d.* dans les circonstances – *e.* l'imagination – *f.* ma région maison aucunes[a] traces de notre ancien cousinage[1]. Et chez nous ici, j'ai vu telle chose qui nous était capitale[b] devenir légitime : et nous qui en tenons d'autres, sommes à même selon l'incertitude de la fortune guerrière d'être un jour criminels de lèse-majesté : humaine et divine notre justice tombant à la merci de l'injustice : et en l'espace de peu d'années de possession, prenant une essence contraire. Comment pouvait ce Dieu ancien[c] plus clairement accuser en l'humaine connaissance l'ignorance de l'être divin et apprendre aux hommes que la religion n'était qu'une pièce de leur invention, propre à lier leur société, qu'en déclarant comme il fit à ceux qui en recherchaient l'instruction de son trépied, que le vrai culte à chacun était celui qu'il trouvait observé par l'usage du lieu où il était. Ô dieu, quelle obligation n'avons-nous à la bénignité de notre souverain créateur pour avoir déniaisé notre créance[d] de ces vagabondes et arbitraires dévotions et l'avoir logée sur l'éternelle base de sa sainte parole. Que nous dira donc en cette nécessité la philosophie ? que nous suivons les lois de notre pays ? c'est-à-dire cette mer flottante des opinions d'un peuple, ou d'un Prince, qui me peindront la justice d'autant de couleurs, et la réformeront en autant de visages, qu'il y aura en eux de changements de passion. Je ne puis pas avoir le jugement si flexible. Quelle bonté est-ce, que je voyais hier en crédit, et demain plus : et que le trait d'une rivière fait crime ? quelle vérité que ces montagnes bornent, qui est mensonge au monde qui se tient au-delà ? Mais ils sont plaisants, quand pour donner quelque certitude aux lois, ils disent qu'il y en a aucunes[e] fermes, perpétuelles et immuables, qu'ils nomment naturelles, qui sont empreintes en l'humain genre par la condition de leur propre essence : Et de celles-là, qui en fait le nombre de trois, qui de quatre, qui plus, qui moins, signe que c'est une marque aussi douteuse que le reste.

a. certaines – *b.* passible de la peine de mort – *c.* Apollon – *d.* croyance – *e.* certaines

Or ils sont si défortunés[a] (car comment puis-je autrement nommer cela, que défortune ? que d'un nombre de lois si infini, il ne s'en rencontre au moins une, que la fortune et témérité[b] du sort ait permis être universellement reçue par le consentement de toutes les nations) ils sont, dis-je, si misérables, que de ces trois ou quatre lois choisies, il n'en y a une seule, qui ne soit contredite et désavouée, non par une nation, mais par plusieurs[1]. Or c'est la seule enseigne vraisemblable, par laquelle ils puissent argumenter aucunes lois naturelles, que l'université[c] de l'approbation : Car ce que nature nous aurait véritablement ordonné, nous l'ensuivrions sans doute d'un commun consentement, Et non seulement toute nation, mais tout homme particulier, ressentirait la force et la violence, que lui ferait celui qui le voudrait pousser au contraire de[d] cette loi. Qu'ils m'en montrent pour voir, une de cette condition. Protagoras et Ariston[2] ne donnaient autre essence à la justice des lois, que l'autorité et opinion du législateur : et que cela mis à part, le bon et l'honnête perdaient leurs qualités, et demeuraient des noms vains, de choses indifférentes. Thrasimacus en Platon[3] estime qu'il n'y a point d'autre droit que la commodité du supérieur. Il n'est chose, en quoi le monde soit si divers qu'en coutumes et lois. Telle chose est ici abominable, qui apporte recommandation ailleurs : comme en Lacedemone la subtilité de dérober[4]. Les mariages entre les proches sont capitalement défendus entre nous, ils sont ailleurs en honneur[5],

gentes esse feruntur
In quibus et nato genitrix, et nata parenti
Jungitur, et pietas geminato crescit amore[e][6].

a. malchanceux – *b.* le hasard – *c.* l'universalité – *d.* à l'opposé de – *e.* « on rapporte qu'il y a des nations où la mère s'unit à son fils, et la

Le meurtre des enfants, meurtre des pères, communication[a] de femmes, trafic de voleries[b], licence à toutes sortes de voluptés : il n'est rien en somme si extrême, qui ne se trouve reçu par l'usage de quelque nation. Il est croyable qu'il y a des lois naturelles : comme il se voit ès[c] autres créatures : mais en nous elles sont perdues, cette belle raison humaine s'ingérant partout de maîtriser et commander, brouillant et confondant le visage des choses, selon sa vanité et inconstance. *Nihil itaque amplius nostrum est : quod nostrum dico, artis est*[d][1]. Les sujets, ont divers[2] lustres[e] et diverses considérations[f] : c'est de là que s'engendre principalement la diversité d'opinions. Une nation regarde un sujet par un visage, et s'arrête à celui-là : l'autre par un autre. Il n'est rien si horrible à imaginer, que de manger son père[3]. Les peuples qui avaient anciennement cette coutume, la prenaient toutefois pour témoignage de piété et de bonne affection, cherchant par là à donner à leurs progéniteurs la plus digne et honorable sépulture : logeant en eux-mêmes et comme en leurs moelles, les corps de leurs pères et leurs reliques, les vivifiant aucunement[g] et régénérant par la transmutation en leur chair vive, au moyen de la digestion et du nourrissement. Il est aisé à considérer quelle cruauté et abomination c'eût été à des hommes abreuvés et imbus de cette superstition, de jeter la dépouille des parents à la corruption de la terre, et nourriture des bêtes et des vers. Licurgus considéra au larcin, la vivacité, diligence, hardiesse, et adresse, qu'il y a à surprendre[h] quelque chose de

---

fille à son père, et où l'affection familiale croît d'un redoublement d'amour » – *a.* mise en commun – *b.* commerce d'objets volés – *c.* chez les – *d.* « C'est pourquoi il n'y a plus rien qui soit nôtre : ce que j'appelle nôtre, c'est une production de l'art » – *e.* aspects – *f.* manières d'être considérés – *g.* en quelque sorte – *h.* voler

son voisin : et l'utilité qui revient au public, que chacun en regarde plus curieusement[a] à la conservation de ce qui est sien : et estima que de cette double institution, à assaillir et à défendre, il s'en tirait du fruit à[b] la discipline militaire (qui était la principale science et vertu, à quoi il voulait duire[c] cette nation) de plus grande considération, que n'étaient le désordre et l'injustice de se prévaloir de la chose d'autrui[1]. Dionysius le tyran offrit à Platon une robe à la mode de Perse, longue, damasquinée, et parfumée : Platon la refusa, disant, qu'étant né homme, il ne se vêtirait pas volontiers de robe de femme : mais Aristippus l'accepta, avec cette réponse, que nul accoutrement ne pouvait corrompre un chaste courage[d][2]. [Ses] amis tançaient[e] sa lâcheté [de] prendre si peu à cœur [que] Dionisius lui eût craché [au] visage[3]. Les pêcheurs, dit-[il], souffrent bien d'être baignés des ondes de la mer depuis la tête jusqu'aux pieds pour attraper un goujon. Diogenes lavait ses choux, et le voyant passer. Si tu savais vivre de choux, tu ne ferais pas la cour à un tyran. [À] quoi Aristippus. Si tu savais vivre entre les hommes, tu ne laverais pas des choux[4]. Voilà comment la raison fournit d'apparence à divers effets[f] : c'est un pot à deux anses, qu'on peut saisir à gauche et à dextre[g] :

bellum ô terra hospita portas,
Bello armantur equi, bellum hæc armenta minantur,
Sed tamen iidem olim curru succedere sueti
Quadrupedes, et frena iugo concordia ferre :
Spes est pacis[h][5].

a. soigneusement – *b.* du profit pour – *c.* entraîner – *d.* un cœur pur – *e.* reprochaient – *f.* confère une apparence de légitimité à des faits contraires – *g.* droite – *h.* « c'est la guerre, ô terre qui nous accueille, que tu apportes, c'est pour cette guerre que l'on harnache les chevaux, c'est de la guerre que nous menacent ces bêtes. Mais toutefois, ces mêmes quadrupèdes ont depuis longtemps été habitués à s'atteler à un char et sous le joug à supporter le mors dans la concorde : il y a un espoir de paix »

On prêchait Solon[1] de n'épandre pour la mort de son fils des larmes impuissantes et inutiles : et c'est pour cela, dit-il, que plus justement je les épands, qu'elles sont inutiles et impuissantes. La femme de Socrates rengrégeait [son] deuil[a] par telle circonstance : Ô qu'injustement [le] font mourir ces méchants juges : Aimerais-tu donc mieux que ce fût justement, lui répliqua-il[2]. Nous portons[3] les oreilles percées, les Grecs tenaient cela pour une marque de servitude[4]. Nous nous cachons pour jouir de nos femmes, les Indiens le font en public[5]. Les Scythes immolaient les étrangers en leurs temples, ailleurs les temples servent de franchise[b6].

Inde furor vulgi, quod numina vicinorum
Odit quisque locus, cum solos credat habendos
Esse Deos quos ipse colit[c7].

J'ai ouï parler d'un juge, lequel où[d] il rencontrait un âpre conflit entre Bartolus et Baldus[8], et quelque matière agitée de plusieurs contrariétés, mettait en marge de son livre (question pour l'ami) c'est-à-dire que la vérité était si embrouillée et débattue, qu'en pareille cause, il pourrait favoriser celle des parties, que bon lui semblerait. Il ne tenait qu'à faute[e] d'esprit et de suffisance[f], qu'il ne pût mettre partout, question pour l'ami. Les avocats et les juges de notre temps, trouvent à toutes causes assez de biais pour les accommoder où bon leur semble. À une science si infinie, dépendant de l'autorité de tant d'opinions, et d'un sujet si arbitraire, il ne peut être[g], qu'il n'en naisse une confusion extrême de jugements. Aussi n'est-il guère si clair procès, auquel les avis ne se trouvent divers : Ce qu'une compagnie[h] a jugé, l'autre le juge

a. redoublait sa douleur – *b.* d'abris – *c.* « De la vient la fureur du peuple, de ce que chaque région hait les divinités des régions voisines, tandis qu'elle croit qu'on doit avoir pour seuls dieux ceux qu'elle-même honore. » – *d.* lorsque – *e.* manque – *f.* compétence – *g.* il est impossible – *h.* assemblée

au contraire, et elle-même au contraire une autre fois. De quoi nous voyons des exemples ordinaires, par cette licence, qui tache[a] merveilleusement la cérémonieuse autorité et lustre de notre justice, de ne s'arrêter aux arrêts, et courir des uns aux autres juges, pour décider d'une même cause. Quant à la liberté des opinions philosophiques touchant le vice et la vertu, c'est chose où il n'est besoin de s'étendre, et où il se trouve plusieurs avis, qui valent mieux tus que publiés aux faibles esprits. Arcesilaus disait[1] n'être considérable en la paillardise, de quel côté et par où on le fût[b]. *Et obscœnas voluptates si [natura] requirit non genere aut loco [aut] ordine sed forma, œtate, figura metiendas Epicurus putat*[c2]. *Ne amores quidem sanctos a sapiente alienos esse arbitrantur*[d3]. *Quœramus ad quam usque œtatem iuvenes amandi sint*[e4]. Ces deux derniers lieux Stoïques et, sur ce propos, le reproche de Dicæarchus à Platon même[5], montrent combien la plus saine philosophie souffre de licences[f], éloignées de l'usage commun, et excessives. Les lois prennent leur autorité de la possession et de l'usage[6] : il est dangereux de les ramener à leur naissance : elles grossissent et s'ennoblissent en roulant, comme nos rivières : suivez-les contremont[g] jusques à leur source, ce n'est qu'un petit surgeon d'eau à peine reconnaissable, qui s'enorgueillit ainsi, et se fortifie, en vieillissant. Voyez les anciennes considérations, qui ont donné le premier branle à ce fameux torrent, plein

a. entache – *b.* Arcésilas disait qu'on ne devait pas considérer, à propos de quelqu'un de paillard, de quel côté et comment il le fut – *c.* « Quant aux plaisirs sexuels, Épicure pense que, si la nature les réclame, il ne faut pas les mesurer à l'aune du sexe, du lieu d'origine ou du rang, mais à l'aune de la beauté, de l'âge et de l'aspect. » – *d.* « Ils pensent pas non plus que les amours, si elles sont honnêtes, sont étrangères au sage. » – *e.* « Demandons-nous jusqu'à quel âge on doit aimer les jeunes gens. » – *f.* permet de libertés – *g.* en remontant

de dignité, d'horreur et de révérence : vous les trouverez si légères et si délicates, que ces gens ici qui pèsent tout, et le ramènent à la raison, et qui ne reçoivent rien par autorité et à crédit, il n'est pas merveille s'ils ont leurs jugements souvent très éloignés des jugements publics. Gens qui prennent pour patron[a] l'image première de nature, il n'est pas merveille, si en la plupart de leurs opinions, ils gauchissent la voie commune. Comme pour exemple : peu d'entre eux eussent approuvé les conditions contraintes de nos mariages, et la plupart ont voulu les femmes communes et sans obligation. Ils refusaient nos cérémonies. Chrysippus disait, qu'un philosophe fera une douzaine de culbutes en public, voire sans haut-de-chausses, pour une douzaine d'olives[1]. À peine eut-il donné avis [à] Clisthenes de refuser [la] belle Agariste, sa fille, à Hippoclides, [pour] lui avoir vu faire l'arbre fourché[2] sur une table. Matroclez lâcha un peu indiscrètement [un] pet en disputant, en présence de son école, et [se] tenait en sa maison, caché de honte jusques [à] ce que Crates le fut visiter, et ajoutant à [ses] consolations et raisons l'exemple de sa liberté, se mettant à péter [à] l'envi avec lui, il [lui] ôta ce scrupule : et de plus [le] retira à sa secte Stoïque, plus franche[b], de la secte Péripatétique, plus civile, laquelle jusques lors il avait suivie[3]. Ce que nous appelons honnêteté, de n'oser faire à découvert ce qui nous est honnête de faire à couvert, ils l'appelaient sottise : et de faire le fin à taire et désavouer ce que nature, coutume et notre désir publient[c] et proclament de nos actions, ils l'estimaient vice. Et leur semblait que c'était affoler les mystères de Venus que de les ôter du retiré sacraire[d] de son temple pour les exposer à la vue du peuple, et que tirer ses jeux hors du rideau, c'était les avilir. C'est une espèce de poix que la honte. La récélation, réservation, circonscription, parties de l'estimation[e]. Que la volupté très ingénieusement faisait instance

a. modèle – *b*. libre – *c*. rendent visibles – *d*. sanctuaire – *e*. le fait de cacher, de dissimuler, de contraindre, parties de l'estime

sous le masque de la vertu de n'être prostituée au milieu des carrefours, foulée des pieds et des yeux de la commune[a], trouvant à dire[b] la dignité et commodité de ses cabinets accoutumés. De là disent aucuns[c], que d'ôter[1] les bordels publics, c'est non seulement épandre partout la paillardise, qui était assignée à ce lieu-là, mais encore aiguillonner les hommes à ce vice, par la malaisance[d2] :

Mæchus es Aufidiæ qui vir Corvine fuisti,
Rivalis fuerat qui tuus, ille vir est.
Cur aliena placet tibi, que tua non placet uxor ?
Nunquid securus non potes arrigere[e3].

Cette expérience se diversifie en mille exemples :

Nullus in urbe fuit tota, qui tangere vellet
Uxorem gratis Cæciliane tuam,
Dum licuit : sed nunc positis custodibus, ingens
Turba fututorum est. Ingeniosus homo es[f4].

On demandait à un philosophe qu'on surprit à même[g], ce qu'il faisait, il répondit tout froidement, je plante un homme[5] : ne rougissant non plus d'être rencontré en cela, que si on l'eût trouvé plantant des aulx. C'est, comme j'estime, d'une opinion [trop] tendre et respectueuse, qu'un grand et religieux auteur[6] tient cette action si nécessairement obligée à l'occultation et à la vergogne[h], qu'en la licence des embrassements cyniques, il ne se peut persuader que la besogne en vînt à sa fin : ains[i] qu'elle s'arrêtait à représenter des mouvements lascifs seulement, pour maintenir[j] l'impudence de la profession de leur

a. la foule – *b.* trouvant que manquent – *c.* certains – *d.* par la difficulté [à le satisfaire] – *e.* « Tu es l'amant d'Aufidia, Corvinus, toi qui as été son mari, et celui qui avait été ton rival, le voilà son mari. Pourquoi te plaît-elle maintenant qu'elle t'est aliénée, alors qu'elle te déplaît quand elle est ton épouse ? Est-ce que tu ne pourrais plus bander en pleine sécurité ? » – *f.* « Il n'y a eu personne dans toute la ville, Cécilianus, qui voulût toucher ta femme, tant que c'était possible sans le moindre effort, mais maintenant, vu que tu fais monter la garde, immense est la foule des baiseurs. Tu es un malin. » – *g.* en pleine action – *h.* à la dissimulation et à la pudeur – *i.* l'acte sexuel en vint à son terme mais – *j.* affirmer

école. Et que pour élancer ce que la honte avait contraint et retiré, il leur était encore après besoin de chercher l'ombre. Il n'avait pas vu assez avant en leur débauche. Car Diogenes, exerçant en public sa masturbation, faisait souhait en présence du peuple assistant qu'il pût ainsi saouler son ventre en le frottant[1]. À ceux qui lui demandaient pourquoi il ne cherchait lieu plus commode à manger qu'en pleine rue. C'est, répondait-il, que j'ai faim en pleine rue[2]. Les femmes philosophes qui se mêlaient à leur secte se mêlaient aussi à leur personne en tout lieu, sans discrétion : et Hiparchia ne fut reçue en la société de Crates qu'en condition de suivre en toutes choses les us et coutumes de sa règle[3]. Ces philosophes ici donnaient extrême prix à la vertu, et refusaient toutes autres disciplines que la morale : si est-ce[a] qu'en toutes actions ils attribuaient la souveraine autorité à l'élection de[b] leur sage, et au-dessus des lois : et n'ordonnaient aux voluptés autre bride, que la modération, et la conservation de la liberté d'autrui. Heraclitus[4] et Protagoras, de ce que le vin semble amer au malade, et gracieux au sain, l'aviron tortu dans l'eau, et droit à ceux qui le voient hors de là, et de pareilles apparences contraires qui se trouvent aux sujets, argumentèrent que tous sujets avaient en eux les causes de ces apparences : et qu'il y avait au vin quelque amertume, qui se rapportait au goût du malade, l'aviron certaine qualité courbe, se rapportant à celui qui le regarde dans l'eau[5]. Et ainsi de tout le reste. Qui est dire, que tout est en toutes choses, et par conséquent rien en aucune : car rien n'est, où tout est. Cette opinion me ramentait[c] l'expérience que nous avons, qu'il n'est aucun sens ni visage, ou droit, ou amer, ou doux, ou courbe, que l'esprit humain ne trouve aux écrits, qu'il entreprend de fouiller. En la parole la plus nette, pure, et parfaite, qui puisse être[6], combien de fausseté et de mensonge a l'on fait naître ?

a. si bien – *b*. au choix émis par – *c*. rappelait

quelle hérésie n'y a trouvé des fondements assez[a], et témoignages, pour entreprendre, et pour se maintenir ? C'est pour cela que les auteurs de telles erreurs, ne se veulent jamais départir de cette preuve, du témoignage de l'interprétation des mots. Un personnage de dignité[1], me voulant approuver[b] par autorité, cette quête de la pierre philosophale, où il est tout plongé, m'allégua dernièrement cinq ou six passages de la Bible, sur lesquels il disait, s'être premièrement fondé pour la décharge de sa conscience (car il est de profession ecclésiastique[2]) et à la vérité l'invention n'en était pas seulement plaisante, mais encore bien proprement accommodée à la défense de cette belle science. Par cette voie se gagne le crédit des fables divinatrices. Il n'est[3] pronostiqueur, s'il a cette autorité qu'on le daigne feuilleter, et rechercher curieusement[c] tous les plis et lustres[d] de ses paroles, à qui on ne fasse dire tout ce qu'on voudra, comme aux Sybilles : car il y a tant de moyens d'interprétation, qu'il est malaisé que de biais, ou de droit fil, un esprit ingénieux ne rencontre en tout sujet, quelque air, qui lui serve à son point. Pourtant[e], se trouve un style nubileux[f] et douteux en si fréquent et ancien usage. Que l'auteur puisse gagner [cela] : d'attirer et embesogner [à soi][g] la postérité. Ce que non seulement la suffisance[h] mais autant ou plus la faveur fortuite de la matière peut gagner. Qu'au demeurant il [se] présente, par bêtise ou par finesse, un peu obscurément [et] diversement. Il ne lui chaille[i]. Nombre d'esprits, le belutant[j] et secouant, en exprimeront quantité de formes, ou selon, ou à côté, [ou] au contraire de la sienne, qui lui feront toutes honneur. [Il] se verra enrichi des moyens de ses disciples, comme [les] régents du Landy[4]. C'est ce qui a

a. suffisants – *b.* légitimer – *c.* scrupuleusement – *d.* aspects – *e.* Pour cette raison – *f.* embrouillé – *g.* attacher à lui – *h.* valeur – *i.* Peu lui importe – *j.* le passant au tamis

fait valoir plusieurs choses de néant[a], qui a mis en crédit plusieurs écrits, et chargé de toute sorte de matière qu'on a voulu : une même chose recevant mille et mille, et autant qu'il nous plaît d'images et considérations diverses. Est-il possible que Homere ait voulu dire tout ce qu'on lui fait dire[1]. Et qu'il se soit prêté à tant et si diverses figures que les théologiens, législateurs, capitaines, philosophes, toute sorte de gens qui traitent sciences pour différemment et contrairement qu'ils les traitent, s'appuient de lui, s'en rapportent à lui. Maître général à tous offices, ouvrages et artisans. Général conseiller à toutes entreprises. Quiconque[2] a eu besoin d'oracles et de prédictions, en y a trouvé pour son fait[3]. Un personnage savant et de mes amis[4], c'est merveille quels rencontres[b] et combien admirables il en fait naître, en faveur de notre religion : et ne se peut aisément départir de cette opinion, que ce ne soit le dessein d'Homere (si[c] lui est cet auteur aussi familier qu'à homme de notre siècle). Et ce qu'il trouve en faveur de la nôtre, plusieurs anciennement l'avaient trouvé en faveur des leurs. Voyez démener[d] et agiter Platon. Chacun, s'honorant de l'appliquer à soi, le couche du côté qu'il le veut. On le promène et l'insère à toutes les nouvelles opinions que le monde reçoit : et le différente l'on à soi-même[e], selon le différent cours des choses. On fait désavouer à son sens les mœurs licites en son siècle, d'autant qu'elles sont illicites au nôtre. Tout cela vivement et puissamment, autant qu'est puissant et vif l'esprit de l'interprète. Sur ce même fondement qu'avait Heraclitus, et cette sienne sentence, que toutes choses avaient en elles les visages qu'on y trouvait[5], Democritus en tirait une toute contraire conclusion, c'est que les sujets n'avaient du tout rien[f] de ce que nous y trouvions : Et de ce que le miel était doux à l'un, et amer à l'autre, il argumentait, qu'il

a. sans valeur – *b.* quelles trouvailles – *c.* pourtant – *d.* secouer – *e.* et le rend-on différent à lui-même – *f.* absolument rien n'était ni doux, ni amer[1]. Les Pyrrhoniens diraient qu'ils ne savent s'il est doux ou amer, ou ni l'un ni l'autre, ou tous les deux[2] : car ceux-ci gagnent toujours le haut point de la dubitation[a]. Les Cirenaiens tenaient que rien n'était perceptible par le dehors et que cela était seulement perceptible, qui nous touchait par l'interne attouchement, comme la douleur et la volupté[3]. Ne reconnaissant ni ton ni couleur, mais certaines affections seulement qui nous en venaient. Et que l'homme n'avait autre siège de son jugement. Protagoras estimait être vrai à chacun ce qui semble à chacun[4]. Les épicuriens logent aux sens tout jugement et en la notice[b] des choses et en la volupté. Platon a voulu le jugement de la vérité, et la vérité même, retirée des opinions et des sens, appartenir à l'esprit et à la cogitation[c]. Ce propos m'a porté sur la considération des sens, auxquels gît le plus grand fondement et preuve de notre ignorance. Tout ce qui se connaît, il se connaît sans doute[d] par la faculté du connaissant : car puisque le jugement vient de l'opération de celui qui juge, c'est raison que cette opération il la parfasse par ses moyens et volonté, non par la contrainte d'autrui, comme il adviendrait, si nous connaissions les choses par la force et selon la loi de leur essence. Or toute connaissance s'achemine en nous par les sens, ce sont nos maîtres,

via qua munita fidei
Proxima fert humanum in pectus templáque mentis[e5].

La science commence par eux et se résout en eux. Après tout, nous ne saurions non plus qu'une pierre, si nous ne savions, qu'il y a son, odeur, lumière, saveur, mesure, poids, mollesse, dureté, âpreté, couleur, polissure, largeur, profondeur. Voilà le plant[f] et

a. du doute – *b*. connaissance – *c*. pensée – *d*. avec certitude – *e*. « la voie sûre pour la persuasion, par laquelle elle touche au plus près du cœur humain et du sanctuaire de l'esprit » – *f*. fondement

les principes de tout le bâtiment de notre science. Et, selon aucuns[a] [1], science n'est autre chose [que] sentiment. Quiconque me peut pousser à contredire les sens, il me tient à la gorge, il ne me saurait faire reculer plus arrière. Les sens sont le commencement et la fin de l'humaine connaissance :

Invenies primis ab sensibus esse creatam
Notitiam veri, neque sensus posse refelli.
Quid majore fide porro quam sensus haberi
Debet[b] [2] ?

Qu'on leur attribue le moins, qu'on pourra, toujours faudra-il leur donner cela, que par leur voie et entremise s'achemine toute notre instruction. Cicero dit[3] que Chrysippus ayant essayé de rabattre de la force des sens et de leur vertu, se représenta à soi-même des arguments au contraire, et des oppositions si véhémentes, qu'il n'y put satisfaire. Sur quoi Carneades[4], qui maintenait le contraire parti, se vantait de se servir des armes mêmes et paroles de Chrysippus, pour le combattre, et s'écriait à cette cause[c] contre lui : ô misérable, ta force t'a perdu. Il n'est aucun absurde[d] selon nous plus extrême, que de maintenir que le feu n'échauffe point, que la lumière n'éclaire point, qu'il n'y a point de pesanteur au fer ni de fermeté, qui sont notices[e] que nous apportent les sens : ni créance[f], ou science en l'homme, qui se puisse comparer à celle-là en certitude. La première considération que j'ai sur le sujet des sens, c'est que je mets en doute, que l'homme soit pourvu de tous sens naturels[5]. Je vois plusieurs animaux, qui vivent

a: certains – *b*. « Tu trouveras que c'est d'abord des sens qu'est engendrée la connaissance du vrai, et qu'on ne peut les réfuter. D'ailleurs que doit-on considérer avec plus de confiance que les sens ? » – *c*. pour cette raison – *d*. aucune absurdité – *e*. connaissances – *f*. croyance

une vie entière et parfaite, les uns sans la vue, autres sans l'ouïe : qui sait si en nous aussi il ne manque pas encore un, deux, trois, et plusieurs autres sens, car s'il en manque quelqu'un[a], notre discours[b] n'en peut découvrir le défaut[c]. C'est le privilège des sens, d'être l'extrême borne de notre apercevance[d] : il n'y a rien au-delà d'eux, qui nous puisse servir à les découvrir, voire ni l'un sens n'en peut découvrir l'autre[e],

An poterunt oculos aures reprehendere, an aures
Tactus, an hunc porro tactum sapor arguet oris,
An confutabunt nares oculive revincent[f][1] ?

Ils font trestous[g], la ligne extrême de notre faculté,

seorsum cuique potestas
Divisa est, sua vis cuique est[h][2].

Il est impossible de faire concevoir à un homme naturellement aveugle, qu'il n'y voit pas : impossible de lui faire désirer la vue et regretter son défaut[i]. Par quoi[j] nous ne devons prendre aucune assurance de ce, que notre âme est contente et satisfaite de ceux que nous avons : vu qu'elle n'a pas de quoi sentir en cela sa maladie et son imperfection, si elle y est. Il est impossible de dire chose à cet aveugle, par discours[k], argument, ni similitude[l], qui loge en son imagination aucune[m] appréhension, de lumière, de couleur, et de vue. Il n'y a rien plus arrière, qui puisse pousser le sens en évidence. Les aveugles-nés, qu'on voit désirer à y voir, ce n'est pas pour entendre[n] ce

a. s'il vient à en manquer un – *b.* raison – *c.* manque – *d.* perception – *e.* et même il n'est pas de sens qui puisse en découvrir un autre – *f.* « Les oreilles pourraient-elles par hasard critiquer les yeux, le toucher les oreilles, ou encore ce toucher, le goût de la bouche pourra-t-il le convaincre d'erreur, les narines le confondront-elles, ou bien les yeux démontreront-ils sa faute ? » – *g.* tous autant qu'ils sont – *h.* « à chacun [des sens] a été distribué un pouvoir, et chacun a sa faculté propre – *i.* manque – *j.* Il en résulte que – *k.* raisonnement – *l.* comparaison – *m.* la moindre – *n.* comprendre

qu'ils demandent : ils ont appris de nous, qu'ils ont à dire[a] quelque chose, qu'ils ont quelque chose à désirer, qui est en nous : Laquelle ils nomment bien, et ses effets et conséquences, mais ils ne savent pourtant pas que c'est, ne l'appréhendent, ni près ni loin[b][1]. J'ai vu un gentilhomme de bonne maison, aveugle-né[2], au moins aveugle de tel âge, qu'il ne sait que c'est que de vue[c] : il entend si peu ce qui lui manque, qu'il use et se sert comme nous des paroles propres au voir, et les applique d'une mode toute sienne[d] et particulière. On lui présentait un enfant duquel il était parrain, l'ayant pris entre ses bras, mon Dieu, dit-il, le bel enfant, qu'il le fait beau voir, qu'il a le visage gai : il dira comme l'un d'entre nous, cette salle a une belle vue, il fait clair, il fait beau soleil. Il y a plus : car parce que ce sont nos exercices que la chasse, la paume, la butte[e], et qu'il l'a ouï dire, il s'y affectionne et s'y embesogne[f] : et croit y avoir la même part, que nous y avons : il s'y pique et s'y plaît, et ne les reçoit pourtant que par les oreilles. On lui crie que voilà un lièvre, quand on est en quelque belle esplanade, où il puisse piquer[g] : et puis on lui dit encore, que voilà un lièvre pris : le voilà aussi fier de sa prise, comme il oit dire aux autres, qu'ils le sont. L'esteuf[h] il le prend à la main gauche, et le pousse à tout[i] sa raquette : de l'arquebuse, il en tire à l'aventure, et se paie de ce que ses gens lui disent, qu'il est ou haut, ou côtié[j]. Que sait-on si le genre humain fait une sottise pareille, à faute[k] de quelque sens, et que par ce défaut[l], la plupart du visage des choses nous soit caché ? Que

a. qu'il leur manque – *b.* pas ce que c'est, ne l'appréhendent ni de près ni de loin – *c.* depuis un âge tel qu'il ne sait ce que c'est que la vue – *d.* d'une manière qui lui est propre – *e.* le jeu de paume, le tir à la cible – *f.* et y engage ses efforts – *g.* éperonner sa monture – *h.* la balle – *i.* avec – *j.* ou qu'il a tiré à côté – *k.* par absence – *l.* manque

sait-on, si les difficultés que nous trouvons en plusieurs ouvrages de nature, viennent de là ? et si plusieurs effets des animaux qui excèdent notre capacité, sont produits par la faculté de quelque sens, que nous ayons à dire[a] ? et si aucuns d'entre eux ont une vie plus pleine par ce moyen, et entière que la nôtre ? Nous saisissons la pomme quasi par tous nos sens : nous y trouvons de la rougeur, de la polissure, de l'odeur et de la douceur[1] : outre cela, elle peut avoir d'autres vertus, comme d'assécher ou restreindre, auxquelles nous n'avons point de sens qui se puisse rapporter. Les propriétés que nous appelons occultes[b] en plusieurs choses, comme a l'aimant d'attirer le fer, n'est-il pas vraisemblable qu'il y a des facultés sensitives en nature, propres à les juger et à les apercevoir : et que le défaut de telles facultés nous apporte l'ignorance de la vraie essence de telles choses. C'est à l'aventure[c] quelque sens particulier, qui découvre aux coqs l'heure du matin et de minuit, et les émeut[d] à chanter, qui apprend aux poules avant tout usage [et] expérience de craindre un épervier, [et] non une oie ni un paon, plus grandes bêtes : Qui avertit les poulets de la qualité hostile qui est au chat contre eux et à ne se défier du chien : s'armer contre le miaulement, voix aucunement[e] flatteuse, non contre l'aboyer, voix âpre et querelleuse. Aux frelons, aux fourmis et aux [rats], de choisir toujours le meilleur fromage et la meilleure poire avant que d'y avoir tâté, et qui achemine le cerf, l'éléphant, le serpent à la connaissance de certaine herbe propre à leur guérison[2]. Il n'y a sens, qui n'ait une grande domination, et qui n'apporte par son moyen un nombre infini de connaissances. Si nous avions à dire[f] l'intelligence des sons, de l'harmonie, et de la voix, cela apporterait une

a. qui nous manque – *b.* invisibles – *c.* peut-être – *d.* pousse – *e.* d'une certaine manière – *f.* ne disposions pas de

confusion inimaginable à tout le reste de notre science. Car outre ce, qui est attaché au propre effet de chaque sens, combien d'arguments, de conséquences, et de conclusions, tirons-nous aux autres choses par la comparaison de l'un sens à l'autre ? Qu'un homme entendu[a] imagine l'humaine nature produite originellement sans la vue, et discoure combien d'ignorance et de trouble lui apporterait un tel défaut, combien de ténèbres et d'aveuglement en notre âme : on verra par là combien nous importe, à la connaissance de la vérité, la privation d'un autre tel sens, ou de deux, ou de trois, si elle est en nous. Nous avons formé une vérité par la consultation et concurrence[b] de nos cinq sens : mais à l'aventure fallait-il l'accord de huit, ou de dix sens, et leur contribution pour l'apercevoir certainement et en son essence. Les sectes qui combattent la science de l'homme, elles la combattent principalement par l'incertitude et faiblesse de nos sens : car puisque toute connaissance vient en nous par leur entremise et moyen, s'ils faillent[c] au rapport qu'ils nous font, s'ils corrompent ou altèrent ce, qu'ils nous charrient du dehors, si la lumière qui par eux s'écoule en notre âme est obscurcie au passage, nous n'avons plus que tenir[d]. De cette extrême difficulté sont nées toutes ces fantaisies[e] : que chaque sujet a en soi tout ce que nous y trouvons : qu'il n'a rien de ce que nous y pensons trouver : et celle des Épicuriens, que le Soleil n'est non[f] plus grand que ce que notre vue le juge,

Quicquid id est, nihilo fertur maiore figura
Quam nostris oculis quam cernimus esse videtur[g][1].

a. de sain entendement – *b.* par la délibération et par la collaboration – *c.* échouent – *d.* nous perdons tout soutien – *e.* représentations – *f.* pas – *g.* « Quoi qu'il en soit, il ne se transporte absolument pas sous une forme plus grande que celle qui apparaît à nos yeux lorsque nous le regardons. »

Que les apparences, qui représentent un corps grand, à celui qui en est voisin, et plus petit, à celui qui en est éloigné, sont toutes deux vraies[1],

Nec tamen hic oculis falli concedimus hilum
Proinde animi vitium hoc oculis adfingere noli[a][2],

et résolument qu'il n'y a aucune tromperie aux sens : qu'il faut passer à leur merci[b], et chercher ailleurs des raisons pour excuser la différence et contradiction que nous y trouvons. Voire inventer tout autre mensonge et rêverie (ils en viennent jusque-là) plutôt que d'accuser les sens. Timagoras jurait[3] que pour presser ou biaiser son œil, il n'avait jamais aperçu doubler[c] la lumière de la chandelle. Et que cette semblance[d] venait du vice de l'opinion, non de l'instrument. De toutes les absurdités la plus absurde aux[e] Épicuriens est désavouer la force et effet des sens.

Proinde[4] *quod in quoque est his visum tempore, verum est.*
Et si non potuit ratio dissolvere causam,
Cur ea quæ fuerint juxtim quadrata, procul sint
Visa rotunda : tamen præstat rationis egentem
Reddere mendosè causas utriùsque figuræ,
Quam manibus manifesta suis emittere quoquam,
Et violare fidem primam, et convellere tota
Fundamenta, quibus nixatur vita salúsque.
Non modo enim ratio ruat omnis, vita quoque ipsa
Concidat extemplo, nisi credere sensibus ausis,
Præcipitésque locos vitare, et cætera quæ sint
In genere hoc fugienda[f][5].

a. « Et pourtant nous ne concédons pas ici que nous soyons trompés par nos yeux ; en conséquence n'imputons pas une telle déficience de l'esprit à nos yeux. » – *b.* se soumettre à leur décision – *c.* se redoubler – *d.* apparence – *e.* selon les – *f.* « En conséquence ce qui leur est apparu en toute circonstance est vrai. Même si la raison n'a pas pu démêler le motif pour lequel ce qui nous paraissait carré de près devenait rond vu de loin, il convient pourtant, dans l'impuissance de la raison, d'attribuer

Ce conseil désespéré et si peu philosophique ne représente autre chose, sinon que l'humaine science ne se peut maintenir que par raison déraisonnable, folle et forcenée : mais qu'encore vaut-il mieux que l'homme, pour se faire valoir, s'en serve et de tout autre remède, tant fantastique[a] soit-il, que d'avouer sa nécessaire bêtise : vérité si désavantageuse. Il ne peut fuir[b] que les sens ne soient les souverains maîtres de sa connaissance : mais ils sont incertains et falsifiables à toutes circonstances. C'est là où il faut se battre à outrance[c] et si les forces justes nous faillent[d], comme elles font, y employer l'opiniâtreté, la témérité[e], l'impudence. Au cas que ce que disent les Épicuriens soit vrai, à savoir, que nous n'avons pas de science si les apparences des sens sont fausses : et ce que disent les Stoïciens, s'il est aussi vrai, que les apparences des sens sont si fausses qu'elles ne nous peuvent produire aucune science : nous conclurons aux dépens de ces deux grandes sectes dogmatistes, qu'il n'y a point de science. Quant à l'erreur et incertitude de l'opération des sens, chacun s'en peut fournir autant d'exemples qu'il lui plaira : tant les fautes et tromperies, qu'ils nous font, sont ordinaires. Au retentir d'un vallon le son d'une trompette semble venir devant nous, qui vient d'une lieue derrière :

Extantesque procul medio de gurgite montes
Iidem apparent longè diversi licet
Et fugere ad puppim colles campique videntur
Quos agimus propter navim

---

fictivement des causes à l'un et l'autre de ces phénomènes, plutôt que de laisser échapper de nos mains des apparences manifestes, de renier notre croyance initiale et de ruiner tous les fondements qui étaient notre vie et notre salut. En effet c'est non seulement la raison entière qui s'écroulerait, mais aussi la vie elle-même qui serait aussitôt renversée si l'on n'osait plus croire en ses sens, et éviter les précipices et tous les dangers de ce genre dont on doit rester à l'écart » – *a.* imaginaire – *b.* éviter – *c.* mettre tous ses efforts – *d.* manquent – *e.* y employer le dogmatisme, la précipitation du jugement

ubi in medio nobis equus acer obhæsit
Flumine, equi corpus transversum ferre videtur
Vis, et in adversum flumen contrudere raptim[a][1].

À manier une balle d'arquebuse sous le second doigt, celui du milieu étant entrelacé par-dessus, il faut extrêmement se contraindre, pour avouer, qu'il n'y en ait qu'une, tant le sens nous en représente deux. Car que les sens soient maintes fois maîtres du discours, et le contraignent de recevoir des impressions qu'il sait et juge être fausses, il se voit à tous coups. Je laisse à part celui de l'attouchement[b], qui a ses opérations plus voisines, plus vives et substantielles, qui renverse tant de fois par l'effet de la douleur qu'il apporte au corps, toutes ces belles résolutions Stoïques, et contraint de crier au ventre, celui qui a établi en son âme ce dogme avec toute résolution, que la colique, comme toute autre maladie et douleur est chose indifférente, n'ayant la force de rien rabattre[c] du souverain bonheur et félicité, en laquelle le sage est logé par sa vertu. Il n'est cœur si mol, que le son de nos tabourins et de nos trompettes n'échauffe, ni si dur que la douceur de la musique n'éveille et ne chatouille : ni âme si revêche, qui ne se sente touchée de quelque révérence[d], à considérer cette vastité sombre de nos Églises, la diversité d'ornements, et ordre de nos cérémonies, et ouïr le son dévotieux[e] de nos orgues, et l'harmonie si posée, et religieuse de nos voix. Ceux mêmes qui y entrent avec mépris, sentent quelque

a. « S'élevant au loin du milieu de la mer, des montagnes paraissent ne faire qu'un bloc, bien qu'elles soient parfaitement différentes, et il semble que les collines et les plaines que nous longeons s'enfuient en direction de notre poupe ; lorsqu'au milieu du fleuve s'arrête notre fougueux destrier, le corps du cheval semble être entraîné de travers par une force qui l'emporte violemment à contre-courant. » – *b*. du toucher – *c*. amoindrir – *d*. crainte – *e*. empli de dévotion

frisson dans le cœur, et quelque horreur[a], qui les met en défiance de leur opinion. Quant à moi, je ne m'estime point assez fort, pour ouïr en sens rassis[b], des vers d'Horace, et de Catulle, chantés d'une voix suffisante[c], par une belle et jeune bouche. Et Zenon avait raison de dire que la voix était la fleur de la beauté[1]. On m'a voulu faire accroire[d] qu'un homme que tous nous autres français connaissons, m'avait imposé[e] en me récitant des vers qu'[il] avait faits : qu'ils n'étaient pas tels sur le papier qu'en l'air et que mes yeux en feraient contraire jugement à mes oreilles : tant la prononciation a de crédit à[f] donner prix et façon aux ouvrages qui passent à sa merci[g]. Sur quoi Philoxenus ne fut pas fâcheux[2], lequel oyant un donner mauvais ton à quelque sienne composition, se prit à fouler aux pieds et casser de la brique qui était à lui : disant : je romps ce qui est à toi comme tu corromps ce qui est à moi. À quoi faire[h], ceux mêmes qui se sont donné la mort d'une[i] certaine résolution, détournaient-ils la face, pour ne voir le coup qu'ils se faisaient donner ? et ceux qui pour leur santé désirent et commandent qu'on les incise et cautérise, ne peuvent soutenir la vue des apprêts, outils, et opération du chirurgien, attendu que la vue ne doit avoir aucune participation à cette douleur ? Cela ne sont-ce pas propres exemples à vérifier l'autorité que les sens ont sur le discours[j] ? Nous avons beau savoir que ces tresses sont empruntées d'un page ou d'un laquais : que cette rougeur est venue d'Espaigne, et cette blancheur et polissure, de la mer Océane[3] : encore faut-il que la vue nous force d'en trouver le sujet[k] plus aimable et plus agréable, contre toute raison. Car en cela il n'y a rien du sien,

Auferimur cultu, gemmis, auróque teguntur
Crimina, pars minima est ipsa puella sui.

a. frémissement – *b.* sans éprouver de trouble – *c.* agile – *d.* croire – *e.* persuadé – *f.* a d'influence pour – *g.* lui sont soumis – *h.* Dans quel but – *i.* par une – *j.* la raison – *k.* l'objet

Sæpe ubi sit quod ames inter tam multa requiras:
Decipit hac oculos Aegide, dives amor[a][1].

Combien donnent à la force des sens, les poètes, qui font Narcisse éperdu de l'amour de son ombre,

Cunctáque miratur, quibus est mirabilis ipse,
Se cupit imprudens, et qui probat, ipse probatur:
Dúmque petit, petitur: paritérque accendit et ardet[b][2].

Et l'entendement de Pygmalion si troublé par l'impression de la vue de sa statue d'ivoire, qu'il l'aime et la serve pour vive[c],

Oscula dat reddique putat, sequiturque tenetque,
Et credit tactis digitos insidere membris,
Et metuit pressos veniat ne livor in artus[d][3].

Qu'on loge un philosophe dans une cage de menus filets de fer clairsemés, qui soit suspendue au haut des tours notre Dame de Paris, il verra par raison évidente, qu'il est impossible qu'il en tombe, et si[e] ne se saurait garder (s'il n'a accoutumé[f] le métier des recouvreurs) que la vue de cette hauteur extrême ne l'épouvante et ne le transisse. Car nous avons assez affaire de nous assurer[g] aux galeries, qui sont en nos clochers, si elles sont façonnées à jour[h], encore qu'elles soient de pierre. Il y en a qui n'en peuvent pas

a. « Nous sommes séduits par une parure, les défauts sont dissimulés par des pierres précieuses et de l'or, la jeune fille en personne ne constitue que la plus petite partie d'elle-même. Souvent on se mettrait à chercher ce qu'il y aurait d'aimable au milieu de tant de parures : c'est par une telle égide qu'un opulent amour trompe nos yeux. » – *b.* « Et il admire absolument tout ce qui contribue à le rendre lui-même admirable, il se désire à son insu, et quand il loue, c'est lui-même qui est loué : en convoitant il est objet de convoitise, et d'un même geste il embrase et s'enflamme. » – *c.* comme si elle était vivante – *d.* « Il lui donne des baisers et croit qu'elle les lui rend, il la saisit, l'étreint et s'imagine que ses doigts s'impriment sur le corps qu'ils touchent, et craint que sous leur pression ses membres ne deviennent livides » – *e.* pourtant – *f.* s'il n'a pris l'habitude d'exercer – *g.* rassurer – *h.* de manière ajourée

seulement porter[a] la pensée. Qu'on jette une poutre entre ces deux tours, d'une grosseur telle qu'il nous la faut à[b] nous promener dessus[1], il n'y a sagesse philosophique de si grande fermeté, qui puisse nous donner courage d'y marcher, comme nous ferions si elle était à terre. J'ai souvent essayé[c] cela en nos montagnes de deça, et si[d] suis de ceux qui ne s'effraient que médiocrement[e] de telles choses, que je ne pouvais souffrir la vue de cette profondeur infinie, sans horreur et tremblement de jarrets et de cuisses, encore qu'il s'en fallût bien ma longueur, que je ne fusse du tout au bord[f], et n'eusse su choir, si je ne me fusse porté à escient[g] au danger. J'y remarquai aussi, quelque hauteur qu'il y eût, pourvu qu'en cette pente il s'y présentât un arbre, ou bosse de rocher, pour soutenir un peu la vue et la diviser, que cela nous allège et donne assurance, comme si c'était chose de quoi à la chute nous pussions recevoir secours : mais que les précipices coupés[h] et unis, nous ne les pouvons pas seulement regarder sans tournoiement de tête : *ut despici sine vertigine simul oculorum animique non possit*[i][2] : qui est une évidente imposture de la vue. Ce beau philosophe[3] se creva les yeux, pour décharger l'âme de la débauche[j] qu'elle en recevait, et pouvoir philosopher plus en liberté. Mais à ce compte il se devait aussi faire étouper[k] les oreilles, que Theophrastus[4] dit être le plus dangereux instrument que nous ayons, pour recevoir des impressions violentes, à nous troubler et changer : et se devait priver enfin de tous

a. supporter – *b.* pour – *c.* expérimenté – *d.* pourtant – *e.* moyennement – *f.* même si j'étais éloigné du bord [du précipice] d'une distance égale à ma hauteur – *g.* et même si je n'eusse pu tomber sans m'être porté volontairement vers le danger – *h.* à pic – *i.* « de sorte qu'il est impossible de regarder en bas sans un vertige conjoint des yeux et de l'esprit » – *j.* distraction – *k.* boucher

les autres sens : c'est-à-dire de son être et de sa vie. Car ils ont tous cette puissance de commander notre discours[a] et notre âme. *Fit etiam sæpe specie quadam, sæpe vocum gravitate et cantibus, ut pellantur animi vehementius, sæpe etiam cura et timore*[b1]. Les médecins tiennent, qu'il y a certaines complexions, qui s'agitent par aucuns[c] sons et instruments jusques à la fureur. J'en ai vu, qui ne pouvaient ouïr ronger un os sous leur table, sans perdre patience : et n'est guère homme, qui ne se trouble à ce bruit aigre et poignant, que font les limes en raclant le fer : comme à ouïr mâcher près de nous, ou ouïr parler quelqu'un, qui ait le passage du gosier ou du nez empêché[d], plusieurs s'en émeuvent, jusques à la colère et la haine. Ce flûteur protocole[e] de Gracchus, qui amollissait, roidissait, et contournait[f] la voix de son maître, lorsqu'il haranguait à Rome, à quoi servait-il, si le mouvement et qualité du son, n'avait force à[g] émouvoir et altérer le jugement des auditeurs ? Vraiment il y a bien de quoi faire si grande fête de la fermeté de cette belle pièce[h], qui se laisse manier et changer au branle et accidents d'un si léger vent. Cette même piperie[i], que les sens apportent à notre entendement, ils la reçoivent à leur tour. Notre âme parfois s'en revanche[j] de même, ils mentent et se trompent à l'envi. Ce que nous voyons et oyons agités de colère, nous ne l'oyons pas, tel qu'il est,

Et solem geminum, et duplices se ostendere Thebas[k2].

L'objet que nous aimons, nous semble plus beau qu'il n'est,

a. raison – *b*. « Il arrive même souvent qu'un certain aspect, qu'une certaine gravité du ton et que des chants jettent un violent trouble dans les esprits, souvent aussi le souci et la crainte. » – *c*. certains – *d*. obstrué – *e*. ce flûtiste qui faisait office de souffleur – *f*. donnait forme à – *g*. n'avait la capacité de – *h*. le jugement – *i*. tromperie – *j*. prend sa revanche – *k*. « Et apparaissent un soleil redoublé, ainsi qu'une double Thèbes. »

Multimodis igitur pravas turpesque videmus
Esse in delitiis, summóque in honore vigere[a][1],

et plus laid celui que nous avons à contre-cœur. À un homme ennuyé et affligé[2], la clarté du jour semble obscurcie et ténébreuse. Nos sens sont non seulement altérés, mais souvent hébétés du tout[b], par les passions de l'âme. Combien de choses voyons-nous, que nous n'apercevons pas, si nous avons notre esprit empêché ailleurs?

in rebus quoque apertis noscere possis,
Si non advertas animum, proinde esse, quasi omni
Tempore semotæ fuerint, longéque remotæ[c][3].

Il semble que l'âme retire au-dedans, et amuse[d] les puissances des sens. Par ainsi et le dedans et le dehors de l'homme est plein de faiblesse et de mensonge. Ceux qui ont apparié notre vie à un songe[4], ont eu de la raison, à l'aventure[e] plus qu'ils ne pensaient: Quand nous songeons, notre âme vit, agit, exerce toutes ses facultés, ni plus ni moins que quand elle veille[5]. Mais si plus mollement et obscurément, non de tant[f] certes, que la différence y soit, comme de la nuit à une clarté vive: Oui, comme de la nuit à l'ombre: Là elle dort, ici elle sommeille: Plus et moins. Ce sont toujours ténèbres, et ténèbres Cimmériennes[6]. Nous veillons dormants et veillants dormons. Je ne vois pas si clair dans le sommeil: mais quant au veiller, je ne le trouve jamais assez pur et sans nuage. Encore le sommeil en sa profondeur endort parfois les songes. Mais notre veiller n'est jamais si éveillé qu'il purge et dissipe bien à point les rêveries: qui sont les songes des

a. «Aussi voyons-nous des femmes laides et contrefaites être adorées et traitées avec les plus grands honneurs» – *b*. complètement hébétés – *c*. «Même pour les objets apparents, on pourrait remarquer que, si l'esprit n'est pas attentif, ils sont alors comme s'ils avaient toujours été éloignés et écartés au loin.» – *d*. attire en son sein et occupe – *e*. peut-être – *f*. non au point

veillants : et pires que songes. Notre raison et notre âme, recevant les fantaisies[a] et opinions qui lui naissent en dormant et autorisant les actions de nos songes de pareille approbation qu'elle fait celles du jour, pourquoi ne mettons-nous en doute si notre penser, notre agir, n'est pas un autre songer et notre veiller quelque espèce de dormir ? Si les sens sont nos premiers juges, ce ne sont pas les nôtres qu'il faut seuls appeler au conseil, car en cette faculté, les animaux ont autant ou plus de droit que nous[1]. Il est certain qu'aucuns[b] ont l'ouïe plus aiguë que l'homme, d'autres la vue, d'autres le sentiment[c], d'autres l'attouchement ou le goût. Democritus disait que les Dieux et les bêtes avaient les facultés sensitives beaucoup plus parfaites que l'homme[2]. Or entre les effets de leurs sens, et les nôtres, la différence est extrême. Notre salive nettoie et assèche nos plaies, elle tue le serpent :

Tantáque in his rebus distantia differitásque est,
Ut quod alis cibus est, aliis fuat acre venenum.
Sæpe etenim serpens hominis contacta saliva
Disperit, ac sese mandendo conficit ipsa[d][3].

Quelle qualité donnerons-nous à la salive, ou selon nous, ou selon le serpent ? Par quel des deux sens vérifierons-nous sa véritable essence, que nous cherchons ? Pline dit[4] qu'il y a aux Indes certains lièvres marins, qui nous sont poison, et nous à eux : de manière que du seul attouchement nous les tuons : qui sera véritablement poison, ou l'homme ou le poisson ? à qui en croirons-nous, ou au poisson de l'homme, ou à l'homme du poisson ? Quelque[e] qualité d'air, infecte l'homme, qui ne nuit point au bœuf,

a. images, représentations – *b*. que certains – *c*. l'odorat – *d*. « En ces choses la distance et la différence sont si grandes que ce qui sert de nourriture pour les uns est un violent poison pour les autres. Et souvent en effet le serpent, touché par de la salive humaine, périt et s'achève lui-même en se mordant. » – *e*. Une certaine

quelque autre le bœuf, qui ne nuit point à l'homme, laquelle des deux sera en vérité et en nature pestilente qualité. Ceux qui ont la jaunisse, ils voient toutes choses jaunâtres et plus pâles que nous[1] :

Lurida præterea fiunt quæcunque tuentur
Arquati[a][2].

Ceux qui ont cette maladie que les médecins nomment Hyposphragma[3], qui est une suffusion[b] de sang sous la peau, voient toutes choses rouges et sanglantes. Ces humeurs, qui changent ainsi les opérations de notre vue, que savons-nous si elles prédominent aux bêtes et leur sont ordinaires ? Car nous en voyons les unes, qui ont les yeux jaunes, comme nos malades de jaunisse, d'autres qui les ont sanglants de rougeur[4] : à celles-là, il est vraisemblable, que la couleur des objets paraît autre qu'à nous : quel jugement des deux sera le vrai ? Car il n'est pas dit, que l'essence des choses, se rapporte à l'homme seul. La dureté, la blancheur, la profondeur, et l'aigreur, touchent le service et science des animaux, comme la nôtre : nature leur en a donné l'usage comme à nous. Quand nous pressons l'œil[5], les corps que nous regardons, nous les apercevons plus longs et étendus : plusieurs bêtes ont l'œil ainsi pressé : cette longueur est donc à l'aventure[c] la véritable forme de ce corps, non pas celle que nos yeux lui donnent en leur assiette[d] ordinaire. Si nous serrons l'œil par-dessous, les choses nous semblent doubles[6],

Bina lucernarum florentia lumina flammis,
Et duplices hominum facies et corpora bina[e][7].

a. « En outre, tout ce que regardent les ictériques vire au jaune. » – *b.* coulée – *c.* peut-être – *d.* disposition – *e.* « Doubles sont les lumières, bouquets de feu sur les lampes, à la fois double le visage de gens, et double leur corps. »

Si nous avons les oreilles empêchées de quelque chose, ou le passage de l'ouïe resserré, nous recevons le son autre que nous ne faisons ordinairement : les animaux qui ont les oreilles velues, ou qui n'ont qu'un bien petit trou au lieu de l'oreille, ils n'oient par conséquent pas ce que nous oyons, et reçoivent le son autre[1]. Nous voyons aux fêtes et aux théâtres, que opposant à la lumière des flambeaux, une vitre teinte de quelque couleur, tout ce qui est en ce lieu, nous appert[a] ou vert, ou jaune, ou violet,

Et vulgo faciunt id lutea russaque vela
Et furruginea, cum magnis intenta theatris
Per malos volgata trabesque trementia pendent :
Namque ibi concessum caveai subter, et omnem
Scenai speciem patrum matrumque deorumque
Inficiunt, coguntque suo volitare colore[b][2],

il est vraisemblable que les yeux des animaux, que nous voyons être de diverse couleur, leur produisent les apparences des corps de même leurs yeux. Pour le jugement de l'action des sens, il faudrait donc que nous en fussions premièrement d'accord avec les bêtes, secondement entre nous-mêmes[3]. Ce que nous ne sommes aucunement : et entrons en débat tous les coups de ce que l'un oit, voit, ou goûte, quelque chose autrement qu'un autre : et débattons autant que d'autre chose, de la diversité des images que les sens nous rapportent. Autrement oit, et voit par la règle ordinaire de nature, et autrement goûte, un enfant qu'un homme de trente ans : et cettui-ci autre-

a. apparaît – *b*. « Et c'est ce que font couramment les voiles jaunes, rouges et couleur de rouille, lorsque tendus dans de vastes théâtres et déployés le long des poteaux et des poutres, ils pendent en ondulant : car ils teintent et contraignent à une couleur frémissante le public rassemblé sur les gradins, tout le décor scénique, ainsi que l'apparence des sénateurs, des matrones et des dieux »

ment qu'un sexagénaire. Les sens sont aux uns plus obscurs et plus sombres, aux autres plus ouverts et plus aigus. Nous recevons les choses autres[1] et autres selon que nous sommes, et qu'il nous semble. Or notre sembler[a] étant si incertain et controversé, ce n'est plus miracle, si on nous dit, que nous pouvons avouer que la neige nous apparaît blanche, mais que d'établir si de son essence elle est telle, et à la vérité, nous ne nous en saurions répondre[2] : et ce commencement ébranlé, toute la science du monde s'en va nécessairement à vau-l'eau. Quoi que nos sens mêmes s'entr'empêchent l'un l'autre : Une peinture semble élevée[b] à la vue, au maniement elle semble plate[3] : dirons-nous que le musc soit agréable ou non, qui réjouit notre sentiment[c] et offense notre goût ? Il y a des herbes et des onguents propres à une partie du corps, qui en blessent une autre : le miel est plaisant au goût, mal plaisant à la vue[4]. Ces bagues qui sont entaillées[d] en forme de plumes, qu'on appelle en devise, pennes[e] sans fin[5], il n'y a œil qui en puisse discerner la largeur, et qui se sût défendre de cette piperie[f], que d'un côté elles n'aillent en élargissant, et s'appointant[g] et étrécissant par l'autre, même quand on les roule autour du doigt : toutefois au maniement elles vous semblent équables[h] en largeur et partout pareilles. Ces personnes[6] qui pour aider leur volupté, se servaient anciennement de miroirs, propres à grossir et agrandir l'objet qu'ils représentent, afin que les membres qu'ils avaient à embesogner[i], leur plussent davantage par cette accroissance[j] oculaire : auquel des deux sens, donnaient-ils gagné, ou à la

a. apparence – *b.* en relief – *c.* odorat – *d.* gravées – *e.* qu'on appelle selon les termes de l'emblématique : plumes – *f.* illusion – *g.* s'effilant – *h.* égales – *i.* employer dans l'acte sexuel – *j.* cet agrandissement

vue qui leur représentait ces membres gros et grands à souhait, ou à l'attouchement qui les leur présentait petits et dédaignables. Sont-ce nos sens qui prêtent au sujet ces diverses conditions, et que les sujets n'en aient pourtant qu'une ? comme nous voyons du pain que nous mangeons, ce n'est que pain, mais notre usage en fait des os, du sang, de la chair, des poils, et des ongles[1] :

Ut cibus in membra atque artus cum diditur omnes
Disperit, atque aliam naturam sufficit ex se[a][2].

L'humeur[b] que suce la racine d'un arbre, elle se fait tronc, feuille et fruit : et l'air n'étant qu'un, il se fait par l'application à une trompette, divers en mille sortes de sons[3] : sont-ce, dis-je, nos sens qui façonnent de même, de diverses qualités ces sujets, ou s'ils les ont telles ? Et sur ce doute, que pouvons-nous résoudre[c] de leur véritable essence ? Davantage puisque les accidents des maladies, de la rêverie, ou du sommeil, nous font paraître les choses autres, qu'elles ne paraissent aux sains, aux sages, et à ceux qui veillent : n'est-il pas vraisemblable que notre assiette[d] droite, et nos humeurs naturelles, ont aussi de quoi donner un être aux choses, se rapportant à leur condition, et les accommoder à soi, comme font les humeurs déréglées[4] : et notre santé aussi capable de leur fournir son visage, comme la maladie ? Pourquoi n'a le tempéré[e] quelque forme des objets relative à soi, comme l'intempéré, et ne leur imprimera-il pareillement son caractère ? Le dégoûté charge[f] la fadeur au vin, le sain la saveur, l'altéré la friandise[g]. Or notre état accommodant les choses à soi, et les transformant

a. « Dès que la nourriture est distribuée dans l'ensemble du corps et des organes, elle se défait et elle substitue à elle-même en la produisant une autre nature » – *b.* la substance liquide [l'eau] – *c.* conclure – *d.* disposition – *e.* celui dont les humeurs sont équilibrées – *f.* communique – *g.* le goût friand

selon soi, nous ne savons plus quelles sont les choses en vérité : car rien ne vient à nous que falsifié et altéré par nos sens. Où le compas, l'équerre, et la règle sont gauches, toutes les proportions qui s'en tirent, tous les bâtiments qui se dressent à leur mesure, sont aussi nécessairement manques[a] et défaillants. L'incertitude de nos sens rend incertain, tout ce qu'ils produisent :

Denique ut in fabrica, si prava est regula prima,
Normaque si fallax rectis regionibus exit,
Et libella aliqua si ex parte claudicat hilum,
Omnia mendosè fieri, atque obstipa necessum est,
Prava, cubantia, prona, supina, atque absona tecta,
Jam ruere ut quædam videantur velle, ruántque
Prodita judiciis fallacibus omnia primis.
Hic igitur ratio tibi rerum prava necesse est,
Falsaque sit falsis quæcumque a sensibus orta est[b][1].

Au demeurant qui sera propre à juger de ces différences ? Comme nous disons aux débats de la religion, qu'il nous faut un juge non attaché à l'un ni à l'autre parti, exempt de choix et d'affection[c], ce qui ne se peut parmi les Chrétiens : il advient de même en ceci : car s'il est vieil, il ne peut juger du sentiment de la vieillesse, étant lui-même partie en ce débat : s'il est jeune, de même : sain de même, de même malade, dormant, et veillant[2] : il nous faudrait quelqu'un exempt de toutes ces qualités, afin que sans préoccu-

a. imparfaits – *b.* « Enfin, de même que lorsqu'on construit un bâtiment, si initialement la règle est fausse, si l'équerre se fourvoie en s'écartant de la verticale, si le niveau boite de quelque côté, tout ce qui en résulte est nécessairement faux, sans aplomb, difforme, incliné, penché en avant ou en arrière, disproportionné, si bien que certaines parties semblent vouloir s'écrouler et que tout le bâtiment finit par le faire, trahi par les fausses appréciations initiales. Ainsi le jugement que tu porteras sur les choses sera forcément vicieux et faux s'il émane de sensations erronées. » – *c.* passion

pation de jugement[a], il jugeât de ces propositions, comme à lui indifférentes : et à ce compte il nous faudrait un juge qui ne fût pas. Pour juger des apparences que nous recevons des sujets, il nous faudrait un instrument judicatoire : pour vérifier cet instrument, il nous y faut de la démonstration : pour vérifier la démonstration, un instrument, nous voilà au rouet[b][1]. Puisque les sens ne peuvent arrêter notre dispute, étant pleins eux-mêmes d'incertitude, il faut que ce soit la raison : aucune raison ne s'établira sans une autre raison, nous voilà à reculons jusques à l'infini. Notre fantaisie[c][2] ne s'applique pas aux choses étrangères, ains[d] elle est conçue par l'entremise des sens, et les sens ne comprennent pas le sujet étranger[e], ains seulement leurs propres passions : et par ainsi la fantaisie et apparence n'est pas du sujet, ains seulement de la passion et souffrance du sens, laquelle passion, et sujet, sont choses diverses : Par quoi qui juge par les apparences, juge par chose autre que le sujet. Et de dire[3] que les passions des sens, rapportent à l'âme la qualité des sujets étrangers par ressemblance, comment se peut l'âme et l'entendement assurer de cette ressemblance, n'ayant de soi nul commerce[f], avec les sujets étrangers ? Tout ainsi comme, qui ne connaît pas Socrates, voyant son portrait, ne peut dire qu'il lui ressemble. Or qui voudrait toutefois juger par les apparences[4] : Si c'est par toutes il est impossible, car elles s'entr'empêchent par leurs contrariétés et discrepances[g], comme nous voyons par expérience : Sera-ce qu'aucunes[h] apparences choisies règlent les autres, Il faudra vérifier

a. sans que son jugement soit soumis à des préjugés – *b*. nous voilà enfermés dans un cercle vicieux – *c*. imagination – *d*. mais – *e*. l'objet extérieur – *f*. contact – *g*. discordances – *h*. que certaines

cette[a] choisie par une autre choisie, la seconde par la tierce : et par ainsi ce ne sera jamais fait. Finalement, il n'y a aucune constante existence, ni de notre être, ni de celui des objets : Et nous, et notre jugement, et toutes choses mortelles, vont coulant et roulant sans cesse : Ainsi il ne se peut établir rien de certain de l'un à l'autre, et le jugeant, et le jugé, étant en continuelle mutation et branle[b]. Nous n'avons aucune communication à l'être[1], parce que toute humaine nature est toujours au milieu, entre le naître et le mourir, ne baillant[c] de soi qu'une obscure apparence et ombre, et une incertaine et débile opinion. Et si de fortune vous fichez votre pensée à vouloir prendre son être, ce sera ne plus ne moins que qui voudrait[d] empoigner l'eau : Car tant plus il serrera et pressera ce qui de sa nature coule partout, tant plus il perdra ce qu'il voulait tenir et empoigner. Ainsi étant toutes choses sujettes à passer d'un changement en autre, la raison y cherchant une réelle subsistance, se trouve déçue[e], ne pouvant rien appréhender de subsistant et permanent : Parce que tout ou vient en être, et n'est pas encore du tout, ou commence à mourir avant qu'il soit né. Platon disait[2] que les corps n'avaient jamais existence, oui bien[f] naissance : Estimant que Homere eût fait l'océan père des Dieux et Thetis la mère, pour nous montrer que toutes choses sont en fluxion, en muance[g] et variation perpétuelle. Opinion commune à tous les Philosophes avant son temps, comme il dit : sauf le seul Parmenides, qui refusait mouvement aux choses : de la force duquel il fait grand cas. Pythagoras[3] que toute matière est coulante et labile[h] : Les Stoïciens[4], qu'il n'y a point de temps présent, et que ce que nous appelons présent, n'est que la

a. celle – *b.* mouvement – *c.* délivrant – *d.* si l'on voulait – *e.* trompée – *f.* mais bien – *g.* flux, transformation – *h.* glissante

jointure et assemblage du futur et du passé : Heraclitus[1] que jamais homme n'était deux fois entré en même rivière : Epicharmus[2], que celui qui a piéça[a] emprunté de l'argent ne le doit pas maintenant : Et que celui qui cette nuit a été convié à venir ce matin dîner, vient aujourd'hui non convié, Attendu que ce ne sont plus eux, ils sont devenus autres : Et[3] qu'il ne se pouvait trouver une substance mortelle deux fois en même état : Car par soudaineté et légèreté de changement, tantôt elle dissipe, tantôt elle rassemble, elle vient et puis s'en va. De façon que ce qui commence à naître ne parvient jamais jusques à perfection d'être. Pour autant que ce naître n'achève[b] jamais, et jamais n'arrête, comme étant à bout, Ains[c] depuis la semence va toujours se changeant et muant d'un à autre. Comme de semence humaine se fait premièrement dans le ventre de la mère un fruit sans forme : puis un enfant formé : puis étant hors du ventre, un enfant de mamelle : après il devient garçon : puis conséquemment un jouvenceau : après un homme fait : puis un homme d'âge : à la fin décrépité vieillard. De manière que l'âge et génération subséquente va toujours défaisant et gâtant la précédente :

Mutat enim mundi naturam totius ætas,
Ex aliòque alius status excipere omnia debet,
Nec manet ulla sui similis res, omnia migrant,
Omnia commutat natura et vertere cogit[d][4].

Et puis nous autres sottement craignons une espèce de mort, là où[e] nous en avons déjà passé et en passons tant d'autres. Car non seulement, comme disait Hera-

a. il y a longtemps – *b*. ne s'achève – *c*. mais – *d*. « En effet le temps transforme la nature du monde tout entier, un état tire nécessairement toute chose d'un autre état, et il n'est rien qui reste semblable à soi, tout passe, la nature métamorphose toute chose et la contraint à changer. » – *e*. alors que

clitus, la mort du feu est génération de l'air, et la mort de l'air génération de l'eau. Mais encore plus manifestement le pouvons-nous voir en nous-mêmes. La fleur d'âge se meurt et passe quand la vieillesse survient : et la jeunesse se termine en fleur d'âge d'homme fait : l'enfance en la jeunesse : et le premier âge meurt en l'enfance : et le jour d'hier meurt en celui du jourd'hui, et le jourd'hui mourra en celui de demain : et n'y a rien qui demeure, ne qui soit toujours un. Car qu'il soit ainsi, si nous demeurons toujours mêmes et uns, comment est-ce que nous nous éjouissons maintenant d'une chose et maintenant d'une autre ? Comment est-ce que nous aimons choses contraires ou les haïssons, nous les louons ou nous les blâmons ? Comment avons-nous différentes affections, ne retenant plus le même sentiment en la même pensée ? Car il n'est pas vraisemblable que sans mutation nous prenions autres passions[a] : Et ce qui souffre[b] mutation ne demeure pas un même : Et s'il n'est pas un même, il n'est donc pas aussi : Ains quant et l'être tout un, change aussi l'être simplement[c], devenant toujours autre d'un autre : Et par conséquent se trompent et mentent les sens de nature prenants ce qui apparaît, pour ce qui est, à faute de bien savoir que c'est qui est[d]. Mais qu'est-ce donc qui est véritablement ? Ce qui est éternel : C'est-à-dire qui n'a jamais eu de naissance, ni n'aura jamais fin, à qui le temps n'apporte jamais aucune mutation. Car c'est chose mobile que le temps, et qui apparaît comme en ombre, avec la matière coulante et fluante toujours, sans jamais demeurer stable ni permanente :

a. impressions – *b*. subit – *c*. Mais, en même temps que change l'être en tant qu'il est un, l'être change de manière radicale – *d*. faute de bien savoir ce que c'est qui est

À qui appartiennent ces mots, devant[a] et après, et a été, ou sera. Lesquels tout de prime face[b] montrent évidemment, que ce n'est pas chose qui soit : Car ce serait grande sottise et fausseté toute apparente de dire que cela soit, qui n'est pas encore en être, ou qui déjà a cessé d'être. Et quant à ces mots présent, instant, maintenant, par lesquels il semble que principalement nous soutenons et fondons l'intelligence du temps : la raison le découvrant le détruit tout sur-le-champ : car elle le fend incontinent[c] et le part[d] en futur et en passé : comme le voulant voir nécessairement départi en deux. Autant en advient-il à la nature, qui est mesurée, comme au temps qui la mesure : Car il n'y a non plus en elle rien qui demeure, ni qui soit subsistant, ains y sont toutes choses ou nées, ou naissantes, ou mourantes. Au moyen de quoi ce serait péché de dire de Dieu, qui est le seul qui est, qu'il fut, ou il sera[1] : Car ces termes-là sont déclinaisons[e], passages, ou vicissitudes de ce, qui ne peut durer, ni demeurer en être. Par quoi il faut conclure que Dieu seul est, non point selon aucune mesure du temps, mais selon une éternité immuable et immobile, non mesurée par temps, ni sujette à aucune déclinaison : devant lequel rien n'est, ni ne sera après, ni plus nouveau ou plus récent, ains[f] un réellement étant, qui par un seul maintenant emplit le toujours, et n'y a rien, qui véritablement soit, que lui seul : sans qu'on puisse dire, il a été, ou il sera, sans commencement et sans fin. À cette conclusion si religieuse d'un homme païen, je veux joindre seulement ce mot d'un témoin de même condition, pour la fin de ce long et ennuyeux discours, qui me

a. avant – *b.* d'emblée, au premier abord – *c.* immédiatement – *d.* divise – *e.* altérations – *f.* mais fournirait de matière sans fin. Ô la vile chose, dit-il, et abjecte, que l'homme, s'il ne s'élève au-dessus de l'humanité[1]. Voilà un bon mot et un utile désir, mais pareillement absurde. Car de faire[2] la poignée plus grande que le poing, la brassée plus grande que le bras, et d'espérer enjamber plus que de l'étendue de nos jambes, cela est impossible et monstrueux. Ni que l'homme se monte au-dessus de soi et de l'humanité : car il ne peut voir que de ses yeux, ni saisir que de ses prises. Il s'élèvera, si Dieu lui prête extraordinairement la main. Il s'élèvera abandonnant et renonçant à ses propres moyens, et se laissant hausser et soulever par[3] les moyens purement célestes. C'est à notre foi Chrétienne, non à sa vertu Stoïque[a], de prétendre à cette divine et miraculeuse métamorphose.

a. à la vertu Stoïque de Sénèque

De juger de la mort d'autrui

CHAP. XIII

Quand nous jugeons de l'assurance d'autrui en la mort, qui est sans doute[a] la plus remarquable action de la vie humaine, il se faut prendre garde d'une chose, que mal aisément on croit être arrivé à ce point. Peu de gens meurent résolus[b], que ce soit leur heure dernière : et n'est endroit où la piperie[c] de l'espérance nous amuse plus. Elle ne cesse de corner aux oreilles : d'autres ont bien été plus malades sans mourir : l'affaire n'est pas si désespéré[d] qu'on pense : et au pis aller[e], Dieu a bien fait d'autres miracles. Et advient cela de ce que nous faisons trop de cas de nous. Il semble que l'université[f] des choses souffre aucunement[g] de notre anéantissement : et qu'elle soit compassionnée[h] à notre état. D'autant que notre vue altérée se représente les choses de même[i], et nous est avis qu'elles lui faillent à mesure qu'elle leur faut[j] : Comme ceux qui voyagent en mer : à qui les montagnes, les campagnes, les villes, le ciel, et la terre vont même branle, et quant et quant eux[k],

a. assurément – *b.* convaincus – *c.* tromperie – *d.* désespérée – *e.* au pire – *f.* l'ensemble – *g.* en quelque façon – *h.* qu'elle ait de la compassion pour – *i.* comme nous – *j.* qu'elles lui font défaut à mesure qu'elle leur fait défaut – *k.* bougent avec eux

Provehimur portu, terræque urbesque recedunt[a1].

Qui vit jamais vieillesse qui ne louât le temps passé, et ne blamât le présent : chargeant le monde et les mœurs des hommes, de sa misère et de son chagrin :

Jamque caput quassans grandis suspirat arator,
Et cum tempora temporibus præsentia confert
Præteritis, laudat fortunas sæpe parentis
Et crepat antiquum genus ut pietate repletum[b2].

Nous entraînons tout avec nous : d'où il s'ensuit que nous estimons grande chose notre mort, et qui ne passe pas si aisément, ni sans solenne[c] consultation des astres, *tot circa unum caput tumultuantes deos*[d3]. Et le pensons d'autant plus, que plus nous nous prisons. Comment ? tant de science se perdrait-elle avec tant de dommage sans particulier souci des destinées[e] : une âme si rare et exemplaire ne coûte-elle non plus à tuer qu'une âme populaire et inutile : cette vie qui en couvre tant d'autres, de qui tant d'autres vies dépendent, qui occupe tant de monde par son usage, remplit tant de places, se déplace-elle comme celle qui tient à son simple nœud[f]. Nul de nous ne pense assez n'être qu'un. De là viennent ces mots de Cæsar à son pilote, plus enflés[g], que la mer qui le menaçait,

Italiam si cælo authore recusas,
Me pete : sola tibi causa hæc est justa timoris,
Vectorem non nosse tuum, perrumpe procellas
Tutela secure mei[h4] :

a. « Nous nous éloignons du port, et les terres et les villes reculent. » – *b.* « Et déjà le vieux laboureur soupire en hochant la tête, et lorsqu'il compare les temps présents aux temps passés, il loue souvent le sort de son père, et il célèbre les anciens pour leur piété » – *c.* solennelle – *d.* « tant de dieux s'agitant autour d'une seule tête » – *e.* sans que le destin s'en soucie particulièrement – *f.* se laisse-t-elle supprimer aussi simplement que la vie qui ne tient qu'à elle-même ? – *g.* fiers – *h.* « Si, invoquant le ciel, tu refuses d'aller en Italie, fais appel à moi : tu as peur parce que tu ignores qui est ton passager : traverse la tempête sous ma protection »

Et ceux-ci,

credit jam digna pericula Cæsar
Fatis esse suis : tantúsque evertere dixit
Me superis labor est, parva quem puppe sedentem,
Tam magno petiere mari[a][1].

Et cette rêverie publique[b], que le Soleil porta en son front tout le long d'un an le deuil de sa mort,

Ille etiam extincto miseratus Cæsare Romam
Cum caput obscura nitidum ferrugine texit[c][2] :

Et mille semblables, de quoi le monde se laisse si aisément piper[d], estimant que nos intérêts[e] altèrent le Ciel, et que son infinité se formalise de nos menues distinctions[f]. *Non tanta cælo societas nobiscum est, ut nostro fato mortalis sit ille quoque siderum fulgor*[g][3]. Or de juger la résolution et la constance en celui, qui ne croit pas encore certainement être au danger, quoiqu'il y soit, ce n'est pas raison[h] : et ne suffit pas qu'il soit mort en cette démarche, s'il ne s'y était mis justement pour cet effet. Il advient à la plupart, de roidir leur contenance et leurs paroles, pour en acquérir réputation, qu'ils[i] espèrent encore jouir vivants. D'autant que j'en ai vu mourir, la fortune a disposé les contenances, non leur dessein[j]. Et de ceux mêmes qui se sont anciennement donné la mort, il y a bien à choisir[k], si c'est une mort soudaine, ou mort qui ait du temps. Ce cruel Empereur Romain disait de ses prisonniers, qu'il leur voulait faire sentir

a. « César estime alors que les périls sont dignes de son destin : "Quelle peine les dieux se donnent-ils pour m'abattre, dit-il, en attaquant d'une si forte mer le frêle navire sur lequel je me tiens." » – *b*. cette croyance collective – *c*. « Lui aussi, à la mort de César, prit Rome en pitié, quand il couvrit sa tête brillante d'un voile couleur de rouille » – *d*. tromper – *e*. ce qui intéresse notre sort – *f*. modifications – *g*. « Il n'y a pas une si grande liaison entre le ciel et nous, qu'à notre mort l'éclat des astres doive disparaître. » – *h*. juste – *i*. dont ils – *j*. De tous ceux que j'ai vus mourir, c'est la fortune, et non leur dessein, qui a fixé leur attitude – *k*. il importe de distinguer la mort, et si quelqu'un se défaisait[a] en prison, celui-là m'est échappé (disait-il)[1]. Il voulait étendre la mort, et la faire sentir par les tourments :

Vidimus et toto quamvis in corpore cæso
Nil animæ letale datum, moremque nefandæ
Durum sævitiæ, pereuntis parcere morti[b][2].

De vrai ce n'est pas si grande chose, d'établir tout sain et tout rassis[c], de se tuer : il est bien aisé de faire le mauvais avant que de venir aux prises[d] : De manière que le plus efféminé homme du monde Heliogabalus, parmi ses plus lâches voluptés, desseignait[e] bien de se faire mourir délicatement où l'occasion[f] l'en forcerait : Et afin que sa mort ne démentît point le reste de sa vie, avait fait bâtir exprès une tour somptueuse, le bas et le devant de laquelle était planché d'ais[g] enrichis d'or et de pierrerie pour se précipiter : et aussi fait faire des cordes d'or et de soie cramoisie pour s'étrangler : et battre une épée d'or pour s'enferrer : et gardait du venin dans des vaisseaux d'émeraude et de topaze, pour s'empoisonner, selon que l'envie lui prendrait de choisir de toutes ces façons de mourir[3],

impiger et fortis virtute coacta[h][4].

Toutefois quant à cettui-ci[i] la mollesse de ses apprêts rend plus vraisemblable que le nez lui eût saigné, qui l'en eût mis au propre[j]. Mais de ceux mêmes, qui plus vigoureux se sont résolus à l'exécution, il faut voir (dis-je) si ç'a été d'un coup, qui ôtât le loisir d'en sentir l'effet : Car c'est à deviner[k], à voir écouler la

a. se tuait – *b.* « Nous avons vu ce corps couvert de blessures auquel on épargnait le coup fatal, tandis que, suivant une coutume d'une atroce cruauté, on épargnait la mort au mourant. » – *c.* la tête froide – *d.* aux prises avec la mort – *e.* prévoyait – *f.* quand le hasard – *g.* garni de planches – *h.* « ardent et vaillant d'une vertu contrainte » – *i.* Héliogabale – *j.* qu'il eût manqué de courage, si on l'avait mis au pied du mur – *k.* la vie peu à peu, le sentiment du corps se mêlant à celui de l'âme, s'offrant le moyen de se repentir[a], si la constance s'y fût trouvée et l'obstination en une si dangereuse volonté. Aux guerres civiles de Cæsar, Lucius Domitius pris en la Prusse, s'étant empoisonné s'en repentit après[1]. Il est advenu de notre temps que tel résolu de mourir, et de son premier essai n'ayant donné assez avant[b], la démangeaison de la chair lui repoussant le bras, se reblessa bien fort à deux ou trois fois après, mais ne put jamais gagner[c] sur lui d'enfoncer le coup. Pendant qu'on faisait le procès à Plautius Silvanus, Urgulania sa mère-grand lui envoya un poignard duquel n'ayant pu venir à bout de se tuer, il se fit couper les veines à ses gens[d2]. Albucilla du temps de Tibere, s'étant pour se tuer frappée trop mollement, donna encore à ses parties[e] moyen de l'emprisonner et faire mourir à leur mode[3]. Autant en fit le Capitaine Demosthenes après sa route[f] en la Sicile[4]. Et C. Fimbria s'étant frappé trop faiblement impétra[g] de son valet de l'achever[5]. Au rebours Ostorius, lequel ne se pouvant servir de son bras dédaigna d'employer celui de son serviteur à autre chose qu'à tenir le poignard droit et ferme, et se donnant le branle[h], porta lui-même sa gorge à l'encontre et la transperça[6]. C'est une viande à la vérité qu'il faut engloutir sans mâcher, qui n'a le gosier ferré à glace[i] : et pourtant[j] l'Empereur Adrianus fit que son médecin marquât et circonscrît en son tétin, justement l'endroit mortel, où celui eut à viser, à qui il donna la charge de le tuer[7]. Voilà pourquoi Cæsar, quand on lui demandait quelle mort il trouvait la plus souhaitable, la moins préméditée, répondit-il, et la plus courte[8].

---

question demeure de savoir – *a.* de changer d'avis – *b.* son premier coup n'ayant pas été donné assez profondément – *c.* prendre – *d.* par ses serviteurs – *e.* adversaires – *f.* déroute – *g.* obtint – *h.* se mettant en mouvement – *i.* prêt à tout – *j.* c'est pourquoi

Si Cæsar l'a osé dire ce ne m'est plus lâcheté de le croire. Une mort courte, dit Pline, est le souverain heur[a] de la vie humaine[1]. Il leur fâche de la reconnaître[b]. Nul ne se peut dire être résolu à la mort, qui craint à la marchander[c], qui ne peut la soutenir les yeux ouverts. Ceux qu'on voit aux supplices courir à leur fin, et hâter l'exécution, et la presser, ils ne le font pas de[d] résolution, ils se veulent ôter le temps de la considérer : L'être mort ne les fâche pas, mais oui bien[e] le mourir,

Emori nolo, sed me esse mortuum nihili æstimo[f2].

C'est un degré de fermeté, auquel j'ai expérimenté que je pourrais arriver, ainsi que ceux qui se jettent dans les dangers, comme dans la mer à yeux clos. Il n'y a rien selon moi plus illustre en la vie de Socrates que d'avoir eu trente jours entiers à ruminer le décret de sa mort : de l'avoir digérée tout ce temps-là d'une très certaine espérance[g], sans émoi, sans altération : et d'un train[h] d'actions et de paroles ravalé plutôt et anonchali[i] que tendu et relevé par le poids d'une telle cogitation[j3]. Ce Pomponius Atticus, à qui Cicero écrit, étant malade, fit appeler Agrippa son gendre, et deux ou trois autres de ses amis, et leur dit, qu'ayant essayé[k] qu'il ne gagnait rien à se vouloir guérir, et que tout ce qu'il faisait pour allonger sa vie, allongeait aussi et augmentait sa douleur : il était délibéré de[l] mettre fin à l'un et à l'autre, les priant de trouver bonne sa délibération, et au pis aller[m] de ne perdre point leur peine à l'en détourner. Or ayant choisi de se tuer par abstinence, voilà sa maladie guérie par accident : ce remède qu'il avait employé pour se défaire[n] le remet en santé.

a. bonheur – *b.* de la regarder – *c.* de la négocier – *d.* par – *e.* bien plutôt – *f.* « Je ne veux pas mourir, mais je compte pour rien d'être mort. » – *g.* en la sachant certaine – *h.* style – *i.* humble et nonchalant – *j.* méditation – *k.* éprouvé – *l.* résolu à – *m.* au pire – *n.* se tuer

Les médecins et ses amis faisant fête, d'un si heureux événement, et s'en réjouissant avec lui, se trouvèrent bien trompés : car il ne leur fut possible pour cela de lui faire changer d'opinion, disant qu'ainsi comme ainsi[a] lui fallait-il un jour franchir ce pas, et qu'en étant si avant, il se voulait ôter la peine de recommencer une autre fois. Cettui-ci ayant reconnu[b] la mort tout à loisir, non seulement ne se décourage pas au joindre[c], mais il s'y acharne : car étant satisfait en ce pourquoi il était entré en combat, il se pique par braverie d'en voir la fin. C'est bien loin au-delà de ne craindre point la mort, que de la vouloir tâter et savourer[1]. L'histoire [du] philosophe Cleanthes est fort pareille. [Les] gencives lui étaient enflées et pourries. Les médecins lui conseillèrent [d'user] d'une grande abstinence. Ayant jeûné deux jours [il] est si bien amendé qu'ils lui déclarent [sa] guérison et permettent [de] retourner à son train de vivre accoutumé. Lui au rebours goûtant déjà quelque douceur en cette défaillance entreprend [de] ne se retirer plus arrière[d] et franchit le pas qu'il avait [si] fort avancé[2]. Tullius Marcellinus[3] jeune homme Romain, voulant anticiper l'heure de sa destinée pour se défaire d'une maladie, qui le gourmandait[e], plus qu'il ne voulait souffrir : quoique les médecins lui en promissent guérison certaine, sinon si soudaine, appela ses amis pour en délibérer : les uns, dit Seneca, lui donnaient le conseil que par lâcheté ils eussent pris pour eux-mêmes, les autres par flatterie, celui qu'ils pensaient lui devoir être plus agréable : mais un Stoïcien lui dit ainsi. Ne te travaille pas Marcellinus, comme si tu délibérais de chose d'importance : ce n'est pas grand-chose que vivre, tes valets et les bêtes vivent : mais c'est grand-chose de mourir honnête-

a. que de toute façon – *b*. envisagé – *c*. au corps à corps – *d*. de ne pas faire marche arrière – *e*. malmenait

ment, sagement et constamment : Songe combien il y a que[a] tu fais même chose, manger, boire, dormir : boire, dormir, et manger. Nous rouons[b] sans cesse en ce cercle : non seulement les mauvais accidents et insupportables, mais la satiété même de vivre donne envie de la mort. Marcellinus n'avait besoin d'homme qui le conseillât, mais d'homme qui le secourût : les serviteurs craignaient de s'en mêler : mais ce philosophe leur fit entendre que les domestiques sont soupçonnés, lors seulement qu'il est en doute, si la mort du maître a été volontaire : autrement qu'il serait d'aussi mauvais exemple de l'empêcher, que de le tuer : d'autant que

Invitum qui servat, idem facit occidenti[c][1].

Après il avertit Marcellinus qu'il ne serait pas messéant, comme le dessert des tables se donne aux assistants, nos repas faits, aussi la vie finie, de distribuer quelque chose à ceux qui en ont été les ministres[d]. Or était Marcellinus de courage[e] franc et libéral : il fit départir[f] quelque somme à ses serviteurs, et les consola. Au reste il n'y eut besoin de fer, ni de sang : il entreprit de s'en aller de cette vie, non de s'enfuir, non d'échapper à la mort, mais de l'essayer[g]. Et pour se donner loisir de la marchander[h], ayant quitté toute nourriture, le troisième jour après, s'étant fait arroser d'eau tiède, il défaillit peu à peu, et non sans quelque volupté à ce qu'il disait. De vrai, ceux qui ont eu ces défaillances de cœur, qui prennent par faiblesse, disent n'y sentir aucune douleur, voire plutôt quelque plaisir, comme d'un passage au sommeil et au repos[2]. Voilà des morts étudiées et digérées[i]. Mais afin que

a. depuis combien de temps – *b.* tournons – *c.* « Sauver un homme malgré lui est comme le tuer. » – *d.* serviteurs – *e.* cœur – *f.* répartir – *g.* de l'éprouver pleinement – *h.* de la négocier – *i.* méditées

le seul Caton[1] pût fournir à tout exemple de vertu, il semble que son bon destin lui fit avoir mal en la main, de quoi il se donna le coup : pour qu'il eût loisir d'affronter la mort et de la colleter[a], renforçant le courage au danger[b], au lieu de l'amollir. Et si c'eût été à moi, à le représenter en sa plus superbe assiette[c], c'eût été déchirant tout ensanglanté ses entrailles, plutôt que l'épée au poing, comme firent les statuaires de son temps. Car ce second meurtre fut bien plus furieux, que le premier[2].

a. de lutter avec elle – *b*. face au danger – *c*. posture

Comme notre esprit s'empêche soi-même

CHAP. XIV

C'est une plaisante imagination, de concevoir un esprit balancé justement[a] entre deux pareilles envies. Car il est indubitable qu'il ne prendra jamais parti, d'autant que l'application[b] et le choix porte[c] inéqualité de prix : et qui nous logerait entre la bouteille et le jambon, avec égal appétit de boire et de manger, il n'y aurait sans doute remède, que de mourir de soif et de faim[1]. Pour pourvoir à cet inconvénient, les Stoïciens, quand on leur demande d'où vient en notre âme l'élection de[d] deux choses indifférentes, et qui fait que d'un grand nombre d'écus nous en prenions plutôt l'un que l'autre, étants tous pareils, et n'y ayant aucune raison qui nous incline à la préférence : répondent que ce mouvement de l'âme est extraordinaire et déréglé, venant en nous d'une impulsion étrangère, accidentelle, et fortuite[2]. Il se pourrait dire, ce me semble, plutôt, qu'aucune chose ne se présente à nous, où il n'y ait quelque différence, pour légère qu'elle soit : et que ou à la vue, ou à l'attouchement[e], il y a toujours quelque plus qui nous attire, quoique ce soit imperceptiblement. Pareillement qui présupposera

a. hésitant également – *b.* l'inclination – *c.* impliquent – *d.* le choix entre – *e.* au toucher une ficelle également forte partout, il est impossible de toute impossibilité qu'elle rompe, car par où voulez-vous, que la faucée[a] commence : et de rompre partout ensemble, il n'est pas en nature[b]. Qui joindrait encore à ceci les proportions Géométriques, qui concluent par la certitude de leurs démonstrations, le contenu plus grand que le contenant, le centre aussi grand que sa circonférence, et qui trouvent deux lignes s'approchant sans cesse l'une de l'autre et ne se pouvant jamais joindre[1], et la pierre philosophale, et quadrature du cercle, où la raison et l'effet sont si opposites[c], en tirerait à l'aventure[d] quelque argument pour secourir[e] ce mot hardi de Pline, *solum certum nihil esse certi, et homine nihil miserius aut superbius*[f2].

a. rupture – *b*. la nature ne le permet pas – *c*. l'être et l'apparence sont si contradictoires – *d*. peut-être – *e*. étayer – *f*. « l'unique certitude est qu'il n'y a rien de certain, et qu'il n'y a rien de plus misérable et de plus orgueilleux que l'homme. »

Que notre désir s'accroît par la malaisance[a]

CHAP. XV

Il n'y a raison qui n'en ait une contraire, dit le plus sage parti des philosophes[1]. Je remâchais[b] tantôt ce beau mot qu'un ancien allègue pour[c] le mépris de la vie : nul bien nous peut apporter plaisir, si ce n'est celui, à la perte duquel nous sommes préparés[2] : *In æquo est dolor amissæ rei et timor amittendæ*[d][3]. Voulant gagner[e] par là, que la fruition[f] de la vie ne nous peut être vraiment plaisante si nous sommes en crainte de la perdre. Il se pourrait toutefois dire au rebours, que nous serrons et embrassons ce bien, d'autant plus étroit, et avec plus d'affection, que nous le voyons nous être moins sûr, et craignons qu'il nous soit ôté. Car il se sent évidemment, comme le feu se pique à l'assistance[g] du froid[4], que notre volonté s'aiguise aussi par le contraste :

Si nunquam Danaen habuisset ahenea turris
Non esset Danæ de Jove facta parens[h][5] :

et qu'il n'est rien naturellement si contraire à notre goût, que la satiété, qui vient de l'aisance, ni rien

a. la difficulté – *b.* méditais – *c.* sur – *d.* « La douleur d'avoir perdu une chose vaut la crainte de la perdre » – *e.* prouver – *f.* jouissance – *g.* brûle davantage au contact du froid – *h.* « Si une tour d'airain n'avait enfermé Danaé, jamais elle n'aurait été rendue mère par Jupiter »

qui l'aiguise tant que la rareté et difficulté. *Omnium rerum voluptas ipso quo debet fugare periculo crescit*[a1] :

Galla nega, satiatur amor, nisi gaudia torquent[b2].

Pour tenir l'amour en haleine Licurgue ordonna que les mariés de Lacedemone ne se pourraient pratiquer[c] qu'à la dérobée, et que ce serait pareille honte de les rencontrer couchés ensemble, qu'avec d'autres[3]. La difficulté des assignations[d], le danger des surprises, la honte du lendemain,

et languor, et silentium,
Et latere petitus imo spiritus[e4],

c'est ce qui donne pointe[f] à la sauce. Combien de jeux très lascivement plaisants naissent de l'honnête [et] vergogneuse[g] manière de parler des ouvrages de l'amour. La volupté même cherche à s'irriter par la douleur. Elle est bien plus sucrée, quand elle cuit, et quand elle écorche. La Courtisane Flora disait n'avoir jamais couché avec Pompeius, qu'elle ne lui eût fait porter les marques de ses morsures[5] :

Quod petiere premunt arctè, faciúntque dolorem
Corporis, et dentes inlidunt sæpe labellis :
Et stimuli subsunt, qui instigant lædere idipsum,
Quodcunque est, rabies unde illæ germina surgunt[h6].

Il en va ainsi partout, la difficulté donne prix aux choses. Ceux de la marque[i] d'Ancône font plus volontiers leurs vœux à Saint Jaques, et ceux de Galice à

a. « Le désir de toutes choses s'accroît du danger même qui devrait nous mettre en fuite » – *b.* « Galla, refuse-toi : l'amour est repu si ses joies sont sans tourments. » – *c.* fréquenter – *d.* rendez-vous – *e.* « et la langueur, et le silence, et les profonds soupirs » – *f.* du piquant – *g.* pudique – *h.* « Ils pressent étroitement l'objet de leur désir, font souffrir son corps, et impriment souvent leurs dents sur ses lèvres délicates : ils sont sourdement poussés à blesser l'objet, quel qu'il soit, qui a donné naissance à leur rage. » – *i.* des Marches

notre Dame de Lorete[1] : on fait au[a] Liege grande fête des bains de Luques, et en la Toscane de ceux d'Aspa[b2] : il ne se voit guère de Romain en l'école de l'escrime à Romme, qui est pleine de Français[3]. Ce grand Caton se trouva aussi bien que nous, dégoûté de sa femme tant qu'elle fut sienne, et la désira quand elle fut à un autre[4]. J'ai chassé au haras un vieux cheval duquel à la senteur des juments on ne pouvait venir à bout. La facilité l'a incontinent saoulé envers les siennes, mais envers les étrangères [et] la première qui passe le [long] de son patis[c], il revient [à] ses importuns hennissements [et] à ses chaleurs furieuses comme devant[d]. Notre appétit méprise et outrepasse ce qui lui est en main, pour courir après ce qu'il n'a pas :

Transvolat in medio posita, et fugientia captat[e5].

Nous défendre quelque chose c'est nous en donner envie :

nisi tu servare puellam
Incipis, incipiet desinere esse mea[f6].

Nous l'abandonner tout à fait, c'est nous en engendrer mépris. La faute et l'abondance retombent en même inconvénient,

Tibi quod superest, mihi quod defit, dolet[g7] :

le désir et la jouissance nous mettent pareillement en peine. La rigueur des maîtresses est ennuyeuse, mais l'aisance et la facilité l'est, à dire vérité, encore plus : d'autant que le mécontentement et la colère naissent de l'estimation[h], en quoi nous avons la chose désirée, aiguisent l'amour, et le réchauffent : mais la satiété engendre le dégoût : c'est une passion mousse[i], hébétée, lasse, et endormie.

a. à – *b.* de Spa – *c.* pâturage – *d.* avant – *e.* « Il dédaigne ce qui est à sa portée, et cherche à attraper ce qui le fuit. » – *f.* « si tu ne te mets pas à surveiller ta maîtresse, elle cessera bientôt d'être à moi. » – *g.* « Tu te plains d'avoir trop, et moi de manquer. » – *h.* l'estime – *i.* émoussée

Si qua volet regnare diu contemnat amentem[a1] :
contemnite amantes,
Sic hodie veniet si qua negavit heri[b2].

Pourquoi inventa Poppaea de masquer les beautés de son visage que[c] pour les renchérir à ses amants[3] ? Pourquoi a l'on voilé jusques au-dessous des talons, ces beautés, que chacune désire montrer, que chacun désire voir ? Pourquoi couvrent-elles de tant d'empêchements, les uns sur les autres, les parties, où loge principalement notre désir et le leur ? Et à quoi servent ces gros bastions, de quoi les nôtres viennent d'armer leurs flancs[d], qu'à leurrer notre appétit, et nous attirer à elles en nous éloignant :

Et fugit ad salices, et se cupit ante videri[e4],
Interdum tunica duxit operta moram[f5].

À quoi sert l'art[g] de cette honte virginale ? cette froideur rassise, cette contenance sévère, cette profession d'ignorance des choses, qu'elles savent mieux, que nous qui les en instruisons, qu'à[h] nous accroître le désir de vaincre, gourmander, et fouler à notre appétit[i], toute cette cérémonie, et ces obstacles ? Car il y a non seulement du plaisir, mais de la gloire encore, d'affoler et débaucher cette molle douceur, et cette pudeur enfantine, et de ranger à la merci de notre ardeur, une gravité fière et magistrale. C'est gloire (disent-ils) de triompher de la rigueur, de la modestie, de la chasteté et de la tempérance : et qui déconseille aux Dames, ces parties-là[j], il les trahit et soi-même[k]. Il faut croire[l], que le cœur leur frémit d'effroi, que le

a. « Si une femme veut régner longtemps, qu'elle dédaigne son amant » – *b.* « Amants, faites les dédaigneux, et ainsi viendra celle qui a dit non hier. » – *c.* sinon – *d.* les vertugadins (renforts aux hanches) – *e.* « Elle s'enfuit vers les saules, tout en désirant être vue » – *f.* « Parfois sa tunique fermée prolongeait l'attente. » – *g.* l'artifice – *h.* sinon à – *i.* par notre désir – *j.* ces qualités-là – *k.* et soi-même avec – *l.* faire semblant de croire

son de nos mots blesse la pureté de leurs oreilles, qu'elles nous en haïssent, et s'accordent à notre importunité d'une force forcée. La beauté, toute puissante qu'elle est, n'a pas de quoi se faire savourer, sans cette entremise. Voyez en Italie, où il y a plus de beauté à vendre, et de la plus fine, comment il faut qu'elle cherche d'autres moyens étrangers, et d'autres arts pour se rendre agréable : et si[a] à la vérité, quoi qu'elle fasse, étant vénale et publique, elle demeure faible et languissante[1]. Tout ainsi que même en la vertu, de deux effets[b] pareils, nous tenons ce néanmoins celui-là, le plus beau et plus digne, auquel il y a plus d'empêchement et de hasard proposé[c]. C'est un effet de la providence divine de permettre sa sainte Église être agitée[d], comme nous la voyons de tant de troubles et d'orages, pour éveiller par ce contraste[e] les âmes pies, et les ravoir[f] de l'oisiveté et du sommeil, où les avait plongées une si longue tranquillité. Si nous contrepesons la perte que nous avons faite, par le nombre de ceux qui se sont dévoyés[g], au gain qui nous vient pour nous être remis en haleine[h], ressuscité[i] notre zèle et nos forces, à l'occasion de ce combat, je ne sais si l'utilité ne surmonte point le dommage. Nous avons pensé attacher plus ferme le nœud de nos mariages, pour avoir ôté tout moyen de les dissoudre, mais d'autant s'est dépris et relâché le nœud de la volonté et de l'affection, que celui de la contrainte s'est étréci[j]. Et au rebours, ce qui tint les mariages à Rome, si longtemps en honneur et en sûreté, fut la liberté de les rompre, qui voudrait[k]. Ils aimaient

a. pourtant – *b.* actes – *c.* de risque pris – *d.* de permettre que sa sainte Église soit agitée – *e.* par ces événements contraires – *f.* reprendre – *g.* qui se sont convertis à la Réforme – *h.* pour avoir repris du souffle – *i.* et avoir ressuscité – *j.* resserré – *k.* si l'on voulait

mieux leurs femmes, d'autant qu'ils les pouvaient perdre : et en pleine licence de divorces[a], il se passa cinq cents ans et plus, avant que nul s'en servît[1].

Quod licet, ingratum est, quod non licet, acrius urit[b][2].

À ce propos se pourrait joindre l'opinion d'un ancien[3], que les supplices aiguisent les vices, plutôt qu'ils ne les amortissent : qu'ils n'engendrent point le soin de bien faire, c'est l'ouvrage de la raison, et de la discipline : mais seulement un soin[c] de n'être surpris en faisant mal.

Latius excisæ pestis contagia serpunt[d][4].

Je ne sais pas qu'elle soit[e] vraie, mais ceci sais-je par expérience, que jamais police[f] ne se trouva réformée par là. L'ordre et le règlement des mœurs, dépend de quelque autre moyen. Les histoires grecques font mention des Argippées voisins de la Scythie, qui vivent sans verge et sans bâton à offenser[g], que non seulement nul n'entreprend d'aller attaquer, mais quiconque s'y peut sauver[h], il est en franchise[i] à cause de leur vertu et sainteté de vie, et n'est aucun si osé d'y toucher[j]. On recourt à eux pour appointer[k] les différends qui naissent entre les hommes d'ailleurs[5]. Il y a nation, où la clôture des jardins et des champs, qu'on veut conserver, se fait d'un filet[l] de coton, et se trouve bien plus sûre et plus ferme que nos fossés et nos haies[6]. [*Furem signata sollicitant. Aperta effractarius præterit*[m][7]. À l'aventure[n] sert entre autres] moyens, l'aisance, à couvrir[o] ma maison de la violence de nos guerres civiles[8]. La défense attire l'entreprise[p], et la défiance l'offense[q]. J'ai affaibli

a. malgré l'autorisation du divorce – *b.* « Ce qui est licite est sans charmes, ce qui est interdit attise le désir. » – *c.* souci – *d.* « La contagion du mal que l'on a détruit continue de s'étendre. » – *e.* si cette opinion est – *f.* société – *g.* pour combattre – *h.* réfugier – *i.* sécurité – *j.* personne n'est assez audacieux pour y toucher – *k.* arbitrer – *l.* fil – *m.* « Ce qui est sous serrure attire le voleur. Le cambrioleur néglige les maisons ouvertes. » – *n.* Peut-être – *o.* la facilité d'accès, à protéger – *p.* les hommes d'armes entreprenants – *q.* les offense

le dessein[a] des soldats ôtant à leur exploit le hasard[b], et toute matière de gloire militaire : qui a accoutumé de leur servir de titre[c] et d'excuse. Ce qui est fait courageusement est toujours fait honorablement, en temps où la justice est morte. Je leur rends la conquête de ma maison lâche et traîtresse[d]. Elle n'est close à personne qui y heurte[e]. Il n'y a pour [toute] provision[f] qu'un portier d'ancien usage et cérémonie, qui ne sert pas tant à défendre ma porte, qu'à l'offrir [plus] décemment et gracieusement. Je n'ai ni garde, ni sentinelle [que] celle que les astres font pour moi. Un gentilhomme a tort [de] faire montre d'être en défense[g] s'il ne l'est parfaitement. Qui est ouvert d'un côté l'est partout. Nos pères [ne] pensèrent pas à bâtir des places frontières. Les moyens d'assaillir, je [dis] sans batterie[h] et sans armée, et de surprendre nos maisons, croissent tous les jours au-dessus des moyens de [se] garder[i]. Les esprits s'aiguisent généralement de ce côté-là. L'invasion touche tous. La défense non, que les riches. La mienne était forte selon le temps qu'elle[j] fut faite. Je n'y ai rien ajouté de ce côté-là : Et craindrais que sa force se tournât contre moi-même. Joint qu'un temps paisible requerra qu'on les défortifie. Il est dangereux de ne les pouvoir regagner[k]. Et est difficile de s'en assurer. Car en matière de guerres intestines[l], votre valet peut être du parti que vous craignez. Et où la religion sert de prétexte, les parentés mêmes deviennent infiables, avec couverture de justice[m]. Les finances publiques n'entretiendront pas nos garnisons domestiques : Elles s'y épuiseraient : Nous n'avons pas de quoi le faire sans notre ruine ou, plus incommodément et injurieusement[n], sans celle du peuple. L'état de ma perte ne serait de guère pire. Au demeurant, vous y perdez-vous ? vos amis mêmes s'amusent, plus qu'à vous plaindre, à accuser votre invigilance et improvidence[o] et l'ignorance ou nonchalance aux offices de votre profession. Ce[p] que tant de

a. le désir – *b*. le risque – *c*. prétexte – *d*. la conquête de ma maison ne pourrait passer que pour une lâcheté et une trahison – *e*. frappe – *f*. précaution – *g*. de se montrer sur la défensive – *h*. même sans artillerie – *i*. se protéger – *j*. à l'époque où elle – *k*. de ne pouvoir reconquérir une place forte – *l*. civiles – *m*. des parents mêmes peuvent se trahir avec apparence de justice – *n*. injustement – *o*. imprévoyance – *p*. Le fait

maisons gardées se sont perdues, où[a] celle-ci dure : me fait soupçonner qu'elles se sont perdues de ce, qu'elles étaient gardées. Cela donne et l'envie et la raison à l'assaillant. Toute garde porte visage de guerre. Qui[b] se jettera si dieu veut chez moi, mais tant y a que je ne l'y appellerai pas. C'est la retraite à[c] me reposer des guerres. J'essaie de soustraire ce coin à la tempête publique, comme je fais[d] un autre coin en mon âme. Notre guerre a beau changer de formes, se multiplier et diversifier en nouveaux partis[1] : pour moi, je ne bouge. Entre tant de maisons armées, moi seul que je sache en France de ma condition ai fié purement[e] au ciel la protection de la mienne. Et n'en ai jamais ôté, ni cuiller d'argent, ni titre[f]. Je ne veux ni me craindre[g], ni me sauver à demi. Si une pleine reconnaissance acquiert la faveur divine, elle me durera jusqu'au bout. Sinon, j'ai toujours assez duré [pour rendre ma durée remarquable] et enregistrable. Comment ? il y a bien trente ans[2].

a. alors que – *b.* Quelqu'un – *c.* où – *d.* de même que je soustrais – *e.* confié seulement – *f.* titre de propriété – *g.* me défier

De la gloire

Chap. XVI

Il y a le nom et la chose : le nom c'est une voix qui remarque[a] et signifie la chose, le nom ce n'est pas une partie de la chose, ni de la substance : c'est une pièce étrangère jointe à la chose, et hors d'elle. Dieu qui est en soi toute plénitude, et le comble de toute perfection, il ne peut s'augmenter et accroître au dedans : mais son nom se peut augmenter et accroître, par la bénédiction et louange, que nous donnons à ses ouvrages extérieurs. Laquelle louange, puisque nous ne la pouvons incorporer en lui, d'autant qu'il n'y peut avoir accession[b] de bien, nous l'attribuons à son nom, qui est la pièce hors de lui, la plus voisine. Voilà comment c'est à Dieu seul, à qui gloire et honneur appartient[c 1] : et il n'est rien si éloigné de raison, que de nous en mettre en quête pour nous : car étant indigents et nécessiteux au-dedans, notre essence étant imparfaite, et ayant continuellement besoin d'amélioration, c'est là, à quoi nous nous devons travailler[d]. Nous sommes tous creux et vides : ce n'est pas de vent et de voix que nous avons à nous remplir : il nous faut de la substance plus solide à

a. signale – *b*. ajout – *c*. appartiennent – *d*. c'est sur l'amélioration de nous-mêmes que nous devons concentrer notre effort

nous réparer[a]. Un homme affamé serait bien simple de chercher à se pourvoir plutôt d'un beau vêtement, que d'un bon repas : il faut courir au plus pressé. Comme disent nos ordinaires prières, *Gloria in excelsis Deo, et in terra pax hominibus*[b][1]. Nous sommes en disette de beauté, santé, sagesse, vertu, et telles parties[c] essentielles : les ornements externes se chercheront après que nous aurons provu[d] aux choses nécessaires. La Théologie traite amplement et plus pertinemment ce sujet, mais je n'y suis guère versé[2]. Chrysippus et Diogenes ont été les premiers auteurs et les plus fermes du mépris de la gloire : et entre toutes les voluptés, ils disaient qu'il n'y en avait point de plus dangereuse, ni plus à fuir que celle qui nous vient de l'approbation d'autrui. De vrai l'expérience nous en fait sentir plusieurs trahisons bien dommageables. Il n'est chose qui empoisonne tant les Princes que la flatterie, ni rien par où les méchants gagnent plus aisément crédit autour d'eux : ni maquerellage[e] si propre et si ordinaire à corrompre la chasteté des femmes, que de les paître[f] et entretenir de leurs louanges. Le premier enchantement que les Sirènes emploient à piper Ulisses, est de cette nature,

Deça vers nous deça, ô très louable Ulisse,
Et le plus grand honneur dont la Grece fleurisse[3].

Ces philosophes-là[4], disaient, que toute la gloire du monde ne méritait pas qu'un homme d'entendement étendît seulement le doigt pour l'acquérir :

Gloria quantalibet quid erit si gloria tantum est[g][5] ?

je dis pour elle seule. Car elle tire souvent à sa suite

a. pour nous réformer – *b.* « Gloire à Dieu au plus haut des cieux, et paix aux hommes sur la terre. » – *c.* qualités – *d.* pourvu – *e.* proxénétisme – *f.* repaître – *g.* « Que sera la gloire, si grande soit-elle, si elle n'est que de la gloire ? »

plusieurs commodités[a], pour lesquelles elle se peut rendre désirable. Elle nous acquiert de la bienveillance : elle nous rend moins exposés aux injures et offenses d'autrui, et choses semblables. C'était aussi des principaux dogmes d'Epicurus : car ce précepte de sa secte, CACHE TA VIE[1], qui défend aux hommes de s'empêcher des charges et négociations publiques, présuppose aussi nécessairement qu'on méprise la gloire : qui est une approbation que le monde fait des actions que nous mettons en évidence. Celui qui nous ordonne de nous cacher, et de n'avoir soin que de nous, et qui ne veut pas que nous soyons connus d'autrui, il veut encore moins que nous en soyons honorés et glorifiés. Aussi conseille-il à Idomeneus de ne régler aucunement ses actions, par l'opinion ou réputation commune, si ce n'est pour éviter les autres incommodités accidentales, que le mépris des hommes lui pourrait apporter[2]. Ces discours-là sont infiniment vrais à mon avis, et raisonnables. Mais nous sommes, je ne sais comment, doubles en nous-mêmes, qui fait que ce que nous croyons, nous ne le croyons pas : et ne nous pouvons défaire de ce que nous condamnons. Voyons les dernières paroles d'Epicurus, et qu'il dit en mourant : elles sont grandes et dignes d'un tel philosophe, mais si ont-elles quelque marque de la recommandation de son nom[b], et de cette humeur qu'il avait décriée par ses préceptes. Voici une lettre qu'il dicta un peu avant son dernier soupir[3].

EPICURUS À HERMACHUS, SALUT.

Cependant que je passais, l'heureux, et celui-là même le dernier jour de ma vie, j'écrivais ceci, accompagné toutefois de telle douleur en la vessie et aux

a. avantages – *b.* mais elles témoignent pourtant du souci de faire valoir son nom

intestins, qu'il ne peut rien être ajouté à sa grandeur. Mais elle était compensée par le plaisir qu'apportait à mon âme la souvenance, de mes inventions et de mes discours. Or toi comme requiert l'affection que tu as eu[a] dès ton enfance envers moi, et la philosophie, embrasse la protection des enfants de Metrodorus : voilà sa lettre. Et ce qui me fait interpréter que ce plaisir qu'il dit sentir en son âme, de ses inventions, regarde aucunement[b] la réputation qu'il en espérait acquérir après sa mort, c'est l'ordonnance de son testament, par lequel il veut que Aminomachus et Thimocrates ses héritiers, fournissent pour la célébration de son jour natal tous les mois de Janvier, les frais que Hermachus ordonnerait, et aussi pour la dépense qui se ferait le vingtième jour de chaque lune, au traitement des philosophes ses familiers, qui s'assembleraient à l'honneur de la mémoire de lui et de Metrodorus[1]. Carneades[2] a été chef de l'opinion contraire, et a maintenu que la gloire était pour elle-même désirable, tout ainsi que nous embrassons nos posthumes[c] pour eux-mêmes, n'en ayants aucune connaissance ni jouissance[3]. Cette opinion n'a pas failli[d] d'être plus communément suivie, comme sont volontiers celles qui s'accommodent le plus à nos inclinations. Aristote[4] lui donne le premier rang entre les biens externes[e]. Évite comme deux extrêmes vicieux l'immodération et à la rechercher et à la fuir. Je crois que si nous avions les livres que Cicero avait écrit[f] sur ce sujet, il nous en conterait de belles : car cet homme-là fut si forcené de cette passion, que s'il eût osé, il fût, ce crois-je, volontiers tombé en l'excès où tombèrent d'autres,

a. eue – *b*. quelque peu – *c*. nous nous attachons à nos descendants – *d*. manqué – *e*. avantages accidentels (qui ne constituent pas l'essence du bonheur) – *f*. écrits que la vertu même n'était désirable, que pour l'honneur qui se tenait toujours à sa suite[1],

Paulum sepultæ distat inertiæ
Celata virtus[a][2].

Qui[b] est une opinion si fausse, que je suis dépit[c] qu'elle ait jamais pu entrer en l'entendement d'homme, qui eut cet honneur de porter le nom de philosophe. Si cela était vrai, il ne faudrait être vertueux qu'en public : et les opérations de l'âme, où est le vrai siège de la vertu, nous n'aurions que faire de les tenir en règle et en ordre, sinon autant qu'elles devraient venir à la connaissance d'autrui. [N'y va-il donc que de faillir[d] finement[e] et subtilement ? Si tu sais, dit Carneades,] un serpent caché en ce lieu auquel sans y penser se va seoir celui de la [mort] duquel tu espères profit, tu fais méchamment si tu ne l'en avertis. Et d'autant plus que ton action ne doit être connue que de toi[3]. Si nous ne prenons de nous-mêmes [la] loi de bien faire. Si l'impunité nous est justice : à combien de sortes de méchancetés avons-nous tous les jours à nous abandonner. Ce que S. Peduceus fit de rendre fidèlement ce que C. Plotius avait commis à sa seule science [de] ses richesses[4], et ce que j'en ai fait souvent de même, [je] ne le trouve pas tant louable comme je trouverais exécrable qu'il y eût failli. Et trouve bon et utile à ramentevoir[f] en [nos] jours l'exemple de P. Sextilius Rufus que Cicero accuse pour avoir recueilli [une] hérédité[g] contre sa conscience, non seulement [non] contre les lois mais par les lois mêmes[5]. [Et] M. Crassus et Q. Hortensius, lesquels à cause de [leur] autorité et puissance ayant été pour certaines quotités[h] appelés par un étranger à la succession d'un testament faux, afin que par ce moyen il y établît sa part, se contentèrent de n'être participants de la fausseté et ne refusèrent d'en tirer quelque fruit, assez couverts [s'ils] se tenaient à l'abri des accusateurs et des témoins et des lois[6].

a. « La vertu cachée diffère peu de l'indolence obscure. » – *b.* Ce qui – *c.* irrité – *d.* commettre des fautes – *e.* en rusant – *f.* rappeler – *g.* un héritage – *h.* proportion

Meminerint Deum se habere testem, id est (ut ego arbitror) mentem suam[a][1]. La vertu est chose bien vaine et frivole, si elle tire sa recommandation de la gloire. Pour néant entreprendrions-nous de lui faire tenir son rang à part, et la déjoindrions de la fortune[b] : car qu'est-il plus fortuit[c] que la réputation ? *Profecto fortuna in omni re dominatur : ea, res cunctas ex libidine magis quam ex vero celebrat obscuratque*[d][2]. De faire que les actions soient connues et vues, c'est le pur ouvrage de la fortune. C'est le sort qui nous applique[e] la gloire selon sa témérité[f]. [Je] l'ai vue[g] fort souvent marcher avant le mérite. Et souvent outrepasser [le] mérite d'une longue mesure. Celui qui premier s'avisa de la ressemblance de l'ombre à la gloire fit mieux qu'il ne voulait[3]. Ce sont choses excellemment vaines. Elle va aussi quelquefois devant son corps : et quelquefois l'excède de beaucoup en longueur. Ceux qui apprennent à la noblesse de ne chercher en la vaillance que l'honneur, *quasi non sit honestum quod nobilitatum non sit*[h][4], que gagnent-ils par là, que de les instruire de ne se hasarder jamais[i], si on ne les voit, et de prendre bien garde, s'il y a des témoins, qui puissent rapporter nouvelle de leur valeur[5] ? là où il[j] se présente mille occasions de bien faire, sans qu'on en puisse être remarqué. Combien de belles actions particulières s'ensevelissent dans la foule d'une bataille ? Quiconque s'amuse à contrerôler[k] autrui pendant une telle mêlée, il n'y est guère embesogné : et produit contre soi-même le témoignage qu'il rend des déportements[l] de ses compagnons. *Vera*

a. « Qu'ils se souviennent qu'ils ont Dieu pour témoin, c'est-à-dire, selon moi, leur propre conscience. » – *b.* En vain chercherions-nous à lui donner une valeur indépendante de la gloire, en vain la séparerions-nous du hasard – *c.* contingent – *d.* « La fortune, assurément, règne en toute chose : elle glorifie ou humilie tout selon son caprice et non d'après la véritable valeur. » – *e.* attribue – *f.* inconséquence – *g.* la gloire – *h.* « comme si ce qui ne se serait pas fait connaître ne méritait pas l'estime » – *i.* ne prendre jamais de risques – *j.* alors qu'il – *k.* examiner – *l.* comportements

et sapiens animi magnitudo honestum illud quod maxime naturam sequitur in factis positum non in gloria judicat[a][1]. Toute la gloire que je prétends de ma vie, c'est de l'avoir vécue tranquille. Tranquille non selon Metrodorus ou Arcesilas ou Aristippus[2], mais selon moi. Puisque la philosophie n'a su trouver aucune voie [pour] la tranquillité qui fût bonne en commun : que chacun la cherche en son particulier. À qui doivent Cæsar et Alexandre cette grandeur infinie de leur renommée qu'à la fortune ? Combien d'hommes a-elle éteint[b], sur le commencement de leur progrès[c], desquels nous n'avons aucune connaissance, qui y apportaient même courage que le leur, si le malheur de leur sort ne les eût arrêtés tout court, sur la naissance de leurs entreprises ? Au travers de tant et si extrêmes dangers il ne me souvient point avoir lu que Cæsar ait été jamais blessé. Mille sont morts de moindres périls, que le moindre de ceux qu'il franchit. Infinies belles actions se doivent perdre sans témoignage, avant qu'il en vienne une à profit. On n'est pas toujours sur le haut d'une brèche[d], ou à la tête d'une armée, à la vue de son général, comme sur un échafaud[e]. On est surpris entre la haie et le fossé : il faut tenter fortune contre un poulailler : il faut dénicher quatre chétifs arquebusiers d'une grange : il faut seul s'écarter de la troupe et entreprendre seul, selon la nécessité qui s'offre. Et si on prend garde, on trouvera qu'il advient par expérience, que les moins éclatantes occasions sont les plus dangereuses : et qu'aux guerres, qui se sont passées de notre temps, il s'est perdu plus de gens de bien aux occasions légères et peu importantes, et à la contes-

a. « Une âme vraiment sage et grande estime que l'honneur, principal but de notre nature, se trouve dans les actes, non dans la gloire. » – *b.* fait mourir – *c.* carrière – *d.* en haut des remparts ouverts d'une ville assiégée – *e.* scène de théâtre

tation de quelque bicoque, qu'ès lieux dignes et honorables. Qui tient sa mort pour mal employée si ce n'est en occasion signalée[a] : au lieu d'illustrer sa mort il obscurcit volontiers sa vie : laissant échapper cependant plusieurs justes occasions de se hasarder[b]. Et toutes les justes sont illustres assez. Sa conscience les trompettant suffisamment à chacun. *Gloria nostra est testimonium conscientiæ nostræ*[c][1]. Qui n'est homme de bien que parce qu'on le saura, et parce qu'on l'en estimera mieux, après l'avoir su : qui ne veut bien faire qu'en condition[d] que sa vertu vienne à la connaissance des hommes, celui-là n'est pas homme de qui on puisse tirer beaucoup de service.

Credo che'l resto di quel verno, cose
Facesse degne di tenerne conto,
Ma fur sin'a quel tempo si nascose
Che non è colpa mia s'hor' non le conto,
Perche Orlando a far' opre virtuose
Piu ch'a narrarle poi sempre era pronto,
Ne mai fu alcun'de li suoi fatti espresso
Senon quando hebbe i testimonii apresso[e][2].

Il faut aller à la guerre pour son devoir, et en attendre cette récompense, qui ne peut faillir à toutes belles actions, pour occultes qu'elles soient, non pas même aux vertueuses pensées, c'est le contentement qu'une conscience bien réglée reçoit en soi, de bien faire. Il faut être vaillant pour soi-même, et pour l'avantage que c'est, d'avoir son courage logé en une assiette[f] ferme et assurée, contre les assauts de la fortune :

a. dans des circonstances remarquables – *b.* prendre des risques – *c.* « Notre gloire, c'est le témoignage de notre conscience. » – *d.* qu'à condition – *e.* « Je crois que le reste de cet hiver, il fit des choses dignes de mémoire ; mais elles sont demeurées si secrètes jusqu'à présent, que ce n'est pas ma faute si je ne les raconte pas : car Roland a toujours été plus prompt à accomplir des actes courageux qu'à les publier, et jamais ses exploits n'ont été révélés, que lorsqu'il en a eu des témoins. » – *f.* état

Virtus repulsæ nescia sordidæ,
Intaminatis fulget honoribus :
Nec sumit aut ponit secures
Arbitrio popularis auræ[a][1].

Ce n'est pas pour la montre[b], que notre âme doit jouer son rôle, c'est chez nous au dedans, où nuls yeux ne donnent que les nôtres : là elle nous couvre[c] de la crainte de la mort, des douleurs et de la honte même : elle nous assure[d] là, de la perte de nos enfants, de nos amis, et de nos fortunes : et quand l'opportunité s'y présente, elle nous conduit aussi aux hasards de la guerre. *Non emolumento aliquo sed ipsius honestatis decore*[e][2]. Ce profit est bien plus grand, et bien plus digne d'être souhaité et espéré, que l'honneur et la gloire, qui n'est qu'un favorable jugement qu'on fait de nous. Il faut trier de toute une nation, une douzaine d'hommes, pour juger d'un arpent de terre : et le jugement de nos inclinations, et de nos actions, la plus difficile matière, et la plus importante qui soit, nous la remettons à la voix de la commune[f] et de la tourbe[g], mère d'ignorance, d'injustice, et d'inconstance. Est-ce raison dépendre la vie d'un sage du jugement des fols[3] ? *An quidquam stultius quam quos singulos contemnas eos aliquid putare esse universos*[h][4]*?* Quiconque vise à leur plaire, il n'a jamais fait[i], c'est une butte[j] qui n'a ni forme ni prise. *Nihil tam inæstimabile est quam animi multitudinis*[k][5]. Demetrius disait plaisamment [de] la voix du peuple qu'il ne faisait non plus de recette de[l] celle qui lui sortait

a. « La vertu ignore la honte de l'échec et brille d'honneurs intacts ; elle ne prend ni ne dépose les armes au gré du souffle populaire. » – *b.* exhibition – *c.* protège – *d.* nous fortifie contre – *e.* « Non pour quelque profit, mais pour la beauté de la vertu même. » – *f.* peuple – *g.* foule – *h.* « Qu'y a-t-il de plus insensé que d'estimer tous ensemble ceux que l'on méprise chacun individuellement ? » – *i.* fini – *j.* cible – *k.* « Rien n'est si difficile à évaluer que le sentiment de la foule. » – *l.* il ne faisait pas plus de cas de

par en haut que de celle qui lui sortait par en bas [1]. Celui-là dit encore plus. *Ego hoc judico, si quando turpe non sit, tamen non esse non turpe, quum [id] a multitudine laudetur*[a] [2]. Nul art nulle souplesse d'esprit pourrait[b] conduire nos pas à la suite d'un guide si dévoyé et si déréglé. En cette confusion venteuse de bruits de rapports et opinions vulgaires qui nous poussent, il ne se peut établir aucune route qui vaille. Ne nous proposons point une fin si flottante et vagabonde : allons constamment après la raison : que l'approbation publique nous suive par là si elle veut : et comme elle dépend toute de la fortune, nous n'avons point loi de l'espérer plutôt par une autre voie que par celle-là. Quand pour sa droiture je ne suivrais le droit chemin, je le suivrais pour avoir trouvé par expérience, qu'au bout du compte, c'est communément le plus heureux, et le plus utile. *Dedit hoc providentia hominibus munus, ut honesta magis juvarent*[c] [3]. Le marinier ancien disait ainsi à Neptune, en une grande tempête : Ô Dieu, tu me sauveras si tu veux, tu me perdras si tu veux, mais si tiendrai-je toujours droit mon timon [4]. J'ai vu de mon temps mille hommes, souples, métis[d], ambigus, et que nul ne doutait plus prudents mondains que moi, se perdre où je me suis sauvé :

Risi successu posse carere dolos[e] [5].

Paul Æmile allant en sa glorieuse expédition de Macedoine avertit surtout le peuple à Rome de contenir leur langue de ses actions, pendant son absence [6] : que la licence des jugements est un grand détourbier[f] aux grands affaires : d'autant que chacun n'a pas la

a. « Pour moi, je considère qu'une chose, bien qu'elle ne soit pas blâmable en elle-même, ne peut cependant pas ne pas l'être dès lors qu'elle est louée par la foule. » – *b.* ne pourraient – *c.* « La providence a accordé aux hommes la faveur que ce qui est honnête soit aussi le plus utile. » – *d.* doubles – *e.* « J'ai ri de voir que les ruses pouvaient échouer. » – *f.* obstacle

fermeté de Fabius à l'encontre des voix communes, contraires et injurieuses[a] : qui aima mieux laisser démembrer son autorité aux vaines fantaisies des hommes[b], que faire moins bien sa charge avec favorable réputation et populaire consentement[c][1]. Il y a je ne sais quelle douceur naturelle à se sentir louer, mais nous lui prêtons trop de beaucoup.

Laudari haud metuam, neque enim mihi cornea fibra est,
Sed recti finemque extremumque esse recuso
Euge tuum et belle[d][2].

Je ne me soucie pas tant, quel je sois chez autrui, comme[e] je me soucie quel je sois en moi-même. Je veux être riche par moi, non par emprunt[3]. Les étrangers ne voient que les événements et apparences externes : chacun peut faire bonne mine par le dehors, plein[f] au-dedans de fièvre et d'effroi. Ils ne voient pas mon cœur, ils ne voient que mes contenances[g]. On a raison de décrier l'hypocrisie, qui se trouve en la guerre : car qu'est-il plus aisé à un homme pratique[h], que de gauchir aux dangers[i], et de contrefaire le mauvais[j], ayant le cœur plein de mollesse[k] ? Il y a tant de moyens d'éviter les occasions de se hasarder en particulier, que nous aurons trompé mille fois le monde, avant que de nous engager à un dangereux pas : et lors même, nous y trouvant empêtrés, nous saurons bien pour ce coup, couvrir notre jeu d'un bon visage, et d'une parole assurée, quoique l'âme nous tremble au-dedans : Et qui aurait[l] l'usage [de] l'anneau Platonique[4] rendant

a. hostiles et injustes – *b.* qui préféra laisser les creuses divagations des hommes ruiner son autorité – *c.* l'approbation du peuple – *d.* « Je ne crains pas la louange, et je ne suis pas de corne, mais je nie que le terme et le but du bien soient un "Bravo !" et "Que cela est beau !" » – *e.* que – *f.* alors qu'il est plein – *g.* attitudes extérieures – *h.* habile – *i.* d'esquiver les dangers – *j.* jouer l'homme redoutable – *k.* lâcheté – *l.* si l'on avait

invisible celui qui le portait au doigt si on [lui] donnait le tour vers le plat [de] la main, assez[a] de gens souvent se cacheraient où il [se] faut présenter le plus, et [se] repentiraient d'être placés en [lieu] si honorable, auquel la nécessité les rend assurés[b].

Falsus honor juvat, et mendax infamia terret
Quem nisi mendosum et mendacem[c1] ?

Voilà comment tous ces jugements qui se font des apparences externes, sont merveilleusement[d] incertains et douteux : et n'est aucun si assuré témoin, comme chacun à soi-même. En celles-là combien avons-nous de goujats[e], compagnons de notre gloire ? Celui qui se tient ferme dans une tranchée découverte, que fait-il en cela, que ne fassent devant lui cinquante pauvres pionniers[f], qui lui ouvrent le pas, et le couvrent de leurs corps, pour cinq sous de paye par jour.

non quicquid turbida Roma
Elevet accedas, examenque improbum in illa
Castiges trutina, nec te quæsiveris extra[g2].

Nous appelons agrandir notre nom, l'étendre et semer en plusieurs bouches : nous voulons qu'il y soit reçu en bonne part, et que cette sienne accroissance lui vienne à profit : voilà ce qu'il y peut avoir de plus excusable en ce dessein : mais l'excès de cette maladie en va jusque-là, que plusieurs cherchent de faire parler d'eux en quelque façon que ce soit. Trogus Pompeius dit de Herostratus, et Titus Livius de Manlius Capitolinus[3], qu'ils étaient plus désireux de grande, que de bonne réputation. Ce vice est ordinaire. Nous nous

a. beaucoup – *b*. dans une situation aussi propice aux nobles actions, dans laquelle ils s'affermissent par nécessité – *c*. « Qui est enchanté par un honneur usurpé, qui est effrayé par une diffamation mensongère, sinon un homme mauvais et menteur ? » – *d*. extraordinairement – *e*. valets d'armée – *f*. terrassiers – *g*. « non, ne te rallie pas au blâme que Rome, dans son agitation, dispense ; ne redresse pas l'aiguille faussée de la balance populaire : ne te cherche pas hors de toi-même. »

soignons plus qu'on parle[a] de nous, que comment on en parle, et nous est assez que notre nom coure par la bouche des hommes, en quelque condition qu'il y coure. Il semble que l'être connu[b], ce soit aucunement[c] avoir sa vie et sa durée en la garde d'autrui. Moi je tiens que je ne suis que chez moi[d], et de[e] cette autre mienne vie qui loge en la connaissance de mes amis, à la considérer nue et simplement en soi, je sais bien que je n'en sens fruit ni jouissance, que par la vanité d'une opinion fantastique[f]. Et quand je serai mort je m'en ressentirai encore beaucoup moins : et si perdrai[g] tout net l'usage des vraies utilités qui accidentellement la suivent parfois : je n'aurai plus de prise par où saisir la réputation, ni par où elle puisse me toucher ni arriver à moi. Car de m'attendre que mon nom la reçoive. Premièrement je n'ai point de nom qui soit assez mien : de deux que j'ai, l'un est commun à toute ma race, voire encore à d'autres. Il y a une famille à Paris et à Montpelier, qui se surnomme Montaigne : une autre en Bretaigne, et en Xaintonge, de la Montaigne. Le remuement d'une seule syllabe, mêlera nos fusées[h], de façon que j'aurai part à leur gloire, et eux à l'aventure[i] à ma honte : Et si[j] les miens se sont autrefois surnommés Eyquem, surnom qui touche encore une maison connue en Angleterre. Quant à mon autre nom[1], il est, à quiconque aura envie de le prendre. Ainsi j'honorerai peut-être un crocheteur[k] en ma place. Et puis, quand j'aurais une marque particulière pour moi, que peut-elle marquer quand je n'y suis plus, peut-elle désigner et favorir[l] l'inanité ?

a. nous nous soucions plus de ce qu'on parle – *b.* le fait d'être connu – *c.* quelque peu – *d.* je n'existe qu'en moi-même – *e.* et quant à – *f.* chimérique – *g.* et aussi perdrai-je – *h.* nos destins – *i.* peut-être – *j.* aussi – *k.* portefaix – *l.* favoriser

nunc levìor cyppus non imprimit ossa?
Laudat posteritas, nunc non è manibus illis
Nunc non è tumulo fortunataque favilla
Nascuntur violæ[a][1]?

Mais de ceci j'en ai parlé ailleurs[2]. Au demeurant en toute une bataille où dix mille hommes sont stropiés[b] ou tués, il n'en est pas quinze de quoi on parle. Il faut que ce soit quelque grandeur bien éminente, ou quelque conséquence d'importance, que la fortune y ait jointe, qui fasse valoir une action privée, non d'un arquebusier seulement, mais d'un Capitaine: Car de tuer un homme, ou deux, ou dix, de se présenter courageusement à la mort, c'est à la vérité quelque chose à chacun de nous, car il y va de tout[c]: mais pour le monde, ce sont choses si ordinaires, il s'en voit tant tous les jours, et en faut tant de pareilles pour produire un effet notable, que nous n'en pouvons attendre aucune particulière recommandation,

casus multis hic cognitus, ac jam
Tritus, et e medio fortunæ ductus acervo[d][3].

De tant de milliasses[e] de vaillants hommes qui sont morts depuis quinze cents ans en France, les armes en la main, il n'y en a pas cent, qui soient venus à notre connaissance. La mémoire non des chefs seulement, mais des batailles et victoires est ensevelie. Les fortunes[f] de plus de la moitié du monde, à faute de registre, ne bougent de leur place et s'évanouissent sans durée. [Si] j'avais en ma possession les événements inconnus, j'en penserais très facilement supplanter les connus en toute espèce d'exemples. Quoi

a. « Maintenant le cippe ne pèse-t-il pas plus légèrement sur ces os? la postérité le loue: maintenant de ces mânes glorieuses, de ce tombeau, de cette cendre heureuse des violettes ne naissent-elles pas? » – *b*. blessés – *c*. il en va de notre vie. – *d*. « c'est un accident partagé par beaucoup d'autres, banal, et tiré dans les mille possibilités de la fortune. » – *e*. milliers – *f*. destinées

que, des Romains mêmes, et des Grecs, parmi tant d'écrivains et de témoins, et tant de rares et nobles exploits, il en est venu si peu jusques à nous ?

Ad nos vix tenuis famæ perlabitur aura[a][1].

Ce sera beaucoup si d'ici à cent ans on se souvient en gros, que de notre temps, il y a eu des guerres civiles en France. Les Lacédémoniens sacrifiaient aux muses entrant[b] en bataille, afin que leurs gestes fussent bien et dignement écrits, estimant que ce fût une faveur divine, et non commune, que les belles actions trouvassent des témoins qui leur sussent donner vie et mémoire[2]. Pensons-nous qu'à chaque arquebusade[c] qui nous touche, et à chaque hasard que nous courons, il y ait soudain un greffier qui l'enrôle[d] : et cent greffiers outre cela le pourront écrire, desquels les commentaires ne dureront que trois jours, et ne viendront à la vue de personne. Nous n'avons pas la millième partie des écrits anciens : c'est la fortune qui leur donne vie, ou plus courte, ou plus longue, selon sa faveur : et ce que nous en avons, il nous est loisible[e] de douter si c'est le pire, n'ayant pas vu le demeurant[f]. On ne fait pas des histoires de choses de si peu : il faut avoir été chef à conquérir un Empire, ou un Royaume, il faut avoir gagné cinquante-deux batailles assignées[g], toujours plus faible en nombre, comme Cæsar[3]. Dix mille bons compagnons, et plusieurs grands capitaines, moururent à sa suite, vaillamment et courageusement, desquels les noms n'ont duré qu'autant que leurs femmes et leurs enfants vécurent,

quos fama obscura recondit[h][4].

De ceux mêmes que nous voyons bien faire, trois mois, ou trois ans après qu'ils y sont demeurés, il ne

a. « À peine un faible écho nous transmet leur gloire. » – *b.* quand ils entraient – *c.* coup d'arquebuse – *d.* l'enregistre – *e.* possible – *f.* le reste – *g.* rangées – *h.* « eux qu'une renommée obscure a ensevelis »

s'en parle non plus que s'ils n'eussent jamais été. Quiconque considérera avec juste mesure et proportion, de quelles gens et de quels faits, la gloire se maintient en la mémoire des livres, il trouvera qu'il y a de notre siècle, fort peu d'actions, et fort peu de personnes, qui y puissent prétendre nul droit. Combien avons-nous vu d'hommes vertueux survivre à leur propre réputation : qui ont vu et souffert éteindre en leur présence, l'honneur et la gloire très justement acquise en leurs jeunes ans ? Et pour trois ans de cette vie fantastique[a] et imaginaire, allons-nous perdant notre vraie vie et essentielle, et nous engager à une mort perpétuelle ? Les sages se proposent une plus belle et plus juste fin, à une si importante entreprise. *Recte facti, fecisse merces est. Officii fructus ipsum officium est*[b][1]. Il serait à l'aventure[c] excusable à un peintre ou autre artisan, ou encore à un Rhétoricien ou Grammairien, de se travailler[d] pour acquérir nom, par ses ouvrages : mais les actions de la vertu, elles sont trop nobles d'elles-mêmes, pour rechercher autre loyer[e], que de leur propre valeur : et notamment pour la chercher en la vanité[f] des jugements humains. Si toutefois cette fausse opinion sert au public à contenir les hommes en leur devoir : si le peuple en est éveillé à la vertu : si les Princes sont touchés, de voir le monde bénir la mémoire de Trajan et abominer celle de Neron : si cela les émeut, de voir le nom de ce grand pendard, autrefois si effroyable et si redouté, maudit et outragé si librement par le premier écolier qui l'entreprend[g] : qu'elle accroisse[h] har-

a. chimérique – *b.* « La récompense d'un acte juste, c'est d'avoir bien agi. Le fruit de l'accomplissement du devoir, c'est le devoir accompli. » – *c.* peut-être – *d.* faire effort – *e.* récompense – *f.* vacuité – *g.* l'attaque – *h.* croisse

diment, et qu'on la nourrisse entre nous le plus qu'on pourra. Et Platon[1], employant toutes choses à rendre ses citoyens vertueux, leur conseille aussi de ne mépriser [la] bonne réputation et estimation des peuples. Et dit que par quelque divine inspiration il advient que les méchants mêmes savent souvent, tant de parole que d'opinion, justement distinguer les bons des mauvais. [Ce] personnage et son pédagogue sont merveilleux et hardis ouvriers à faire joindre [les] opérations et révélations divines tout partout où faut l'humaine force[a]. *[Ut] tragici poetæ confugiunt [ad] deum cum explicare argumenti exitum non possunt*[b][2]. Pour tant à l'aventure[c] l'appelait Timon l'injuriant, le grand forgeur de miracles[3]. Puisque les hommes par leur insuffisance ne se peuvent assez payer d'une bonne monnaie, qu'on y emploie encore la fausse. Ce moyen a été pratiqué par tous les Législateurs : et n'est police[d], où il n'y ait quelque mélange, ou de vanité cérémonieuse, ou d'opinion mensongère, qui serve de bride à tenir le peuple en office[e]. C'est pour cela que la plupart ont leurs origines et commencements fabuleux, et enrichis de mystères supernaturels. C'est cela qui a donné crédit aux religions bâtardes, et les a faites favorir aux gens d'entendement[f] : et pour cela, que Numa et Sertorius pour rendre leurs hommes de meilleure créance[g], les paissaient[h] de cette sottise, l'un que la nymphe Egeria, l'autre que sa biche blanche lui apportait de la part des dieux tous les conseils qu'il prenait[4]. Et l'autorité que Numa donna à ses lois sous titre du patronage de cette déesse, Zoroastre, législateur des Bactriens et des Perses, la donna aux

a. à faire intervenir les actions et révélations divines absolument partout où défaillent les capacités humaines – *b.* « Comme les poètes tragiques ont recours à un dieu lorsqu'ils ne parviennent pas à trouver un dénouement à leur pièce. » – *c.* à cause de cela peut-être – *d.* il n'est d'organisation politique – *e.* pour maintenir le peuple dans le respect du devoir – *f.* a fait que les personnes intelligentes les préfèrent – *g.* pour affermir la croyance de leurs hommes – *h.* rassasiaient

siennes [sous] le nom du dieu Horomasis : Trismegiste, des Égyptiens, de Mercure[a] : Zamolsis, des Scythes, de Vesta : Charondas, des Chalcides, de Saturne : Minos, des Candiots[b], de Juppiter : Licurgus, des Lacédémoniens, d'Apollo : Dracon et Solon, des Athéniens, de Minerve. Et toute police[c] a un dieu à sa tête : faussement les autres, véritablement celle que Moïse dressa au peuple[d] de Judée sorti d'Ægipte[1]. La religion des Bédouins, comme dit le sire de Jouinville[2], portait[e] entre autres choses, que l'âme de celui d'entre eux qui mourait pour son prince, s'en allait en un autre corps plus heureux, plus beau et plus fort que le premier : au moyen de quoi ils en hasardaient[f] beaucoup plus volontiers leur vie,

In ferrum mens prona viris, animæque capaces
Mortis, et ignavum est rediturœ parcere vitæ[g3].

Voilà une créance très salutaire, toute vaine qu'elle puisse être. Chaque nation a plusieurs tels exemples chez soi : mais ce sujet mériterait un discours à part. Pour dire encore un mot sur mon premier propos : je ne conseille non plus aux Dames, d'appeler honneur, leur devoir, *ut enim consuetudo loquitur id solum dicitur honestum quod est populari fama gloriosum*[h4] : leur devoir [est] le marc[i], leur honneur n'est que l'écorce. Ni ne leur conseille de nous donner cette excuse en paiement de leur refus : car je présuppose, que leurs intentions, leur désir, et leur volonté, qui sont pièces où l'honneur n'a que voir, d'autant qu'il n'en paraît rien au-dehors, soient encore plus réglées que les effets[j].

a. Trismégiste, législateur des Égyptiens, donna autorité aux siennes sous le nom de Mercure, etc. – *b*. habitants de Candie en Crète – *c*. ensemble de règles sociales – *d*. établit pour le peuple – *e*. comportait – *f*. risquaient – *g*. « Ces guerriers ont une âme prompte à s'élancer sur le fer et capable de supporter la mort ; c'est une lâcheté d'épargner une vie destinée à renaître. » – *h*. « de même en effet que, dans le langage ordinaire, on appelle honnête seulement ce qui est glorifié par l'opinion publique » – *i*. l'essentiel – *j*. actes

Quæ, quia non liceat, non facit, illa facit[a][1].

L'offense et envers Dieu, et en la conscience, serait aussi grande de le désirer que de l'effectuer. Et puis ce sont actions d'elles-mêmes cachées et occultes, il serait bien aisé qu'elles en dérobassent quelqu'une à la connaissance d'autrui, d'où l'honneur dépend, si elles n'avaient autre respect à leur devoir, et à l'affection qu'elles portent à la chasteté, pour elle-même. Toute personne d'honneur choisit de perdre plutôt son honneur, que de perdre sa conscience.

a. « Celle qui s'abstient de commettre l'erreur parce qu'elle est interdite, commet l'erreur. »

De la présomption

CHAP. XVII

Il y a une autre sorte de gloire, qui est une trop bonne opinion, que nous concevons de notre valeur. C'est une affection inconsidérée, de quoi nous nous chérissons[a], qui nous représente à nous-mêmes, autres que nous ne sommes. Comme la passion amoureuse prête des beautés, et des grâces au sujet qu'elle embrasse, et fait que ceux qui en sont épris, trouvent d'un jugement trouble et altéré, ce qu'ils aiment, autre et plus parfait qu'il n'est. Je ne veux pas, que de peur de faillir de ce côté-là, un homme se méconnaisse pourtant, ni qu'il pense être moins que ce qu'il est : Le jugement doit tout partout maintenir son droit : C'est raison qu'il voie en ce sujet comme ailleurs, ce que la vérité lui présente : Si c'est Cæsar, qu'il se trouve hardiment le plus grand Capitaine du monde. Nous ne sommes que cérémonie[b], la cérémonie nous emporte, et laissons la substance des choses : nous nous tenons aux branches et abandonnons le tronc et le corps. Nous avons appris aux dames de rougir oyant seulement nommer, ce qu'elles ne craignent aucunement à faire : nous n'osons appeler à droit[c]

a. par laquelle nous nous flattons – *b*. civilités apparentes – *c*. par leur nom

nos membres, et ne craignons pas de les employer à toute sorte de débauche. La cérémonie nous défend d'exprimer par paroles les choses licites et naturelles, et nous l'en croyons : la raison nous défend de n'en faire point d'illicites et mauvaises, et personne ne l'en croit. Je me trouve ici empêtré ès lois de la cérémonie : car elle ne permet, ni qu'on parle bien de soi, ni qu'on en parle mal. Nous la lairrons[a] là pour ce coup. Ceux que la fortune (bonne ou mauvaise qu'on la doive appeler) a fait asser la vie en quelque éminent degré, ils peuvent par leurs actions publiques témoigner quels ils sont. Mais ceux qu'elle n'a employés qu'en foule[b], et de qui personne [ne] parlera si eux-mêmes n'en parlent, ils sont excusables, s'ils prennent la hardiesse de parler d'eux, même envers ceux qui ont intérêt de les connaître, à l'exemple de Lucilius :

Ille velut fidis arcana sodalibus olim
Credebat libris, neque si malè cesserat, usquam
Decurrens alio, neque si benè : quo fit, ut omnis
Votiva pateat veluti descripta tabella
Vita senis[c 1].

Celui-là commettait à son papier ses actions et ses pensées, et s'y peignait tel qu'il se sentait être. *Nec id Rutilio et Scauro citra fidem aut obtrectationi fuit*[d 2]. Il me souvient donc, que dès ma plus tendre enfance, on remarquait en moi je ne sais quel port de corps, et des gestes témoignant quelque vaine et sotte fierté. J'en veux dire premièrement ceci, qu'il n'est pas inconvénient[e] d'avoir des conditions et des propensions, si

a. laisserons – *b*. confondus dans la masse – *c*. « Celui-là confiait autrefois, comme à de fidèles compagnons, ses secrets à ses livres, sans chercher à confier ailleurs ses échecs ou ses réussites : aussi toute la vie du vieillard y apparaît dépeinte comme sur un tableau votif. » – *d*. « Rutilius et Scaurus n'en ont été ni moins crus, ni plus dénigrés. » – *e*. malséant

propres et si incorporées en nous, que nous n'ayons pas moyen de les sentir et reconnaître. Et de telles inclinations naturelles, le corps en retient volontiers quelque pli, sans notre su et consentement. C'était une certaine afféterie consente[a] de sa beauté, qui faisait un peu pencher la tête d'Alexandre sur un côté, et qui rendait le parler d'Alcibiades mol et gras[1]. Julius Cæsar se grattait la tête d'un doigt, qui est la contenance d'un homme rempli de pensements[b] pénibles[2] : et Cicero, ce me semble, avait accoutumé de rincer[c] le nez, qui[d] signifie un naturel moqueur[3]. Tels mouvements peuvent arriver imperceptiblement en nous. Il y en a d'autres artificiels, de quoi je ne parle point : Comme les salutations, et révérences, par où on acquiert le plus souvent à tort, l'honneur d'être bien humble et courtois : on peut être humble de gloire[e]. Je suis assez prodigue de bonnetades[f], notamment en été : et n'en reçois jamais sans revanche[g], de quelque qualité d'homme que ce soit[h], s'il n'est à mes gages[i]. Je désirasse[j] d'aucuns Princes que je connais, qu'ils en fussent plus épargnants et justes dispensateurs, Car ainsi indiscrètement épandues, elles ne portent plus de coup[k] : Si elles sont sans égard, elles sont sans effet. Entre les contenances déréglées, n'oublions pas la morgue de Constantius l'Empereur[4], qui en public tenait toujours la tête droite, sans la contourner[l] ou fléchir, ni çà ni là : non pas seulement pour regarder ceux qui le saluaient à côté : ayant le corps planté immobile, sans se laisser aller au branle de son coche[m], sans oser, ni cracher, ni se moucher, ni essuyer le

a. coquetterie en accord avec – *b*. pensées – *c*. se gratter – *d*. ce qui – *e*. par souci de gloire – *f*. saluts (coups de bonnet) – *g*. réplique – *h*. de quelque rang social que soit celui qui me salue – *i*. à moins qu'il ne soit de mes domestiques – *j*. J'aurais désiré – *k*. répandues sans aucune mesure, elles n'ont plus d'effet – *l*. tourner – *m*. char

visage devant les gens. Je ne sais si ces gestes qu'on remarquait en moi, étaient de cette première condition, et si à la vérité j'avais quelque occulte propension à ce vice : comme il peut bien être : et ne puis pas répondre des branles[a] du corps. Mais quant aux branles de l'âme, je veux ici confesser ce que j'en sens. Il y a deux parties en cette gloire[b] : Savoir est, de s'estimer trop, et n'estimer pas assez autrui. Quant à l'une, Il me semble premièrement ces considérations devoir être mises en compte, que je me sens pressé d'une erreur d'âme qui me déplaît, et comme inique et encore plus comme importune. J'essaie à la corriger mais l'arracher je ne puis. C'est que je diminue du juste prix [les] choses que je possède, de ce que je les possède : et hausse le prix aux choses d'autant qu'elles sont étrangères, absentes [et] non miennes. Cette humeur s'épand bien loin. Comme la prérogative de l'autorité fait que les maris regardent les femmes propres[c] d'un vicieux dédain[d], et plusieurs pères leurs enfants[e] : Ainsi fais-je, et entre deux pareils ouvrages pèserais toujours contre le mien. Non tant que la jalousie de mon avancement et amendement trouble mon jugement, et m'empêche de me satisfaire : comme que d'elle-même la maîtrise[f] engendre mépris de ce qu'on tient et régente. Les polices[g], les mœurs lointaines me flattent : et les langues, et m'aperçois que le latin me pipe[h] à sa faveur par sa dignité, au-delà de ce qui lui appartient, comme aux enfants et au vulgaire[i]. L'Économie[j], la maison, le cheval de mon voisin, en égale valeur vaut[k] mieux que le mien, de ce qu'[l]il n'est pas mien. Davantage que[m] je suis très ignorant en mon fait[n]. J'admire l'assurance et promesse que chacun a de soi[o]

a. mouvements – *b*. présomption – *c*. leurs propres femmes – *d*. avec un mauvais dédain – *e*. et plusieurs pères font de même avec leurs enfants – *f*. ce n'est pas tant parce que le désir ardent de mon progrès et de mon amélioration trouble mon jugement et m'empêche de me satisfaire, qu'à cause de ce que d'elle-même, la possession – *g*. sociétés – *h*. trompe – *i*. comme il le fait avec les enfants et les gens du peuple – *j*. L'organisation domestique – *k*. valent – *l*. parce qu' – *m*. D'autant plus que – *n*. pour ce qui est de mes affaires – *o*. Je m'étonne des garanties certaines que chacun donne de soi là où il n'est quasi rien que je sache savoir ni que j'ose me répondre pouvoir faire. Je n'ai point mes moyens en proposition et par état[a], et je n'en suis instruit qu'après l'effet. Autant douteux de moi que de toute autre chose. D'où il advient, si je rencontre louablement en une besogne[b], que je le donne plus à ma fortune[c] qu'à ma force : d'autant que je les desseigne[d] toutes au hasard et en crainte. Pareillement, j'ai en général ceci, que de toutes les opinions que l'ancienneté[e] a eues de l'homme en gros, celles que j'embrasse plus[f] volontiers, et auxquelles je m'attache le plus, ce sont celles qui nous méprisent, avilissent, et anéantissent[g] le plus. La philosophie ne me semble jamais avoir si beau jeu, que quand elle combat notre présomption et vanité : quand elle reconnaît de bonne foi son irrésolution, sa faiblesse, et son ignorance. Il me semble que la mère nourrice des plus fausses opinions, et publiques et particulières, c'est la trop bonne opinion que l'homme a de soi. Ces gens, qui se perchent à chevauchons[h] sur l'épicycle de Mercure[i], qui voient si à avant dans le ciel, ils m'arrachent les dents[j] : Car en l'étude que je fais, duquel le sujet c'est l'homme, trouvant une si extrême variété de jugements, un si profond labyrinthe de difficultés les unes sur les autres, tant de diversité et incertitude, en l'école même de la sapience[k] : vous pouvez penser, puisque ces gens-là n'ont pu se résoudre de la connaissance d'eux-mêmes et de leur propre condition, qui est continuellement présente à leurs yeux, qui est dans eux : puisqu'ils ne savent comment branle[l] ce qu'eux-mêmes font branler, ni comment nous peindre et

a. Mes moyens ne sont pas arrangés d'avance ni inventoriés – *b*. si je réussis une affaire de manière louable – *c*. je l'attribue davantage à la chance – *d*. j'en forme le dessein – *e*. l'Antiquité – *f*. le plus – *g*. nous regardent comme néant – *h*. à cheval – *i*. pièce d'un dispositif astronomique : petit cercle servant à évaluer et calculer les mouvements d'une planète – *j*. ils m'exaspèrent – *k*. sagesse – *l*. bouge

déchiffrer les ressorts qu'ils tiennent et manient eux-mêmes, comment je les croirais[a] de la cause du flux et reflux de la rivière du Nile. La curiosité de connaître les choses, a été donnée aux hommes pour fléau, dit la sainte parole[1]. Mais pour venir à mon particulier, il est bien difficile, ce me semble, que aucun autre s'estime moins, voire que aucun autre m'estime moins, que ce que je m'estime. Je me tiens[b] de la commune sorte, sauf en ce que je m'en tiens[c] : Coupable des défectuosités plus basses[d] et populaires, mais non désavouées, non excusées[e] : et ne me prise[f] seulement que de ce que je sais mon prix. S'il y a de la gloire[g], elle est infuse en moi superficiellement par la trahison de ma complexion[h] : et n'a point de [corps][i] qui comparaisse à la vue de mon jugement : j'en [suis] arrosé, mais non pas teint[2]. Car, à la vérité, quant aux effets[j] de l'esprit, en quelque façon que ce soit, il n'est jamais parti de moi chose qui me remplît : Et l'approbation d'autrui ne me paye pas. J'ai le goût tendre et difficile, et notamment en mon endroit. Je me désavoue sans cesse : et me sens partout flotter et fléchir de faiblesse[3]. Je n'ai rien du mien, de quoi[k] satisfaire mon jugement : J'ai la vue assez claire et réglée, mais à l'ouvrer[l] elle se trouble : Comme j'essaie[m] plus évidemment en la poésie. Je l'aime infiniment : je me connais assez aux ouvrages d'autrui : mais je fais à la vérité l'enfant quand j'y veux mettre la main : je ne me puis souffrir[n]. On peut faire le sot partout ailleurs, mais non en la poésie,

mediocribus esse poetis
Non dii, non homines, non concessere columnæ[o][4].

a. comment pourrais-je les croire pour ce qui est de – *b*. considère – *c*. si ce n'est en considérant que je suis comme tout le monde – *d*. des défauts les plus vils – *e*. mais sans les nier ni les excuser – *f*. m'estime – *g*. présomption – *h*. tempérament naturel – *i*. réalité – *j*. actes – *k*. Je ne possède rien qui puisse – *l*. à l'ouvrage – *m*. comme je l'expérimente – *n*. supporter – *o*. « la médiocrité est interdite aux poètes à la fois par

Plût à Dieu, que cette sentence se trouvât au front des boutiques de tous nos Imprimeurs, pour en défendre l'entrée à tant de versificateurs,

verum
Nil securius malo Poeta[a][1].

[Que n'avons-nous de tels peuples? Dionysius] le père n'estimait rien tant de soi que sa poésie[2]. À la saison [des] jeux Olympiques, avec des chariots surpassant tous autres en magnificence, il envoya aussi des poètes et [des] musiciens pour présenter ses vers, avec des tentes [et] pavillons dorés et tapissés Royalement. Quand on vint à mettre ses vers en avant, la faveur[b] et excellence [de] la prononciation attira sur le commencement l'attention du peuple : mais quand par après il[c] vint à peser l'ineptie de l'ouvrage, il entra premièrement en mépris et, continuant d'aigrir son jugement, il se jeta tantôt[d] en furie et courut abattre et déchirer par dépit tous ses pavillons. Et ce que[e] ses chariots ne firent non plus rien qui vaille en la course : et que la navire[f] qui rapportait [ses] gens faillit[g] la Sicile, et fut par la tempête poussée et fracassée contre la côte de Tarente, il[h] tint pour certain que c'était l'ire des Dieux irrités comme lui contre ce mauvais poème. Et les mariniers même échappés du naufrage allaient secondant l'opinion de ce peuple. À laquelle l'oracle qui prédit sa mort sembla aussi aucunement souscrire. Il portait que Dionisius serait [près] de sa fin quand il aurait vaincu ceux qui vaudraient mieux que lui. Ce qu'il interpréta des Carthaginois qui le surpassaient en puissance. Et ayant affaire à eux gauchissait[i] souvent la victoire et [la] tempérait pour n'encourir le [sens] de cette prédiction. Mais il l'entendait mal : car le dieu marquait le temps de l'avantage que par faveur et injustice il gagna à Athenes sur les poètes tragiques meilleurs que lui, ayant fait jouer à l'envi[j] [la] sienne, intitulée *Les Leneïens*. Soudain après laquelle victoire il trépassa. Et en partie pour l'excessive joie qu'il en

---

les dieux, les hommes, les rayons où l'on expose leurs œuvres. » – *a*. « mais rien n'est si confiant qu'un mauvais poète. » – *b*. qualité – *c*. le peuple – *d*. bientôt – *e*. du fait que – *f*. le navire – *g*. manqua – *h*. le peuple – *i*. évitait – *j*. dans un concours

conçut[1]. Ce que je trouve excusable du mien, ce n'est pas de soi, et à la vérité : mais c'est à la comparaison d'autres choses pires, auxquelles je vois qu'on donne crédit. Je suis envieux du bonheur de ceux, qui se savent réjouir et gratifier en leur besogne. Car c'est un moyen aisé de se donner du plaisir, puisqu'on le tire de soi-même : Spécialement s'il y a un peu de fermeté en leur opiniâtrise[a]. Je sais un poète à qui forts, faibles, en foule et en chambre : et le ciel et la terre crient qu'il n'y entend guère. Il n'en rabat pour tout cela rien de la mesure à quoi il s'est taillé[b]. Toujours recommence, toujours reconsulte[c] : et toujours persiste : d'autant plus fort en son avis et plus roide qu'il touche[d] à lui seul de le maintenir. Mes ouvrages il s'en faut tant, qu'ils me rient, qu'autant de fois que je les retâte, autant de fois je m'en dépite,

Cum relego, scripsisse pudet, quia plurima cerno,
Me quoque qui feci, judice, digna lini[e2].

J'ai toujours une idée en l'âme et certaine image trouble qui me présente comme en songe une meilleure forme, que celle que j'ai mise en besogne[f], mais je ne la puis saisir et exploiter. Et cette idée même n'est que du moyen étage[g]. Ce que j'argumente par là, que[h] les productions de ces riches et grandes âmes du temps passé, sont bien loin au-delà de l'extrême étendue de mon imagination et souhait[3]. Leurs écrits ne me satisfont pas seulement et me remplissent, mais ils m'étonnent et transissent d'admiration. Je juge leur beauté, je la vois, sinon jusques au bout au moins si avant qu'il m'est impossible d'y aspirer[4]. Quoi que j'entreprenne, je dois un sacrifice

a. opiniâtreté – *b*. de la stature qu'il s'est donnée – *c*. réfléchit à nouveau – *d*. revient – *e*. « Quand je les relis, j'ai honte de les avoir écrits car je vois de nombreux passages, qui même selon moi qui en suis l'auteur, méritent d'être effacés. » – *f*. réalisée – *g*. d'un niveau moyen – *h*. Ce que je conclus par là, c'est que

aux grâces, comme dit Plutarque de quelqu'un[1], pour pratiquer[a] leur faveur,

si quid enim placet,
Si quid dulce hominum sensibus influit,
Debentur lepidis omnia gratiis[b][2].

Elles m'abandonnent partout : Tout est grossier chez moi : il y a faute de gentillesse[c] et de beauté. Je ne sais faire valoir les choses pour le plus[d] que ce qu'elles valent. Ma façon n'aide rien à[e] la matière. Voilà pourquoi il me la faut forte, qui ait beaucoup de prise[f], et qui luise d'elle-même. Quand j'en saisis [des] populaires et plus gaies, c'est pour me suivre à moi, qui n'aime point une sagesse cérémonieuse [et] triste comme fait [le] monde : Et pour m'égayer non pour égayer mon style, qui les veut plutôt graves et sévères : au moins si je dois nommer style un parler informe et sans règle : Un jargon populaire. Et un procéder[g] sans définition, sans partition[h], sans conclusion, trouble : à la guise de celui d'Amafanius et de Rabirius[3]. Je ne sais ni plaire, ni réjouir, ni chatouiller[i] : Le meilleur conte du monde se sèche entre mes mains, et se ternit. Je ne sais parler qu'en bon escient[j], Et suis du tout dénué de cette facilité, que je vois en plusieurs de mes compagnons, d'entretenir les premiers venus, et tenir en haleine toute une troupe, ou amuser sans se lasser, l'oreille d'un prince, de toute sorte de propos. La matière ne leur faillant[k] jamais, pour cette grâce qu'ils ont de savoir employer la première venue, et l'accommoder à l'humeur et portée de ceux à qui ils ont affaire. Les princes n'aiment guère les discours fermes, ni moi à faire des contes[4]. Les raisons premières et plus aisées, qui sont communément les

a. gagner – *b.* « car tout ce qui plaît, tout ce qui charme le cœur des hommes, c'est aux grâces aimables que nous le devons. » – *c.* manque d'élégance – *d.* au mieux – *e.* n'arrange en rien – *f.* qui puisse être bien saisie – *g.* une manière de procéder – *h.* division – *i.* exciter l'intérêt – *j.* à bon escient – *k.* manquant

mieux prises, je ne sais pas les employer. Mauvais prêcheur de commune[a]. De toute matière je dis volontiers les dernières choses que j'en sais : Cicero estime que [ès] traités de la philosophie le plus difficile membre ce soit l'exorde[1]. [S'il] est ainsi je me prends[b] à la conclusion. Si faut-il conduire[c] la corde à toute sorte de tons : et le plus aigu est celui qui vient le moins souvent en jeu. Il y a pour le moins autant de perfection à relever une chose vide, qu'à en soutenir une pesante. Tantôt il faut superficiellement manier les choses, tantôt les profonder[d]. Je sais bien que la plupart des hommes se tiennent en ce bas étage, pour ne concevoir[e] les choses que par cette première écorce. Mais je sais aussi que les plus grands maîtres, et Xenophon et Platon, on les voit souvent se relâcher à cette basse façon, et populaire, de dire et traiter les choses : La soutenants des grâces qui ne leur manquent jamais. Au demeurant mon langage n'a rien de facile et poli : il est âpre et dédaigneux : Ayant ses dispositions libres et déréglées : Et me plaît ainsi : Sinon par mon jugement, par mon inclination. Mais je sens bien que parfois je m'y laisse trop aller : et qu'à force de vouloir éviter l'art et l'affectation, j'y retombe d'une autre part :

brevis esse laboro,
Obscurus fio[f][2].

Plato dit[3] que le long ou le court ne sont propriétés qui ôtent ni donnent prix au langage. Quand j'entreprendrais de suivre cet autre style équable[g], uni et ordonné, je n'y saurais advenir[h] : Et encore que les coupures et cadences de Salluste, reviennent plus à mon humeur, si est-ce que je trouve Cæsar et plus grand, et moins aisé à représenter[i] : Et si mon inclination me porte plus à

a. public – *b.* je m'attache à – *c.* accorder – *d.* approfondir – *e.* parce qu'ils ne conçoivent – *f.* « je m'efforce d'être bref et je deviens obscur. » – *g.* égal – *h.* parvenir – *i.* imiter

l'imitation du parler de Seneque, je ne laisse pas d'estimer davantage celui de Plutarque. Comme à faire, à dire aussi je suis tout simplement ma forme naturelle : D'où c'est à l'aventure[a] que je puis plus à parler qu'à écrire. Le mouvement et action[b], animent les paroles : notamment à[c] ceux qui se remuent brusquement, comme je fais, et qui s'échauffent. Le port, le visage, la voix, la robe, l'assiette[d], peuvent donner quelque prix aux choses, qui d'elles-mêmes n'en ont guère, comme le babil. Messala se plaint en Tacitus de quelques accoutrements étroits de son temps, et de la façon des bancs où les orateurs avaient à parler, qui affaiblissaient leur éloquence[1]. Mon langage français est altéré[2], et en la prononciation et ailleurs, par la barbarie de mon cru[e] : Je ne vis jamais homme des contrées de deçà[f], qui ne sentît bien évidemment son ramage[g], et qui ne blessât les oreilles pures françaises. Si n'est-ce pas pour être fort entendu[h] en mon Périgourdin : car je n'en ai non plus d'usage que de l'Allemand. Et ne m'en chaut guère. C'est un langage comme sont autour de moi, d'une bande et d'autre[i], le Poitevin, Saintongeois, Angoumoisin, Limousin, Auvergnat : brode[j], traînant, éfoiré[k]. Il y a bien audessus de nous, vers les montagnes, un Gascon, que je trouve singulièrement beau. Sec, bref, signifiant, et à la vérité un langage mâle et militaire, plus qu'autre que j'entende. Autant nerveux, puissant et pertinent, comme le Français est gracieux, délicat et abondant. Quant au Latin, qui m'a été donné pour maternel, j'ai perdu par désaccoutumance la promptitude de m'en pouvoir servir à parler : Oui, et[l] à écrire, en quoi autrefois je me faisais appeler

a. peut-être – *b.* l'expression – *c.* chez – *d.* la position – *e.* terroir – *f.* de ce côté-ci (l'Aquitaine) – *g.* n'ait l'accent du terroir – *h.* pourtant ce n'est pas que je sois très expert – *i.* de part et d'autre – *j.* mou – *k.* prolixe – *l.* et même

maître Jan[a]. Voilà combien peu je vaux de ce côté-là. La beauté, est une pièce de grande recommandation au commerce des hommes[b] : C'est le premier moyen de conciliation des uns aux autres : et n'est homme si barbare et si rechigné[c], qui ne se sente aucunement frappé de sa douceur. Le corps a une grande part à notre être, il y tient un grand rang : ainsi sa structure et composition sont de bien juste considération[d]. Ceux qui veulent déprendre[e] nos deux pièces principales, et les séquestrer[f] l'une de l'autre, ils ont tort : Au rebours il les faut r'accoupler et rejoindre. Il faut ordonner à l'âme, non de se tirer à quartier[g], de s'entretenir à part, de mépriser et abandonner le corps (aussi ne le saurait-elle faire que par quelque singerie contrefaite) mais de se rallier à lui, de l'embrasser, le chérir, lui assister, le contrerôler[h], le conseiller, le redresser, et ramener quand il fourvoie. L'épouser en somme, et lui servir de mari : à ce que leurs effets ne paraissent pas divers et contraires, ains[i] accordants[j] et uniformes. Les Chrétiens ont une particulière instruction de cette liaison, Car ils savent, que la justice divine embrasse cette société[k] et jointure du corps et de l'âme, jusques à rendre le corps capable des récompenses éternelles : Et que Dieu regarde agir tout l'homme, et veut qu'entier il reçoive le châtiment, ou le loyer[l], selon ses mérites. La secte Péripatétique, [de] toutes les sectes la plus civilisée[m], attribue à la sagesse ce seul soin [de] pourvoir et procurer en commun le bien de ces deux parties associées[1]. Et montre [les] autres sectes pour ne pas s'être assez attachées à [la] considération de ce mélange, s'être partia-

a. je me faisais passer pour grand clerc – *b.* La beauté est une qualité de grand mérite dans les relations humaines – *c.* fermé – *d.* sont prises à juste titre en considération – *e.* disjoindre – *f.* séparer – *g.* partir à l'écart – *h.* l'examiner – *i.* mais – *j.* en accord – *k.* association – *l.* récompense – *m.* la plus accordée aux lois de la cité

lisées[a], cette-ci pour le corps, cette autre pour l'âme, d'une pareille erreur : et avoir écarté[b] leur sujet qui est l'homme : et leur guide qu'ils avouent [en] général être nature. La première distinction, qui ait été entre les hommes, et la première considération, qui donna les prééminences aux uns sur les autres, il est vraisemblable que ce fut l'avantage de la beauté :

agros divisere atque dedere
Pro facie cujúsque et viribus ingenióque :
Nam facies multum valuit viresque vigebant[c][1].

Or je suis d'une taille un peu au-dessous de la moyenne : Ce défaut n'a pas seulement de la laideur, mais encore de l'incommodité, À ceux mêmement[d], qui ont des commandements et des charges : Car l'autorité que donne une belle présence[e] et majesté corporelle, en est à dire[f]. C. Marius ne recevait[g] pas volontiers des soldats qui n'eussent six pieds de hauteur[2]. Le courtisan a bien raison de vouloir, pour ce gentilhomme [qu'il] dresse[h], une taille commune plutôt que toute autre : Et de refuser pour lui toute étrangeté qui le fasse montrer au doigt[3]. Mais de choisir s'il faut à cette médiocrité[i], qu'il soit plutôt au deçà qu'au-delà d'icelle, je ne le ferais pas, à un homme militaire. Les petits hommes, dit Aristote[4], sont bien jolis mais non pas beaux : et se connaît en la grandeur la grande âme, comme la beauté en un grand corps et haut. Les Éthiopes[j] et les Indiens, dit-il[5], élisants leurs rois et magistrats, avaient égard à la beauté et procérité[k] des personnes. Ils avaient raison : Car il y a du respect pour ceux qui le suivent, et pour l'ennemi de l'effroi,

a. avoir pris parti – *b.* avoir perdu – *c.* « Ils partagèrent les terres et les répartirent selon la beauté, la force et l'intelligence de chacun. En effet la beauté était d'une grande importance et la force était estimée. » – *d.* surtout – *e.* prestance – *f.* fait défaut – *g.* n'engageait – *h.* qu'il décrit – *i.* mais s'il faut choisir, s'il manque d'avoir cette taille moyenne – *j.* Éthiopiens – *k.* haute taille

de voir à la tête d'une troupe, marcher un chef de belle et riche taille :

Ipse inter primos præstanti corpore Turnus
Vertitur, arma tenens, et toto vertice supra est[a][1].

Notre grand Roi divin et céleste, duquel toutes les circonstances[b] doivent être remarquées[c] avec soin, religion et révérence, n'a pas refusé la recommandation corporelle[d], *speciosus forma præ filiis hominum*[e][2]. Et Platon, avec la tempérance et la fortitude[f], désire la beauté aux conservateurs de sa république[3]. C'est un grand dépit qu'on s'adresse à vous parmi vos gens, pour vous demander où est monsieur : et que vous n'ayez que le reste de la bonnetade[g], qu'on fait à votre barbier ou à votre secrétaire. Comme il advint au pauvre Philopœmen[4] : Étant arrivé le premier de sa troupe en un logis, où on l'attendait, son hôtesse, qui ne le connaissait pas et le voyait d'assez mauvaise mine, l'employa d'aller un peu aider à ses femmes à puiser de l'eau, ou attiser du feu, pour le service de Philopœmen. Les gentilshommes de sa suite étant arrivés, et l'ayant surpris embesogné à cette belle vacation[h], car il n'avait pas failli d'obéir au commandement qu'on lui avait fait, lui demandèrent ce qu'il faisait là : Je paie, leur répondit-il, la peine de ma laideur. Les autres beautés sont pour les femmes : la beauté de la taille, est la seule beauté des hommes. Où est la petitesse, ni la largeur et rondeur du front, ni la blancheur et douceur des yeux, ni la médiocre[i] forme du nez, ni la petitesse de l'oreille, et de la bouche, ni l'ordre et blancheur des dents, ni l'épaisseur bien

a. « Au premier rang s'avance Turnus, avec sa belle prestance, les armes à la main et dépassant son entourage d'une tête. » – *b.* particularités – *c.* observées – *d.* le rayonnement procuré par l'apparence physique – *e.* « le plus beau d'entre les fils des hommes » – *f.* courage – *g.* salut – *h.* occupation – *i.* moyenne

unie d'une barbe brune à écorce de châtaigne[a], ni le poil relevé[b], ni la juste rondeur de tête, ni la fraîcheur du teint, ni l'air du visage agréable, ni un corps sans senteur, ni la proportion légitime des membres, peuvent faire un bel homme. J'ai au demeurant la taille forte et ramassée : le visage, non pas gras, mais plein : la complexion[c] entre le jovial et le mélancolique, moyennement sanguine et chaude[1],

Unde rigent setis mihi crura et pectora villis[d2] :

La santé forte et allègre, jusques bien avant en mon âge rarement troublée par les maladies. J'étais tel, car je ne me considère pas à cette heure[e], que je suis engagé dans les avenues de la vieillesse, ayant piéça[f] franchi les quarante ans :

minutatim vires et robur adultum
Frangit, et in partem pejorem liquitur ætas[g3].

Ce que je serai dorénavant ce ne sera plus qu'un demi-être : ce ne sera plus moi, Je m'échappe tous les jours, et me dérobe à moi,

Singula de nobis anni prædantur euntes[h4].

D'adresse et de disposition[i] je n'en ai point eu, Et si[j] suis fils d'un père très dispos, et d'une allégresse[k] qui lui dura jusques à son extrême vieillesse[5]. Il ne trouva guère homme de sa condition[l], qui s'égalât à lui en tout exercice de corps : comme je n'en ai trouvé guère aucun, qui ne me surmontât : Sauf au courir, en quoi j'étais des médiocres[m]. De la musique, ni pour la voix que j'y ai très inepte[n], ni pour les instru-

a. de couleur châtain – *b.* les cheveux bouclés – *c.* tempérament – *d.* « Aussi ai-je les jambes et la poitrine hérissées de poils » – *e.* je ne me prends pas comme objet d'étude tel que je suis aujourd'hui – *f.* depuis longtemps – *g.* « peu à peu les forces et la vigueur de l'homme adulte s'épuisent et l'âge les fait décliner. » – *h.* « Un à un, nos biens sont volés par les années qui passent. » – *i.* agilité – *j.* pourtant – *k.* vivacité – *l.* rang social – *m.* j'étais parmi les moyens – *n.* inapte

ments, on ne m'y a jamais su rien apprendre. À la danse, à la paume, la lutte, je n'y ai pu acquérir qu'une bien fort légère et vulgaire[a] suffisance[b] : à nager, à escrimer, à voltiger, et à sauter nulle du tout[c]. Les mains je les ai si gourdes, que je ne sais pas écrire seulement pour moi. De façon que ce que j'ai barbouillé, j'aime mieux le refaire que de me donner la peine de le démêler. Et ne lis guère mieux. Je me sens peser aux écoutants. Autrement bon clerc[d]. Je ne sais pas clore à droit[e] une lettre, ni ne sus jamais tailler plume, ni trancher[f] à table, qui vaille[g], ni équiper un cheval de son harnais, ni porter à poing[h] un oiseau et [le] lâcher, ni parler aux chiens, aux oiseaux, aux chevaux. Mes conditions[i] corporelles sont en somme très bien accordantes à celles de l'âme, Il n'y a rien d'allègre : il y a seulement une vigueur pleine, et ferme. Je dure bien à la peine, mais j'y dure, si je m'y porte moi-même, et autant que mon désir m'y conduit,

Molliter austerum studio fallente laborem[j1] :

Autrement, si je n'y suis alléché par quelque plaisir, et si j'ai autre guide que ma pure et libre volonté, je n'y vaux rien. Car j'en suis là, que sauf la santé et la vie, il n'est chose pourquoi je veuille ronger mes ongles : et que je veuille acheter au prix du tourment d'esprit, et de la contrainte,

tanti mihi non sit opaci
Omnis arena Tagi, quodque in mare volvitur aurum[k2].

Extrêmement oisif, extrêmement libre et par nature et par art. Je prêterais aussi volontiers mon sang que mon [soin][l]. J'ai une âme

a. ordinaire – *b*. capacité – *c*. une capacité absolument nulle – *d*. par ailleurs je suis lettré – *e*. correctement – *f*. découper la viande – *g*. d'une manière correcte – *h*. sur le poing – *i*. dispositions – *j*. « Le plaisir qui accompagne le travail palliant la fatigue de l'effort » – *k*. « à ce prix, je ne voudrais pas de tout le sable du Tage aux eaux troubles, avec l'or qu'il charrie vers la mer. » – *l*. souci

toute sienne, accoutumée à se conduire à sa mode. N'ayant eu jusques à cette heure ni commandant ni maître forcé : j'ai marché aussi avant, et le pas qu'il m'a plu[a]. Cela m'a amolli et rendu inutile au service d'autrui : et ne m'a fait bon qu'à moi : Et pour moi, il n'a été besoin de forcer ce naturel pesant, paresseux et fainéant : Car m'étant trouvé en tel degré de fortune dès ma naissance, que j'ai eu occasion de m'y arrêter[b 1], et en tel degré de sens que j'ai senti en avoir occasion, je n'ai rien cherché, et n'ai aussi rien pris :

Non agimur tumidis ventis Aquilone secundo.
Non tamen adversis ætatem ducimus austris :
Viribus, ingenio, specie, virtute, loco, re,
Extremi primorum, extremis usque priores[c 2].

Je n'ai eu besoin que de la suffisance[d] de me contenter : Qui[e] est pourtant un règlement d'âme à [le] bien prendre également difficile en toute sorte de condition. Et que par usage[f] nous voyons se trouver plus facilement encore en la nécessité qu'en l'abondance : D'autant à l'aventure[g] que, selon le cours de[h] nos autres passions, la faim des richesses est plus aiguisée par leur usage que par leur disette : et la vertu de la modération plus rare que celle de la patience. Et n'ai eu besoin que de jouir doucement des biens que Dieu par sa libéralité m'avait mis entre mains. Je n'ai goûté aucune sorte de travail ennuyeux. Je n'ai eu guère en maniement[i] que mes affaires : Ou si j'en ai eu ç'a été en condition de les manier à mon heure et à ma façon : commis[j] par gens qui s'en fiaient à moi : et qui ne me pressaient pas, et me connaissaient. Car encore tirent les experts quelque service d'un cheval

a. j'ai avancé aussi loin et selon l'allure qui m'a convenu – *b*. que j'ai eu quelque raison de m'en tenir là – *c*. « L'aquilon favorable n'enfle pas nos voiles ; mais nous ne luttons pas non plus contre l'auster contraire : en force, en intelligence, en beauté, en vertu, en naissance, en biens nous sommes les derniers parmi les premiers, mais aussi les premiers parmi les derniers. » – *d*. capacité – *e*. ce qui – *f*. par expérience – *g*. peut-être – *h*. comme il en va pour – *i*. charge – *j*. ayant reçu la charge

rétif et poussif. Mon enfance même a été conduite d'une façon molle et libre, et exempte de sujétion rigoureuse. Tout cela m'a formé une complexion délicate et incapable de sollicitude[a]. Jusque-là[b], que j'aime qu'on me cache mes pertes, et les désordres qui me touchent : Au chapitre de mes mises[c], je loge ce que ma nonchalance me coûte à nourrir et entretenir[1],

hæc nempe supersunt,
Quæ dominum fallant, quæ prosint furibus[d2].

J'aime à ne savoir pas le compte de ce que j'ai, pour sentir moins exactement ma perte. Je prie ceux qui vivent avec moi, où l'affection leur manque et les bons effets[e], de me piper[f] et payer de bonnes apparences. À faute[g] d'avoir assez de fermeté, pour souffrir l'importunité des accidents contraires, auxquels nous sommes sujets, et pour ne me pouvoir tenir tendu, à régler et ordonner les affaires, je nourris autant que je puis en moi cette opinion : M'abandonnant du tout à la fortune, de prendre toutes choses au pis[h]. Et ce pis là, me résoudre à le porter doucement et patiemment. C'est à cela seul que je travaille, et le but auquel j'achemine tous mes discours[i]. À un danger[j], je ne songe pas tant comment j'en échapperai, que combien peu il importe que j'en échappe : Quand j'y demeurerais que serait-ce ? Ne pouvant régler les événements, je me règle moi-même, et m'applique[k] à eux, s'ils ne s'appliquent à moi. Je n'ai guère d'art pour savoir gauchir[l] la fortune, et lui échapper, ou la forcer : et pour dresser et conduire par prudence les

a. incapable de supporter les préoccupations – *b.* Jusqu'à ce point – *c.* dépenses – *d.* « assurément, ces biens sont superflus qui échappent à l'attention de leur propriétaire et dont les voleurs tirent profit. » – *e.* quand ils manquent d'affection et de bonnes actions – *f.* tromper – *g.* À défaut – *h.* d'envisager toujours le pire – *i.* vers lequel je dirige toutes mes réflexions – *j.* En cas de danger – *k.* m'adapte – *l.* détourner

choses à mon point[a]. J'ai encore moins de tolérance[b], pour supporter le soin âpre et pénible qu'il faut à cela. Et la plus pénible assiette[c] pour moi, c'est être suspens[d] ès choses qui pressent[e] : et agité entre la crainte et l'espérance. Le délibérer[f], voire ès choses plus[g] légères, m'importune : Et sens mon esprit plus empêché[h] à souffrir le branle[i], et les secousses diverses du doute, et de la consultation[j], qu'à se rasseoir et résoudre[k] à quelque parti que ce soit, après que la chance est livrée[l]. Peu de passions m'ont troublé le sommeil : mais des délibérations, la moindre me le trouble. Tout ainsi que des chemins, j'en évite volontiers les côtés pendants[m] et glissants : et me jette dans le battu[n], le plus boueux, et enfondrant[o], d'où je ne puisse aller plus bas, et y cherche sûreté : Aussi j'aime les malheurs tout purs, qui ne m'exercent[p] et tracassent plus, après l'incertitude de leur rhabillage[q], et qui du premier saut me poussent droitement en la souffrance :

dubia plus torquent mala[r][1].

Aux événements je me porte virilement, en la conduite puérilement[s]. L'horreur[t] de la chute me donne plus de fièvre que le coup. Le jeu ne vaut pas la chandelle. L'avaricieux a plus mauvais compte de[u] sa passion, que n'a le pauvre : et le jaloux que le cocu. Et y a moins de mal souvent à perdre sa vigne, qu'à la plaider. La plus basse marche est la plus ferme :

a. pour établir et conduire les choses à mon avantage en appliquant la sagesse pratique – *b.* patience – *c.* situation – *d.* suspendu – *e.* à l'urgence – *f.* Le fait de délibérer – *g.* les plus – *h.* embarrassé – *i.* mouvement – *j.* réflexion – *k.* se fixer et se décider – *l.* une fois que le sort est jeté – *m.* pentus – *n.* chemin battu – *o.* où l'on s'enfonce – *p.* me tourmentent – *q.* réparation – *r.* « ce sont les maux incertains qui nous tourmentent davantage. » – *s.* Devant les faits je me conduis avec la maturité d'un homme ; à la conduite des affaires, je me comporte comme un enfant – *t.* La crainte – *u.* se tire plus mal de

C'est le siège de la constance : Vous n'y avez besoin que de vous : Elle se fonde là, et appuie[a] toute en soi. Cet exemple d'un gentilhomme que plusieurs ont connu, a-il pas quelque air philosophique. Il se maria bien avant en l'âge[b], ayant passé en bon compagnon sa jeunesse : grand diseur, grand gaudisseur[c]. Se souvenant combien la matière de cornardise[d] lui avait donné de quoi parler et se moquer des autres : pour se mettre à couvert, il épousa une femme, qu'il prit au lieu, où chacun en trouve pour son argent, et dressa avec elle ses alliances[e] : bonjour putain, bonjour cocu : et n'est chose de quoi plus souvent et ouvertement, il entretint chez lui les survenants[f], que de ce sien dessein : par où il bridait les occultes caquets[g] des moqueurs, et émoussait la pointe de ce reproche. Quant à l'ambition, qui est voisine de la présomption, ou fille plutôt, il eût fallu pour m'avancer[h], que la fortune me fût venue quérir par le poing : Car de me mettre en peine pour une espérance incertaine, et me soumettre à toutes les difficultés, qui accompagnent ceux qui cherchent à se pousser en crédit, sur le commencement de leur progrès[i], je ne l'eusse su faire,

spem pretio non emo[j1].

Je m'attache à ce que je vois, et que je tiens, et ne m'éloigne guère du port,

Alter remus aquas, alter tibi radat arenas[k2].

Et puis, on arrive peu à ces avancements qu'en hasardant premièrement le sien[l] : Et je suis d'avis, que si

a. s'étaye – *b.* avancé en âge – *c.* beau parleur et bon railleur – *d.* les contes de cocuage – *e.* passa un contrat avec elle – *f.* les visiteurs – *g.* freinait les bavardages dans son dos – *h.* me pousser dans la carrière – *i.* progression – *j.* « je n'achète pas l'espérance à ce prix. » – *k.* « Que l'une de tes rames fende les flots et que l'autre touche le sable du rivage. » – *l.* qu'en risquant d'abord son bien ce qu'on a, suffit à maintenir la condition en laquelle on est né, et dressé[a], c'est folie d'en lâcher la prise, sur l'incertitude[b] de l'augmenter. Celui à qui la fortune refuse de quoi planter son pied, et établir un être[c] tranquille et reposé, il est pardonnable s'il jette au hasard ce qu'il a, puisqu'ainsi[d] comme ainsi, la nécessité l'envoie à la quête[e].

Capienda rebus in malis præceps via est[f][1].

Et j'excuse plutôt un cadet de mettre sa légitime au vent[g], que celui à qui l'honneur de la maison est en charge, qu'on ne peut voir nécessiteux qu'à sa faute[h]. J'ai bien trouvé le chemin plus[i] court et plus aisé, avec le conseil de mes bons amis du temps passé, de me défaire de ce désir et de me tenir coi,

Cui sit conditio dulcis, sine pulvere palmæ[j][2].

Jugeant aussi, bien sainement de mes forces, qu'elles n'étaient pas capables de grandes choses : Et me souvenant de ce mot du feu Chancelier Olivier[3], que les Français semblent des guenons, qui vont grimpant contremont un arbre[k], de branche en branche, et ne cessent d'aller, jusques à ce qu'elles sont arrivées à la plus haute branche, et y montrent le cul, quand elles y sont.

Turpe est quod nequeas capiti committere pondus
Et pressum inflexo mox dare terga genu[l][4].

Les qualités mêmes qui sont en moi non reprochables, je les trouvais inutiles en ce siècle. La facilité

a. et dans laquelle on s'est établi – *b.* incité par l'espoir douteux – *c.* une existence – *d.* de toute façon – *e.* le pousse à se mettre en quête – *f.* « Dans l'adversité il faut choisir le chemin hasardeux. » – *g.* risquer sa fortune, sa part d'héritage – *h.* que par sa faute – *i.* le plus – *j.* « Jouissant d'une douce condition, sans être couvert de la poussière des compétitions. » – *k.* vers le haut d'un arbre – *l.* « Il est honteux de se charger la tête d'un poids qu'on ne peut porter, pour fléchir bientôt le genou et déposer le fardeau, accablé. »

de mes mœurs, on l'eût nommée lâcheté et faiblesse : la foi et la conscience, s'y fussent trouvées scrupuleuses et superstitieuses : la franchise et la liberté, importune, inconsidérée et téméraire. À quelque chose sert le malheur. Il fait bon naître en un siècle fort dépravé : car par comparaison d'autrui, vous êtes estimé vertueux à bon marché. Qui n'est que parricide en nos jours[a] et sacrilège, il est homme de bien et d'honneur :

Nunc si depositum non inficiatur amicus,
Si reddat veterem cum tota ærugine follem
Prodigiosa fides et Tuscis digna libellis,
Quæque coronata lustrari debeat agna[1].

Et ne fut jamais temps et lieu, où il y eut pour les princes loyer[c] plus certain et plus grand, proposé à la bonté, et à la justice. Le premier qui s'avisera de se pousser en faveur, et en crédit par cette voie-là, je suis bien déçu[d] si à bon compte[e], il ne devance ses compagnons. La force, la violence, peuvent quelque chose, mais non pas toujours tout. Les marchands, les juges de village, les artisans, nous les voyons aller à pair[f] de vaillance et science militaire avec la noblesse : Ils rendent[g] des combats honorables et publics et privés, ils battent[h], ils défendent villes en nos guerres. Un prince étouffe sa recommandation emmi cette presse[i]. Qu'il reluise d'humanité, de vérité, de loyauté, de tempérance et surtout de justice, marques rares, inconnues et exilées. C'est la seule volonté des peuples de quoi il peut faire ses affaires[j] : et nulles autres qualités ne peuvent tant flatter leur volonté[k] comme

a. de nos jours – *b*. « Maintenant, si ton ami ne conteste pas un dépôt confié, s'il te rend ta vieille bourse avec tout le vert-de-gris sur les pièces, c'est un prodige de loyauté, digne qu'on ait recours aux oracles étrusques et qui mérite le sacrifice d'une agnelle couronnée. » – *c*. récompense – *d*. trompé – *e*. facilement – *f*. à égalité – *g*. livrent – *h*. attaquent – *i*. noie sa gloire au milieu de la mêlée – *j*. Il ne peut réaliser son dessein qu'avec la faveur du peuple – *k*. gagner leur bienveillance

celles-là : leur étant bien plus utiles que les autres. *Nihil est tam populare quam bonitas*[a][1]. Par cette proportion[b], je me fusse trouvé grand et rare : comme je me trouve pygmée et populaire[c] à la proportion d'aucuns siècles passés : Auxquels[d] il était vulgaire, si d'autres plus fortes qualités n'y concourraient, de voir un homme modéré en ses vengeances, mol au ressentiment des offenses[e], religieux en l'observance de sa parole[f] : ni double ni souple, ni accommodant sa foi à la volonté d'autrui et aux occasions. Plutôt lairrais-je[g] rompre le col aux affaires, que de tordre ma foi pour leur service. Car quant à cette nouvelle vertu de feintise[h] et de dissimulation, qui est à cette heure si fort en crédit, je la hais capitalement : Et de tous les vices, je n'en trouve aucun qui témoigne tant de lâcheté et bassesse de cœur. C'est une humeur couarde et servile de s'aller déguiser et cacher sous un masque, et de n'oser se faire voir tel qu'on est. Par là nos hommes[i] se dressent[j] à la perfidie : Étants duits[k] à produire des paroles fausses, ils ne font pas conscience d'y manquer[l]. Un cœur généreux, ne doit point démentir ses pensées : il se veut faire voir jusques au-dedans. Ou tout y est bon, ou au moins tout y est humain. Aristote estime[2] office de magnanimité haïr et aimer à découvert[m] : juger, parler avec toute franchise : et au prix de la vérité, ne faire cas de l'approbation ou réprobation d'autrui. Apollonius disait que c'était aux serfs de mentir, et aux libres de dire vérité[3]. C'est la première et fondamentale partie de la vertu. Il la [faut] aimer pour elle-même. Celui qui dit vrai, parce qu'il [y est] d'ailleurs obligé et parce [qu'il] sert[n], et qui ne

a. « Rien n'est si populaire que la bonté. » – *b*. D'après cette comparaison – *c*. commun – *d*. dans lesquels – *e*. modéré dans sa sensibilité aux offenses – *f*. scrupuleux pour le respect de sa parole – *g*. laisserais-je – *h*. feinte – *i*. nos contemporains – *j*. se forment – *k*. habitués – *l*. ils n'éprouvent aucun scrupule à y manquer – *m*. estime que c'est un témoignage de grandeur d'âme de haïr et d'aimer ouvertement – *n*. parce que c'est utile

craint point [à] dire mensonge, quand il n'importe à personne, n'est pas véritable suffisamment. Mon [âme], de sa complexion[a], refuit[b] la menterie et hait même à [la] penser. J'ai une interne vergogne[c] et un remords piquant, si parfois elle m'échappe : comme parfois elle m'échappe : les occasions me surprenant et agitant impréméditément[d]. Il ne faut pas toujours dire tout, car ce serait sottise. Mais ce qu'on dit, il faut qu'il soit tel qu'on le pense, autrement, c'est méchanceté. Je ne sais quelle commodité ils attendent de se feindre et contrefaire sans cesse, si ce n'est, de n'en être pas crus, lors même qu'ils disent vérité : Cela peut tromper une fois, ou deux les hommes, mais de faire profession de se tenir couvert, et se vanter, comme ont fait aucuns[e] de nos princes[1], qu'ils jetteraient leur chemise au feu, si elle était participante[f] de leurs vraies intentions, qui[g] est un mot de l'ancien Metellus Macedonicus[2], et que qui ne sait se feindre, ne sait pas régner[3] : c'est tenir avertis ceux qui ont à les pratiquer, que ce n'est que piperie[h] et mensonge qu'ils disent. *Quo quis versutior et callidior est, hoc invisior [et] suspectior detracta opinione probitatis*[i][4]. Ce serait une grande simplesse à qui se lairrait amuser ni au visage ni aux paroles[j] de celui, qui fait état d'être toujours autre au-dehors, qu'il n'est au-dedans, comme faisait Tibere[5]. Et ne sais quelle part telles gens peuvent avoir au commerce des hommes, ne produisant rien qui soit reçu pour comptant. Qui est déloyal envers la vérité l'est aussi envers le mensonge. Ceux qui de notre temps ont considéré [en] l'établissement[k] du devoir d'un prince [le] bien de ses affaires seulement, et l'ont préféré au

a. tempérament naturel – *b*. évite – *c*. honte – *d*. à l'improviste – *e*. certains – *f*. avait connaissance de – *g*. ce qui – *h*. tromperie – *i*. « Plus on est rusé et adroit, plus on est odieux et suspect, une fois qu'on a perdu sa réputation d'honnêteté. » – *j*. Ce serait faire preuve d'une grande sottise que de se laisser tromper par le visage ou par les paroles – *k*. la définition

soin de sa [foi] et conscience, diraient quelque chose, à un prince de qui la fortune aurait rangé à tel point les affaires que pour tout jamais [il] les pût établir[a] par un seul manquement et faute à sa parole. Mais il n'en va pas ainsi. On rechoit[b] souvent [en] pareil marché. On fait [plus] d'une paix, plus d'un traité en sa vie. Le gain [qui] les convie à la première déloyauté, et quasi toujours il s'en présente comme à toutes autres méchancetés : les sacrilèges, [les] meurtres, les rébellions, [les] trahisons s'entreprennent pour quelque espèce de fruit, mais ce premier gain apporte infinis dommages suivants : jetant ce prince hors de tout commerce et de tout moyen de négociation par l'exemple[c] de cette infidélité. Soliman de la race des Ottomans, race peu soigneuse de l'observance des promesses et pactes, lorsque de mon enfance[d] il fit descendre son armée à Ottrente, ayant su que Mercurin de Gratinare et les habitants de Castro étaient détenus prisonniers, après avoir rendu la place, contre ce qui avait été capitulé[e] avec eux, manda qu'on les relâchât : et qu'ayant [en] main d'autres grandes entreprises[f] en cette contrée-là, cette déloyauté, quoiqu'elle eût quelque apparence d'utilité présente, [lui] apporterait pour l'avenir un décri[g] et une défiance d'infini préjudice[1]. Or de moi[h], j'aime mieux être importun et indiscret, que flatteur et dissimulé. J'avoue qu'il se peut mêler quelque pointe de fierté, et d'opiniâtreté, à se tenir ainsi entier et découvert, sans considération d'autrui : Et me semble que je deviens un peu plus libre, où[i] il le faudrait moins être, et que je m'échauffe par l'opposition du respect[j]. Il peut être aussi, que je me laisse aller après[k] ma nature, à faute d'art. Présentant aux grands cette même licence de langue, et de contenance[l] que j'apporte de ma maison, je sens combien elle décline vers l'indiscrétion[m] et incivilité. Mais

a. fixer d'une manière stable – *b*. rechute – *c*. le précédent – *d*. quand j'étais enfant – *e*. stipulé – *f*. entreprises militaires – *g*. mauvaise réputation – *h*. pour ce qui me concerne – *i*. quand – *j*. je m'anime d'autant plus que je dois respect à mon contradicteur – *k*. selon – *l*. liberté de parole et d'attitude – *m*. la précipitation

outre ce que[a] je suis ainsi fait : je n'ai pas l'esprit assez souple pour gauchir à une prompte demande[b], et pour en échapper par quelque détour : ni pour feindre une vérité : ni assez de mémoire pour la retenir ainsi feinte : ni certes assez d'assurance pour la maintenir : et fais le brave par faiblesse. Par quoi je m'abandonne à la naïveté[c], et à toujours dire ce que pense, et par complexion, et par discours, laissant à la fortune d'en conduire l'événement[d]. Aristippus disait [le] principal fruit qu'il [eût] tiré de la philosophie être qu'il parlait librement et ouvertement à chacun[1]. C'est un outil de merveilleux service, que la mémoire, et sans lequel le jugement, fait bien à peine, son office[e] : elle me manque du tout[f]. Ce qu'on me veut proposer, il faut que ce soit à parcelles[g]. Car de répondre à un propos, où il y eut plusieurs divers chefs, il n'est pas en ma puissance. Je ne saurais recevoir une charge sans tablettes[h]. Et quand j'ai un propos de conséquence à tenir, s'il est de longue haleine, je suis réduit à cette vile et misérable nécessité, d'apprendre par cœur mot à mot ce que j'ai à dire : autrement je n'aurais ni façon[i], ni assurance, étant en crainte que ma mémoire vînt à me faire un mauvais tour. Mais ce moyen m'est non moins difficile. Pour apprendre trois vers, il me faut trois heures : [Et] puis en un mien ouvrage, la liberté et autorité[j] de remuer l'ordre, de changer un mot, variant sans cesse la matière, la rend plus malaisée à concevoir. Or plus je m'en défie, plus elle se trouble : elle me sert mieux par rencontre[k] : il faut que je la sollicite nonchalamment : car si je la presse, elle s'étonne[l] : et

a. outre le fait que – *b.* esquiver une question imprévue – *c.* à la simplicité naturelle – *d.* d'en amener l'issue – *e.* a bien de la peine à tenir son rôle – *f.* absolument – *g.* quand on veut m'exposer un sujet, il faut le faire progressivement – *h.* me charger d'une tâche sans en mettre le détail par écrit – *i.* maintien – *j.* le droit – *k.* par hasard – *l.* est saisie d'effroi

depuis qu'elle[a] a commencé à chanceler, plus je la sonde plus elle s'empêtre et embarrasse : elle me sert à son heure, non pas à la mienne. Ceci que je sens en la mémoire, je le sens en plusieurs autres parties. Je fuis le commandement, l'obligation, et la contrainte. Ce que je fais aisément et naturellement, si je m'ordonne de le faire par une expresse et prescrite ordonnance[b], je ne le sais plus faire. Au corps même, les membres qui ont quelque liberté et juridiction[c] plus particulière sur eux, me refusent parfois leur obéissance, quand je les destine et attache à certain point et heure de service nécessaire. Cette préordonnance contrainte et tyrannique les rebute : ils se croupissent[d] d'effroi ou de dépit, et se transissent[e]. Autrefois étant en lieu, où c'est discourtoisie barbaresque de ne répondre à ceux qui vous convient à boire, quoiqu'on m'y traitât avec toute liberté, j'essayai de faire le bon compagnon, en faveur des dames qui étaient de la partie, selon l'usage du pays. Mais il y eut du plaisir : car cette menace et préparation, d'avoir à m'efforcer outre ma coutume, et mon naturel, m'étoupa[f] de manière le gosier, que je ne sus avaler une seule goutte, et fus privé de boire, pour le besoin même de mon repas. Je me trouvai saoul[g] et désaltéré, par tant de breuvage que mon imagination avait préoccupé[h]. Cet effet est plus[i] apparent en ceux qui ont l'imagination plus véhémente et puissante : mais il est pourtant naturel, et n'est aucun[j] qui ne s'en ressente aucunement[k]. On offrait à un excellent archer condamné à la mort, de lui sauver la vie, s'il voulait faire quelque notable preuve de son art : il refusa de s'en essayer[l],

a. à partir du moment où elle – *b.* règle – *c.* autorité – *d.* se paralysent – *e.* se glacent – *f.* ferma – *g.* rassasié – *h.* absorbé à l'avance – *i.* le plus – *j.* personne – *k.* quelque peu – *l.* d'en faire l'essai craignant que la trop grande contention[a] de sa volonté, lui fît fourvoyer la main, et qu'au lieu de sauver sa vie, il perdît encore la réputation qu'il avait acquise au tirer de l'arc. Un homme qui pense ailleurs, ne faudra[b] point, à un pouce près, de refaire toujours un même nombre et mesure de pas, au lieu où il se promène : mais s'il y est avec attention de[c] les mesurer et compter, il trouvera que ce qu'il faisait par nature et par hasard, il ne le fera pas si exactement par dessein. Ma librairie[d], qui est des belles entre les librairies de village, est assise[e] à un coin de ma maison : s'il me tombe en fantaisie chose que j'y veuille aller chercher ou écrire, de peur qu'elle ne m'échappe en traversant seulement ma cour, il faut que je la donne en garde à quelqu'autre. Si je m'enhardis en parlant, à me détourner tant soit peu, de mon fil, je ne faux[f] jamais de le perdre : qui[g] fait que je me tiens en mes discours, contraint, sec, et resserré. Les gens, qui me servent, il faut que je les appelle par le nom de leurs charges, ou de leur pays : car il m'est très malaisé de retenir des noms. Je dirai bien qu'il a trois syllabes, que le son en est rude, qu'il commence ou termine par telle lettre : Et si je durais à vivre longtemps, je ne crois pas que je n'oubliasse mon nom propre, comme ont fait d'autres. Messala Corvinus, fut deux ans n'ayant trace aucune de mémoire[1]. Ce qu'on dit aussi[2] de George Trapezunce. Et pour mon intérêt[h], je rumine souvent quelle vie c'était que la leur : Et si sans cette pièce[i], il me restera assez pour me soutenir avec quelque aisance. Et y regardant de près, je crains que ce défaut, s'il est parfait[j], perde

a. tension – *b*. manquera – *c*. avec l'intention de – *d*. bibliothèque – *e*. située – *f*. manque – *g*. ce qui – *h*. en ce qui me concerne – *i*. ma mémoire – *j*. complet

toutes les fonctions de l'âme. *Memoria certe non modo philosophiam sed omnis vitæ usum omnesque artes una maxime continet*[a][1].

Plenus rimarum sum, hac atque illac effluo[b][2].

Il m'est advenu plus d'une fois, d'oublier le mot du guet que j'avais trois heures auparavant donné ou reçu d'un autre : et d'oublier où j'avais caché ma bourse, quoi qu'en die Cicero[3]. Je m'aide à perdre ce que je serre particulièrement[c]. C'est le réceptacle et l'étui de la science que la mémoire : L'ayant si défaillante je n'ai pas fort à me plaindre, si je ne sais guère. Je sais en général le nom des arts, et ce de quoi elles traitent, mais rien au-delà. Je feuillette les livres, je ne les étudie pas : Ce qui m'en demeure, c'est chose que je ne reconnais plus être d'autrui : C'est cela seulement, de quoi mon jugement a fait son profit : les discours et les imaginations, de quoi il s'est imbu : L'auteur, le lieu, les mots, et autres circonstances, je les oublie incontinent : Et suis si excellent en l'oubliance, que mes écrits mêmes et compositions, je ne les oublie pas moins que le reste. On m'allègue[d] tous les coups à moi-même, sans que je le sente[e] : Qui voudrait savoir d'où sont les vers et exemples, que j'ai ici entassés, me mettrait en peine de le lui dire, Et si[f] ne les ai mendiés qu'ès portes connues et fameuses, Ne me contentant pas qu'ils fussent riches, s'ils ne venaient encore de main riche et honorable : L'autorité y concourt quant[g] et la raison. Ce n'est pas grand merveille si mon livre suit la fortune des autres livres : et si ma mémoire désempare[h] ce que j'écris comme ce que je lis : et ce que je donne comme ce que je reçois. Outre le

a. « La mémoire assurément renferme non seulement la philosophie, mais à elle seule, et au plus haut point, tout l'usage de la vie et tous les arts. » – *b.* « Je suis plein de trous, je fuis par tous les côtés. » – *c.* les choses que je range avec un soin particulier. – *d.* on cite mon texte – *e.* sans que je m'en aperçoive – *f.* pourtant – *g.* avec – *h.* oublie

défaut de la mémoire, j'en ai d'autres, qui aident beaucoup à mon ignorance. J'ai l'esprit tardif, et mousse[a], Le moindre nuage lui arrête sa pointe[b]. En façon que (pour exemple) je ne lui proposai jamais énigme si aisé[c], qu'il sût développer. Il n'est si vaine subtilité qui ne m'empêche[d]. Aux jeux, où l'esprit a sa part, des échecs, des cartes, des dames, et autres, je n'y comprends que les plus grossiers traits. L'appréhension[e] je l'ai lente et embrouillée. Mais ce qu'elle tient une fois, elle le tient bien, et l'embrasse bien universellement[f], étroitement et profondément, pour le temps qu'elle le tient. J'ai la vue longue, saine et entière, mais qui se lasse aisément au travail, et se charge[g] : À cette occasion[h] je ne puis avoir long commerce avec les livres, que par le moyen du service d'autrui. Le jeune Pline[1] instruira ceux qui ne l'ont essayé[i], combien ce retardement est important à ceux qui s'adonnent à cette occupation. Il n'est point âme si chétive et brutale[j], en laquelle on ne voie reluire quelque faculté particulière : il n'y en a point de si ensevelie, qui ne fasse une saillie par quelque bout. Et comment il advienne qu'une âme aveugle et endormie à toutes autres choses, se trouve vive, claire, et excellente, à certain particulier effet, il s'en faut enquérir aux maîtres[k]. Mais les belles âmes, ce sont les âmes universelles : ouvertes, et prêtes à tout, sinon instruites au moins instruisables. Ce que je dis pour accuser la mienne : Car soit par faiblesse ou nonchalance (et de mettre à nonchaloir[l] ce qui est à nos pieds, ce que nous avons entre mains, ce qui regarde de plus près

a. lent et peu réactif – *b*. paralyse son acuité – *c*. aisée – *d*. m'embarrasse – *e*. L'intelligence – *f*. complètement – *g*. se trouble – *h*. pour cette raison – *i*. apprendra à ceux qui n'en ont pas fait l'expérience – *j*. basse et bestiale – *k*. professeurs – *l*. négliger l'usage de la vie, c'est chose bien éloignée de mon dogme) il n'en est point une si inepte et si ignorante que la mienne, de plusieurs telles choses vulgaires, et qui ne se peuvent sans honte ignorer. Il faut que j'en conte quelques exemples. Je suis né et nourri[a] aux champs, et parmi le labourage[b] : j'ai des affaires, et du ménage en main[c], depuis que ceux qui me devançaient en la possession des biens que je jouis, m'ont quitté[d] leur place. Or je ne sais compter ni à jet, ni à plume[e] : La plupart de nos monnaies je ne les connais pas. Ni ne sais la différence de l'un grain à l'autre, ni en la terre, ni au grenier, si elle n'est pas trop apparente : ni à peine celle d'entre les choux et les laitues de mon jardin. Je n'entends pas seulement les noms des premiers outils du ménage[f], ni les plus grossiers principes de l'agriculture, et que les enfants savent : Moins aux arts mécaniques[g], en la trafique[h] et en la connaissance des marchandises, diversité et nature des fruits, de vins, de viandes[i], Ni à dresser un oiseau, ni à médeciner un cheval, ou un chien. Et puisqu'il me faut faire la honte tout entière[j], il n'y a pas un mois qu'on me surprit ignorant de quoi[k] le levain servait à faire du pain : et que[l] c'était que faire cuver du vin. On conjectura anciennement à Athenes[1] une aptitude à la mathématique, en celui à qui on voyait ingénieusement agencer et fagoter une charge de broussailles. Vraiment on tirerait de moi une bien contraire conclusion : Car qu'on me donne tout l'apprêt d'une cuisine, me voilà à la faim[m][2]. Par ces traits de ma confession,

a. j'ai été élevé – *b.* sur une propriété agricole – *c.* j'ai la charge de la gestion et de l'administration de mes biens – *d.* laissé – *e.* ni avec des jetons, ni en écrivant – *f.* utiles à l'administration de la propriété – *g.* Je suis encore moins compétent en artisanat – *h.* commerce – *i.* nourritures – *j.* avouer ma honte tout entière – *k.* du fait que – *l.* de ce que – *m.* qu'on mette à ma disposition une cuisine et ses instruments, je suis

on en peut imaginer d'autres à mes dépens. Mais quel que je me fasse connaître, pourvu que je me fasse connaître tel que je suis, je fais mon effet[a]. Et si[b] ne m'excuse pas, d'oser mettre par écrit des propos si bas et frivoles que ceux-ci. La bassesse du sujet, m'y contraint. Qu'on accuse si on veut mon projet, mais mon progrès[c] non. Tant y a que sans l'avertissement d'autrui, je vois assez ce peu que tout ceci vaut et pèse, et la folie de mon dessein. C'est prou[d] que mon jugement ne se déferre[e] point, duquel[f] ce sont ici les essais,

Nasutus sis usque licet, sis denique nasus,
Quantum noluerit ferre rogatus Athlas.
Et possis ipsum tu deridere Latinum,
Non potes in nugas dicere plura meas,
Ipse ego quam dixi : quid dentem dente juvabit
Rodere ? carne opus est, si satur esse velis.
Ne perdas operam, qui se mirantur, in illos
Virus habe, nos hæc novimus esse nihil[g][1].

Je ne suis pas obligé à ne dire point de sottises, pourvu que je ne me trompe pas à les connaître[h]. Et de faillir à mon escient[i], cela m'est si ordinaire, que je ne faux guère d'autre façon, je ne faux jamais fortuitement. C'est peu de chose de prêter à la témérité[j] de mes humeurs les actions ineptes, puisque je ne me puis pas défendre d'y prêter[k] ordinairement les vicieuses.

---

livré à la faim – *a*. j'atteins mon but – *b*. C'est pourquoi – *c*. la manière dont je procède – *d*. assez – *e*. perde pas sa fermeté – *f*. jugement dont – *g*. « Tu peux avoir du nez autant qu'il est possible, fût-il si long qu'Atlas refuserait de le porter ; parviendrais-tu à tourner en dérision Latinus lui-même, tu ne pourrais dire pis de ces bagatelles que j'en ai dit moi-même. À quoi bon se ronger les dents ? Il faut de la viande pour être rassasié. Ne perds pas ta peine : conserve ton venin contre ceux qui s'admirent ; moi, je sais que ces écrits ne sont rien. » – *h*. je ne m'illusionne pas sur leur valeur – *i*. Et quant à me tromper sciemment – *j*. que d'imputer à l'inconséquence – *k*. de leur imputer

Je vis un jour à Bar le duc[1], qu'on présentait au Roi François second, pour la recommandation de la mémoire de René Roi de Sicile, un portrait qu'il avait lui-même fait de soi. Pourquoi n'est-il loisible de même, à un chacun de se peindre de la plume, comme il se peignait d'un crayon ? Je ne veux donc pas oublier encore[a] cette cicatrice, bien mal propre à produire en public : C'est l'irrésolution : défaut très incommode à la négociation des affaires du monde : Je ne sais pas prendre parti ès entreprises douteuses,

Ne si, ne no, nel cor mi suona intero[b][2].

Je sais bien soutenir une opinion, mais non pas la choisir. Parce que ès choses humaines, à quelque bande[c] qu'on penche, il se présente force apparences, qui nous y confirment. Et le philosophe Chrysippus[3] disait qu'il ne voulait apprendre de Zenon et Cleanthes, ses maîtres, [que] les dogmes simplement : [car], quant aux preuves et raisons, qu'il en fournirait assez de lui-même : de quelque côté que je me tourne, je me fournis toujours assez de cause, et de vraisemblance pour m'y maintenir : Ainsi j'arrête chez moi[d] le doute, et la liberté de choisir, jusques à ce que l'occasion me presse : Et lors, à confesser la vérité, je jette le plus souvent la plume au vent, comme on dit, et m'abandonne à la merci de la fortune : Une bien légère inclination et circonstance m'emporte,

Dum in dubio est animus paulo momento huc atque illuc impellitur[e][4].

L'incertitude de mon jugement, est si également balancée[f] en la plupart des occurrences, que je compromettrais[g] volontiers à la décision du sort et des dés.

a. non plus – *b*. « Mon cœur ne me dit ni tout à fait oui, ni tout à fait non. » – *c*. vers quelque parti – *d*. je maintiens en moi – *e*. « Quand l'esprit est dans le doute, le moindre poids le fait pencher d'un côté ou de l'autre. » – *f*. en équilibre – *g*. m'en remettrais

Et remarque avec grande considération de notre faiblesse humaine, les exemples que l'histoire divine même nous a laissés de cet usage, de remettre à la fortune et au hasard, la détermination des élections[a] ès choses douteuses : *Sors cecidit super Mathiam*[b][1]. La raison humaine est un glaive double [et] dangereux. Et en [la] main même de Socrates, son plus intime et plus familier ami : voyez [à] quant de bouts[c] c'est un bâton. Ainsi je ne suis propre qu'à suivre, et me laisse aisément emporter à[d] la foule : je ne me fie pas assez en mes forces pour entreprendre de commander, ni guider : je suis bien aise de trouver mes pas tracés par les autres. S'il faut courir le hasard d'un choix incertain, j'aime mieux que ce soit sous tel, qui s'assure plus de ses opinions, et les épouse plus que je ne fais les miennes, auxquelles je trouve le fondement et le plant[e] glissant : Et si[f] ne suis pas trop facile au change, d'autant que j'aperçois aux opinions contraires une pareille faiblesse. *Ipsa consuetudo assentiendi periculosa esse videtur et lubrica*[g][2]. Notamment aux affaires politiques, il y a un beau champ ouvert au branle[h] et à la contestation,

Justa pari premitur veluti cum pondere libra,
Prona nec hac plus parte sedet, nec surgit ab illa[i][3].

Les discours de Machiavel, pour exemple, étaient assez solides pour le sujet, si[j] y a-il eu grande aisance à les combattre : et ceux qui l'ont fait, n'ont pas laissé moins de facilité à combattre les leurs[4]. Il s'y trouverait toujours à un tel argument[k], de quoi y fournir réponses, dupliques[l], répliques, tripliques, quadru-

a. choix – *b.* « Le sort tomba sur Matthias. » – *c.* à combien de bouts – *d.* par – *e.* la base – *f.* pourtant – *g.* « L'habitude même de donner son assentiment paraît dangereuse et glissante. » – *h.* au mouvement – *i.* « Comme lorsque deux plateaux sont chargés d'un poids égal, la balance exacte ne s'abaisse, ni ne s'élève d'aucun côté. » – *j.* pourtant – *k.* à tout argument – *l.* réponse à une réplique

pliques[a], et cette infinie contexture[b] de débats, que notre chicane a allongé tant qu'elle a pu en faveur des procès[c],

Cædimur, et totidem plagis consumimus hostem[d1],

les raisons n'y ayant guère autre fondement que l'expérience : et la diversité des événements humains, nous présentant infinis exemples à[e] toute sorte de formes. Un savant personnage de notre temps, dit qu'en nos almanachs[f], où ils disent chaud, qui voudra dire froid[g], et au lieu de sec, humide, et mettre toujours le rebours[h] de ce qu'ils pronostiquent, s'il devait entrer en gageure de l'événement de l'un ou l'autre[i], qu'il ne se soucierait pas quel parti il prît, sauf ès choses où il n'y peut échoir incertitude[j], comme de promettre à Noël des chaleurs extrêmes, et à la Saint Jean, des rigueurs de l'hiver. J'en pense de même de ces discours politiques : à quelque rôle qu'on vous mette[k], vous avez aussi beau jeu que votre compagnon, pourvu que vous ne veniez à choquer les principes trop grossiers et apparents. Et pourtant[l] selon mon humeur, ès affaires publiques, il n'est aucun si mauvais train, pourvu qu'il ait de l'âge et de la constance, qui ne vaille mieux que le changement et le remuement. Nos mœurs sont extrêmement corrompues, et penchent d'une merveilleuse[m] inclination vers l'empirement : de nos lois et usances[n], il y en a plusieurs barbares et monstrueuses : toutefois pour[o]

a. troisièmes et quatrièmes répliques – *b.* disposition – *c.* que notre goût de la procédure a développée tant qu'elle a pu pour encourager les procès. – *d.* « Nous recevons des coups de l'ennemi et nous les lui rendons » – *e.* de – *f.* calendriers dispensant les prévisions météorologiques annuelles – *g.* si l'on veut dire froid – *h.* contraire – *i.* s'il devait parier sur la réalisation de l'une ou l'autre prédiction – *j.* qui ne peuvent comporter d'incertitude – *k.* qu'on vous donne le rôle du partisan ou de l'opposant – *l.* pour cette raison – *m.* étonnante – *n.* usages – *o.* à cause de

la difficulté de nous mettre en meilleur état, et le danger de ce croulement[a], si je pouvais planter une cheville à notre roue[b], et l'arrêter en ce point, je le ferais de bon cœur :

nunquam adeo fœdis adeoque pudendis
Utimur exemplis, ut non pejora supersint[c1].

Le pis que je trouve en notre état, c'est l'instabilité, et que nos lois, non plus que nos vêtements, ne peuvent prendre aucune forme arrêtée. Il est bien aisé d'accuser d'imperfection une police[d] : car toutes choses mortelles en sont pleines : il est bien aisé d'engendrer à un peuple le mépris de ses anciennes observances : jamais homme n'entreprit cela, qui n'en vînt à bout : mais d'y rétablir un meilleur état en la place de celui qu'on a ruiné, à ceci plusieurs se sont morfondus, de ceux qui l'avaient entrepris. [Je] fais peu de part à la prudence de ma conduite[e], je me laisse volontiers mener à[f] l'ordre public du monde. Heureux peuple qui fait ce qu'on commande mieux que ceux qui commandent, sans se tourmenter des causes, qui se laisse mollement rouler après le roulement céleste[g]. L'obéissance n'est pure ni tranquille en celui qui raisonne et qui plaide. Somme[h] pour revenir à moi, ce seul[i], par où je m'estime quelque chose, c'est ce, en quoi jamais homme ne s'estima défaillant : ma recommandation est vulgaire, commune, et populaire[j] : car qui a jamais cuidé avoir faute de sens[k] ? Ce serait une proposition qui impliquerait en soi de la contradiction : c'est une maladie qui n'est jamais où elle se voit : Elle est bien tenace et forte, mais laquelle pourtant le premier rayon de la vue du patient perce et

a. cet écroulement – *b*. freiner notre roue – *c*. « nous ne citons jamais d'exemples si honteux et si infâmes, qu'on n'en puisse trouver encore de pires. » – *d*. organisation politique – *e*. je laisse peu de place à la prévoyance dans ma conduite – *f*. par – *g*. selon le mouvement des cieux – *h*. En somme – *i*. ceci seul – *j*. mon mérite est courant, commun, et ordinaire – *k*. qui a jamais pensé manquer de bon sens

dissipe, comme le regard du soleil un brouillard opaque. S'accuser serait s'excuser en ce sujet-là : et se condamner ce serait s'absoudre. Il ne fut jamais crocheteur[a] ni femmelette, qui ne pensât avoir assez de sens pour sa provision[b]. Nous reconnaissons aisément ès autres l'avantage du courage, de la force corporelle, de l'expérience, de la disposition[c], de la beauté : mais l'avantage du jugement nous ne le cédons à personne : et les raisons qui partent du simple discours naturel[d] en autrui, il nous semble qu'il n'a tenu qu'à regarder de ce côté-là que nous ne les ayons trouvées[e]. La science, le style, et telles parties[f], que nous voyons ès ouvrages étrangers, nous touchons[g] bien aisément si elles[h] surpassent les nôtres : mais les simples productions de l'entendement, chacun pense qu'il était en lui de les rencontrer toutes pareilles, et en aperçoit malaisément le poids et la difficulté si ce n'est, et à peine, en[i] une extrême et incomparable distance. Ainsi, c'est une sorte d'exercitation[j], de laquelle je dois espérer fort peu de recommandation et de louange, et une manière de composition, de peu de nom[k]. Et puis, pour qui écrivez-vous ? Les savants à qui touche la juridiction livresque[l], ne connaissent autre prix que de la doctrine[m], et n'avouent autre procéder[n] en nos esprits, que celui de l'érudition et de l'art : Si vous avez pris l'un des Scipions pour l'autre[1], que vous reste-il à dire qui vaille ? Qui ignore Aristote selon eux, s'ignore quant et quant[o] soi-même. Les âmes communes et populaires, ne voient pas la grâce et le poids d'un discours hautain et délié[p]. Or ces deux espèces[q] occupent le monde. La tierce, à qui vous tombez en partage[r], des

a. portefaix – *b.* pour ses besoins – *c.* l'agilité – *d.* du simple bon sens inné – *e.* il suffisait de les chercher pour les trouver – *f.* qualités – *g.* jugeons – *h.* ils – *i.* à – *j.* exercice – *k.* une forme de composition de faible renommée – *l.* à qui appartient l'autorité sur le jugement des livres – *m.* ne reconnaissent de valeur qu'au savoir – *n.* ne reconnaissent d'autre manière de procéder – *o.* en même temps – *p.* de conceptions élevées et fines – *q.* celle des savants et celle des âmes communes – *r.* à qui on ap-

âmes réglées et fortes d'elles-mêmes, est si rare, que justement elle n'a ni nom ni rang entre nous : c'est à demi, temps perdu, d'aspirer et de s'efforcer à lui plaire[1]. On dit communément, que le plus juste partage que nature nous ait fait de ses grâces, c'est celui du sens[a] : car il n'est aucun qui ne se contente de ce qu'elle lui en a distribué : n'est-ce pas raison ? Qui verrait au-delà, il verrait au-delà de sa vue. Je pense avoir les opinions bonnes et saines, mais qui n'en croit autant des siennes ? L'une des meilleures preuves que j'en aie, c'est le peu d'estime que je fais de moi : car si elles n'eussent été bien assurées, elles se fussent aisément laissées piper à[b] l'affection que je me porte singulière, comme celui qui la ramène quasi toute à moi, et qui ne l'épand guère hors de là. Tout ce que les autres en distribuent à une infinie multitude d'amis, et de connaissants[c], à leur gloire, à leur grandeur, je le rapporte tout au repos de mon esprit et à moi. Ce qui m'en échappe ailleurs, ce n'est pas proprement de l'ordonnance de mon discours[d],

mihi nempe valere et vivere doctus[e][2].

Or mes opinions, je les trouve infiniment hardies et constantes à condamner mon insuffisance. De vrai c'est aussi un sujet, auquel j'exerce mon jugement autant qu'à nul autre. Le monde regarde toujours vis-à-vis, moi je replie ma vue au-dedans, je la plante, je l'amuse[f] là. Chacun regarde devant soi, moi je regarde dedans moi : je n'ai affaire qu'à moi, je me considère sans cesse, je me contrerôle[g], je me goûte. Les autres vont toujours ailleurs, s'ils y pensent bien : ils vont toujours avant,

---

partient comme moi – *a.* bon sens – *b.* tromper par – *c.* connaissances – *d.* excède ce qui appartient en propre à l'ordre de mon raisonnement – *e.* « expert dans l'art de vivre et de bien me porter » – *f.* l'occupe – *g.* je m'observe

nemo in sese tentat descendere[a][1],

moi je me roule en moi-même. Cette capacité de trier le vrai, quelle qu'elle soit en moi, et cette humeur libre de n'assujettir aisément ma créance, je la dois principalement à moi : car les plus fermes imaginations que j'aie, et générales, sont celles qui par manière de dire, naquirent avec moi, elles sont naturelles et toutes miennes. Je les produisis crues et simples, d'une production hardie et forte, mais un peu trouble et imparfaite : depuis je les ai établies et fortifiées par l'autorité d'autrui, et par les sains discours des anciens, auxquels je me suis rencontré conforme en jugement : ceux-là m'en ont assuré la prise, et m'en ont donné la jouissance et possession plus entière. La recommandation[b] que chacun cherche, de vivacité et promptitude d'esprit, je la prétends du règlement[c] : D'une action éclatante et signalée, ou de quelque particulière suffisance[d], je la prétends de l'ordre correspondance[e] et tranquillité d'opinions et de mœurs. *Omnino si quidquam est decorum nihil est profecto magis quam æquabilitas universæ vitæ tum singularum actionum : quam conservare non possis si aliorum naturam imitans omittas tuam*[f][2]. Voilà donc jusques où je me sens coupable de cette première partie, que je disais être au vice de la présomption. Pour la seconde, qui consiste à n'estimer point assez autrui, je ne sais si je m'en puis si bien excuser : car quoi qu'il me coûte, je délibère de[g] dire ce qui en est.

a. personne ne tente de descendre en soi-même – *b*. réputation – *c*. je prétends la tirer de la conduite réglée de mon esprit – *d*. la réputation que chacun cherche à tirer d'une action éclatante et remarquée ou d'une compétence particulière – *e*. harmonie – *f*. « S'il existe vraiment quelque chose de moralement beau, rien ne l'est assurément plus que l'égalité de conduite aussi bien dans l'ensemble de la vie que dans chacun de ses actes ; or tu ne saurais la conserver, si, en imitant la nature d'autrui, tu abandonnes la tienne. » – *g*. décide de

À l'aventure[a] que le commerce continuel que j'ai avec les humeurs anciennes, et l'Idée de ces riches âmes du temps passé me dégoûte, et d'autrui, et de moi-même : ou bien que à la vérité nous vivons en un siècle qui ne produit les choses que bien médiocres : tant y a que je ne connais rien digne de grande admiration : aussi ne connais-je guère d'hommes avec telle privauté qu'il faut[b] pour en pouvoir juger : et ceux auxquels ma condition[c] me mêle plus[d] ordinairement, sont pour la plupart, gens qui ont peu de soin de la culture de l'âme, et auxquels on ne propose pour toute béatitude que l'honneur, et pour toute perfection, que la vaillance. Ce que je vois de beau en autrui, je le loue et l'estime très volontiers : Voire j'enchéris souvent sur[e] ce que j'en pense, et me permets de mentir jusque-là, Car je ne sais point inventer un sujet faux. Je témoigne volontiers de mes amis, par ce que j'y trouve de louable, Et d'un pied de valeur, j'en fais volontiers un pied et demi. Mais de leur prêter les qualités qui n'y sont pas, je ne puis, ni les défendre ouvertement des imperfections qu'ils ont. Voire[f] à mes ennemis, je rends nettement ce que je dois de témoignage d'honneur. Mon affection se change, mon jugement non. Et ne confonds point ma querelle avec autres circonstances qui n'en sont pas, Et suis tant jaloux de la liberté de mon jugement, que malaisément la puis-je quitter pour passion que ce soit. Je me fais plus d'injure en mentant que je n'en fais à celui de qui je mens. On remarque cette louable et généreuse coutume de la nation Persienne, qu'ils parlent de leurs mortels ennemis et qu'ils font guerre à outrance honorablement et équitablement, autant que porte le mérite de leur vertu. Je connais des hommes assez[g], qui

a. Peut-être – *b*. avec l'intimité nécessaire – *c*. mon rang social – *d*. le plus – *e*. j'exagère souvent – *f*. Même – *g*. Je connais beaucoup d'hommes ont diverses parties[a] belles : qui l'esprit, qui le cœur[b], qui l'adresse, qui la conscience, qui le langage, qui une science, qui une autre : mais de grand homme en général, et ayant tant de belles pièces ensemble, ou une en tel degré d'excellence, qu'on s'en doive étonner, ou le comparer à ceux que nous honorons du temps passé, ma fortune ne m'en a fait voir nul. Et le plus grand que j'aie connu au vif[c], je dis des parties[d] naturelles de l'âme, et le mieux né, c'était Estienne de la Boitie[1] : c'était vraiment une âme pleine, et qui montrait un beau visage à tout sens : une âme à la vieille marque[e], et qui eût produit de grands effets[f], si sa fortune l'eût voulu : ayant beaucoup ajouté à ce riche naturel par science et étude. Mais je ne sais comment il advient, et si advient sans doute[g], qu'il se trouve autant de vanité[h] et de faiblesse d'entendement, en ceux qui font profession d'avoir plus de suffisance[i], qui se mêlent de vacations[j] lettrées, et de charges qui dépendent des livres, qu'en nulle autre sorte de gens : Ou bien[k], parce qu'on requiert et attend plus d'eux, et qu'on ne peut excuser en eux, les fautes communes : ou bien, que l'opinion du savoir[l] leur donne plus de hardiesse de se produire, et de se découvrir trop avant, par où ils se perdent, et se trahissent. Comme un artisan, témoigne bien mieux sa bêtise, en une riche matière qu'il ait entre mains, s'il l'accommode et mêle sottement, et contre les règles de son ouvrage, qu'en une matière vile, et s'offense l'on plus du défaut en une statue d'or, qu'en celle qui est de plâtre. Ceux-ci en font autant, lorsqu'ils mettent

a. qualités – *b.* le courage – *c.* vivant – *d.* pour ce qui est des qualités – *e.* faite à l'antique, digne des Anciens – *f.* accompli de grandes actions – *g.* et pourtant cela advient sans aucun doute – *h.* vacuité – *i.* capacité – *j.* d'occupations – *k.* c'est ou bien – *l.* le sentiment de posséder le savoir en avant des choses qui d'elles-mêmes et en leur lieu[a] seraient bonnes : car ils s'en servent sans discrétion[b], faisant honneur à leur mémoire, aux dépens de leur entendement : ils font honneur à Cicero, à Galien, à Ulpian, et à saint Hierosme[1], et eux se rendent ridicules. Je retombe volontiers sur ce discours[c] de l'ineptie de notre institution[cbis2] : elle a eu pour sa fin, de nous faire, non bons et sages, mais savants : elle y est arrivée. Elle ne nous a pas appris de suivre et embrasser la vertu et la prudence[d], mais elle nous en a imprimé[e] la dérivation[f] et l'étymologie : nous savons décliner vertu, si nous ne savons l'aimer : si[g] nous ne savons, que[h] c'est que prudence par effet[i] et par expérience, nous le savons par jargon et par cœur. De nos voisins, nous ne nous contentons pas d'en savoir la race[j], les parentelles, et les alliances, nous les voulons avoir pour amis, et dresser avec eux quelque conversation et intelligence[l] : elle nous a appris les définitions, les divisions, et partitions[m] de la vertu, comme des surnoms et branches d'une généalogie, sans avoir autre soin de dresser entre nous et elle, quelque pratique de familiarité et privée accointance[n]. Elle nous a choisi pour notre apprentissage, non les livres qui ont les opinions plus[o] saines et plus vraies, mais ceux qui parlent le meilleur Grec et Latin : et parmi ses beaux mots, nous a fait couler en la fantaisie[p] les plus vaines humeurs[q] de l'antiquité. Une bonne institution, elle change le jugement et les mœurs : comme il advint à Polemon[3], ce jeune homme

a. par elles-mêmes et évoquées avec pertinence – *b.* discernement – *c.* sujet – *cbis.* éducation – *d.* sagesse pratique – *e.* elle a imprimé en nous – *f.* l'origine – *g.* ainsi – *h.* ce que – *i.* en réalité – *j.* famille – *k.* parentés – *l.* établir avec eux quelque fréquentation et relation – *m.* catégories – *n.* relation étroite – *o.* les plus – *p.* en l'esprit – *q.* les fluides les plus inconsistants, les opinions les plus creuses

Grec débauché, qui étant allé ouïr par rencontre[a], une leçon de Xenocrates, ne remarqua pas seulement l'éloquence et la suffisance[b] du lecteur[c], et n'en rapporta pas seulement en la maison la science de quelque belle matière : mais un fruit plus apparent et plus solide, qui fut, le soudain changement et amendement de sa première vie. Qui a jamais senti un tel effet de notre discipline[d] ?

faciasne quod olim
Mutatus Polemon, ponas insignia morbi
Fasciolas, cubital, focalia potus ut ille
Dicitur ex collo furtim carpsisse coronas,
Postquam est impransi correptus voce magistri[e][1].

La moins dédaignable condition de gens me semble être celle qui par simplesse tient le dernier rang et nous offrir[f] un commerce [plus] réglé. Les mœurs et [les] propos des paysans, je les trouve communément plus ordonnés selon la prescription de la vraie philosophie que ne sont ceux de nos philosophes. *Plus sapit vulgus quia tantum quantum opus est sapit*[g][2]. Les plus notables hommes que j'aie jugé[h] par les apparences externes (car pour les juger à ma mode, il les faudrait éclairer de plus près) ce ont été, pour le fait de la guerre et suffisance militaire, le Duc de Guyse[3], qui mourut à Orleans, et le feu Maréchal Strozzi[4]. Pour gens suffisants[i], et de vertu non commune, Olivier, et l'Hospital Chanceliers de France[5]. Il me semble aussi de la Poésie qu'elle a eu sa vogue en notre siècle. Nous avons foison de bons artisans de ce métier-là, Aurat[6], Beze[7], Buchanan[8], l'Hospital, Mont-

a. par hasard – *b*. le talent – *c*. professeur – *d*. éducation – *e*. « ferais-tu ce que jadis fit Polémon, une fois converti ? déposer les insignes de ta folie, les rubans, les coussins, les cravates, comme on raconte que, ivre, il arracha furtivement de son cou les couronnes de fleurs après avoir été saisi par la voix du maître à jeun. » – *f*. et qui me semble nous offrir – *g*. « L'homme du commun est plus sage, car il n'a de sagesse qu'autant qu'il lui en faut. » – *h*. jugés – *i*. compétents

doré[1], Turnebus[2]. Quant aux François[a], je pense qu'ils l'ont montée au plus haut degré où elle sera jamais : et aux parties, en quoi Ronsart et du Bellay excellent, je ne les trouve guère éloignés de la perfection ancienne. Adrianus Turnebus savait plus, et savait mieux ce qu'il savait, que homme qui fût de son siècle, ni loin au-delà. Les vies du Duc d'Albe dernier mort[3], et de notre connétable de Mommorancy[4], ont été des vies nobles, et qui ont eu plusieurs rares ressemblances de fortune. Mais la beauté, et la gloire de la mort de cettui-ci, à la vue de Paris, et de son Roi, pour leur service, contre ses plus proches, à la tête d'une armée victorieuse par sa conduite, et d'un coup de main, en si extrême vieillesse, me semble mériter qu'on la loge entre les remarquables événements de mon temps. Comme aussi la constante bonté, douceur de mœurs et facilité consciencieuse[b] de monsieur de la Nouë[5], en une telle injustice de parts[c] armées, vraie école de trahison, d'inhumanité et de brigandage, où toujours il s'est nourri[d], grand homme de guerre et très expérimenté. [J'ai pris plaisir à publier en plusieurs lieux, l'espérance que j'ai de Marie de Gournay le Jars ma fille d'alliance[6] : et certes aimée de moi beaucoup plus que paternellement, et enveloppée[e] en ma retraite et solitude, comme l'une des meilleures parties de mon propre être. Je ne regarde plus qu'elle au monde. Si l'adolescence[f] peut donner présage, cette âme sera quelque jour capable des plus belles choses, et entre autres de la perfection de cette très sainte amitié, où nous ne lisons point que son sexe ait pu monter encore : la sincérité et la solidité de ses mœurs, y sont déjà battantes[g], son affection vers moi plus que surabondante : et telle en somme qu'il n'y a rien à souhaiter, sinon que l'appréhension qu'elle a de ma fin, par les cinquante et cinq ans auxquels elle m'a rencontré, la travaillât[h]

a. à ceux qui écrivent en français – *b*. affabilité scrupuleuse – *c*. factions – *d*. il a évolué – *e*. embrassée – *f*. la jeunesse – *g*. suffisantes – *h*. tourmentât

moins cruellement. Le jugement qu'elle fit des premiers *Essais*, et femme, et en ce siècle, et si jeune, et seule en son quartier[a], et la véhémence fameuse[b] dont elle m'aima et me désira longtemps sur la seule estime qu'elle en prit de moi, avant m'avoir vu, c'est un accident[c] de très digne considération.] Les autres vertus ont eu peu, ou point de mise en cet âge[d] : mais la vaillance, elle est devenue populaire[e] par nos guerres civiles : et en cette partie, il se trouve parmi nous, des âmes fermes, jusques à la perfection : et en grand nombre, si que[f] le triage[g] en est impossible à faire. Voilà tout ce que j'ai connu, jusques à cette heure, d'extraordinaire grandeur et non commune.

a. sa région – *b.* l'enthousiasme remarquable – *c.* fait – *d.* en cette époque – *e.* ordinaire – *f.* si bien que – *g.* choix

Du démentir[a]

CHAP. XVIII

Voire[b] mais on me dira, que ce dessein de se servir de soi pour sujet à écrire, serait excusable à des hommes rares et fameux, qui par leur réputation auraient donné quelque désir de leur connaissance. Il est certain : je l'avoue : et sais bien que pour voir un homme de la commune façon, à peine qu'un[c] artisan lève les yeux de sa besogne : là où[d] pour voir un personnage grand et signalé, arriver en une ville, les ouvroirs[e] et les boutiques s'abandonnent. Il messied à tout autre de se faire connaître, qu'à celui qui a de quoi se faire imiter : et duquel la vie et les opinions peuvent servir de patron. Cæsar et Xenophon ont eu de quoi fonder et fermir[f] leur narration, en la grandeur de leurs faits, comme en une base juste et solide[1]. Ainsi sont à souhaiter les papiers journaux[g] du grand Alexandre : les commentaires qu'Auguste, Caton, Sylla, Brutus, et autres avaient laissés de leurs gestes. De telles gens, on aime et étudie les figures, en cuivre même et en pierre. Cette remontrance est très vraie, mais elle ne me touche que bien peu.

a. De l'accusation de mensonge – *b*. Oui – *c*. c'est à peine si – *d*. alors que – *e*. ateliers – *f*. affermir – *g*. on regrette les mémoires

Non recito cuiquam, nisi amicis, idque rogatus.
Non ubivis, corámve quibuslibet. In medio qui
Scripta foro recitent sunt multi, quique lavantes[a][1].

Je ne dresse pas ici une statue à planter au carrefour d'une ville, ou dans une Église, ou place publique.

Non equidem hoc studeo bullatis ut mihi nugis
Pagina turgescat,
Secreti loquimur[b][2].

C'est pour le coin d'une librairie, et pour en amuser un voisin, un parent, un ami, qui aura plaisir à me raccointer et repratiquer[c] en cette image. Les autres ont pris cœur[d] de parler d'eux, pour y avoir trouvé le sujet digne et riche : moi au rebours, pour l'avoir trouvé si stérile et si maigre, qu'il n'y peut échoir soupçon d'ostentation. Je juge volontiers des actions d'autrui : des miennes je donne [peu] à juger à cause de leur nihilité[e]. Je ne trouve pas tant de bien en moi, que je ne le puisse dire sans rougir. Quel contentement me serait-ce d'ouïr ainsi quelqu'un, qui me récitât[f] les mœurs, le visage, la contenance, les paroles communes, et les fortunes de mes ancêtres : combien j'y serais attentif[g]. Vraiment cela partirait d'une mauvaise nature, d'avoir à mépris les portraits mêmes de nos amis et prédécesseurs, la forme de leurs vêtements et de leurs armes. J'en conserve l'écriture, le seing, des heures[h] et une épée péculière[i], qui leur a servi : et n'ai point chassé de mon cabinet des longues gaules que mon père portait ordinairement en la main. *Paterna vestis et annulus tanto charior est posteris quanto erga parentes major affectus*[j][3]. Si tou-

a. « Je ne lis rien qu'à mes amis, et à leur demande. Pas n'importe où, ni pour n'importe qui. Nombreux sont ceux qui récitent leurs œuvres en public, au forum ou aux bains. » – *b*. « Je ne cherche pas, assurément, à enfler ces pages de bagatelles creuses : nous parlons entre nous. » – *c*. retrouver et refréquenter – *d*. à cœur – *e*. néant – *f*. racontât – *g*. attentif ! – *h*. livres de prières – *i*. particulière – *j*. « Le vêtement d'un père et son anneau sont d'autant plus chers à ses enfants qu'ils avaient plus d'affection pour leurs parents. »

tefois ma postérité est d'autre appétit[a], j'aurai bien de quoi me revancher[b] : car ils ne sauraient faire moins de compte de moi, que j'en ferai d'eux en ce temps-là. Tout le commerce que j'ai en ceci avec le public, c'est que j'emprunte les outils de son écriture[c], plus soudaine et plus aisée[d][1]. En récompense j'empêcherai peut-être, que quelque coin de beurre[e] ne se fonde au marché.

Ne toga cordyllis, ne penula desit olivis[f][2],
Et laxas scombris sæpe dabo tunicas[g][3].

[Et quand personne ne me lira, ai-je perdu mon temps de m'être entretenu tant] d'heures oisives à pensements[h] si utiles et agréables. Moulant sur moi cette figure, il m'a fallu si souvent dresser et composer pour m'extraire, que le patron s'en est fermi[i], et aucunement[j] formé soi-même. Me peignant pour autrui, je me suis peint en moi, de couleurs plus nettes que n'étaient les miennes premières. Je n'ai pas plus fait mon livre que mon livre m'a fait. Livre consubstantiel à son auteur. D'une occupation propre. Membre de ma vie. Non d'une occupation et fin, tierce et étrangère comme tous autres livres. Ai-je perdu mon temps, de m'être rendu compte de moi si continuellement, si curieusement[l]. Car ceux qui se repassent par fantaisie seulement, et par langue[m] quelque heure, ne s'examinent pas si primement[n], ni ne se pénètrent comme celui qui en fait son étude, son ouvrage et son métier : qui s'engage à un registre de durée[o], de toute sa foi, de toute [sa] force. Les plus délicieux plaisirs[p], si se digèrent-ils au dedans : fuient à[q] laisser trace de soi, et fuient la vue non seulement du peuple, mais d'un autre. Combien [de] fois m'a cette besogne diverti de cogitations ennuyeuses : et doivent être comptées pour ennuyeuses toutes [les] frivoles. Nature nous a étrennés[r] d'une

a. n'a pas ce désir – *b*. venger – *c*. l'imprimerie – *d*. plus facile à lire – *e*. quelque morceau de beurre (enveloppé dans mes pages) – *f*. « Afin que les thons ne manquent pas d'emballage, ni les olives d'enveloppe » – *g*. « Je donnerai souvent aux maquereaux de confortables tuniques » – *h*. à des pensées – *i*. affermi – *j*. en quelque façon – *k*. au début – *l*. soigneusement – *m*. qui s'examinent mentalement et oralement – *n*. primordialement – *o*. sur la durée – *p*. assurément – *q*. sans – *r*. fait cadeau

large faculté [à] nous entretenir à part[a] : et nous y appelle souvent, pour nous apprendre que nous nous devons en partie à la société, mais en la meilleure partie [à] nous. Aux fins[b] de ranger ma fantaisie[c] à rêver même par quelque ordre [et] projet, et la garder de se perdre et extravaguer au vent, il n'est que[d] de donner corps, et mettre en registre tant de menues pensées qui se présentent à elle. J'écoute à mes rêveries parce que j'ai à les enrôler[e]. Quant[f] de fois, étant marri de quelque action que la civilité et la raison me prohibaient de reprendre à découvert[g], m'en suis-je ici dégorgé, non sans dessein [de] publique instruction. Et si[h] ces verges poétiques :

Zon dessus l'œil, zon sur [le] groin,
Zon sur le dos du Sagouin[1],

s'impriment encore mieux en papier qu'en la chair vive. Quoi si je prête un peu plus attentivement l'oreille aux livres, depuis que je guette [si] j'en pourrai friponner[i] quelque chose de quoi émailler ou étayer le mien. Je n'ai aucunement étudié pour faire un livre : mais j'ai aucunement[j] étudié pour ce que j'avais fait : si c'est aucunement étudier qu'effleurer [et] pincer par la tête ou par les pieds tantôt un auteur, tantôt un autre : nullement pour former mes opinions. Oui[k], pour les assister piéça formées[l], seconder et servir. Mais à qui croirons-nous[m] parlant de soi, en une saison si gâtée ? vu qu'il en est peu, ou point, à qui nous puissions croire parlant d'autrui, où il y a moins d'intérêt à mentir. Le premier trait de la corruption des mœurs, c'est le bannissement de la vérité, car comme disait Pindare, l'être véritable[n] est le commencement d'une grande vertu[2]. Et le premier article que Platon demande au gouverneur de sa république[3]. Notre vérité de maintenant, ce n'est pas ce qui est, mais ce qui se persuade à autrui : comme nous appelons monnaie, non celle qui est loyale seulement, mais la fausse aussi, qui a mise[o].

a. en nous-mêmes – *b*. Afin – *c*. dresser mon imagination – *d*. il suffit – *e*. enregistrer – *f*. Combien – *g*. ouvertement – *h*. Et ainsi – *i*. voler – *j*. en quelque façon – *k*. Mais bien – *l*. seconder alors qu'elles sont depuis longtemps formées – *m*. qui peut-on croire – *n*. être sincère – *o*. cours

Notre nation est de longtemps reprochée[a] de ce vice : car Salvianus Massiliensis, qui était du temps de Valentinian l'Empereur, dit qu'aux Français le mentir et se parjurer n'est pas vice, mais une façon de parler[1]. Qui voudrait enchérir sur ce témoignage, il pourrait dire que ce leur est à présent vertu. On s'y forme, on s'y façonne, comme à un exercice d'honneur : car la dissimulation est des plus notables qualités de ce siècle. Ainsi, j'ai souvent considéré[b] d'où pouvait naître cette coutume, que nous observons si religieusement, de nous sentir plus aigrement offensés du reproche de ce vice, qui nous est si ordinaire, que de nul autre : et que ce soit l'extrême injure qu'on nous puisse faire de[c] parole, que de nous reprocher la[d] mensonge. Sur cela, je trouve qu'il est naturel, de se défendre le plus, des défauts, de quoi nous sommes le plus entachés. Il semble qu'en nous ressentant de l'accusation, et nous en émouvant, nous nous déchargeons aucunement de la coulpe[e] : si nous l'avons par effet[f], au moins nous la condamnons par apparence. Serait-ce pas aussi, que ce reproche semble envelopper la couardise et lâcheté de cœur ? En est-il de plus expresse, que se dédire de sa parole ? quoi se dédire de sa propre science[g] ? C'est un vilain vice, que le mentir, et qu'un ancien peint bien honteusement, quand il dit, que c'est donner témoignage de mépriser Dieu, et quant et quant de craindre[h] les hommes[2]. Il n'est pas possible d'en représenter[i] plus richement l'horreur, la vilité[j] et le dérèglement : Car que peut-on imaginer plus vilain, que d'être couard à l'endroit des

a. depuis longtemps accusée – *b*. je me suis souvent demandé – *c*. en – *d*. le – *e*. un peu de notre culpabilité – *f*. en réalité – *g*. quoi, contredire ce qu'on sait soi-même ? – *h*. tout en craignant – *i*. exprimer – *j*. le caractère vil

hommes, et brave à l'endroit de Dieu ? Notre intelligence[a] se conduisant par la seule voie de la parole, celui qui la fausse, trahit la société publique. C'est le seul outil, par le moyen duquel se communiquent nos volontés et nos pensées : c'est le truchement de notre âme : s'il nous faut[b], nous ne nous tenons plus, nous ne nous entreconnaissons plus. S'il nous trompe, il rompt tout notre commerce, et dissout toutes les liaisons de notre police[c]. Certaines nations des nouvelles Indes (on n'a que faire d'en remarquer[d] les noms, ils ne sont plus, car jusques à l'entier abolissement des noms, et ancienne connaissance des lieux, s'est étendue la désolation de cette conquête, d'un merveilleux exemple[e], et inouï[1]) offraient à leurs Dieux, du sang humain, mais non autre, que tiré de leur langue, et oreilles, pour expiation du péché de la mensonge, tant ouïe que prononcée[2]. Ce bon compagnon de Grece disait, que les enfants s'amusent par les osselets, les hommes par les paroles[3]. Quant aux divers usages de nos démentirs[f], et les lois de notre honneur en cela, et les changements qu'elles ont reçu[g], je remets à une autre fois d'en dire ce que j'en sais : et apprendrai cependant[h] si je puis en quel temps prit commencement cette coutume, de si exactement peser et mesurer les paroles, et d'y attacher notre honneur[4] : Car il est aisé à juger qu'elle n'était pas anciennement entre les Romains et les Grecs : Et m'a semblé souvent nouveau et étrange, de les voir se démentir[i] et s'injurier, sans entrer pourtant en querelle. Les lois de leur devoir, prenaient quelque

a. Notre faculté de nous comprendre mutuellement – *b*. fait défaut – *c*. ordre social – *d*. noter – *e*. par un exemple étonnant – *f*. de nos accusations de mensonge – *g*. reçus – *h*. pendant ce temps – *i*. s'accuser de mensonge

autre voie que les nôtres. On appelle Cæsar, tantôt voleur, tantôt ivrogne à sa barbe[1]. Nous voyons la liberté des invectives, qu'ils font les uns contre les autres, je dis[a] les plus grands chefs de guerre, de l'une et l'autre nation, où[b] les paroles se revanchent[c] seulement par les paroles, et ne se tirent à autre conséquence.

a. même – *b*. tandis que – *c*. se vengent

De la liberté de conscience

Chap. XIX

Il est ordinaire, de voir les bonnes intentions, si elles sont conduites sans modération, pousser les hommes à des effets[a] très vicieux. En ce débat, par lequel la France est à présent agitée de guerres civiles, le meilleur et le plus sain parti, est sans doute[b] celui, qui maintient et la religion et la police[c] ancienne[d] du pays. Entre les gens de bien toutefois, qui le suivent (car je ne parle point de ceux, qui s'en servent de prétexte, pour, ou exercer leurs vengeances particulières, ou fournir à leur avarice[e], ou suivre[f] la faveur des Princes : mais de ceux qui le font par vrai zèle envers leur religion : et sainte affection, à maintenir la paix et l'état de leur patrie) de ceux-ci, dis-je, il s'en voit plusieurs, que la passion pousse hors les bornes de la raison, et leur fait parfois prendre des conseils[g] injustes, violents, et encore téméraires. Il est certain, qu'en ces premiers temps, que notre religion commença de gagner autorité avec les lois, le zèle en arma plusieurs contre toute sorte de livres païens, de quoi les gens de lettres souffrent une merveilleuse[h] perte. J'estime que ce désordre, ait plus porté de

a. actes – *b*. sans aucun doute – *c*. organisation politique – *d*. anciennes – *e*. cupidité – *f*. briguer – *g*. décisions – *h*. extrême

nuisance aux lettres, que tous les feux des barbares. Cornelius Tacitus en est un bon témoin[1], car quoique l'Empereur Tacitus son parent, en eût peuplé par ordonnances expresses toutes les librairies[a] du monde : toutefois un seul exemplaire entier n'a pu échapper la curieuse recherche[b] de ceux[c] qui désiraient l'abolir, pour cinq ou six vaines clauses contraires à notre créance[d2]. Ils ont aussi eu ceci, de prêter aisément des louanges fausses à tous les Empereurs, qui faisaient pour nous[e], et condamner universellement[f] toutes les actions de ceux, qui nous étaient adversaires : comme il est aisé à voir en l'Empereur Julian, surnommé l'Apostat[3]. C'était à la vérité un très grand homme et rare, comme celui, qui avait son âme vivement teinte des discours de la philosophie, auxquels il faisait profession de régler toutes ses actions : et de vrai il n'est aucune sorte de vertu, de quoi il n'ait laissé de très notables exemples[4]. En chasteté (de laquelle le cours de sa vie donne bien clair témoignage) on lit de lui un pareil trait à celui d'Alexandre et de Scipion[5], que de plusieurs très belles captives, il n'en voulut pas seulement voir une, étant en la fleur de son âge : car il fut tué par les Parthes âgé de trente un ans seulement. Quant à la justice, il prenait lui-même la peine d'ouïr les parties : et encore que par curiosité il s'informât à ceux qui se présentaient à lui, de quelle religion ils étaient : toutefois l'inimitié qu'il portait à la nôtre, ne donnait aucun contrepoids à la balance. Il fit lui-même plusieurs bonnes lois, et retrancha une grande partie des subsides et impositions que levaient ses prédécesseurs. Nous avons deux

a. bibliothèques – *b.* n'a pu échapper à la scrupuleuse recherche – *c.* en raison de cinq ou six phrases sans valeur – *d.* foi – *e.* qui nous [les chrétiens] étaient favorables – *f.* entièrement bons historiens témoins oculaires de ses actions : l'un desquels, Marcellinus, reprend[a] aigrement en divers lieux de son histoire, cette sienne ordonnance, par laquelle, il défendit l'école[b] et interdit l'enseigner[c] à tous les Rhétoriciens et Grammairiens Chrétiens, et dit, qu'il souhaiterait cette sienne action être ensevelie sous le silence[1]. Il est vraisemblable, s'il eût fait quelque chose de plus aigre contre nous, qu'il[d] ne l'eût pas oublié, étant bien affectionné à notre parti. Il nous était âpre à la vérité, mais non pourtant cruel ennemi : car nos gens[2] mêmes récitent[e] de lui cette histoire, que se promenant un jour autour de la ville de Chalcedoine, Maris Évêque du lieu, osa bien l'appeler méchant traître à Christ, et qu'il n'en fit autre chose, sauf lui répondre : va misérable, pleure la perte de tes yeux : à quoi l'Évêque encore répliqua : je rends grâces à Jesus-Christ, de m'avoir ôté la vue, pour ne voir ton visage impudent : affectant, disent-ils, en cela, une patience philosophique. Tant y a, que ce fait-là, ne se peut pas bien rapporter aux cruautés[f] qu'on le dit avoir exercées contre nous. Il était (dit Eutropius[3] mon autre témoin) ennemi de la Chrétienté, mais sans toucher au sang[4]. Et pour revenir à sa justice, il n'est rien qu'on y puisse accuser, que les rigueurs, de quoi il usa au commencement de son empire, contre ceux qui avaient suivi le parti de Constantius son prédécesseur[5]. Quant à sa sobriété, il vivait toujours un vivre soldatesque[g] : et se nourrissait en pleine paix, comme celui qui se préparait et accoutumait à l'austérité de la guerre. La vigilance[h] était

a. Ammien Marcellin, blâme – *b*. il interdit l'accès aux écoles – *c*. l'enseignement – *d*. Ammien Marcellin – *e*. les historiens mêmes de notre parti rapportent – *f*. ne se peut pas correctement concilier avec les cruautés – *g*. une existence austère de soldat – *h*. la capacité à demeurer éveillé

telle en lui, qu'il départait[a] la nuit à trois ou à quatre parties, dont la moindre était celle qu'il donnait au sommeil : le reste, il l'employait à visiter[b] lui-même en personne, l'état de son armée et ses gardes, ou à étudier : car entre autres siennes rares qualités, il était très excellent en toute sorte de littérature. On dit d'Alexandre le grand, qu'étant couché, de peur que le sommeil ne le débauchât de ses pensements, et de ses études[c], il faisait mettre un bassin joignant son lit, et tenait l'une de ses mains au-dehors, avec une boulette de cuivre : afin que le dormir le surprenant, et relâchant les prises de ses doigts, cette boulette par le bruit de sa chute dans le bassin, le réveillât[1]. Cettui-ci avait l'âme si tendue à ce qu'il voulait, et si peu empêchée de fumées[d], par sa singulière abstinence, qu'il se passait bien de cet artifice. Quant à la suffisance[e] militaire, il fut admirable en toutes les parties[f] d'un grand capitaine : aussi fut-il quasi toute sa vie en continuel exercice de guerre : et la plupart[g] avec nous en France contre les Allemans et Francons[h]. Nous n'avons guère mémoire d'homme, qui ait vu plus de hasards[i], ni qui ait plus souvent fait preuve de[j] sa personne. Sa mort a quelque chose de pareil à celle d'Epaminondas[2] : car il fut frappé d'un trait[k], et essaya de l'arracher, et l'eût fait, sans ce que le trait étant tranchant, il se coupa et affaiblit la main. Il demandait incessamment qu'on le rapportât en ce même état[l], en la mêlée, pour y encourager ses soldats : lesquels contestèrent[m] cette bataille sans lui,

a. partageait – *b.* inspecter – *c.* ne le détournât de sa réflexion et de sa concentration – *d.* si peu alourdie des vapeurs de la digestion – *e.* compétence – *f.* qualités – *g.* la plupart du temps – *h.* en Gaule, contre les Germains et les Francs – *i.* dangers – *j.* mis à l'épreuve – *k.* d'une arme de jet – *l.* dans cet état même – *m.* disputèrent très courageusement, jusques à ce que la nuit séparât les armées. Il devait à la philosophie un singulier mépris, en quoi il avait sa vie, et les choses humaines. Il avait ferme créance de l'éternité des âmes. En matière de religion, il était vicieux partout[a] : on l'a surnommé apostat, pour avoir abandonné la nôtre : toutefois cette opinion me semble plus vraisemblable, qu'il ne l'avait jamais eue à cœur, mais que pour l'obéissance des lois il s'était feint, jusques à ce qu'il tînt l'Empire en sa main. Il fut si superstitieux en la sienne, que ceux mêmes qui en étaient de son temps, s'en moquaient : et disait-on, s'il eût gagné la victoire contre les Parthes, qu'il eût fait tarir la race des bœufs au monde, pour satisfaire à ses sacrifices : il était aussi embabouiné[b] de la science divinatrice, et donnait autorité à toute façon de pronostics. Il dit entre autres choses en mourant, qu'il savait bon gré aux dieux et les remerciait, de quoi ils ne l'avaient pas voulu tuer par surprise, l'ayant de longtemps averti du lieu et heure de sa fin : ni d'une mort molle ou lâche, mieux convenable aux personnes oisives et délicates : ni languissante, longue et douloureuse : et qu'ils l'avaient trouvé digne de mourir de cette noble façon, sur le cours de ses victoires, et en la fleur de sa gloire. Il avait eu une pareille vision à celle de Marcus Brutus, qui[c] premièrement le menaça en Gaule, et depuis se représenta à lui en Perse sur le point de sa mort[1]. Ce langage qu'on lui fait tenir quand il se sentit frappé : Tu as vaincu, Nazaréen : ou comme[d] d'autres, Contente-toi, Nazaréen[2], n'eût été oublié s'il eût été cru par mes témoins : qui étant présents en l'armée ont remarqué[e] jusques aux moindres mouvements et paroles de sa fin : non plus que certains autres miracles qu'on y attache. Et

a. il était dans l'erreur à tout point de vue – *b.* entiché – *c.* vision qui – *d.* selon – *e.* noté

pour venir au propos de mon thème : il couvait, dit Marcellinus[1], de longtemps en son cœur, le paganisme, mais parce que toute son armée était de Chrétiens, il ne l'osait découvrir. Enfin quand il se vit assez fort pour oser publier sa volonté, il fit ouvrir les temples des dieux, et s'essaya par tous moyens de mettre sus[a] l'idolâtrie. Pour parvenir à son effet, ayant rencontré en Constantinople le peuple décousu[b] avec les prélats de l'Église Chrétienne divisés, les ayant fait venir à lui au palais, les admonesta instamment d'assoupir[c] ces dissensions civiles, et que chacun sans empêchement[d] et sans crainte servît à sa religion. Ce qu'il sollicitait avec grand soin, pour l'espérance que cette licence[e] augmenterait les parts[f] et les brigues de la division, et empêcherait le peuple de se réunir, et de se fortifier par conséquent, contre lui, par leur concorde, et unanime intelligence[g] : ayant essayé[h] par la cruauté d'aucuns Chrétiens, qu'il n'y a point de bête au monde tant à craindre à l'homme, que l'homme[2]. Voilà ses mots à peu près : en quoi cela est digne de considération, que l'Empereur Julian se sert pour attiser le trouble de la dissension civile, de cette même recette de liberté de conscience, que nos rois viennent d'employer pour l'éteindre. On peut dire d'un côté, que de lâcher la bride aux parts[i] d'entretenir leur opinion, c'est épandre et semer la division : c'est prêter quasi la main à l'augmenter, n'y ayant aucune barrière ni coercition des lois, qui bride et empêche[j] sa course. Mais d'autre côté on dirait aussi, que de lâcher la bride aux parts d'entretenir leur opinion, c'est les amollir et relâcher par la facilité et

a. restaurer – *b*. divisé – *c*. d'apaiser – *d*. contrainte – *e*. dans l'espoir que cette liberté – *f*. factions – *g*. alliance sans faille – *h*. expérimenté – *i*. accorder la liberté aux factions – *j*. entrave

par l'aisance, et que c'est émousser l'aiguillon qui s'affine par la rareté, la nouvelleté et la difficulté. Et si crois mieux[a], pour l'honneur de la dévotion de nos rois, c'est, que n'ayant pu ce qu'ils voulaient, ils ont fait semblant de vouloir ce qu'ils pouvaient[1].

a. et pourtant je crois plutôt

Nous ne goûtons rien de pur

CHAP. XX

La faiblesse de notre condition, fait que les choses en leur simplicité et pureté naturelle ne puissent pas tomber en notre usage. Les éléments que[a] nous jouissons, sont altérés, et les métaux de même. Et l'or, il le faut empirer par quelque autre matière, pour l'accommoder à notre service[b]. Ni la vertu ainsi simple qu'Ariston et Pyrrho [et] encore les Stoïciens faisaient fin de la vie[c], n'y a pu servir sans composition[d] ni la volupté Cyrénaïque et Aristippique[1]. Des plaisirs, et biens que nous avons, il n'en est aucun exempt de quelque mélange de mal et d'incommodité[2],

medio de fonte leporum
Surgit amari aliquid, quod in ipsis floribus angat[e][3].

Notre extrême volupté a quelque air de gémissement, et de plainte. Diriez-vous pas qu'elle se meurt d'angoisse. Voire quand nous en forgeons l'image en son excellence, nous la fardons d'épithètes et qualités maladives, et douloureuses : Langueur, mollesse, faiblesse, défaillance, *morbidezza*[f]. Grand témoignage

a. dont – *b.* il faut le rendre impur en le mélangeant à d'autres métaux pour le rendre utilisable – *c.* la pure vertu dont Ariston et Pyrrhon comme les stoïciens faisaient le but de l'existence – *d.* n'a pu servir à la vie sans mélange – *e.* « de la source même des plaisirs surgit je ne sais quelle amertume, qui serre le cœur même au milieu des fleurs. » – *f.* « mollesse »

de leur consanguinité, et consubstantialité. La profonde joie a plus de sévérité que de gaieté. L'extrême et plein contentement plus de rassis[a] que d'enjoué. *Ipsa fœlicitas [se] nisi temperat, premit*[b][1]. L'aise nous mâche[c]. C'est ce que dit un verset[d] Grec ancien, de tel sens[e], Les dieux nous vendent tous les biens qu'ils nous donnent[2] : c'est-à-dire, ils ne nous en donnent aucun pur et parfait, et que nous n'achetions au prix de quelque mal. Le travail[f] et le plaisir, très dissemblables de nature, s'associent pourtant de je ne sais quelle jointure naturelle. Socrates dit[3] que quelque dieu essaya de mettre en [masse[g]] et confondre la douleur et la volupté mais que, n'en pouvant sortir[h], il s'avisa de les accoupler au moins par la queue. Metrodorus disait[4] qu'en la tristesse, il y a quelque alliage de plaisir. Je ne sais s'il voulait dire autre chose : mais moi, j'imagine bien, qu'il y a du dessein[i], du consentement, et de la complaisance, à se nourrir en la mélancolie. Je dis outre l'ambition[j], qui s'y peut encore mêler. Il y a quelque ombre de friandise[k] et délicatesse, qui nous rit et qui nous flatte, au giron même de la mélancolie. Y a-il pas des complexions[l] qui en font leur aliment ?

est quædam flere voluptas[m][5].

Et dit un Attalus en Seneque[6], que la mémoire de nos amis perdus nous agrée comme l'amer au vin trop vieux,

Minister vetuli puer Falerni
Ingere mi calices amariores[n][7] :

et comme des pommes doucement aigres. Nature nous découvre cette confusion : Les peintres tiennent que les mouve-

a. de calme – *b.* « La joie même, si elle ne se modère pas, nous oppresse. » – *c.* Le bonheur nous broie – *d.* vers – *e.* qui a cette signification – *f.* La douleur – *g.* d'amalgamer – *h.* n'y parvenant pas – *i.* de l'intention – *j.* sans m'arrêter sur le sujet de l'ambition – *k.* apparence de plaisir – *l.* tempéraments – *m.* « il y a un certain plaisir à pleurer. » – *n.* « Enfant, toi qui nous verses le vieux Falerne, emplis ma coupe d'un vin plus amer. »

ments et plis du visage, qui servent au pleurer, servent aussi au rire : De vrai, avant que l'un ou l'autre soient achevés d'exprimer, regardez à la conduite de la peinture, vous êtes en doute, vers lequel c'est qu'on va. Et l'extrémité du rire se mêle aux larmes. *Nullum sine auctoramento malum est*[a][1]. Quand j'imagine l'homme assiégé [de] commodités désirables, mettons le cas que tous ses membres fussent saisis [pour] toujours d'un plaisir pareil à celui de [la] génération en son point [plus][b] excessif : je le sens [fondre][c] sous la charge de [son] aise[d]. Et le vois du tout[e] incapable [de] porter[f] une si pure, si constante volupté [et] si universelle[g]. [De] vrai il fuit quand il y est : et se hâte naturellement [d'en] échapper comme d'un [pas] où il ne se peut fermir[h], [où] il craint d'enfondrer[i]. Quand je me confesse à moi religieusement[j], je trouve que la meilleure bonté que j'aie, a de la teinture vicieuse[k]. Et crains que Platon en sa plus verte vertu (moi qui en suis autant sincère et loyal estimateur[l], et des vertus de semblable marque[m], qu'autre puisse être) s'il y eût écouté de près, et il y écoutait de près, il y eût senti[n] quelque ton gauche[o], de mixtion humaine[p] : mais ton obscur[q], et sensible seulement à soi. L'homme en tout et partout, n'est que rapiècement et bigarrure. Les lois mêmes de la justice, ne peuvent subsister sans quelque mélange d'injustice : Et dit Platon[2] que ceux-là entreprennent de couper la tête de Hydra[r], qui prétendent ôter des lois toutes incommodités et inconvénients. *Omne magnum exemplum habet aliquid ex iniquo, quod contra singulos utilitate publica rependitur*[s][3], dit Tacitus. Il est pareillement vrai, que pour

a. « Il n'y a pas de mal sans avantage. » – *b*. le plus – *c*. s'affaisser – *d*. bonheur – *e*. tout à fait – *f*. supporter – *g*. complète – *h*. d'un passage où il ne peut se tenir ferme – *i*. de s'enfoncer – *j*. scrupuleusement – *k*. nuance du vice – *l*. appréciateur – *m*. de semblable sorte – *n*. perçu – *o*. dissonance – *p*. mélange humain – *q*. note étouffée – *r*. l'hydre de Lerne – *s*. « Toute punition exemplaire comporte une part d'injustice au

l'usage de la vie et service du commerce public[a], il y peut avoir de l'excès en la pureté et perspicacité de nos esprits : Cette clarté pénétrante, a trop de subtilité et de curiosité. Il les[b] faut appesantir et émousser, pour les rendre plus obéissants à l'exemple et à la pratique, et les épaissir et obscurcir, pour les proportionner à cette vie ténébreuse et terrestre. Pourtant[c] se trouvent les esprits communs et moins tendus, plus propres et plus heureux à conduire affaires : Et les opinions de la philosophie élevées et exquises[d], se trouvent ineptes à l'exercice[e]. Cette pointue vivacité d'âme, et cette volubilité[f] souple et inquiète[g], trouble nos négociations. Il faut manier les entreprises humaines, plus grossièrement et superficiellement, et en laisser bonne et grande part, pour les droits de la fortune. Il n'est pas besoin d'éclairer les affaires si profondément et si subtilement : On s'y perd, à la considération de tant de lustres[h] contraires et formes diverses : [*volutantibus res inter se pugnantes obtorpuerant*] *animi*[i][1]. C'est ce que les anciens disent de Simonides[2] : parce que son imagination lui présentait sur la demande que lui avait fait[j] le Roi Hiero pour à laquelle satisfaire il avait eu plusieurs jours de pensement[k]: diverses considérations aiguës, et subtiles, doutant laquelle était la plus vraisemblable, il désespéra du tout[l] de la vérité. Qui en recherche, et embrasse toutes les circonstances, et conséquences, il empêche son élection[m]. Un engin[n] moyen, conduit également[o], et suffit aux exécutions, de grand et de petit poids. Regardez que

---

détriment des individus, mais au bénéfice de l'intérêt public. » – *a.* pour servir les relations sociales entre citoyens – *b.* les esprits – *c.* Pour cette raison – *d.* recherchées – *e.* à l'application pratique – *f.* versatilité – *g.* agitée – *h.* points de vue – *i.* « à force d'agiter dans leur esprit des solutions contradictoires, ils en étaient devenus abrutis. » – *j.* au sujet de la question que lui avait posée – *k.* réflexion – *l.* complètement – *m.* bloque son choix – *n.* une intelligence – *o.* de manière régulière

les meilleurs ménagers[a], sont ceux qui nous savent moins dire comment ils le sont : et que ces suffisants[b] compteurs n'y font le plus souvent rien qui vaille. Je sais[c] un grand diseur et très excellent peintre de toute sorte de ménage, qui a laissé bien piteusement couler par ses mains, cent mille livres de rente. J'en sais un autre, qui dit, qui consulte[d] mieux qu'homme de son conseil, et n'est point au monde une plus belle montre[e] d'âme, et de suffisance[f] : toutefois aux effets[g], ses serviteurs trouvent, qu'il est tout autre : je dis sans mettre le malheur en compte[h].

a. administrateurs – *b*. gestionnaires compétents – *c*. connais – *d*. réfléchit – *e*. apparence – *f*. capacité – *g*. dans les faits – *h*. sans prendre en compte les coups du sort.

Contre la fainéantise

CHAP. XXI

L'Empereur Vespasien étant malade de la maladie, de quoi il mourut, ne laissait pas de vouloir entendre l'état de l'empire : et dans son lit même, dépêchait sans cesse plusieurs affaires de conséquence : et son médecin l'en tançant, comme de chose nuisible à sa santé : il faut, disait-il, qu'un Empereur meure debout[1]. Voilà un beau mot, à mon gré, et digne d'un grand prince. Adrian l'Empereur s'en servit depuis à ce même propos[2] : et le devrait-on souvent ramentevoir[a] aux Rois, pour leur faire sentir, que cette grande charge, qu'on leur donne du commandement de tant d'hommes, n'est pas une charge oisive : et qu'il n'est rien qui puisse si justement dégoûter un sujet, de se mettre en peine et en hasard[b] pour le service de son prince, que de le voir apoltronni[c], cependant[d] lui-même, à des occupations lâches et vaines : et d'avoir soin de sa conservation, le voyant si nonchalant de la nôtre. Quand quelqu'un voudra maintenir qu'il vaut mieux que le prince conduise ses guerres par autre[e] que par soi : la fortune lui fournira assez d'exemples, de ceux à qui leurs lieutenants ont mis à chef[f] des grandes entreprises : et de ceux encore desquels la

a. rappeler – *b*. et prendre des risques – *c*. avachi – *d*. pendant ce temps – *e*. fasse conduire ses guerres par un autre – *f*. accompli

présence y eût été plus nuisible qu'utile. Mais nul prince vertueux et courageux pourra souffrir qu'on l'entretienne de si honteuses instructions. Sous couleur de conserver sa tête comme la statue d'un saint à[a] la bonne fortune de son état, ils le dégradent justement[b] de son office qui est tout en action militaire et l'en déclarent incapable. J'en sais[c] un qui aimerait bien mieux être battu que de dormir pendant qu'on [se] battrait pour lui, qui ne vit jamais sans jalousie ses gens mêmes faire quelque chose de grand en son absence[1]. Et Selim premier disait avec grande raison ce me semble que les victoires qui se gagnent sans le maître ne sont pas complètes[2]. De tant plus volontiers, eût-il dit, que ce maître devrait rougir de honte d'y prétendre part pour son nom[d], n'y ayant embesogné[e] que sa voix et sa pensée : ni cela même[f] : vu qu'en telle besogne les avis et commandements qui apportent honneur sont ceux-là seulement qui se donnent sur la place, et au milieu de l'affaire. Nul pilote n'exerce son office de pied ferme[g]. Les princes de la race Ottomane, la première race du monde en fortune guerrière, ont chaudement embrassé cette opinion. Et Bajazet second avec son fils qui s'en départirent, s'amusant aux sciences, et autres occupations casanières, donnèrent aussi de bien grands soufflets à leur empire : et celui qui règne à présent, Amurat troisième, à leur exemple commence assez bien de s'en trouver de même. Fut-ce pas le Roi d'Angleterre Édouart troisième, qui dit de notre Charles cinquième ce mot. Il n'y eut oncques[h] Roi qui moins s'armât, et si[i] n'y eut oncques Roi qui tant me donna à faire[3]. Il avait raison de le trouver étrange, comme un effet du sort plus que de la raison. Et cherchent autre adhérent[j] que moi ceux qui veulent [nombrer entre les belliqueux et magnanimes conquérants] les Rois de Castille et de Portugal de ce [qu'à douze cents lieues de leur oisive demeure, par l'escorte de leurs facteurs[k], ils se sont rendus maîtres des Indes d'une et d'autre part[l] : desquelles c'est à savoir[m], s'ils

a. pour – *b.* précisément – *c.* connais – *d.* de prétendre y prendre part pour son renom – *e.* employé – *f.* ou plutôt non – *g.* sur la terre ferme – *h.* jamais – *i.* pourtant – *j.* qu'ils cherchent un autre partisan – *k.* par la troupe de leurs lieutenants – *l.* des Indes occidentales et orientales – *m.* on se demande

auraient seulement le courage d'aller jouir en présence[a].] L'empereur Julian disait encore plus, qu'un philosophe et un galant homme[b], ne devaient pas seulement respirer[1] : c'est-à-dire ne donner aux nécessités corporelles, que ce qu'on ne leur peut refuser : tenant toujours l'âme et le corps embesognés[c] à choses belles, grandes et vertueuses : Il avait honte si en public on le voyait cracher ou suer (ce qu'on dit aussi de la jeunesse Lacédémonienne, et Xenophon de la Persienne[d2]) parce qu'il estimait que l'exercice, le travail continuel, et la sobriété, devaient avoir cuit, et asséché toutes ces superfluités. Ce que dit Seneque ne joindra[e] pas mal en cet endroit, que les anciens Romains maintenaient leur jeunesse droite : ils n'apprenaient, dit-il, rien à leurs enfants, qu'ils dussent apprendre assis[3]. C'est une généreuse envie, de vouloir mourir même[f], utilement et virilement, mais l'effet n'en gît pas tant en notre bonne résolution qu'en notre bonne fortune. Mille ont proposé de vaincre ou de mourir en combattant, qui ont failli à l'un et à l'autre : les blessures, les prisons leur traversant[g] ce dessein et leur prêtant une vie forcée. Il y a des maladies qui atterrent[h] jusques à nos désirs et à notre connaissance[i4]. Moleï Molluc, Roi de Fez, qui vient de gagner contre Sebastien Roi de Portugal, cette journée fameuse par la mort de trois Rois et par la transmission de cette grande couronne à celle de Castille[5], se trouva grièvement malade dès lors que les Portugais entrèrent à main armée en son état[j], et alla toujours depuis en empirant vers la mort, et la prévoyant. Jamais homme ne se servit de soi plus vigoureusement et plus glorieusement. Il se trouva faible pour soutenir la pompe cérémonieuse [de] l'entrée de son camp, qui est selon leur mode[k] pleine de magnificence et chargée de tout plein d'action, et [résigna cet honneur à son frère : Mais ce fut aussi le

a. en personne – *b.* un homme accompli – *c.* occupés – *d.* de la jeunesse perse – *e.* s'adaptera – *f.* de vouloir en sa mort même agir – *g.* s'opposant à – *h.* abattent – *i.* conscience – *j.* État – *k.* façon

seul office de Capitaine qu'il résigna :] tous les autres, nécessaires et utiles, il les fit très laborieusement et exactement : tenant son corps couché mais son entendement et son courage debout et ferme, jusques au dernier soupir, et aucunement[a] au-delà. [Il] pouvait miner ses ennemis, indiscrètement[b] avancés en ses terres : et lui pesa merveilleusement[c] qu'à faute d'un peu de vie, et pour n'avoir qui substituer[d] à la conduite [de] cette guerre, et affaires d'un état[e] troublé, il eût à chercher la victoire sanglante et hasardeuse, en ayant une autre sûre et nette, entre ses mains. Toutefois il ménagea miraculeusement la durée de sa maladie, à faire consommer[f] son ennemi, et l'attirer loin [de] l'armée de mer et des places maritimes qu'il avait en la côte d'Affrique, jusques au dernier jour de sa vie, lequel par dessein, il employa et réserva à cette grande journée. Il dressa sa bataille en rond, assiégeant de toutes parts l'ost[g] des Portugais : lequel rond venant à se courber et serrer les empêcha non seulement au conflit[h] qui fut très âpre par[i] la [valeur de ce jeune roi assaillant, vu qu'ils avaient à] montrer visage à[j] tous sens : mais [aussi les empêcha à la fuite après leur route[k]. Et trouvant toutes les issues saisies, et] closes, furent contraints de se rejeter à[l] eux-mêmes[1], *coacervanturque non solum cœde sed etiam fuga*[m2], et s'amonceler les uns sur les autres, fournissant aux vainqueurs une très meurtrière victoire et très entière. Mourant, il se fit porter et tracasser[n] où le besoin l'appelait : et coulant le long des files, enhortait[o] ses capitaines et soldats les uns après les autres : Mais un coin de sa bataille se laissant enfoncer, on ne le put tenir qu'il ne montât à cheval l'épée au poing. Il s'efforçait pour s'aller mêler[p] : ses gens l'arrêtant, qui par la bride, qui par sa robe et par ses étriers. Cet effort acheva d'accabler ce peu de vie qui lui restait. On le recoucha : lui se ressuscitant comme en sursaut de cette pâmoison, toute autre

a. un peu – *b.* imprudemment – *c.* étonnamment – *d.* menacé par la mort, et ne sachant qui pourrait le remplacer – *e.* État – *f.* se consumer – *g.* l'armée – *h.* non seulement les gêna pour combattre – *i.* à cause de – *j.* en – *k.* de fuir après leur déroute – *l.* sur – *m.* « ils s'entassent non seulement à cause du carnage, mais encore à cause de leur fuite » – *n.* traîner – *o.* exhortait – *p.* de se jeter dans la mêlée

faculté lui défaillant, pour avertir qu'on tût sa mort, qui était le plus nécessaire commandement qu'il eût lors à faire, pour n'engendrer quelque désespoir aux siens par cette nouvelle, expira, tenant le doigt contre sa bouche close, signe ordinaire de faire silence. Qui vécut oncques[a] si longtemps et si avant en la mort : qui mourut oncques si debout ? L'extrême degré de traiter courageusement[b] la mort et le plus naturel, c'est la voir non seulement sans étonnement mais sans soin[c], continuant libre le train[d] de la vie jusque dans elle. Comme Caton qui s'amusait à dormir et à étudier, en ayant une[e] violente et sanglante présente en sa tête et en son cœur, et la tenant en sa main[1].

a. jamais – *b*. L'extrême degré de courage face à la mort – *c*. souci – *d*. cours – *e*. une mort

Des Postes

Chap. XXII

Je n'ai pas été des plus faibles en cet exercice[a], qui est propre à gens de ma taille, ferme et courte : mais j'en quitte le métier : il nous essaie[b] trop pour y durer longtemps. Je lisais à cette heure, que le Roi Cyrus, pour recevoir plus facilement nouvelles de tous les côtés de son Empire, qui était d'une fort grande étendue, fit regarder combien un cheval pouvait faire de chemin en un jour, tout d'une traite, et à cette distance il établit des hommes, qui avaient charge de tenir des chevaux prêts, pour en fournir à ceux qui viendraient vers lui. Et disent aucuns[c] que cette vitesse d'aller vient à[d] la mesure du vol des grues[1]. Cæsar dit que Lucius Vibulus Rufus ayant hâte de porter un avertissement à Pompeius, s'achemina vers lui jour et nuit, changeant de chevaux, pour faire diligence[2]. Et lui-même, à ce que dit Suetone[3], faisait cent milles par jour, sur un coche de louage. Mais c'était un furieux courrier : car là où les rivières lui tranchaient son chemin, il les franchissait à nage, et ne se détournait du droit pour aller quérir[e] un pont ou un gué. Tiberius Nero allant voir son

a. acheminer du courrier à cheval – *b*. éprouve – *c*. certains disent – *d*. équivaut à – *e*. ne se détournait pas de la ligne droite, même pour aller chercher

frère Drusus, malade en Allemaigne, fit deux cents milles, en vingt-quatre heures, ayant trois coches[a][1]. [En la guerre des Romains contre le roi Antiochus, T. Sempronius] Gracchus, dit Tite Live, *per dispositos equos prope incredibili celeritate ab Amphissa tertio die Pellam pervenit*[b][2] : et appert[c] à voir le lieu que c'étaient postes assises[d], non ordonnées fraîchement pour cette course. L'invention de Cecinna à[e] renvoyer des nouvelles à ceux de sa maison, avait bien plus de promptitude : il emporta quant et soi[f], des arondelles[g], et les relâchait vers leurs nids, quand il voulait renvoyer de ses nouvelles, en les teignant de marque de couleur propre à signifier ce qu'il voulait, selon qu'il avait concerté avec les siens[3]. Au théâtre à Romme, les maîtres[h] de famille, avaient des pigeons dans leur sein, auxquels ils attachaient des lettres, quand ils voulaient mander quelque chose à leurs gens au logis : et étaient[i] dressés à en rapporter réponse. D. Brutus en usa assiégé à Mutine[4], et autres[j] ailleurs[5]. Au Peru, ils couraient sur les hommes[k], qui les chargeaient sur les épaules à tout[l] des portoires[m], par telle agilité, que tout en courant les premiers porteurs rejetaient aux seconds leur charge sans arrêter un pas[6]. J'entends[n] que les Valachi courriers du grand seigneur[o] font [des] extrêmes diligences[p], d'autant qu'ils ont loi de démonter[q] [le] premier passant qu'ils trouvent en leur chemin, en lui donnant leur cheval recru et que, pour se garder de lasser[r], ils se serrent à travers le corps [bien] étroitement d'une bande large[7].

a. trois véhicules – *b.* « se rendit en trois jours d'Amphissa à Pella, à une vitesse presque incroyable, avec des chevaux de relais » – *c.* il est clair – *d.* des relais déjà en place – *e.* pour – *f.* avec lui – *g.* hirondelles – *h.* pères – *i.* ils étaient – *j.* d'autres – *k.* ils couraient la poste sur des hommes – *l.* avec – *m.* des brancards – *n.* J'apprends – *o.* du sultan de Turquie – *p.* courent très rapidement – *q.* parce qu'ils ont coutume de faire mettre pied à terre au – *r.* pour ne pas se fatiguer

Des mauvais moyens employés à bonne fin

CHAP. XXIII

Il se trouve une merveilleuse relation et correspondance, en cette universelle police[a] des ouvrages de nature : qui montre bien qu'elle n'est ni fortuite ni conduite par divers maîtres. Les maladies et conditions de nos corps, se voient aussi aux états et polices[b] : les royaumes, les républiques naissent, fleurissent et fanissent[c] de vieillesse, comme nous[1]. Nous sommes sujets à une réplétion d'humeurs[d] inutile et nuisible, soit de bonnes humeurs (car cela même les médecins le craignent : et parce qu'il n'y a rien de stable chez nous, ils disent que la perfection de santé trop allègre et vigoureuse, il nous la faut essimer[e] et rabattre par art, de peur que notre nature ne se pouvant rasseoir en nulle certaine place, et n'ayant plus où monter pour s'améliorer, ne se recule en arrière en désordre et trop à coup[f] : ils ordonnent pour cela aux Athlètes les purgations et les saignées, pour leur soustraire cette superabondance de santé), soit réplétion de mauvaises humeurs, qui est l'ordinaire cause des maladies. De semblable réplétion se voient les états[h] souvent malades : et a l'on accoutumé d'user de

a. cet ordre universel – *b.* États et constitutions – *c.* fanent – *d.* un excès de liquides physiologiques – *e.* diminuer – *f.* brusquement – *h.* États

diverses sortes de purgation. Tantôt on donne congé à une grande multitude de familles, pour en décharger le pays, lesquelles vont chercher ailleurs où s'accommoder aux dépens d'autrui[1]. De cette façon nos anciens Francons[a], partis du fond de l'Alemaigne, vinrent se saisir de la Gaule, et en déchasser[b] les premiers habitants : ainsi se forgea cette infinie marée d'hommes, qui s'écoula en Italie sous Brennus et autres : ainsi les Goths et Vandales : comme aussi les peuples qui possèdent à présent la Grece, abandonnèrent leur naturel pays pour s'aller loger ailleurs plus au large : et à peine est-il deux ou trois coins au monde, qui n'aient senti l'effet d'un tel remuement. Les Romains bâtissaient par ce moyen leurs colonies : car sentants leur ville se grossir outre mesure, ils la déchargeaient du peuple moins nécessaire, et l'envoyaient habiter et cultiver les terres par eux conquises[2]. Parfois aussi ils ont à escient nourri des guerres avec aucuns[c] leurs ennemis, non seulement pour tenir leurs hommes en haleine[d], de peur que l'oisiveté mère de corruption ne leur apportât quelque pire inconvénient,

Et patimur longæ pacis mala, sævior armis
Luxuria incumbit[e][3].

Mais aussi pour servir de saignée à leur République, et éventer un peu la chaleur trop véhémente de leur jeunesse, écourter et éclaircir le branchage de ce tige[f] foisonnant en trop de gaillardise : à cet effet se sont-ils autrefois servis de la guerre contre les Cartaginois[4]. Au traité de Bretigny, Edouard troisième Roi d'Angleterre, ne voulut comprendre en cette paix générale, qu'il fit avec notre Roi, le différend du Duché de Bre-

a. Francs— *b.* chasser – *c.* certains de – *d.* en forme – *e.* « Et nous souffrons les maux d'une longue paix, plus cruelle que les combats, la luxure nous accable. » – *f.* cette tige

taigne, afin qu'il eût, où se décharger, de ses hommes de guerre, et que cette foule d'Anglais, de quoi il s'était servi aux affaires de deçà[a], ne se rejetât en Angleterre[1]. Ce fut l'une des raisons, pourquoi notre Roi Philippe consentit d'envoyer Jean son fils à la guerre d'outremer : afin d'emmener quant et[b] lui un grand nombre de jeunesse bouillante, qui était en sa gendarmerie[c][2]. Il y en a plusieurs en ce temps, qui discourent de pareille façon, souhaitant que cette émotion chaleureuse[d], qui est parmi nous, se pût dériver à quelque guerre voisine, de peur que ces humeurs peccantes[e], qui dominent pour cette heure notre corps, si on ne les écoule ailleurs, maintiennent notre fièvre toujours en force, et apportent enfin notre entière ruine. Et de vrai une guerre étrangère est un mal bien plus doux que la civile : mais je ne crois pas que Dieu favorisât une si injuste entreprise, d'offenser et quereller autrui pour notre commodité :

Nil mihi tam valde placeat Rhamnusia virgo,
Quod temere invitis suscipiatur heris[f][3].

Toutefois la faiblesse de notre condition, nous pousse souvent à cette nécessité, de nous servir de mauvais moyens pour une bonne fin. Licurgus le plus vertueux et parfait législateur qui fût onques[g], inventa cette très injuste façon, pour instruire son peuple à la tempérance : de faire enivrer par force les Ilotes, qui étaient leurs serfs : afin qu'en les voyant ainsi perdus et ensevelis dans le vin, les Spartiates prissent en horreur le débordement de ce vice[4]. Ceux-là avaient encore plus de tort, qui permettaient anciennement

a. sur le continent – *b.* avec – *c.* parmi ses gens d'armes – *d.* ce bouillant tumulte – *e.* maladives – *f.* « Ô vierge de Rhamnonte [Némésis, déesse de la vengeance divine], que rien ne m'attire jamais si vivement que je sois téméraire au point de le ravir contre la volonté de ses possesseurs » – *g.* jamais que les criminels, à quelque sorte de mort qu'ils fussent condamnés, fussent déchirés tout vifs par les médecins, pour y voir au naturel nos parties intérieures, et en établir plus de certitude en leur art[1] : car s'il se faut débaucher, on est plus excusable le faisant pour la santé de l'âme, que pour celle du corps : comme les Romains dressaient le peuple à la vaillance et au mépris des dangers, et de la mort, par ces furieux spectacles de gladiateurs et escrimeurs à outrance, qui se combattaient, détaillaient[a], et entretuaient en leur présence,

Quid vesani aliud sibi vult ars impia ludi,
Quid mortes juvenum, quid sanguine pasta voluptas[b2] ?

Et dura cet usage jusques à Theodosius l'Empereur :

Arripe dilatam tua dux in tempora famam,
Quodque patris superest successor laudis habeto,
Nullus in urbe cadat cujus si pœna voluptas,
Jam solis contenta feris infamis arena
Nulla cruentatis homicidia ludat in armis[c3].

C'était à la vérité un merveilleux[d] exemple, et de très grand fruit, pour l'institution[e] du peuple, de voir tous les jours en sa présence, cent, deux cents, et mille couples d'hommes armés les uns contre les autres, se hacher en pièces, avec une si extrême fermeté de courage, qu'on ne leur vit lâcher une parole de faiblesse ou commisération, jamais tourner le dos, ni faire seulement un mouvement lâche, pour gauchir[f] au coup de leur adversaire : ains[g] tendre le col à son épée et se présenter au coup. Il est advenu à plusieurs

a. tailladaient – *b.* « Quel autre but peut avoir cet art impie de ces jeux insensés, ce massacre de jeunes hommes, ce plaisir qui se repaît de sang ? » – *c.* « Saisis, Prince, cette gloire qui t'a attendu, ce que ton père n'a pas accompli de louable, fais-le, que personne ne meure plus à Rome dont le châtiment serve au plaisir, que désormais les arènes infâmes se contentent des fauves, qu'on ne voie plus d'armes ensanglantées par des jeux homicides. » – *d.* étonnant – *e.* l'éducation – *f.* esquiver – *g.* mais

d'entre eux, étant blessés à mort de force plaies, d'envoyer demander au peuple, s'il était content de leur devoir, avant que se coucher pour rendre l'esprit sur la place. Il ne fallait pas seulement qu'ils combatissent et mourussent constamment, mais encore allégrement : en manière qu'on les hurlait et maudissait, si on les voyait estriver[a] à recevoir la mort. Les filles mêmes les incitaient :

consurgit ad ictus
Et quoties victor ferrum jugulo inserit, illa
Delitias ait esse suas, pectúsque jacentis
Virgo modesta jubet converso pollice rumpi[b1].

Les premiers Romains employaient à cet exemple les criminels : mais depuis on y employa des serfs innocents, et des libres[c] même, qui se vendaient pour cet effet : jusques à des Sénateurs et Chevaliers Romains, et encore des femmes :

Nunc caput in mortem vendunt, et funus arenæ,
Atque hostem sibi quisque parat cum bella quiescunt[d2].
Hos inter fremitus novósque lusus,
Stat sexus rudis insciúsque ferri,
Et pugnas capit improbus viriles[e3].

Ce que je trouverais fort étrange et incroyable, si nous n'étions accoutumés de voir tous les jours en nos guerres, plusieurs milliasses[f] d'hommes étrangers, engageant pour de l'argent leur sang et leur vie, à des querelles, où ils n'ont aucun intérêt.

a. rechigner – *b.* « la vierge modeste se dresse à chaque coup, et chaque fois que le vainqueur plonge son épée dans la gorge du vaincu, elle confesse ses délices, et de son pouce renversé elle ordonne de percer la poitrine de celui qui est à terre. » – *c.* des hommes libres – *d.* « Maintenant ils vendent leur tête pour la mort, et pour des funérailles dans l'arène, et ils se trouvent des ennemis alors que les guerres ont cessé » – *e.* « Au milieu de ce frémissement et de ces nouveaux jeux se tient un sexe inhabile et inexpérimenté au maniement des armes, qui s'empare avec impudence de ces combats virils. » – *f.* des dizaines de milliers

De la grandeur Romaine

CHAP. XXIV

Je ne veux dire qu'un mot de[a] cet argument infini, pour montrer la simplesse de ceux, qui apparient[b] à celle-là, les chétives grandeurs de ce temps. Au septième livre des *Épîtres familières* de Cicero (et que les grammairiens en ôtent ce surnom[c], de familières, s'ils veulent, car à la vérité il n'y est pas fort à propos : et ceux qui au lieu de familières y ont substitué *Ad familiares,* peuvent tirer quelque argument pour eux, de ce que dit Suétone[1] en la *Vie de Cæsar,* qu'il y avait un volume de lettres de lui *ad familiares*[d]), il y en a une[2], qui s'adresse à Cæsar étant lors en la Gaule, en laquelle Cicero redit ces mots, qui étaient sur la fin d'une autre lettre, que César lui avait écrite : quant à Marcus Furius, que tu m'as recommandé, je le ferai Roi de Gaule, et si tu veux, que j'avance quelque autre de tes amis, envoie-le-moi. Il n'était pas nouveau à un simple citoyen Romain, comme était lors Cæsar, de disposer des Royaumes, car il ôta bien au Roi Dejotarus le sien, pour le donner à un gentilhomme de la ville de Pergame nommé Mithridates[3]. Et ceux qui écrivent sa vie, enregistrent plusieurs autres

a. sur – *b.* la naïveté de ceux qui égalent – *c.* ce qualificatif – *d.* « À ses proches »

Royaumes par lui vendus : et Suetone dit qu'il tira pour un coup[a] du Roi Ptolomæus, trois millions six cent mille écus, qui fut bien près de lui vendre le sien[b1] :

Tot Galatæ, tot Pontus eat tot Lydia nummis[c2].

Marcus Antonius disait que la grandeur du peuple Romain ne se montrait pas tant, par ce qu'il prenait, que par ce qu'il donnait[3]. Si en avait-il quelque siècle avant Antonius ôté un entre autres d'autorité si merveilleuse[d] que, en toute son histoire, je ne sache marque qui porte plus [haut] le nom de son crédit. Antiochus possédait toute l'Ægypte et était après à[e] conquérir Cypre et autres demeurants[f] de [cet] empire : Sur le progrès de ses victoires[g], [C.] Popilius arriva à lui [de] la part du Sénat : et d'abordée[h] refusa [de] lui toucher à la main qu'il n'eût premièrement lu[i] les lettres qu'il lui apportait. Le roi les ayant lues et dit qu'il en délibérerait, Popilius circonscrit la place où il était, à tout[j] sa baguette, en lui disant : Rends-moi réponse que je puisse rapporter au Sénat, avant que tu partes de ce cercle. Antiochus, étonné de la rudesse d'un si pressant commandement, après y avoir un peu songé : Je ferai, dit-il, ce que le Sénat me commande. Lors le salua Popilius comme ami du peuple Romain[4]. Avoir renoncé à une si grande monarchie et cours[k] d'une si fortunée prospérité, par l'impression de trois traits d'écriture. Il eut vraiment raison, comme il fit, d'envoyer depuis dire au Sénat par ses ambassadeurs, qu'il avait reçu leur ordonnance de[l] même respect que si elle fût venue des dieux immortels. Tous les Royaumes qu'Auguste gagna par droit de guerre, il les rendit à ceux qui les avaient perdus, ou en fit présent à des étrangers. Et sur ce propos Tacitus parlant du Roi d'Angleterre Cogidunus, nous fait sentir par un merveilleux trait[m] cette infinie

a. en une seule fois – *b*. ce qui revenait presque à lui vendre son royaume – *c*. « La Galatie vaut tant, le Pont tant, la Lydie tant. »– *d*. pris un royaume avec une autorité si étonnante – *e*. avait entrepris de – *f*. ce qui restait – *g*. Alors que ses victoires se multipliaient – *h*. d'emblée – *i*. avant qu'il n'ait lu – *j*. avec – *k*. au cours – *l*. avec – *m*. une formule extraordinaire

puissance : les Romains, dit-il, avaient accoutumé de toute ancienneté[a], de laisser les Rois, qu'ils avaient surmontés[b], en la possession de leurs Royaumes, sous leur autorité : à ce qu'ils eussent des Rois mêmes, outils de la servitude, *Ut haberet instrumenta servitutis et reges*[c][1]. Il est vraisemblable que Soliman à qui nous avons vu faire libéralité[d] du Royaume de Hongrie et autres états[e], regardait plus à cette considération, qu'à celle qu'il avait accoutumé d'alléguer, qu'il était saoul[f] et chargé, de tant de monarchies et de puissance[2].

a. depuis toujours – *b.* vaincus – *c.* « afin d'utiliser les rois mêmes comme instruments de la servitude » – *d.* don – *e.* États – *f.* rassasié

De ne contrefaire le malade

Chap. XXV

Il y a un[a] épigramme en Martial qui est des bons, car il y en a chez lui de toutes sortes, où il récite[b] plaisamment l'histoire de Cælius, qui pour fuir à[c] faire la cour à quelques grands à Romme, se trouver à leur lever, les assister et les suivre, fit mine d'avoir la goutte : et pour rendre son excuse plus vraisemblable, se faisait oindre les jambes, les avait enveloppées, et contrefaisait entièrement le port et la contenance d'un homme goutteux : enfin la fortune lui fit ce plaisir de l'en rendre tout à fait[d],

Tantum cura potest et ars doloris,
Desiit fingere Cælius podagram[e][1].

J'ai vu en quelque lieu d'Appian, ce me semble une pareille histoire : d'un qui voulant échapper aux proscriptions des triumvirs de Rome, pour se dérober de la connaissance[f] de ceux qui le poursuivaient, se tenant caché et travesti, y ajouta encore cette invention, de contrefaire le borgne : quand il vint à recouvrer un peu plus de liberté, et qu'il voulut défaire

a. une – *b*. raconte – *c*. éviter de – *d*. de lui donner vraiment la goutte – *e*. « Si grande est la puissance de l'application et de la simulation de la douleur, Cælius a cessé de feindre la goutte ! » – *f*. pour ne pas être reconnu l'emplâtre qu'il avait longtemps porté sur son œil, il trouva que sa vue était effectuellement perdue sous ce masque[1]. Il est possible que l'action de la vue s'était hébétée, pour avoir été si longtemps sans exercice, et que la force visive[a] s'était toute rejetée en l'autre œil : Car nous sentons évidemment, que l'œil que nous tenons couvert, renvoie à son compagnon quelque partie de son effet[b], en manière que celui qui reste, s'en grossit et s'en enfle : Comme aussi l'oisiveté, avec la chaleur des liaisons[c] et des médicaments, avait bien pu attirer quelque humeur podagrique au goutteux de Martial. Lisant chez Froissard le vœu d'une troupe de jeunes gentilshommes Anglais, de porter l'œil gauche bandé, jusques à ce qu'ils eussent passé en France, et exploité[d] quelque fait d'armes sur nous[2], je me suis souvent chatouillé de ce pensement[e], qu'il leur eût pris[f], comme à ces autres, et qu'ils se fussent trouvés tous éborgnés au revoir[g] des maîtresses, pour lesquelles ils avaient fait l'entreprise. Les mères ont raison de tancer leurs enfants, quand ils contrefont les borgnes, les boiteux et les bigles, et tels autres défauts de la personne : car outre ce que le corps ainsi tendre en peut recevoir un mauvais pli, je ne sais comment il semble que la fortune se joue à nous prendre au mot : et j'ai ouï réciter plusieurs exemples, de gens devenus malades ayant entrepris de s'en feindre. De tout temps j'ai appris de charger ma main et à cheval et à pied d'une baguette, ou d'un bâton : jusques à y chercher de l'élégance : [et] de m'en séjourner[h], d'une contenance affectée. Plusieurs m'ont menacé que fortune tournerait un jour cette mignardise[i] en nécessité. Je me fonde sur ce que[j] je serais

a. la faculté de voir – *b*. sa force – *c*. ligatures – *d*. accompli – *e*. je me suis souvent plu à penser – *f*. qu'il leur fût advenu – *g*. en revoyant – *h*. et à m'y appuyer – *i*. coquetterie – *j*. je me rassure à l'idée que

tout le premier goutteux de ma race[a]. Mais allongeons ce chapitre et le bigarrons d'une autre pièce, à propos de la cécité. Pline dit d'un, qui songeant être aveugle en dormant, s'en trouva lendemain[b] sans aucune maladie précédente[c][1]. La force de l'imagination peut bien aider à cela, comme j'ai dit ailleurs[2], et semble que Pline soit de cet avis : mais il est plus vraisemblable, que les mouvements que le corps sentait au-dedans, desquels les médecins trouveront, s'ils veulent, la cause, qui lui ôtaient la vue, furent occasion du songe. Ajoutons encore une histoire voisine de ce propos, que Seneque récite[d] en l'une de ses lettres[3]. Tu sais, dit-il, écrivant à Lucilius, que Harpaste la folle de ma femme, est demeurée chez moi pour[e] charge héréditaire, car de mon goût je suis ennemi de ces monstres, et si j'ai envie de rire d'un fol, il ne me le faut chercher guère loin, je me ris de moi-même. Cette folle a subitement perdu la vue. Je te récite chose étrange, mais véritable : elle ne sent point qu'elle soit aveugle, et presse incessamment son gouverneur de l'en emmener, parce qu'elle dit que ma maison est obscure. Ce que[f] nous rions en elle, je te prie croire qu'il advient à chacun de nous : nul ne connaît être[g] avare, nul convoiteux[h]. Encore les aveugles demandent un guide, nous[i] nous fourvoyons de nous-mêmes. Je ne suis pas ambitieux, disons-nous, mais à Rome on ne peut vivre autrement : je ne suis pas somptueux[j], mais la ville requiert une grande dépense : ce n'est pas ma faute, si je suis colère, si je n'ai encore établi aucun train assuré de vie, c'est la faute de la jeunesse. Ne cherchons pas hors de nous notre mal, il est chez

a. de ma famille – *b*. se trouva aveugle le lendemain – *c*. annonciatrice – *d*. raconte – *e*. par – *f*. dont – *g*. nul n'a conscience d'être avare – *h*. avide – *i*. alors que nous – *j*. prodigue

nous : il est planté en nos entrailles. Et cela même que nous ne sentons pas être malades, nous rend la guérison plus malaisée. Si nous ne commençons de bonne heure à nous panser, quand aurons-nous pourvu à tant de plaies et à tant de maux ? Si[a] avons-nous une très douce médecine que[b] la philosophie : car des autres, on n'en sent le plaisir, qu'après la guérison, cette-ci plaît et guérit ensemble. Voilà ce que dit Seneque, qui m'a emporté hors de mon propos, mais il y a du profit au change[c].

a. Pourtant – *b.* en – *c.* dans ce changement de sujet

Des pouces

Chap. XXVI

Tacitus récite[a] que parmi certains Rois barbares, pour faire une obligation assurée[b], leur manière était, de joindre étroitement leurs mains droites l'une à l'autre, et s'entrelacer les pouces : et quand à force de les presser le sang en était monté au bout, ils les blessaient de quelque légère pointe, et puis se les entresuçaient[1]. Les médecins disent, que les pouces sont les maîtres doigts de la main, et que leur étymologie Latine vient de *pollere*[c2]. Les Grecs l'appellent ἀντίχειρ[d], comme qui dirait une autre main. Et il semble que parfois les Latins les prennent aussi en ce sens, de main entière,

Sed nec vocibus excitata blandis
Molli pollice nec rogata surgit[e3].

C'était à Rome une signification[f] de faveur, de comprimer[g] et baisser les pouces[4],

Fautor utróque tuum laudabit pollice ludum[h5] :

et de défaveur de les hausser et contourner au-dehors[i],

a. raconte – *b*. pour contracter un engagement ferme – *c*. « exceller sur les autres » – *d*. « le doigt qui est sur le devant de la main » – *e*. « Mais elle ne se dresse pas pour avoir été excitée par des propos galants ou sollicitée par un pouce caressant. » – *f*. un signe – *g*. serrer – *h*. « Ton partisan applaudira ton jeu des deux pouces. » – *i*. de les lever et tourner

converso pollice vulgi
Quemlibet occidunt populariter[a][1].

Les Romains dispensaient de la guerre, ceux qui étaient blessés au pouce, comme s'ils n'avaient plus la prise des armes assez ferme. Auguste confisqua les biens à un chevalier Romain, qui avait par malice, coupé les pouces à deux siens jeunes enfants, pour les excuser[b] d'aller aux armées[2]. Et avant lui, le Sénat du temps de la guerre Italique, avait condamné Caius Vatienus à prison perpétuelle, et lui avait confisqué tous ses biens, pour s'être à escient[c] coupé le pouce de la main gauche, pour s'exempter de ce voyage[d][3]. Quelqu'un, de qui il ne me souvient point[4], ayant gagné une bataille navale, fit couper les pouces à ses ennemis vaincus, pour leur ôter le moyen de combattre et de tirer la rame. Les Athéniens les firent couper aux Éginètes [pour] leur ôter la préférence[e] [en] l'art de marine[5]. En Lacedemone le maître châtiait les enfants en leur mordant le pouce[6].

vers l'extérieur – *a*. « Dès que le peuple a abaissé le pouce, on tue n'importe qui pour gagner sa bienveillance. » – *b*. dispenser – *c*. à dessein – *d*. cette expédition militaire – *e*. supériorité

Couardise mère de la cruauté

CHAP. XXVII

J'ai souvent ouï dire, que la couardise est mère de cruauté[1] : Et ai par expérience aperçu, que cette aigreur, et âpreté de courage[a] malicieux[b] et inhumain, s'accompagne coutumièrement de mollesse féminine[c]. J'en ai vu des plus cruels, sujets à pleurer aisément, et pour des causes frivoles. Alexandre tyran de Pheres ne pouvait souffrir d'ouïr au théâtre le jeu des tragédies, de peur que ses citoyens[d] ne le vissent gémir aux malheurs de Hecuba, et d'Andromache : lui qui sans pitié, faisait cruellement meurtrir[e] tant de gens tous les jours[2]. Serait-ce faiblesse d'âme qui les rendit ainsi ployables à toutes extrémités[f]. La vaillance (de qui[g] c'est l'effet, de s'exercer seulement contre la résistance[h],

Nec nisi bellantis gaudet cervice juvenci[i][3])

s'arrête à voir[j] l'ennemi à sa merci. Mais la pusillanimité pour dire qu'elle est aussi de la fête, n'ayant pu se mêler à[k] ce premier rôle, rend pour sa part le second, du massacre et du sang. Les meurtres des victoires[l], s'exercent ordinairement par le peuple, et

a. cœur – *b*. méchant – *c*. efféminée – *d*. sujets – *e*. tuer – *f*. émus par tous les malheurs – *g*. dont – *h*. ceux qui résistent – *i*. « Et elle ne prend du plaisir que si le taureau résiste de la tête » – *j*. lorsqu'elle voit – *k*. jouer – *l*. les exécutions qui suivent les victoires

par les officiers du bagage[a] : Et ce qui fait voir tant de cruautés inouïes, aux[b] guerres populaires, c'est que cette canaille de vulgaire, s'aguerrit et se gendarme[c], à s'ensanglanter jusques aux coudes, et à déchiqueter un corps à ses pieds, n'ayant ressentiment[d] d'autre vaillance :

Et lupus et turpes instant morientibus ursi,
Et quæcunque minor nobilitate fera es[e][1] :

Comme les chiens couards, qui déchirent en la maison, et mordent les peaux des bêtes sauvages, qu'ils n'ont osé attaquer aux champs. Qu'est-ce qui fait en ce temps nos querelles toutes mortelles[f] ? et que là où nos pères avaient quelque degré de[g] vengeance, nous commençons à cette heure[h] par le dernier : et ne se parle d'arrivée[i] que de tuer : Qu'est-ce, si ce n'est couardise ? Chacun sent bien, qu'il y a plus de braverie[j], et dédain, à battre son ennemi, qu'à l'achever, et de le faire bouquer[k], que de le faire mourir. Davantage[l] que l'appétit de vengeance s'en assouvit et contente mieux : car elle ne vise qu'à donner ressentiment de soi[m]. Voilà pourquoi nous n'attaquons pas une bête, ou une pierre, quand elle nous blesse, d'autant qu'elles[n] sont incapables de sentir notre revanche : Et de tuer un homme, c'est le mettre à l'abri de notre offense. Et tout ainsi comme Bias criait à un méchant homme. Je sais que tôt ou tard tu en seras puni, mais je crains que je ne le voie pas : Et plaignait les Orchoméniens, de ce que la pénitence que Lyciscus eut de

a. les serviteurs subalternes – *b.* dans les – *c.* s'enhardit – *d.* pas de notion – *e.* « Le loup et les ours vils s'acharnent sur les mourants, comme toutes les bêtes les moins nobles » – *f.* Comment se fait-il que de nos jours toutes les querelles se terminent par la mort ? – *g.* dans la – *h.* aujourd'hui – *i.* qu'il ne se parle d'emblée – *j.* bravoure – *k.* de l'humilier – *l.* Et plus encore – *m.* car la vengeance ne vise qu'à se faire ressentir – *n.* puisqu'elles

la trahison, contre eux commise, venait en saison, qu'il n'y avait personne de reste[a], de ceux qui en avaient été intéressés[b], et auxquels[c] devait toucher le plaisir de cette pénitence[1]. Tout ainsi[d] est à plaindre la vengeance, quand celui envers lequel elle s'emploie, perd le moyen de la sentir : Car comme le vengeur y veut voir pour en tirer du plaisir : il faut que celui sur lequel il se venge, y voie aussi, pour en souffrir du déplaisir et de la repentance. Il s'en repentira disons-nous. Et pour lui avoir donné d'une pistolade[e] en la tête, estimons-nous qu'il s'en repente ? Au rebours, si nous nous[f] en prenons garde, nous trouverons qu'il nous fait la moue en tombant : Il ne nous en sait pas seulement[g] mauvais gré, c'est[h] bien loin de s'en repentir. Et lui prêtons le plus favorable de tous les offices de la vie[i], qui est de le faire mourir promptement et insensiblement. Nous sommes à coniller[j], à trotter, et à fuir les officiers de la justice, qui nous suivent, et lui est en repos. Le tuer[k] est bon pour éviter l'offense à venir, non pour venger celle qui est faite : C'est une action plus de crainte que de braverie, de précaution que de courage, de défense que d'entreprise. Il est apparent, que nous quittons par là[l], et la vraie fin de la vengeance, et le soin de notre réputation : Nous craignons, s'il demeure en vie qu'il nous recharge d'une pareille[m]. Ce n'est pas contre [lui], c'est pour [toi], que tu t'en défais. [Au royaume de Narsingue[2] cet expédient nous demeurerait inutile : Là, non seulement les gens de] guerre, mais aussi les artisans démêlent leurs querelles à coups d'épée. Le Roi ne refuse point le [camp] à qui se veut battre[n] et

a. à un moment où il ne restait personne – *b.* lésés – *c.* que – *d.* De même – *e.* lorsque nous lui avons donné un coup de pistolet – *f.* si nous y – *g.* pas même – *h.* il est – *i.* le meilleur de tous les services – *j.* nous devons fuir comme des lièvres – *k.* Tuer – *l.* Il est évident que nous abandonnons en tuant – *m.* que notre ennemi nous redonne la pareille – *n.* le roi autorise les duels assiste quand ce sont personnes de qualité[a] : étrennant[b] le victorieux d'une chaîne d'or. Mais pour laquelle conquérir, [le] premier à qui il en prend envie peut venir aux armes avec celui qui la porte. Et pour s'être défait[c] d'un combat, il en a plusieurs sur les bras. Si nous pensions par vertu être toujours maîtres de notre ennemi, et le gourmander à notre poste[d], nous serions bien marris qu'il nous échappât, comme il fait en mourant. Nous voulons vaincre, mais plus sûrement que honorablement. Et cherchons plus la fin que la [gloire], en notre querelle. Asinius Pollio, pour[e] un honnête homme, représenta [une][f] erreur pareille. Qui[g] ayant [écrit] des invectives contre Plancus, attendait qu'il fût mort pour les publier[1]. C'était faire la figue[h] à un aveugle et dire des pouilles[i] [à] un sourd et offenser un [homme] sans sentiment, plutôt [que] d'encourir [le] hasard de son ressentiment. Aussi disait-[on] pour lui[j] : que ce n'était qu'aux lutins[k] de lutter les[l] morts. Celui qui attend à[m] voir trépasser l'auteur duquel il [veut] combattre les écrits, que [dit]-il, sinon qu'il est faible [et] noisif[n] ? On disait à Aristote que quelqu'un avait médit de lui : Qu'il fasse plus, dit-il, qu'il me fouette, pourvu que je n'y sois pas[2]. Nos pères se contentaient de revancher une injure par un démenti, un démenti par un coup, et ainsi par ordre[o]. Ils étaient assez valeureux pour ne craindre pas leur ennemi, vivant, et outragé. Nous tremblons de frayeur, tant que nous le voyons en pieds[p]. Et qu'il soit ainsi[q], notre belle pratique d'aujourd'hui, porte-elle pas, de poursuivre à mort, aussi bien celui que nous avons offensé, que celui qui nous a offensés ? C'est aussi une image[r] de lâcheté, qui a introduit en nos combats singuliers, cet usage, de nous accompagner de seconds, et tiers, et quarts. C'était anciennement des duels, ce

a. y assiste, quand ce sont des nobles – *b*. récompensant – *c*. pour avoir gagné – *d*. le punir comme nous voulons – *e*. quoique – *f*. donna l'exemple d'une – *g*. lui qui – *h*. les cornes – *i*. des injures – *j*. à son sujet – *k*. spectres – *l*. contre les – *m*. de – *n*. querelleur – *o*. graduellement – *p*. debout – *q*. pour preuve qu'il en est ainsi – *r*. forme

sont à cette heure, rencontres, et batailles[1]. La solitude faisait peur aux premiers qui l'inventèrent[a] : *cum in se cuique minimum fiduciæ esset*[b][2]. Car naturellement quelque compagnie que ce soit, apporte confort[c], et soulagement au danger. On se servait anciennement de personnes tierces, pour garder[d] qu'il ne s'y fît désordre et déloyauté, et pour témoigner de la fortune[e] du combat : Mais depuis qu'on a pris ce train[f], qu'ils s'y engagent eux-mêmes, quiconque y est convié, ne peut honnêtement[g] s'y tenir comme spectateur, de peur qu'on ne lui attribue, que ce soit faute ou d'affection, ou de cœur. Outre l'injustice d'une telle action, et vilenie, d'engager à la protection de votre honneur, autre valeur et force que la vôtre : je trouve du désavantage à un homme de bien, et qui pleinement se fie de soi[h], d'aller mêler sa fortune, à celle d'un second. Chacun court assez de hasard pour soi, sans le courir encore pour un autre : et a assez à faire à s'assurer en sa propre vertu, pour la défense de sa vie, sans commettre[i] chose si chère en mains tierces. Car s'il n'a été expressément marchandé[j] au contraire, des quatre, c'est une partie liée[k]. Si votre second est à terre, vous en avez deux sur les bras, avec raison. Et de dire que c'est supercherie : elle l'est voirement[l], comme de charger bien armé, un homme qui n'a qu'un tronçon d'épée : ou tout sain, un homme qui est déjà fort blessé. Mais si ce sont avantages, que vous ayez gagnés en combattant, vous vous en pouvez servir sans reproche. La disparité et inégalité, ne se pèse et considère, que de l'état en quoi[m] se commence la

a. qui inventèrent cet usage – *b*. « parce que chacun s'accordait très peu de confiance à soi-même » – *c*. réconfort – *d*. empêcher – *e*. de l'issue – *f*. cet usage – *g*. honorablement – *h*. se fait pleinement confiance – *i*. confier – *j*. convenu – *k*. le sort de ces quatre hommes est commun – *l*. Quant à dire qu'il s'agit d'un abus, c'en est un en effet – *m*. dans l'état où

mêlée: du reste[a] prenez-vous-en à la fortune: Et quand vous en aurez tout seul, trois sur vous, vos deux compagnons s'étant laissés tuer, on ne vous fait non plus de tort, que je ferais à la guerre, de donner un coup d'épée à l'ennemi, que je verrais attaché à l'un des nôtres, de pareil[b] avantage. La nature de la société porte[c], où il y a troupe contre troupe, comme où[d] notre Duc d'Orleans, défia le Roi d'Angleterre Henry, cent contre cent[1], trois cents contre autant, comme les Argiens contre les Lacédémoniens[2] : trois à trois, comme les Horatiens contre les Curiatiens[3], que la multitude de chaque part[e], n'est considérée que pour[f] un homme seul. Partout où il y a compagnie[g], le hasard y est confus et mêlé. J'ai intérêt domestique à ce discours[h]. Car mon frère sieur de Matecolom[4], fut convié à Rome, à seconder un gentilhomme qu'il ne connaissait guère, lequel était défendeur, et appelé[i] par un autre: En ce combat il se trouva de fortune[j], avoir en tête, un qui lui était plus voisin[k], et plus connu (je voudrais qu'on me fît raison[l] de ces lois d'honneur, qui vont si souvent choquant et troublant celles de la raison): après s'être défait de son homme, voyant les deux maîtres de la querelle, en pieds[m] encore, et entiers, il alla décharger[n] son compagnon. Que pouvait-il moins? devait-il se tenir coi[o], et regarder défaire[p], si le sort l'eût ainsi voulu, celui pour la défense duquel, il était là venu: Ce qu'il avait fait jusques alors, ne servait rien à la besogne: la querelle était indécise. La courtoisie[q] que vous pouvez, et certes devez faire à votre ennemi, quand vous l'avez réduit en mauvais termes,

a. pour le reste – *b.* avec – *c.* La nature d'une alliance implique – *d.* lorsque – *e.* camp – *f.* comme – *g.* association – *h.* Ma famille a été concernée par ce problème – *i.* provoqué au combat – *j.* par hasard – *k.* proche – *l.* qu'on m'expliquât – *m.* debout – *n.* aider – *o.* immobile – *p.* tuer – *q.* grâce

et à quelque grand désavantage, je ne vois pas comment vous la puissiez[a] faire, quand il va de l'intérêt d'autrui, où vous n'êtes que suivant, où la dispute n'est pas vôtre. Il[b] ne pouvait être ni juste, ni courtois, au hasard[c] de celui auquel il s'était prêté. Aussi fut-il délivré des prisons d'Italie, par une bien soudaine et solennelle recommandation de notre Roi. Indiscrète[d] nation. Nous ne nous contentons pas de faire savoir nos vices, et folies, au monde, par réputation : nous allons aux nations étrangères, pour les leur faire voir en présence. Mettez trois Français aux déserts de Libye, ils ne seront pas un mois ensemble, sans se harceler et égratigner : vous diriez que cette pérégrination[e], est une partie dressée[f], pour donner aux étrangers le plaisir de nos tragédies : et le plus souvent à tels[g], qui s'éjouissent de nos maux, et qui s'en moquent. Nous allons apprendre en Italie à escrimer[1], et l'exerçons aux dépens de nos vies, avant que [de] le savoir[h]. Si[i] faudrait-il suivant l'ordre de la discipline, mettre la théorique avant la pratique : Nous trahissons[j] notre apprentissage :

Primitiæ juvenum miseræ, bellique futuri
Dura rudimenta[k2].

Je sais bien que c'est un art[l] utile à sa fin (au duel des deux princes cousins germains en Espaigne, le plus vieux, dit Tite Live, par l'adresse des armes et par ruse surmonta facilement les forces étourdies du plus jeune[3]) [et,] comme j'ai connu par expérience, duquel la connaissance a grossi le cœur à aucuns[m], outre leur mesure naturelle : Mais ce n'est pas proprement vertu, puisqu'elle tire son appui de l'adresse :

a. pourriez – *b.* Cela – *c.* si cela mettait en danger – *d.* sans jugement – *e.* ce voyage – *f.* organisée – *g.* pour des gens qui – *h.* de savoir l'escrime – *i.* toutefois – *j.* renions – *k.* « Malheureux essais de la jeunesse, dur apprentissage de la guerre à venir. » – *l.* l'escrime – *m.* de certains

et qu'elle prend autre fondement que de soi-même. L'honneur des combats consiste en la jalousie[a] du courage, non de la science. Et pourtant[b] ai-je vu quelqu'un de mes amis, renommé pour grand maître en cet exercice, choisir en ses querelles, des armes, qui lui ôtassent le moyen de cet avantage : et lesquelles dépendaient entièrement de la fortune, et de l'assurance : afin qu'on n'attribuât sa victoire plutôt à son escrime, qu'à sa valeur : Et en mon enfance, la noblesse fuyait la réputation de bon escrimeur, comme injurieuse, et se dérobait[c] pour l'apprendre, comme un métier de subtilité, dérogeant à la vraie et naïve[d] vertu,

Non schivar, non parar, non ritirarsi,
Voglion costor, ne qui destrezza ha parte,
Non danno i colpi finti hor pieni hor scarsi.
Toglie l'ira e il furor l'uso de l'arte,
Odi le spade horribilmente urtarsi
A mezzo il ferro, il pie d'orma non parte,
Sempre è il pie fermo, è la man sempre in moto,
Ne scende taglio in van ne punta à voto[e][1].

Les buttes[f], les tournois, les barrières[g], l'image[h] des combats guerriers, étaient l'exercice de nos pères : Cet autre exercice[i], est d'autant moins noble, qu'il ne regarde qu'une fin privée : Qui nous apprend à nous entreruiner, contre les lois et la justice[2], et qui en toute façon, produit toujours des effets dommageables. Il

a. la rivalité – *b.* pour cela – *c.* se cachait – *d.* naturelle – *e.* « Ils ne veulent ni esquiver, ni parer, ni se dérober ; l'adresse ici n'a pas sa place ; ils ne feintent pas en donnant des coups tantôt directs, tantôt obliques ; la colère et la fureur leur ôtent l'usage de l'art. Écoute le fracas terrible des épées heurtées à plein fer, toujours leur pied est ferme et immobile, et leur main en mouvement ; ils ne frappent jamais dans le vide, ni d'estoc ni de taille. » – *f.* Les tirs à la cible – *g.* les joutes à la barrière – *h.* l'imitation – *i.* l'escrime

est bien plus digne et mieux séant, de s'exercer en choses qui assurent, non qui offensent notre police[a] : qui regardent la publique sûreté, et la gloire commune. Publius Rutilius consul fut le premier, qui instruisit le soldat, à manier ses armes par adresse et science : qui conjoignit l'art à la vertu : non pour l'usage de querelle privée, ce fut pour la guerre et querelles du peuple Romain[1]. Escrime populaire et civile. Et outre l'exemple de Cesar qui ordonna aux siens de tirer principalement au visage des gendarmes[b] de Pompeius en la bataille de Pharsale[2], mille autres chefs de guerre se sont ainsi avisés d'inventer nouvelle forme d'armes, nouvelle forme de frapper [et] de se couvrir selon le besoin de l'affaire [présent][c]. Mais tout ainsi que Philopœmen condamna la lutte, en quoi il excellait, d'autant que[d] les préparatifs qu'on employait à cet exercice, étaient divers à[e] ceux, qui appartiennent à la discipline militaire, à laquelle seule il estimait les gens d'honneur, se devoir amuser[f3] : il me semble aussi, que cette adresse à quoi on façonne ses membres, ces détours et mouvements à quoi on exerce la jeunesse en cette nouvelle école, sont non seulement inutiles, mais contraires plutôt, et dommageables à l'usage du combat militaire : Aussi y emploient nos gens communément des armes particulières et péculièrement[g] destinées à cet usage. Et j'ai vu qu'on ne trouvait guère bon qu'un gentilhomme, convié[h] à l'épée et au poignard, s'offrît en équipage de gendarme[i]. Il est digne de considération que Lachez en[j] Platon, parlant d'un apprentissage de manier les armes conforme[k] au nôtre, dit n'avoir jamais de cette école vu sortir nul grand homme de guerre et nommément [des] maîtres d'icelle[l4]. Quant à ceux-là, notre expérience en dit bien autant. Du

a. notre ordre politique – *b.* soldats – *c.* présente – *d.* parce que – *e.* différents de – *f.* devoir s'occuper – *g.* spécifiquement – *h.* défié – *i.* en armure – *j.* chez – *k.* comparable – *l.* ni parmi les maîtres qui y enseignaient

reste au moins pouvons-nous dire que ce sont suffisances de nulle relation et correspondance[a]. Et en l'institution des enfants de sa police[b], Platon interdit les arts de mener les[c] poings, introduites par Amycus et Epeius, et de lutter, par Anteus et Cercyo, parce qu'elles ont autre but que de rendre la jeunesse plus apte au service des guerres et n'y confèrent[d] point[1]. Mais je m'en vais un peu bien à gauche[e] de mon thème. L'Empereur Maurice étant averti par songes, et plusieurs pronostics, qu'un Phocas, soldat pour lors inconnu, le devait tuer : demandait à son gendre Philippe, qui était ce Phocas, sa nature, ses conditions et ses mœurs : et comme entre autres choses Philippe lui dit, qu'il était lâche et craintif, l'Empereur conclut incontinent par là, qu'il était donc meurtrier et cruel[2]. Qui rend les tyrans si sanguinaires ? c'est le soin[f] de leur sûreté, et que leur lâche cœur, ne leur fournit d'autres moyens de s'assurer, qu'en exterminant ceux qui les peuvent offenser[g], jusques aux femmes, de peur d'une égratignure,

Cuncta ferit dum cuncta timet[h][3].

Les [premières cruautés s'exercent pour elles-mêmes : de là s'engendre la crainte d'une juste] revanche, qui produit après une enfilure de nouvelles cruautés pour les étouffer les unes par les autres. Philippus Roi de Macedoine, celui qui eut tant de fusées à démêler[i] avec le peuple Romain, agité[j] de l'horreur des meurtres commis par son ordonnance[k] : ne se pouvant résoudre[l] contre tant de familles [en] divers temps offensées : prit parti de se saisir de tous les enfants de ceux qu'il avait fait tuer : pour de jour en jour [les] perdre l'un après l'autre, [et] ainsi établir son repos[4]. [Les] belles matières tiennent toujours bien leur rang [en] quelque place qu'on les [sème].

a. des compétences [l'escrime et l'art de la guerre] sans rapport – *b*. dans l'éducation des enfants de sa république idéale – *c*. se battre aux – *d*. concourent – *e*. un peu loin – *f*. souci – *g*. blesser – *h*. « Il frappe tout, parce qu'il craint tout. » – *i*. tant de fil à retordre – *j*. inquiet – *k*. sur son ordre – *l*. ne sachant que faire

Moi qui ai plus [de] soin du poids et utilité des discours, que de leur ordre et suite, ne dois [pas] craindre de loger [ici] un peu à l'écart, une [très] belle histoire[1]. Entre [les] autres condamnés par Philippus, avait été un Herodicus prince des Thessaliens. Après lui, [il] avait encore depuis fait mourir ses deux gendres, laissant chacun [un] fils bien petit. Theoxena [et] Archo étaient les deux veuves. Theoxena ne put être induite à se remarier, en étant fort poursuivie[a] : Archo épousa Poris, le premier homme d'entre les Æniens : et en eut nombre d'enfants, qu'elle laissa tous en [bas] âge. Theoxena, époinçonnée d'une charité maternelle[b] envers ses neveux, pour [les] avoir en sa conduite [et] protection, épousa Poris. Voici venir la proclamation de l'édit du Roi. Cette courageuse mère, se défiant et de la cruauté de Philippus, et de la licence de ses satellites envers cette belle et tendre jeunesse : osa dire qu'elle les tuerait plutôt [de] ses mains que de les rendre. Poris effrayé de cette protestation, lui promet de les dérober et emporter à Athenes, en la garde d'aucuns siens hôtes fidèles[c]. Ils prennent occasion d'une fête annuelle qui se célébrait à Ænie à l'honneur d'Æneas, et s'y en vont. Ayant assisté le jour aux cérémonies et banquet public : la nuit ils s'écoulent[d] dans un vaisseau préparé, pour gagner pays par mer. Le vent leur fut contraire, et se trouvant lendemain à la vue de la terre d'où ils avaient démarré, furent suivis par les gardes des ports. Au joindre[e], Poris s'embesognant[f] à hâter les mariniers pour la fuite : Theoxena forcenée d'amour et de vengeance, se rejeta à sa première proposition : fait apprêt[g] d'armes et de poison, et les présentant à leur vue : Or sus mes enfants, la mort est meshui[h] le seul moyen de votre défense et liberté, et sera matière aux dieux de leur sainte justice[i] : ces épées traites[j], ces coupes vous en ouvrent l'entrée : Courage : et toi mon fils qui es plus grand, empoigne ce fer, pour mourir de la mort plus forte. Ayant d'un côté cette vigoureuse conseillère, les ennemis

a. malgré de nombreuses demandes – *b.* animée par un amour presque maternel – *c.* de certains hôtes qui lui étaient fidèles – *d.* s'enfuient – *e.* Alors qu'ils étaient rejoints – *f.* occupé à – *g.* prépare – *h.* désormais – *i.* elle sera le moyen utilisé par les dieux pour vous rendre justice – *j.* tirées

de l'autre à leur gorge, ils coururent de furie[a] chacun à ce qui lui fut le plus à main[b] : et demi-morts, furent jetés en la mer. Theoxena fière d'avoir si glorieusement pourvu à la sûreté de tous ses enfants, accolant chaudement[c] son mari : Suivons ces garçons mon ami, et jouissons de même sépulture avec eux : Et se tenant ainsi embrassés, se précipitèrent : de manière que le vaisseau fut ramené à bord vide de ses maîtres. Les tyrans pour faire tous les deux ensemble[d], et tuer, et faire sentir leur colère, ils ont employé toute leur suffisance[e], à trouver moyen d'allonger la mort. Ils veulent que leurs ennemis s'en aillent, mais non pas si vite, qu'ils n'aient loisir de savourer leur vengeance. Là-dessus ils sont en grand-peine : car si les tourments sont violents, ils sont courts : s'ils sont longs, ils ne sont pas assez douloureux à leur gré : les voilà à dispenser[f] leurs engins. Nous en voyons mille exemples en l'antiquité, et je ne sais si sans y penser, nous ne retenons pas quelque trace de cette barbarie. Tout ce qui est au-delà de la mort simple, me semble pure cruauté[1] : Notre justice ne peut espérer, que celui que la crainte de mourir et d'être décapité, ou pendu, ne gardera de faillir[g], en soit empêché, par l'imagination d'un feu languissant, ou des tenailles, ou de la roue. Et je ne sais cependant, si nous les jetons au désespoir : Car en quel état peut être l'âme d'un homme, attendant vingt-quatre heures la mort, brisé sur une roue, ou à la vieille façon cloué à une croix[2] ? Josèphe récite[h], que pendant les guerres des Romains en Judée, passant où l'on avait crucifié quelques Juifs, il y avait trois jours, reconnut trois de ses amis, et obtint de les ôter de là : les deux moururent, dit-il, l'autre vécut encore depuis[3]. Chalcondyle, homme de

a. en fureur – *b*. au moyen de mourir le plus proche – *c*. embrassant chaleureusement – *d*. à la fois – *e*. habileté – *f*. à prodiguer – *g*. n'aura pas empêché de commettre un crime – *h*. raconte

foi, aux mémoires qu'il a laissés des choses advenues de son temps et près de lui, récite pour extrême supplice celui que l'empereur Mechmet pratiquait souvent : de faire trancher les hommes en deux parts par le faux[a] du corps, à l'endroit du diaphragme, et d'un seul coup de cimeterre : d'où il arrivait qu'ils mourussent, comme de deux morts à la fois : et voyait-on, dit-il, l'une et l'autre part pleine de vie se démener longtemps après, pressée de tourment[1]. Je n'estime pas qu'il y eût grand sentiment en ce mouvement[b]. Les supplices plus[c] hideux à voir ne sont pas toujours les plus forts à souffrir. Et trouve plus atroce ce que d'autres historiens[2] en récitent[d] contre des seigneurs Epirotes, qu'il les fit écorcher par le menu, d'une dispensation si malicieusement[e] ordonnée, que leur vie dura quinze jours à cette angoisse. Et ces deux autres : Cresus ayant fait prendre un gentilhomme favori de Pantaleon son frère, le mena en la boutique d'un foulon où il le fit tant gratter et carder à coups de cardes et peignes de [ce] cardeur qu'il en mourut[3]. George Sechel[4] chef de ces paysans de Polouigne qui sous titre de la[f] croisade firent tant de maux, défait en bataille par le Voïvode de Transilvanie et pris : fut trois jours attaché nu sur un chevalet, exposé à toutes les manières de tourments [que chacun pouvait inventer] contre lui, pendant lequel temps on ne donna ni à manger, ni à boire aux autres prisonniers. Enfin, lui vivant [et voyant, on abreuva de son sang Lucat, son cher frère, et] pour le salut duquel il priait, tirant[g] sur soi toute l'envie[h] de leurs méfaits, et fit-on paître[i] [vingt de ses plus favoris Capitaines, déchirants à belles dents sa chair, et en engloutissants les morceaux.] Le reste du corps et parties du dedans, lui [expiré, furent mises bouillir, qu'on fit manger à d'autres de sa suite.]

a. milieu – *b*. que ce mouvement fût conscient – *c*. les plus – *d*. racontent qu'il fit contre des – *e*. avec une méthode si méchamment – *f*. sous prétexte de – *g*. attirant – *h*. la haine – *i*. on fit manger son corps à

Toutes choses ont leur saison[1]

CHAP. XXVIII

Ceux qui apparient Caton le censeur, au jeune Caton meurtrier de soi-même[a2], apparient deux belles natures et de formes voisines. Le premier exploita[b] la sienne à plus de visages[c], et précelle[d] en exploits militaires et en utilité de ses vacations publiques[3]. Mais la vertu du jeune, outre ce que c'est blasphème de lui en apparier nulle autre en vigueur, fut bien plus nette. Car qui déchargerait[e] d'envie et d'ambition celle du censeur, ayant[f] osé choquer l'honneur de Scipion en bonté et en toutes parties d'excellence de bien loin plus grand et que lui et que tout homme de son siècle[4]. Ce qu'on dit entre autres choses de lui, qu'en son extrême vieillesse, il se mit à apprendre la langue Grecque[5], d'un ardent appétit, comme pour assouvir une longue soif, ne me semble pas lui être fort honorable. C'est proprement ce que nous disons, retomber en enfantillage. Toutes choses ont leur saison. Les bonnes et[g] tout : Et je puis dire mon patenôtre hors de propos, comme on déféra[h] T. Quintius Flaminius de ce qu'étant général d'armée on l'avait vu à quartier[i] sur l'heure [du] conflit s'amusant[j] à prier Dieu en une bataille qu'il gagna[6].

Imponit finem sapiens et rebus honestis[k7].

a. ceux qui comparent Caton l'Ancien et Caton d'Utique, qui se suicida – *b.* illustra – *c.* dans plus de domaines – *d.* l'emporte – *e.* disculperait – *f.* qui a – *g.* comme – *h.* poursuivit – *i.* à l'écart – *j.* occupant son temps – *k.* « Le sage sait imposer une fin même aux choses honnêtes. »

Eudemonidas voyant Xenocrates fort vieil s'empresser aux leçons de son école. Quand saura cettui-ci, dit-il, s'il apprend encore[1]. Et Philopœmen, à ceux qui haut-louaient[a] le Roi Ptolomaeus de ce qu'il durcissait sa personne tous les jours à l'exercice des armes : Ce n'est dit-il pas chose louable à un Roi de son âge, de s'y exercer, il les devait hormais réellement employer[b][2]. Le jeune doit faire ses apprêts[c], le vieil en jouir, disent les sages[3] : Et le plus grand vice qu'ils remarquent en notre nature, c'est que nos désirs rajeunissent sans cesse : Nous recommençons toujours à vivre[4]. Notre étude et notre envie devraient quelquefois sentir la vieillesse. Nous avons le pied à la fosse : et nos appétits et poursuites[d] ne font que naître,

Tu secanda marmora
Locas sub ipsum funus, et sepulchri
Immemor, struis domos[e][5].

Le plus long de mes desseins n'a pas un an d'étendue : je ne pense désormais qu'à finir : me défais de toutes nouvelles espérances et entreprises : prends mon dernier congé de tous les lieux que je laisse : et me dépossède tous les jours de ce que j'ai. *Olim jam nec perit quicquam mihi nec acquiritur. Plus superest viatici quam viæ*[f][6].

Vixi, et quem dederat cursum fortuna peregi[g][7].

[C'est enfin tout le soulagement] que je trouve en ma vieillesse, qu'elle amortit en moi plusieurs désirs et soins[h] de quoi la vie est [inquiétée. Le soin du cours du monde, le soin des richesses, de la grandeur, de la science, de la santé, de moi.] Cettui-ci[i] apprend à parler, lorsqu'il lui faut apprendre à se taire pour jamais.

a. louaient fort – *b.* il devrait désormais réellement exercer les armes – *c.* se préparer – *d.* nos désirs et nos entreprises – *e.* « Tu fais tailler le marbre à la veille de tes funérailles et, sans penser au tombeau, tu construis des maisons. » – *f.* « Depuis longtemps déjà je n'ai plus rien à gagner ou à perdre. Il me reste plus de provisions que de chemin à parcourir » – *g.* « J'ai vécu, et j'ai parcouru la carrière que la fortune m'avait fixée. » – *h.* soucis – *i.* Caton l'Ancien

On peut continuer à tout temps l'étude, non pas l'écolage[a] : La sotte chose qu'un vieillard abécédaire[b][1].

Diversos diversa juvant, non omnibus annis
Omnia conveniunt[c][2].

S'il faut étudier, étudions un étude sortable[d] à notre condition : afin que nous puissions répondre, comme celui, à qui quand on demanda à quoi faire[e] ces études en sa décrépitude : à m'en partir[f] meilleur, et plus à mon aise, répondit-il[3]. Tel étude fut celui[g] du jeune Caton sentant sa fin prochaine, qui se rencontra[h] au discours de Platon, de l'éternité de l'âme[4]. Non, comme il faut croire, qu'il ne fût de longtemps garni de toute sorte de munition pour un tel délogement[i] : D'assurance, de volonté ferme et d'instruction, il en avait plus que Platon n'en a en ses écrits : Sa science et son courage étaient pour ce regard[j], au-dessus de la philosophie. Il prit cette occupation, non pour le service de[k] sa mort, mais comme celui[l] qui n'interrompit pas seulement son sommeil, en l'importance d'une telle délibération, il continua aussi sans choix et sans changement, ses études, avec les autres actions accoutumées de sa vie. La nuit qu'il vint d'être refusé de la prêture[m], il la passa à jouer. Celle en laquelle il devait mourir, il la passa à lire. La perte ou de la vie ou de l'office, tout lui fut un[n][5].

a. l'école – *b.* qui apprend l'alphabet – *c.* « Des hommes différents aiment des choses différentes, et tout ne convient pas à tout âge. » – *d.* une étude assortie – *e.* à quoi bon – *f.* pour m'en aller – *g.* Telle fut l'étude – *h.* étude qui avait trait – *i.* Non qu'il faille penser qu'il n'était pas pourvu depuis longtemps de provisions pour un tel voyage – *j.* à cet égard – *k.* non pour préparer – *l.* en homme qui – *m.* où la prêture lui fut refusée – *n.* indifférent

De la vertu

CHAP. XXIX

Je trouve par expérience[a], qu'il y a bien à dire entre les boutées et saillies[b] de l'âme[1], ou une résolue et constante habitude : et vois bien qu'il n'est rien que nous ne puissions, voire jusques à surpasser la divinité même, dit quelqu'un[2], d'autant que c'est plus, de se rendre impassible de soi[c], que d'être tel, de sa condition originelle : et jusques à pouvoir joindre à l'imbécillité[d] de l'homme, une résolution et assurance de Dieu. Mais c'est par secousse[e]. Et ès vies de ces héros du temps passé, il y a quelquefois des traits miraculeux, et qui semblent de bien loin surpasser nos forces naturelles : mais ce sont traits à la vérité[f] : et est dur à croire, que de ces conditions ainsi élevées, on en puisse teindre et abreuver l'âme, en manière, qu'elles lui deviennent ordinaires, et comme naturelles. Il nous échoit[g] à nous-mêmes, qui ne sommes qu'avortons d'hommes, d'élancer parfois notre âme, éveillée par les discours[h], ou exemples d'autrui, bien loin au-delà de son ordinaire : mais c'est une espèce de passion, qui la pousse et agite, et qui la ravit aucu-

a. une grande différence – *b*. les poussées et élans – *c*. par soi-même – *d*. la faiblesse – *e*. par à-coups – *f*. en réalité – *g*. arrive – *h*. raisonnements

nement[a] hors de soi : car ce tourbillon franchi, nous voyons que sans y penser elle se débande et relâche d'elle-même, sinon jusques à la dernière touche, au moins jusques à n'être plus celle-là : de façon que lors, à toute occasion, pour un oiseau perdu, ou un verre cassé, nous nous laissons émouvoir à peu près comme l'un du vulgaire. Sauf l'ordre, la modération et la constance, j'estime que toutes choses sont faisables par un homme bien manque[b] et défaillant en gros. À cette cause[c], disent les sages[1], il faut pour juger bien à point d'un homme, principalement contrerôler[d] ses actions communes, et le surprendre en son à tous les jours[e]. Pyrrho[2] celui qui bâtit de l'ignorance une si plaisante science, essaya, comme tous les autres vraiment philosophes, de faire répondre[f] sa vie à sa doctrine. Et parce qu'il maintenait la faiblesse du jugement humain, être si extrême, que de ne pouvoir[g] prendre parti ou inclination : et le voulait suspendre perpétuellement balancé, regardant et accueillant toutes choses, comme indifférentes, on conte qu'il se maintenait toujours de même façon, et visage : s'il avait commencé un propos, il ne laissait pas de l'achever, quand[h] celui à qui il parlait s'en fût allé : s'il allait[i], il ne rompait son chemin pour empêchement[j], qui se présentât, conservé des précipices, du heurt des charrettes, et autres accidents par ses amis. Car de craindre ou éviter quelque chose, c'eût été choquer[k] ses propositions, qui ôtaient aux sens mêmes, toute élection[l] et certitude. Quelquefois[m] il souffrit d'être incisé et cautérisé, d'une telle constance[n], qu'on ne lui en vit pas

a. en quelque façon – *b.* faible – *c.* pour cette raison – *d.* examiner – *e.* dans sa vie quotidienne – *f.* correspondre – *g.* il soutenait que la faiblesse du jugement humain était si extrême qu'elle l'empêchait de – *h.* quand bien même – *i.* avançait – *j.* il n'interrompait pas son chemin pour quelque obstacle – *k.* contredire – *l.* choix – *m.* Une fois – *n.* avec

seulement ciller les yeux. C'est quelque chose de ramener l'âme à ces imaginations[a], c'est plus d'y joindre les effets[b], toutefois il n'est pas impossible : mais de les joindre avec telle persévérance et constance, que d'en établir son train ordinaire, certes en ces entreprises si éloignées de l'usage commun, il est quasi incroyable qu'on le puisse. Voilà pourquoi lui, étant quelquefois rencontré en sa maison tançant[c] bien âprement avec sa sœur, et étant reproché de faillir en cela à son indifférence : comment, dit-il, faut-il qu'encore cette femmelette serve de témoignage à mes règles ? Une autre fois qu'on le vit se défendre d'un chien : Il est, dit-il, très difficile de dépouiller entièrement l'homme : et se faut mettre en devoir, et efforcer, de combattre les choses, premièrement par les effets, mais au pis aller par la raison et par les discours. Il y a environ sept ou huit ans[1], qu'à deux lieues d'ici, un homme de village, qui est encore vivant, ayant la tête de longtemps rompue par la jalousie de sa femme, revenant un jour de la besogne, et elle le bienveignant[d] de ses criailleries accoutumées, entra en telle furie, que sur-le-champ à tout[e] la serpe qu'il tenait encore en ses mains, s'étant moissonné tout net les pièces qui la mettaient en fièvre, les lui jeta au nez. Et il se dit, qu'un jeune gentilhomme des nôtres, amoureux et gaillard, ayant par sa persévérance amolli enfin le cœur d'une belle maîtresse, désespéré, de ce que sur le point de la charge[f], il s'était trouvé mol lui-même et défailli, et que

non viriliter
Iners senile penis extulerat caput[g][2],

---

une telle constance – *a*. de faire revenir l'âme de ces idées chimériques – *b*. actes – *c*. querellant – *d*. l'accueillant – *e*. avec – *f*. sur le point de livrer son assaut – *g*. « dépourvu de virilité, son pénis inerte n'avait

s'en priva soudain revenu au logis, et l'envoya cruelle et sanglante victime, pour la purgation de son offense[1]. Si c'eût été par discours[a] et religion, comme les prêtres de Cibele, que ne dirions-nous d'une si hautaine[b] entreprise ? Depuis peu de jours, à Bragerac[c] à cinq lieues de ma maison, contremont[d] la rivière de Dordoigne, une femme ayant été tourmentée et battue le soir avant, de son mari chagrin et fâcheux de sa complexion[e], délibéra d'échapper à sa rudesse au prix de sa vie, et s'étant à son lever accointée de ses voisines[f] comme de coutume, leur laissant couler quelque mot de recommandation de ses affaires, prenant une sienne sœur par la main, la mena avec elle sur le pont, et après avoir pris congé d'elle, comme par manière de jeu, sans montrer autre changement ou altération, se précipita du haut en bas, dans la rivière, où elle se perdit. Ce qu'il y a de plus, en ceci, c'est que ce conseil[g] mûrit une nuit entière dans sa tête. C'est bien autre chose, des femmes Indiennes[2] : car étant leur coutume aux maris d'avoir plusieurs femmes, et à la plus chère d'elles, de se tuer après son mari, chacune par le dessein de toute sa vie, vise à gagner ce point, et cet avantage sur ses compagnes : et les bons offices[h] qu'elles rendent à leur mari, ne regardent[i] autre récompense que d'être préférées à la compagnie de sa mort[j],

ubi mortífero iacta est fax ultima lecto,
Uxorum fusis stat pia turba comis :
Et certamen habent lethi, quæ viva sequatur
Conjugium, pudor est non licuisse mori :

---

dressé qu'une tête sénile » – *a.* raisonnement – *b.* exceptionnelle – *c.* Bergerac – *d.* en remontant – *e.* de tempérament – *f.* ayant à son lever conversé avec ses voisines – *g.* cette décision – *h.* les soins attentifs – *i.* visent – *j.* d'être choisies pour l'accompagner dans la mort

Ardent victrices, et flammæ pectora, præbent,
Imponuntque suis ora perusta viris[a][1].

[Un homme[2] écrit encore en nos jours, avoir vu en ces nations Orientales, cette coutume en crédit, que non seulement les femmes s'enterrent après leurs maris, mais] aussi les esclaves desquelles il a eu jouissance. Ce qui se fait en cette manière. Le mari étant trépassé, la veuve peut si elle veut, mais peu le veulent, demander deux ou trois mois d'espace[b] à disposer de ses affaires. Le jour venu, elle monte à cheval parée comme à noces, et d'une contenance gaie, comme allant dit-elle dormir avec son époux, tenant en sa main gauche un miroir, une flèche en l'autre. S'étant ainsi promenée [en] pompe, accompagnée de ses amis et parents et de grand peuple en fête, elle est tantôt[c] rendue au lieu public destiné à tels spectacles. C'est une grande place au milieu de laquelle il y a une fosse pleine de bois et, joignant icelle, un lieu relevé[d] de quatre ou cinq marches, sur lequel elle est conduite et servie d'un magnifique repas. Après lequel elle se met à baller[e] et chanter, et ordonne quand bon lui semble qu'on allume le feu. Cela fait elle [descend] et prenant par la main le plus proche des parents de son mari, ils vont ensemble à la rivière voisine où elle se dépouille toute nue, et distribue ses joyaux et vêtements à ses amis, et se va plongeant dans l'eau comme pour y laver ses péchés : sortant de là, elle s'enveloppe d'un linge jaune de quatorze brasses[f] de long, et donnant derechef la main à ce parent de son mari, s'en revont sur la motte où elle parle au peuple et recommande ses enfants si elle en a. Entre la [fosse] et la motte on tire volontiers un rideau pour leur ôter la vue de cette fournaise ardente, ce qu'aucunes défendent[g] pour témoigner plus de courage. Fini qu'elle a de dire[h], une femme lui présente un vase plein d'huile à s'oindre la tête

a. « Dès que la torche a été jetée sur le lit funèbre, la foule pieuse des épouses l'entoure, les cheveux épars ; le combat de la mort s'engage entre elles, à qui, vivante, suivra l'époux : c'est un sujet de honte que de n'avoir pu mourir. Les victorieuses brûlent, offrent leur poitrine aux flammes, embrassant leur mari de leurs lèvres consumées. » – *b.* de délai – *c.* bientôt – *d.* surélevé – *e.* danser – *f.* vingt-deux mètres – *g.* ce que certaines interdisent – *h.* Une fois qu'elle a achevé de parler

et tout le corps, lequel elle jette dans le feu quand elle en a fait[a], et en l'instant s'y [lance] elle-même. Sur l'heure le peuple renverse sur elle quantité de bûches pour l'empêcher de languir[b], et se change toute leur joie en deuil et tristesse. Si ce sont [personnes de moindre étoffe[c], le corps du mort est porté au lieu où on le veut enterrer, et là mis en son séant, la veuve à genoux devant lui, l'embrassant] étroitement : et se tient en ce point, pendant qu'on bâtit autour d'eux un mur, qui venant à se hausser jusques à l'endroit des épaules de la femme, quelqu'un des siens par le derrière prenant sa tête lui tord le col : et rendu qu'elle a l'esprit[d], le mur est soudain monté et clos où ils demeurent ensevelis[1]. En ce même pays, il y avait quelque chose de pareil en leurs Gymnosophistes : car non par la contrainte d'autrui, non par l'impétuosité d'une humeur soudaine, mais par expresse profession de leur règle, leur façon était, à mesure qu'ils avaient atteint certain âge, ou qu'ils se voyaient menacés par quelque maladie, de se faire dresser un bûcher, et au-dessus, un lit bien paré, et après avoir festoyé joyeusement[e] leurs amis et connaissants[f], s'aller planter dans ce lit, en telle résolution, que le feu y étant mis, on ne les vit mouvoir, ni pieds ni mains : et ainsi mourut l'un d'eux, Calanus, en présence de toute l'armée d'Alexandre le Grand[2] : et n'était estimé entre eux, ni saint ni bienheureux, qui ne s'était ainsi tué : envoyant son âme purgée et purifiée par le feu, après avoir consumé tout ce qu'il y avait de mortel et terrestre. Cette constante préméditation de toute la vie[g], c'est ce qui fait le miracle. Parmi nos autres disputes, celle du *Fatum*[h], s'y est mêlée[3] : et pour attacher[i] les choses à venir et notre volonté même, à

a. elle en a terminé – *b.* tarder à mourir – *c.* condition – *d.* une fois qu'elle a rendu l'âme – *e.* avoir honoré d'une joyeuse fête – *f.* connaissances – *g.* Cette méditation pendant la vie entière – *h.* « Destin » – *i.* et si l'on attache

certaine et inévitable nécessité, on est encore sur cet argument, du temps passé. Puisque Dieu prévoit toutes choses devoir ainsi advenir, comme il fait, sans doute : il faut donc qu'elles adviennent ainsi. À quoi nos maîtres[1] répondent, que le voir[a] que quelque chose advienne, comme nous faisons, et Dieu de même (car tout lui étant présent, il voit plutôt qu'il ne prévoit) ce n'est pas la forcer d'advenir : voire[b] nous voyons, à cause que les choses adviennent : et les choses n'adviennent pas, à cause que[c] nous voyons. L'avénement[d] fait la science[e], non la science l'avénement. Ce que nous voyons advenir, advient : mais il pouvait autrement advenir. Et Dieu, au registre des causes des avènements qu'il a en sa prescience, y a aussi celles qu'on appelle fortuites, et les volontaires, qui dépendent de la liberté qu'il a donnée à notre arbitrage : et sait que nous faudrons[f], parce que nous aurons voulu faillir[2]. Or j'ai vu assez de gens encourager leurs troupes de cette nécessité fatale. Car si notre heure est attachée à certain point[g], ni les arquebusades ennemies, ni notre hardiesse, ni notre fuite et couardise, ne la peuvent avancer ou reculer. Cela est beau à dire : mais cherchez qui l'effectuera. Et s'il est ainsi, qu'une forte et vive créance, tire après soi les actions de même[h] : certes cette foi, de quoi nous remplissons tant la bouche, est merveilleusement légère en nos siècles. Sinon, que le mépris qu'elle a des œuvres[i], lui fasse dédaigner leur compagnie[3]. Tant y a, qu'à ce même propos, le sire de Joinville[4] témoin croyable autant que tout autre, nous raconte des

a. le fait de voir – *b*. en fait – *c*. parce que – *d*. L'événement – *e*. la connaissance – *f*. tomberons dans le péché – *g*. si notre dernière heure est fixée par le destin – *h*. implique des actions fortes et vives – *i*. les actions humaines

Bédouins, nation mêlée aux Sarrasins, auxquels le Roi saint Louys eut affaire en la terre sainte : qu'ils croyaient si fermement en leur religion les jours d'un chacun être de toute éternité préfix[a] et comptés, d'une préordonnance inévitable : qu'ils allaient à la guerre nus, sauf un glaive à la turquesque[b], et le corps seulement couvert d'un linge blanc. Et pour leur plus extrême maudisson[c], quand ils se courrouçaient aux leurs, ils avaient toujours en la bouche : maudit sois-tu, comme celui, qui s'arme de peur de la mort. Voilà bien autre preuve de créance[d], et de foi, que la nôtre. Et de ce rang est aussi, celle que donnèrent ces deux religieux de Florence, du temps de nos pères[1]. Étant en quelque controverse de science, ils s'accordèrent[e], d'entrer tous deux dans le feu, en présence de tout le peuple, et en la place publique, pour la vérification chacun de son parti. Et en étaient déjà les apprêts tout faits, et la chose justement sur le point de l'exécution, quand elle fut interrompue par un accident imprévu. Un jeune seigneur Turc[2] ayant fait un signalé fait d'armes de sa personne, à la vue des deux batailles[f], d'Amurat et de l'Huniade[3], prêtes à se donner[g]. Enquis par Amurat qui l'avait[h] en si grande jeunesse et inexpérience, car c'était la première guerre qu'il eût vue, rempli d'une si généreuse vigueur de courage. Répondit, qu'il avait eu pour souverain précepteur [de] vaillance un lièvre. Quelque jour, étant à [la] chasse, dit-il, je découvris un lièvre en forme[i] : [et] encore que j'eusse deux excellents lévriers à mon côté, si me sembla-il pour ne le faillir point[j] qu'il valait mieux y employer encore mon arc : car il me faisait fort beau jeu. Je commençai à décocher mes flèches et jusques [à] quarante qu'il y

a. déterminés à l'avance – *b.* à la turque – *c.* malédiction – *d.* manifestation de croyance – *e.* convinrent – *f.* armées – *g.* s'affronter – *h.* quand Amurat s'enquit auprès de lui pour savoir ce qui l'avait – *i.* dans son gîte – *j.* pour ne pas le manquer

en avait en ma trousse[a], non sans l'assener[b] seulement, mais sans l'éveiller. Après tout[c] je découplai mes lévriers après[d] : qui n'y purent non plus. J'appris par là qu'il avait été couvert[e] par sa destinée et que ni les traits ni les glaives ne portent que par le congé[f] de notre fatalité, laquelle il n'est en nous de reculer ni d'avancer. Ce conte doit servir à nous faire voir en passant combien notre raison est flexible à toute sorte d'images[g]. Un personnage, grand d'ans, de nom, de dignité et de doctrine[h], se vantait à moi d'avoir été porté à certaine mutation[i] très importante de sa foi par une incitation étrangère, aussi bizarre. Et au reste si mal concluante que je la trouvai plus forte au revers[j] : lui l'appelait miracle et moi aussi à divers sens[k]. Leurs Historiens disent[1] que la persuasion étant populairement[l] semée entre les Turcs de la fatale et [imployable prescription de leurs jours[m], aide apparemment à les assurer aux dangers[n]. Et je connais un grand Prince[2], qui y] trouve noblement son profit si fortune continue à lui [faire épaule[o] : soit qu'il la croie, soit qu'il la prenne pour excuse, à se hasarder extraordinairement[p].] Il n'est point advenu de notre mémoire[q], un plus admirable effet de résolution, que de ces deux qui conspirèrent la mort du prince d'Orenge[3]. C'est merveille[r] comment on put échauffer le second, qui l'exécuta, à une entreprise, en laquelle, il était si mal advenu à[s] son compagnon, y ayant apporté tout ce qu'il pouvait[t]. Et sur cette trace, et de mêmes armes, aller entreprendre[u] un seigneur, armé d'une si fraîche instruction de défiance[v], puissant de suite d'amis, et de force corporelle, en sa salle, parmi ses gardes, en une ville toute à sa

a. mon carquois – *b.* l'atteindre – *c.* Après tout cela – *d.* je lançai mes lévriers à sa poursuite – *e.* protégé – *f.* la permission – *g.* est accessible à toutes sortes de chimères – *h.* savoir – *i.* changement – *j.* au contraire – *k.* en sens opposé – *l.* communément – *m.* de l'implacable prédétermination de leur vie par le destin– *n.* à les affermir face aux dangers – *o.* le seconder – *p.* pour prendre des risques extraordinaires – *q.* autant que notre mémoire nous en témoigne – *r.* Il est étonnant – *s.* il était arrivé tant d'infortune – *t.* alors même qu'il avait fait tout son possible – *u.* attaquer – *v.* une si récente leçon de méfiance

dévotion. Certes il y employa une main bien déterminée, et un courage ému[a] d'une vigoureuse passion. Un poignard est plus sûr, pour asséner[b], mais d'autant qu'il a besoin de plus de mouvement, et de vigueur de bras, que n'a un pistolet, son coup est plus sujet à être gauchi[c], ou troublé. Que celui-là, ne courût à une mort certaine, je n'y fais pas grand doute : car les espérances, de quoi on le pouvait amuser, ne pouvaient loger en entendement rassis[d] : et la conduite de son exploit, montre, qu'il n'en avait pas faute[e], non plus que de courage. Les motifs d'une si puissante persuasion, peuvent être divers, car notre fantaisie[f] fait de soi et de nous, ce qu'il lui plaît. L'exécution qui fut faite près d'Orleans[1], n'eut rien de pareil, il y eut plus de hasard que de vigueur : le coup n'était pas mortel, si la fortune ne l'en eût rendu : et l'entreprise de tirer à cheval[g], et de loin, et à un qui se mouvait au branle de son cheval, fut l'entreprise d'un homme, qui aimait mieux faillir son effet, que faillir à se sauver[h]. Ce qui suivit après le montra. Car il se transit[i], et s'enivra de la pensée de si haute exécution, si qu'il[j] perdit et troubla entièrement son sens, et à conduire sa fuite, et à conduire sa langue en ses réponses. Que lui fallait-il, que recourir à[k] ses amis au travers d'une rivière : c'est un moyen, où je me suis jeté à moindres dangers, et que j'estime de peu de hasard[l], quelque largeur qu'ait le passage, pourvu que votre cheval trouve l'entrée facile, et que vous prévoyiez au-delà, un bord aisé selon le cours de l'eau. L'autre[2], quand on lui prononça son horrible

a. animé – *b.* frapper – *c.* dévié – *d.* les espoirs dont on l'occupait ne pouvaient subsister en un entendement réfléchi – *e.* il n'en manquait pas – *f.* imagination – *g.* contre un homme qui s'avançait sur son cheval – *h.* manquer son acte que manquer à faire son salut – *i.* se troubla – *j.* si bien qu'il – *k.* sinon rejoindre – *l.* peu risqué

sentence, j'y étais préparé, dit-il, je vous étonnerai de ma patience[a]. Les Assassins[1], nation dépendante de la Phenicie, sont estimés entre les mahométans, d'une souveraine dévotion [et] pureté de mœurs. Ils tiennent, que le plus certain moyen de mériter Paradis, c'est tuer quelqu'un de religion contraire. Par quoi, méprisant tous les dangers propres, pour une si utile exécution : un ou deux se sont vus souvent, au prix d'une certaine mort, [se] présenter à assassiner (nous avons emprunté [ce] mot de leur nom[2]) leur ennemi au milieu de ses forces. Ainsi fut tué notre comte Raymond de Tripoli[3], en sa ville[4].

a. capacité à supporter la souffrance

D'un enfant monstrueux

CHAP. XXX

Ce conte s'en ira tout simple : car je laisse aux médecins d'en discourir[a]. Je vis avant-hier un enfant que deux hommes et une nourrice, qui se disaient être le père, l'oncle, et la tante, conduisaient, pour tirer quelque sou de le montrer, à cause de son étrangeté. Il était en tout le reste d'une forme commune, et se soutenait sur ses pieds, marchait et gazouillait, à peu près comme les autres de même âge : il n'avait encore voulu prendre autre nourriture, que du tétin de sa nourrice : et ce qu'on essaya en ma présence de lui mettre en la bouche, il le mâchait un peu, et le rendait sans avaler : ses cris semblaient bien avoir quelque chose de particulier : il était âgé de quatorze mois justement[b]. Au-dessous de ses tétins, il était pris et collé à un autre enfant, sans tête, et qui avait le conduit du dos étoupé[c], le reste entier : car il avait bien un bras plus court, mais il lui avait été rompu par accident, à leur naissance : ils étaient joints face à face, et comme si un plus petit enfant en voulait accoler[d] un plus grandelet. La jointure et l'espace par où ils se tenaient n'était que de quatre doigts[e], ou

a. de le commenter – *b.* précisément – *c.* le canal du dos fermé – *d.* embrasser – *e.* huit centimètres

environ, en manière que si vous retroussiez cet enfant imparfait[a], vous voyiez au-dessous le nombril de l'autre : ainsi la couture se faisait entre les tétins et son nombril. Le nombril de l'imparfait ne se pouvait voir, mais oui bien tout le reste de son ventre. Voilà comme ce qui n'était pas attaché, comme bras, fessier, cuisses et jambes, de cet imparfait, demeuraient pendants et branlants sur l'autre, et lui pouvait aller sa longueur jusques à mi-jambe. La nourrice nous ajoutait qu'il urinait par tous les deux endroits : aussi étaient les membres de cet autre, nourris, et vivants, et en même point que les siens, sauf qu'ils étaient plus petits et menus. Ce double corps, et ces membres divers se rapportant à une seule tête, pourraient bien fournir de favorable pronostic[b] au Roi, de maintenir sous l'union de ses lois, ces parts[c] et pièces diverses de notre état[d]. Mais de peur que l'événement[e] ne le démente, il vaut mieux le laisser passer devant : car il n'est que[f] de deviner en choses faites : *Ut quum facta sunt, tum ad conjecturam aliqua interpretatione revocantur*[g][1]. Comme on dit d'Epimenides qu'il devinait à reculons[2]. Je viens de voir un pâtre en Medoc, de trente ans ou environ, qui n'a aucune montre des parties génitales[h], il a trois trous par où il rend son eau incessamment, il est barbu, a désir, et recherche l'attouchement des femmes. Ce que nous appelons monstres ne le sont pas à dieu qui voit en l'immensité de son ouvrage l'infinité des formes qu'il y a comprises[3], et est à croire que cette figure qui nous étonne se rapporte et tient à quelque autre figure de même genre inconnu à l'homme. De sa toute sagesse il ne part rien que bon

a. si vous souleviez le corps imparfait – *b.* servir de pronostic favorable – *c.* factions – *d.* État – *e.* la réalité – *f.* il est aisé – *g.* « Comme, une fois les événements produits, on les rapporte après coup à des présages par quelque interprétation. » – *h.* qui n'a aucune partie génitale visible

et commun et réglé. Mais nous n'en voyons pas l'assortiment[a] et la relation. *Quod crebro videt non miratur etiam si cur fiat nescit. Quod ante non vidit id si evenerit ostentum esse censet*[b][1]. Nous appelons contre nature ce qui advient contre la coutume. Rien n'est que selon elle, quel qu'il soit. Que cette raison universelle et naturelle chasse de nous l'erreur et l'étonnement que la nouvelleté nous apporte.

a. l'harmonie – *b*. « Ce qu'on voit souvent ne nous surprend pas, même si on en ignore la cause. Mais ce qu'on n'a pas vu auparavant, quand cela se produit, cela semble un prodige. »

De la colère

Chap. XXXI

Plutarque est admirable partout : mais principalement, où il juge des actions humaines. On peut voir les belles choses, qu'il dit en la comparaison de Lycurgus, et de Numa, sur le propos de la grande simplesse[a] que ce nous est[b], d'abandonner les enfants au gouvernement et à la charge de leurs pères[1]. La plupart de nos polices[c], comme dit Aristote[2], laissent à chacun [en][d] manière des Cyclopes [la] conduite de leurs femmes et de leurs enfants [selon] leur folle et indiscrète[e] fantaisie. Et quasi les seules Lacédémonienne et Crétense[f] [ont] commis[g] aux lois la discipline de l'enfance. Qui ne voit qu'en un état tout dépend de son éducation et nourriture[h] : et cependant sans aucune discrétion[i], on la laisse à la merci des parents, tant fols et méchants qu'ils soient. Entre autres choses, combien de fois m'a-il pris envie, passant par nos rues, de dresser une farce, pour venger des garçonnets, que je voyais écorcher, assommer, et meurtrir à[j] quelque père ou mère furieux, et forcenés de colère. Vous leur voyez sortir le feu et la rage des yeux,

a. sottise – *b.* qui est la nôtre – *c.* sociétés – *d.* à la – *e.* sans discernement – *f.* seules les sociétés spartiate et crétoise – *g.* confié – *h.* formation – *i.* sans aucun jugement – *j.* par

rabie jecur incendente feruntur
Præcipites, ut saxa jugis abrupta, quibus mons
Subtrahitur, clivóque latus pendente recedit[a][1],

(et selon Hippocrates les plus dangereuses maladies sont celles qui défigurent le visage[2]), à tout[b] une voix tranchante et éclatante, souvent contre qui ne fait que sortir de nourrice[3]. Et puis les voilà estropiés, eslourdis[c] de coups : et notre justice qui n'en fait compte, comme si ces éboitements et élochements[d] n'étaient pas des membres de notre chose publique[e] :

Gratum est quod patriæ civem populóque dedisti,
Si facis ut patriæ sit idoneus, utilis agris,
Utilis et bellorum et pacis rebus agendis[f][4].

Il n'est passion qui ébranle tant la sincérité des jugements, que la colère. Aucun ne ferait doute de[g] punir de mort, le juge, qui par colère aurait condamné son criminel : pourquoi est-il non plus[h] permis aux pères, et aux pedantes[i], de fouetter les enfants, et les châtier étants en colère ? Ce n'est plus correction, c'est vengeance : Le châtiment tient lieu de médecine[5] aux enfants : et souffririons-nous un médecin, qui fût animé et courroucé contre son patient ? Nous-mêmes, pour bien faire, ne devrions jamais mettre la main sur nos serviteurs, tandis que la colère nous dure[6]. Pendant que le pouls nous bat, et que nous sentons de l'émotion, remettons la partie : les choses nous sembleront à la vérité autres, quand nous serons

a. « la rage enflammant leur cœur, ils sont emportés tête la première comme des rochers qui se détachent des sommets alors que la montagne s'effondre et que son flanc abrupt se dérobe » – *b.* avec – *c.* étourdis – *d.* boitements et claudications – *e.* n'affectaient pas des membres de notre société – *f.* « La patrie et le peuple te sont reconnaissants de leur avoir donné un citoyen, si tu le rends favorable à la patrie, utile aux champs, utile pour la guerre et pour la paix. » – *g.* personne n'hésiterait à – *h.* pourquoi est-il davantage – *i.* maîtres racoisés[a] et refroidis. C'est la passion qui commande lors[b], c'est la passion qui parle, ce n'est pas nous[1]. Au travers d'elle, les fautes nous apparaissent plus grandes, comme les corps au travers d'un brouillard. Celui qui a faim use de viande[c], mais celui qui veut user de châtiment, n'en doit avoir faim ni soif[2]. Et puis, les châtiments, qui se font avec poids et discrétion[d], se reçoivent bien mieux, et avec plus de fruit, de celui qui les souffre. Autrement, il ne pense pas avoir été justement condamné, par un homme agité d'ire et de furie : et allègue pour sa justification, les mouvements extraordinaires de son maître, l'inflammation de son visage, les serments inusités, et cette sienne inquiétude[e], et précipitation téméraire,

Ora tument ira, nigrescunt sanguine venæ,
Lumina Gorgoneo sævius igne micant[f3].

Suetone récite[g], que Lucius Sarturninus ayant été condamné par Cæsar : ce qui lui servit le plus envers le peuple (auquel il appela[h]) pour lui faire gagner sa cause, ce fut l'animosité et l'âpreté que Cæsar avait apporté en ce jugement[4]. Le dire est autre chose que le faire : il faut considérer le prêche à part, et le prêcheur à part. Ceux-là se sont donné beau jeu en notre temps, qui ont essayé de choquer[i] la vérité de notre église, par les vices des ministres d'icelle[j] : elle tire ses témoignages[k] d'ailleurs. C'est une sotte façon d'argumenter, et qui rejetterait toutes choses en confusion. Un homme de bonnes mœurs, peut avoir des opinions fausses, et un méchant peut prêcher vérité, voire celui qui ne la croit pas. C'est sans doute une belle

a. apaisés – *b.* alors – *c.* s'alimente – *d.* avec pondération et discernement – *e.* agitation – *f.* « Son visage se gonfle de colère, ses veines se noircissent de sang, ses yeux étincellent plus cruellement que ceux de la Gorgone. » – *g.* raconte – *h.* auprès duquel il fit appel – *i.* combattre – *j.* de ses prêtres – *k.* preuves

harmonie, quand le faire, et le dire vont ensemble : et je ne veux pas nier, que le dire, lorsque les actions suivent, ne soit de plus d'autorité et efficace. Comme disait Eudamidas, oyant un philosophe discourir de la guerre : Ces propos sont beaux, mais celui qui les dit, n'en est pas croyable[a], car il n'a pas les oreilles accoutumées au son de la trompette[1]. Et Cleomenes oyant un Rhétoricien[b] haranguer de la vaillance, s'en prit fort à rire : et l'autre s'en scandalisant, il lui dit, j'en ferais de même, si c'était une arondelle[c] qui en parlât : mais si c'était un aigle, je l'orrais[d] volontiers[2]. J'aperçois ce me semble ès écrits des anciens, que celui qui dit ce qu'il pense, l'assène bien plus vivement, que celui qui se contrefait[e]. Oyez Cicero parler de l'amour de la liberté : oyez-en parler Brutus, les écrits mêmes vous sonnent que cettui-ci était homme pour[f] l'acheter au prix de la vie. Que Cicero père d'éloquence[g], traite du mépris de la mort, que Seneque en traite aussi, celui-là traîne languissant, et vous sentez qu'il vous veut résoudre de chose, de quoi il n'est pas résolu : Il ne vous donne point de cœur, car lui-même n'en a point : l'autre vous anime et enflamme. Je ne vois jamais auteur, mêmement[h] de ceux qui traitent de la vertu et des offices[i], que je ne recherche curieusement quel il a été. Car les Éphores[j] à Sparte voyant un homme dissolu proposer au peuple un avis utile, lui commandèrent de se taire, et prièrent un homme de bien, de s'en attribuer l'invention et le proposer[3]. Les écrits de Plutarque, à les bien savourer, nous le découvrent assez[k], et je pense le connaître jusques dans l'âme : si[l] voudrais-je que

a. crédible – *b*. rhéteur – *c*. hirondelle – *d*. l'écouterais – *e*. qui simule – *f*. homme à – *g*. de l'éloquence – *h*. surtout – *i*. devoirs – *j*. magistrats – *k*. nous le font bien connaître – *l*. pourtant

nous eussions quelques mémoires de sa vie : Et me suis jeté en ce discours à quartier[a], à propos du bon gré que je sens à Aul. Gellius de nous avoir laissé par écrit ce conte[b] de ses mœurs, qui revient à mon sujet de la colère[1]. Un sien esclave mauvais homme et vicieux, mais qui avait les oreilles aucunement[c] abreuvées des leçons de philosophie, ayant été pour quelque sienne faute dépouillé par le commandement de Plutarque : pendant qu'on le fouettait, grondait au commencement, que c'était sans raison, et qu'il n'avait rien fait : mais enfin se mettant à crier et à injurier bien à bon escient[d] son maître, lui reprochait qu'il n'était pas philosophe, comme il s'en vantait : qu'il lui avait souvent ouï dire, qu'il était laid de se courroucer, voire qu'il en avait fait un livre : et ce que lors[e] tout plongé en la colère, il le faisait si cruellement battre, démentait entièrement ses écrits. À cela Plutarque, tout froidement et tout rassis. Comment, dit-il, rustre, à quoi juges-tu que je sois à cette heure courroucé ? mon visage, ma voix, ma couleur, ma parole, te donne-elle[f] quelque témoignage que je sois ému ? Je ne pense avoir ni les yeux effarouchés, ni le visage troublé, ni un cri effroyable : rougis-je ? écumé-je ? m'échappe-il de dire chose, de quoi j'aie à me repentir ? tressaux-je[g] ? frémis-je de courroux ? car pour te dire, ce sont là les vrais signes de la colère. Et puis se détournant à[h] celui qui fouettait : Continuez, lui dit-il, toujours votre besogne, pendant que cettui-ci et moi disputons[i]. Voilà son conte[j]. Architas Tarentinus revenant d'une guerre, où il avait été capitaine général, trouva tout plein de mauvais ménage[k]

a. en cette digression – *b.* récit – *c.* quelque peu – *d.* pour de bon – *e.* le fait qu'à présent – *f.* donnent-ils – *g.* tressaillé-je – *h.* vers – *i.* débattons – *j.* récit – *k.* de mauvaise gestion

en sa maison, et ses terres en friche, par le mauvais gouvernement de son receveur[a] : et l'ayant fait appeler : va, lui dit-il, que si je n'étais en colère, je t'étrillerais bien. Platon de même, s'étant échauffé contre l'un de ses esclaves, donna à Speusippus charge de le châtier, s'excusant d'y mettre la main lui-même, sur ce qu'il[b] était courroucé[1]. Charillus Lacédémonien, à un Ilote qui se portait trop insolemment et audacieusement envers lui : par les Dieux, dit-il, si je n'étais courroucé, je te ferais tout à cette heure[c] mourir[2]. C'est une passion[d] qui se plaît en soi et qui se flatte. Combien de fois nous étants ébranlés sous une fausse cause[e], si on vient à nous présenter quelque bonne défense ou excuse, nous dépitons[f]-nous contre la vérité même et l'innocence ? J'ai retenu à ce propos un merveilleux exemple de l'antiquité. Piso personnage par tout ailleurs de notable vertu, s'étant ému contre un sien soldat, de quoi revenant seul du fourrage, il ne lui savait rendre compte où il avait laissé un sien compagnon, tint pour avéré qu'il l'avait tué, et le condamna soudain à la mort. Ainsi qu'il était au gibet, voici arriver ce compagnon égaré : toute l'armée en fit grande fête, et après force caresses et accolades des deux compagnons, le bourreau mène l'un et l'autre, en la présence de Piso, s'attendant bien toute l'assistance que ce lui serait à lui-même un grand plaisir[g] : mais ce fut au rebours[h], car par honte et dépit, son ardeur qui était encore en son effort[i], se redoubla : et, d'une[j] subtilité que sa passion lui fournit soudain, il en fit trois coupables, parce qu'il en avait trouvé un innocent : et les fit dépêcher[k] tous trois : Le

a. intendant – *b.* s'excusant de ne pas le faire lui-même pour la raison qu'il – *c.* sur-le-champ – *d.* la colère – *e.* nous étant mis en colère par erreur – *f.* fâchons – *g.* la foule s'attendant que Pison s'en réjouirait – *h.* le contraire – *i.* dans sa première force – *j.* par une – *k.* exécuter

premier soldat, parce qu'il y avait arrêt contre lui : le second qui s'était écarté, parce qu'il était cause de la mort de son compagnon : et le bourreau pour n'avoir obéi au commandement qu'on lui avait fait[1]. Ceux qui ont à négocier avec des femmes têtues, peuvent avoir essayé[a] à quelle rage on les jette, quand on oppose à leur agitation, le silence et la froideur, et qu'on dédaigne de nourrir leur courroux. L'orateur Celius était merveilleusement colère de sa nature : À un qui soupait en sa compagnie, homme de molle et douce conversation, et qui pour ne l'émouvoir, prenait parti d'approuver tout ce qu'il disait, et d'y consentir : lui ne pouvant souffrir son chagrin, se passer ainsi sans aliment[b] : nie-moi quelque chose, de par les Dieux, fit-il, afin que nous soyons deux[2]. Elles[c] de même, ne se courroucent, qu'afin qu'on se contre-courrouce, à l'imitation des lois de l'amour. Phocion à un homme qui lui troublait son propos, en l'injuriant âprement, n'y fit autre chose, que se taire, et lui donner tout loisir d'épuiser sa colère : cela fait, sans aucune mention de ce trouble, il recommença son propos, en l'endroit où il l'avait laissé[3]. Il n'est réplique si piquante comme est un tel mépris. Du plus colère homme de France[4] (et c'est toujours imperfection, mais plus excusable à un homme militaire : car en cet exercice[d] il y a certes des parties, qui ne s'en peuvent passer) je dis souvent, que c'est le plus patient homme que je connaisse à[e] brider sa colère : elle l'agite de telle violence et fureur,

magno veluti cum flamma sonore
Virgea suggeritur costis undantis aheni,

a. éprouvé – *b*. ne supportant pas que son humeur chagrine restât sans prétexte pour se fâcher – *c*. Les femmes têtues – *d*. en ce métier – *e*. l'homme de ma connaissance qui souffre le plus pour

Exultantque æstu latices, furit intus aquaï
Fumidus atque alte spumis exuberat amnis,
Nec jam se capit unda, volat vapor ater ad auras[a][1],

qu'il faut qu'il se contraigne cruellement, pour la modérer : Et pour moi, je ne sache passion, pour laquelle couvrir et soutenir, je pusse faire un tel effort[b]. Je ne voudrais mettre la sagesse à si haut prix. Je ne regarde pas tant ce qu'il fait, que combien il lui coûte à ne faire pis. Un autre[2], se vantait à moi, du règlement et douceur de ses mœurs, qui est, à la vérité singulière[c] : je lui disais, que c'était bien quelque chose, notamment à ceux, comme lui, d'éminente qualité, sur lesquels chacun a les yeux, de se présenter au monde toujours bien tempérés : mais que le principal était, de pourvoir au-dedans, et à soi-même : et que ce n'était pas à mon gré[d], bien ménager[e] ses affaires, que de se ronger intérieurement : ce que je craignais qu'il fît, pour maintenir ce masque, et cette réglée apparence par le dehors. On incorpore[f] la colère en la cachant : comme Diogenes dit à Demosthenes, lequel de peur d'être aperçu en une taverne, se reculait au-dedans : tant plus tu te recules arrière, tant plus tu y entres[3]. Je conseille qu'on donne plutôt une buffe[g] à la joue de son valet, un peu hors de saison, que de gêner sa fantaisie, pour représenter[h] cette sage contenance : Et aimerais mieux produire[i] mes passions, que de les couver à mes dépens : Elles s'alanguissent en s'éventant, et en s'exprimant : Il vaut mieux que leur pointe agisse au-dehors, que de la plier contre

a. « comme lorsqu'un fagot brûle d'un feu sonore sous une chaudière d'eau bouillante, et que le flot furieux écume et fume, franchissant les bords, ne se contenant plus, tandis qu'une noire vapeur s'élève dans les airs » – *b.* je ne serais pas capable de réprimer une passion si violente – *c.* qui sont singuliers – *d.* selon moi – *e.* gérer – *f.* s'imprègne de – *g.* gifle – *h.* que de réprimer son humeur pour afficher – *i.* trahir

nous. *Omnia vitia in aperto leviora sunt : et tunc perniciosissima, cum simulata sanitate subsidunt*[a][1]. J'avertis ceux, qui ont loi[b] de se pouvoir courroucer en ma famille : premièrement qu'ils ménagent leur colère, et ne l'épandent pas à tout prix : car cela en empêche l'effet et le poids. La criaillerie téméraire et ordinaire, passe en usage, et fait que chacun la méprise : celle que vous employez contre un serviteur pour son larcin, ne se sent point, d'autant que c'est celle même qu'il vous a vu employer cent fois contre lui, pour avoir mal rincé un verre, ou mal assis une escabelle[c]. Secondement, qu'ils ne se courroucent point en l'air, et regardent[d] que leur répréhension arrive à celui de qui ils se plaignent : car ordinairement ils crient, avant qu'il soit en leur présence, et durent à crier un siècle après qu'il est parti,

et secum petulans amentia certat[e][2].

Ils s'en prennent à leur ombre, et poussent cette tempête, en lieu, où personne n'en est ni châtié ni intéressé : que[f] du tintamarre de leur voix, tel qui n'en peut mais. J'accuse pareillement aux[g] querelles, ceux qui bravent et se mutinent sans partie[h] : il faut garder ces Rodomontades[3], où elles portent :

Mugitus veluti cum prima in prœlia taurus
Terrificos ciet, atque irasci in cornua tentat,
Arboris obnixus trunco, ventósque lacessit
Ictibus, et sparsa ad pugnam proludit arena[i][4].

a. « Les vices apparents sont plus légers ; et ceux qui se cachent sous l'affectation de la bonne santé sont les plus pernicieux. » – *b.* le droit – *c.* mal posé un tabouret – *d.* veillent à ce – *e.* « et la démence, exaltée, se retourne contre elle-même »– *f.* sauf – *g.* sur le sujet des – *h.* qui font les braves et se fâchent sans adversaire – *i.* « Tel un taureau poussant des mugissements terribles avant le combat, essayant ses cornes contre le tronc d'un arbre, lacérant l'air de ses coups, et se préparant au combat en dispersant le sable. »

Quand je me courrouce, c'est le plus vivement, mais aussi le plus brièvement, et secrètement que je puis : je me perds bien en vitesse, et en violence, mais non pas en trouble : si que j'aille[a] jetant à l'abandon, et sans choix, toute sorte de paroles injurieuses, et que je ne regarde d'asseoir[b] pertinemment mes pointes, où j'estime qu'elles blessent le plus : car je n'y emploie communément, que la langue. Mes valets en ont meilleur marché[c], aux grandes occasions qu'aux petites : Les petites me surprennent : et le malheur veut, que depuis que[d] vous êtes dans le précipice, il n'importe qui vous ait donné le branle, vous allez toujours jusques au fond : la chute se presse, s'émeut, et se hâte d'elle-même. Aux grandes occasions, cela me paie[e], qu'elles sont si justes, que chacun s'attend d'en voir naître une raisonnable colère : je me glorifie à tromper leur attente : je me bande et prépare contre celles-ci, elles me mettent en cervelle[f], et menacent de m'emporter bien loin, si je les suivais. Aisément je me garde d'y entrer, et suis assez fort si je l'attends, pour repousser l'impulsion de cette passion, quelque violente cause qu'elle ait : mais si elle me préoccupe[g], et saisit une fois, elle m'emporte, quelque vaine cause qu'elle ait. Je marchande ainsi avec ceux qui peuvent contester[h] avec moi : Quand vous me sentirez ému le premier, laissez-moi aller, à tort ou à droit : j'en ferai de même à mon tour. La tempête ne s'engendre que de la concurrence des colères, qui se produisent volontiers l'une de l'autre, et ne naissent en un point[i]. Donnons à chacune sa course, nous voilà toujours en paix. Utile ordonnance, mais de difficile exécution.

a. si bien que je vais – *b.* je néglige de placer – *c.* s'en tirent mieux – *d.* une fois que – *e.* me satisfait – *f.* montent à la tête – *g.* devance – *h.* se disputer – *i.* ne peuvent naître en un seul point

Parfois m'advient-il aussi, de représenter le courroucé, pour le règlement de[a] ma maison, sans aucune vraie émotion. À mesure que l'âge me rend les humeurs plus aigres, j'étudie à[b] m'y opposer, et ferai si je puis, que je serai dorénavant d'autant moins chagrin et difficile, que j'aurai plus d'excuse et d'inclination à l'être : quoique par ci-devant, je l'aie été, entre ceux qui le sont le moins. Encore un mot pour clore ce pas[c] : Aristote dit, que la colère sert parfois d'arme à la vertu et à la vaillance[1]. Cela est vraisemblable : toutefois ceux qui y contredisent, répondent plaisamment, que c'est une arme de nouvel usage : car nous remuons les autres armes, cette-ci nous remue : notre main ne la guide pas, c'est elle qui guide notre main : elle nous tient, nous ne la tenons pas.

a. de feindre la colère, pour mettre de l'ordre dans – *b*. je m'efforce de – *c*. ce chapitre

Défense de Seneque et de Plutarque

CHAP. XXXII

La familiarité que j'ai avec ces personnages ici[a] : et l'assistance qu'ils font[b] à ma vieillesse et à mon livre, maçonné purement de leurs dépouilles[c] : m'oblige à épouser[d] leur honneur. Quant à Seneque, parmi une milliasse[e] de petits livrets, que ceux de la Religion prétendue réformée font courir[f] pour la défense de leur cause, qui partent parfois de bonne main et qu'il est grand dommage n'être embesognée[g] à meilleur sujet, j'en ai vu autrefois un, qui pour allonger et remplir la similitude qu'il veut trouver, du gouvernement de notre pauvre feu Roi Charles neuvième, avec celui de Neron[1], apparie[h] feu Monsieur le Cardinal de Lorraine avec Seneque : leurs fortunes, d'avoir été tous deux les premiers au gouvernement de leurs princes, et quant et quant[i] leurs mœurs, leurs conditions, et leurs déportements[j]. En quoi à mon opinion, il fait bien de l'honneur audit Seigneur Cardinal : car encore que je sois de ceux qui estiment autant son esprit, son éloquence, son zèle envers sa religion et service de

a. ces personnages-ci – *b*. l'aide qu'ils apportent – *c*. construit à partir de leurs matériaux – *d*. m'obligent à défendre – *e*. une infinité – *f*. circuler – *g*. qu'il est bien dommage de ne pas employer – *h*. compare – *i*. avec – *j*. comportements

son Roi, et sa bonne fortune, d'être né en un siècle, où il fut si nouveau, et si rare, et quant[a] et quant si nécessaire pour le bien public, d'avoir un personnage Ecclésiastique de telle noblesse et dignité, suffisant[b] et capable de sa charge : si est-ce[c] qu'à confesser la vérité, je n'estime sa capacité de beaucoup près, telle, ni sa vertu si nette et entière, ni si ferme, que celle de Seneque. Or ce livre, de quoi je parle, pour venir à son but, fait une description de Seneque très injurieuse, ayant emprunté ces reproches de Dion l'historien[1], duquel je ne crois aucunement le témoignage. Car outre ce qu'il est inconstant, qui après avoir appelé Seneque très sage tantôt, et tantôt ennemi mortel des vices de Neron, le fait ailleurs, avaricieux, usurier, ambitieux, lâche, voluptueux, et contrefaisant le philosophe à fausses enseignes[d] : sa vertu[e] paraît si vive et vigoureuse en ses écrits, et la défense y est si claire à aucunes de[f] ces imputations, comme de sa richesse et dépense excessive, que je n'en croirai aucun témoignage au contraire[g]. Et davantage il est bien plus raisonnable, de croire en telles choses les historiens Romains, que les Grecs et étrangers. Or Tacitus[2] et les autres, parlent très honorablement, et de sa vie et de sa mort : et nous le peignent en toutes choses personnage très excellent et très vertueux. Et je ne veux alléguer autre reproche contre le jugement de Dion, que cettui-ci, qui est inévitable[h] : c'est qu'il a le sentiment si malade aux[i] affaires Romaines, qu'il ose soutenir la cause de Julius Cæsar contre Pompeius, et d'Antonius contre Cicero[3]. Venons à Plutarque.

a. en même temps – *b*. compétent – *c*. toujours est-il – *d*. sous de fausses apparences – *e*. la vertu de Sénèque – *f*. sa défense y est si claire contre chacune de – *g*. aucun témoignage contre lui – *h*. imparable – *i*. quant aux

Jean Bodin est un bon auteur de notre temps, et accompagné de beaucoup plus de jugement que la tourbe[a] des écrivailleurs de son siècle, et mérite qu'on le juge et considère. Je le trouve un peu hardi en ce passage de sa *Méthode de l'histoire,* où il accuse Plutarque non seulement d'ignorance (sur quoi je l'eusse laissé dire, car cela n'est pas de mon gibier[b]), mais aussi en ce que cet auteur écrit souvent des choses[c] incroyables et entièrement fabuleuses (ce sont ses mots)[1]. S'il eût dit simplement, les choses autrement qu'elles ne sont, ce n'était pas grande répréhension[d] : car ce que nous n'avons pas vu, nous le prenons des mains d'autrui et à crédit[e], et je vois que à escient il récite[f] parfois diversement même histoire : comme le jugement des trois meilleurs capitaines qui eussent onques[g] été, fait par Hannibal, il est autrement en la vie de Flaminius, autrement en celle de Pyrrhus[2]. Mais de le charger[h] d'avoir pris pour argent comptant, des choses incroyables et impossibles, c'est accuser de faute de jugement, le plus judicieux auteur du monde. Et voici son exemple : comme, ce dit-il, quand il récite[i] qu'un enfant de Lacedemone se laissa déchirer tout le ventre à un renardeau, qu'il avait dérobé, et le tenait caché sous sa robe, jusques à mourir plutôt que de découvrir son larcin[3]. Je trouve en premier lieu cet exemple mal choisi : d'autant qu'il[j] est bien malaisé de borner les efforts des facultés de l'âme, là où[k] des forces corporelles, nous avons plus de loi de les limiter et connaître : Et à cette cause[l] si c'eût été à moi à faire, j'eusse plutôt choisi un

a. la foule – *b.* mon domaine – *c.* que Plutarque écrivait les choses – *d.* pas grand reproche – *e.* avec confiance – *f.* que volontairement il raconte – *g.* jamais – *h.* de l'accuser – *i.* raconte – *j.* dans la mesure où il – *k.* alors que – *l.* c'est pourquoi

exemple de cette seconde sorte : et il y en a de moins croyables. Comme entre autres, ce qu'il récite de Pyrrhus, que tout blessé qu'il était, il donna si grand coup d'épée à un sien ennemi armé de toutes pièces, qu'il le fendit du haut de la tête jusques en bas, si[a] que le corps se partit[b] en deux parts[1]. En son exemple je n'y trouve pas grand miracle[c], ni ne reçois l'excuse de quoi il couvre Plutarque, d'avoir ajouté ce mot (comme on dit) pour nous avertir, et tenir en bride notre créance[d]. Car si ce n'est aux choses reçues par autorité et révérence d'ancienneté ou de religion, il n'eût voulu ni recevoir lui-même, ni nous proposer à croire, choses de soi[e] incroyables : et que ce mot (comme on dit) il ne l'emploie pas en ce lieu pour cet effet, il[f] est aisé à voir par ce que lui-même nous raconte ailleurs sur ce sujet de la patience[g] des enfants Lacédémoniens, des exemples advenus de son temps plus malaisés à persuader[h] : Comme celui que[i] Cicero a témoigné aussi, avant lui, pour avoir, à ce qu'il dit, été sur les lieux. Que jusques à leur temps, il se trouvait des enfants en cette preuve de patience, à quoi on les essayait[j] devant l'autel de Diane, qui souffraient[k] d'y être fouettés jusques à ce que le sang leur coulât partout : non seulement sans s'écrier[l], mais encore sans gémir, et aucuns[m] jusques à y laisser volontairement la vie[2]. Et ce que Plutarque aussi récite[n], avec cent autres témoins, que au sacrifice, un charbon ardent s'étant coulé dans la manche d'un enfant Lacédémonien, ainsi qu'il[o] encensait, il se laissa brûler tout le bras, jusques à ce que la senteur

a. si bien que – *b*. se sépara – *c*. dans l'exemple allégué par Bodin, je ne trouve rien d'incroyable – *d*. retenir notre crédulité – *e*. en soi – *f*. cela – *g*. de l'endurance – *h*. plus difficiles à faire croire – *i*. dont – *j*. cette épreuve d'endurance à laquelle on les soumettait – *k*. supportaient – *l*. crier – *m*. certains – *n*. raconte – *o*. alors qu'il

de la chair cuite en vînt aux assistants[1]. Il n'était rien selon leur coutume, où il leur allât plus de la[a] réputation, ni de quoi ils eussent à souffrir plus de blâme et de honte, que d'être surpris en larcin. Je suis si imbu de la grandeur de ces hommes-là, que non seulement il ne me semble, comme à Bodin, que son conte[b] soit incroyable, que je ne le trouve pas seulement[c] rare et étrange : L'histoire Spartaine est pleine de mille plus âpres exemples et plus rares : elle est à ce prix toute miracle[d]. Marcellinus récite sur ce propos du larcin, que de son temps il ne s'était encore pu trouver aucune sorte de tourment, qui pût forcer les Egyptiens surpris en ce méfait, qui était fort en usage entre eux, de dire seulement leur nom[2]. Un paysan Espagnol étant mis à la gêne sur les complices[e] de l'homicide du préteur Lucius Piso, criait au milieu des tourments, que ses amis ne bougeassent, et l'assistassent[f] en toute sûreté, et qu'il n'était pas en[g] la douleur, de lui arracher un mot de confession, et n'en eut-on autre chose, pour le premier jour : Le lendemain ainsi qu'on le ramenait pour recommencer son tourment, s'ébranlant vigoureusement entre les mains de ses gardes, il alla froisser[h] sa tête contre un[i] paroi, et s'y tua[3]. Epicharis ayant saoulé et lassé la cruauté des satellites de Neron et soutenu leur feu, leurs battures[j], leurs engins, sans aucune voix[k] de révélation de sa conjuration, tout un jour : rapportée à la gêne lendemain, les membres tous brisés, passa un lacet de sa robe dans l'un bras de sa chaise, à tout[l] un nœud courant : et y fourrant sa tête, s'étrangla du poids de son corps[4]. Ayant le courage d'ainsi mourir et se dérober aux premiers tourments[m], semble-elle pas à escient[n] avoir prêté sa vie à

a. où ils risquaient plus leur – *b.* le récit de Plutarque – *c.* pas même – *d.* à ce compte, entièrement miraculeuse – *e.* à la torture pour connaître les complices – *f.* assistent à son supplice – *g.* au pouvoir de – *h.* fracasser – *i.* une – *j.* leurs coups – *k.* sans lâcher un mot – *l.* avec – *m.* aux tortures de la veille – *n.* à dessein

cette épreuve de sa patience[a] pour se moquer de ce tyran, et encourager d'autres à semblable entreprise contre lui. Et qui s'enquerra à nos argolets[b], des expériences qu'ils ont eues en ces guerres civiles, il se trouvera des effets de patience, d'obstination et d'opiniâtreté, parmi nos misérables siècles, et en cette tourbe[c] molle et efféminée, encore plus que l'Égyptienne, dignes d'être comparés à ceux que nous venons de réciter de la vertu Spartaine. Je sais qu'il s'est trouvé des simples paysans, s'être[d] laissés griller la plante des pieds, écraser le bout des doigts à tout[e] le chien d'une pistole[f], pousser les yeux sanglants hors de la tête, à force d'avoir le front serré d'une grosse corde, avant que de s'être seulement voulu mettre à rançon[g]. J'en ai vu un, laissé pour mort tout nu dans un fossé, ayant le col[h] tout meurtri et enflé d'un licol qui y pendait encore, avec lequel on l'avait tirassé toute la nuit, à la queue d'un cheval, le corps percé en cent lieux, à coups de dague, qu'on lui avait donné, non pas pour le tuer, mais pour lui faire de la douleur et de la crainte : qui avait souffert tout cela, et jusques à y avoir perdu parole et sentiment, résolu à ce qu'il me dit, de mourir plutôt de mille morts (comme de vrai, quant à sa souffrance, il en avait passé une toute entière[i]) avant que rien promettre : et si[j] était un des plus riches laboureurs de toute la contrée. Combien en a l'on vu se laisser patiemment brûler et rôtir, pour des opinions empruntées d'autrui, ignorées et inconnues. J'ai connu cent et cent femmes, car ils disent[k] que les têtes de Gascongne ont quelque préro-

a. de sa ténacité – *b*. si l'on demande à nos archers – *c*. foule – *d*. pour s'être – *e*. avec – *f*. d'un pistolet – *g*. avant d'accepter de se laisser rançonner – *h*. le cou – *i*. il avait passé l'équivalent d'une mort entière – *j*. et pourtant, il – *k*. on dit

gative en cela, que vous eussiez plutôt fait mordre dans le fer chaud, que de leur faire démordre une opinion qu'elles eussent conçue en colère. Elles s'exaspèrent à l'encontre des coups et de la contrainte. Et celui qui forgea le conte, de la femme, qui pour aucune[a] correction de menaces, et bastonnades, ne cessait d'appeler son mari pouilleux, et qui précipitée dans l'eau, haussait encore en s'étouffant, les mains, et faisait au-dessus de sa tête, signe de tuer des poux : forgea un conte, duquel en vérité tous les jours, on voit l'image expresse en l'opiniâtreté des femmes[1]. Et est l'opiniâtreté sœur de la constance, au moins en vigueur et fermeté. Il ne faut pas juger ce qui est possible, et ce qui ne l'est pas, selon ce qui est croyable et incroyable à notre sens, comme j'ai dit ailleurs[2] : et est une grande faute, et en laquelle toutefois la plupart des hommes tombent, ce que je ne dis pas pour Bodin, de faire difficulté de croire d'autrui, ce qu'eux ne sauraient faire. Ou ne voudraient. Il semble à chacun que la maîtresse forme de nature est en lui : touche[b] et rapporte à celle-là toutes les autres formes. Les allures qui ne se règlent aux siennes sont feintes et artificielles. Quelle bestiale stupidité. Moi je considère aucuns[c] hommes fort loin au-dessus de moi : nommément entre les anciens : et encore que je reconnaisse clairement mon impuissance à les suivre de mes pas, je ne laisse pas de les suivre à vue, et juger[d] les ressorts qui les haussent ainsi : desquels j'aperçois aucunement en moi les semences : comme je fais aussi de l'extrême bassesse des esprits, qui ne m'étonne, et que je ne mécrois[e] non plus. Je vois bien le tour que celles-là se donnent pour se monter[f], et admire leur grandeur : et ces élancements que je trouve très beaux, je

a. pour quelque – *b.* il évalue à cette aune – *c.* certains – *d.* de les suivre des yeux et de juger – *e.* que je ne refuse pas de croire – *f.* s'élever les embrasse : et si mes forces n'y vont, au moins mon jugement s'y applique très volontiers. L'autre exemple qu'il[a] allègue des choses incroyables, et entièrement fabuleuses, dites par Plutarque : c'est qu'Agesilaus fut mulcté[b] par les Ephores pour avoir attiré à soi seul, le cœur et volonté de ses citoyens[1]. Je ne sais quelle marque de fausseté il y trouve : mais tant y a[c], que Plutarque parle là de choses qui lui devaient être beaucoup mieux connues qu'à nous : et n'était pas nouveau en Grece, de voir les hommes punis et exilés, pour cela seul, d'agréer trop à leurs citoyens : témoin l'Ostracisme et le Pétalisme[2]. Il y a encore en ce même lieu, une autre accusation qui me pique pour Plutarque, où il dit qu'il a bien assorti de bonne foi, les Romains aux Romains, et les Grecs entre eux, mais non les Romains aux Grecs, témoin, dit-il, Demostenes et Cicero, Caton et Aristides, Sylla et Lisander, Marcellus et Pelopidas, Pompeius et Agesilaus, estimant qu'il a favorisé les Grecs, de leur avoir donné des compagnons si dispareils[d]. C'est justement attaquer ce que Plutarque a de plus excellent et louable. Car en ses comparaisons (qui est la pièce plus[e] admirable de ses œuvres, et en laquelle à mon avis il s'est autant[f] plu) la fidélité et sincérité de ses jugements, égale leur profondeur et leur poids. C'est un philosophe, qui nous apprend la vertu. Voyons si nous le pourrons garantir[g] de ce reproche de prévarication[h] et fausseté. Ce que je puis penser avoir donné occasion à ce jugement[i], c'est ce grand et éclatant lustre des noms Romains, que nous avons en la tête : il ne nous semble point, que Demosthenes puisse

a. Bodin – *b*. mis à l'amende – *c*. toujours est-il – *d*. inégaux – *e*. la plus – *f*. particulièrement – *g*. exonérer – *h*. favoritisme – *i*. Je pense que la cause de ce jugement

égaler la gloire d'un consul, proconsul, et questeur de cette grande république. Mais qui considérera[a] la vérité de la chose, et les hommes en eux-mêmes, à quoi Plutarque a plus[b] visé, et à balancer[c] leurs mœurs, leurs naturels, leur suffisance, que leur fortune : je pense au rebours de[d] Bodin, que Ciceron et le vieux Caton, en doivent de reste à[e] leurs compagnons. Pour son dessein, j'eusse plutôt choisi l'exemple du jeune Caton comparé à Phocion : car en ce pair[f], il se trouverait une plus vraisemblable disparité à l'avantage du Romain. Quant à Marcellus, Sylla, et Pompeius, je vois bien que leurs exploits de guerre sont plus enflés, glorieux, et pompeux, que ceux des Grecs, que Plutarque leur apparie : mais les actions les plus belles et vertueuses, non plus en la guerre qu'ailleurs, ne sont pas toujours les plus fameuses. Je vois souvent des noms de capitaines, étouffés sous la splendeur d'autres noms de moins de mérite : témoin Labienus, Ventidius, Telesinus[1] et plusieurs autres. Et à le prendre par là, si j'avais à me plaindre pour les Grecs, pourrais-je pas dire, que beaucoup moins est Camillus comparable à Themistocles, les Gracches à Agis et Cleomenes, Numa à Licurgus[2]. Mais c'est folie de vouloir juger d'un trait, les choses à tant de visages. Quand Plutarque les compare, il ne les égale pas pourtant. Qui plus disertement et consciencieusement, pourrait remarquer leurs différences ? Vient-il à parangonner[g] les victoires, les exploits d'armes, la puissance des armées conduites par Pompeius, et ses triomphes, avec ceux d'Agesilaus ? Je ne crois pas, dit-il, que Xenophon même, s'il était vivant, encore qu'on lui ait concédé d'écrire tout ce qu'il a voulu à

a. si l'on considère – *b.* le plus – *c.* et à comparer aussi bien – *d.* contre – *e.* n'égalent pas – *f.* ce couple – *g.* comparer

l'avantage d'Agesilaus, osât le mettre en comparaison[1]. Parle-il de conférer[a] Lisander à Sylla : il n'y a, dit-il, point de comparaison, ni en nombre de victoires, ni en hasard de batailles : car Lisander ne gagna seulement que deux batailles navales, etc.[2] Cela, ce n'est rien dérober aux Romains : pour les avoir simplement présentés aux Grecs, il ne leur peut avoir fait injure[b], quelque disparité qui y puisse être : Et Plutarque ne les contrepèse pas entiers : il n'y a en gros aucune préférence[c] : il apparie les pièces et les circonstances, l'une après l'autre, et les juge séparément. Par quoi[d], si on le voulait convaincre de faveur, il fallait en éplucher[e] quelque jugement particulier, ou dire en général qu'il aurait failli d'assortir tel Grec à tel Romain : d'autant qu'il y en aurait d'autres plus correspondants pour les apparier, et se rapportants mieux[f].

a. comparer – *b.* injustice – *c.* aucune préférence globale – *d.* C'est pourquoi – *e.* examiner – *f.* mieux l'un à l'autre

L'histoire de Spurina

CHAP. XXXIII

La philosophie ne pense pas avoir mal employé ses moyens, quand elle a rendu à la raison, la souveraine maîtrise de notre âme, et l'autorité de tenir en bride nos appétits[a]. Entre lesquels ceux qui jugent qu'il n'en y a point de plus violents, que ceux que l'amour engendre, ont cela pour leur opinion, qu'ils tiennent au corps et à l'âme, et que tout l'homme en est possédé : en manière que la santé même en dépend, et est la médecine parfois contrainte de leur servir de maquerellage[b]. Mais au contraire, on pourrait aussi dire, que le mélange du corps y apporte du rabais, et de l' affaiblissement : car tels désirs sont sujets à satiété, et capables de remèdes matériels. Plusieurs ayants voulu délivrer leurs âmes des alarmes continuelles que leur donnait cet appétit, se sont servis d'incision et détranchement[c] des parties émues[d] et altérées[1]. D'autres en ont du tout[e] abattu la force, et l'ardeur par fréquente application de choses froides, comme de neige, et de vinaigre. Les haires de nos aïeux, étaient de cet usage : c'est une matière tissue de poil de cheval, de quoi les uns d'entre eux faisaient

a. désirs – *b*. d'entremetteuse – *c*. amputation – *d*. troublées – *e*. tout à fait

des chemises, et d'autres des ceintures à gêner[a] leurs reins. Un prince[1] me disait, il n'y a pas longtemps, que pendant sa jeunesse, un jour de fête solenne[b], en la cour du Roi François premier, où tout le monde était paré, il lui prit envie de se vêtir de la haire, qui est encore chez lui, de monsieur son père : mais quelque dévotion qu'il eût, qu'il ne sut avoir la patience d'attendre la nuit pour se dépouiller, et en fut longtemps malade, ajoutant qu'il ne pensait pas qu'il y eût chaleur de jeunesse si âpre, que l'usage de cette recette ne pût amortir : toutefois à l'aventure[c] ne les a-il pas essayées les plus cuisantes[d] : car l'expérience nous fait voir, qu'une telle émotion, se maintient bien souvent sous des habits rudes et marmiteux[e] : et que les haires, ne rendent pas toujours hères[f] ceux qui les portent. Xenocrates y procéda plus rigoureusement[2] : car ses disciples pour essayer[g] sa continence, lui ayant fourré dans son lit, Laïs, cette belle et fameuse courtisane toute nue, sauf les armes de sa beauté, et folâtres appâts, ses philtres : sentant qu'en dépit de ses discours[h], et de ses règles, le corps revêche, commençait à se mutiner, il se fit brûler les membres, qui avaient prêté l'oreille à cette rébellion. Là où[i] les passions qui sont toutes en l'âme, comme l'ambition, l'avarice, et autres, donnent bien plus à faire à la raison : car elle n'y peut être secourue, que de ses propres moyens, ni ne sont ces appétits-là, capables de satiété : voire ils s'aiguisent et augmentent par la jouissance. Le seul exemple de Julius Cæsar, peut suffire à nous montrer la disparité de ces appétits : car jamais homme ne fut plus adonné aux plaisirs

a. torturer – *b.* solennelle – *c.* peut-être – *d.* n'a-t-il pas fait l'expérience des plus ardentes – *e.* sales – *f.* misérables – *g.* éprouver – *h.* raisonnements – *i.* Alors que

amoureux. Le soin curieux[a] qu'il avait de sa personne, en est un témoignage, jusques à se servir à cela[b], des moyens les plus lascifs qui fussent lors en usage : comme de se faire pinceter[c] tout le corps, et farder de parfums d'une extrême curiosité[d] : et de soi il était beau personnage, blanc, de belle et allègre taille, le visage plein, les yeux bruns et vifs, s'il en faut croire Suetone[1], car les statues, qui se voient de lui à Rome ne rapportent pas bien partout[e], à cette peinture. Outre ses femmes, qu'il changea à quatre fois, sans compter les amours de son enfance, avec le Roi de Bithynie Nicomedes[2], il eut le pucelage de cette tant renommée Reine d'Ægipte, Cleopatra[3] : témoin le petit Cæsarion, qui en naquit. Il fit aussi l'amour à Eunoé, Reine de Mauritanie, et à Romme, à Posthumia femme de Servius Sulpitius, à Lollia de Gabinius, à Tertulla de Crassus, et à Mutia même, femme du grand Pompeius, qui[f] fut la cause, disent les historiens Romains, pourquoi son mari la répudia, ce que Plutarque confesse avoir ignoré : et les Curions père et fils reprochèrent depuis à Pompeius, quand il épousa la fille de Cæsar, qu'il se faisait gendre d'un homme qui l'avait fait cocu, et que lui-même avait accoutumé appeler Ægisthus[4]. Il entretint outre tout ce nombre, Servilia sœur de Caton, et mère de Marcus Brutus[5], dont chacun tient que procéda cette grande affection qu'il portait à Brutus : parce qu'il était né en temps, auquel il y avait apparence qu'il fût né de lui. Ainsi j'ai raison ce me semble de le prendre pour homme, extrêmement adonné à cette débauche, et de complexion[g] très amoureuse. Mais l'autre passion de l'ambition, de quoi il était aussi infiniment blessé,

a. scrupuleux – *b.* pour cela – *c.* épiler – *d.* recherche – *e.* ne ressemblent pas idéalement – *f.* ce qui– *g.* tempérament

venant à combattre celle-là, elle lui fit incontinent perdre place[a]. Me ressouvenant sur ce propos de Mechmet[1], celui qui subjugua Constantinople et apporta la finale extermination du nom Grec, je ne sache point où ces deux passions se trouvent plus également balancées. Pareillement indéfatigable ruffian[b] et soldat. Mais quand en sa vie elles se présentent en concurrence l'une de l'autre, l'ardeur querelleuse gourmande[c] toujours l'amoureuse ardeur. Et cette-ci, encore que ce fût hors sa naturelle saison, ne regagna pleinement l'autorité souveraine que quand il se trouva en grande vieillesse, incapable de plus soutenir le faix[d] des guerres. Ce qu'on récite[e], pour un exemple contraire de Ladislaus[2], Roi de Naples, est remarquable, que bon capitaine, courageux et ambitieux, il se proposait pour fin principale de son ambition l'exécution de sa volupté et jouissance de quelque rare beauté. Sa mort fut de même. Ayant rangé[f] par un siège bien poursuivi la ville de Florance si à destroit[g] que les habitants étaient après à composer de[h] sa victoire, Il la leur quitta[i] pourvu qu'ils lui livrassent une fille de leur ville de quoi il avait ouï parler, de beauté excellente. Force fut de la lui accorder et garantir la publique ruine par une injure privée[j]. Elle était fille d'un médecin fameux de son temps, lequel se trouvant engagé en si vilaine[k] nécessité, se résolut à une haute entreprise. Comme chacun parait sa fille et l'attournait[l] d'ornements et joyaux qui la pussent rendre agréable à ce nouvel amant, lui aussi lui donna un mouchoir exquis en senteur et en ouvrage, duquel elle eut à se servir en leurs premières approches, meuble[m] qu'elles n'y oublient guère en ces quartiers[n]-là. Ce mouchoir, empoisonné selon la capacité de son art, venant à se frotter à ces chairs émues et pores ouverts, inspira[o] son venin si promptement, qu'ayant soudain changé leur sueur chaude en froide, [ils expirèrent entre] les bras l'un de l'autre. Je m'en revais à Cæsar. Ses plaisirs ne lui firent jamais dérober

a. aussitôt abandonner le combat – *b*. infatigable débauché – *c*. domine – *d*. la charge – *e*. raconte – *f*. soumis – *g*. à tel point – *h*. négociaient âprement – *i*. céda – *j*. une injustice privée – *k*. vile – *l*. la couvrait – *m*. objet – *n*. moments – *o*. transmit

une seule minute d'heure, ni détourner un pas des occasions qui se présentaient pour son agrandissement[a] : cette passion régenta[b] en lui si souverainement toutes les autres, et posséda son âme d'une autorité si pleine, qu'elle l'emporta où elle voulut. Certes j'en suis dépit[c], quand je considère au demeurant la grandeur de ce personnage, et les merveilleuses parties[d] qui étaient en lui, tant de suffisance[e] en toute sorte de savoir, qu'il n'y a quasi science en quoi il n'ait écrit. Il était tel orateur, que plusieurs ont préféré son éloquence à celle de Cicero[1] : et lui-même, à mon avis, n'estimait lui devoir guère en cette partie : et ses deux *Anticatons*, furent principalement écrits pour contrebalancer le bien dire que Cicero avait employé en son *Caton*[2]. Au demeurant fut-il jamais âme si vigilante, si active, et si patiente de labeur[f] que la sienne ? Et sans doute encore était-elle embellie de plusieurs rares semences de vertu, je dis vives, naturelles, et non contrefaites. Il était singulièrement sobre, et si peu délicat en son manger, qu'Oppius[3] récite[g], qu'un jour lui ayant été présenté à table, en quelque sauce de l'huile médeciné[h], au lieu d'huile simple, il en mangea largement, pour ne pas faire honte à son hôte. Une autre fois il fit fouetter son boulanger, pour lui avoir servi d'autre pain que celui du commun. Caton même avait accoutumé de dire de lui, que c'était le premier homme sobre qui se fût acheminé à la ruine de son pays[4]. Et quant à ce que ce même Caton l'appela un jour ivrogne, cela advint en cette façon. Étants tous deux au Sénat, où il se parlait du fait de la conjuration de Catilina, de laquelle Cæsar était soupçonné, on lui

a. l'accroissement de sa puissance – *b*. domina – *c*. dépité – *d*. qualités – *e*. compétence – *f*. si endurante à l'effort – *g*. raconte – *h*. médicamenteuse

apporta de dehors, un brevet à cachettes[a] : Caton estimant que ce fût quelque chose, de quoi les conjurés l'avertissent, le somma de le lui donner : ce que Cæsar fut contraint de faire, pour éviter un plus grand soupçon. C'était de fortune[b] une lettre amoureuse, que Servilia sœur de Caton lui écrivait : Caton l'ayant lue, la lui rejeta, en lui disant, tiens ivrogne[1]. Cela dis-je, fut plutôt un mot de dédain et de colère, qu'un exprès reproche de ce vice, comme souvent nous injurions ceux qui nous fâchent, des premières injures qui nous viennent à la bouche, quoiqu'elles ne soient nullement dues à ceux à qui nous les attachons. Joint que ce vice que Caton lui reproche, est merveilleusement[c] voisin de celui, auquel il avait surpris Cæsar : car Venus et Bacchus se conviennent volontiers, à ce que dit le proverbe[2] : mais chez moi Venus est bien plus allègre, accompagnée de la sobriété. Les exemples de sa douceur, et de sa clémence, envers ceux qui l'avaient offensé sont infinis : je dis outre ceux qu'il donna, pendant le temps que la guerre civile était encore en son progrès[d], desquels il fait lui-même assez sentir par ses écrits, qu'il se servait pour amadouer ses ennemis, et leur faire moins craindre sa future domination et sa victoire. Mais si faut-il dire[e] que ces exemples-là, s'ils ne sont suffisants à nous témoigner sa naïve[f] douceur, ils nous montrent au moins une merveilleuse confiance et grandeur de courage, en ce personnage. Il lui est advenu souvent, de renvoyer des armées toutes entières à son ennemi, après les avoir vaincues, sans daigner seulement les obliger par serment, sinon de le favoriser, au moins de se contenir sans lui faire guerre : il a pris à trois et à

a. une lettre en secret – *b*. par chance – *c*. étonnamment – *d*. en cours – *e*. il faut pourtant dire – *f*. naturelle

quatre fois tels capitaines de Pompeius[1], et autant de fois remis en liberté. Pompeius déclarait ses ennemis, tous ceux qui ne l'accompagnaient à la guerre : et lui, fit proclamer qu'il tenait pour amis tous ceux qui ne bougeaient, et qui ne s'armaient effectuellement contre lui. À ceux de ses capitaines, qui se dérobaient de lui[a] pour aller prendre autre condition, il renvoyait encore les armes, chevaux, et équipage. Les villes qu'il avait prises par force, il les laissait en liberté de suivre tel parti qu'il leur plairait, ne leur donnant autre garnison, que la mémoire de sa douceur et clémence. Il défendit le jour de sa grande bataille de Pharsale, qu'on ne mît qu'à toute extrémité, la main sur les citoyens Romains[2]. Voilà des traits bien hasardeux[b] selon mon jugement : et n'est pas merveilles[c] si aux guerres civiles, que nous sentons[d], ceux qui combattent, comme lui, l'état ancien de leur pays, n'en imitent l'exemple : ce sont moyens extraordinaires, et qu'il n'appartient qu'à la fortune[e] de Cæsar, et à son admirable pourvoyance[f] de heureusement conduire[g]. Quand je considère la grandeur incomparable de cette âme, j'excuse la victoire, de ne s'être pu dépêtrer de lui, voire en cette très injuste et très inique cause. Pour revenir à sa clémence, nous en avons plusieurs naïfs[h] exemples, au temps de sa domination, lorsque toutes choses étant réduites en sa main, il n'avait plus à se feindre[i]. Caius Memmius, avait écrit contre lui des oraisons très poignantes[j], auxquelles il avait bien aigrement répondu : si[k] ne laissa-il bientôt après d'aider à le faire Consul[3]. Caius

a. le quittaient – *b*. risqués – *c*. il n'est pas étonnant – *d*. connaissons – *e*. chance – *f*. prévoyance – *g*. de remporter la victoire – *h*. véritables – *i*. à dissimuler sa vraie nature – *j*. des discours très mordants – *k*. pourtant

Calvus qui avait fait plusieurs épigrammes injurieux contre lui, ayant employé de ses amis pour le réconcilier, Cæsar se convia lui-même à lui écrire le premier. Et notre bon Catulle, qui l'avait testonné[a] si rudement sous le nom de Mamurra[1], s'en étant venu excuser à lui, il le fit ce jour même souper à sa table. Ayant été averti d'aucuns[b] qui parlaient mal de lui, il n'en fit autre chose, que déclarer en une sienne harangue publique, qu'il en était averti. Il craignait encore moins ses ennemis, qu'il ne les haïssait. Aucunes[c] conjurations et assemblées, qu'on faisait contre sa vie, lui ayant été découvertes, il se contenta de publier par édit qu'elles lui étaient connues, sans autrement en poursuivre les auteurs. Quant au respect qu'il avait à ses amis : Caius Oppius voyageant avec lui, et se trouvant mal, il lui quitta un[d] seul logis qu'il y avait, et coucha toute la nuit sur la dure et au découvert[2]. Quant à sa justice, il fit mourir un sien serviteur, qu'il aimait singulièrement, pour avoir couché avec la femme d'un chevalier Romain, quoique personne ne s'en plaignît. Jamais homme n'apporta, ni plus de modération en sa victoire, ni plus de résolution en la fortune contraire. Mais toutes ces belles inclinations furent altérées et étouffées, par cette furieuse passion ambitieuse : à laquelle il se laissa si fort emporter, qu'on peut aisément maintenir[e], qu'elle tenait le timon et le gouvernail de toutes ses actions. D'un homme libéral[f], elle en rendit[g] un voleur public, pour fournir à cette profusion et largesse, et lui fit dire ce vilain et très injuste mot, que si les plus méchants et perdus hommes du monde, lui avaient été fidèles, au service de son agrandissement, il les

a. malmené – *b*. de certains – *c*. Certaines – *d*. céda le – *e*. soutenir – *f*. généreux – *g*. fit

chérirait et avancerait de son pouvoir, aussi bien que les plus gens de bien[1] : l'enivra d'une vanité si extrême, qu'il osait se vanter en présence de ses concitoyens, d'avoir rendu cette grande République Romaine, un nom sans forme et sans corps : et dire, que ses réponses devaient meshui[a] servir de lois : et recevoir assis, le corps du Sénat venant vers lui : et souffrir qu'on l'adorât, et qu'on lui fît en sa présence des honneurs divins. Somme[b], ce seul vice à mon avis perdit en lui le plus beau, et le plus riche naturel qui fut onques : et a rendu sa mémoire abominable à tous les gens de bien, pour avoir voulu chercher sa gloire de la ruine de son pays, et subversion de la plus puissante, et fleurissante chose publique que le monde verra jamais. Il se pourrait bien au contraire, trouver plusieurs exemples, de grands personnages, auxquels la volupté a fait oublier la conduite de leurs affaires, comme Marcus Antonius[2] et autres : mais où l'amour et l'ambition seraient en égale balance, et viendraient à se choquer[c] de forces pareilles, je ne fais aucun doute, que cette-ci ne gagnât le prix de la maîtrise. Or pour me remettre sur mes brisées[d], c'est beaucoup de pouvoir brider nos appétits, par le discours de la raison, ou de forcer nos membres, par violence, à se tenir en leur devoir : mais de nous fouetter pour l'intérêt de nos voisins, de non seulement nous défaire de cette douce passion, qui nous chatouille, du plaisir que nous sentons de nous voir agréables à autrui, et aimés et recherchés d'un chacun, mais encore de prendre en haine, et à contre-cœur nos grâces, qui en sont cause, et de condamner notre beauté, parce que quelqu'autre s'en échauffe, je n'en ai vu guère

a. désormais – *b.* En somme – *c.* s'affronter – *d.* pour en revenir à mon propos

d'exemples : cette-ci en est. Spurina jeune homme de la Toscane[1],

Qualis gemma micat fulvum quæ dividit aurum,
Aut collo decus aut capiti, vel quale per artem
Inclusum buxo aut Oricia terebintho
Lucet ebur[a][2],

étant doué d'une singulière beauté, et si excessive, que les yeux plus continents[b], ne pouvaient en souffrir l'éclat continemment : ne se contentant point de laisser sans secours tant de fièvre et de feu, qu'il allait attisant partout, entra en furieux dépit contre soi-même et contre ces riches présents, que nature lui avait faits, comme si on se devait prendre à eux de la faute d'autrui : et détailla[c], et troubla[d] à force de plaies, qu'il se fit à escient[e], et de cicatrices, la parfaite proportion et ordonnance, que nature avait si curieusement[f] observée en son visage. Pour en dire mon avis, j'admire telles actions plus que je ne les honore : Ces excès sont ennemis de mes règles. Le dessein en fut beau et consciencieux[g], [mais] à mon avis un peu manque de prudence[h]. Quoi, si sa laideur servit depuis à en jeter d'autres au péché de mépris et de haine : Ou d'envie, pour la [gloire] d'une si rare recommandation : Ou de calomnie, interprétant cette humeur à une forcenée ambition[i]. Y a-il quelque forme, de laquelle le vice ne tire, [s'il] veut, occasion à s'exercer en quelque manière. Il était plus juste, et aussi plus glorieux, qu'il fît de ces dons de dieu un sujet de vertu exemplaire et de règlement. Ceux qui se dérobent aux offices communs, et à ce nombre infini de règles épineuses, à tant de visages[j], qui lient un homme d'exacte prud'homie[k], en la vie civile : font à mon gré une belle épargne, quelque pointe

a. «Telle brille la pierre précieuse enchâssée dans l'or fauve, ornement du cou ou de la chevelure, ou telle luit la blancheur de l'ivoire, lorsqu'il est artistement serti dans le buis ou le térébinthe d'Oricum» – *b.* les plus chastes – *c.* mutila – *d.* détruisit – *e.* volontairement – *f.* soigneusement – *g.* scrupuleux – *h.* dépourvu de sagesse – *i.* comme une ambition insensée – *j.* sous tant d'aspects – *k.* de parfaite honnêteté

d'âpreté péculière[a] qu'ils s'enjoignent[b]. C'est aucunement[c], mourir, pour fuir la peine de bien vivre. [Ils] peuvent avoir autre prix, mais le prix de la difficulté, il ne m'a jamais semblé qu'ils l'eussent. Ni qu'en malaisance[d] il y ait rien au-delà, de se tenir droit, emmi les[e] [flots] de la presse[f] du monde, répondant et satisfaisant loyalement à tous les membres de sa charge[g]. Il est à l'aventure[h] plus facile, de se passer nettement de [tout] le sexe, que de se maintenir duement de tout point[i], en la compagnie de sa femme : Et a l'on de quoi couler plus incurieusement[j] en la pauvreté, qu'en l'abondance justement dispensée[k] : L'usage, conduit selon raison, a plus d'âpreté, que n'a l'abstinence : La modération est vertu bien plus affaireuse[l] que n'est la souffrance : [Le] bien vivre du jeune Scipion a mille façons, le bien vivre de Diogenes n'en a qu'une. Cette-ci surpasse d'autant en innocence les vies ordinaires, comme les exquises[m] et accomplies la surpassent en utilité et en force.

a. particulière – *b.* qu'ils s'imposent – *c.* d'une certaine manière – *d.* difficulté – *e.* au milieu des – *f.* foule – *g.* aspects de sa charge – *h.* peut-être – *i.* absolument convenablement – *j.* de façon moins soucieuse – *k.* employée – *l.* pénible – *m.* excellentes

Observations sur les moyens de faire la guerre, de Julius Cæsar

Chap. XXXIV

On récite[a] de plusieurs chefs de guerre, qu'ils ont eu certains livres en particulière recommandation, comme le grand Alexandre, Homere[1], Scipion l'Africain, Xenofon[2]: Marcus Brutus, Polybius[3]: Charles cinquième, Philippe de Comines[4]. Et dit-on de ce temps, que Machiavel est encore ailleurs en crédit: mais le feu Maréchal Strossy[5], qui avait pris Cæsar pour sa part, avait sans doute bien mieux choisi: car à la vérité ce devrait être le bréviaire de tout homme de guerre, comme étant le vrai et souverain patron de l'art militaire. Et Dieu sait encore de quelle grâce, et de quelle beauté il a fardé[b] cette riche matière: d'une façon de dire si pure, si délicate, et si parfaite, que à mon goût, il n'y a aucuns écrits au monde, qui puissent être comparables aux siens, en cette partie[c]. Je veux ici enregistrer certains traits particuliers et rares, sur le fait[d] de ses guerres, qui me sont demeurés en mémoire. Son armée étant en quelque effroi, pour le bruit qui courait des grandes forces, que menait contre lui le Roi Juba, au lieu de rabattre l'opinion que ses soldats en avaient prise, et appetisser[e] les

a. raconte – *b.* rehaussé – *c.* du point de vue du style – *d.* au sujet de – *e.* et de minimiser

moyens de son ennemi, les ayant fait assembler pour les rassurer et leur donner courage, il prit une voie toute contraire à celle que nous avons accoutumé[a] : car il leur dit qu'ils ne se missent plus en peine de s'enquérir des forces que menait l'ennemi, et qu'il en avait eu, bien certain avertissement : et lors il leur en fit le nombre[b] surpassant de beaucoup, et la vérité, et la renommée, qui en courait en son armée[1], suivant ce que conseille Cyrus en Xenophon[2] : D'autant que la tromperie n'est pas si grande de trouver les ennemis par effet[c] plus faibles, qu'on n'avait espéré : que les ayant jugés faibles par réputation, les trouver après, à la vérité bien forts. Il accoutumait surtout ses soldats à obéir simplement, sans se mêler de contrerôler[d] ou parler des desseins de leur capitaine, lesquels il ne leur communiquait que sur le point de l'exécution[3] : et prenait plaisir s'ils en avaient découvert quelque chose, de changer sur-le-champ d'avis, pour les tromper : et souvent pour cet effet, ayant assigné un logis en quelque lieu, il passait outre et allongeait la journée[e], notamment s'il faisait mauvais temps et pluvieux. Les Suisses, au commencement de ses guerres de Gaule, ayants envoyé vers lui pour leur donner[f] passage au travers des terres des Romains, étant délibéré[g] de les empêcher par force, il leur contrefit toutefois un bon visage, et prit quelques jours de délai à leur faire réponse, pour se servir de ce loisir, à assembler son armée[4]. Ces pauvres gens ne savaient pas combien il était excellent menager du temps[h] : car il redit maintes fois que c'est la plus

a. accoutumée – *b*. et alors il leur donna un nombre – *c*. en réalité – *d*. vérifier – *e*. la journée de marche – *f*. ayant envoyé une ambassade pour lui demander – *g*. ayant décidé – *h*. combien sa gestion du temps était excellente

souveraine partie[a] d'un capitaine, que la science de prendre au point les occasions, et la diligence[b], qui est en ses exploits à la vérité inouïe et incroyable[1]. S'il n'était guère consciencieux[c] en cela, de prendre avantage sur son ennemi, sous couleur d'un traité d'accord : il l'était aussi peu, en ce qu'il ne requérait en ses soldats autre vertu que la vaillance, ni ne punissait guère autres vices, que la mutination[d], et la désobéissance. Souvent après ses victoires, il leur lâchait la bride à toute licence, les dispensant pour quelque temps des règles de la discipline militaire, ajoutant à cela, qu'il avait des soldats si bien créés[e], que tout parfumés et musqués, ils ne laissaient pas d'aller furieusement au combat. De vrai il aimait qu'ils fussent richement armés, et leur faisait porter des harnais gravés, dorés et argentés : afin que le soin de la conservation de leurs armes, les rendît plus âpres à se défendre. Parlant à eux, il les appelait du nom de compagnons, que nous usons encore : ce qu'Auguste son successeur réforma, estimant qu'il l'avait fait pour la nécessité de ses affaires, et pour flatter le cœur de ceux, qui ne le suivaient que volontairement[2],

Rheni mihi Cæsar in undis
Dux erat, hic socius, facinus quos inquinat æquat[f3],

mais que cette façon était trop rabaissée, pour la dignité d'un Empereur et général d'armée, et remit en train de les appeler seulement, soldats. À cette courtoisie, Cæsar mêlait toutefois une grande sévérité à les réprimer. La neuvième légion s'étant mutinée auprès de Plaisance, il la cassa avec ignominie,

a. qualité – *b*. vitesse – *c*. scrupuleux – *d*. révolte – *e*. formés – *f*. « Sur les eaux du Rhin César était mon chef ; ici il est mon complice, car le crime rend égaux ceux qu'il souille »

quoique Pompeius fût lors encore en pieds[a], et ne la reçut en grâce qu'avec plusieurs supplications. Il les rapaisait plus par autorité et par audace, que par douceur[1]. Là où il parle de son passage de la rivière du Rhin, vers l'Alemaigne, il dit qu'estimant indigne de l'honneur du peuple Romain, qu'il passât son armée à navires[b], il fit dresser un pont, afin qu'il passât à pied ferme[2]. Ce fut là qu'il bâtit ce pont admirable, de quoi il déchiffre particulièrement la fabrique[c] : car il ne s'arrête si volontiers en nul endroit de ses faits, qu'à nous représenter la subtilité de ses inventions, en telle sorte d'ouvrages de main[d]. J'y ai aussi remarqué cela, qu'il fait grand cas de ses exhortations aux soldats avant le combat : car où il veut montrer avoir été surpris, ou pressé, il allègue toujours cela, qu'il n'eut pas seulement loisir de haranguer son armée. Avant cette grande bataille contre ceux de Tournay, Cæsar, dit-il, ayant ordonné du reste, courut soudainement, où la fortune le porta, pour enhorter[e] ses gens, et rencontrant la dixième légion, il n'eut loisir de leur dire, sinon, qu'ils eussent souvenance de leur vertu accoutumée, qu'ils ne s'étonnassent[f] point, et soutinssent hardiment l'effort des adversaires : et parce que l'ennemi était déjà approché à un jet de trait, il donna le signe de la bataille : et de là étant passé soudainement ailleurs pour en encourager d'autres, il trouva qu'ils étaient déjà aux prises : voilà ce qu'il en dit en ce lieu-là[3]. De vrai sa langue lui a fait en plusieurs lieux de bien notables services, et était de son temps même, son éloquence militaire en telle recommandation, que plusieurs en son armée recueillaient ses harangues :

a. debout – *b.* sur des navires – *c.* dont il détaille la construction – *d.* de constructions artificielles – *e.* exhorter – *f.* ne se troublassent et par ce moyen, il en fut assemblé des volumes, qui ont duré longtemps après lui[1]. Son parler avait des grâces particulières, si que[a] ses familiers, et entre autres Auguste, oyant réciter ce qui en avait été recueilli, reconnaissait jusques aux phrases, et aux mots ce qui n'était pas du sien. La première fois qu'il sortit de Rome, avec charge publique, il arriva en huit jours à la rivière du Rhone[2], ayant dans sa[b] coche devant lui, un secrétaire ou deux qui écrivaient sans cesse, et derrière lui, celui qui portait son épée. Et certes quand on ne ferait qu'aller[c], à peine pourrait-on atteindre à cette promptitude, de quoi[d] toujours victorieux ayant laissé la Gaule, et suivant Pompeius à Brindes, il subjugua l'Italie en dix-huit jours, revint de Brindes à Rome, de Rome il s'en alla au fin fond de l'Espaigne, où il passa[e] des difficultés extrêmes, en la guerre contre Affranius et Petreius, et au long siège de Marseille, de là il s'en retourna en la Macedoine, battit l'armée Romaine à Pharsale, passa de là, suivant Pompeius[3], en Ægypte, laquelle il subjugua, d'Ægypte il vint en Syrie, et au pays du Pont, où il combattit Pharnaces, de là en Afrique, où il défit Scipion et Juba, et rebroussa encore par l'Italie en Espaigne, où il défit les enfants de Pompeius,

Ocior et cœli flammis et tigride fœta[f][4].
Ac veluti montis saxum de vertice præceps
Cum ruit avulsum vento, seu turbidus imber
Proluit, aut annis solvit sublapsa vetustas,
Fertur in abruptum magno mons improbus actu,
Exultatque solo, silvas, armenta, viròsque
Involvens secum[g][5].

a. si bien que – *b.* son – *c.* même en se déplaçant sans bagages – *d.* avec laquelle – *e.* surmonta – *f.* « Plus rapide que l'éclair et que la tigresse qui défend ses petits » – *g.* « Et pareil à un rocher qui tombe du

Parlant du siège d'Avaricum[a], il dit, que c'était sa coutume, de se tenir nuit et jour près des ouvriers, qu'il avait en besogne[b][1]. En toutes entreprises de conséquence, il faisait toujours la découverte[c] lui-même, et ne passa jamais son armée en lieu, qu'il n'eût premièrement reconnu. Et si nous croyons Suetone, quand il fit l'entreprise de trajeter[d] en Angleterre, il fut le premier à sonder le gué[2]. Il avait accoutumé de dire, qu'il aimait mieux la victoire qui se conduisait par conseil que par force[e][3]. Et en la guerre contre Petreius et Afranius, la fortune lui présentant une bien apparente occasion d'avantage, il la refusa, dit-il, espérant avec un peu plus de longueur, mais moins de hasard, venir à bout de ses ennemis[4]. Il fit aussi là un merveilleux trait, de commander à tout son ost[f], de passer à nage la rivière sans aucune nécessité,

rapuitque ruens in prœlia miles,
Quod fugiens timuisset iter, mox uda receptis
Membra fovent armis, gelidósque a gurgite, cursu
Restituunt artus[g][5].

Je le trouve un peu plus retenu et considéré[h] en ses entreprises, qu'Alexandre : car cettui-ci semble rechercher et courir à[i] force les dangers, comme un impétueux torrent, qui choque et attaque sans discrétion[j] et sans choix, tout ce qu'il rencontre,

---

haut de la montagne, arraché par le vent, entraîné par un torrent de pluie ou miné par l'usure des ans, il se précipite dans un grand élan comme une masse énorme vers l'abîme, rebondit sur la paroi, entraînant avec lui les forêts, le bétail et les hommes » – *a.* Bourges – *b.* qu'il faisait travailler – *c.* la reconnaissance – *d.* traverser – *e.* qui s'obtenait par la réflexion plutôt que par la force – *f.* à toute son armée – *g.* « le soldat, pour se ruer au combat, prend une route qu'il aurait craint d'emprunter pour s'enfuir ; bientôt, ayant repris leurs armes, ils réchauffent en courant leurs membres gelés par le torrent » – *h.* réfléchi – *i.* de – *j.* sans discernement

Sic tauri-formis volvitur Aufidus,
Qui Regna Dauni perfluit Appuli,
Dum sævit, horrendámque cultis
Diluviem meditatur agris[a][1].

Aussi était-il embesogné[b] en la fleur et première chaleur de son âge, là où Cæsar, s'y prit étant déjà mûr et bien avancé. Outre ce qu'Alexandre était d'une température[c] plus sanguine, colère, et ardente : et si émouvait[d] encore cette humeur par le vin, duquel Cæsar était très abstinent : mais où[e] les occasions de la nécessité se présentaient, et où la chose le requérait, il ne fut jamais homme faisant meilleur marché[f] de sa personne. Quant à moi, il me semble lire en plusieurs de ses exploits, une certaine résolution de se perdre, pour fuir la honte d'être vaincu. En cette grande bataille qu'il eut contre ceux de Tournay, il courut se présenter à la tête des ennemis, sans bouclier[2], comme il se trouva, voyant la pointe de son armée s'ébranler[g] : ce qui lui est advenu plusieurs autres fois. Oyant dire que ses gens étaient assiégés, il passa déguisé au travers l'armée ennemie, pour les aller fortifier de sa présence[3]. Ayant trajeté à Dirrachium, avec bien petites forces, et voyant que le reste de son armée qu'il avait laissée à conduire à Antonius, tardait à le suivre, il entreprit lui seul de repasser la mer par une très grande tourmente : et se déroba pour aller reprendre lui-même le reste de ses forces : les ports de delà, et toute la mer étant saisie par Pompeius[4]. Et quant aux entreprises, qu'il a faites à main armée, il y en a plusieurs, qui surpassent

a. « Ainsi roule l'Aufide à la force de taureau en arrosant le royaume de Daunus Apulien, lorsqu'il se déchaîne et menace les champs d'une terrible inondation. » – *b*. à l'ouvrage – *c*. d'un tempérament – *d*. et pourtant excitait – *e*. lorsque – *f*. ménageant moins – *g*. être ébranlée

en hasard tout discours de raison militaire[a] : car avec combien faibles moyens, entreprit-il de subjuguer le royaume d'Ægypte : et depuis[b], d'aller attaquer les forces de Scipion et de Juba, de dix parts[c] plus grandes que les siennes ? Ces gens-là, ont eu je ne sais quelle plus qu'humaine confiance en leur fortune : et disait-il, qu'il fallait exécuter non pas consulter[d] les hautes entreprises[1]. Après la bataille de Pharsale, ayant envoyé son armée devant en Asie, et passant avec un seul vaisseau, le détroit de l'Helespont, il rencontra en mer Lucius Cassius, avec dix gros navires de guerre : il eut le courage non seulement de l'attendre, mais de tirer droit vers lui, et le sommer de se rendre : et en vint à bout[2]. Ayant entrepris ce furieux siège d'Alexia, où il y avait quatre-vingt mille hommes de défense, toute la Gaule s'étant élevée pour lui courre sus[e], et lever le siège, et dressé[f] une armée de cent neuf mille chevaux[3], et de deux cent quarante mille hommes de pied, quelle hardiesse et maniacle[g] confiance fut-ce, de n'en vouloir abandonner son entreprise, et se résoudre[h] à deux si grandes difficultés ensemble ? Lesquelles toutefois il soutint : et après avoir gagné cette grande bataille contre ceux de dehors, rangea bientôt à sa merci ceux qu'il tenait enfermés. Il en advint autant à Lucullus, au siège de Tigranocerta contre le Roi Tigranes, mais d'une condition dispareille, vu la mollesse des ennemis, à qui Lucullus avait affaire[4]. Je veux ici remarquer deux rares événements et extraordinaires, sur le fait de ce siège d'Alexia, l'un, que les Gaulois s'assemblants pour venir trouver là Cæsar, ayant fait

a. dont les risques dépassent les règles de l'art militaire – *b.* ensuite – *c.* dix fois – *d.* délibérer sur – *e.* pour l'attaquer – *f.* ayant dressé – *g.* folle – *h.* se résoudre à affronter

dénombrement de toutes leurs forces, résolurent en leur conseil, de retrancher une bonne partie de cette grande multitude, de peur qu'ils n'en tombassent en confusion[1]. Cet exemple est nouveau, de craindre à être trop : mais à le bien prendre, il est vraisemblable, que le corps d'une armée doit avoir une grandeur modérée, et réglée à certaines bornes, soit pour[a] la difficulté de la nourrir, soit pour la difficulté de la conduire et tenir en ordre. Au moins serait-il bien aisé à vérifier par exemple, que ces armées monstrueuses en nombre, n'ont guère rien fait qui vaille. Suivant le dire [de] Cyrus en[b] Xenophon, ce n'est pas le nombre des hommes ains le nombre des bons hommes qui fait l'avantage. Le demeurant[c] servant plus de détourbier[d] que de secours[2]. Et Pajazet prit le principal fondement à sa résolution de livrer journée[e] à Tamburlan, contre l'avis de tous ses capitaines, sur ce que le nombre innombrable des hommes de [son] ennemi lui donnait certaine espérance de confusion[3]. Scanderberc, bon juge et très expert, avait accoutumé de dire que dix ou douze mille combattants fidèles devaient [baster][f] à un suffisant chef de guerre pour garantir sa réputation en toute sorte de besoin militaire[4]. L'autre point, qui semble être contraire, et à l'usage, et à la raison de la guerre, c'est que Vercingétorix, qui était nommé chef et général de toutes les parties des Gaules, révoltées, prit parti de s'aller enfermer dans Alexia. Car celui qui commande à tout un pays, ne se doit jamais engager qu'au cas de cette extrémité, qu'il y allât de sa dernière place[g], et qu'il n'y eût rien plus à espérer qu'en la défense d'icelle[h] : autrement il se doit tenir libre, pour avoir moyen de pourvoir en général à toutes les parties de son gouvernement. Pour revenir à Cæsar,

a. à cause de – *b.* chez – *c.* le reste – *d.* de gêne – *e.* bataille – *f.* suffire – *g.* ne se doit jamais enfermer dans une place forte à moins qu'il ne s'agisse de sa dernière – *h.* de celle-ci

il devint avec le temps un peu plus tardif et plus considéré[a] comme témoigne son familier Oppius: estimant, qu'il ne devait aisément hasarder l'honneur de tant de victoires, lequel, une seule défortune lui pourrait faire perdre[1]. C'est ce que disent les Italiens, quand ils veulent reprocher cette hardiesse téméraire, qui se voit aux jeunes gens, les nommant nécessiteux d'honneur, *bisognosi d'honore*: et qu'étant encore en cette grande faim et disette de réputation, ils ont raison de la chercher à quelque prix que ce soit: ce que ne doivent pas faire ceux qui en ont déjà acquis à suffisance: il y peut avoir quelque juste modération en ce désir de gloire, et quelque satiété en cet appétit, comme aux autres: assez[b] de gens le pratiquent ainsi. Il était bien éloigné de cette religion[c] des anciens Romains, qui ne se voulaient prévaloir en leurs guerres, que de la vertu simple et naïve: mais encore y apportait-il plus de conscience que nous ne ferions à cette heure, et n'approuvait pas toutes sortes de moyens, pour acquérir la victoire. En la guerre contre Ariovistus, étant à parlementer avec lui, il y survint quelque remuement[d] entre les deux armées, qui commença par la faute des gens de cheval[e] d'Ariovistus: sur[f] ce tumulte, Cæsar se trouva avoir fort grand avantage sur ses ennemis, toutefois il ne s'en voulut point prévaloir, de peur qu'on lui pût reprocher d'y avoir procédé de mauvaise foi[2]. Il avait accoutumé de porter un accoutrement riche au combat, et de couleur éclatante, pour se faire remarquer[3]. Il tenait la bride plus étroite à ses soldats, et les tenait plus de court étant près des ennemis[4]. Quand les anciens Grecs voulaient accuser quelqu'un d'extrême insuf-

a. plus lent et plus réfléchi – *b.* beaucoup – *c.* ce scrupule – *d.* accrochage – *e.* cavaliers – *f.* lors de

fisance, ils disaient en commun proverbe, qu'il ne savait ni lire ni nager[1] : il avait cette même opinion, que la science de nager était très utile à la guerre, et en tira plusieurs commodités[a] : s'il avait à faire diligence, il franchissait ordinairement à nage les rivières qu'il rencontrait : car il aimait à voyager à pied, comme le grand Alexandre[2]. En Ægypte ayant été forcé pour se sauver, de se mettre dans un petit bateau, et tant de gens s'y étant lancés quant et[b] lui, qu'il était en danger d'aller à fond[c], il aima mieux se jeter en la mer, et gagna sa flotte à nage, qui était, plus de deux cents pas de là, tenant en sa main gauche ses tablettes hors de l'eau, et traînant à belles dents sa cotte d'armes, afin que l'ennemi n'en jouît, étant déjà bien avancé sur[d] l'âge[3]. Jamais chef de guerre n'eut tant de créance[e] sur ses soldats : au commencement de ses guerres civiles, les centeniers[f] lui offrirent de soudoyer[g] chacun sur sa bourse un homme d'armes, et les gens de pied, de le servir à leurs dépens[h] : ceux qui étaient plus aisés, entreprenants encore à[i] défrayer les plus nécessiteux[4]. Feu Monsieur l'Amiral de Chatillon[5], nous fit voir dernièrement un pareil cas en nos guerres civiles : car les Français de son armée, fournissaient de leurs bourses au paiement des étrangers, qui l'accompagnaient : il ne se trouverait guère d'exemples d'affection, si ardente et si prête, parmi ceux qui marchent dans le vieux train, sous l'ancienne police des lois[j]. La passion [nous] commande bien plus vivement que la raison. Il est pourtant[k] advenu en la guerre contre Annibal qu'à l'exemple de la libéralité du peuple Romain en la ville, les gens d'armes et capitaines refusèrent leur paye, et appelait-on [au] camp

a. avantages – *b.* avec – *c.* de couler – *d.* en – *e.* d'ascendant – *f.* centurions – *g.* rémunérer – *h.* à leurs frais – *i.* entreprenant encore de – *j.* parmi les Catholiques – *k.* pour cela

de Marcellus mercenaires ceux qui en prenaient[1]. Ayant eu du pire[a] auprès de Dirrachium, ses[b] soldats se vinrent d'eux-mêmes offrir à être châtiés et punis, de façon qu'il eut plus à les consoler qu'à les tancer[2]. Une sienne seule cohorte, soutint quatre légions de Pompeius plus de quatre heures, jusques à ce qu'elle fût quasi toute défaite à coups de trait, et se trouva dans la tranchée, cent trente mille flèches. Un soldat nommé Scæva, qui commandait à une des entrées, s'y maintint invincible ayant un œil crevé, une épaule et une cuisse percées, et son écu faussé[c] en deux cent trente lieux[3]. Il est advenu à plusieurs de ses soldats pris prisonniers, d'accepter plutôt la mort, que de vouloir promettre de prendre autre parti[d][4]. Granius Petronius, pris par Scipion en Affrique, Scipion ayant fait mourir ses compagnons, lui manda qu'il lui donnait la vie, car il était homme de rang et questeur : Petronius répondit que les soldats de Cæsar avaient accoutumé de donner la vie aux autres, non la recevoir[e], et se tua tout soudain de sa main propre[5]. Il y a infinis exemples de leur fidélité : il ne faut pas oublier le trait de ceux qui furent assiégés à Salone, ville partisane pour Cæsar contre Pompeius, pour un rare accident qui y advint. Marcus Octavius les tenait assiégés, ceux de dedans étants réduits en extrême nécessité de toutes choses, en manière que pour suppléer au défaut qu'ils avaient d'hommes, la plupart d'entre eux y étant morts et blessés, ils avaient mis en liberté tous leurs esclaves, et pour le service de leurs engins avaient été contraints de couper les cheveux de toutes les femmes, pour en faire des cordes, outre une merveilleuse[f] disette de vivres, et ce néan-

a. ayant été vaincus – *b.* les soldats de César – *c.* percé – *d.* de passer à l'ennemi – *e.* de gracier les autres, non d'être graciés – *f.* étonnante

moins résolus de jamais ne se rendre : après avoir traîné ce siège en grande longueur, d'où Octavius était devenu plus nonchalant, et moins attentif à son entreprise, ils choisirent un jour sur le midi, et ayant rangé les femmes et les enfants sur leurs murailles, pour faire bonne mine[a], sortirent en telle furie, sur les assiégeants, qu'ayant enfoncé le premier, le second, et tiers corps de garde, et le quatrième, et puis le reste, et ayant fait du tout[b] abandonner les tranchées, les chassèrent jusque dans les navires : et Octavius même se sauva à Dirrachium, où était Pompeius[1]. Je n'ai point mémoire pour cette heure, d'avoir vu aucun autre exemple, où les assiégés battent en gros[c] les assiégeants, et gagnent la maîtrise de la campagne : ni qu'une sortie ait tiré en conséquence[d], une pure et entière victoire de bataille.

a. pour faire illusion – *b.* entièrement – *c.* d'un seul coup – *d.* ait eu pour conséquence

De trois bonnes femmes[a]

CHAP. XXXV

Il n'en est pas à[b] douzaines, comme chacun sait : et notamment aux devoirs de mariage : Car c'est un marché plein de tant d'épineuses circonstances, qu'il est malaisé que la volonté d'une femme s'y maintienne entière[c] longtemps. Les hommes quoiqu'ils y soient avec un peu meilleure condition, y ont prou affaire[d]. La touche[e] d'un bon mariage, et sa vraie preuve, regarde le temps que la société[f] dure : si elle a été constamment douce, loyale, et commode. En notre siècle, elles[g] réservent plus communément, à étaler leurs bons offices, et la véhémence de leur affection, envers leurs maris perdus. Cherchent au moins lors à donner témoignage de leur bonne volonté. Tardif témoignage et hors de saison. Elles prouvent plutôt par là qu'elles ne les aiment que morts. La vie est pleine de combustion, le trépas d'amour, et de courtoisie. Comme les pères cachent l'affection envers leurs enfants[1], elles volontiers de même, cachent la leur envers le mari, pour maintenir un honnête respect. Ce mystère n'est pas de mon goût : Elles ont beau s'écheveler et égratigner : je m'en vais à l'oreille d'une femme de chambre, et d'un secrétaire : comment

a. Trois épouses vertueuses – *b.* par – *c.* intègre – *d.* y ont déjà fort à faire – *e.* pierre de touche – *f.* la vie commune – *g.* les épouses

étaient-ils, comment ont-ils vécu ensemble : il me souvient toujours de ce bon mot, *jactantius mœrent, quæ minus dolent*[a] [1]. Leur rechigner[b] est odieux aux vivants, et vain aux morts. Nous dispenserons[c] volontiers qu'on rie après, pourvu qu'on nous rie pendant la vie. Est-ce pas de quoi ressusciter de dépit : qui[d] m'aura craché au nez pendant que j'étais, me vienne frotter les pieds quand je commence à n'être plus. S'il y a quelque honneur à pleurer les maris, il n'appartient qu'à celles qui leur ont ri : celles qui ont pleuré en la vie, qu'elles rient en la mort, au dehors comme au dedans. Aussi ne regardez pas à ces yeux moites, et à cette piteuse voix : regardez ce port, ce teint, et l'embonpoint[e] de ces joues, sous ces grands voiles : c'est par là qu'elle parle français[f]. Il en est peu, de qui la santé n'aille en amendant[g], qualité qui ne sait pas mentir. Cette cérémonieuse contenance, ne regarde pas tant derrière soi, que devant : c'est acquêt[h], plus que paiement. En mon enfance une honnête et très belle dame, qui vit encore, veuve d'un prince, avait je ne sais quoi plus en sa parure, qu'il n'est permis par les lois de notre veuvage : à ceux qui le lui reprochaient : c'est, disait-elle, que je ne pratique[i] plus de nouvelles amitiés, et suis hors de volonté de me remarier. Pour ne disconvenir du tout[j] à notre usage, j'ai ici choisi trois femmes, qui ont aussi employé l'effort de leur bonté, et affection, autour de la mort de leurs maris : Ce sont pourtant exemples un peu autres : et si pressants[k], qu'ils tirent hardiment la vie en conséquence[l]. Pline le jeune[2] avait, près d'une sienne maison en Italie, un

a. « leurs pleurs sont d'autant plus ostentatoires qu'elles éprouvent moins de chagrin » – *b.* Leurs pleurnicheries – *c.* permettrons – *d.* si celle qui – *e.* la bonne santé – *f.* qu'elle s'exprime clairement – *g.* en s'amendant – *h.* gain – *i.* recherche – *j.* entièrement – *k.* intenses – *l.* qu'ils mettent la vie même en jeu

voisin merveilleusement[a] tourmenté de quelques ulcères, qui lui étaient survenus ès parties honteuses. Sa femme le voyant si longuement languir, le pria de permettre, qu'elle vît à loisir et de près l'état de son mal, et qu'elle lui dirait plus franchement que aucun autre ce qu'il avait à en espérer. Après avoir obtenu cela de lui, et l'avoir curieusement[b] considéré, elle trouva qu'il était impossible, qu'il en pût guérir, et que tout ce qu'il avait à attendre, c'était de traîner fort longtemps une vie douloureuse et languissante : si[c] lui conseilla pour le plus sûr et souverain remède, de se tuer : et le trouvant un peu mol[d], à une si rude entreprise : Ne pense point, lui dit-elle, mon ami, que les douleurs que je te vois souffrir, ne me touchent autant qu'à toi, et que pour m'en délivrer, je ne me veuille servir moi-même, de cette médecine que je t'ordonne. Je te veux accompagner à la guérison, comme j'ai fait à la maladie : ôte cette crainte, et pense que nous n'aurons que plaisir en ce passage, qui nous doit délivrer de tels tourments : nous nous en irons heureusement ensemble. Cela dit, et ayant réchauffé le courage de son mari, elle résolut qu'ils se précipiteraient en la mer, par une fenêtre de leur logis, qui y répondait[e]. Et pour maintenir jusques à sa fin, cette loyale et véhémente affection, de quoi elle l'avait embrassé pendant sa vie, elle voulut encore, qu'il mourût entre ses bras : mais de peur qu'ils ne lui faillissent, et que les étreintes de ses enlacements, ne vinssent à se relâcher par la chute et la crainte, elle se fit lier et attacher bien étroitement avec lui, par le faux du corps[f], et abandonna ainsi sa vie, pour le repos de celle de son mari.

a. extrêmement – *b.* avec soin – *c.* aussi elle – *d.* hésitant – *e.* qui y faisait face – *f.* la taille

Celle-là était de bas lieu[a], et parmi telle condition de gens, il n'est pas si nouveau d'y voir quelque trait de rare bonté,

extrema per illos
Justitia excedens terris vestigia fecit[b][1].

Les autres deux[c] sont nobles et riches, où[d] les exemples de vertu se logent rarement. Arria[2] femme de Cecinna Pætus[3], personnage consulaire, fut mère d'une autre Arria femme de Thrasea Pætus, celui duquel la vertu fut tant renommée du temps de Neron, et par le moyen de ce gendre mère-grand de Fannia : car la ressemblance des noms de ces hommes et femmes et de leurs fortunes, en a fait mécompter plusieurs[e]. Cette première Arria, Cecinna Pætus, son mari, ayant été pris prisonnier par les gens de l'Empereur Claudius, après la défaite de Scribonianus, duquel il avait suivi le parti : supplia ceux qui l'en amenaient prisonnier à Rome, de la recevoir dans leur navire, où elle leur serait de beaucoup moins de dépense et d'incommodité, qu'un nombre de personnes, qu'il leur faudrait, pour le service de son mari : et qu'elle seule fournirait à sa chambre, à sa cuisine, et à tous autres offices. Ils l'en refusèrent : et elle s'étant jetée dans un bateau de pêcheur, qu'elle loua sur-le-champ, le suivit en cette sorte depuis la Sclavonie. Comme ils furent[f] à Rome, un jour en présence de l'Empereur, Junia veuve de Scribonianus, s'étant accostée d'elle[g] familièrement, pour la société de leurs fortunes[h], elle la repoussa rudement avec ces paroles : Moi, dit-elle, que je parle à toi, ni que je t'écoute, toi au giron de

a. d'origine modeste – *b.* « c'est chez ces gens que Justice, en quittant la Terre, a fait ses derniers pas » – *c.* les deux autres épouses – *d.* chez qui – *e.* a souvent induit en erreur – *f.* Alors qu'ils étaient – *g.* l'ayant accostée – *h.* en raison de leur communauté de sort

laquelle Scribonianus fut tué, et tu vis encore ? Ces paroles, avec plusieurs autres signes, firent sentir à ses parents[a], qu'elle était pour se défaire elle-même[b], impatiente de supporter la fortune[c] de son mari. Et Thrasea son gendre, la suppliant sur ce propos de ne se vouloir perdre et lui disant ainsi, quoi ? si je courais pareille fortune à celle de Cæcinna, voudriez-vous que ma femme votre fille en fît de même ? Comment donc ? si je le voudrais, répondit-elle : oui, oui je le voudrais, si elle avait vécu aussi longtemps, et d'aussi bon accord avec toi, que j'ai fait avec mon mari. Ces réponses augmentaient le soin, qu'on avait d'elle, et faisaient qu'on regardait de plus près à ses déportements[d]. Un jour après avoir dit à ceux qui la gardaient, vous avez beau faire, vous me pouvez bien faire plus mal mourir, mais de me garder de mourir, vous ne sauriez : s'élançant furieusement d'une chaire[e], où elle était assise, s'alla de toute sa force choquer la tête contre la paroi voisine : duquel coup, étant chue de son long évanouie et fort blessée, après qu'on l'eut à toute peine faite revenir : je vous disais bien, dit-elle, que si vous me refusiez quelque façon aisée de me tuer, j'en choisirais quelque autre pour malaisée qu'elle fût. La fin d'une si admirable vertu fut telle : Son mari Pætus, n'ayant pas le cœur assez ferme de soi-même pour se donner la mort, à laquelle la cruauté de l'Empereur le rangeait[f], un jour entre autres, après avoir premièrement employé les discours et enhortements[g], propres au conseil, qu'elle lui donnait à ce faire, elle prit le poignard, que son mari portait : et le tenant trait[h] en sa main, pour la conclusion de son exhortation, fais ainsi, Pætus, lui

a. ses proches – *b*. qu'elle allait se tuer – *c*. car elle ne supportait pas le sort – *d*. ses actes – *e*. chaise – *f*. condamnait – *g*. exhortations – *h*. tiré

dit-elle. Et en même instant, s'en étant donné un coup mortel dans l'estomac, et puis l'arrachant de sa plaie, elle le lui présenta, finissant quant et quant[a] sa vie : avec cette noble, généreuse, et immortelle parole, *Pæte, non dolet*[b]. Elle n'eut loisir que de dire ces trois paroles d'une si belle substance : tiens Pætus, il ne m'a point fait mal :

Casta suo gladium cum traderet Arria Pæto,
Quem de visceribus traxerat ipsa suis :
Si qua fides, vulnus quod feci, non dolet, inquit,
Sed quod tu facies, id mihi Pæte dolet[c][1].

Il[d] est bien plus vif en son naturel, et d'un sens plus riche : car et la plaie, et la mort de son mari, et les siennes, tant s'en faut qu'elles lui pesassent, qu'elle en avait été la conseillère et promotrice : mais ayant fait cette haute et courageuse entreprise pour la seule commodité[e] de son mari, elle ne regarde[f] que à lui encore au dernier trait de sa vie, et à lui ôter la crainte, de la suivre en mourant. Pætus se frappa tout soudain, de ce même glaive : honteux à mon avis, d'avoir eu besoin d'un si cher et précieux enseignement. Pompeia Paulina[2], jeune et très noble Dame Romaine, avait épousé Seneque en son extrême vieillesse. Neron, son beau disciple, ayant envoyé ses satellites vers lui, pour lui dénoncer[g] l'ordonnance de sa mort, ce qui se faisait en cette manière. Quand les Empereurs Romains de ce temps, avaient condamné quelque homme de qualité, ils lui mandaient[h] par leurs officiers de choisir quelque mort à sa poste[i], et de la prendre dans tel,

a. en même temps – *b*. « Paetus, ça ne fait pas mal. » – *c*. « La vertueuse Arria, lorsqu'elle donna à son cher Paetus le glaive qu'elle avait retiré de ses propres entrailles, lui dit : crois-moi, la blessure que je me suis faite ne me fait pas souffrir ; c'est celle que tu vas te faire, Paetus, qui me fait mal » – *d*. Son mot – *e*. pour le seul bien – *f*. pense – *g*. annoncer – *h*. ordonnaient – *i*. à son choix ou tel délai, qu'ils lui faisaient prescrire selon la trempe de leur colère, tantôt plus pressé, tantôt plus long, lui donnant terme pour disposer pendant ce temps-là, de ses affaires, et quelquefois lui ôtant le moyen de ce faire, par la brièveté du temps : et si le condamné estrivait[a] à leur ordonnance, ils menaient[b] des gens propres à l'exécuter, ou lui coupant les veines des bras, et des jambes, ou lui faisant avaler du poison par force. Mais les personnes d'honneur n'attendaient pas cette nécessité, et se servaient de leurs propres médecins et chirurgiens à cet effet. Seneque ouït leur charge[c], d'un visage paisible et assuré, et après, demanda du papier pour faire son testament : ce qui lui ayant été refusé, par le capitaine, se tournant vers ses amis : puisque je ne puis (leur dit-il) vous laisser autre chose en reconnaissance de ce que je vous dois, je vous laisse au moins ce que j'ai de plus beau, à savoir l'image de mes mœurs et de ma vie, laquelle je vous prie conserver[d] en votre mémoire : afin qu'en ce faisant, vous acquériez la gloire[e], de sincères et véritables amis : et quant et quant[f] apaisant tantôt l'aigreur de la douleur, qu'il leur voyait souffrir, par douces paroles, tantôt roidissant sa voix, pour les en tancer. Où sont, disait-il, ces beaux préceptes de la philosophie ? que sont devenues les provisions, que par tant d'années nous avons faites, contre les accidents de la fortune ? la cruauté de Neron nous était-elle inconnue ? que pouvions-nous attendre de celui, qui avait tué sa mère et son frère, sinon qu'il fît encore mourir son gouverneur, qui l'a nourri[g] et élevé ? Après avoir dit ces paroles en commun[h], il se détourna à[i] sa femme,

a. résistait – *b.* envoyaient – *c.* déclaration – *d.* de conserver – *e.* le titre – *f.* à la fois – *g.* éduqué – *h.* à tous – *i.* se tourna vers

et, l'embrassant étroitement, comme par la pesanteur de la douleur elle défaillait de cœur et de forces, la pria, de porter[a] un peu plus patiemment cet accident pour l'amour de lui, et que[b] l'heure était venue, où il avait à montrer non plus par discours et par disputes, mais par effet[c], le fruit qu'il avait tiré de ses études : et que sans doute il embrassait la mort, non seulement sans douleur, mais avec allégresse. Par quoi[d] m'amie, disait-il, ne la déshonore par tes larmes, afin qu'il ne semble que tu t'aimes plus que ma réputation : apaise ta douleur, et te console en la connaissance, que tu as eue de moi, et de mes actions, conduisant le reste de ta vie, par les[e] honnêtes occupations, auxquelles tu es adonnée. À quoi Paulina ayant un peu repris ses esprits, et réchauffé la magnanimité de son courage, par une très noble affection : Non Seneca, répondit-elle, je ne suis pas pour[f] vous laisser sans ma compagnie en telle nécessité : je ne veux pas que vous pensiez, que les vertueux exemples de votre vie ne m'aient encore appris à savoir bien mourir : et quand le pourrais-je, ni mieux, ni plus honnêtement, ni plus à mon gré qu'avec vous ? ainsi faites état que je m'en vais quant et vous[g]. Lors Seneque, prenant en bonne part une si belle et glorieuse délibération de sa femme, et pour se délivrer aussi de la crainte de la laisser après sa mort, à la merci et cruauté de ses ennemis. Je t'avais, Paulina, dit-il, conseillé ce qui servait à conduire plus heureusement ta vie : tu aimes donc mieux l'honneur de la mort, vraiment je ne te l'envierai[h] point : la constance et la résolution, soient pareilles à notre commune fin, mais la beauté et la

a. supporter – *b.* et lui dit que – *c.* mais en actes – *d.* C'est pourquoi – *e.* continuant à vivre en te consacrant aux – *f.* je ne suis pas femme à – *g.* sachez que je m'en vais avec vous – *h.* le disputerai

gloire soit plus grande de ta part. Cela fait on leur coupa en même temps les veines des bras : mais parce que celles de Seneque resserrées tant par vieillesse, que par son abstinence, donnaient au sang le cours trop long et trop lâche, il commanda qu'on lui coupât encore les veines des cuisses : et de peur que le tourment qu'il en souffrait, n'attendrît le cœur de sa femme, et pour se délivrer aussi soi-même de l'affliction, qu'il portait[a] de la voir en si piteux état : après avoir très amoureusement pris congé d'elle, il la pria de permettre qu'on l'emportât en la chambre voisine, comme on fit. Mais toutes ces incisions étant encore insuffisantes pour le faire mourir, il commande à Statius Anneus son médecin, de lui donner un breuvage de poison : qui n'eut guère non plus d'effet : car pour[b] la faiblesse et froideur des membres, elle[c] ne put arriver jusques au cœur. Par ainsi[d] on lui fit outre cela apprêter un bain fort chaud : et lors sentant sa fin prochaine, autant qu'il eut d'haleine, il continua des discours très excellents sur le sujet de l'état où il se trouvait[e], que ses secrétaires recueillirent tant qu'ils purent ouïr sa voix, et demeurèrent ses paroles dernières longtemps depuis en crédit et honneur, ès mains des hommes (ce nous est une bien fâcheuse perte, qu'elles ne soient venues jusques à nous). Comme il sentit les derniers traits de la mort, prenant de l'eau du bain toute sanglante, il en arrosa sa tête, en disant, je voue cette eau à Juppiter le libérateur. Neron averti de tout ceci, craignant que la mort de Paulina, qui était des mieux apparentées dames Romaines, et envers laquelle il n'avait nulles particulières inimitiés, lui vînt à reproche[f], renvoya en

a. qu'il sentait – *b.* à cause de – *c.* le poison – *d.* Donc – *e.* sur l'approche de la mort – *f.* lui soit reprochée

toute diligence lui faire rattacher[a] ses plaies : ce que ses gens d'elle[b] firent sans son su, étant déjà demi-morte, et sans aucun sentiment. Et ce[c] que contre son dessein elle vécut depuis, ce fut très honorablement, et comme il appartenait à sa vertu, montrant par la couleur blême de son visage, combien elle avait écoulé de vie par ses blessures. Voilà mes trois contes[d] très véritables, que je trouve aussi plaisants et tragiques que ceux que nous forgeons à notre poste[e], pour donner plaisir au commun[f] : et m'étonne que ceux qui s'adonnent à cela[1], ne s'avisent de choisir plutôt dix mille très belles histoires, qui se rencontrent dans les livres, où ils auraient moins de peine, et apporteraient plus de plaisir et profit. Et qui en voudrait bâtir un corps[g] entier et s'entretenant, il ne faudrait qu'il fournît du sien que la liaison, comme la soudure d'un autre métal : et pourrait entasser par ce moyen force véritables événements de toutes sortes, les disposant et diversifiant, selon que la beauté de l'ouvrage le requerrait, à peu près, comme Ovide a cousu et rapiécé sa *Métamorphose*[2], de ce grand nombre de fables diverses. En ce dernier couple, cela est encore digne d'être considéré, que Paulina offre volontiers à quitter la vie pour l'amour de son mari, et que son mari avait autrefois quitté aussi la mort pour l'amour d'elle. Il n'y a pas pour nous grand contre-poids[h] en cet échange : mais selon son humeur Stoïque, je crois qu'il pensait avoir autant fait pour elle, d'allonger sa vie en sa faveur, comme s'il fût mort pour elle. En l'une des lettres, qu'il écrit à Lucilius[3], après qu'il lui a fait entendre, comme la fièvre l'ayant pris à Rome, il monta soudain en coche, pour s'en aller à une

a. recoudre – *b*. ses serviteurs – *c*. Et la vie – *d*. récits – *e*. que nos auteurs imaginent – *f*. à la foule – *g*. un texte – *h*. équilibre

sienne maison aux champs, contre l'opinion de sa femme, qui le voulait arrêter, et qu'il lui avait répondu, que la fièvre qu'il avait, ce n'était pas fièvre du corps, mais du lieu : il suit[a] ainsi : elle me laissa aller me recommandant fort ma santé. Or moi qui sais que je loge sa vie en la mienne, je commence de pourvoir à moi, pour pourvoir à elle : le privilège que ma vieillesse m'avait donné me rendant plus ferme et plus résolu à plusieurs choses, je le perds, quand il me souvient qu'en ce vieillard, il y en a une jeune à qui je profite. Puisque je ne la puis ranger[b] à m'aimer plus courageusement, elle me range à m'aimer moi-même plus curieusement[c] : car il faut prêter quelque chose aux honnêtes affections : et parfois, encore que les occasions nous pressent au contraire, il faut rappeler[d] la vie, voire avec tourment : il faut arrêter l'âme entre les dents, puisque la loi de vivre aux gens de bien[e], ce n'est pas autant qu'il leur plaît, mais autant qu'ils doivent. Celui qui n'estime pas tant sa femme ou un sien ami, que d'en allonger sa vie, et qui s'opiniâtre à mourir, il est trop délicat et trop mol : il faut que l'âme se commande cela[f], quand l'utilité des nôtres le requiert : il faut parfois nous prêter à nos amis : et quand nous voudrions mourir pour nous, interrompre notre dessein pour eux. C'est témoignage de grandeur de courage, de retourner en la vie pour la considération d'autrui, comme plusieurs excellents personnages ont fait : et est un trait de bonté singulière de conserver la vieillesse (de laquelle la commodité plus grande[g], c'est la nonchalance[h] de sa durée, et un plus courageux et dédaigneux usage de la vie), si on sent

a. poursuit – *b*. contraindre – *c*. délicatement – *d*. retenir – *e*. l'obligation de vivre, pour les gens vertueux – *f*. de vivre – *g*. le plus grand avantage – *h*. le peu de souci que cet office[a] soit doux, agréable, et profitable, à quelqu'un bien affectionné. Et en reçoit-on une très plaisante récompense : car qu'est-il plus doux, que d'être si cher à sa femme, qu'en sa considération on en devienne plus cher à soi-même. Ainsi ma Pauline m'a chargé[b], non seulement sa crainte, mais encore la mienne. Ce ne m'a pas été assez de considérer, combien résolument je pourrais mourir, mais j'ai aussi considéré, combien irrésolument elle le pourrait souffrir. Je me suis contraint à vivre, et c'est quelquefois magnanimité que vivre. Voilà ses mots, excellents comme est son usage.

a. ce devoir – *b*. fait supporter

Des plus excellents hommes

CHAP. XXXVI

Si on me demandait le choix, de[a] tous les hommes qui sont venus à ma connaissance, il me semble en trouver trois excellents au-dessus de tous les autres. L'un Homere. Non pas qu'Aristote ou Varro[1] (pour exemple) ne fussent à l'aventure[b] aussi savants que lui. Ni possible[c] encore qu'en son art même, Vergile ne lui soit comparable : Je le laisse à juger à ceux, qui les connaissent tous deux. Moi qui n'en connais que l'un[2], puis dire cela seulement selon ma portée[d] : que je ne crois pas que les Muses mêmes allassent au-delà du Romain[3],

Tale facit carmen docta testudine, quale
Cynthius impositis temperat articulis[e][4].

Toutefois, en ce jugement encore ne faudrait-il pas oublier, que c'est principalement d'Homere que Vergile tient sa suffisance[f] : que c'est son guide, et maître d'école : et qu'un seul trait de l'*Iliade* a fourni de corps et de matière à cette grande et divine *Eneide*. Ce n'est pas ainsi que je compte : j'y mêle plusieurs autres circonstances, qui me rendent ce personnage admirable, quasi au-dessus de l'humaine condition.

a. de choisir entre – *b*. peut-être – *c*. Ni qu'il fût possible – *d*. ma capacité – *e*. « Sur sa docte lyre, il chante comme Apollon, le dieu du Cynthe. » – *f*. son art

Et à la vérité je m'étonne souvent, que lui qui a produit, et mis en crédit au monde plusieurs déités[a], par son autorité, n'a gagné rang de Dieu lui-même. Étant aveugle, indigent, étant avant que les sciences fussent rédigées en règle, et observations certaines, il les a tant connues, que tous ceux qui se sont mêlés depuis d'établir des polices[b], de conduire guerres, et d'écrire, ou de la religion, ou de la philosophie, en quelque secte[c] que ce soit, ou des arts, se sont servis de lui, comme d'un maître très parfait en la connaissance de toutes choses : Et de ses livres, comme d'une pépinière de toute espèce de suffisance[d],

Qui quid sit pulchrum, quid turpe, quid utile, quid non,
Plenius ac melius Chrysippo ac Crantore dicit[e1].

Et comme dit l'autre,

A quo ceu fonte perenni
Vatum Pyeriis labra rigantur aquis[f2].

Et l'autre,

Adde Heliconiadum comites, quorum unus Homerus
Astra potitus[g3].

Et l'autre,

cujúsque ex ore profuso,
Omnis posteritas latices in carmina duxit,
Amnémque in tenues ausa est deducere rivos,
Unius fœcunda bonis[h4].

C'est contre l'ordre de nature, qu'il a fait la plus excellente production[i] qui puisse être : Car la naissance

a. qui a créé et donné crédit à plusieurs divinités – *b.* des constitutions – *c.* école – *d.* savoir – *e.* « Il nous dit mieux et plus amplement que Crantor ou Chrysippe ce qui est beau, honteux, utile, et ce qui ne l'est pas. » – *f.* « À ses poèmes, comme à la source éternelle des eaux de Piérie, les poètes viennent boire » – *g.* « Ajoutes-y les compagnons des filles de l'Hélicon, parmi lesquels Homère, l'unique, s'est élevé jusqu'aux astres. » – *h.* « et de sa source généreuse toute la postérité a puisé ses poèmes, et elle a osé diviser ce fleuve en petits ruisseaux, fertile des biens d'un seul » – *i.* œuvre ordinaire des choses, elle est imparfaite : elles s'augmentent, se fortifient par l'accroissance : l'enfance de la poésie, et de plusieurs autres sciences, il l'a rendue mûre, parfaite, et accomplie. À cette cause[a] le peut-on nommer le premier et dernier des poètes : suivant ce beau témoignage que l'antiquité nous a laissé de lui, que n'ayant eu nul qu'il pût imiter avant lui, il n'a eu nul après lui, qui le pût imiter[1]. Ses paroles, selon Aristote[2], sont les seules paroles, qui aient mouvement et action : ce sont les seuls mots substantiels. Alexandre le grand, ayant rencontré parmi les dépouilles de Darius, un riche coffret, ordonna, qu'on le lui réservât pour y loger son Homere : disant, que c'était le meilleur et plus fidèle conseiller qu'il eût en ses affaires militaires[3]. Pour cette même raison disait Cleomenes[b] fils d'Anaxandridas, que c'était le Poète des Lacedemoniens : parce qu'il était très bon maître de la discipline guerrière[4]. Cette louange singulière et particulière, lui est aussi demeurée au jugement de Plutarque : que c'est le seul auteur du monde, qui n'a jamais saoulé ni dégoûté les hommes : se montrant aux lecteurs toujours tout autre, et fleurissant toujours en nouvelle grâce[5]. Ce folâtre d'Alcibiades, ayant demandé à un, qui faisait profession des lettres, un livre d'Homere, lui donna un soufflet, parce qu'il n'en avait point[6] : comme qui trouverait un de nos prêtres sans bréviaire. Xenophanes se plaignait un jour à Hieron, tyran de Syracuse, de ce qu'il était si pauvre, qu'il n'avait de quoi nourrir deux serviteurs : Eh quoi, lui répondit-il, Homere qui était beaucoup plus pauvre que toi, en nourrit bien plus de dix mille, tout mort qu'il est[7]. Que n'était-ce dire à[c] Panætius, quand il nommait Platon l'Homere

a. Pour cela – *b*. Cléomène disait – *c*. quel compliment c'était, pour

des philosophes[1]. Outre cela, quelle gloire se peut comparer à la sienne ? Il n'est rien qui vive en la bouche des hommes, comme son nom et ses ouvrages : rien si connu, et si reçu que Troye, Helene, et ses guerres, qui ne furent à l'aventure[a] jamais. Nos enfants s'appellent encore des noms qu'il forgea, il y a plus de trois mille ans. Qui ne connaît Hector et Achilles ? Non seulement aucunes[b] races particulières, mais la plupart des nations, cherchent origine en ses inventions[c2]. Mahumet second de ce nom, Empereur des Turcs, écrivant à notre pape Pie second : je m'étonne, dit-il, comment les Italiens se bandent[d] contre moi, attendu que nous avons notre origine commune des Troyens : et que j'ai comme eux intérêt de venger le sang d'Hector sur les Grecs, lesquels ils vont favorisant contre moi[3]. N'est-ce pas une noble farce, de laquelle les Rois, les choses publiques[e], et les Empereurs vont jouant leur personnage tant de siècles, et à laquelle tout ce grand univers sert de théâtre ? Sept villes Grecques entrèrent en débat du lieu de sa naissance, tant son obscurité même lui apporta d'honneur :

Smyrna, Rhodos, Colophon, Salamis, Chios, Argos,
Athenæ[f4].

L'autre[g], Alexandre le grand. Car qui considérera[h] l'âge, qu'il[i] commença ses entreprises : Le peu de moyen avec lequel il fit un si glorieux dessein : L'autorité qu'il gagna en cette sienne enfance[j], parmi les plus grands et expérimentés capitaines du monde, desquels il était suivi : La faveur extraordinaire, de quoi[k] for-

a. peut-être – *b*. certaines – *c*. une filiation avec ses héros – *d*. s'allient – *e*. les États – *f*. « Smyrne, Rhodes, Colophon, Salamine, Chios, Argos, Athènes. » – *g*. Un autre excellent homme est – *h*. si l'on considère – *i*. auquel il – *j*. jeunesse – *k*. avec laquelle

tune embrassa et favorisa tant de siens exploits hasardeux, et à peu que je ne die[a] téméraires :

impellens quicquid sibi summa petenti
Obstaret, gaudensque viam fecisse ruina[b][1] :

Cette[c] grandeur, d'avoir à l'âge de trente-trois ans, passé[d] victorieux toute la terre habitable : et en une demi-vie avoir atteint tout l'effort de[e] l'humaine nature : si[f] que vous ne pouvez imaginer sa durée légitime, et la continuation de son accroissance, en vertu et en fortune, jusques à un juste terme d'âge, que vous n'imaginez quelque chose au-dessus de l'homme : D'avoir[g] fait naître de ses soldats tant de branches royales, laissant après sa mort le monde en partage à quatre successeurs, simples capitaines de son armée : desquels les descendants ont depuis si longtemps duré, maintenant cette grande possession : Tant[h] d'excellentes vertus qui étaient en lui, justice, tempérance, libéralité, foi en ses paroles, amour envers les siens, humanité envers les vaincus. Car ses mœurs semblent à la vérité n'avoir aucun juste reproche, oui bien aucunes[i] de ses actions particulières, rares, et extraordinaires. Mais il est impossible de conduire si grands mouvements[j], avec les règles de la justice : Telles gens veulent[k] être jugés en gros, par la maîtresse fin[l] de leurs actions. La ruine de Thebes[2], le meurtre de Menander[3], et du Médecin d'Ephestion[4], de tant de prisonniers Persiens à un coup[m][5], d'une troupe de soldats Indiens non sans intérêt de sa parole[n][6],

a. je dirais presque – *b*. « renversant tout ce qui faisait obstacle à son immense ambition, et se plaisant à s'ouvrir un chemin parmi les ruines » – *c*. Si l'on considère cette – *d*. parcouru – *e*. tout ce que peut – *f*. si bien – *g*. Si l'on considère cette grandeur d'avoir – *h*. Si l'on considère tant – *i*. à la différence de certaines – *j*. de si grands bouleversements – *k*. doivent – *l*. d'après la fin principale – *m*. d'un seul coup – *n*. contrairement à la parole donnée

des Cosseïens jusques aux petits enfants[1], sont saillies[a] un peu mal excusables. Car quant à Clytus, la faute en fut amendée outre son poids[b2]. Et témoigne cette action, autant que toute autre, la débonnaireté de sa complexion : et que c'était de soi[c], une complexion excellemment formée à la bonté. Et a été ingénieusement dit de lui, qu'il avait de la nature ses vertus, de la fortune ses vices[3]. Quant à ce, qu'il était un peu vanteur[d4], un peu trop impatient[e] d'ouïr médire de soi[5] : et quant à ses mangeoires, armes, et mors, qu'il fit semer aux Indes[6] : toutes ces choses me semblent pouvoir être condonnées[f] à son âge, et à l'étrange prospérité de sa fortune. Qui considérera quant et quant[g], tant de vertus militaires, diligence, pourvoyance[h], patience, discipline, subtilité, magnanimité, résolution, bonheur, en quoi, quand l'autorité d'Hannibal ne nous l'aurait appris[7], il a été le premier des hommes : Les rares beautés et conditions de sa personne, jusques au miracle : ce port, et ce vénérable maintien, sous un visage si jeune, vermeil, et flamboyant[8],

Qualis ubi Oceani perfusus lucifer unda,
Quem Venus ante alios astrorum diligit ignes,
Extulit os sacrum cælo, tenebrásque resolvit[i9] :

L'excellence[j] de son savoir et capacité : La durée et grandeur de sa gloire, pure, nette, exempte de tache et d'envie : et qu'encore longtemps après sa mort, ce fut une religieuse croyance, d'estimer que ses médailles portassent bonheur à ceux qui les avaient sur eux[10]. Et que plus de Rois, et Princes ont écrit ses gestes, qu'autres Historiens, n'ont écrit les gestes d'autre

a. écarts – *b*. largement rachetée – *c*. en soi – *d*. vantard – *e*. incapable de supporter – *f*. concédées – *g*. Si l'on considère en même temps – *h*. prévoyance – *i*. « Ainsi, émergeant de l'Océan, l'astre Lucifer, que Vénus préfère à tous les autres feux célestes, lève dans le ciel sa tête sacrée et dissipe les ténèbres » – *j*. Si l'on considère l'excellence

Roi ou Prince que ce soit : Et qu'encore à présent [les] Mahumetans[a] qui méprisent toutes autres histoires reçoivent et honorent la sienne seule par spécial privilège[1]. Il confessera, tout cela mis ensemble[b], que j'ai eu raison de le préférer à Cæsar même. Qui seul m'a pu mettre en doute du choix[c2] : Et il ne se peut nier qu'il n'y ait plus du sien, en ses exploits : plus de la fortune, en ceux d'Alexandre. Ils ont eu plusieurs choses égales, et Cæsar à l'aventure aucunes[d] plus grandes. Ce furent deux feux, ou deux torrents, à ravager[e] le monde par divers endroits,

Et velut immissi diversis partibus ignes
Arentem in silvam et virgulta sonantia lauro,
Aut ubi decursu rapido de montibus altis
Dant sonitum spumosi amnes, et in æquora currunt
Quisque suum populatus iter[f3].

Mais quand l'ambition de Cæsar aurait de soi plus de modération, elle a tant de malheur, ayant rencontré ce vilain sujet de[g] la ruine de son pays, et de l'empirement universel du monde, que toutes pièces ramassées et mises en la balance, je ne puis que je ne penche[h] du côté d'Alexandre. Le tiers[i], et le plus excellent, à mon gré, c'est Epaminondas. De gloire, il n'en a pas à beaucoup près tant que d'autres (aussi n'est-ce pas une pièce de la substance de la chose[j4]), de résolution et de vaillance, non pas de celle qui est aiguisée par l'ambition, mais de celle que la sapience[k] et la raison, peuvent planter en une âme bien réglée,

a. les Turcs – *b*. si l'on considère toutes ces marques d'excellence, alors on confessera – *c*. qui seul a pu me faire hésiter – *d*. peut-être certaines – *e*. qui ravagèrent – *f*. « Comme des incendies embrasant en plusieurs points une forêt sèche, remplie de lauriers et de broussailles crépitantes, ou comme des torrents écumeux, dévalant du haut de la montagne avec fracas, et courant vers la mer, ravageant tout sur leur chemin. » – *g*. ayant abouti à ce vilain résultat – *h*. je ne peux pas ne pas pencher – *i*. troisième – *j*. la gloire n'est pas essentielle à l'excellence – *k*. sagesse

il en avait tout ce qui s'en peut imaginer. De preuve de cette sienne vertu, il en a fait autant à mon avis, qu'Alexandre même, et que Cæsar : Car encore que ses exploits de guerre, ne soient ni si fréquents, ni si enflés, ils ne laissent pas pourtant, à les bien considérer et[a] toutes leurs circonstances, d'être aussi pesants et roides[b] : et portant autant de témoignage de hardiesse et de suffisance[c] militaire. Les Grecs lui ont fait cet honneur, sans contredit, de le nommer le premier homme d'entre eux[1] : mais être le premier de la Grece, c'est facilement être le prime[d] du monde. Quant à son savoir et suffisance, ce jugement ancien nous en est resté, que jamais homme ne sut tant, et parla si peu que lui[2], car il était Pytharique de secte[3]. Et ce qu'il parla[e], nul ne parla jamais mieux. Excellent orateur et très persuasif. Mais quant à ses mœurs et conscience, il a de bien loin surpassé tous ceux, qui se sont jamais mêlés de manier affaires[f] : Car en cette partie, qui doit être principalement considérée, qui seule marque véritablement quels nous sommes, et laquelle je contrepèse[g] seule [à] toutes les autres ensemble, il ne cède à aucun philosophe, non pas à Socrates même. En cettui-ci[h] l'innocence, est une qualité, propre, maîtresse, constante, uniforme, incorruptible : Au parangon[i] de laquelle, elle paraît en Alexandre subalterne, incertaine, bigarrée, molle et fortuite. L'ancienneté[j] jugea qu'à éplucher par le menu tous les autres grands capitaines, il se trouve en chacun quelque spéciale qualité qui le rend illustre. En cetui-ci seul c'est une vertu et suffisance pleine partout et pareille, qui en tous les offices de la vie humaine ne laisse rien à désirer de soi : soit en occupation publique ou privée, ou paisible ou guerrière : soit à vivre, soit à

a. avec – *b.* imposants et fiers – *c.* compétence – *d.* premier – *e.* Quant à ce qu'il dit – *f.* qui se sont intéressés à ces matières – *g.* j'égale – *h.* Chez Épaminondas – *i.* En comparaison – *j.* L'Antiquité

mourir grandement et glorieusement[1]. Je ne connais nulle ni forme ni fortune[a] d'homme que je regarde avec tant d'honneur et d'amour. Il est bien vrai que son obstination à la pauvreté, je la trouve aucunement[b] scrupuleuse : comme elle est peinte par ses meilleurs amis. Et cette seule action, haute pourtant et très digne d'admiration, je la sens un peu aigrette[c] pour, par souhait même, m'en désirer l'imitation[d]. Le seul Scipion Æmilien[2], qui lui donnerait[e] une fin aussi fière et illustre, et la connaissance des sciences autant profonde et universelle, me pourrait mettre en doute du choix[f]. Ô quel déplaisir le temps m'a fait d'ôter de nos yeux à point nommé[g] des premières la couple[h] des vies justement la plus noble qui fût en Plutarque[3], de ces deux personnages par le commun consentement du monde[i] l'un le premier des Grecs, l'autre des Romains. Quelle matière, quel ouvrier ! Pour un homme non saint, mais galant homme[j] qu'ils nomment[k] : de mœurs civiles et communes : d'une hauteur modérée : la plus riche vie que je sache à être vécue entre les vivants, comme on dit : et étoffée de plus de riches parties[l] et désirables, c'est tout considéré celle d'Alcibiade à mon gré[4]. Mais, quant à Epaminondas, pour exemple d'une excessive bonté, je veux ajouter ici aucunes[m] de ses opinions. Le plus doux contentement qu'il eut en toute sa vie, il témoigna que c'était le plaisir qu'il avait donné à son père, et à sa mère, de sa victoire de Leuctres[5] : Il couche de beaucoup[n], préférant leur plaisir, au sien si juste, et si plein, d'une tant glorieuse action. Il ne pensait pas qu'il fût loisible pour recouvrer même la liberté de son pays, de tuer un homme sans connaissance de cause[6] : Voilà pourquoi il fut si froid à l'entreprise de Pelopidas son compagnon, pour la délivrance de Thebes[7]. Il tenait[o] aussi, qu'en une bataille il fallait fuir le

a. aucune forme ni fortune – *b.* un peu trop – *c.* aigrelette – *d.* désirer l'imiter – *e.* si on lui donnait – *f.* pourrait me faire hésiter à choisir – *g.* précisément – *h.* la paire – *i.* selon l'avis de tous – *j.* homme accompli – *k.* comme on dit – *l.* qualités – *m.* quelques-unes – *n.* il prend un bel avantage – *o.* soutenait

rencontre d'un ami, qui fût au parti contraire, et l'épargner[1]. Et son humanité à l'endroit des ennemis mêmes, [l'ayant] mis en soupçon envers les Béotiens de ce [qu'après] avoir miraculeusement forcé [les] Lacédémoniens de lui ouvrir le pas[a] qu'ils avaient entrepris de garder à l'entrée de la Moree près de Corinthe, il s'était contenté de leur [avoir] passé sur le ventre sans les poursuivre à toute outrance : il fut déposé de l'état de capitaine général[2]. Très honorablement[b] pour une telle [cause]: et pour la honte que ce leur fut [d'avoir] par nécessité à le remonter tantôt après en son degré et reconnaître combien de lui dépendaient leur [gloire] et leur salut. La victoire [le] suivant comme son ombre partout où il guidât[c]. La prospérité de son pays mourut aussi comme elle était [née], avec lui[3].

a. passage – *b.* tout à son honneur – *c.* allât

De la ressemblance des enfants aux pères

CHAP. XXXVII

Ce fagotage de tant de diverses pièces[a], se fait en cette condition, que je n'y mets la main, que lorsqu'une trop lâche[b] oisiveté me presse : et non ailleurs que chez moi. Ainsi il s'est bâti à diverses poses[c] et intervalles, comme les occasions me détiennent[d] ailleurs parfois plusieurs mois. Au demeurant je ne corrige point mes premières imaginations[e] par les secondes : oui [à] l'aventure[f] quelque [mot] : mais pour diversifier [non] pour ôter. Je veux représenter le progrès[g] de mes humeurs, et qu'on voie chaque pièce en sa naissance. Je prendrais plaisir d'avoir commencé plus tôt, et à reconnaître le train[h] de mes mutations. Un valet qui me servait à les écrire sous moi[i], pensa faire un grand butin de m'en dérober[1] plusieurs pièces choisies à sa poste[j]. Cela me console, qu il n'y fera pas plus de gain, que j'y ai fait de perte. Je me suis envieilli de sept ou huit ans, depuis que je commençai : Ce n'a pas été sans quelque nouvel acquêt[k] : J'y ai pratiqué la colique[l], par la libéralité des ans[m]. Leur commerce et longue conversation[n], ne se passe aisément sans quelque tel

a. Cet assemblage de tant d'essais disparates – *b*. relâchée – *c*. pauses – *d*. retiennent – *e*. pensées – *f*. sauf peut-être – *g*. l'évolution – *h*. l'allure – *i*. sous ma dictée – *j*. à sa guise – *k*. gain – *l*. maladie de la pierre ou gravelle – *m*. grâce à la générosité des ans – *n*. fréquentation

fruit. Je voudrais bien de plusieurs autres présents, qu'ils ont à faire à ceux qui les hantent longtemps, qu'ils en eussent choisi quelqu'un[a] qui m'eût été plus acceptable : Car ils ne m'en eussent su faire que j'eusse en plus grande horreur, dès mon enfance : C'était à point nommé[b], de tous les accidents[c] de la vieillesse, celui que je craignais le plus. J'avais pensé maintes fois à part moi, que j'allais trop avant[d] : et qu'à faire un si long chemin, je ne faudrais[e] pas de m'engager enfin, en quelque malplaisant rencontre[f]. Je sentais et protestais assez, qu'il était heure de partir, et qu'il fallait trancher la vie dans le vif, et dans le sain, suivant la règle des chirurgiens quand ils ont à couper quelque membre : Qu'à celui qui ne la rendait à temps nature avait accoutumé faire payer de bien rudes usures[g] : mais c'étaient vaines propositions. Il s'en fallait tant que j'en fusse prêt lors, que en dix-huit mois ou environ qu'il y a que je suis en ce malplaisant état, j'ai déjà appris à m'y accommoder. J'entre déjà en composition de ce vivre coliqueux[h] : J'y trouve de quoi me consoler, et de quoi espérer. Tant les hommes sont acoquinés à leur être misérable, qu'il n'est si rude condition qu'ils n'acceptent pour s'y conserver. Oyez Mæcenas.

Debilem facito manu,
Debilem pede, coxa,
Lubricos quate dentes :
Vita dum superest, bene [est[i] [1].]

Et couvrait Tamburlan d'une sotte humanité la cruauté fantastique qu'il exerçait contre les ladres[j] : en faisant mettre à mort autant qu'il

a. quelque présent – *b.* exactement – *c.* maux – *d.* j'avançais trop en âge – *e.* manquerais – *f.* quelque malplaisante rencontre – *g.* d'importants intérêts – *h.* Je m'accommode déjà de cette existence marquée par la gravelle – *i.* « Qu'on me rende paralysé de la main, paralysé du pied, de la hanche, qu'on arrache mes dents branlantes : pourvu que la vie me reste, tout va bien. » – *j.* lépreux

en venait à sa connaissance : pour disait-il, les délivrer de la vie qu'ils vivaient si pénible[1]. Car il n'y avait nul d'eux qui n'eût mieux aimé être trois fois ladre que de n'être pas. Et Antisthenes le Stoïcien[2], étant fort malade et s'écriant : qui me délivrera de ces maux : Diogenes qui l'était venu voir, lui présentant un couteau. Cettui-ci, si tu veux bientôt. Je ne dis pas de la vie, répliqua-il, je dis des maux. Les souffrances qui nous touchent simplement par l'âme, m'affligent beaucoup moins qu'elles ne font la plupart des autres hommes : Partie par jugement : car le monde estime plusieurs choses horribles, ou évitables[a] au prix de la vie, qui me sont à peu près indifférentes. Partie par une complexion stupide[b] et insensible, que j'ai aux accidents qui ne donnent à moi de droit fil[c]. Laquelle complexion j'estime l'une des meilleures pièces de ma naturelle condition[d]. Mais les souffrances vraiment essentielles et corporelles, je les goûte[e] bien vivement. Si est-ce[f] pourtant que les prévoyant autrefois d'une vue faible, délicate, et amollie par la jouissance de cette longue et heureuse santé et repos, que Dieu m'a prêté[g], la meilleure part de mon âge[h] : je les avais conçues par imagination si insupportables, qu'à la vérité j'en avais plus de peur, que je n'y ai trouvé de mal : Par où j'augmente toujours cette créance[i], que la plupart des facultés de notre âme, comme nous les employons, troublent plus le repos de la vie, qu'elles n'y servent. Je suis aux prises avec la pire de toutes les maladies, la plus soudaine, la plus douloureuse, la plus mortelle, et la plus irrémédiable[j]. J'en ai déjà essayé[k] cinq ou six bien longs accès et pénibles : toutefois ou je me

a. à éviter – *b*. un tempérament résistant – *c*. face aux événements qui ne me heurtent pas de front – *d*. ma disposition naturelle – *e*. éprouve – *f*. Toujours est-il – *g*. prêtés – *h*. ma vie – *i*. conviction – *j*. incurable – *k*. éprouvé

flatte, ou encore y a-il en cet état, de quoi se soutenir, à qui a l'âme déchargée de la crainte de la mort, et déchargée des menaces, conclusions et conséquences, de quoi la médecine nous entête. Mais l'effet même de la douleur, n'a pas cette aigreur si âpre et si poignante, qu'un homme rassis[a], en doive entrer en rage et en désespoir. J'ai au moins ce profit de la colique, que ce que je n'avais encore pu sur moi, pour me concilier du tout[b], et m'accointer à[c] la mort, elle le parfera[d] : car d'autant plus elle me pressera, et importunera, d'autant moins me sera la mort à craindre. J'avais déjà gagné cela, de ne tenir à la vie, que par la vie seulement : elle dénouera encore cette intelligence[e] : Et Dieu veuille qu'enfin, si son âpreté vient à surmonter mes forces, elle ne me rejette à l'autre extrémité non moins vicieuse, d'aimer et désirer à mourir,

Summum nec metuas diem, nec optes[f][1] :

Ce sont deux passions à craindre, mais l'une a son remède bien plus prêt que l'autre. Au demeurant j'ai toujours trouvé ce précepte cérémonieux[g], qui ordonne si rigoureusement et exactement de tenir bonne contenance et un maintien dédaigneux, et posé, à la tolérance[h] des maux. Pourquoi la philosophie, qui ne regarde que le vif, et les effets[i], se va-elle amusant[j] à ces apparences externes ? Qu'elle laisse ce soin aux farceurs et maîtres de Rhétorique qui font tant d'état de nos gestes. Qu'elle condonne[k] hardiment au mal cette lâcheté voyelle[l], si elle n'est ni cordiale ni stomacale[m]. Et prête ces plaintes volontaires au genre des soupirs, sanglots, palpitations, pâlissements que nature a mis hors de notre puissance.

a. mesuré – *b.* tout à fait – *c.* me familiariser avec – *d.* elle l'achèvera complètement – *e.* ce lien – *f.* « Ne redoute, ni ne souhaite ton dernier jour. » – *g.* formel – *h.* la capacité de supporter – *i.* l'essentiel et le réel – *j.* perd-elle son temps à s'occuper – *k.* accorde – *l.* de la voix – *m.* ni du cœur, ni de l'estomac

Pourvu que le courage[a] soit sans effroi, les paroles sans désespoir, qu'elle se contente. Qu'importe que nous tordions nos bras pourvu que nous ne tordions nos pensées. Elle[b] nous dresse pour nous, non pour autrui : pour être, non pour sembler[1]. Qu'elle s'arrête à gouverner notre entendement, qu'elle a pris à instruire[2] : Qu'aux efforts de la colique, elle maintienne l'âme capable de se reconnaître : de suivre son train accoutumé : combattant la douleur et la soutenant, non se prosternant honteusement à ses pieds : émue et échauffée du combat, non abattue et renversée. Capable de commerce, capable d'entretien, jusques à certaine mesure. En accidents si extrêmes, c'est cruauté de requérir de nous une démarche si composée. Si nous avons beau jeu, c'est peu que nous ayons mauvaise mine. Si le corps se soulage en se plaignant, qu'il le fasse : Si l'agitation lui plaît, qu'il se tourneboule et tracasse à sa fantaisie : S'il lui semble que le mal s'évapore aucunement[c] (comme aucuns[d] médecins[3] disent que cela aide à la délivrance des femmes enceintes) pour pousser hors la voix avec plus grande violence : ou s'il en amuse son tourment[e], qu'il crie tout à fait. Ne commandons point [à] cette voix qu'elle aille, mais permettons-le lui. Epicurus[4] ne permet pas seulement à son sage de crier aux tourments[f], mais il le lui conseille. *Pugiles etiam quum feriunt in jactandis cæstibus ingemiscunt quia profundenda voce omne corpus intenditur venitque plaga vehementior*[g][5]. Nous avons assez de travail du mal[h], sans nous travailler à[i] ces règles superflues. Ce que je dis pour excuser ceux, qu'on voit ordinairement se tempêter, aux secousses et assauts de cette maladie : car pour moi, je l'ai passée jusques à cette

a. le cœur – *b.* la philosophie – *c.* d'une certaine manière – *d.* certains – *e.* s'il en oublie sa douleur – *f.* dans les tourments – *g.* « Les lutteurs aussi, lorsqu'ils frappent en brandissant les cestes, gémissent, parce que, en poussant un cri, tout le corps se tend et le coup est asséné avec plus de force. » – *h.* de douleur à cause du mal – *i.* faire souffrir par

heure avec un peu meilleure contenance[1] : Non pourtant que je me mette en peine, pour maintenir cette décence extérieure : car je fais peu de compte d'un tel avantage. Je prête en cela au mal autant qu'il veut : mais ou mes douleurs ne sont pas si excessives, ou j'y apporte plus de fermeté que le commun. Je me plains, je me dépite[a], quand les aigres pointures[b] me pressent : mais je n'en viens point à me perdre. Comme celui-là[2] :

Ejulatu, questu, gemitu, fremitibus
Resonando multum flebiles voces refert[c][3].

Je me tâte au plus épais du mal et ai toujours trouvé que j'étais capable de dire, de penser, de répondre aussi sainement qu'en une autre heure : mais non si constamment : la douleur me troublant et détournant. Quand on me tient le plus atterré[d] et que les assistants m'épargnent, j'essaie souvent mes forces et leur entame moi-même des propos les plus éloignés de mon état. Je puis tout par un soudain effort, mais ôtez-en la durée. Ô que n'ai-je la faculté de ce songeur de Cicero[4], qui songeant embrasser une garce[e], trouva qu'il s'était déchargé de sa pierre emmi[f] ses draps. Les miennes me dégarcent[g] étrangement. Aux intervalles de cette douleur excessive, que mes uretères languissent sans me poindre[h] si fort, je me remets soudain en ma forme ordinaire[5] : d'autant que mon âme ne prend autre alarme, que la sensible et corporelle : Ce que je dois certainement au soin que j'ai eu à me préparer par discours[i] à tels accidents,

laborum
Nulla mihi nova nunc facies inopináque surgit,
Omnia præcepi atque animo mecum ante peregi[j][6].

a. je me fâche – *b.* piqûres – *c.* « Soupirs, plaintes, gémissements, lamentations bruyantes, il fait résonner l'écho de ses paroles plaintives. » – *d.* pour extrêmement abattu – *e.* embrassant une fille en rêve – *f.* au milieu de – *g.* me détournent des femmes – *h.* blesser – *i.* raison – *j.* « Aucune des douleurs qui maintenant peuvent se présenter à moi ne m'apparaît nouvelle et inattendue : j'ai tout prévu et éprouvé à l'avance

Je suis essayé[a] pourtant un peu bien rudement pour un apprenti, et d'un changement bien soudain et bien rude : étant chu tout à coup d'une très douce condition de vie, et très heureuse, à la plus douloureuse, et pénible, qui se puisse imaginer : car outre ce que c'est une maladie bien fort à craindre d'elle-même, elle fait en moi ses commencements beaucoup plus âpres et difficiles qu'elle n'a accoutumé. Les accès me reprennent si souvent, que je ne sens quasi plus d'entière santé : je maintiens toutefois, jusques à cette heure mon esprit en telle assiette, que pourvu que j'y puisse apporter de la constance, je me trouve en assez meilleure condition de vie, que mille autres, qui n'ont ni fièvre, ni mal, que celui qu'ils se donnent eux-mêmes, par la faute de leur discours[b]. Il est certaine façon d'humilité subtile, qui naît de la présomption, comme cette-ci : que nous reconnaissons notre ignorance, en plusieurs choses, et sommes si courtois, d'avouer[c] qu'il y a ès ouvrages de nature, aucunes[d] qualités et conditions, qui nous sont imperceptibles, et desquelles notre suffisance[e] ne peut découvrir les moyens et les causes. Par cette honnête et consciencieuse déclaration, nous espérons gagner, qu'on nous croira aussi de celles, que nous dirons, entendre[f]. Nous n'avons que faire d'aller trier[g] des miracles et des difficultés étrangères : il me semble que parmi les choses que nous voyons ordinairement, il y a des étrangetés si incompréhensibles, qu'elles surpassent toute la difficulté des miracles. Quel monstre[h] est-ce, que cette goutte de semence, de quoi nous sommes produits, porte en soi les impressions,

---

dans mon esprit. » – *a*. mis à l'épreuve – *b*. raisonnement – *c*. nous admettons si volontiers – *d*. certaines – *e*. notre intelligence – *f*. prétendrons comprendre – *g*. choisir – *h*. prodige

non de la forme corporelle seulement, mais des pensements[a] et des inclinations de nos pères. Cette goutte d'eau, où loge-elle ce nombre infini de formes[1] : et comme[b] portent-elles ces ressemblances, d'un progrès si téméraire et si déréglé, que l'arrière-fils répondra[c] à son bisaïeul, le neveu à l'oncle. En la famille de Lepidus à Romme, il y en a eu trois, non de suite, mais par intervalles, qui naquirent un même œil couvert de cartilage[2]. À Thebes il y en avait une race[d] qui portait dès le ventre de la mère, la forme d'un fer de lance, et qui ne le portait, était tenu illégitime[3]. Aristote dit qu'en certaine nation, où les femmes étaient communes, on assignait les enfants à leurs pères, par la ressemblance[4]. Il est à croire que je dois à mon père cette qualité pierreuse : car il mourut merveilleusement[e] affligé d'une grosse pierre, qu'il avait en la vessie : il ne s'aperçut de son mal, que le soixante-septième an de son âge : et avant cela il n'en avait eu aucune menace ou ressentiment[f], aux reins, aux côtés, ni ailleurs : et avait vécu jusque lors, en une heureuse santé, et bien peu sujette à maladies : et dura encore sept ans en ce mal, traînant une fin de vie bien douloureuse. J'étais né vingt-cinq ans et plus, avant sa maladie[g], et durant le cours de son meilleur état[h], le troisième de ses enfants en rang de naissance[5] : Où se couvait tant de temps la propension à ce défaut ? Et lorsqu'il était si loin du mal, cette légère pièce de sa substance, de quoi il me bâtit, comment en portait-elle pour sa part, une si grande impression[i] ? Et comment encore si couverte, que quarante-cinq ans après, j'aie commencé à m'en ressentir ? seul jusques

a. pensées – *b*. comment – *c*. ressemblera – *d*. famille – *e*. extrêmement – *f*. sensation – *g*. plus de vingt-cinq ans avant sa maladie – *h*. la période où il était en bonne santé – *i*. trace

à cette heure, entre tant de frères, et de sœurs, et tous d'une mère[a]. Qui m'éclaircira de ce progrès[b], je le croirai d'autant d'autres miracles[c] qu'il voudra : pourvu que, comme ils font[d], il ne me donne pas en paiement, une doctrine[e] beaucoup plus difficile et fantastique[f], que n'est la chose même. Que les médecins excusent un peu ma liberté : car par cette même infusion et insinuation fatale[g], j'ai reçu la haine et le mépris de leur doctrine. Cette antipathie, que j'ai à leur art, m'est héréditaire. Mon père a vécu soixante et quatorze ans, mon aïeul soixante et neuf, mon bisaïeul près de quatre-vingts, sans avoir goûté aucune sorte de médecine : Et entre eux, tout ce qui n'était de l'usage ordinaire, tenait lieu de drogue. La médecine se forme par exemples et expériences : aussi fait mon opinion. Voilà pas une bien expresse[h] expérience, et bien avantageuse ? Je ne sais s'ils m'en trouveront trois en leurs registres, nés, nourris[i], et trépassés, en même foyer, même toit, ayants autant vécu sous leurs règles. Il faut qu'ils m'avouent en cela, que si ce n'est la raison, au moins que la fortune[j] est de mon parti : Or chez les médecins, fortune vaut bien mieux que la raison. Qu'ils ne me prennent point à cette heure à leur avantage, Qu'ils ne me menacent point, atterré[k] comme je suis : ce serait supercherie. Aussi à dire la vérité, j'ai assez gagné sur eux par mes exemples domestiques[l], encore qu'ils s'arrêtent là. Les choses humaines n'ont pas tant de constance : il y a deux cents ans, il ne s'en faut que dix-huit[m], que cet essai[n] nous dure, car le premier naquit l'an mil quatre cent

a. d'une même mère – *b*. processus – *c*. sur tous les autres miracles – *d*. on fait – *e*. interprétation – *f*. bizarre – *g*. transmission et innutrition héritées – *h*. sûre – *i*. éduqués – *j*. le hasard – *k*. abattu – *l*. familiaux – *m*. à dix-huit ans près – *n*. expérience

deux. C'est vraiment bien raison, que cette expérience commence à nous faillir[a] : Qu'ils ne me reprochent point les maux, qui me tiennent asteure[b] à la gorge : d'avoir vécu sain quarante sept ans pour ma part, n'est-ce pas assez ? Quand ce sera le bout de ma carrière, elle est des plus longues. Mes ancêtres avaient la médecine à contrecœur[c] par quelque inclination occulte et naturelle : car la vue même des drogues[d] faisait horreur à mon père. Le seigneur de Gaujac[1] mon oncle paternel, homme d'Église, maladif dès sa naissance, et qui fit toutefois durer cette vie débile[e], jusques à soixante-sept ans, étant tombé autrefois en une grosse et véhémente fièvre continue, il fut ordonné par les médecins, qu'on lui déclarerait, s'il ne se voulait aider[f] (ils appellent secours ce qui le plus souvent est empêchement) qu'il était infailliblement mort. Ce bon homme, tout effrayé comme il fut de cette horrible sentence, si répondit-il[g], je suis donc mort : mais Dieu rendit tantôt après[h] vain ce pronostic. Le dernier des frères, ils étaient quatre, Sieur de Bussaguet, et de bien loin le dernier, se soumit seul, à cet art, pour le commerce, ce crois-je, qu'il avait avec les autres arts, car il était conseiller en la cour de parlement : et lui succéda[i] si mal, qu'étant par apparence, de plus forte complexion, il mourut pourtant longtemps avant les autres, sauf un, le sieur de Saint-Michel. Il est possible que j'aie reçu d'eux, cette dispathie[j] naturelle à[k] la médecine : mais s'il n'y eût eu que cette considération, j'eusse essayé de la forcer. Car toutes ces conditions[l], qui naissent en nous sans raison, elles sont vicieuses, c'est une espèce

a. tromper – *b.* à cette heure – *c.* en aversion – *d.* médicaments – *e.* faible – *f.* s'il refusait de se faire aider – *g.* répondit pourtant – *h.* sous peu – *i.* cela lui réussit si mal – *j.* aversion – *k.* pour – *l.* dispositions de maladie, qu'il faut combattre : il peut être, que j'y avais cette propension, mais je l'ai appuyée et fortifiée par les discours[a], qui m'en ont établi l'opinion que j'en ai. Car je hais aussi cettte considération, de refuser la médecine pour l'aigreur de son goût : ce ne serait aisément mon humeur, qui[b] trouve la santé digne d'être rachetée, par tous les cautères et incisions les plus pénibles qui se fassent. Et suivant Epicurus, les voluptés me semblent à éviter si elles tirent à leur suite des douleurs plus grandes. Et les douleurs, à rechercher, qui tirent à leur suite [des] voluptés plus grandes[1]. C'est une précieuse chose, que la santé, et la seule chose qui mérite à la vérité qu'on y emploie, non le temps seulement, la sueur, la peine, les biens, mais encore la vie à sa poursuite : d'autant que sans elle, la vie nous vient à être pénible et injurieuse[c]. La volupté, la sagesse, la science et la vertu, sans elle se ternissent et évanouissent : Et aux plus fermes et tendus discours, que la philosophie nous veuille imprimer au contraire, nous n'avons qu'à opposer l'image de Platon, étant frappé du haut mal[d], ou d'une apoplexie : et en cette présupposition le défier de s'aider de ces nobles et riches facultés de son âme. Toute voie qui nous mènerait à la santé, ne se peut dire pour moi ni âpre, ni chère. Mais j'ai quelques autres apparences[e], qui me font étrangement défier de toute cette marchandise. Je ne dis pas qu'il n'y en puisse avoir quelque art : qu'il n'y ait parmi tant d'ouvrages de nature, des choses propres à la conservation de notre santé, cela est certain. J'entends bien, qu'il y a quelque simple[f] qui humecte, quelque autre qui assèche, je sais par expérience, et que les raiforts produisent des vents, et que les feuilles du sené

a. le raisonnement – *b.* moi qui – *c.* dommageable – *d.* d'épilepsie – *e.* raisons – *f.* plante médicinale

lâchent le ventre : je sais plusieurs telles expériences, comme je sais que le mouton me nourrit, et que le vin m'échauffe : et disait Solon, que le manger était, comme les autres drogues, une médecine contre la maladie de la faim[1]. Je ne désavoue pas l'usage, que nous tirons du monde : ni ne doute de la puissance, et uberté[a] de nature, et de son application à notre besoin. Je vois bien que les brochets, et les arondes[b] se trouvent bien d'elle. Je me défie des inventions de notre esprit : de notre science et art : en faveur duquel nous l'avons abandonnée[c], et ses règles : et auquel nous ne savons tenir modération, ni limite. Comme nous appelons justice le pâtissage[d] [des] premières lois qui nous tombent en main [et] leur dispensation [et] pratique souvent très inepte et très inique. Et comme ceux qui s'en moquent et qui l'accusent n'entendent pas pourtant injurier cette noble vertu : ains[e] condamner seulement l'abus et profanation de ce sacré titre. [De] même en la médecine j'honore bien ce glorieux nom, [sa] proposition[f], sa promesse si utile au genre humain. Mais ce qu'il désigne[g] entre nous, je ne l'honore ni l'estime. En premier lieu l'expérience me le fait craindre : car de ce que j'ai de connaissance, je ne vois nulle race de gens si tôt malade et si tard guérie, que celle qui est sous la juridiction de la médecine. Leur santé même est altérée et corrompue, par la contrainte des régimes. Les médecins ne se contentent point d'avoir la maladie en gouvernement, ils rendent la santé malade, pour garder[h] qu'on ne puisse en aucune saison échapper leur autorité. D'une santé constante et entière, n'en tirent-ils pas l'argument d'une grande maladie future ? J'ai été assez souvent malade, j'ai trouvé sans leurs secours,

a. prodigalité – *b*. hirondelles – *c*. notre esprit, dans ses théories et ses pratiques, au profit duquel nous avons abandonné la nature – *d*. mélange – *e*. mais – *f*. son dessein – *g*. signifie – *h*. empêcher

mes maladies aussi douces à supporter (et en ai essayé[a] quasi de toutes les sortes) et aussi courtes, qu'à nul autre : et si[b] n'y ai point mêlé l'amertume de leurs ordonnances. La santé je l'ai libre et entière, sans règle, et sans autre discipline, que de ma coutume et de mon plaisir. Tout lieu m'est bon à m'arrêter, car il ne me faut autres commodités étant malade, que celles qu'il me faut étant sain. Je ne me passionne point[c] d'être sans médecin, sans apothicaire, et sans secours : de quoi j'en vois la plupart plus affligés que du mal. Quoi, eux-mêmes nous font-ils voir de l'heur et de la durée en leur vie, qui nous puisse témoigner quelque apparent effet de leur science[1] ? Il n'est nation qui n'ait été plusieurs siècles sans la médecine : et[d] les premiers siècles, c'est-à-dire les meilleurs et les plus heureux : et du monde la dixième partie ne s'en sert pas encore à cette heure : infinies nations ne la connaissent pas, où l'on vit et plus sainement, et plus longuement, qu'on ne fait ici, et parmi nous, le commun peuple s'en passe heureusement. Les Romains avaient été six cents ans, avant que de la recevoir[2], mais après l'avoir essayée, ils la chassèrent de leur ville, par l'entremise de Caton le Censeur, qui montra combien aisément il s'en pouvait passer, ayant vécu quatre-vingts et cinq ans, et fait vivre sa femme jusqu'à l'extrême vieillesse, non pas sans médecine, mais oui[e] bien sans médecin, car toute chose qui se trouve salubre à notre vie se peut nommer médecine. Il entretenait, ce dit Plutarque[3], sa famille en santé, par l'usage (ce me semble) du lièvre : Comme les Arcades, dit Pline[4], guérissent toutes maladies avec du lait de vache. Et les Libyens, dit Herodote[5], jouissent popu-

a. éprouvé – *b.* pourtant – *c.* je ne me tourmente pas – *d.* même – *e.* tout à fait

lairement[a] d'une rare santé par cette coutume qu'ils ont, après que leurs enfants ont atteint quatre ans, de leur cautériser et brûler les veines du chef[b] et des tempes, par où ils coupent chemin pour leur vie à toute défluxion de rhume[c]. Et les gens du village de ce pays, à tous accidents[d], n'emploient que du vin le plus fort qu'ils peuvent, mêlé à force safran et épice : tout cela avec une fortune pareille[e]. Et à dire vrai, de toute cette diversité et confusion d'ordonnances, quelle autre fin et effet après tout y a-il, que de vider le ventre ? ce que mille simples domestiques peuvent faire : et si[f] ne sais si c'est si utilement qu'ils disent, et si notre nature n'a point besoin de la résidence de ses excréments, jusques à certaine mesure, comme le vin a[g] de sa lie pour sa conservation. Vous voyez souvent des hommes sains, tomber en vomissements, ou flux de ventre par accident étranger, et faire un grand vidange[h] d'excréments sans besoin aucun précédent, et sans aucune utilité suivante, voire avec empirement et dommage. C'est du grand Platon [1] que j'appris naguère que de trois sortes de mouvements qui nous appartiennent le dernier et le [pire] est celui des purgations : que nul homme, s'il n'est fol, [doit] entreprendre qu'à l'extrême nécessité : On va troublant [et] éveillant le mal par oppositions contraires. Il faut [que] ce soit la forme de vivre [qui] doucement l'alanguisse et reconduise à sa fin. Les violentes harpades[i] de la drogue et du mal sont toujours [à] notre perte : puisque la querelle se démêle chez nous. Et que la drogue est [un] secours infiable[j] : de sa nature ennemie à notre santée : [et] qui n'a accès en notre état que par le trouble. Laissons un peu faire : L'ordre qui pourvoit aux puces et aux taupes pourvoit aussi aux hommes qui ont la patience pareille, à se laisser gouverner, que les puces et les

a. communément – *b.* de la tête – *c.* ils se prémunissent à vie de toute affection respiratoire – *d.* en toute occasion – *e.* avec un résultat identique – *f.* pourtant – *g.* a besoin – *h.* une grande vidange – *i.* luttes – *j.* auquel on ne peut se fier

taupes. Nous avons beau crier bihore[a] : c'est bien pour nous enrouer : mais non pour l'avancer[b]. C'est un ordre superbe et impiteux[c] : notre crainte, notre désespoir le dégoûte et retarde de notre aide[d] au lieu [de] l'y convier. Il doit au mal son cours[e] comme à la santé : de se laisser corrompre en faveur de l'un, au préjudice des droits [de] l'autre, il ne le fera pas : [il] tomberait en désordre. Suivons de par Dieu, suivons. Il mène ceux qui suivent : ceux qui ne le suivent pas, il [les] entraîne[1], et leur rage [et] leur médecine ensemble. Faites ordonner une purgation à votre cervelle, [Elle] y sera mieux employée qu'à votre estomac. On demandait à un Lacédémonien, qui[f] l'avait fait vivre sain si longtemps : l'ignorance de la médecine, répondit-il. Et Adrian l'Empereur, criait sans cesse en mourant, que la presse[g] des médecins l'avait tué[2]. Un mauvais lutteur se fit médecin, courage lui dit Diogenes, tu as raison, tu mettras à cette heure en terre ceux qui t'y ont mis autrefois[3]. Mais ils ont cet heur[h], selon Nicocles[4] que le soleil éclaire leur succès, et la terre cache leur faute : et outre cela, ils ont une façon bien avantageuse de se servir de toutes sortes d'événements, car ce que la fortune, ce que la nature, ou quelque autre cause étrangère (desquelles le nombre est infini) produit en nous de bon et de salutaire, c'est le privilège de la médecine de se l'attribuer[5]. Tous les heureux succès qui arrivent au patient, qui est sous son régime, c'est d'elle qu'il les tient. Les occasions qui m'ont guéri moi, et qui guérissent mille autres, qui n'appellent point les médecins à leurs secours, ils les usurpent en leurs sujets. Et quant aux mauvais accidents[i], ou ils les désavouent tout à fait, en attribuant la coulpe au patient

a. hue ! – *b*. pour le faire avancer – *c*. arrogant et sans pitié – *d*. à cause de notre aide – *e*. l'ordre doit admettre que le mal aille son cours – *f*. ce qui – *g*. la foule – *h*. cette chance – *i*. quant aux événements malheureux

par des raisons si vaines, qu'ils n'ont garde de faillir d'en trouver toujours assez bon nombre de telles : il a découvert son bras, il a ouï le bruit d'un coche,

rhedarum transitus arcto
Vicorum inflexu[a] [1],

on a entrouvert sa fenêtre, il s'est couché sur le côté gauche, ou passé par sa tête quelque pensement pénible[b]. Somme[c], une parole, un songe, une œillade, leur semble suffisante excuse pour se décharger de faute. Ou s'il leur plaît, ils se servent encore de cet empirement, et en font leurs affaires, par cet autre moyen qui ne leur peut jamais faillir, c'est de nous payer, lorsque la maladie se trouve réchauffée par leurs applications[d], de l'assurance qu'ils nous donnent, qu'elle serait bien autrement empirée sans leurs remèdes. Celui qu'ils ont jeté d'un morfondement[e] en une fièvre quotidienne, il eût eu sans eux, la continue. Ils n'ont garde de faire mal leurs besognes, puisque le dommage leur revient à profit. Vraiment ils ont raison de requérir du malade, une application de créance favorable[f] : il faut qu'elle le soit à la vérité en bon escient[g], et bien souple, pour s'appliquer à des imaginations[h] si malaisées à croire. Platon disait[2] bien à propos, qu'il n'appartenait qu'aux médecins de mentir en toute liberté, puisque notre salut dépend de la vanité, et fausseté de leurs promesses. Æsope auteur de très rare excellence, et duquel peu de gens découvrent toutes les grâces, est plaisant à nous représenter cette autorité tyrannique, qu'ils usurpent sur ces pauvres âmes affaiblies et abattues par le

a. « le passage des voitures dans les détours étroits des rues » – *b.* quelque pensée pénible lui est passée par la tête – *c.* En somme – *d.* traitements – *e.* rhume – *f.* d'exiger du malade un engagement de confiance envers eux – *g.* véritablement – *h.* opinions

mal, et la crainte : car il conte[1], qu'un malade étant interrogé par son médecin, quelle opération, il sentait des médicaments, qu'il lui avait donnés, j'ai fort sué répondit-il : cela est bon dit le médecin : à une autre fois il lui demanda encore, comme il s'était porté depuis, j'ai eu un froid extrême, fit-il, et ai fort tremblé : cela est bon, suivit le médecin : à la troisième fois il lui demanda derechef, comment il se portait, je me sens dit-il enfler et bouffir comme d'hydropisie : voilà qui va bien, ajouta le médecin : L'un de ses domestiques[a] venant après à s'enquérir à lui de son état, certes mon ami, répond-il, à force de bien être, je me meurs. Il y avait en Ægypte[2] une loi plus juste, par laquelle le médecin prenait son patient en charge les trois premiers jours, aux périls et fortunes du patient : mais les trois jours passés, c'était aux siens propres. Car quelle raison y a-il qu'Æsculapius leur patron, ait été frappé de foudre[b], pour avoir ramené Heleine de mort à vie[3],

Nam pater omnipotens aliquem indignatus ab umbris
Mortalem infernis, ad lumina surgere vitæ,
Ipse repertorem medicinæ talis, et artis
Fulmine Phœbigenam stygias detrusit ad undas[c4] :

et ses suivants[d] soient absous, qui envoient tant d'âmes de la vie à la mort. Un médecin vantait à Nicocles, son art être de grande autorité[e] : vraiment c'est mon[f] dit Nicocles, qui peut impunément tuer tant de gens[5]. Au demeurant si j'eusse été de leur conseil[g], j'eusse rendu ma discipline[h] plus sacrée et mystérieuse : ils

a. familiers – *b.* de la foudre – *c.* « Car le père tout-puissant, indigné qu'un mortel remonte des ombres infernales à la lumière de la vie, frappa lui-même de la foudre le fils de Phébus, l'inventeur de cet art prodigieux qu'est la médecine, le précipitant dans les eaux du Styx. » – *d.* disciples – *e.* puissance – *f.* assurément – *g.* si j'avais été membre de leur assemblée – *h.* science

avaient assez bien commencé, mais ils n'ont pas achevé de même. C'était un bon commencement d'avoir fait des dieux et des démons auteurs de leur science[1], d'avoir pris un langage à part, une écriture à part. Quoi qu'en sente la philosophie, que c'est folie de conseiller un homme pour son profit, par manière non intelligible. *Ut si quis medicus imperet ut sumat :*

Terrigenam, herbigradam, domiportam, sanguine cassam[a][2].

C'était une bonne règle en leur art, et qui accompagne toutes les arts[b] fantastiques[c], vaines, et supernaturelles, qu'il faut que la foi du patient, préoccupe[d] par bonne espérance et assurance, leur effet et opération. Laquelle règle ils tiennent jusque-là, que le plus ignorant et grossier médecin, ils le trouvent plus propre à celui, qui a fiance[e] en lui, que le plus expérimenté inconnu. Le choix même de la plupart de leurs drogues est aucunement mystérieux et divin. Le pied gauche d'une tortue, l'urine d'un lézard, la fiente d'un Éléphant, le foie d'une taupe, du sang tiré sous l'aile droite d'un pigeon blanc : et pour nous autres coliqueux (tant ils abusent dédaigneusement de notre misère) des crottes de rat pulvérisées, et telles autres singeries, qui ont plus le visage d'un enchantement magicien, que de science solide. Je laisse à part le nombre impair de leurs pilules : la destination[f] de certains jours et fêtes de l'année : la distinction des heures, à[g] cueillir les herbes de leurs ingrédients[3] : et cette grimace rébarbative et prudente, de leur port et contenance, de quoi Pline même se moque[4]. Mais ils ont failli, veux-je dire, de ce qu'à ce beau commencement, ils n'ont ajouté ceci, de rendre leurs assemblées et consultations plus

a. « Comme si un médecin ordonnait au malade qu'il prenne un terragène herbigrade domoporteur dépourvu de sang. » – *b*. tous les arts – *c*. chimériques – *d*. prépare – *e*. confiance – *f*. vertu – *g*. pour

religieuses et secrètes : aucun homme profane n'y devait[a] avoir accès, non plus qu'aux secrètes cérémonies d'Æsculape[1]. Car il advient de cette faute, que leur irrésolution, la faiblesse de leurs arguments, divinations et fondements, l'âpreté de leurs contestations, pleines de haine, de jalousie, et de considération[b] particulière, venant à être découverts à un chacun, il faut être merveilleusement aveugle, si on ne se sent bien hasardé[c] entre leurs mains. Qui vit jamais médecin se servir de la recette de son compagnon, sans en retrancher ou y ajouter quelque chose. Ils trahissent assez par là leur art : et nous font voir qu'ils y considèrent plus leur réputation, et par conséquent leur profit, que l'intérêt de leurs patients[2]. Celui-là de leurs docteurs est plus sage[d], qui leur a anciennement prescrit, qu'un seul se mêle de traiter un malade : car s'il ne fait rien qui vaille, le reproche à l'art de la médecine, n'en sera pas fort grand pour la faute d'un homme seul : et au rebours, la gloire en sera grande, s'il vient à bien rencontrer[e] : là où quand ils sont beaucoup, ils décrient tous les coups le métier : d'autant qu'il leur advient de faire plus souvent mal que bien. Ils se devaient contenter[f], du perpétuel désaccord, qui se trouve ès opinions des principaux maîtres et auteurs anciens de cette science, lequel n'est connu que des hommes versés aux livres, sans faire voir encore au peuple, les controverses et inconstances de jugement, qu'ils nourrissent et continuent entre eux. Voulons-nous un exemple de l'ancien débat de la médecine[3]. Hierophilus loge la cause originelle des maladies aux humeurs : Erasistratus, au sang des artères : Asclepiades, aux atomes invisibles s'écoulant

a. devrait – *b*. préoccupation – *c*. en danger – *d*. le plus sage – *e*. réussir – *f*. ils auraient dû se contenter

en nos pores : Alcmæon, en l'exubérance ou défaut des forces corporelles : Diocles, en l'inéqualité[a] des éléments du corps, et en la qualité de l'air, que nous respirons : Strato, en l'abondance, crudité et corruption de l'aliment que nous prenons : Hippocrates, la loge aux esprits. Il y a l'un de leurs amis, qu'ils connaissent mieux que moi, qui s'écrie à ce propos, que la science la plus importante qui soit en notre usage, comme celle qui a charge de notre conservation et santé, c'est de malheur[b], la plus incertaine, la plus trouble, et agitée de plus de changements. Il n'y a pas grand danger de nous mécompter à[c] la hauteur du soleil, ou en la fraction de quelque supputation astronomique : mais ici, où il va de tout notre être, ce n'est pas sagesse, de nous abandonner à la merci de l'agitation de tant de vents contraires. Avant la guerre Péloponnésiaque, il n'y avait pas grands nouvelles[d] de cette science[1] : Hippocrates la mit en crédit : tout ce que cettui-ci avait établi, Chrysippus le renversa. Depuis Erasistratus petit fils d'Aristote, tout ce que Chrysippus en avait écrit. Après ceux-ci, survinrent les Empiriques, qui prirent une voie toute diverse des anciens, au maniement de cet art. Quand le crédit de ces derniers commença à s'envieillir, Herophilus mit en usage une autre sorte de médecine, que Asclepiades vint à combattre et anéantir à son tour. À leur rang vinrent aussi en autorité les opinions de Themison, et depuis de Musa, et encore après celles de Vexius Valens, médecin fameux par l'intelligence qu'il avait avec Messalina. L'Empire de la médecine tomba du temps de Neron, à Tessalus, qui abolit et condamna tout ce qui en avait été tenu jusques à lui.

a. l'inconstance – *b*. par malheur – *c*. tromper au sujet de – *d*. grande connaissance

La doctrine de cettui-ci, fut abattue par Crinas de Marseille, qui apporta de nouveau[a], de régler toutes les opérations médicinales, aux éphémérides et mouvements des astres, manger, dormir, et boire à l'heure qu'il plairait à la Lune et à Mercure. Son autorité, fut bientôt après supplantée, par Charinus, médecin de cette même ville de Marseille. Cettui-ci combattait non seulement la médecine ancienne, mais encore le public, et tant de siècles auparavant accoutumé, usage des bains chauds. Il faisait baigner les hommes dans l'eau froide, en hiver même, et plongeait les malades dans l'eau naturelle des ruisseaux. Jusques au temps de Pline aucun Romain n'avait encore daigné exercer la médecine : elle se faisait par des étrangers, et Grecs : comme elle se fait entre nous Français, par des Latineurs : car comme dit un très grand médecin[1], nous ne recevons pas aisément la médecine que nous entendons[b], non plus que[2] la drogue que nous cueillons. Si les nations, desquelles nous retirons le gaïac, la salsepareille, et le bois de squine[3], ont des médecins, combien pensons-nous, par cette même recommandation de l'étrangeté, la rareté, et la cherté, qu'ils fassent fête de nos choux, et de notre persil : car qui oserait mépriser, les choses recherchées de si loin, au hasard d'une si longue pérégrination et si périlleuse. Depuis ces anciennes mutations de la médecine, il y en a eu infinies autres jusques à nous, et le plus souvent mutations entières et universelles : comme sont celles que produisent de notre temps, Paracelse[4], Fioravanti[5] et Argenterius[6] : car ils ne changent pas seulement une recette[c], mais, à ce qu'on me dit, toute la contexture et police[d] du

a. dont l'innovation fut – *b.* comprenons – *c.* un remède – *d.* la constitution et l'administration

corps de la médecine, accusant d'ignorance et de piperie[a], ceux qui en ont fait profession jusques à eux. Je vous laisse à penser où en est le pauvre patient. Si encore nous étions assurés, quand ils se mécomptent[b], qu'il ne nous nuisît pas, s'il ne nous profite, ce serait une bien raisonnable composition[c], de se hasarder d'acquérir du bien, sans se mettre en danger de perte. Æsope fait ce conte[1], qu'un qui avait acheté un More esclave, estimant que cette couleur lui fût venue par accident, et mauvais traitement de son premier maître, le fit médeciner de plusieurs bains et breuvages, avec grand soin : il advint que le More n'en amenda aucunement sa couleur basanée, mais qu'il en perdit entièrement sa première santé. Combien de fois nous advient-il, de voir les médecins imputants les uns aux autres la mort de leurs patients. Il me souvient d'une maladie populaire[d], qui fut aux villes de mon voisinage, il y a quelques années, mortelle et très dangereuse : cet orage étant passé, qui avait emporté un nombre infini d'hommes, l'un des plus fameux médecins[2] de toute la contrée, vint à publier un livret, touchant cette matière, par lequel il se ravise, de ce qu'ils avaient usé de la saignée[e], et confesse que c'est l'une des causes principales du dommage, qui en était advenu. Davantage leurs auteurs[3] tiennent, qu'il n'y a aucune médecine, qui n'ait quelque partie nuisible, et si celles mêmes qui nous servent, nous offensent aucunement[f], que doivent faire celles qu'on nous applique du tout[g] hors de propos ? De moi[h], quand il n'y aurait autre chose, j'estime qu'à ceux qui haïssent le goût de la médecine, ce soit un dangereux

a. tromperie – *b*. se trompent – *c*. un compromis bien raisonnable – *d*. épidémie – *e*. il revient sur l'usage de la saignée – *f*. nous nuisent en quelque façon – *g*. tout à fait – *h*. Pour ma part

effort, et de préjudice[a], de l'aller avaler à une heure si incommode, avec tant de contrecœur : et crois que cela essaie merveilleusement[b] le malade en une saison[c], où il a tant besoin de repos. Outre ce que à considérer les occasions, sur quoi ils fondent ordinairement la cause de nos maladies, elles sont si légères et si délicates, que j'argumente par là, qu'une bien petite erreur en la dispensation[d] de leurs drogues, peut nous apporter beaucoup de nuisance. Or si le mécompte[e] du médecin est dangereux, il nous va bien mal[f] : car il est bien malaisé qu'il n'y retombe souvent : il a besoin de trop de pièces, considérations, et circonstances, pour affûter justement son dessein : il faut qu'il connaisse la complexion du malade, sa température, ses humeurs, ses inclinations, ses actions, ses pensements[g] mêmes, et ses imaginations : il faut qu'il se réponde des circonstances externes, de la nature du lieu, condition de l'air et du temps, assiette[h] des planètes, et leurs influences : qu'il sache en la maladie les causes, les signes, les affections, les jours critiques : en la drogue, le poids, la force, le pays, la figure, l'âge, la dispensation : et faut que toutes ces pièces, il les sache proportionner et rapporter l'une à l'autre, pour en engendrer une parfaite symétrie[1]. À quoi s'il faut[i] tant soit peu, si de tant de ressorts, il y en a un tout seul, qui tire à gauche, en voilà assez pour nous perdre. Dieu sait de quelle difficulté est la connaissance de la plupart de ces parties : car pour exemple, comment trouvera-il le signe propre de la maladie, chacune étant capable d'un infini nombre de signes ? Combien ont-ils de débats entre eux et de

a. préjudiciable – *b*. éprouve extrêmement – *c*. un temps – *d*. l'administration – *e*. l'erreur – *f*. cela nous nuit beaucoup – *g*. pensées – *h*. position – *i*. s'il se trompe

doutes, sur l'interprétation des urines[1] ? Autrement d'où viendrait cette altercation continuelle que nous voyons entre eux sur la connaissance du mal ? Comment excuserions-nous cette faute, où ils tombent si souvent, de prendre martre pour renard ? Aux maux, que j'ai eu[a], pour peu qu'il y eût de difficulté, je n'en ai jamais trouvé trois d'accord. Je remarque plus volontiers les exemples qui me touchent. Dernièrement à Paris un gentilhomme fut taillé[b] par l'ordonnance des médecins, auquel on ne trouva de pierre non plus à la vessie, qu'à la main : et là même un Évêque qui m'était fort ami, avait été instamment sollicité par la plupart des médecins, qu'il appelait à son conseil, de se faire tailler : j'aidai moi-même sous la foi d'autrui à le lui suader[c] : quand il fut trépassé, et qu'il fut ouvert, on trouva qu'il n'avait mal qu'aux reins. Ils sont moins excusables en cette maladie, d'autant qu'elle est aucunement[d] palpable. C'est par là que la chirurgie me semble beaucoup plus certaine, parce qu'elle voit et manie ce qu'elle fait, il y a moins à conjecturer et à deviner, là où les médecins n'ont point de *speculum matricis*[e], qui leur découvre notre cerveau, notre poumon, et notre foie[2]. Les promesses mêmes de la médecine sont incroyables : car ayant à prouvoir[f] à divers accidents et contraires, qui nous pressent souvent ensemble, et qui ont une relation quasi nécessaire, comme la chaleur du foie, et froideur de l'estomac, ils nous vont persuadant que de leurs ingrédients, cettui-ci échauffera l'estomac, cet autre rafraîchira le foie : l'un a sa charge d'aller droit

a. eus – *b*. subit l'opération de la taille (incision de la vessie destinée à extraire le calcul). – *c*. persuader – *d*. parce qu'elle est quelque peu – *e*. miroir de la matrice, instrument susceptible d'être utilisé dans l'extraction des calculs – *f*. pourvoir aux reins, voire jusques à la vessie, sans étaler ailleurs ses opérations[a], et conservant ses forces et sa vertu, en ce long chemin et plein de détourbiers[b], jusques au lieu, au service duquel il est destiné, par sa propriété occulte : l'autre asséchera le cerveau : celui-là humectera le poumon. De tout cet amas, ayant fait une mixtion de breuvage, n'est-ce pas quelque espèce de rêverie[c], d'espérer que ces vertus s'aillent divisant, et triant de cette confusion et mélange, pour courir à charges si diverses[d1] ? Je craindrais infiniment qu'elles perdissent, ou échangeassent leurs étiquettes, et troublassent leurs quartiers[e]. Et qui pourrait imaginer, que en cette confusion liquide, ces facultés ne se corrompent, confondent, et altèrent l'une l'autre. Quoi, que l'exécution de cette ordonnance dépend d'un autre officier[f], à la foi et merci[g] duquel nous abandonnons encore un coup notre vie ? Comme nous avons des prépointiers, des chaussetiers[h] pour nous vêtir, et [en] sommes d'autant mieux servis que chacun [ne] se mêle que de son sujet et a sa science plus restreinte [et] plus courte que n'a un tailleur qui embrasse tout. Et comme à nous nourrir les grands, pour [plus] de commodité, ont des offices distingués de potagiers et de rôtisseurs[i], de quoi un cuisinier qui prend la charge universelle[j] ne peut si exquisement venir à bout. De même à nous guérir, les Égyptiens[2] avaient raison de rejeter [ce] général métier de médecin, et découper cette profession, à chaque maladie, à chaque partie du corps [son] ouvrier : car elle en était bien plus proprement et moins confusément traitée, de ce qu'on ne regardait qu'à elle spécialement. Les nôtres ne s'avisent pas que qui pourvoit à tout ne pourvoit à rien. Que la totale police de ce petit monde leur est indigestible[k]. Cependant qu'ils craignent

a. effets – *b.* obstacles – *c.* sottise – *d.* pour remplir des tâches si diverses – *e.* leur domaine – *f.* du métier d'un autre – *g.* pitié – *h.* des tailleurs de pourpoints, des fabricants de chausses – *i.* des fonctions distinguant ceux qui cuisinent les potages et ceux qui cuisinent les viandes rôties – *j.* globale – *k.* le règlement global de ce petit monde leur est imposd'arrêter le cours d'un dysenterique pour ne lui causer la fièvre, ils me tuèrent un ami[1] qui valait mieux que tous, tant qu'ils sont. Ils mettent leurs divinations au poids à l'encontre des maux présents[a], et pour ne guérir le cerveau au préjudice de l'estomac, offensent[b] l'estomac et empirent le cerveau par ces drogues tumultuaires et dissentieuses[c]. Quant à la variété et faiblesse des raisons de cet art, elle est plus apparente[d] qu'en aucun autre art. Les choses apéritives[e] sont utiles à un homme coliqueux[f], d'autant qu'ouvrant les passages et les dilatant, elles acheminent cette matière gluante, de laquelle se bâtit la grave[g], et la pierre, et conduisent contre-bas, ce qui se commence à durcir et amasser aux reins. Les choses apéritives sont dangereuses à un homme coliqueux, d'autant qu'ouvrant les passages et les dilatant, elles acheminent vers les reins, la matière propre à bâtir la grave, lesquels s'en saisissant volontiers pour cette propension qu'ils y ont, il est malaisé qu'ils n'en arrêtent beaucoup de ce qu'on y aura charrié. Davantage, si de fortune[h] il s'y rencontre quelque corps, un peu plus grosset qu'il ne faut pour passer tous ces détroits, qui restent à franchir pour l'expeller[i] au-dehors, ce corps étant ébranlé par ces choses apéritives, et jeté dans ces canaux étroits, venant à les boucher, acheminera une certaine mort et très douloureuse. Ils ont une pareille fermeté aux conseils qu'ils nous donnent de notre régime de vivre : il est bon de tomber souvent de l'eau[j], car nous voyons par expérience, qu'en la laissant croupir, nous lui donnons loisir de se décharger de ses excréments, et de sa lie, qui servira de matière à bâtir la pierre en la vessie : il est bon de ne tomber point souvent de

---

sible à assimiler – *a.* effectifs – *b.* incommodent – *c.* engendrant le trouble et le désordre – *d.* évidente – *e.* qui ouvrent les conduits – *f.* atteint de la gravelle – *g.* le sable – *h.* par hasard – *i.* expulser – *j.* d'uriner souvent

l'eau, car les pesants excréments qu'elle traîne quant et elle[a], ne s'emporteront point, s'il n'y a de la violence, comme on voit par expérience, qu'un torrent qui roule avec roideur, balaie bien plus nettement le lieu où il passe, que ne fait le cours d'un ruisseau mol et lâche. Pareillement il est bon d'avoir souvent affaire aux femmes, car cela ouvre les passages, et achemine la grave et le sable : il est bien aussi mauvais car cela échauffe les reins, les lasse et affaiblit[1]. Il est bon de se baigner aux eaux chaudes, d'autant que cela relâche et amollit les lieux, où se croupit[b] le sable et la pierre : mauvais aussi est-il, d'autant que cette application de chaleur externe, aide les reins à cuire, durcir, et pétrifier, la matière qui y est disposée[2]. À ceux qui sont aux bains, il est plus salubre de manger peu le soir, afin que le breuvage des eaux qu'ils ont à prendre lendemain matin, fasse plus d'opération, rencontrant l'estomac vide, et non empêché : au rebours, il est meilleur de manger peu au dîner[c], pour ne troubler l'opération de l'eau, qui n'est pas encore parfaite[d], et ne charger l'estomac si soudain[e], après cet autre travail, et pour laisser l'office de digérer, à la nuit, qui le sait mieux faire que ne fait le jour, où le corps et l'esprit, sont en perpétuel mouvement et action. Voilà comment ils vont batelant, et baguenaudant[f] à nos dépens en tous leurs discours, et ne me sauraient fournir proposition, à laquelle je n'en rebâtisse une contraire, de pareille force. Qu'on ne crie donc plus, après ceux qui en ce trouble, se laissent doucement conduire à leur appétit, et au conseil de nature, et se remettent à la fortune commune. J'ai vu par occasion[g] de mes voyages,

a. avec elle – *b.* se croupissent – *c.* déjeuner – *d.* achevée – *e.* soudainement – *f.* pérorant comme des charlatans – *g.* à l'occasion

quasi tous les bains fameux de Chrétienté, et depuis quelques années ai commencé à m'en servir : car en général j'estime le baigner salubre, et crois que nous encourons non légères incommodités, en notre santé, pour avoir perdu cette coutume, qui était généralement observée au temps passé, quasi en toutes les nations, et est encore en plusieurs, de se laver le corps tous les jours : et ne puis pas imaginer que nous ne valions beaucoup moins de tenir ainsi nos membres encroûtés, et nos pores étouppés de[a] crasse. Et quant à leur boisson, la fortune a fait premièrement, qu'elle ne soit aucunement ennemie de mon goût : secondement elle est naturelle et simple, qui au moins n'est pas[b] dangereuse, si elle est vaine. De quoi je prends pour répondant cette infinité de peuples de toutes sortes et complexions, qui s'y assemble. Et encore que je n'y aie aperçu aucun effet extraordinaire et miraculeux : ains que m'en informant un peu plus curieusement[c] qu'il ne se fait, j'aie trouvé mal fondés, et faux tous les bruits de telles opérations, qui se sèment en ces lieux-là et qui s'y croient (comme le monde va se pipant[d] aisément de ce qu'il désire) : toutefois aussi n'ai-je vu guère de personnes que ces eaux aient empiré[e], et ne leur peut-on sans malice refuser cela, qu'elles n'éveillent l'appétit, facilitent la digestion, et nous prêtent quelque nouvelle allégresse, si on n'y va par trop abattu de forces, ce que je déconseille de faire. Elles ne sont pas pour relever une pesante ruine : elles peuvent appuyer une inclination[f] légère, ou prouvoir[g] à la menace de quelque altération. Qui n'y apporte assez d'allégresse, pour pou-

a. bouchés par la – *b*. et au moins n'est pas – *c*. soigneusement – *d*. se trompant – *e*. rendues plus malades – *f*. étayer une déficience – *g*. pourvoir d'avance

voir jouir le plaisir des compagnies qui s'y trouvent : et des promenades et exercices, à quoi nous convie la beauté des lieux, où sont communément assises[a] ces eaux, il perd sans doute la meilleure pièce et plus assurée de leur effet. À cette cause j'ai choisi jusques à cette heure, à m'arrêter et à me servir, de celles où il y avait plus d'aménité[b] de lieu, commodité de logis, de vivres et de compagnies, comme sont en France, les bains de Banieres[c] : en la frontière d'Allemaigne, et de Lorraine, ceux de Plombieres : en Souisse, ceux de Bade : en la Toscane, ceux de Lucques : et notamment ceux *della Villa*, desquels j'ai usé plus souvent[d] et à diverses saisons[1]. Chaque nation a des opinions particulières, touchant leur usage, et des lois et formes de s'en servir, toutes diverses : et selon mon expérience l'effet quasi pareil. Le boire n'est aucunement reçu en Allemaigne : pour toutes maladies, ils se baignent, et sont à grenouiller dans l'eau, quasi d'un soleil à l'autre[e]. En Italie quand ils boivent neuf jours, ils s'en baignent pour le moins trente, et communément boivent l'eau mixtionnée d'autres drogues, pour secourir son opération[f]. On nous ordonne ici de nous promener pour la digérer : là on les arrête au lit, où ils l'ont prise, jusques à ce qu'ils l'aient vidée, leur échauffant continuellement l'estomac, et les pieds. Comme les Allemands ont de particulier, de se faire généralement tous corneter et ventouser[g], avec scarification dans le bain : ainsi ont les Italiens leurs *doccie*[h][2], qui sont certaines gouttières[i] de cette eau chaude, qu'ils conduisent par des cannes[j], et vont baignant une heure le matin, et autant l'après-dînée[k],

a. situées – *b*. de charme – *c*. Bagnères – *d*. le plus souvent – *e*. du lever au coucher du soleil – *f*. augmenter son action – *g*. poser des ventouses à l'aide d'un cornet – *h*. douches – *i*. tuyaux – *j*. canaux – *k*. l'après-midi

par l'espace d'un mois, ou la tête, ou l'estomac, ou autre partie du corps, à laquelle ils ont affaire. Il y a infinies autres différences de coutumes, en chaque contrée : ou pour mieux dire, il n'y a quasi aucune ressemblance des unes aux autres. Voilà comment cette partie de médecine, à laquelle seule je me suis laissé aller, quoiqu'elle soit la moins artificielle[a], si[b] a-elle sa bonne part de la confusion et incertitude, qui se voit partout ailleurs en cet art. Les poètes, disent tout ce qu'ils veulent, avec plus d'emphase et de grâce, témoin ces deux épigrammes.

Alcon hesterno signum Jovis attigit. Ille
Quamvis marmoreus, vim patitur medici.
Ecce hodie, jussus transferi ex æde vetusta
Effertur, quamvis sit Deus atque lapis[c][1].

Et l'autre :

Lotus nobiscum est hilaris, cœnavit et idem,
Inventus mane est mortuus Andragoras.
Tam subitæ mortis causam Faustine requiris,
In somnis medicum viderat Hermocratem[d][2].

Sur quoi je veux faire deux contes : le baron de Caupene en Chalosse, et moi, avons en commun le droit de patronage d'un bénéfice[3], qui est de grande étendue, au pied de nos montagnes, qui se nomme Lahontan : il est des habitants de ce coin, ce qu'on dit de ceux de la vallée d'Angrougne[4] : ils avaient une vie à part, les façons, les vêtements, et les mœurs à part : régis et gouvernés par certaines polices[e] et cou-

a. quoiqu'elle recoure le moins aux artifices – *b*. toutefois – *c*. « Alcon, hier, a touché la statue de Jupiter. Celui-ci, quoique de marbre, a éprouvé la puissance du médecin. Voici qu'aujourd'hui, contraint de quitter son vieux temple, bien qu'il soit dieu et pierre, on l'emporte. » – *d*. « Andragoras s'est baigné joyeusement avec nous et a soupé de même ; ce matin, on l'a trouvé mort. Tu demandes, Faustinus, la cause de cette mort subite ? En songe il avait vu le médecin Hermocrate. » – *e*. certains règlements

tumes particulières, reçues de père en fils : auxquelles ils s'obligeaient sans aucune contrainte, que de la révérence de leur usage. Ce petit état[a], s'était continué de toute ancienneté en une condition si heureuse, qu'aucun juge voisin, n'avait été en peine de s'informer de leur affaire : aucun avocat, employé à leur donner avis : ni étranger appelé pour éteindre leurs querelles, et n'avait-on jamais vu aucun de ce détroit[b] à l'aumône. Ils fuyaient les alliances et le commerce de l'autre monde[c], pour n'altérer la pureté de leur police : jusques à ce, comme ils récitent[d], que l'un d'entre eux de la mémoire de leurs pères, ayant l'âme époinçonnée[e] d'une noble ambition, s'alla aviser pour mettre son nom en crédit et réputation, de faire l'un de ses enfants maître Jean, ou maître Pierre : et l'ayant fait instruire à écrire en quelque ville voisine, en rendit[f] enfin un beau notaire de village. Cettui-ci devenu grand, commença à dédaigner leurs anciennes coutumes, et à leur mettre en tête la pompe des régions de deçà. Le premier de ses compères, à qui on écorna une chèvre, il lui conseilla d'en demander raison aux juges Royaux d'autour de là, et de cettui-ci à un autre, jusques à ce qu'il eût tout abâtardi. À la suite de cette corruption, ils disent[g] qu'il y en survint incontinent une autre, de pire conséquence, par le moyen d'un médecin, à qui il prit envie d'épouser une de leurs filles, et de s'habituer[h] parmi eux. Cettui-ci, commença à leur apprendre premièrement le nom des fièvres, des rhumes, et des apostumes[i], la situation du cœur, du foie, et des intestins, qui était une science jusques lors très éloignée de leur connaissance : et

a. État – *b*. aucun habitant de cet endroit réduit à demander l'aumône – *c*. les liens et les relations avec la région située au-delà des montagnes – *d*. racontent – *e*. aiguillonnée – *f*. fit – *g*. on dit – *h*. s'installer – *i*. abcès

au lieu de l'ail, de quoi ils avaient appris à chasser toutes sortes de maux, pour âpres et extrêmes qu'ils fussent, il les accoutuma pour une toux, ou pour un morfondement[a], à prendre les mixtions étrangères, et commença à faire trafic[b], non de leur santé seulement, mais aussi de leur mort. Ils jurent que depuis lors seulement, ils ont aperçu que le serein[c] leur appesantissait la tête, que le boire ayant chaud apportait nuisance[d], et que les vents de l'automne étaient plus griefs[e] que ceux du printemps : que depuis l'usage de cette médecine, ils se trouvent accablés d'une légion de maladies inaccoutumées, et qu'ils aperçoivent un général déchet[f], en leur ancienne vigueur, et leurs vies de moitié raccourcies. Voilà le premier de mes contes. L'autre est, qu'avant ma sujétion graveleuse[g], oyant faire cas du sang de bouc à plusieurs, comme d'une manne céleste envoyée en ces derniers siècles, pour la tutelle et conservation de la vie humaine, et en oyant parler à des gens d'entendement comme d'une drogue admirable, et d'une opération[h] infaillible[1] : moi qui ai toujours pensé être en butte[i] à tous les accidents, qui peuvent toucher tout autre homme, pris plaisir en pleine santé à me garnir de ce miracle, et commandai chez moi qu'on me nourrît un bouc selon la recette : car il faut que ce soit aux mois les plus chaleureux de l'été, qu'on le retire : et qu'on ne lui donne à manger que des herbes apéritives, et à boire que du vin blanc. Je me rendis de fortune[j] chez moi le jour qu'il devait être tué : on me vint dire que mon cuisinier trouvait dans la panse

a. rhume – *b.* commerce – *c.* l'humidité qui tombe avec le crépuscule – *d.* qu'il était nuisible de boire quand on avait chaud – *e.* nocifs – *f.* un déclin général – *g.* avant que je ne sois soumis à la gravelle – *h.* efficacité – *i.* servir de cible – *j.* par hasard

deux ou trois grosses boules, qui se choquaient l'une l'autre parmi sa mangeaille[a] : je fus curieux[b] de faire apporter toute cette tripaille en ma présence, et fis ouvrir cette grosse et large peau : il en sortit trois gros corps, légers comme des éponges, de façon qu'il semble qu'ils soient creux, durs au demeurant par le dessus et fermes, bigarrés de plusieurs couleurs mortes[c] : l'un parfait en rondeur, à la mesure d'une courte boule : les autres deux, un peu moindres, auxquels l'arrondissement est imparfait, et semble qu'il s'y acheminât. J'ai trouvé m'en étant fait enquérir à[d] ceux, qui ont accoutumé d'ouvrir de ces animaux, que c'est un accident[e] rare et inusité. Il est vraisemblable que ce sont des pierres cousines des nôtres : et s'il est ainsi, c'est une espérance bien vaine aux graveleux, de tirer leur guérison du sang d'une bête, qui s'en allait elle-même mourir d'un pareil mal. Car de dire que le sang ne se sent pas de cette contagion, et n'en altère sa vertu accoutumée, il est plutôt à croire qu'il ne s'engendre rien en un corps que par la conspiration et communication de toutes les parties : la masse agit tout entière, quoique l'une pièce y contribue plus que l'autre, selon la diversité des opérations. Parquoi il y a grande apparence qu'en toutes les parties de ce bouc, il y avait quelque qualité pétrifiante[1]. Ce n'était pas tant pour la crainte de l'avenir, et pour moi, que j'étais curieux de cette expérience : comme c'était qu'il advient chez moi, ainsi qu'en plusieurs maisons, que les femmes y font amas de telles menues drogueries, pour en secourir le peuple : usant de même recette à[f] cinquante maladies, et de telle recette, qu'elles ne prennent pas pour elles, et si triomphent

a. nourriture – *b.* je pris soin – *c.* ternes – *d.* informer par – *e.* événement – *f.* pour

en bons événements[a]. Au demeurant, j'honore les médecins, non pas suivant le précepte[1], pour la nécessité : car à ce passage on en oppose un autre du prophète[2], reprenant le Roi Asa d'avoir eu recours au médecin, mais pour l'amour d'eux-mêmes, en ayant vu beaucoup d'honnêtes hommes et dignes d'être aimés. Ce n'est pas à eux que j'en veux, c'est à leur art, et ne leur donne pas grand blâme de faire leur profit de notre sottise, car la plupart du monde fait ainsi. Plusieurs vacations[b] et moindres et plus dignes que la leur, n'ont fondement, et appui qu'aux abus publics[c]. Je les appelle en ma compagnie, quand je suis malade, s'ils se rencontrent à propos, et demande à en être entretenu, et les paye comme les autres. Je leur donne loi[d] de me commander de m'abrier[e] chaudement si je l'aime mieux ainsi, que d'une autre sorte : ils peuvent choisir d'entre les poireaux et les laitues, de quoi il leur plaira que mon bouillon se fasse, et m'ordonner le blanc ou le clairet[f] : et ainsi de toutes autres choses qui sont indifférentes à mon appétit et usage. J'entends bien que ce n'est rien faire pour eux, d'autant que l'aigreur et l'étrangeté sont accidents[g] de l'essence propre de la médecine. Licurgus ordonnait le vin aux Spartiates malades[3] : pourquoi ? parce qu'ils en haïssaient l'usage, sains : tout ainsi qu'un gentilhomme mon voisin s'en sert pour drogue très salutaire à ses fièvres, parce que de sa nature il en hait mortellement le goût. Combien en voyons-nous d'entre eux[h], être de mon humeur ? dédaigner la médecine pour leur service, et prendre une forme de vie libre, et toute contraire à celle qu'ils ordonnent à autrui ?

a. et pourtant tirent vanité de leurs succès – *b*. professions – *c*. erreurs publiques – *d*. je les autorise à – *e*. me couvrir – *f*. le vin blanc ou le rouge léger – *g*. des caractères contingents – *h*. les médecins

Qu'est-ce cela, si ce n'est abuser tout détroussément[a] de notre simplicité ? Car ils n'ont pas leur vie et leur santé moins chère que nous[b], et accommoderaient leurs effets à leur doctrine, s'ils n'en connaissaient eux-mêmes la fausseté. C'est la crainte de la mort et de la douleur, l'impatience du mal, une furieuse et indiscrète[c] soif de la guérison, qui nous aveugle ainsi : c'est pure lâcheté qui nous rend notre croyance si molle et maniable. La plupart pourtant ne croient pas tant comme ils souffrent : Car je les ois[d] se plaindre et en parler comme nous. Mais ils se résolvent enfin : Que ferai-je donc ? Comme si l'impatience[e] était de soi quelque meilleur remède que [la] patience. Y a-il aucun de ceux qui se sont laissés aller à cette misérable sujétion, qui ne se rende également à toute sorte d'impostures ? qui ne se mette à la merci de quiconque a cette impudence, de lui donner promesse de sa guérison ? Les Babyloniens portaient leurs malades en la place[1] : Le médecin, c'était le peuple : chacun des passants ayant par humanité et civilité à s'enquérir de leur état, et selon [son] expérience leur donner quelque avis salutaire. Nous n'en faisons guère autrement. Il n'est pas une simple femmelette, de qui nous n'employons les barbotages et les brevets[f][2] : et selon mon humeur, si j'avais à en accepter quelqu'une, j'accepterais plus volontiers cette médecine qu'aucune autre : d'autant qu'au moins il n'y a nul dommage à craindre. Ce que Homere et Platon disaient des Égyptiens qu'ils étaient tous médecins[3], il se doit dire de tous peuples : [Il] n'est personne qui ne [se] vante de quelque recette, [et] qui ne la hasarde [sur] son voisin, s'il l'en veut croire. J'étais l'autre jour en une compagnie, où je ne sais qui, de ma confrérie, apporta la nouvelle d'une sorte de pilules compilées[g] de cent,

a. ouvertement – *b*. ils n'accordent pas moins de prix que nous à leur vie et à leur santé – *c*. sans mesure – *d*. entends – *e*. l'incapacité à supporter la douleur – *f*. les marmottages et les formules magiques – *g*. composées

et tant d'ingrédients de compte fait[a] : il s'en émut[b] une fête et une consolation singulière : car quel rocher soutiendrait l'effort d'une si nombreuse batterie[c] : j'entends toutefois par ceux qui l'essayèrent[d], que la moindre petite grave[e] ne daigna s'en émouvoir. Je ne me puis déprendre de ce papier, que je n'en die encore ce mot, sur ce qu'ils nous donnent pour répondant de la certitude de leurs drogues[f], l'expérience qu'ils ont faite. La plupart, et ce crois-je, plus des deux tiers des vertus médicinales, consistent en la quintessence, ou propriété occulte des simples[g], de laquelle nous ne pouvons avoir autre instruction que l'usage. Car quintessence, n'est autre chose qu'une qualité, de laquelle par notre raison nous ne savons trouver la cause. En telles preuves[h], celles qu'ils disent avoir acquises par l'inspiration de quelque Démon, je suis content de les recevoir, (car quant aux miracles, je n'y touche jamais) ou bien encore les preuves qui se tirent des choses, qui pour autre considération tombent souvent en notre usage : comme si en la laine, de quoi nous avons accoutumé de nous vêtir, il s'est trouvé par accident, quelque occulte propriété dessicative, qui guérisse les mules[i] au talon, et si au raifort, que nous mangeons pour la nourriture, il s'est rencontré quelque opération apéritive. Galen[1] récite[j] qu'il advint à un ladre[k] de recevoir guérison par le moyen du vin qu'il but, d'autant que de fortune[l] une vipère s'était coulée dans le vaisseau[m]. Nous trouvons en cet exemple le moyen et une conduite vraisemblable à cette expérience : Comme aussi en celles,

a. bien dosés – *b.* produisit – *c.* d'un assaut si puissant – *d.* en firent l'expérience – *e.* pas le moindre petit calcul – *f.* comme garant de la légitimité de leurs médicaments – *g.* plantes médicinales – *h.* épreuves – *i.* crevasses – *j.* rapporte – *k.* lépreux – *l.* par hasard – *m.* glissée dans le récipient

auxquelles les médecins disent, avoir été acheminés par l'exemple d'aucunes[a] bêtes. Mais en la plupart des autres expériences, à quoi ils disent avoir été conduits par la fortune, et n'avoir eu autre guide que le hasard, je trouve le progrès de cette information[b] incroyable. J'imagine l'homme, regardant autour de lui le nombre infini des choses, plantes, animaux, métaux. Je ne sais par où, lui faire commencer son essai : et quand sa première fantaisie se jettera sur la corne d'un élan, à quoi il faut prêter une créance bien molle et aisée : il se trouve encore autant empêché en sa seconde opération[c]. Il lui est proposé tant de maladies, et tant de circonstances, qu'avant qu'il soit venu à la certitude de ce point, où doit joindre la perfection[d] de son expérience, le sens humain y perd son latin : et avant qu'il ait trouvé parmi cette infinité de choses, que c'est[e] cette corne : parmi cette infinité de maladies, l'épilepsie : tant de complexions[f], au mélancolique : tant de saisons, en hiver : tant de nations, au Français : tant d'âges, en la vieillesse : tant de mutations célestes, en la conjonction de Venus et de Saturne : tant de parties du corps, au doigt. À tout cela n'étant guidé ni d'argument, ni de conjecture, ni d'exemple, ni d'inspiration divine, ains[g] du seul mouvement de la fortune[h], il faudrait que ce fût par une fortune, parfaitement artificielle, réglée et méthodique. Et puis quand la guérison fut faite[i], comment se peut-il assurer, que ce ne fut, que le mal fût arrivé à sa période[j], ou un effet du hasard, ou l'opération de quelque autre chose, qu'il eût ou mangé, ou bu, ou touché ce jour-là, ou le mérite des prières de sa

a. certaines – *b.* le déroulement de cette enquête – *c.* action – *d.* l'achèvement – *e.* ce que c'est que – *f.* tempéraments – *g.* mais – *h.* du hasard – *i.* si la guérison est acquise – *j.* à son terme

mère-grand. Davantage quand cette preuve[a] aurait été parfaite, combien de fois fut-elle réitérée ? et cette longue cordée de fortunes et de rencontres[b] renfilée, pour en conclure une règle. Quand elle sera conclue par qui est-ce ? de tant de millions, il n'y a trois hommes qui se mêlent d'enregistrer leurs expériences. Le sort aura-il rencontré à point nommé l'un de ceux-ci. Quoi si un autre, et si cent autres, ont fait des expériences contraires[1]. À l'aventure[c] verrions-nous quelque lumière, si tous les jugements, et raisonnements des hommes nous étaient connus. Mais que trois témoins et trois docteurs régentent l'humain genre, ce n'est pas la raison : il faudrait que l'humaine nature les eût députés et choisis, et qu'ils fussent déclarés nos syndics[d] par expresse procuration.

À MADAME DE DURAS [2],

Madame, vous me trouvâtes sur ce pas[e] dernièrement, que vous me vîntes voir. Parce qu'il pourra être que ces inepties se rencontreront quelquefois entre vos mains[f] : je veux aussi qu'elles portent témoignage, que l'auteur se sent bien fort honoré de la faveur que vous leur ferez. Vous y reconnaîtrez ce même port, et ce même air que vous avez vu en sa conversation[g]. Quand j'eusse pu prendre quelque autre façon que la mienne ordinaire, et quelque autre forme plus honorable et meilleure, je ne l'eusse pas fait : car je ne veux tirer de ces écrits, sinon qu'ils me représentent à votre mémoire, au naturel. Ces mêmes conditions

a. épreuve – *b.* de hasards et de coïncidences – *c.* Peut-être – *d.* représentants – *e.* passage – *f.* ces *Essais* se trouveront un jour entre vos mains – *g.* le même maintien et la même apparence que vous avez vus en le fréquentant

et facultés, que vous avez pratiquées et recueillies[a], Madame, avec beaucoup plus d'honneur et de courtoisie qu'elles ne méritent, je les veux loger (mais sans altération et changement) en un corps solide, qui puisse durer quelques années, ou quelques jours après moi, où vous les retrouverez, quand il vous plaira vous en rafraîchir la mémoire, sans prendre autrement la peine de vous en souvenir : aussi ne le valent-elles pas. Je désire que vous continuiez en moi la faveur de votre amitié, par ces mêmes qualités, par le moyen desquelles, elle a été produite. Je ne cherche aucunement qu'on m'aime et estime mieux, mort, que vivant. L'humeur de Tibere est ridicule, et commune pourtant, qui avait plus de soin d'étendre sa renommée à l'avenir, qu'il n'avait de se rendre estimable et agréable aux hommes de son temps[1]. Si j'étais de ceux [à] qui le monde peut devoir louange, je l'en quitterais et qu'il me la payât d'avance[b]. Qu'elle se hâtât et amoncelât toute autour de moi, plus épaisse qu'allongée, plus pleine que durable. Et qu'elle s'évanouît hardiment quant et[c] ma connaissance, et que ce doux son ne touchera plus mes oreilles. Ce serait une sotte humeur, d'aller à cette heure, que je suis prêt d'abandonner le commerce[d] des hommes, me produire[e] à eux, par une nouvelle recommandation. Je ne fais nulle recette[f] des biens que je n'ai pu employer à l'usage de ma vie. Quel que je sois, je le veux être ailleurs qu'en papier. Mon art et mon industrie, ont été employés à me faire valoir moi-même. Mes études, à m'apprendre à faire, non pas à écrire. J'ai mis tous mes efforts à former ma vie. Voilà mon métier et mon

a. ces mêmes qualités et aptitudes que vous avez fréquentées et accueillies – *b.* je l'en tiendrai quitte à condition qu'il me la paye d'avance – *c.* en même temps que – *d.* la fréquentation – *e.* montrer – *f.* Je ne fais aucun compte

ouvrage. Je suis moins faiseur de livres, que de nulle autre besogne. J'ai désiré de la suffisance[a], pour le service de mes commodités présentes et essentielles, non pour en faire magasin[b], et réserve à mes héritiers. Qui a de la valeur, si[c] le fasse paraître en ses mœurs, [en] ses propos ordinaires, à traiter l'amour ou des querelles, au jeu, au lit, à la table, à la conduite de ses affaires et économie[d] de sa maison. Ceux que je vois faire des bons livres sous des méchantes chausses[e] eussent premièrement fait leurs chausses, s'ils m'en eussent cru. Demandez à un Spartiate s'il aime mieux être bon Rhétoricien que bon soldat : non pas moi[f], que bon cuisinier, si je n'avais qui m'en servît. Mon Dieu, Madame, que je haïrais une telle recommandation, d'être habile homme par écrit, et être un homme de néant, et un sot, ailleurs. J'aime mieux encore être un sot, et ici, et là, que d'avoir si mal choisi, où employer ma valeur. Aussi il s'en faut tant que j'attende à me faire quelque nouvel honneur par ces sottises, que je ferai beaucoup, si je n'y en perds point, de ce peu que j'en avais acquis. Car, outre ce que cette peinture morte[g], et muette, dérobera à mon être naturel, elle ne se rapporte pas à[h] mon meilleur état, mais beaucoup déchu de ma première vigueur et allégresse, tirant sur le flétri et le rance. Je suis sur le fond du vaisseau[i], qui sent tantôt[j] le bas[k] et la lie. Au demeurant, Madame, je n'eusse pas osé remuer si hardiment les mystères de la médecine, attendu le crédit que vous et tant d'autres lui donnez, si je n'y eusse été acheminé par ses auteurs mêmes. Je crois qu'ils n'en ont que deux anciens Latins, Pline et Celsus[1]. Si vous les voyez[l] quelque jour, vous trouverez qu'ils parlent bien plus rudement à[m] leur art,

a. compétence – *b*. provision – *c*. qu'il – *d*. administration – *e*. en étant mal vêtus – *f*. et moi pas plus – *g*. terne – *h*. ne représente pas – *i*. récipient – *j*. bientôt – *k*. le rance – *l*. lisez – *m*. contre

que je ne fais : je ne fais que la[a] pincer, ils l'égorgent. Pline se moque[1] entre autres choses, de quoi, quand ils sont au bout de leur corde[b], ils ont inventé cette belle défaite[c], de renvoyer les malades qu'ils ont agités et tourmentés pour néant[d] de leurs drogues et régimes, les uns, aux secours des vœux, et miracles, les autres aux eaux chaudes. (Ne vous courroucez pas, Madame, il ne parle pas de celles de deçà, qui sont sous la protection de votre maison, et qui sont toutes Gramontaises.) Ils ont une tierce[e] défaite, pour nous chasser d'auprès d'eux, et se décharger des reproches, que nous leur pouvons faire du peu d'amendement[f] à nos maux, qu'ils ont eu si longtemps en gouvernement[g], qu'il ne leur reste plus aucune invention à nous amuser[h] : c'est de nous envoyer chercher la bonté de l'air de quelque autre contrée. Madame en voilà assez : vous me donnez bien congé[i] de reprendre le fil de mon propos, duquel je m'étais détourné, pour vous entretenir.

Ce fut ce me semble, Pericles[2], lequel étant enquis, comme il se portait, vous le pouvez, fit-il, juger par là, en montrant des brevets[j], qu'il avait attachés au col et au bras. Il voulait inférer[k], qu'il était bien malade, puisqu'il en était venu jusques là, d'avoir recours à choses si vaines, et de s'être laissé équiper en cette façon. Je ne dis pas que je ne puisse être emporté un jour à cette opinion ridicule, de remettre ma vie, et ma santé à la merci et gouvernement des médecins : je pourrai tomber en cette rêverie[l] : je ne me puis répondre de ma fermeté future : mais lors aussi si quelqu'un s'enquiert à moi, comment je me

a. le – *b.* à court d'arguments – *c.* cette belle dérobade – *d.* torturés en vain – *e.* troisième – *f.* amélioration – *g.* à dominer – *h.* pour nous occuper – *i.* vous me permettrez – *j.* talismans – *k.* faire comprendre – *l.* folie

porte, je lui pourrai dire, comme Pericles, vous le pouvez juger par là, montrant ma main chargée de six dragmes[a] d'opiate[b] : ce sera un bien évident signe d'une maladie violente. J'aurai mon jugement merveilleusement démanché[c] : si l'impatience[d] et la frayeur gagnent cela sur moi, on en pourra conclure une bien âpre fièvre en mon âme. J'ai pris la peine de plaider cette cause, que j'entends assez mal, pour appuyer un peu et conforter la propension naturelle, contre les drogues, et pratique de notre médecine, qui s'est dérivée en moi, par mes ancêtres[e], afin que ce ne fût pas seulement une inclination stupide et téméraire, et qu'elle eût un peu plus de forme : et aussi que ceux qui me voient si ferme contre les enhortements[f] et menaces, qu'on me fait, quand mes maladies me pressent, ne pensent pas que ce soit simple opiniâtreté, ou qu'il y ait quelqu'un si fâcheux[g], qui juge encore que ce soit quelque aiguillon de gloire : qui serait un désir bien assené[h], de vouloir tirer honneur d'une action, qui m'est commune, avec mon jardinier et mon muletier. Certes je n'ai point le cœur si enflé, ni si venteux[i], qu'un plaisir solide, charnu, et moelleux, comme la santé, je l'allasse échanger, pour un plaisir imaginaire, spirituel, et aéré[j]. La gloire, voire celle des quatre fils Aymon[1], est trop cher achetée à un homme de mon humeur, si elle lui coûte trois bons accès de colique : La santé de par Dieu ! Ceux qui aiment notre médecine, peuvent avoir aussi leurs considérations bonnes, grandes, et fortes : je ne hais point les fantaisies[k] contraires aux miennes. Il s'en faut

a. petite monnaie – *b*. préparation à base d'opium – *c*. extrêmement altéré – *d*. l'incapacité de supporter la douleur – *e*. que j'hérite de mes ancêtres – *f*. exhortations – *g*. désagréable – *h*. bien assigné (ironiquement) – *i*. plein de vent – *j*. sans consistance – *k*. idées

tant[a] que je m'effarouche, de voir de la discordance de mes jugements à ceux d'autrui, et que je me rende incompatible à la société des hommes, pour être d'autre sens et parti que le mien[b] : qu'au rebours, comme c'est la plus générale façon que nature ait suivi que la variété, et plus aux esprits qu'aux corps : d'autant qu'ils sont de substance plus souple : et susceptible de plus de formes : je trouve bien plus rare, de voir convenir[c] nos humeurs, et nos desseins. Et ne fut jamais au monde, deux opinions pareilles, non plus que deux poils ou deux grains[1]. Leur plus universelle qualité, c'est la diversité.

FIN DU SECOND LIVRE.

a. Il s'en faut de beaucoup – *b*. parce qu'ils sont de sentiment et de conception différents des miens – *c*. s'accorder

NOTES

De l'inconstance de nos actions

CHAP. I

L'arbitraire préside à nos choix, la contingence nous gouverne : l'homme, enclin aux jugements contradictoires et aux actions disparates, oppose à la tentative herméneutique une résistance majeure. La labilité de son être le rend insaisissable ainsi que Montaigne l'expérimente dans le discours qu'il forme de lui-même. Le livre II s'ouvre sur un thème récurrent dans les *Essais*, celui de l'impossibilité éthique d'une constance humaine. Le chapitre annonce ainsi l'*Apologie de Raimond Sebond* qui, en II, 12, développe le thème plus amplement. (D.R.)

Page 13.

1. Voir Plutarque, *Vie de Marius*, LXXXIX.
2. Voir J. Bouchet, *Annales d'Aquitaine*, IV, 2.
3. Voir Sénèque, *De clementia*, I, I, 2.

Page 14.

1. Pubilius Syrus, auteur des *Mimes*, cité par Aulu-Gelle, *Nuits attiques*, XVII, XIV, 4. Montaigne traduit ainsi en 1580 : « c'est un mauvais conseil, qui ne se peut changer ».
2. Voir Sénèque, *Lettres à Lucilius*, XX, 5.

Page 15.

1. Voir Démosthène, *Oraison funèbre*, XVII.
2. Horace, *Épîtres*, I, I, 98-99.
3. Voir Sénèque, *Lettres à Lucilius*, XX, 6.

4. Voir Plutarque, *Comment on pourra discerner le flatteur d'avec l'ami,* v, 51 d.

5. Horace, *Satires,* II, VII, 82.

6. Lucrèce, *De rerum natura,* III, 1057-1059.

7. Homère, *Odyssée,* XVIII, 136-137, passage traduit par Cicéron et transmis par saint Augustin, *Cité de Dieu,* V, VIII.

Page 16.

1. Voir Sénèque, *Lettres à Lucilius,* LII, 1.

2. Voir Diogène Laërce, *Vies et Opinions,* VIII, 63.

3. Caton d'Utique.

4. Romaine du VIe siècle célèbre par sa vertu qui, violée par Sextus Tarquin, se suicida pour ne pas survivre à la souillure.

5. Voir Marguerite de Navarre, *Heptaméron,* 20e nouvelle.

Page 17.

1. Voir Plutarque, *Vie de Pélopidas,* I.

2. Voir Horace, *Épîtres,* II, II, 26-40.

3. Horace, *Épîtres,* II, II, 36

4. *Ibid.,* 39-40.

5. Dans N. Chalcondyle, *Histoire de la décadence de l'Empire grec,* VIII, XIII ; il s'agit du sultan ottoman Mehmet II.

Page 18.

1. Il s'agit des Manichéens combattus par saint Augustin dans la *Cité de Dieu.*

Page 19.

1. Voir Sénèque, *Lettres à Lucilius,* CXX, 9.

2. Cicéron, *Tusculanes,* II, XXVII, 65.

Page 20.

1. Voir Plutarque, *Vie d'Alexandre,* LXXXVI-LXXXIX.

2. Cicéron, *De officiis,* I, XXI.

3. *Id., Paradoxes,* V, I.

Page 21.

1. John Talbot, capitaine anglais.

2. Voir Sénèque, *Lettres à Lucilius,* LXXI, 2-3.

3. D'après Cicéron, *De senectute,* VII, 22.

4. Voir Hérodote, *Histoires,* V, 29.

Page 22.

1. Sénèque, *Lettres à Lucilius*, CXX, 22.
2. Tibulle, *Élégies*, II, I, 75-76.

De l'ivrognerie

CHAP. II

Condamnant, en termes traditionnels, l'intempérance qui conduit à l'ivresse, Montaigne prolonge encore les développements du chapitre précédent sur l'inconstance, excédant ainsi la seule matière indiquée par le titre. S'écartant de son sujet pour évoquer la mémoire de son père, Montaigne « revient à ses bouteilles » pour finalement clore son propos sur un éloge de l'extase enthousiaste du poète et du prophète. (D.R.)

Page 23.

1. Voir Diogène Laërce, *Vies et Opinions*, VII, 120 ; Plutarque, *Notions communes contre les Stoïciens*, X, 1062-1063.
2. Horace, *Satires*, I, I, 107.
3. *Ibid.*, I, III, 115-117.

Page 24.

1. Voir Platon, *Charmide*, 174 b-d.
2. L'Allemagne.
3. Lucrèce, *De rerum natura*, III, 476-480.
4. Voir Sénèque, *Lettres à Lucilius*, LXXXIII, 16.
5. Horace, *Odes*, III, XXI, 14-16.

Page 25.

1. Voir Flavius Josèphe, *Autobiographie*, XLIV, 224-225.
2. Voir Sénèque, *Lettres à Lucilius*, LXXXIII, 12, 14-15.
3. Virgile, *Bucoliques*, VI, 15.
4. Juvénal, *Satires*, XV, 47-48.
5. Voir Diodore de Sicile, *Bibliothèque historique*, XVI, XCIII, 7.
6. D'après Florimond de Raemond, il s'agit de Mme d'Aimar, épouse du maire de Bordeaux précédant Montaigne à ce poste.

Page 26.

1. Par exemple Sénèque, *De tranquillitate animi*, XVII, 8.
2. Maximianus (Pseudo-Gallus), *Élégies*, I, 47-48.

3. D'après Sénèque, *De tranquillitate animi*, XVII, 9.
4. Horace, *Odes*, III, XXI, 11-12.
5. Voir Plutarque, *Vie d'Artaxerxès*, VI.
6. Jacques Dubois, dit Sylvius, mathématicien et médecin.

Page 27.

1. Voir Plutarque, *Propos de table*, VII, 9 ; Hérodote, *Histoires*, I, 133.
2. Bacchus.

Page 28.

1. Antonio de Guevara, auteur d'un ouvrage fameux, *Le Livre doré de l'empereur Marc-Aurèle* ou *Horloge des Princes* (1529).

Page 30.

1. L'édition de 1595 porte à la suite de cette phrase l'ajout suivant : « Et parce qu'en la vieillesse, nous apportons le palais encrassé de rhume, ou altéré par quelque autre mauvaise constitution, le vin nous semble meilleur, à même que nous avons ouvert et lavé nos pores. Au moins il ne m'advient guère, que pour la première fois j'en prenne bien le goût. »
2. Voir Diogène Laërce, *Vies et Opinions*, I, 104.
3. Voir *Lois*, II, 666 a-c.
4. Voir *ibid.*, II, 672 d, puis 674 a-b.
5. Voir Diogène Laërce, *Vies et Opinions*, II, 120 et IV, 44.

Page 31.

1. Voir Sénèque, *Lettres à Lucilius*, LXXXIII, 27.
2. Horace, *Odes*, III, XXVIII, 4.
3. Voir Petrus Crinitus, *Vie de Lucrèce*.
4. Lucrèce, *De rerum natura*, III, 154-157.

Page 32.

1. Térence, *Heautontimoroumenos*, I, I, 77 ; sentence peinte sur l'une des poutres de la bibliothèque de Montaigne.
2. Virgile, *Énéide*, VI, 1.
3. Voir Plutarque, *Vie de Publicola*, IX.
4. Les stoïciens.
5. Les épicuriens.
6. D'après Cicéron, *Tusculanes*, V, IX, 27.
7. Voir Diogène Laërce, *Vies et Opinions*, IX, 59.

Page 33.

1. Montaigne évoque ici saint Laurent, voir Prudence, *Livre des couronnes*, II, 401-408.
2. Voir Flavius Josèphe, *Histoire des Maccabées*, IX-XII.
3. Cité par Diogène Laërce, *Vies et Opinions*, VI, 3.
4. Voir Sénèque, *Lettres à Lucilius*, LCVI, 47 et XCII, 25.
5. Virgile, *Énéide*, IV, 158-159.

Page 34.

1. D'après Sénèque, *De tranquillitate animi*, XVII, 11.
2. Voir Platon, *Phèdre*, 245 a.
3. Voir Aristote, *Problèmes*, XXX, I.
4. Voir Platon, *Timée*, 71 e.

Coutume de l'Île de Cea

CHAP. III

Malgré un titre apparemment anecdotique et qui ne désigne qu'obliquement sa matière, par allusion dans les dernières lignes, ce chapitre aborde une question sensible dans un contexte chrétien : le droit au suicide. Sans autre précaution qu'un exorde soumis mais de pure forme, Montaigne mène ici une réflexion libre et sans garde-fou : l'homme a-t-il le droit de disposer de sa vie ? Et si oui, à quelles conditions raisonnables peut-on admettre qu'il mette fin à ses jours ? Aux arguments *pro* et *contra* sur la légitimité de la mort volontaire succède un défilé d'exemples antiques ou exotiques. Le suicide raisonnable et libre des stoïciens voisine ainsi avec la mort héroïque des hommes et des femmes illustres de Plutarque, avec la mort exaltée des martyrs et des saints, avec le suicide collectif et spectaculaire des assiégés, avec les suicides rituels des cultures lointaines, ou encore avec le suicide des vierges jalouses de leur pureté (un cas traité avec un soupçon d'ironie).

Derrière ce défilé d'exemples souvent sans commentaire, qui permettent de contempler l'infinie diversité des attitudes courageuses face à la mort avec un regard en apparence impersonnel et détaché, se laisse entendre une interrogation sourde et toute subjective : quelle attitude adopter face à la douleur (Montaigne est alors aux prises avec les crises de la maladie de la gravelle, qui augmentent en intensité) ? le suicide peut-il être une manière d'y échapper par une décision libre et digne ? Montaigne s'achemine vers une conclusion ferme, toute personnelle et en nette rupture avec la pensée chrétienne (même si elle s'autorise au passage d'une lecture de saint Paul) : le suicide est légitime s'il permet de fuir une douleur devenue insupportable, et il est même envisageable au terme d'une vie heureuse, comme une façon de finir sa vie dans l'harmonie (ainsi qu'il avait été institué dans l'île de Céa). (A.T.)

Page 35.

1. Céa ou Céos : île de la mer Égée.

2. Voir Plutarque, *Les Dits notables des Lacédémoniens*, 219 e.

3. Voir *ibid.*, 216 c.

Page 36.

1. Voir *ibid.*, 234 b-c.

2. Voir *ibid.*, 235 b.

3. Voir Cicéron, *Tusculanes*, V, XIV, 42.

4. Voir Sénèque, *Lettres à Lucilius*, LXX, 4.

5. Voir *ibid.*, LXX, 14.

6. Voir Tacite, *Annales*, XIII, LVI, 1.

7. Sénèque, *Phéniciennes*, 151-153.

8. Voir Sénèque, *Lettres à Lucilius*, LXXVIII, 5.

9. Voir *ibid.*, LXX, 3.

10. Voir *ibid.*, LXX, 5.

11. Voir *ibid.*, LXIX, 6.

Page 37.

1. Trois sentences tirées de Sénèque, *ibid.*, LXX, 12.

2. Voir *ibid.*, LXXVII, 15.

3. Voir *ibid.*, LXX, 16.

3. Voir Pline l'Ancien, *Histoire naturelle*, XXV, VII, 24.

4. Voir Cicéron, *De finibus*, III, XVIII, 60.

Page 38.

1. Hégésias : voir Diogène Laërce, *Vies et Opinions*, II, 94.

2. Diogène et Speusippe : voir *ibid.*, IV, 3.

3. Jusqu'à l'édition de 1588, le texte présente la variante suivante : « car outre l'autorité, qui en défendant l'homicide

y enveloppe l'homicide de soi-même : d'autres philosophes tiennent ».

4. Voir saint Augustin, *Cité de Dieu*, I, 22 (qui cite Platon, *Phédon*, 62 b ; et Cicéron, *De Republica*, VI, xv).

5. Virgile, *Énéide*, VI, 434-436.

6. Voir saint Augustin, *Cité de Dieu*, I, 22 ; Caton d'Utique a eu le courage de se suicider, tandis que Regulus, consul romain constitué prisonnier volontaire chez les Carthaginois, a eu le courage de rester en vie et d'affronter la torture.

Page 39.

1. Horace, *Odes*, IV, iv, 57-60.
2. Sénèque, *Phéniciennes*, 190-192.
3. D'après Martial, *Épigrammes*, XI, lvi, 15-16.
4. D'après Horace, *Odes*, III, iii, 7-8.
5. Martial, *Épigrammes*, II, lxxx, 2.

Page 40.

1. Lucain, *Pharsale*, VII, 104-107.
2. Lucrèce, *De rerum natura*, III, 79-82.
3. Voir *Lois*, IX, 873 c-d.

Page 41.

1. Lucrèce, *De rerum natura*, III, 862-864.
2. Voir Diogène Laërce, *Vies et Opinions*, VII, 130.
3. Voir Sénèque, *Lettres à Lucilius*, lxxvii, 4.
4. Voir le chapitre I, 14, p. 181.
5. Voir Aulu-Gelle, *Nuits attiques*, XV, x, ou Plutarque, *Les Vertueux Faits des femmes*, 249 b-c.

Page 42.

1. Voir Plutarque, *Vies d'Agis et de Cléomène*, lxiii-lxv.
2. Vers attribués à Pentadius, cités par Juste Lipse, *Saturnalia*, II, xxii.
3. Voir Sénèque, *Lettres à Lucilius*, lxx, 6-7.
4. Voir Flavius Josèphe, *De vita sua*, xxviii.

Page 43.

1. Voir Plutarque, *Vie de Marcus Brutus*, LII. À cet endroit l'édition de 1595 ajoute la phrase suivante : « À la journée de Sérisolles [Cérisoles, 1544] Monsieur d'Anguien [le comte d'Enghien] essaya deux fois de se donner de l'épée dans la

gorge, désespéré de la fortune du combat, qui se porta mal en l'endroit où il était : et cuida [faillit] par précipitation se priver de la jouissance d'une si belle victoire. »

2. Sénèque, *Lettres à Lucilius*, XIII, 11.

3. Virgile, *Énéide*, XI, 425-427.

4. Pline l'Ancien, *Histoire naturelle*, XXV, VII, 23. Les éditions de 1580 à 1588 présentent ici, en accord avec Pline, la variante « on ait accoutumé de se tuer » au lieu de « on ait droit de se tuer ».

5. Dans les éditions de 1580 à 1588, on lisait ici ces mots : « la seconde la douleur d'estomac ; la tierce, la douleur de tête ».

6. Voir Sénèque, *Lettres à Lucilius*, LVIII, 35-36.

7. Voir Tite-Live, *Histoire romaine*, XXXVII, XLVI, 6.

8. Voir *ibid.*, XLV, XXVI, 5-9.

Page 44.

1. Voir G. Paradin, *Continuation de l'histoire de notre temps*, Paris, M. Sonnius, 1575, f° 99.

2. Voir Flavius Josèphe, *Antiquités judaïques*, XII, V, 4.

3. Voir Sénèque, *Lettres à Lucilius*, LXX, 10.

4. Voir II Maccabées, XIV, 37-46.

Page 45.

1. Voir saint Augustin, *Cité de Dieu*, I, XIX, XXV et XXVI.

2. Sainte Pélagie et sainte Sophronie sont citées comme exemples par Vivès dans son commentaire à la *Cité de Dieu* de saint Augustin (chap. I, 26).

3. Voir par exemple Eusèbe, *Histoire ecclésiastique*, VIII, 14, ou Nicéphore Calliste, *Histoire ecclésiastique*, VII, 21.

4. Henri Estienne, *Apologie pour Hérodote*, XV, 22.

Page 46.

1. Clément Marot, *Épigrammes*, I, LXIX (*D'ouy et nenny*).

2. Voir Tacite, *Annales*, VI, XLVIII, 1-3.

3. Voir *ibid.*, XV, LXXI, 4.

4. Spargapizès, fils de la reine Tomyris : voir Hérodote, *Histoires*, I, 213.

5. Bogez : voir *ibid.*, VII, 107 (cet exemple et le précédent sont repris par Ravisius Textor dans le premier chapitre de ses *Officina*).

Page 47.

1. Voir J. Osorio, *Histoire de Portugal*, trad. Goulart, Paris, 1581, IX, 27.

2. Voir Tacite, *Annales*, VI, XXIX.

3. Voir *ibid.*, VI, XXVI.

Page 48.

1. Voir Plutarque, *Du trop parler*, XI, 508 b.

Page 49.

1. Ces deux anecdotes sont tirées du récit de la prise de Capoue (qui avait pris le parti d'Hannibal) chez Tite-Live, *Histoire romaine*, XXVI, XIII-XV.

2. Voir Quinte-Curce, *Vie d'Alexandre*, IX, IV.

Page 50.

1. Voir Tite-Live, *Histoire romaine*, XXVIII, XXII-XXIII.

2. Voir *ibid.*, XXXI, XVII-XVIII.

3. Voir Tacite, *Annales*, VI, XXIX, 1-2.

4. Épître de saint Paul aux Philippiens, I, 23.

5. Épitre de saint Paul aux Romains, VII, 24.

6. Cléombrote d'Ambracie lisant le *Phédon* : voir Cicéron, *Tusculanes*, I, XXXIV, 84 (cité par saint Augustin, *Cité de Dieu*, I, XXII). Montaigne fait à nouveau usage de cet exemple et de la première citation de Paul dans le chapitre II, 12.

Page 51.

1. Voir Joinville, *Histoire et chronique du très chrétien roi saint Louis*, LXXVII.

2. Voir J. G. de Mendoza, *Histoire du grand royaume de la Chine*, trad. La Porte, Paris, 1589, II, III, 25.

3. Voir Valère Maxime, *Faits et Dits mémorables*, II, VI, 7, et B. Castiglione, *Le Livre du courtisan*, III, XXIV.

Page 52.

1. Il s'agit de Valère Maxime, qui suivit Sextus Pompée en Asie en 27 apr. J.-C. L'anecdote vient des *Faits et Dits mémorables*, II, VI, 8.

Page 53.

1. Voir Pline l'Ancien, *Histoire naturelle*, IV, XII, 89.

2. Adjectif ajouté dans les marges de l'E.B. et non repris dans l'édition de 1595.

À demain les affaires

CHAP. IV

Citant et louant Plutarque, admirablement traduit par Amyot, Montaigne s'arrête sur l'exemple de Rusticus, qui différa l'ouverture d'une lettre, illustrant une réflexion sur la prudence qui permet d'arbitrer entre la nonchalance et la curiosité. Ces réflexions s'articulent encore une fois à l'affirmation du règne de la contingence dans le déploiement des actions humaines. (D.R.)

Page 54.

1. Jacques Amyot, 1513-1593, évêque d'Auxerre, précepteur des princes, érudit traducteur des *Vies des hommes illustres* (1559) et des *Œuvres morales* (1572) de Plutarque.

Page 55.

1. *De la curiosité*, XV, 522 d-e.

Page 56.

1. G. et M. Du Bellay, *Mémoires*, IX, f° 299.
2. *Vie de César*, LXXXIII.
3. *De l'esprit familier de Socrate*, XXX, 596 f ; *Vie de Pélopidas*, XX.

De la conscience

CHAP. V

L'éthique de Montaigne valorise l'accord de l'individu avec sa conscience : celui qui se sent en cohérence avec ses principes n'a rien à craindre et ne connaît pas le repentir (III, 2), tandis que les méchants qui tentent de faire taire leur conscience se trahissent tôt ou tard et sont rongés par le remords. La fortune d'ailleurs se fait souvent l'auxiliaire de la justice, en favorisant le passage aux aveux. À l'inverse, la justice humaine (trop humaine), par un usage irraisonné de la torture lors des interrogatoires, fausse plus qu'elle ne favorise le dévoilement de la vérité. Comme dans le dernier chapitre des *Essais* (III, 13), l'ancien magistrat qu'est Montaigne condamne, en connaissance de cause, l'injustice de la justice, l'arbitraire de ses décisions et l'inhumanité de ses procédures. Les corrections et ajouts manuscrits en marge de l'Exemplaire de Bordeaux montrent comment, dans la dernière page du chapitre, la pensée de Montaigne s'est peu à peu radicalisée, passant d'une mise en doute raisonnée de l'efficacité de la question judiciaire à une condamnation véhémente. (A.T.)

Page 58.

1. Pierre de la Brousse, second frère de Montaigne.

Page 59.

1. D'après Juvénal, *Satires*, XIII, 195.
2. Voir Plutarque, *Pourquoi la justice divine diffère quelquefois la punition des maléfices*, VIII, 553 e.
3. Voir Sénèque, *Lettres à Lucilius*, CV, 7.
4. Vers d'Hésiode cité par Aulu-Gelle (*Nuits attiques*, IV, V, 1).
5. Virgile, *Géorgiques*, IV, 238.
6. Les mouches cantharides : voir Plutarque, *Pourquoi la justice divine...*, 554 a.

Page 60.

1. Lucrèce, *De rerum natura*, V, 1158-1160.
2. Voir Plutarque, *Pourquoi la justice divine...*, X, 555 b.
3. Épicure : cité par Sénèque, *Lettres à Lucilius*, XCVII, 13.
4. Juvénal, *Satires*, XIII, 2-3.
5. Ovide, *Fastes*, I, 485-486.

Page 61.

1. Voir Plutarque, *Comment on peut se louer soi-même*, IV, 540 f.
2. Voir Valère Maxime, *Faits et Dits mémorables*, III, VII, 1.
3. Voir Tite-Live, *Histoire romaine*, XXXVIII, LII (en marge de l'E.B., Montaigne avait d'abord cité le texte en latin, avant de le traduire).
4. Voir le commentaire de Vivès sur la *Cité de Dieu* de saint Augustin (XIX, VI).

Page 62.

1. Montaigne poursuit cette critique de la validité et de la légitimité de la torture judiciaire en II, 11 et II, 27. Il reprend et

accentue les réserves d'Aristote (*Rhétorique*, I, xv, 1376 b-1377 a) et de saint Augustin (*Cité de Dieu*, XIX, VI).

2. Vers de Publilius Syrus, cité dans le commentaire de Vivès à la *Cité de Dieu*, *loc. cit.*

3. L'anecdote vient d'Henri Estienne (*Apologie pour Hérodote*, XVII, 9), qui cite un mot attribué au sultan Bajazet Ier par Froissart.

De l'exercitation

CHAP. VI

Ce chapitre est avant tout une réflexion sur la connaissance, et plus particulièrement sur la possibilité de fonder l'action sur la connaissance. La problématique est fort proche de celle qui est traitée dans « De l'expérience » (III, 13) : comment la connaissance, envisagée sous ses deux espèces — le raisonnement et l'expérience —, peut-elle porter à quelque excellence morale et philosophique ? Explorant la deuxième de ces voies, celle de « l'exercitation », Montaigne souligne avec ironie l'inanité des ascèses philosophiques qui cherchent à s'accoutumer à un phénomène par anticipation. Le cas retenu pour l'observation est l'expérience la plus singulière d'une vie, celle de la mort, qui justement ne peut prêter le flanc à la tendance dogmatique de la « prévision ». La vanité du projet d'acquérir une expérience de la mort fait ressortir avec force une constante de la pensée montaignienne, qui sera amplifiée dans « Des boiteux » (III, 11) : il n'est d'accès à la vérité que dans l'expérience immédiate des phénomènes, et toute dérogation à ce principe de l'« autopsie » entraîne un simple « préjugé » qui parfois prête à rire comme ici ceux qui pensent, avec Canius Julius, pouvoir continuer à philosopher et à « former l'homme » au moment même de leur décès. Montaigne pose néanmoins une analogie, celle du sommeil qui éteint sans inconvénient les lumières de l'esprit. Ceci pourrait paraître problématique en tant qu'effet d'une préconception, débordant justement l'expérience directe de ce qu'on ne peut expérimenter qu'une fois ; pourtant, une expérience intervient pour étayer cette analogie qui ne pourrait être qu'un effet du discours : la fameuse chute de cheval ouvrant à un état de perte de conscience, et dont

Rousseau s'est souvenu dans la deuxième promenade de ses *Rêveries du promeneur solitaire.* Ce souvenir, rédigé environ quatre ans après l'événement, est l'occasion pour Montaigne de méditer sur la fragilité de la conscience et sur la douceur de son effacement progressif, sans solution brutale de continuité. La longue addition postérieure à 1588, venant justifier la publication de cette « leçon » de soi, permet de relier le projet d'écriture des *Essais* à cette expérience des limites.

Face à l'inanité des discours étrangers en matière de connaissance réelle, l'étude de soi n'est pas présomption, mais réponse naturelle à la seule voie qui offre quelque clarté à l'esprit humain : l'expérience immédiate du monde, fermée sur les acquis d'une conscience dont la fragilité même pousse à s'assurer en les couchant sur le papier, dans l'écriture de l'essai, de chacun de ses états au terme d'une saisie profonde et non « superficielle ». Mais cette anecdote est aussi l'occasion de développer une intuition philosophique importante dans les *Essais*, selon laquelle la vie humaine peut se penser dans un déroulement plus instinctif, à l'écart de la médiation trop souvent gênante de l'intellect. Le corps « va bien sans » l'esprit déclare Montaigne dans « De ménager sa volonté » (III, 10), ce dernier venant « étendre et appesantir à ses dépens » l'expérience immédiate des choses. De fait, le récit de cette perte de conscience confronte le lecteur à une expérience paradoxale de « prudence » naturelle et impréméditée : ayant perdu les lumières naturelles, Montaigne parvient à dégrafer son pourpoint ; alors que le corps évacue spontanément le surplus de sang qui encombre l'estomac, les doigts courent sur cette zone devenue inconfortable. Dans un état de semi-conscience, l'évanoui réagit à l'embourbement de sa femme en ordonnant qu'un cheval lui soit donné : la vie continue son cours, dans la douceur d'une interruption de toute analyse rationnelle de la situation, et ce n'est que lorsque l'esprit revient que la douleur, renforcée par le retour du jugement, se déploie, comme la marque paradoxale d'une condition naturelle d'être pensant à la fois saine et pathogène. Expérience parallèle à celle du sommeil où l'esprit continue à agir, mais « sans vexation, sans passion », la perte de conscience donne corps à cette action instinctive qui est à l'horizon du modèle d'action « somnambulique » que Montaigne propose en III, 10 pour penser le juste investissement dans la sphère publique : une prudence non prudentielle, une implication distanciée car déliée des truchements intellectuels ordinaires de l'action politique (« mémoire, expérience, vigilance »), action instinctive désamorçant le jeu des passions lié à la vie de l'esprit et constituée par une réaction immédiate du corps privé du maire aux stimuli de la vie publique qui l'emporte dans son branle. (E.N.)

Page 64.

1. Il s'agit d'Aristippe (voir I, 40) ; voir Diogène Laërce, *Vies et Opinions*, II, 77 et, pour le cas de Cratès, VI, 87.

2. Cléanthe ; voir Diogène Laërce, *Vies et Opinions*, VII, 168.

3. Démocrite, pour le premier cas, d'après Cicéron, *De finibus*, V, XXIX, 87, et Plutarque, *De la curiosité*, 521 d ; Origène, pour le second cas, d'après Eusèbe, *Histoire ecclésiastique*, VI, VIII.

Page 65.

1. Lucrèce, *De rerum natura*, III, 929-930.

2. Sénèque, *De tranquillitate animi*, XIV, 4-10.

Page 66.

1. Lucain, *Pharsale*, VIII, 636.

Page 68.

1. Allusion à la deuxième guerre de religion (1567-mars 1568) et à la troisième (août 1568-1570).

2. Le domaine de Montaigne était situé en Guyenne, province dominée par le calvinisme.

Page 69.

1. Le Tasse, *Jérusalem délivrée*, XII, LXXIV, 5-6.

2. *Ibid.*, VIII, XXVI, 3-4.

Page 70.

1. Voir Sénèque, *Lettres à Lucilius*, XXX, 14.

2. Lucrèce, *De rerum natura*, III, 487-491.

Page 71.

1. Ovide, *Tristes*, I, III, 12.

2. Supplices infligés à certains condamnés calvinistes, voir Agrippa d'Aubigné, *Tragiques*, IV, 497-512.

3. Virgile, *Énéide*, IV, 702-703.

Page 72.

1. Virgile, *Énéide*, X, 396.
2. Lucrèce, *De rerum natura*, III, 642 et 644-646.

Page 74.

1. Ovide, *Tristes*, I, III, 14.

Page 75.

1. Pline l'Ancien, *Histoire naturelle*, XXII, LI, 111.
2. Personnages à l'identification douteuse ; il s'agit peut-être de Lucilius, Rutilius et Scaurus, évoqués en II, 17.

Page 76.

1. Horace, *Art poétique*, 31.
2. Voir Plutarque, *De la vertu morale*, XII, 451 d, et *Comment il faut lire les poètes*, 15 e.

Page 77.

1. Les protestants, « nos voisins », se confessaient parfois de manière publique, contrairement aux catholiques.
2. Hortensius, avocat qui fut le rival en éloquence de Cicéron ; voir le *Brutus*, XCIII-XCIV.
3. Voir I, 24 et 47.
4. Terme technique alors employé en médecine et désignant une représentation anatomique particulièrement réaliste.

Page 78.

1. Voir Aristote, *Éthique à Nicomaque*, IV, III, 1123 b.
2. Apollon.
3. Sur le « Connais-toi toi-même », maxime gravée au fronton du temple de Delphes, voir le chapitre III, 9.

Des récompenses d'honneur

CHAP. VII

Montaigne, pesant les avantages des distinctions honorifiques attachées à la reconnaissance de la vaillance des nobles, en vient à relativiser la valeur de ces récompenses au regard de vertus moins publiques et moins galvaudées. C'est finalement la question même de la définition de la vertu et de la valeur humaine qui se trouve soulevée. (D.R.)

Page 79.

1. Suétone, *Vies des douze Césars,* II, XXV.
2. Jules César.

Page 80.

1. Ordre fondé en 1469 par Louis XI, dont Montaigne fut gratifié en 1571, mais dont le crédit, galvaudé par une distribution trop large, s'effondra à la fin du XVIe siècle. Voir l'*Apologie de Raimond Sebond,* p. 159.

Page 81.

1. Martial, *Épigrammes,* XII, LXXX, 2.

Page 82.

1. Tite-Live, *Histoire romaine,* XXV, XIX, 12.

Page 83.

1. Sans doute l'ordre du Saint-Esprit, créé en 1578.
2. Voir, dans les *Œuvres morales,* les traités *De la vertu morale, Que la vertu se peut enseigner et apprendre.*
3. *Virtus* dérivant de *vis, viris,* « la force ».

DE L'AFFECTION DES PÈRES AUX ENFANTS

CHAP. VIII

Dans toutes les éditions, ce chapitre se signale par les capitales de son titre et la dédicace qui l'ouvre. L'affection évoquée ne lie pas le père à son jeune enfant, mais à son enfant déjà presque adulte et en situation de prendre la succession de ses ascendants. S'appuyant sur la référence à Plutarque, convoquant d'édifiants contre-exemples de relations filiales dégradées, mobilisant de nombreuses allusions autobiographiques, Montaigne plaide pour une relation confiante et apaisée, propice au passage de témoin harmonieux entre les générations. Le chapitre est en outre particulièrement conforme au dessein annoncé de Montaigne d'être lui-même la matière de son livre puisqu'il s'ouvre et se ferme sur des réflexions consacrées à l'entreprise même des *Essais* et à sa singularité : l'œuvre elle-même est envisagée, de manière topique, comme une descendance à chérir et perpétuer. (D.R.)

Page 85.

1. Il s'agit de Louise d'Estissac de La Béraudière : veuve du baron Louis d'Estissac depuis 1565, elle avait de lui un fils, Charles, âgé de deux ans à la mort de son père, et dut âprement plaider pour sauvegarder ses droits à l'héritage paternel. Charles d'Estissac accompagna Montaigne lors de son voyage en Italie.

2. L'œuvre des *Essais*.

Page 87.

1. Voir Plutarque, *Œuvres morales*, 493 b.

2. Voir Aristote, *Éthique à Nicomaque*, IX, VII, 456-457.

3. Voir III, 1, « De l'utile et de l'honnête ».

4. Voir II, 12, où Montaigne revient dans un sens contraire sur l'intelligence des animaux.

Page 90.

1. Voir *Éthique à Nicomaque*, IV, I, 36.

Page 91.

1. Térence, *Adelphes*, I, I, 65-67.

2. Seconde fille de Montaigne, née le 9 septembre 1571 ; voir III, 5 « Sur des vers de Virgile ».

Page 92.

1. Voir Plutarque, *Œuvres morales*, 526 e.

2. Tite-Live, *Histoire romaine*, XXVIII, XXVIII, 1.

3. Le 22 septembre 1565, avec Françoise de La Chassaigne.

4. Plutôt trente-sept ans, voir *Politique*, VII, XVI, 1335 a.

5. Voir *République*, V, 460 e-461 a.

6. D'après Diogène Laërce, I, 26 et Plutarque, *Œuvres morales*, 654 b.

Page 93.

1. D'après César, *Guerre des Gaules*, VI, 21.

2. Le Tasse, *Jérusalem délivrée*, X, XXXIX, 6-8.

3. Platon évoque ces athlètes, vainqueurs des jeux Olympiques, dans les *Lois*, VIII, 840 a.

4. Il s'agit de Muley-Hassan, bey de Tunis ; voir P. Jove, *Historiae*, I, XXXIII.

5. Lopez de Gomara, *Histoire générale des Indes*, II, XII.

Page 94.

1. Il abdiqua en 1556, ce que ses contemporains admirèrent fortement.

2. Horace, *Épîtres*, I, I, 8-9.

Page 96.

1. Jean d'Estissac, doyen de Saint-Hilaire de Poitiers de 1542 à 1576, sans doute rencontré en 1574.

Page 97.

1. Ajout de l'édition de 1595 : « J'ai réformé cette erreur en ma famille. »

2. Retournement de la formule attribuée à Caligula : « *oderint dum metuant* », Suétone, *Vie de Caligula*, XXX.

Page 98.

1. Térence, *Adelphes*, IV, II, 548.

Page 100.

1. Variante de 1588 : « [...] à leurs maris, surtout hargneux et vieils : mais quand c'est en faveur des enfants, elles empoignent ce titre avec gloire. S'ils sont grands et fleurissants [...] »

2. Voir Sénèque, *Lettres à Lucilius*, XLVII.

Page 101.

1. Blaise de Montluc mourut en 1577. Il avait perdu son second fils, Pierre-Bertrand de Montluc, en 1566.

2. Allusion à son amitié avec La Boétie, voir I, 27.

Page 102.

1. Ajout de 1595 : « [...] une parfaite et entière communication. Ô mon ami ! En vaux-je mieux d'en avoir le goût, ou si j'en vaux moins ? j'en vaux certes bien mieux. Son regret me console et m'honore. Est-ce pas un pieux et plaisant office de ma vie, d'en faire à tout jamais les obsèques ? Est-il jouissance qui vaille cette privation ? »

2. César, *Guerre des Gaules*, VI, XVIII.

3. Selon F. de Raemond, allusion possible à François de Montmorency (1530-1579), fils aîné du connétable.

Page 103.

1. Le dispositif du douaire permettait à la dot apportée par l'épouse au moment du mariage d'être ensuite remboursée.

Page 104.

1. Montaigne était l'aîné des fils de Pierre Eyquem.

Page 105.

1. Platon, *Lois*, XI, 922 d-923 b.

2. « Connais-toi toi-même », inscription gravée au fronton du temple d'Apollon à Delphes.

Page 106.

1. Allusion à la loi salique qui exclut les femmes de la succession royale. Les débats à son sujet étaient d'actualité puisque la succession d'Henri III, conformément à cette loi, devait échoir à Henri de Navarre, protestant.

Page 107.

1. Voir *Histoires*, IV, 180.

Page 108.

1. Voir *Phèdre*, 258 b.

2. Nicéphore Calliste rapporte dans son *Histoire ecclésiastique* (XII, XXXIV) qu'on donna à Héliodore, auteur des *Éthiopiques* ou *Théagène et Chariclée*, à choisir entre la conservation de son évêché de Tricca et la destruction de son œuvre, sa « fille », par le feu.

3. Sénèque le Rhéteur, *Controverses*, X.

Page 109.

1. Cremiutus Cordus ; Tacite, *Annales*, IV, XXXIV-XXXV.

Page 110.

1. *Ibid.*, XV, LXX.

2. Diogène Laërce, *Vies et Opinions*, X, 22 ; voir II, 16, « De la gloire ».

Page 111.

1. Saint Augustin eut un fils prénommé Adéodat.

2. Voir *Éthique à Nicomaque*, XI, VII, 3.

3. Selon Diodore de Sicile, *Bibliothèque historique*, XV, LXXXVII, 6.

Page 112.

1. Ovide, *Métamorphoses*, X, 283-284.

Des armes des Parthes

CHAP. IX

Dans ce chapitre consacré aux armures anciennes et modernes, Montaigne se montre fin connaisseur de l'art militaire de son temps, dans ses aspects les plus techniques (armement et tactique). Comme dans l'*Art de la guerre* de Machiavel (un livre dont J. Balsamo a montré l'importance pour Montaigne : voir art. « Machiavel », *Dictionnaire de Michel de Montaigne*, dir. Ph. Desan, Paris, Champion, 2004, p. 617-619), l'érudition antique sert ici de point de comparaison pour mieux saisir les faiblesses des armées du présent, qui manquent notablement d'endurance, d'audace et de discipline. (A.T.)

Page 113.

1. Tite-Live, *Histoire romaine*, XXVII, XLVIII (sur les Gaulois).
2. Virgile, *Énéide*, VII, 742.

Page 114.

1. Voir Quinte-Curce, *Histoire d'Alexandre*, IV, XIII.
2. Trait traduit de Tite-Live, *Histoire romaine*, XXII, V.
3. Voir Tacite, *Annales*, III, XLIII, 2 et XLVI, 3.
4. Voir Plutarque, *Vie de Lucullus*, LIII.

Page 115.

1. Voir *id.*, *Dits notables des anciens rois*, 200 b ; Valère Maxime, *Faits et Dits mémorables*, III, VII, 2.
2. Voir Plutarque, *Dits notables des anciens rois*, 201 d.
3. L'Arioste, *Roland furieux*, XII, XXX, 1-6.
4. Voir Hérodien, *Histoire de l'Empire*, IV, VII, 6.
5. Cicéron, *Tusculanes*, II, XVI, 37.

Page 116.

1. Voir Plutarque, *Vie de Caïus Marius*, XXII.
2. *Id.*, *Dits notables des anciens rois*, 201 c.
3. L'historien Ammien Marcellin (IVe siècle) servit dans l'armée romaine avant d'écrire ses *Histoires*.
4. De 1580 à 1588, les éditions ajoutaient ici un passage supprimé sur l'E.B. : « Or parce qu'elle me semble bien fort approchante de la nôtre, j'ai voulu retirer ce passage de son

auteur, ayant pris autrefois la peine de dire bien amplement, ce que je savais sur la comparaison de nos armes, aux armes Romaines : mais ce lopin de mes brouillars [brouillons] m'ayant été dérobé avec plusieurs autres, par un homme qui me servait, je ne le priverai point du profit, qu'il en espère faire : aussi me serait-il bien malaisé de remâcher deux fois une même viande [nourriture] ». Ce secrétaire indélicat est à nouveau évoqué au début du chapitre II, 37.

5. Voir Ammien Marcellin, *Histoires*, XXIV, IV, 15.

Page 117.

1. Voir *ibid.*, XXIV, VI, 8 et XXV, I, 12.
2. Claudien, *Contre Rufin*, II, 358-362.
3. Voir Plutarque, *Vie de Démétrius*, XXVI.

Des Livres

CHAP. X

Montaigne commence ici par offrir un nouvel éclairage sur sa pratique de l'essai en revendiquant précisément l'emprunt intertextuel comme une méthode privilégiée pour l'exercice du jugement. Suit alors une sorte de visite guidée de la bibliothèque de Montaigne : familier d'un usage de la lecture particulièrement libre et subjectif, Montaigne distingue lectures essentielles et lectures divertissantes, faisant œuvre de critique, énonçant ses choix, ses préférences pour certaines œuvres de Virgile, pour Plutarque et Sénèque, ses dégoûts, notamment pour Cicéron. Le développement final sur la manière d'écrire l'histoire est l'occasion pour Montaigne de demander à l'historien de fournir à l'appréciation de tout lecteur un matériau factuel fiable. Montaigne lecteur sert ainsi de modèle au lecteur des *Essais*, invité à s'approprier de manière libre, critique et profonde, les « fantaisies » montaigniennes. (D.R.)

Page 118.

1. Pascal, lecteur assidu de Montaigne, reprendra et développera l'argument dans une formule célèbre des *Pensées* : « Qu'on ne dise pas que je n'ai rien dit de nouveau : la disposition des matières est nouvelle » (fr. 575, éd. Ph. Sellier).

Page 119.

1. Tout cet ajout manuscrit remplace le texte suivant de 1588 : « Mais j'ai une mémoire, qui n'a point de quoi conserver trois jours la munition, que je lui aurai donné en garde. Ainsi je ne pleuvis aucune certitude, si ce n'est de faire connaître ce que je pense. / *Excutienda damus præcordia.* / et jusques à quel point monte pour cette heure, la connaissance que j'ai de ce de quoi je traite. Qu'on ne s'attende point aux choses, dequoi je parle, mais à ma façon d'en parler, et à la créance que j'en ai. Ce que je dérobe d'autrui, ce n'est pas pour le faire mien, je ne prétends ici nulle part que celle de raisonner et de juger : le demeurant n'est pas de mon rôle. Je n'y demande rien, sinon qu'on voie si j'ai su choisir ce qui joignait justement à mon propos. Et ce que je cache parfois le nom de l'auteur à escient ès choses que j'emprunte, c'est pour tenir en bride la légèreté de ceux, qui s'entremettent de juger de tout ce qui se présente, et n'ayant pas le nez capable, de goûter les choses par elles-mêmes, s'arrêtent au nom de l'ouvrier et à son crédit. Je veux qu'ils s'échaudent à condamner Ciceron ou Aristote en moi. »

Page 120.

1. Properce, *Élégies*, IV, I, 70.

Page 121.

1. Voir les chapitres I, 26 et II, 4.
2. Jan Everaerts, 1511-1536, poète néo-latin. Le texte de 1588 ajoute à cette liste : « et des siècles un peu au-dessus du nôtre, l'*Histoire éthiopique*. »
3. Roman de chevalerie espagnol mettant en scène le personnage d'Amadis de Gaule et dont l'adaptation en 1540 par Herberay des Essarts connut un grand succès.
4. Dialogue tenu pour apocryphe mais encore inséré dans la traduction des œuvres de Platon par M. Ficin lue par Montaigne.

Page 122.

1. Variante de 1588 : « l'autorité de tant d'autres, meilleurs jugements, ni ne se donne témérairement la loi de les pouvoir accuser ».
2. Le texte de 1580 précise le reproche par la parenthèse

suivante : « car il se laisse trop aller à cette affectation de pointes et subtilités de son temps ».

Page 123.

1. Catulle, *Élégies*, XLIII, 8.
2. Cicéron.
3. Horace ; voir *Art poétique*, 271-272.

Page 124.

1. Horace, *Épîtres*, II, II, 120.
2. Martial, préface du livre VIII des *Épigrammes*.

Page 125.

1. *Roland furieux* de l'Arioste.
2. Virgile, *Géorgiques*, IV, 194.
3. Depuis qu'il a été traduit par Amyot, voir le chapitre II, 4.

Page 126.

1. *Œuvres morales* de Plutarque, *Lettres à Lucilius* de Sénèque.
2. Sénèque venait d'Espagne et fut précepteur de Néron ; Plutarque venait de Grèce et, selon une tradition erronée, aurait été précepteur de Trajan.
3. Voir *De beneficiis*, II, XX.

Page 127.

1. Pour le développement de ce parallèle, voir les chapitres II, 32 et III, 12.
2. Traduction de la formule d'excuse de Cicéron auprès de l'historien à qui il demande d'évoquer son cas avec bienveillance, *Épîtres familières*, V, XII.

Page 128.

1. Formule fréquente pour attirer l'attention des spectateurs de la comédie latine.
2. Formule prononcée au début d'un office catholique, pour inciter les fidèles à élever leurs cœurs vers Dieu.
3. Sur Pline l'Ancien, voir le chapitre I, 27.
4. Lettres de Cicéron à son ami Atticus.
5. Au chapitre II, 31.

Page 129.

1. Voir Cicéron, *De finibus*, I, III, 8.
2. *Vie de Brutus*.

3. Jusqu'en 1588, le texte intercale ce passage entre la fin de cette phrase et la phrase suivante : « Si est-ce qu'il n'a pas en cela franchi si net son avantage, comme Vergile a fait en la poésie : car bientôt après lui, il s'en est trouvé plusieurs qui l'ont pensé égaler et surmonter, quoique ce fût à bien fausses enseignes ; mais à Vergile nul encore depuis lui n'a osé le comparer, et à ce propos j'en veux ici ajouter une histoire. »

4. D'après Sénèque le Rhéteur, *Suasoriae*, VIII, 13.

Page 130.

1. Formule de Tacite, *Dialogue des orateurs*, XVIII, 5, que Montaigne vient de traduire.

2. Voir *ibid.*, XXIII, 1.

3. Cicéron, *De senectute*, X, 32.

4. Voir le chapitre I, 26.

Page 131.

1. Variante de 1580 : « Les Historiens sont le vrai gibier de mon étude, car ils sont plaisants et aisés : et quant et quant la considération des natures et conditions de divers hommes, les coutumes des nations différentes, c'est le vrai sujet de la science morale. »

2. Montaigne avait ajouté dans la version de 1580 : « Je recherche bien curieusement non seulement les opinions et les raisons diverses des philosophes anciens sur le sujet de mon entreprise, et de toutes sectes, mais aussi leurs mœurs, leurs fortunes, et leur vie. »

Page 132.

1. Jean Froissart (1333-1410), chroniqueur et poète.

Page 133.

1. Jusqu'en 1588, le texte porte à la suite la phrase suivante : « Ceux-là sont aussi bien plus recommandables historiens, qui connaissent les choses de quoi ils écrivent, ou pour avoir été de la partie à les faire, ou privés avec ceux qui les ont conduites. »

Page 134.

1. Suétone, *Vies des douze Césars*, I, LVI.

2. *Methodus ad facilem historiarum cogitionem*, IV (1566).

Page 135.

1. Guichardin, 1483-1540, dignitaire florentin, auteur d'une *Histoire d'Italie.*

Page 136.

1. Philippe de Commynes (1447-1511), homme politique, chroniqueur et mémorialiste.

2. Guillaume Du Bellay (1491-1543) servit François Ier comme diplomate et homme de guerre ; les *Mémoires* qu'il composa avec son frère Martin constituent une source importante pour certains chapitres des *Essais*.

3. Le connétable Anne de Montmorency et l'amiral Philippe Chabot, seigneur de Brion, tombèrent tous deux en disgrâce dans les années 1540.

Page 137.

1. Anne de Pisseleu, duchesse d'Étampes, maîtresse de François Ier.

De la cruauté

CHAP. XI

Ce chapitre, avant d'en venir à son objet, s'ouvre par une longue réflexion sur l'essence de la vertu. Montaigne la définit comme un effort volontaire et assidu, héroïque parfois, qui permet à l'âme de s'arracher aux mauvais penchants de sa nature, et il la distingue de la bonté naturelle, simple inclination d'une âme bien née. De la vertu à la cruauté, le glissement au fond n'est qu'apparent : car la vertu est une forme paradoxale de cruauté, exercée contre soi-même, une forme de dépassement de ses propres inclinations naturelles. Les grandes âmes de Caton d'Utique ou de Socrate incarnent la vertu, mais en transcendant cette catégorie par leur excellence même : Socrate s'est tellement plié à la vertu qu'elle est devenue chez lui pure spontanéité, comme une seconde nature ; quant à Caton, il éprouve une jouissance proprement esthétique dans la contemplation de son acte. Son suicide courageux ne relève plus de l'ascèse ordinaire, car en lui s'abolit l'opposition du plaisir et de la douleur. Montaigne ne cherche pas à imiter, même de loin, ces grands modèles : sa propension au bien, qui prend la forme d'une haine viscérale de la cruauté, est un trait de son naturel. Cet heureux caractère est pour ceux qui le possèdent un fait de naissance, la marque de la noblesse véritable. Montaigne propose ici une éthique nobiliaire fondée sur la compassion et l'humanité plutôt que sur le fait guerrier. Scrutant avec inquiétude, mais aussi avec une certaine fascination les manifestations de la cruauté humaine à travers les âges, depuis l'Antiquité jusqu'à cet âge de fer qu'est le siècle des guerres de religion, il en condamne sans appel les manifestations les plus diverses, dénonçant les supplices inutiles (comme déjà dans le chapitre II, 5) et prônant une bienveillance raisonnée envers les animaux (un thème longuement repris au chapitre suivant, l'« Apologie de Raimond Sebond »). (A.T.)

Page 138.

1. Voir Plutarque, *De la vertu morale,* 451 e-f.

Page 139.

1. Arcésilas (que l'on range en réalité parmi les platoniciens) : voir Diogène Laërce, *Vies et Opinions,* IV, 43.
2. Cicéron, *Épîtres familières,* XV, XIX, 3.

Page 140.

1. Sénèque, *Lettres à Lucilius,* XIII, 3.
2. Épaminondas était pythagoricien (voir Diogène Laërce, *Vies et Opinions,* VIII, 7).
3. Voir Plutarque, *De l'esprit familier de Socrate,* XIV, 584 a-b.
4. Le mauvais caractère de la femme de Socrate, Xanthippe, est connu : voir Plutarque, *Comment on pourra recevoir utilité de ses ennemis,* 90 d-91 c.
5. Voir Plutarque, *Vie de Caïus Marius,* LII.

Page 142.

1. Voir Plutarque, *Vie de Caton d'Utique,* LXXXVIII.
2. Cicéron, *Tusculanes,* I, XXX, 74.
3. Il s'agit de César, qui mit fin à la République romaine, tandis que Caton lutta en vain pour la sauver.

Page 143.

1. Horace, *Odes,* I, XXXVII, 29.
2. Cicéron, *De officiis,* I, XXXI, 112.
3. À rapprocher des chapitres I, 19 et II, 13.

Page 144.

1. Aristippe : voir Diogène Laërce, *Vies et Opinions*, II, 76.

Page 146.

1. Virgile, *Énéide*, XI, 154-155.

Page 147.

1. Horace, *Satires*, I, VI, 65.
2. *Id.*, *Odes*, II, XVII, 17-20.
3. Voir Diogène Laërce, *Vies et Opinions*, VI, 7.

Page 148.

1. Aristippe : voir Diogène Laërce, *Vies et Opinions*, II, 67.
2. Voir *ibid.*, II, 77.
3. Voir *ibid.*, X, 11.

Page 149.

1. Juvénal, *Satires*, VIII, 164-165.
2. Voir Plutarque, *Les Contredits des philosophes stoïques*, XXVII, 1046 e.
3. Voir Diogène Laërce, *Vies et Opinions*, V, 31.
4. Voir Cicéron, *Tusculanes*, IV, XXXVII, 80. Montaigne reprend ce thème dans le chapitre III, 12 (« De la physionomie »).
5. Voir Cicéron, *De fato*, V, 10.

Page 150.

1. Lucrèce, *De rerum natura*, IV, 1106-1107.
2. Voir Marguerite de Navarre, *Heptaméron*, IIe journée, nouvelle VIII.

Page 151.

1. Horace, *Épodes*, II, 37-38.
2. Voir le chapitre I, 31.
3. Voir Suétone, *Vie de César*, LXXIV.

Page 152.

1. Cette phrase, par laquelle Montaigne condamne implicitement l'usage des supplices dans les tribunaux ecclésiastiques, lui fut reprochée lors de l'examen des *Essais* à Rome en 1581 (voir le *Journal de Voyage*, éd. F. Garavini, Folio classique, p. 222). Montaigne ne modifia pas son texte ensuite.

Page 153.

1. Restitution approximative d'une lacune dans la marge de l'E.B. (ici, l'édition de 1595 modifie fortement le texte et n'est pas directement utilisable).

2. Parole du Christ dans l'Évangile selon saint Luc, XII, 4.

3. Vers de Pacuvius cités par Cicéron, *Tusculanes*, I, XLIV, 106.

4. Épisode relaté dans le *Journal de Voyage*, éd. F. Garavini, Folio classique, p. 198.

Page 154.

1. Voir Plutarque, *Dits notables des anciens rois*, 173 d.

2. D'après Hérodote, *Histoires*, II, 47.

3. Sénèque, *Lettres à Lucilius*, XC, 45.

4. Virgile, *Énéide*, VII, 501-502.

Page 155.

1. Pythagore : voir Plutarque, *Comment on pourra recevoir utilité de ses ennemis*, 91 e.

2. Ovide, *Métamorphoses*, XV, 106-107.

3. Voir par exemple la *Théologie naturelle* de R. Sebond, LIX.

4. Voir César, *Guerre des Gaules*, VI, 14.

5. Ovide, *Métamorphoses*, XV, 158-159.

6. Voir César, *Guerre des Gaules*, VI, 14.

Page 156.

1. Claudien, *Contre Rufin*, II, 482-484.

2. Paroles de Pythagore dans les *Métamorphoses* d'Ovide, XV, 160-161.

Page 157.

1. Cicéron, *De natura deorum*, I, XXXVI, 101.

2. Juvénal, *Satires*, XV, 2-4, 7-8.

3. Voir Plutarque, *D'Isis et d'Osiris*, 382 a-b.

4. Ce thème est développé dans le chapitre qui suit, l'« Apologie de Raimond Sebond ».

Page 158.

1. Voir Plutarque, *Vie de Caton le Censeur*, XI.

2. Voir Tite-Live, *Histoire romaine*, V, XLVII.

3. Voir Plutarque, *Vie de Caton le Censeur*, XI.

4. Voir Diodore de Sicile, *Bibliothèque historique*, XIII, LXXXII.

5. Voir Hérodote, *Histoires*, II, 66-67.

6. Pour cet exemple et les deux suivants, voir Plutarque, *Vie de Caton le Censeur*, XI.

Apologie de Raimond Sebond

CHAP. XII

Ce chapitre est sans doute le plus fameux des *Essais* : considérable par sa taille, mais aussi par l'impact théorique qu'il a pu avoir.

Si la méthode philosophique des pyrrhoniens a connu un vecteur privilégié au seuil de l'Âge classique, c'est certainement moins l'*Examen Vanitatis* de Jean-François Pic de La Mirandole (1520) ou encore les éditions de Sextus par Estienne et Hervet (1562 et 1569) que l'« Apologie de Raimond Sebond ». Véritable *compendium* du scepticisme, celle-ci mérite le titre de prisme de redistribution de la pensée éphectique au seuil de la modernité. Montaigne avait traduit en français pour édition la *Theologia naturalis* du Catalan en 1569, à la demande de son père, ouvrage apologétique qui entendait fonder l'accès à la Révélation sur la médiation des lumières naturelles de l'homme. Sebond accordait à ces lumières une portée bien plus grande que celle de la tradition apologétique fixée notamment par saint Augustin et saint Thomas : la *scientia hominis* n'était pas seulement une voie démonstrative apte à prouver, par une argumentation *a contigentia mundi*, l'existence de Dieu ; elle était censée découvrir les mystères de la Trinité ou de la Providence, tels que les Écritures les avaient esquissés. Si la clarté permettant de mettre en lumière ces mystères, dans le régime du mode de connaissance divinement surélevé qu'est la foi, est traditionnellement acquise pour les théologiens au terme d'un passage d'une rationalité purement humaine à un autre mode de pensée surnaturellement éclairé, la *scientia hominis* de Sebond, tentative de conciliation de l'humanisme dans ses prétentions les plus optimistes, attribuait à la créature une perspicacité que la Chute aurait pu sembler avoir obscurcie : d'où une mise à l'index totale puis partielle de cet ouvrage aux accents pélagiens dont la défense, dans le cadre des *Essais*, semble bien paradoxale. À projet paradoxal, méthode paradoxale : c'est pour défendre le dogmatisme confiant de Sebond que Montaigne mobilise — non exclusivement ici comme on a pu le dire, mais avec une insistance et une force inusitées — le scepticisme des Anciens.

L'ampleur du chapitre demande que l'on décrive, pour une lecture plus aisée, son articulation générale. Il est question de défendre Sebond (objet d'une introduction générale, p. 162) en réfutant successivement deux objections que de mystérieux détracteurs auraient faites au théologien catalan :

A. Réfutation de la première objection (p. 162) : cette dernière veut que « les Chrétiens se font tort de vouloir appuyer leur créance par des raisons humaines, qui ne se conçoit que par foi et par une inspiration particulière de la grâce divine ». L'argumentation sur le rôle de la raison comme propédeutique à la foi, préambule venant fortifier sans toutefois la démontrer la croyance, est absolument traditionnelle ; Montaigne opère pourtant un début de critique de celui-là même qu'il dit défendre, montrant que le rationalisme de Sebond n'est qu'un préambule devant être dépassé, un point de départ finalement auxiliaire dans un cheminement qui ne peut s'y borner. Les jeux de l'« antipéristase » sceptique, étudiés par T. Cave (*Pré-Histoires I*, Genève, Droz, 1999, p. 39-50), nous semblent d'ores et déjà sensibles ici, puisqu'en insistant sur la dignité des « moyens humains », Montaigne finit par suggérer que « nous ne jouissons [cette divine science] que par cette voie » (p. 163), mettant en péril le saut de la nature vers la surnature qu'implique le modèle courant d'*analysis fidei*. Si l'humanité a une certaine suffisance dans la matière, c'est peut-être que le « don de science » promis par les théologiens ne dépasse pas ce qui peut transiter « par notre étamine ». Sebond a raison de mettre à contribution la rationalité, mais finalement, qu'est-ce qu'une « divine science » purement humaine alors que l'on ne cesse de revendiquer un dépassement de notre point de vue étroit dans un éclairage « supranaturel » ?

B. Réfutation de la seconde objection (p. 173) : alors qu'on reproche au théologien la faiblesse de ses démonstrations et l'absence de caractère probant de sa démarche, Montaigne « examine » au sens pyrrhonien du terme l'humaine capacité à aller plus loin dans ces matières, développant l'appréciation implicitement ironique des « moyens humains » que délivrait la précédente réfutation. Cet examen se nourrit tout particulièrement de vastes « contrerôles » venant entasser l'irrégularité des phénomènes et la dissonance des opinions, listes contradictoires à vertu suspensive et principalement inspirées des textes de Sextus Empiricus, des *Académiques* de Cicéron, des *Dialogues de Guy de Bruès contre les nouveaux académiciens* et du *De incertitudine et vanitate scientiarum* d'Henri Corneille Agrippa von Nettestheym. Une telle charge sceptique se répartit en plusieurs arguments intermédiaires :

1. Un recours aux premiers tropes de la suspension du jugement dus à Énésidème lui permet de renverser l'échelle de Nature chère à Sebond et d'ébranler la croyance en une précellence de la raison humaine (p. 174).

2. En conformité avec le point de vue de Sextus Empiricus et avec sa définition du scepticisme comme métriopathie — modération des passions liées aux opinions —, Montaigne fait de la raison une source de dérèglement éthique éloignant du bonheur comme de la vertu (p. 230).

3. Il met ensuite en évidence la vanité des résultats de la raison, purs « jeux » dogmatiques auxquels s'adonneraient, par esprit folâtre et sans bien sûr y croire — selon une sorte de pyrrhonisme inavoué —, les philosophes. Cette critique de la connaissance (p. 249) procède par l'examen de plusieurs topiques traditionnelles de la physique et de la métaphysique (Dieu, l'univers, l'âme, le corps…) qui toutes donnent lieu à de longs « examens » structurés par le principe antithétique du οὐ μᾶλλον (« pas plus… que »), moteur du mouvement sceptique qui affecte ici l'enquête pour favoriser la suspension dans une incertitude radicale, pas même assurée d'elle-même. Ce troisième mouvement de la réfutation de la deuxième objection est alors interrompu par un retour sur la situation d'énonciation pyrrhonienne, à la faveur d'une apostrophe à la destinataire et commanditaire du chapitre (p. 330). S'agit-il de Marguerite de Valois que Montaigne aurait pu rencontrer à Nérac dans les six premiers mois de 1579 ? L'anonymat ménagé par l'essayiste ne permet pas de trancher définitivement. En

prenant du recul sur la stratégie sceptique qu'il est en train de déployer pour se défaire des adversaires de Sebond, et qui va par antipéristase emporter Sebond lui-même, Montaigne souligne la vertu et les inconvénients d'une telle manière de penser, corrosive à l'excès et dangereuse pour celui-là même qui la manie face au dogmatisme des « nouveaux docteurs » de tout poil. Ce « préservatif », auquel on doit recourir en cas d'urgence absolue, ne garantit pas l'intégrité de la position de départ, tant la portée de la suspension ne connaît pas de borne. L'apostrophe s'achève sur le constat d'un accroissement du dogmatisme dans la pensée contemporaine, sous la contrainte d'une uniformisation scolastique des esprits, et sur le regret d'une « liberté et gaillardise [des] esprits anciens » que Montaigne va illustrer en reprenant le fil de sa critique du rationalisme, tant par un cheminement audacieux car personnel de la pensée, que par un recours aux productions contrastées et plurielles de la philosophie. Cette critique, qui court de la mention du point de vue de Théophraste (p. 334) jusqu'à la dernière page du chapitre, commence par souligner l'impossibilité de fixer l'étendue exacte de l'empire de la raison, aussi bien capable qu'incapable de fonder la science première des principes — inconsciente par là même de l'extension de ses propres capacités —, et incapable de distinguer et « choisir la vérité du mensonge ». Ce problème critériologique convoque, dans des pages centrales puisqu'elles explicitent le fond de la méthode et la nature du résultat de l'enquête, la discussion interne au scepticisme sur le degré d'obscurcissement qui sépare la conscience de la vérité. Conformément à la distinction sextusienne entre scepticisme néo-académicien et pyrrhonisme véritable, opposition longuement commentée par Henri Estienne dans les annotations de sa traduction des *Hypotyposes pyrrhoniennes*, Montaigne fait un choix très net en récusant tout probabilisme de type néo-académicien, se démarquant des lectures syncrétiques et parfois confuses de son époque, notamment en milieu catholique, comme celles d'Omer Talon et de Gentian Hervet. Ce faisant, il définit avec rigueur la nature du scepticisme qu'il met en œuvre, et qui correspond au pyrrhonisme radical d'une incertitude elle-même incertaine, suspension totale des jugements dogmatiques ne récusant jamais la possibilité d'une connaissance qui devient alors objet de quête indéfinie. Cette

« situation d'énonciation » philosophique définie, la critique de la raison se déploie en plusieurs temps : inconstance du jugement tributaire de son ancrage corporel et de l'entropie passionnelle (p. 334), tributaire des théories dogmatiques et des croyances qui se multiplient en une dissension sans terme (p. 348), notamment en matière de morale ; errance de l'interprétation, ployable à tous sens (p. 371) ; enfin dépendance délétère qui unit la connaissance et la perception sensorielle, fondant depuis Aristote le savoir sur l'entremise des sens (p. 374).

En guise de conclusion (p. 395), par un long développement emprunté à *Que signifie ce mot* Ει, *qui était engravé sur les portes du temple d'Apollon en la ville de Delphes* de Plutarque, Montaigne souligne à nouveau la misère de l'homme qui, emporté dans le branle vertigineux du flux temporel et, pour cette raison, réduit à n'être que « vile chose, et abjecte », se voit ontologiquement privé de tout accès à la Divinité et à l'essence des choses, à moins que Dieu, lui donnant la foi, ne le métamorphose par miracle. L'effet de clôture est très net, puisque ce chapitre s'ouvre et se ferme sur une possibilité de fonder l'apologétique, mais selon deux modalités contradictoires aboutissant à une suspension : la réponse à la première objection donnait à la raison la capacité d'étayer l'acte de foi ; la conclusion de la réponse à la seconde, en totale contradiction avec l'entreprise même du théologien catalan, réserve tout cheminement vers la Vérité à une infusion extraordinaire du *lumen fidei* au cœur de l'homme, illumination subite dont l'initiative est entièrement laissée à Dieu, et que saint Thomas réserve, selon la Tradition, aux très rares cas de conversion des infidèles (*II^{a}, II^{æ}, q. 2, a. 7, ad 3um*). Cas de figure ironique, puisque l'homme serait capable d'une apologie fondée sur une intelligence tout au moins partielle de la foi le jour seulement où, ayant la foi, il n'aurait plus besoin de la raison pour servir d'*ancilla fidei*. Le mouvement d'antipéristase propre au pyrrhonisme, « effet boomerang » de contrecoup, emporte donc Sebond en renversant la *scientia hominis* au même moment où elle réduit ses adversaires au silence pyrrhonien de la non-assertion. Seule la foi en un Dieu que l'« Apologie » a rendu inaccessible à notre esprit peut, « à l'aventure », permettre un miracle, action divine que Montaigne — en d'autres chapitres des *Essais* — déclare impensable et inreconnaissable pour une créature ne disposant pas de « l'engin » nécessaire à pareille appréhension. Ainsi, même si certains énoncés peuvent, pris individuellement, paraître parfaitement relever de la pensée catholique dans laquelle Montaigne s'inscrit, le fonctionnement même de la structure d'ensemble qui les intègre à un « examen » (*skepsis*) en suspend la portée assertive et dogmatique. La religion garde sa plausibilité, mais le dire humain ne peut en aucun cas la fonder. On est très loin de l'instrumentalisation fidéiste du pyrrhonisme qui, de Pico à Hervet, semblait être au XVIe siècle un prisme privilégié pour concevoir cette philosophie paradoxale : la transformation de l'homme (p. 340) par le doigt de Dieu est bien évoquée, mais elle reste dans les *Essais* un horizon totalement abstrait qui ne tombe à aucun moment sous l'expérience, seul critère d'accès à une quelconque « vérité », toute relative qu'elle soit. La foi et son *lumen* restent pensables de manière virtuelle, mais rien ici n'atteste de la saisie empirique d'une pareille illumination qui permettrait de fonder la foi — selon un fidéisme absolu et suspect aux yeux des théologiens catholiques du concile de Trente tels que Melchior Cano. L'« Apologie » se distingue donc comme un examen philosophique particulièrement radical qui ne connaît pas de borne dans sa procédure suspensive : la métaphysique sur laquelle se fonde la controverse, l'apologétique dans son ensemble, la théologie, les procédures sceptiques qui permettent de déboucher, du moins ponctuellement, sur un aveu d'incertitude : tout est sujet à incertitude, et ainsi à expression de cette « liberté et gaillardise » d'un esprit qui s'essaye « seul, sans secours étranger, armé seulement de ses armes, et dépourvu de la grâce et connaissance divine, qui est tout son honneur, sa force et le fondement de son être ». La portée d'une telle entreprise, invitation aux « âmes si réglées, si fortes et bien nées [...], [à] voguer en la liberté de leurs jugements au-delà des opinions communes », est hautement problématique : faut-il isoler, au risque de perdre le motif général de la « marqueterie », telle ou telle déclaration proclamant — en accord avec un anti-intellectualisme chrétien porté notamment par le paulinisme — la *miseria hominis*, dogmatisme négatif qui serait à rapprocher de celui de la Nouvelle Académie, récusée en ce même chapitre ? Ou considérer que ce « préservatif », apte à combattre les « docteurs » en quête de quelque « nouvelleté », sert d'argumentation « spécifique », selon le terme de Sextus Empiricus, pour contrebalancer le discours théologique constitué par la publication montaignienne de la *Théologie naturelle*, et ainsi suspendre — sans pour autant le réfuter rationnellement — sa portée dogmatique que Montaigne n'entendait pas assumer ? L'« Apologie » ne serait-elle qu'une pièce d'un dispositif sceptique que l'on devrait prendre dans son ensemble, objection à une précédente publication de son auteur ? Faut-il y voir une sorte de « paradoxe » faisant l'éloge de l'inscience dans la tradition d'Érasme ou d'Agrippa ? Qu'il s'agisse d'un paradoxe ou d'un véritable « examen » au sens pyrrhonien du terme, on ne peut buter que sur cette difficulté ménagée par la logique de telles procédures discursives : la parole demeure non assertive, liée à une situation d'énonciation indéfinissable et ne permettant pas de déterminer en dernière instance l'adhésion intellectuelle du locuteur à son propre propos. Les contours de l'incertitude se troublent eux-mêmes, conformément à la nature de cet « exercice spirituel » sceptique qui ne laisse subsister aucune « doctrine » montaignienne de l'inscience, s'épuisant dans un long cheminement transitoire où l'esprit se penche sur les manifestations de sa vanité foncière. (E.N.)

Page 159.

1. Herillos de Chalcédoine (que l'on dit aussi natif de Carthage, selon une tradition manuscrite contestable) fut un stoïcien mineur que Diogène Laërce (*Vies et Opinions*, VII, 165) et Cicéron (*Académiques*, II, XLII, 129) mentionnent comme un des détracteurs de Zénon son maître.

2. Une des décisions les plus significatives fut la création du Collège des Lecteurs royaux en 1530 sous l'impulsion de Guillaume Budé.

Page 160.

1. Humaniste toulousain (1499-1546), ardent défenseur du cicéronianisme et auteur de *Lettres familières*, il fut le précepteur de Pibrac.

2. [1580] : « car le vulgaire (et tout le monde est quasi de ce genre) n'ayant »

Page 161.

1. Lucrèce, *De rerum natura*, V, 1140.

2. Montaigne, dès le début de l'« Apologie », focalise le débat sur les rapports entre le scepticisme et la crise de la Réforme. À cette époque, les catholiques insèrent le scepticisme de deux manières dans l'évaluation de la Réforme : quand ils ne voient pas en Luther un pyrrhonien qui a abandonné l'usage des lumières naturelles accordées à l'homme par Dieu, comme le fait Melchior Cano dans ses *Lieux théologiques*, ils fustigent au contraire, comme c'est le cas ici, l'outrecuidance dogmatique des « nouveaux docteurs » que seule une thérapie sceptique peut ramener à l'humilité évangélique et au respect de l'institution religieuse en place. Cette articulation du scepticisme et du conventionnalisme religieux sera approfondie dans « De la physionomie » (III, 12).

3. La traduction de la *Théologie naturelle* (1569) paraît un an après la mort de Pierre Eyquem de Montaigne en 1568.

4. [1580] : « après sa mort avec la nonchalance qu'on voit, par l'infini nombre de fautes, que l'imprimeur y laissa, qui en eut la conduite lui seul. Je trouvai »

5. Cette hardiesse frôle, aux yeux de la tradition augustino-thomiste, la témérité : si saint Augustin a bien établi que la foi est un mode de connaissance impliquant l'intellect — une *cogitatio cum assensione* —, le travail d'élucidation rationnelle se borne à n'être qu'une propédeutique à l'acte de foi qui va ensuite, par le *lumen fidei*, surélever l'intellect au-dessus de ses étroites bornes humaines. Ainsi, même chez saint Thomas d'Aquin, les vérifications intégralement rationnelles que le métaphysicien se propose de conduire se limitent aux « préambules de la foi », vérités premières accessibles à la raison, et qui constituent non des articles de foi, mais les conditions de possibilité d'une adhésion raisonnable à la Révélation, ce *motium fidei* qui constitue le support dynamique de l'acte de foi : « l'existence de Dieu et les autres vérités concernant Dieu, que la raison naturelle peut connaître, comme dit l'Apôtre (Épitre aux Romains, I,19), ne sont pas des articles de foi, mais des vérités préliminaires qui nous y acheminent » (*I*[a], *q. 2, a. 1, ad 1*[um], trad. A.-M. Roguet, Éditions du Cerf, 1990). Ces fondements rationnels du cheminement de l'homme vers Dieu ne dépassent

pas quelques énoncés fondamentaux : « "Dieu existe ; il ne peut ni se tromper ni nous tromper (science infaillible et véracité) ; il a révélé telle doctrine et s'en porte garant". Tout cela étant d'abord connu et affirmé, je puis croire cette doctrine par le motif de la foi, *propter auctoritatem Dei revelantis, qui nec falli nec fallere potest* » (Sylvain Harent, *DTC*, art. « Foi », col. 171).

Page 162.

1. Ramon Sibiuda, ou Raimond Sebond, a enseigné la théologie et la médecine à la Faculté de Toulouse, ville où il s'est éteint vers 1436, deux ans après avoir entrepris la rédaction de la *Theologia*.

2. Adrien Turnèbe (1512-1565) fut un des plus célèbres professeurs de grec du Collège royal. Montaigne affirme son admiration pour cet humaniste en I, 24 et II, 17.

3. On peut noter une certaine ironie envers cette « abstraction de quintessence » opérée des « imaginations » dont la « subtilité », chez les philosophes et les métaphysiciens, est souvent « vaine » pour Montaigne.

4. Cette réponse à la première objection qui vise à récuser toute apologétique relève de la plus pure ligne tridentine telle qu'elle est énoncée par Melchior Cano (1509-1560), évêque des Canaries et provincial des Dominicains, dans ses *Lieux théologiques* (1563) qui vont influer sur la formation du clergé durant plusieurs siècles. Face à l'abandon des dogmes et à la récusation du discernement infaillible opéré par l'Église romaine, cette dernière doit réaffirmer la vocation de l'homme à tirer parti des lumières naturelles qui lui ont été données par Dieu, au service même de la foi.

Page 163.

1. La foi est une « sorte de connaissance » (*S.T.*, *I^a^*, q. 12, a. 13, ad 3um) — une « science » comme le dit Montaigne, et culmine d'ailleurs dans le « don de science » (*II^a^ II^æ^*, q. 9, a. 2 et 4). Mais cette connaissance est marquée par un éclairage qui dépasse la nature humaine, et saint Thomas d'Aquin n'a de cesse de marquer les limites de l'investigation purement rationnelle, comme ici dans la *Somme contre les gentils* : « en ce qui concerne la connaissance de la vérité de foi — vérité parfaitement connue de ceux seulement qui voient la substance divine —, la raison humaine se comporte de telle manière qu'elle est

capable de recueillir en sa faveur certaines vraisemblances. Sans doute, celles-ci ne suffisent-elles pas à faire saisir cette vérité de manière pour ainsi dire démonstrative, ou comme par soi ; mais il est utile que l'esprit humain s'exerce à de telles raisons, si débiles qu'elles soient [...] car c'est une joie très grande de pouvoir, humblement et faiblement, apercevoir quelque chose » (Paris, Cerf, 1993 pour la trad. française, I, 8, p. 29).

2. La nuance entre « discours », au sens d'investigation rationnelle, et « moyens humains », peut recouper la distinction théologique traditionnelle entre les « préambules de la foi » qui sont objets de démonstration et les « motifs de crédibilité » (voir par exemple *II*[a] *II*[æ], q. 178, a. 1, resp.), signes divins qui viennent conférer une crédibilité à la Révélation sur le mode de la simple vraisemblance, tels que les miracles, les prophéties suivies de leur accomplissement, le témoignage des païens, celui des martyrs, la propagation du christianisme, la pérennité de l'Église et plus généralement la vie de cette dernière. L'examen de ces derniers peut, dans une démarche rationnelle assouplie et non contraignante, porter à croire en montrant l'aptitude de la Révélation à être crue et en motivant ainsi la volonté de l'individu jusqu'à l'acte de foi. Montaigne sape bien souvent dans les *Essais* la possibilité de tirer fermement parti de ces deux procédures de jugement.

Page 164.

1. Ce terme est le plus souvent utilisé, dans les *Essais*, comme le calque français de la traduction latine par H. Estienne (*temeritas*, 1562) du terme grec *propétéia* (προπέτεια), qui désigne dans les *Hypotyposes pyrrhoniennes* de Sextus Empiricus une « précipitation » qui conduit l'individu à donner son assentiment à une représentation sans avoir pu vérifier sa légitimité. Tout « dogme » est ainsi l'effet d'une recherche (*zètèsis*, ζήτησις) avortée. Le terme français finit par superposer à ce sens psychologique et philosophique une portée morale, voire religieuse, établissant une passerelle entre la piété et la gestion des représentations qui intervient souvent dans les *Essais*.

2. Trois premiers vers de la pièce *In laudem Ronsardi* publiée en 1563 à Lyon (anonyme, peut-être de Jean Dorat) à la suite de la *Response de P. De Ronsard gentilhomme vando-*

mois, aux iniures et calomnies de ie ne sçay quels Predicans, et Ministres de Genéve. Sur son Discours et Continuation des Miseres de ce Temps (f. 26 v°), et reprise dans les éditions des *Œuvres* dès 1567. Ils sont imités de Virgile, *Énéide*, VII, 587-589.

Page 165.

1. Cet argument de la vertu des païens, et même de leur capacité à refléter la perfection évangélique, est traditionnel. Voir par exemple la lettre-préface d'Ambroise le Camaldule aux *Vies et Opinions* de Diogène Laërce (1432), ou encore les « Silènes d'Alcibiade » d'Érasme (1515).

2. Anecdote tirée de Joinville (*Histoire et chronique du treschrestien roy S. Loys*, XXIX) et modifiée par Montaigne.

3. Boccace, *Décaméron*, I, II.

4. Matthieu, XVII,19.

5. Quintilien, *Institution oratoire*, XII, XI, 12.

Page 166.

1. Les monarchomaques protestants ont défendu la légitimité du meurtre du roi qui se serait retourné contre ses devoirs de protecteur de la chrétienté dans son royaume. Cette apologie du tyrannicide a fini par être reprise par la Ligue, dès qu'Henri de Navarre, roi protestant, fut en passe de prendre le trône.

Page 167.

1. Expression équivalente de « faire gerbe de feurre » (voir *Pantagruel*, XI), qui signifie substituer une gerbe de paille à une gerbe de blé en vue d'une offrande, ou du paiement de la dîme.

Page 168.

1. [1595] : « Pourquoi si tu le crois ne »

2. Diogène Laërce, *Vies et Opinions*, VI, 4.

3. [1595] : « qu'un veau, et qui ne fais rien qui vaille, seras »

4. Diogène Laërce, *Vies et Opinions*, VI, 39.

5. Lucrèce, *De rerum natura*, III, 613-615.

6. Saint Paul, Épître aux Philippiens, I, 23 : « [...] *desiderium habens dissolvi et cum Christo esse* ». Voir II, 3, p. 48.

7. Cléombrote d'Ambracie se serait suicidé après avoir lu le *Phédon*, selon une anecdote déjà rapportée en II, 3, p. 50. Voir Cicéron, *Tusculanes*, I, XXXIV, 84.

Page 169.

1. Cette idée se rapproche du propos de Platon sur la piété acquise à la dernière heure de l'existence, en *Lois*, X, 888 c.

2. Voir Platon, *République*, I, 330 d et 380 a-b.

Page 170.

1. Résume Diogène Laërce, *Vies et Opinions*, IV, 54-57.

2. [1595] : « ou par raison, ou par force »

3. *République*, 330 d-e.

Page 171.

1. Épître aux Romains, I, 20.

2. Voir Plutarque, *De la tranquillité de l'âme et repos de l'esprit*, XX, 477 c.

3. Épître aux Romains, I, 20 : « *Invisibilia enim ipsius a creatura mundi, per ea quæ facta sunt, intellecta, conspiciuntur: sempiterna quoque eius virtus et divinitas.* »

Page 172.

1. Manilius, *Astronomica*, IV, 907-911.

2. [1580] : « *leges.* / Si mon imprimeur était si amoureux de ces préfaces quêtées et empruntées, dequoi par l'humeur de ce siècle il n'est pas livre de bonne maison, s'il n'en a le front garni, il se devait servir de tels vers, que ceux-ci, qui sont de meilleure et plus ancienne race, que ceux qu'il y est allé planter. Or »

3. Par l'usage des termes « matière » et « forme », Montaigne fait intervenir ici la théorie aristotélicienne de la puissance et de l'acte.

4. La Renaissance est partagée entre deux jugements sur la vertu des païens : le plus sévère, reproduit ici, et que l'on trouve exprimé par saint Augustin dans la *Cité de Dieu* (V, XIX ou XIX, XXV) ; et un jugement plus favorable qui tend à superposer les mœurs des Anciens à la perfection évangélique, comme dans la préface d'Ambroggio Traversari à la traduction latine des *Vies et Opinions* de Diogène Laërce, ou encore comme dans « Les Silènes d'Alcibiade » d'Érasme.

Page 173.

1. Horace, *Épîtres*, I, V, 6.

2. [1580] : « que les premiers. Celui qui est d'ailleurs imbu d'une créance, reçoit bien plus aisément les discours qui lui

servent, que ne fait celui, qui est abreuvé d'une opinion contraire, comme sont les gens ici. Cette préoccupation »

Page 174.

1. Hérodote, *Histoires*, VII, 10.

2. Première épître de saint Pierre, v, 5. Cette citation vient renforcer une dénonciation du faux « cuider », symptôme concupiscent de la *libido sciendi* qui n'a cessé d'être dénoncé au XVIe siècle par toute une tradition anti-intellectualiste proche de la théologie négative et du scepticisme philosophique, notamment dans les cercles évangéliques de Marguerite de Navarre et de Guillaume Briçonnet.

3. Dans le *Timée*, 51 e.

4. Saint Augustin, *Cité de Dieu*, XXI, v.

Page 175.

1. Avertissement donné dans l'Épître aux Colossiens, II, 8.

2. Première épître aux Corinthiens, III, 19.

3. Cette sentence que l'on trouve dans l'épitaphe d'Adam de Saint-Victor, citée dans les *Recherches de la France* d'Estienne Pasquier (III, XVIII), a souvent été reprise dans la poésie contemporaine des *Essais*, comme le remarquent les éditeurs des *Essais* dans la Bibliothèque de la Pléiade.

4. Première épître aux Corinthiens, VIII, 2 (sentence peinte dans la librairie).

5. Épître aux Galates, VI, 3 (sentence peinte dans la librairie).

Page 176.

1. Voir Raimond Sebond, *Théologie naturelle*, XCVII.

2. Cicéron, *De natura deorum*, II, LIII, 133.

3. Lucrèce, *De rerum natura*, V, 1204-1206.

4. Manilius, *Astronomica*, III, 58.

Page 177.

1. *Ibid.*, I, 62-65.

2. *Ibid.*, I, 58 et IV, 93.

3. *Ibid.*, IV, 79-85 et 118.

Page 178.

1. Cicéron, *De natura deorum*, I, VIII, 19.

2. *Ibid.*, I, XXXI, 88.

3. Voir Diogène Laërce, *Vies et Opinions*, II, 8 et Plutarque, *Opinions des philosophes*, II, XXV, 891 c.

4. Cette thèse est discutée chez Plutarque, *De la face qui apparaît dans le cercle de la lune*, xxv, 937 d (où Platon est mentionné) et 940 d-e. Elle est attribuée à Xénophane par Cicéron dans ses *Académiques*, II (*Lucullus*), xxxix, 123.

5. Sénèque, *De ira*, II, ix.

6. Livre de la sagesse, ix, 15, probablement tiré de la lecture de la *Cité de Dieu*, XII, xv.

Page 179.

1. D'après Pline l'Ancien, *Histoire naturelle*, II, vii (sentence peinte dans la librairie), peut-être croisé avec Plutarque, *Que les bêtes brutes usent de la raison*, 986 c.

2. Voir Cicéron, *De natura deorum*, II, vi, 17.

3. Les trois conditions renvoient aux espèces aérienne, aquatique, terrestre.

4. Mise en application du premier trope d'Énésidème (Sextus Empiricus, *Hypotyposes pyrrhoniennes*, I, xiv, 65-78 pour la partie concernant la rationalité).

5. [1595] : « fais d'elle ? Nous nous entretenons de singeries réciproques. Si j'ai mon heure de commencer ou de refuser, aussi a-elle la sienne. Platon »

6. Platon, *Le Politique*, 272 b-c.

7. *Id.*, *Timée*, 71 e-72 a. L'argument a déjà été avancé dans « Des pronostications » (I, xi, p. 165).

Page 180.

1. Les exemples ont été introduits en deux temps. Le fait que Thyaneus soit le seul à être cité à partir de 1582 a poussé P. Villey à émettre l'hypothèse d'une lecture de B. Varchi, *Hercolano*, Florence, F. Giunti, 1570, f° 74. Les autres références proviendraient, en 1588, des *Antiquæ lectiones* de Cœlius Rhodiginus (XVII, xiii), qui se fondent elles-mêmes sur le *De abstinentia* de Porphyre (III).

2. Voir Pline l'Ancien, *Histoire naturelle*, VI, xxx. Voir par ailleurs Plutarque, *Des communes conceptions contre les Stoïques*, 1064 b.

3. Sextus Empiricus, *Hypotyposes pyrrhoniennes*, I, xiv, 74.

4. Lucrèce, *De rerum natura*, V, 1059-1061.

Page 181.

1. *Ibid.*, V, 1030-1031.

2. Le Tasse, *Aminta*, II, chœur, 34-35.

Page 182.

1. Voir Pline l'Ancien, *Histoire naturelle*, VI, XXX.

2. Voir Plutarque, *Les Dits notables des Lacédémoniens*, 215 e.

3. Virgile, *Géorgiques*, IV, 219-221.

4. Plutarque choisit les hirondelles comme exemple de subtilité architecturale dans *Quels animaux sont les plus avisés*, 966 d-e. Les araignées constituent chez lui aussi l'exemple suivant.

Page 184.

1. Cette récrimination, que l'on trouve chez Pline l'Ancien (*Histoire naturelle*, VII, préface), est un lieu commun de la littérature morale et philosophique au XVIe siècle (voir par exemple *Les Discours philosophiques* de P. de Lostal, *Le Théâtre du monde* de Boaistuau, ou encore *Les Discours fantastiques de Justin Tonnelier* de Gelli). Ici, l'argumentation visant à récuser un tel pessimisme est tirée de Sénèque, *Lettres à Lucilius*, XC.

Page 185.

1. Lucrèce, *De rerum natura*, V, 222-234. L'édition Lambin dont use Montaigne comporte une mention à la déploration de la misère humaine issue de l'*Histoire naturelle*.

2. [1580] : « plus uniforme. La faiblesse de notre naissance se trouve à peu près en la naissance des autres créatures. Notre peau ».

3. Ce n'est que sous le règne de François Ier que le pourpoint a été pourvu d'un collet monté.

Page 186.

1. D'après Plutarque, *Vie de Lycurgue*, XVI.

2. Lucrèce, *De rerum natura*, V, 1033.

3. Voir Plutarque, *Quels animaux sont les plus avisés*, 967 d.

4. Montaigne revient sur les Indiens du Brésil en I, 31.

5. Lucrèce, *De rerum natura*, II, 1157-1161.

Page 187.

1. Pour la suite d'exemples comprenant l'éléphant, les taureaux, les sangliers et l'ichneumon, voir Plutarque, *Quels animaux sont les plus avisés*, 966 c-d.

2. Ce problème de l'acquisition du langage chez un « enfant

sauvage », que Pierre Messie soulève dans ses *Diverses leçons*, a fait l'objet, en 1578, d'un opuscule du célèbre médecin Laurent Joubert : *Quel langage parlerait un enfant qui n'aurait jamais ouï parler*.

Page 188.

1. Dante, *Purgatoire*, XXVI, 34-36, tiré de *L'Hercolano* de B. Varchi.
2. Lactance, *Divinæ institutiones*, III, X, repris comme pour Dante chez Varchi.
3. *Histoire des animaux*, IV, IX, 537 a 14, cité par Laurent Joubert dans ses *Erreurs populaires*.
4. Lucrèce, *De rerum natura*, V, 1078, 1081, 1083-1084.

Page 189.

1. D'après l'Ecclésiaste, IX, 3. Sentence peinte dans la librairie.
2. Lucrèce, *De rerum natura*, V, 876.
3. *Ibid.*, V, 923-924.

Page 190.

1. [1595] : « pareilles facultés, et de plus riches effets des facultés plus riches : et confesser »
2. [1595] : « tenons à œuvrer, aussi la tiennent les animaux, ou quelque autre meilleure. Pourquoi »
3. Voir Plutarque, *Quels animaux sont les plus avisés*, 968 f-969 a.

Page 191.

1. *Id.*, *Comment on pourra discerner le flatteur d'avec l'ami*, 50 d.
2. Voir Hérodote, *Histoires*, V, 5.

Page 192.

1. Ce serment, que l'on trouve chez Juste Lipse comme la citation suivante (*Saturnalium libri*, II, V), a été légué à la postérité par Pétrone (*Satyricon*, CXVII).
2. Tibulle, *Élégies*, I, IX, 21-22.
3. Voir Hérodote, *Histoires*, IV, 71-72.
4. Voir Diogène Laërce, *Vies et Opinions*, VI, 75.
5. Voir Plutarque, *Que les bêtes brutes usent de la raison*, 987 d.

Page 193.

1. Juvénal, *Satires*, XIV, 74-75 et 81-82.
2. Voir Pline l'Ancien, *Histoire naturelle*, X, VIII.
3. *Ibid.*
4. Voir *Histoire des animaux*, IV, 1, 524 a, allégué par Plutarque dans *Quels animaux sont les plus avisés*, 978 e dans une comparaison avec le poisson pêcheur.

Page 194.

1. Voir Plutarque, *Vie de Sylla*, LXXIII.
2. Fougère aux propriétés laxatives.
3. Plante aromatique proche de l'origan, le dictame était considéré comme une médication efficace pour cicatriser les plaies.
4. Les cinq exemples ci-dessus sont tirés de Plutarque, *Quels animaux sont les plus avisés*, 974 b pour le dragon, les tortues, 974 c pour l'ibis, considéré comme cigogne noire, 974 d pour les chèvres et les éléphants ; l'exemple des tortues et des chèvres est également allégué dans *Que les bêtes brutes usent de la raison*, 970 e.
5. Voir Sextus Empiricus, *Hypotyposes pyrrhoniennes*, I, XIV, 69. Pareille anecdote est rapportée aux « dialecticiens » en général par Plutarque (*Quels animaux sont les plus avisés*, 969 a-b).

Page 195.

1. Georges de Trébizonde (1395-1484), grammairien et humaniste byzantin ayant émigré en Italie lors de la chute de Constantinople, était un traducteur prolixe, notamment des traités d'Aristote, et l'auteur, entre autres ouvrages, d'un célèbre commentaire de la *Rhétorique* et d'un manuel de dialectique.
2. Voir Plutarque, *Quels animaux sont les plus avisés*, 972 f-973 a.

Page 196.

1. *Ibid.*, 973 e-974 a.

Page 197.

1. *Ibid.*, 974 e.
2. *Ibid.*, 973 a puis 974 a.
3. *Ibid.*, 973 b.

Page 198.

1. Arrien de Nicomédie (Arrianus), *Histoire indienne*, XIV, 5. J. Céard note que l'histoire est disponible dans le *De subtilitate* de J. Cardan, ainsi que dans *Des animaux* d'Ambroise Paré.

2. Voir Plutarque, *Quels animaux sont les plus avisés*, 968 b-c.

3. *Ibid.*, 973 b-e.

Page 199.

1. *Ibid.*, 967 a.

2. *Ibid.*

3. *Ibid.*, 972 b.

4. Voir « De l'inéqualité qui est entre nous », I, XLII, p. 468.

Page 200.

1. Voir Plutarque, *Que les bêtes brutes usent de raison*, 992 e.

2. Ces deux exemples proviennent de Plutarque, *Quels animaux sont les plus avisés*, 968 d.

3. Juvénal, *Satires*, XII, 107-110.

Page 201.

1. Voir Lopez de Gomara, *Histoire générale des Indes*, II, IX.

2. [1580] : « ès pays étrangers. Nous vivons et eux et nous sous même tect et humons un même air : il y a, sauf le plus et le moins, entre nous une perpétuelle ressemblance. J'ai vu autrefois... »

3. Montaigne fait allusion ici aux Indiens débarqués à Rouen en 1562. « Des cannibales » revient sur cet épisode en I, 31, p. 409.

Page 202.

1. Ces deux exemples proviennent de Plutarque, *Quels animaux sont les plus avisés*, 976 a.

2. Voir le *Journal de voyage*, éd. F. Garavini, Folio classique : le 17 octobre 1580 à Augsbourg (p. 129), le 22 novembre 1580 à Pratolino, sur la route de Florence (p. 176-177) et le 3 avril 1581 à Tivoli à la fin du séjour romain (p. 234). Toutefois, si Montaigne y admire des gardoirs, nulle mention n'est faite du comportement des poissons.

3. Martial, *Épigrammes*, IV, XXX, 6-7.

4. Voir Plutarque, *Quels animaux sont les plus avisés*, 972 b. Voir aussi Pline l'Ancien, *Histoire naturelle*, VIII, I.

Page 203.

1. Voir Plutarque, *Quels animaux sont les plus avisés,* 967 e-f.

2. [1580] : « témoignant par là (encore qu'à son jugement les bêtes soient incapables de raison) que »

3. Voir Pline l'Ancien, *Histoire naturelle,* XXXII, I.

4. Bataille d'Actium en 31 av. J.-C.

Page 204.

1. Voir Plutarque, *Quels animaux sont les plus avisés,* 972 a.

2. *Ibid.,* 972 e-f.

3. Nous sommes ici proches du troisième mode pyrrhonien de la suspension du jugement, qui fait l'hypothèse d'une constitution sensorielle différente de la nôtre chez les animaux, ce qui leur ouvrirait des facultés et une représentation du monde qui nous sont inconnues. Voir Sextus Empiricus, *Hypotyposes pyrrhoniennes,* I, XIV, 94-97.

Page 205.

1. *Ibid.,* I, 77 : Sextus met en avant une connaissance directe de l'avenir, alors que Plutarque (*Quels animaux sont les plus avisés,* 975 a) insiste pour sa part sur la médiation décisive de la Divinité.

2. Voir Plutarque, *Quels animaux sont les plus avisés,* 978 b-c.

3. Voir M. Nemesianus, *Cynegeticon,* 145-157.

Page 206.

1. [1580] : « que la nôtre. Car à nos enfants il est certain que bien avant en l'âge, nous n'y découvrons rien sauf la forme corporelle, par où nous en puissions faire triage. La manière »

2. A. Leroux de Lincy, dans son *Livre des proverbes français* (Paris, A. de la Hays, 1859, I, p. 147), renvoie au *Recueil* de J. Gruter pour le proverbe suivant : « Le pied sec, chaud la tête, au reste vivez en bête. »

3. Lucrèce, *De rerum natura,* IV, 1264-1267.

Page 207.

1. *Ibid.,* 1269-1273.

2. Pour ces deux exemples, voir Plutarque, *Quels animaux sont les plus avisés,* 970 c.

Page 208.

1. Voir Plutarque, *Que les bêtes brutes usent de la raison*, VI, 989 c.

2. Ce propos est prêté à Épiménide chez Plutarque, *De la face qui apparaît au rond de la lune*, 940 c.

3. Horace, *Satires*, I, II, 69-70.

Page 209.

1. Jusqu'au bélier, les exemples proviennent de Plutarque, *Quels animaux sont les plus avisés*, 972 d-f.

2. Voir Oppien, *De venatione*, I, 236.

3. Ovide, *Métamorphoses*, X, 325-328.

Page 210.

1. Tiré de Plutarque, *Quels animaux sont les plus avisés*, 971 b-c.

2. *Ibid.*, 967 f-968 a.

Page 211.

1. Juvénal, *Satires*, XV, 160-162.

2. Virgile, *Géorgiques*, IV, 67-70.

Page 212.

1. Lucrèce, *De rerum natura*, II, 325-328.

2. Horace, *Épîtres*, I, II, 6-7.

3. Il s'agit d'Auguste.

4. Martial, *Épigrammes*, XI, XXI, 3-8.

Page 213.

1. Apostrophe à la destinatrice de l'« Apologie », que l'on identifie ordinairement depuis le XVIIIe siècle comme Marguerite de Valois, femme d'Henri de Navarre.

2. Virgile, *Énéide*, VII, 718-722.

3. Voir Horace, *Épîtres*, I, I, 76.

4. Virgile, *Énéide*, IV, 404.

5. Allusion à Virgile et à ses *Géorgiques*.

6. D'après Plutarque, *Vie de Sertorius*, XXIII. Le vaincu ne fut pas Pompée mais les Characitaniens, peuplade troglodytique espagnole.

Page 214.

1. Voir Plutarque, *Vie d'Eumène*, XXXIV.

2. *Id.*, *Vie de Marcus Crassus*, XLVII.

3. Virgile, *Géorgiques*, IV, 86-87.

4. Voir J. Osorio da Fonseca, *De Rebus Emmanuelis, Lusitaniae regis invictissimi virtute et auspicio* (*Histoire de Portugal* pour la trad. française de Goulart, titre retenu *infra*), VIII, XIX.

5. Voir Plutarque, *Quels animaux sont les plus avisés*, 969 c-970 a pour les deux exemples canins.

Page 216.

1. L'histoire du grammairien Appion à propos de l'esclave Androdus est rapportée par Aullu-Gelle, *Nuits attiques*, V, XIV.

Page 218.

1. Virgile, *Énéide*, XI, 89-90.

2. Pour les scares et les barbeaux, voir Plutarque, *Quels animaux sont les plus avisés*, 977c-d.

Page 219.

1. *Ibid.*, 980 d-981 a.

2. *Ibid.*, 980 d.

Page 220.

1. Montaigne ne mentionne pas ici la quatrième — la musique — qu'il place au nombre des parties de la Mathématique dans « De l'institution des enfants » (I, XXVI, p. 312).

2. Voir Plutarque, *Quels animaux sont les plus avisés*, 979 c.

3. *Ibid.*, 970 f-971 a.

Page 221.

1. D'après Arrien, *Histoire indienne*, XIV.

2. Voir Plutarque, *Quels animaux sont les plus avisés*, 982 f-983 e.

Page 223.

1. Sur l'abstraction de la substance au-delà de ses accidents, voir R. Sebond, *Théologie naturelle*, CCXVII.

2. Lucrèce, *De rerum natura*, IV, 987-989.

Page 224.

1. *Ibid.*, IV, 991-997.

2. *Ibid.*, IV, 998-1000.

Page 225.

1. Voir Cicéron, *De natura deorum*, I, XXVII-XXVIII.

2. Properce, *Élégies*, II, XVIII, 26.

3. Lopez de Gomara, *Histoire générale des Indes*, II, XX.
4. *Ibid.*, IV, III.
5. Voir Gasparo Balbi, *Viaggio dell'Indie orientali*, Venise, C. Borgominieri, 1590, p. 76.
6. Lopez de Gomara, *Histoire générale des Indes*, IV, III.
7. Pline l'Ancien, *Histoire naturelle*, VI, XIII.
8. Lopez de Gomara, *Histoire générale des Indes*, II, LXXXIV.

Page 226.

1. Platon (*Timée*, 33 b) est mentionné par Cicéron, *De natura deorum*, I, x, 24.
2. Sénèque, *Lettres à Lucilius*, CXXIV.
3. Ovide, *Métamorphoses*, I, 84-86.
4. Cicéron, *De natura deorum*, II, LIV.

Page 227.

1. Ennius, cité *ibid.*, I, XXXV, 97.
2. [1580] : « parties vitales et plus nobles c'est, à ce que disent les médecins, le pourceau »
3. [1580] : « de leur beauté. Et puisque l'homme n'avait pas de quoi se présenter nu à la vue du monde, il a eu raison de se cacher sous la dépouille d'autrui, et se vêtir de laine, de plume, de poil, de soie et autres commodités empruntées. Remarquons »
4. Ovide, *De remedio amoris*, 429-430.

Page 228.

1. Lucrèce, *De rerum natura*, IV, 1185-1187.
2. Voir Plutarque, *Des communes conceptions contre les Stoïques*, 1064 a-b.

Page 229.

1. La zone manuscrite de l'E.B. porte bien « de » et non « des », comme le veulent les leçons les plus fréquentes : ici, la structure du génitif vient qualifier la nature exacte — simplement bestiale — des qualités qui pourraient hypothétiquement devenir celles des bêtes.
2. [1580] : « et insensé. C'est donc toute notre perfection que d'être homme. Voilà comment ce n'est pas par vrai »

Page 230.

1. Voir Xénophon, *Mémorables*, I, IV, 12.

2. [1580]: « comme fait la philosophie, cette notable prérogative »

3. Cicéron, *De natura deorum*, III, XXVII, 69.

Page 231.

1. Diogène Laërce (*Vies et Opinions*, V, 5) — repris par Corneille Agrippa dans son *De incertitudine et vanitate scientiarum et artium atque excellentia verbi Dei declamatio invectiva* (J. Grapheus, Anvers, 1530, chap. LIV) — mentionne les démêlés d'Aristote avec la justice pour accusation d'impiété dans son *Hymne à Hermias*, affaire qui aurait provoqué son exil à Chalcys.

2. Horace, *Épodes*, VIII, 17.

3. Juvénal, *Satires*, XIV, 156-158.

4. [1588]: « La doctrine est encore moins nécessaire au service de la vie, que n'est la gloire »

Page 232.

1. La formule est de Colotès. Voir Plutarque, *Contre l'épicurien Colotès*, XXX, 1124 d.

2. Voir R. Sebond, *Théologie naturelle*, CCXXXIX.

Page 233.

1. Genèse, III, 5.

2. Voir Cicéron, *De finibus*, V, XVIII, 49 qui allègue Homère, *Odyssée*, XII, 188.

3. Saint Paul, Épître aux Colossiens, II, 8.

4. Horace, *Épîtres*, I, I, 106-108.

5. Épictète, *Manuel*, VI, allégué par Stobée, *Anthologie*, *sermo* XXI.

6. Voir Plutarque, *Des communes conceptions contre les Stoïques*, 1067 c.

Page 234.

1. Cicéron, *Tusculanes*, V, XXXVI, 104 ; et I, XXVI, 64.

2. P. Villey suggère un rapprochement avec L. Giraldi, *Prosgynasma adversus litteras et litteratos*, *Opera*, II, Bâle, T. Guarin, 1580, p. 428 : « *Deo putes ex verbis, non homines loqui* ».

3. Lucrèce, *De rerum natura*, V, 8-12.

4. Lucrèce, selon Eusèbe, serait devenu fou après avoir bu un philtre d'amour, ce qui l'aurait poussé au suicide.

5. Voir Cicéron, *Académiques*, « Lucullus », xxiii, 73.

6. *Id.*, *De finibus*, II, xiii, 40.

7. Voir Plutarque, *Des communes conceptions contre les Stoïques*, 1076 a.

Page 235.

1. Voir la juxtaposition de Chrysippe et de Sénèque chez Pierre La Primaudaye, *Académie françoise*, Paris, G. Chaudière, 1579, p. 5.

2. Cicéron, *De natura deorum*, III, xxxvi, 87.

3. Sénèque, *Lettres à Lucilius*, liii, 11-12.

4. Voir Cicéron, *Tusculanes*, II, xxv, 60.

5. Cicéron, *Tusculanes*, II, xiii, 30.

6. *Id.*, *De finibus*, II, xxxi, 94 pour Arcésilas et Denys d'Héraclée.

Page 236.

1. [1580] : « de sa secte. Ce n'est que vent et paroles. Mais »

2. Diogène Laërce, *Vies et Opinions*, IX, 68 pour cette anecdote célèbre déjà utilisée dans « Que le goût des biens et des maux dépend en bonne partie de l'opinion que nous en avons » (I, 14, p. 183). Si le pourceau est ici figure de la sagesse, c'est parce que sa saisie du monde est immédiate. Sa perception demeurant purement esthétique, elle n'est pas élaborée par la médiation de l'intellection, qui ajoute aux simples données perceptives un trouble nuisible.

3. [1580] : « habitude naturelle. Certes la connaissance nous aiguise plutôt au ressentiment des maux qu'elle ne les allège. Qui »

4. Sur ce point, voir « De la force de l'imagination » (I, 21).

Page 237.

1. Le paysan revient souvent dans les *Essais* — au même titre que le bon sauvage, dont l'évocation va suivre, que l'enfant, la femme et la bête — comme la figure d'une involontaire mais effective métriopathie pyrrhonienne. L'absence de représentation discursive des maux qu'il endure en minimise la portée. Voir par exemple « De la physionomie, III, 12, p. 368-369.

2. Allusion probable aux philosophes sceptiques sectateurs

de Pyrrhon, qui le premier introduisit la philosophie par suspension du jugement (ἐποχή). Sextus Empiricus en a fait une thérapie contre le trouble issu des opinions surajoutées aux apparences, métriopathie qui n'éteint pas les passions, mais les limite aux effets d'une soumission passive à l'expérience, dénuée de toute surinterprétation pernicieuse (voir *Hypotyposes pyrrhoniennes*, I, XII, 25-30).

3. Voir J. Osorio da Fonseca, *Histoire de Portugal*, II, XV, ainsi que Jean de Léry, *Histoire d'un voyage fait en la terre du Brésil*, VIII, auquel, comme le note J. Céard, il ajoute la mention d'une bienfaitrice absence de «religion».

Page 238.

1. [1580]: «nous apporte de maladies et de faiblesse. Les hommes engagés au service des Muses m'en sauraient bien que dire. Et d'où vient»

2. La théorie majeure de l'excellence des mélancoliques, entrant en contact avec le divin lors d'accès de folie, est celle du Pseudo-Aristote dans le *Problème XXX* (voir la trad. de J. Pigeaud, *L'Homme de génie et la mélancolie*, Paris, Rivages poche, 1991) dont les traductions latines se multiplient dès celle de Théodore de Gaza à Rome en 1475. Toutefois, cette théorie des conséquences bénéfiques de la folie mélancolique est infléchie vers le néoplatonisme par M. Ficin dont Montaigne semble être ici plus proche.

3. Le Tasse a été enfermé de 1579 à 1586.

Page 239.

1. Selon J. Balsamo, même si le secrétaire de Montaigne n'en dit rien dans le *Journal de voyage*, Montaigne, de passage à Ferrare le 16 novembre 1580, aurait été autorisé par le duc à rencontrer le poète.

2. Dès l'année de l'internement du Tasse, des éditions partielles ont vu le jour à Gênes et à Venise, et Angelo Ingegneri en donna une édition complète sous le titre *La Jérusalem libérée* en 1581.

3. Tite-Live, *Histoire romaine*, XXX, XXI, 6.

4. La Boétie, *Poemata*, XX, 295-299.

Page 240.

1. Épicure restreint le plaisir catastématique, capable de stabilité, à une absence de perturbation physiologique (voir sa

Lettre à Ménécée, et Diogène Laërce, *Vies et Opinions*, X, 127-128). Voir également Lucrèce, *De rerum natura*, II, 17-22.

2. Ennius cité par Cicéron dans son *De finibus*, II, XIII, 41.

3. Voir Cicéron, *Tusculanes*, III, VI, 12.

Page 241.

1. *Ibid.*

2. Cette théorie de la « réminiscence affective », pour reprendre l'expression de J. Salem, qui peut pérenniser la sensation et la substituer mentalement à une sensation présente, est exposée chez Cicéron, *De finibus*, I, XVII, 57. Voir également pour une exposition suivie d'une discussion, Plutarque, *Que l'on ne saurait vivre joyeusement selon Epicurus*, 1089 a.

3. Cicéron, *Tusculanes*, III, XV, 33.

4. L'origine de ce vers reste incertaine. Il est en tout cas proche de ce que dit Dante dans *L'Enfer*, V, 121-123.

5. Sur le tri entre les souvenirs, « rétention mnésique » permettant de ne convoquer que les plaisirs licites et véritables, voir Cicéron, *De finibus*, I, XVII, 57 ; position récusée en *Tusculanes*, III, XVI, 35.

Page 242.

1. Vers d'Euripide, tiré de la pièce perdue *Andromède* (V. Nauck, *Fragm. Trag. Gr.*, p. 317), et traduit par Cicéron, *De finibus*, II, XXXII, 105.

2. Cicéron, *De finibus*, I, XVII, 57.

3. *Ibid.*, II, XXXII, 104.

4. *Ibid.*, II, III, 7 : il s'agit ici d'Épicure.

5. Lucrèce, *De rerum natura*, III, 1043-1044.

6. Sénèque, *Œdipe*, III, VII, 512, cité par Juste Lipse dans ses *Politicorum libri VI*, V, XVIII.

Page 243.

1. Horace, *Épîtres*, I, V, 14-15.

2. Érasme rassemble l'histoire de Lycas, sans pour autant le nommer, ainsi que l'anecdote de Thrasyllos, et les citations de Sophocle et de l'Ecclésiaste, dans « *In nihil sapiendo jucundissima vita* » (*Adages*, n° 1981). Lycas d'Abydos est mentionné par Aristote (*De mirabilibus auscultationibus*, 31).

3. Horace, *Épîtres*, II, II, 138-140.

Page 244.

1. Voir Élien, *Histoires variées*, IV, 25.
2. Sophocle, *Ajax*, 554. Sentence peinte dans la librairie.
3. Voir l'Ecclésiaste, I, 18.
4. [1580] : « Cela même, à quoi toute la philosophie ».
5. Sénèque, *Lettres à Lucilius*, XCI, 15.
6. Cicéron, *Tusculanes*, II, XIV, 33.
7. Voir *ibid.*, V, XLI, 118.
8. Horace, *Épîtres*, II, II, 213-216.

Page 245.

1. Lucrèce, *De rerum natura*, III, 1039-1041 (« *memores* » devient « *memorem* »).
2. Pour les propos d'Antisthène et de Chrysippe, voir les *Contredits des philosophes stoïques* de Plutarque, 1039 e.
3. Voir Diogène Laërce, *Vies et Opinions*, VI, 86.
4. Voir Plutarque, *Comment l'on pourra apercevoir si l'on amende et profite en l'exercice de la vertu*, 77 e.
5. Voir Cicéron, *Tusculanes*, V, XL, 117.
6. Il s'agit en fait d'une reprise de Corneille Agrippa qui prétend alléguer saint Paul, *De incertitudine*, I : « *Vidit hæc Augustinus et timuit, exclamans illud Pauli surgunt indocti et rapiunt cælos, et nos cum scientia nostra mergimur in infernum* ».
7. *Ibid.* « Valentianus » semble erroné chez Agrippa — et par suite chez Montaigne : il faut préférer « Valens », empereur du IVe siècle.

Page 246.

1. Voir Plutarque, *Vie de Lycurgue*, XXXIV.
2. L'Arioste, *Orlando furioso*, XIV, LXXXIV.
3. Source non élucidée, que P. Villey rapproche d'un mot de Varron rapporté par Nonius Marcellus dans son *De compendiosa doctrina*, III, 67.

Page 247.

1. [1580] : « et présumant peu de soi »
2. Montaigne suit toujours Agrippa, *De incertitudine*, I.
3. Stobée attribue ce mot à Socrate dans son *Anthologie*, XXII, « *De superbia* ». Sentence peinte dans la librairie.
4. Voir Platon, *Apologie de Socrate*, VI, 21 b-23 b.

Page 248.

1. Ecclésiastique, x, 9. Sentence peinte dans la librairie.

2. Ecclésiaste, vii, 1. Sentence peinte dans la librairie.

3. Saint Augustin, *De ordine*, II, xvi, 44, cité par Juste Lipse dans ses *Politicorum libri VI*, I, II.

4. Tacite, *Germanie*, xxxiv, cité par Juste Lipse, *ibid.*

5. Platon, *Lois*, VII, 821 a.

6. Cicéron, *Timæus seu de universo*, II, pour cette traduction du *Timée* (ici, 28 c).

7. Lucrèce, *De rerum natura*, V, 121.

Page 249.

1. Ce passage manuscrit qui vérifie l'inadéquation des vertus humaines à Dieu traduit — jusqu'à « nul accès près de lui » — le *De natura deorum* de Cicéron, III, xv, 38.

2. Un lapsus, qui fait l'objet de discussions, a certainement conduit Montaigne à traduire à contresens « *ut apertis obscura assequamur* », énoncé qui correspond pourtant à un motif théologique des plus connus (Épitre aux Romains, i, 20) et vulgarisé par Hugues de Saint-Victor, *De sacramentis*, I, iii, 3 (*P.L.* CLXXVI, c. 217 c).

3. Voir Aristote, *Éthique à Nicomaque*, VII, i, 1145 a 26.

4. Cicéron, *De natura deorum*, I, xvii, 45 (conception d'Épicure).

5. Cette tradition biblique de la « tapinose » (ταπείνωσις) qui vise à exalter l'humilité culmine, dans le *De incertitudine* d'Agrippa, avec l'éloge de l'âne, figure par excellence de l'inscience. Mais dès 1511 dans son *Éloge de la folie* (lxv), Érasme critique toutes les instances religieuses reconnues pour glorifier les simples d'esprit, à la suite du Christ dans son argumentation paradoxale des « béatitudes ».

Page 250.

1. Première épître aux Corinthiens, i, 19-21.

2. Voir Plutarque, *Comment l'on pourra apercevoir si l'on amende et profite en l'exercice de la vertu*, 81 b.

3. Voir Cicéron, *De natura deorum*, I, vii, 17. Scholarque de la Nouvelle Académie, Philon de Larissa eut Cicéron pour auditeur entre 88 et 85 av. J.-C.

4. Voir Diogène Laërce, *Vies et Opinions*, I, 122.

Page 251.

1. [1588] : « qui fut onques (et qui n'eut autre plus juste occasion, d'être appelé sage, que cette sienne sentence) quand »

2. Voir Cicéron, *Académiques*, « Lucullus », xxiii, 73.

3. Platon, *Politique*, 277 d.

4. Cicéron, *Académiques*, I, xii, 44.

5. Voir Corneille Agrippa, *De incertitudine*, I, qui allègue Valère Maxime, *Faits et Dits mémorables*, II, i, 2.

6. Sous l'influence d'Antiochus d'Ascalon, Cicéron aurait introduit le probabilisme dans la Nouvelle Académie, rationalisme assoupli permettant de dégager un *optimum* de vérité, faute de pouvoir cerner la vérité elle-même, et d'échapper aux critiques stoïciennes condamnant le scepticisme à l'inaction la plus totale. Récusé par Sextus Empiricus comme une entorse à la suspension du jugement (*Hypotyposes pyrrhoniennes*, I, xxxiii, 220-235), ce probabilisme — proche de la procédure aristotélicienne *in utramque partem* — est depuis Omer Talon et Gentian Hervet pour certains un facteur qui contribue à rendre le scepticisme plus acceptable, moins outré, et apte à rénover la dialectique aristotélicienne de l'intérieur.

7. La position néo-académicienne a été présentée par Omer Talon dans ses commentaires comme une école de liberté intellectuelle ouvrant, entre autres, à l'éclectisme : « Le principe de ces Néo-académiciens était de disputer le pour et le contre des choses obscures, de ne pas croire les sentences des philosophes ni les oracles des dieux, de ne pas suivre perpétuellement la même école, et en revanche de suivre librement dans toutes les écoles ce qui paraissait vrai ou vraisemblable : "Que chacun défende, dit Cicéron, son propre avis : en effet le jugement humain est libre et nous tenons pour principe, sans être ligotés par les lois de quelque doctrine auxquelles nous devrions obéir en philosophie, de toujours chercher quel que soit le sujet ce qui a le plus de probabilité" » (*Audomari Talæi in Lucullum Ciceronis Commentarii*, Paris, Matthieu David, 1550, p. 5-6).

8. La Nouvelle Académie est un prolongement du scepticisme pyrrhonien, ayant pour particularité de rompre avec une stricte suspension du jugement — c'est-à-dire une incertitude qui s'emporte elle-même comme objet de doute. Si la position néo-académicienne a souvent été confondue avec la

position plus strictement pyrrhonienne au XVIe siècle — en témoigne la confusion par G. Hervet de la σκέψις et de l'enquête probabiliste *in utramque partem* dans la préface à sa traduction de l'*Adversus Mathematicos* —, Montaigne, à la suite de Sextus, récusera ce que Sextus dénonce comme un scepticisme de compromis, semi-dogmatique (voir *infra*, p. 336-337).

9. Cicéron, *De divinatione*, II, III, 8.

10. Lucrèce, *De rerum natura*, III, 1048 et 1046.

Page 252.

1. Le passage suivant, jusqu'à « en cherche de la vérité », traduit et amplifie *Hypotyposes pyrrhoniennes* I, I, 1-3 (« *De tribus generalissimis philosophandi rationibus* ») dans la traduction latine d'Henri Estienne (1562). Ce dernier, dans ses annotations, insiste sur la distinction entre les différents régimes de saisie du réel (κατάληψις), et critique les classifications de Diogène Laërce et du Pseudo-Galien, l'une et l'autre pour l'oubli d'une catégorie, celle des académiciens, la seconde pour le rajout de deux catégories inessentielles, les « éristiques » et les « mixtes ». Cette insistance sur la distinction entre les voies philosophiques a été décisive dans la perception du pyrrhonisme chez Montaigne.

Page 253.

1. Voir Diogène Laërce, *Vies et Opinions*, IX, 71-72.

2. Lucrèce, *De rerum natura*, IV, 469-470.

3. Montaigne répond ici à la réfutation la plus triviale et la plus répandue de la position sceptique à son époque, en distinguant le scepticisme (qui n'est pas une « position », mais une « expérience » ponctuelle, un « examen ») d'un simple dogmatisme négatif. Cette critique platonicienne de l'acatalepsie est fréquente à la Renaissance ; voir par exemple les annotations de Josse Bade aux *Nuits attiques* d'Aulu-Gelle, XI, 5 (Paris, 1519), ou les *Hammonii Hermeæ in Prædicamenta Aristotelis commentarii*, Venise, J. Gryphius, 1546.

4. Voir Cicéron, *Académiques*, II, XLVII, 145, cité par Estienne dans son annotation (*H. P.*, I, 1, « *comprehendi* »).

Page 254.

1. L'« apparence » renvoie au simple phénomène (« *visus* »), le « consentement » à l'assentiment (« *assensus* »), la « science » à

la « représentation compréhensive » (« *comprehensio* », φαντασία καταληπτική).

2. Sur cet usage distancié du langage et des raisonnements, voir Diogène Laërce, *Vies et Opinions*, IX, 102-104 et Sextus Empiricus, *Hypotyposes pyrrhoniennes*, I, I, 4 — II, 6, I, IV, 9, I, VII, 15, ou I, XIX, 188 *sq*. L'énonciation sceptique est liée à une saisie affective, esthétique, personnelle du monde, et ne pose rien d'absolu ou de stable : elle relève en cela de la non-assertion, expression qui déjoue sa propre propension à déterminer le sens des choses en intégrant sa propre contradiction (*ibid.*, I, 192-193). Le lexique de la « mollesse » est privilégié par Montaigne pour illustrer un rapport au monde qui est à la fois pleine adhésion et distanciation par absence de surélaboration rationnelle de l'expérience : voir par exemple « Nous autres, qui privons notre jugement du droit de faire des arrêts, regardons mollement les opinions diverses » (III, 8, p. 204).

3. Voir Diogène Laërce, *Vies et Opinions*, X, 107 et Sextus Empiricus, *Hypotyposes pyrrhoniennes*, I, XII, 30.

4. Sur cette précision capitale concernant l'« *imperturbatus mentis status circa ea quæ ad opinationem spectant* », précision qui restreint la métriopathie pyrrhonienne au surplus passionnel dégagé par les opinions dogmatiques superfétatoires, voir *ibid.*, I, XII, 25-30.

5. *Ibid.*, I, XIII, 33.

Page 255.

1. Les principaux témoignages pyrrhoniens fondent la suspension du jugement sur un examen contradictoire auto-abolitif, où le « doute se secoue soi-même » : la formulation du « pas plus » est toujours double, emportant le balancement isosthénique de rang 1 en un balancement de rang 2 mettant en jeu la vérité et la fausseté du précédent. Voir l'exposé de Timon chez Eusèbe de Césarée (*Préparation évangélique*, XIV, XVIII, 3-4) ; de Favorinus chez Aulu-Gelle (*Nuits attiques*, XI, V, 4) ; Sextus Empiricus (*Hypotyposes pyrrhoniennes*, I, XIX, 188-191) et Diogène Laërce (*Vies et Opinions*, IX, 74-75).

2. Cicéron, *Académiques*, « Lucullus », III, 8.

3. *Ibid.*

4. Jean-François Pic de La Mirandole, auteur avec son *Examen vanitatis* (1520) de la première traduction partielle

des œuvres de Sextus, voyait dans l'imagination la cause principale de la vaine prolifération des opinions humaines — source de toutes les hérésies — que l'examen pyrrhonien pouvait neutraliser au profit de la Révélation chrétienne. Voir sur ce point son *De imaginatione* (1501).

Page 256.

1. Panétius (180-110 av. J.-C.), philosophe du Portique ayant importé la philosophie stoïcienne à Rome dès 145 av. J.-C. Voir Cicéron, *Académiques*, « Lucullus », XXXIII, 107.

2. *Ibid.*, I, XII, 45.

3. Sur les expressions sceptiques (σκεπτικαὶ φωναί) régies par le principe de « non-assertion » (ἀφασία), voir Sextus Empiricus, *Hypotyposes pyrrhoniennes*, I, XVIII, 187-XXVIII, 209 et Diogène Laërce, IX, 74-77. La librairie comporte sur l'une des solives de la première travée : ΟΥ ΜΑΛΛΟΝ ΟΥΤΩΣ Η ΕΚΕΙΝΩΣ Η ΟΥΔΕΤΕΡΩΣ (« pas plus ainsi qu'ainsi, ou que ni l'un ni l'autre », Aulu-Gelle, *Nuits attiques*, XI, V) ; sur une des solives de la troisième travée ΠΑΝΤΙ ΛΟΓΩ ΛΟΓΟΣ ΙΣΟΣ ΑΝΤΙΚΕΙΤΑΙ (« à tout argument s'oppose un argument de même force », *Hypotyposes*, I, XXVII, 202 et Diogène Laërce, *Vies et Opinions*, IX, 74) ; et sur une des poutres : ΟΥΔΕΝ ΜΑΛΛΟΝ (« en rien plus », *Hypotyposes*, I, XIX, 191 et Diogène Laërce, *Vies et Opinions*, IX, 74-75), ΑΚΑΤΑΛΗΠΤΩ (« je suis sans compréhension », *Hypotyposes*, I, XXVI, 201), ΟΥ ΚΑΤΑΛΑΜΒΑΝΩ (« je ne saisis pas », *ibid.*, I, 201), ΕΠΕΧΩ (« je suspends mon jugement », *ibid.*, I, XXII, 196). ΣΚΕΠΤΟΜΑΙ (« j'examine ») n'est pas à proprement parler une des « expressions sceptiques », mais figure avec d'autres présentes dans la librairie en ouverture de la préface d'Estienne aux *Hypotyposes*. Pour ce qui est d'ΑΡΡΕΠΩΣ (« sans pencher »), il ne s'agit pas d'une des σκεπτικαὶ φωναί répertoriées pas Sextus ou Diogène, mais d'une référence à l'état d'équilibre qui découle de l'isosthénie au sein de l'examen — « impossibilité de donner son assentiment à aucun des deux côtés » —, voir *ibid.*, I, XIX, 190.

Page 257.

1. Les résistances à l'assimilation du scepticisme sont nombreuses à la Renaissance : la traduction tronquée et manipulée par Trébizonde du quatorzième livre de la *Préparation évangélique* d'Eusèbe de Césarée en est le meilleur témoignage. Pour ce qui est de la « diversité » d'exposition, Montaigne a dû être

frappé par l'hétérogénéité des témoignages, à commencer par Sextus et Diogène Laërce. Quant à «l'obscurité», l'imprécision rendant l'exposition approximative, elle est assumée et revendiquée par Sextus lui-même au seuil de ses *Hypotyposes*, simple «esquisse» dont le sceptique ne peut assumer l'exactitude sans rompre une situation d'énonciation non assertive (voir I, I, 4).

2. Sextus Empiricus, *Hypotyposes pyrrhoniennes*, I, XI, 23-24.

3. Cicéron, *De divinatione*, I, XVIII, 35.

4. [1580]: «à ce discours ce que Laertius dit, de la vie de Pyrrho, et à quoi Lucianus, Aulus Gellius et autres semblent incliner: car ils le peignent»

5. Voir Diogène Laërce, *Vies et Opinions*, IX, 62-69.

Page 258.

1. Voir Cicéron, *Académiques*, «Lucullus», XXXI, 99-100.

2. *Ibid.*, XXXIII, 107.

3. [1580]: «tant de vérisimilitude et d'apparence. Cette-ci»

Page 259.

1. Montaigne met ici en place la traditionnelle structure du fidéisme sceptique, qui vise à établir la foi sur les ruines de la raison, défaite par la *dissensio opinionum*. Popularisé par la préface d'Ambroggio Traversari aux *Vies et opinions des philosophes illustres* de Diogène Laërce rééditée tout au long du XVIe siècle, ce schème apologétique a été lié au pyrrhonisme par l'*Examen vanitatis* de Jean-François Pic de La Mirandole (1520), avant de connaître la promotion décisive de la préface d'Estienne aux *Hypotyposes pyrrhoniennes* (1562).

2. Voir Ecclésiaste, III, 22. Traduction de la sentence peinte sur une solive de la troisième travée: «*FRUERE JUCUNDE PRÆSENTIBUS CÆTERA EXTRA TE*».

3. Psaumes, XCIV, 11.

4. Tite-Live, *Histoire romaine*, XXVI, XXII, 14.

5. Platon, *Timée*, 29 c-d.

6. Cicéron, *Tusculanes*, I, IX, 17.

Page 260.

1. *Id.*, *Timæus seu de universo*, III, traduisant Platon, *Timée*, 30 d.

2. [1580]: «à escient (comme pour exemple sur le propos de l'immortalité de l'âme) se couvrir»

3. Plutarque souligne la proportion comparable de savoir et de doute dans ses *Propos de table,* VIII, X.

4. Cicéron, *De natura deorum,* I, v, 10-12.

Page 261.

1. *Id., Académiques,* II, XLV, 139.

2. Les exemples d'Épicure et d'Héraclite proviennent du commentaire de Lambin au *De rerum natura* de Lucrèce, alléguant Vitruve, *De architectura,* II, II et Cicéron, *De finibus,* II, v, 15.

3. Lucrèce sur Héraclite, *De rerum natura,* I, 639 et 641-642.

4. Cicéron, *De officiis,* I, VI, 19.

5. Voir Diogène Laërce, *Vies et Opinions,* II, 92.

6. *Ibid.,* VII, 32.

7. Voir Plutarque, *Les Contredits des philosophes stoïques,* 1046 b.

8. *Id., Vie d'Alexandre,* XI.

9. *Id., Que l'on ne saurait vivre joyeusement selon Epicurus,* 1094 d.

Page 262.

1. Salluste, *Guerre de Jugurtha,* LXXXV (cité par Juste Lipse, *Politicorum libri VI,* I, X).

2. Sextus Empiricus, *Hypotyposes pyrrhoniennes,* I, XXXIII, 221.

3. Voir Sénèque, *Lettres à Lucilius,* LXXXVIII, 5.

4. Voir Diogène Laërce, *Vies et Opinions,* II, 47.

5. Platon, *Théétète,* 149 b-151 c.

Page 263.

1. Voir Cicéron, *Académiques,* « Lucullus », XXXIII, 72-74. On observe une superposition des lexiques judiciaires et sceptiques dans l'adaptation du lexique grec en latin (Cicéron traduit par exemple δόγμα par « *decretum* »), mais aussi du latin au français (Montaigne a souvent recours à la « surséance » du jugement pour rendre compte de l'ἐποχή, terme qui s'applique au non-lieu judiciaire : *iudicium sustinere*). Cette proximité entre le lieu judiciaire et les modalités d'action de l'instance judicatoire culmine dans le *Tiers Livre* où la séquence du jugement de Bridoye est un métaphore très précise de l'examen sceptique.

2. [1580] : « entresèment souvent des traits de la forme dogmatiste. Chez qui se peut voir cela plus clairement que chez notre Plutarque ? Combien diversement discourt-il de même chose ? Combien de fois nous présente-il deux ou trois causes contraires de même sujet, et diverses raisons sans choisir celle que nous avons à suivre. Que signifie ce sien refrain »

3. Voir Plutarque, *Des oracles qui ont cessé*, 431 a.

4. Cité *ibid.*

Page 264.

1. Voir Cicéron, *Académiques*, « Lucullus », V, 14.

2. Sagesse, IX, 14, d'après saint Augustin, *Cité de Dieu*, XII, XV.

3. Voir Sénèque, *Lettres à Lucilius*, LXXXVIII, 36.

4. Voir Plutarque, *Propos de table*, 628 a.

Page 265.

1. *Ibid.*

2. Sénèque, *Lettres à Lucilius*, LXXXVIII, 45.

3. Cicéron, *Académiques*, « Lucullus », XLI, 127.

4. Voir Plutarque, *Que l'on ne saurait vivre joyeusement selon Epicurus*, 1094 b.

Page 266.

1. Sénèque le rhéteur, *Suasoriæ*, IV, 3.

2. D'après Diogène Laërce, *Vies et Opinions*, VI, 64.

3. [1580] : « pour l'utilité publique, comme les religions. Car il n'est pas défendu de faire notre profit de la mensonge même, s'il est besoin, et a été... »

4. Platon, *Lois*, VII, 811 c-811 e.

Page 267.

1. *Id., République*, V, 459 c.

2. Quintilien, *Institution oratoire*, II, XVII, 4.

Page 268.

1. Valerius Soranus cité par saint Augustin, *Cité de Dieu*, VII, XI.

2. Actes des Apôtres, XVII, 23.

3. Pour Pythagore et Numa, voir Plutarque, *Vie de Numa Pompilius*, XIV.

4. L'argumentation se fait ici de deux points de vue sans

qu'il y ait contradiction : sur un plan métaphysique et même théologique, Dieu ne peut être circonscrit aux bornes linguistiques de l'humanité ; mais sur un plan ecclésiologique, il serait impensable de vouloir récuser toute médiation sensible dans notre rapport au Créateur : Numa et, au-delà, les Réformés contemporains de Montaigne, pèchent par volonté excessive d'abstraction.

Page 269.

1. Ronsard, *Remontrance au peuple de France* (1563), 64-78. Le vers 69 (« Je dy ce grand Soleil ») est modifié par Montaigne.

Page 270.

1. Ce contrerôle des fantaisies sur la nature de Dieu est issu du livre I du *De natura deorum* de Cicéron — à l'exception de Diogène Laërce, *Vies et Opinions*, IX, 19 pour Xénophane, et de *De divinatione*, II, XVII, 40 pour Épicure, X (Thalès, Anaximandre, Anaximène), XI (Anaxagore, Alcméon, Pythagore, Parménide), XII (Empédocle, Protagoras, Démocrite, Platon, Xénophon), XIII (Speusippe, Aristote, Xénocrate, Héraclide Pontique, Théophraste, Straton), XIV (Zénon), XII (Diogène d'Apollonie — avec une confusion entre *ær* et *ætas*), XIV (Ariston, Cléanthe), XV (Persée, Chrysippe), XXIII (Diogoras, Théodore).

Page 271.

1. Ennius cité par Cicéron, *De divinatione*, II, L, 104.

Page 272.

1. Nous glosons « conférant » par « opposant » dans la mesure où le verbe « conférer » est le décalque latin de *conferre*, terme choisi par Henri Estienne pour traduire la définition de la σκέψις en *Hypotyposes pyrrhoniennes* I, IV, 8. La δύναμις ἀντιθετική est ainsi rendue par « *facultas, quæ confert atque opponit* ». Pour une transposition de l'examen sceptique, voir « L'art de conférer » (III, 8).

2. [1580] : « propres à être déifiées. Car d'adorer celles de notre sorte maladives, corruptibles et mortelles, comme faisait toute l'ancienneté des hommes, qu'elle avait vu vivre et mourir, et agiter de toutes nos passions, cela surpasse toute faiblesse de discours. J'eusse encore »

3. Voir Plutarque, *D'Isis et d'Osiris*, 355 b.

4. Lucrèce, *De rerum natura,* V, 122-123.

5. Cicéron, *De natura deorum,* II, XXVIII, 70, allégué en *Cité de Dieu,* IV, XXX.

Page 273.

1. Voir Cicéron, *De natura deorum,* II, XXIII, 61 et saint Augustin, *Cité de Dieu,* IV, XV et XXIII.

2. Perse, *Satires,* II, 62 et 61 : Montaigne remplace « *immittere* » par « *inducere* ».

3. Saint Augustin, *Cité de Dieu,* XVIII, V.

4. Cicéron, *Tusculanes,* I, XXVI, 65, allégué par saint Augustin en *Cité de Dieu,* IV, XXVI.

5. Platon, *Gorgias,* 524 a, allégué par Plutarque, *De la face qui apparaît au rond de la lune,* XXXII, 943 c.

6. Virgile, *Énéide,* VI, 443-444.

Page 274.

1. Platon est usuellement qualifié de « divin » (voir par exemple I, 51, p. 534).

Page 275.

1. Première épître aux Corinthiens, II, 9, reprenant Isaïe, LXIV, 4.

2. Platon, *Phédon,* 114 c, auquel Plutarque fait allusion, *De la face qui apparaît au rond de la lune,* 626 c.

3. Ovide, *Tristes,* III, XI, 27-28.

4. Lucrèce, *De rerum natura,* III, 756-757.

5. Voir Platon, *Phédon,* 81 e.

6. La théorie de Porphyre est alléguée par saint Augustin, *Cité de Dieu,* X, XXX.

Page 276.

1. Pline l'Ancien, *Histoire naturelle,* X, II.

2. Lucrèce, *De rerum natura,* III, 847-851.

3. Voir Plutarque, *De la face qui apparaît au rond de la lune,* 943 c-d.

4. Lucrèce, *De rerum natura,* III, 563-564.

5. *Ibid.,* III, 860-861.

Page 277.

1. *Ibid.,* III, 845-846.

Page 278.

1. Voir Plutarque, *Pourquoi la justice divine diffère quelquefois la punition des maléfices*, 549 d-f.

2. Voir Tite-Live, *Histoire romaine*, XLI, XVI.

3. *Ibid.*, XLV, XXXIII.

4. Voir Diodore de Sicile, *Bibliothèque historique*, XVII, CIV et Arrien, *Anabase d'Alexandre*, VI, XIX, 5.

5. [1580] : « la vêtir de son acoutrement, de ses facultés, et étrenner de ses belles humeurs, témoin cette opinion si reçue des sacrifices, et que Dieu eut quelque plaisir à la vengeance, au meurtre, et au tourment des choses par lui faites, conservées et créées, et qu'il se peut flatter par le sang des âmes innocentes, non seulement des animaux qui n'en peuvent mais : ains des hommes mêmes, comme plusieurs nations, et entre autres la nôtre »

6. Allusion aux Gaulois tels que César les présente (*Guerre des Gaules*, VI, XVI), ou Plutarque dans *De la superstition*, 170 e.

7. Virgile, *Énéide*, X, 517-519.

Page 279.

1. Voir Hérodote, *Histoires*, IV, XCIV.

2. *Ibid.*, VII, CXIV, et Plutarque dans *De la superstition*, 171 d.

3. J. Céard renvoie à une possible lecture de José de Acosta, *Histoire naturelle et morale des Indes occidentales* (1590), V, XIX. Themistitan serait le nom aztèque de Mexico.

4. Lucrèce, *De rerum natura*, I, 101.

5. Plutarque dans *De la superstition*, 171 b-c.

6. *Id.*, *Les Dits notables des Lacédémoniens*, 237 d et *Vie de Lycurgus*, XXXVII.

Page 280.

1. Lucrèce, *De rerum natura*, I, 98-99.

2. Voir Cicéron, *De divinatione*, I, XXIV, 51.

3. *Id.*, *De natura deorum*, III, VI, 15.

4. [1588] : « *parentis* / Et que Decius pour acquérir la bonne grâce des dieux, envers les affaires Romaines, se brûlât tout vif en holocauste à Saturne, entre les deux armées. Joint que »

5. Voir Hérodote, *Histoires*, III, XLI-XLII ; Cicéron, *De finibus*, V, XCII.

6. Voir P. Belon, *Observations de plusieurs singularités* (1553), III, XXI.

7. Saint Augustin, *Cité de Dieu*, VI, X.

Page 281.

1. *Ibid.*

2. Lucrèce, *De rerum natura*, I, 82-83.

3. Première épître aux Corinthiens, I, 25, allégué en *Cité de Dieu*, X, XXVIII et XVI, II.

4. Voir Diogène Laërce, *Vies et Opinions*, II, 117.

Page 282.

1. Lucrèce, *De rerum natura*, VI, 678-679. Sentence peinte dans la librairie.

Page 283.

1. Ces règles qui « attaquent » les hommes ont été « franchies » par Dieu en plusieurs occasions relatées par les Écritures, auxquelles ce développement fait allusion : le corps humain a volé aux nues avec l'assomption de la Vierge et l'ascension du Christ (Luc, XXIV, 51), le Soleil a interrompu sa course ordinaire avec Josué (Josué, X, 10-15), les limites terrestres et maritimes ont été confondues lors du Déluge (Genèse, VII, 17-24) et lors du passage de la mer Rouge (Exode, XIV, 15-31), le Christ a marché sur l'eau comme si elle était pourvue de quelque fermeté (Matthieu, XIV, 22-23), Jésus a pénétré au Cénacle toutes portes fermées (Luc, XXIV, 36-49), trois enfants ont réchappé au passage dans une fournaise ardente (Daniel, III, 21), le Christ, ressuscité, est apparu simultanément en plusieurs lieux (Luc, XXIV) ; l'eucharistie confère à Dieu la capacité d'être physiquement présent en divers lieux et en même temps.

2. Lucrèce, *De rerum natura*, II, 1085-1086.

3. Voir Origène, *De principiis*, III, V, 3.

4. Lucrèce, *De rerum natura*, II, 1077-1078.

5. *Ibid.*, II, 1064-1066.

6. Voir Plutarque, *Les Opinions des philosophes*, 886 d et Corneille Agrippa, *De occulta philosophia*, II, LV. Platon, *Timée*, 30 b, est allégué par saint Augustin, *Cité de Dieu*, X, XXIX.

7. En XIII, XVI, saint Augustin refuse d'évaluer la pertinence de l'astronomie platonicienne : Vivès commente ce passage en

soulignant le manque d'audace augustinien: «*Hanc quæstionem solvere nunquam est Augustinus ausus*».

8. Voir *ibid.*, où est allégué *Timæus seu De universo*, XI.

Page 284.

1. Voir Corneille Agrippa, *De incertitudine*, LI. Pour Démocrite, voir Diogène Laërce, *Vies et Opinions*, IX, 44.

2. [1580] «plusieurs mondes, comme Platon, Epicurus et presque toute la philosophie»

3. Voir la «Lettre à Hérodote», Diogène Laërce, *Vies et Opinions*, X, 45.

4. Voir Pline l'Ancien, *Histoire naturelle*, VII, II (qui irrigue l'ensemble du développement) et Hérodote, *Histoires*, III, XCVII-CVI, ainsi que IV, CXCI.

5. Voir Hérodote, *Histoires*, IV, CXVI.

6. *Ibid.*, III, CXVI et IV, XXVII.

7. Voir Pline l'Ancien, *Histoire naturelle*, VIII, V.

8. J. Céard note que chez Johann Boemus, les Chinois sont déclarés «imberbes par nature» (*Omnium gentium mores, leges et ritus*, Lyon, François Juste, 1536, p. 91, nous traduisons).

9. Voir Pline l'Ancien, *Histoire naturelle*, VI, XXX.

10. Voir Hérodote, *Histoires*, III, CI.

11. Voir Pline l'Ancien, *Histoire naturelle*, VIII, XXII.

Page 285.

1. Les «Astomes», chez Plutarque, *De la face qui apparaît au rond de la lune*, 938 c.

2. Être capable de rire est une des propriétés qui rentrent traditionnellement dans la définition de l'homme (voir Aristote, *Parties des animaux*, III, V).

3. Voir Sextus Empiricus, *Hypotyposes pyrrhoniennes*, I, XIII, 33, ainsi que Cicéron, *Académiques*, «Lucullus», XXIII, 72.

4. *Ibid.*, XXIII, 73.

5. Euripide, *Phrixus* (Fr. 638 Nauck) cité par Stobée, *Anthologie*, CXXI. Voir aussi Sextus Empiricus, *Hypotyposes pyrrhoniennes*, III, XXIV, 229 et Diogène Laërce, *Vies et Opinions*, IX, 73. Sentence peinte dans la librairie.

Page 286.

1. Voir Diogène Laërce, *Vies et Opinions*, IX, 24.

2. Voir Platon, *Théétète*, 180 e *sq.*

3. Les thèses convoquées dans cette addition manuscrite proviennent de la lecture de Sénèque, *Lettres à Lucilius*, LXXXVIII, 43-45.

4. La démonstration sur l'inexistence de l'un est inspirée de Platon, *Parménide*, 138 a-b.

5. [1580] : « ἔστι, / je ne sais si la doctrine en juge autrement et me soumets en tout et par tout à son ordonnance. Mais il m'a toujours semblé »

6. L'homme chrétien peut ici renvoyer à Sebond qui, au chapitre XL de la *Théologie naturelle*, insiste sur les limites au pouvoir divin.

7. Allusion aux guerres de religion, liées à un différend théologique sur la transsubstantiation : « *hoc est corpus meum* » (Matthieu, XXVI, 26). Agrippa mentionne une pareille querelle « grammairienne » dans le *De incertitudine*, III : « D'où est venue la controverse de l'église avec les Vaudois et leurs semblables sur l'Eucharistie, sinon de ce mot *est* ? Lequel ils maintiennent être mis là par une manière de parler figurée, et l'église Romaine veut qu'il soit entendu selon sa propre signification et essentiellement ? » (trad. française, Paris, J. Durand, 1582, p. 24).

Page 287.

1. Cicéron, *Académiques*, « Lucullus », XXX, 96.

2. *Ibid.*, XXX, 95.

3. *Ibid.*, XXX, 96.

4. L'expression « générale conception » renvoie à la distinction opérée par Sextus Empiricus entre « discours général » (καθόλου λόγος, traduit par Estienne « *generalis tractatio* ») et « discours spécifique » (*Hypotyposes pyrrhoniennes*, I, II, 5-6). Le discours spécifique, pur énoncé antithétique destiné à créer l'isosthénie et la suspension, n'a pas besoin d'être non assertif ; en revanche, le « discours général », destiné à décrire le scepticisme ne doit pas contredire la suspension et l'ἀφασία qui l'accompagne. Il nécessite d'être exprimé en un « nouveau langage ».

5. Sextus Empiricus, *Hypotyposes pyrrhoniennes*, I, XXVIII, 206 et II, XIII, 188 ; Diogène Laërce, *Vies et Opinions*, IX, 76.

6. Un jeton que Montaigne avait fait frapper en février 1576, dont le revers comportait ses armes et son nom, et dont l'avers

présentait pour emblème une balance en équilibre, symbolisant l'isosthénie des propositions contraires dans l'examen sceptique et comportant l'inscription « 1576 ΕΠΕΧΩ.43 », soit l'année de réalisation du jeton, la formule de la suspension du jugement, figurant par ailleurs sur une poutre dans la librairie, et l'âge de Montaigne.

7. Allusion au débat sur la transsubstantiation : certains Réformés faisaient valoir que si le Christ était au ciel, il ne pouvait être présent dans les espèces dans l'eucharistie.

8. Pline l'Ancien, *Histoire naturelle,* II, VII.

Page 288.

1. Horace, *Odes,* III, XXIX, 43-48.

2. On peut penser, pour un des plus fameux exemples, à la célèbre définition néoplatonicienne et thomasienne qui fait de Dieu un « *bonum diffusivum sui* ». La superposition des attributs de Dieu et de l'essence divine est très sensible au chap. XLII de la *Théologie naturelle* de Sebond.

Page 289.

1. Pline l'Ancien, *Histoire naturelle,* II, XXIII.
2. Voir Sénèque, *Lettres à Lucilius,* XCII, 27.
3. Voir Plutarque, *Des opinions des philosophes,* 884 e.
4. Voir Tertullien, *Contre Praxeas,* VII.
5. Cicéron, *De natura deorum,* II, LXVI, 167.
6. *Ibid.,* III, XXXV, 86.
7. Saint Augustin, *Cité de Dieu,* XI, XXII.
8. Voir Cicéron, *Académiques,* « Lucullus », XXXVIII, 121.

Page 290.

1. Épicure allégué par Cicéron, *De natura deorum,* I, XVII, 45.
2. *Ibid.,* I, XIX, 50.
3. D'après *id., De divinatione,* I, LVII, 129.
4. Voir Épître aux Romains, I, 22-23.
5. P. Villey mentionne la probable utilisation, pour ces exemples, des médailles trouvées par Montaigne dans son exemplaire de *De la religion des anciens Romains* (Guillaume du Choul, Lyon, 1557).
6. Femme de Marc Aurèle, Faustine fut divinisée par décret sénatorial, malgré une vie marquée par la débauche.

7. Lucain, *Pharsale,* I, 486.

8. Pline l'Ancien, *Histoire naturelle,* II, VII, cité par saint Augustin, *Cité de Dieu,* VIII, XXIII.

Page 291.

1. Voir Plutarque, *Les Dits notables des Lacédémoniens,* 210 c-d.

2. Voir saint Augustin, *Cité de Dieu,* VIII, XXIV.

3. Lucain, *Pharsale,* I, 452-453.

4. Voir Cicéron, *De natura deorum,* III, XIII-XIV.

5. *Ibid.*, II, VI-VII (raisonnement chrysippéen).

Page 292.

1. *Ibid.*, II, XVI, 3.

2. Horace, *Satires,* II, III, 319.

3. Saint Augustin, *Cité de Dieu,* XII, XVII.

Page 293.

1. D'après Flavius Josèphe, *Antiquités judaïques,* XVIII, 4, à une différence près : il s'agit d'Anubis et non de Sérapis. Cet exemple est repris dans de nombreux ouvrages : Corneille Agrippa, *De incertitudine,* LXIV ; Du Verdier, *Suite des diverses leçons,* IV, VIII ; J. Wier, *Histoires, disputes et discours des illusions et impostures des diables,* III, XXVI.

2. Voir Saint Augustin, *Cité de Dieu,* VI, VII.

3. D'après Diogène Laërce, *Vies et Opinions,* III, 1-2.

Page 294.

1. Voir G. Postel, *Des histoires orientales et principalement des Turkes,* Paris, J. Marnef, 1575, p. 230 ; la généalogie des Merlins est reprise par A. Thevet dans sa *Cosmographie universelle,* Paris, G. Chaudière, 1575, f° 919.

2. Voir Cicéron, *De natura deorum,* I, XXVII, 76.

3. *Ibid.*, I, XVIII, 48.

4. *Ibid.*, I, XXVII, 76.

5. Voir Eusèbe de Césarée, *Préparation évangélique,* XIII, XIII. L'emprunt est probablement issu de Ph. du Plessis-Mornay, *De la vérité de la religion chrétienne,* chap. I et IV.

Page 295.

1. Cicéron, *De natura deorum,* I, XXVII, 77.

2. Horace, *Odes,* II, XII, 6-9.

3. Virgile, *Énéide*, II, 610-613.
4. Voir Hérodote, *Histoires*, I, CLXXII.

Page 296.

1. Tite-Live, *Histoire romaine*, XXVII, XXIII, 2.
2. Virgile, *Énéide*, I, 16-17.
3. Source non identifiée, citée par Cicéron en *De divinatione*, II, LVI, 115. Les Grecs considéraient que le temple delphique d'Apollon Pythien était placé au centre du monde, en son exact nombril (ὀμφαλός).
4. Ovide, *Fastes*, III, 81-85.
5. *Ibid.*, I, 294.
6. D'après les formules de saint Augustin, *Cité de Dieu*, IV, IX et XI.
7. *Ibid.*, IV, VIII.

Page 297.

1. *Ibid.*, VI, III.
2. Ovide, *Métamorphoses*, I, 194-195, cité par Vivès dans son commentaire de la *Cité de Dieu*, III, XII.
3. Voir saint Augustin, *Cité de Dieu*, VI, V.
4. Voir Plutarque, *Des oracles qui ont cessé*, 415 b-426 d.
5. *Ibid.*, et *id.*, *Des communes conceptions contre les Stoïques*, 1075 a-1075 b.
6. Ovide, *Métamorphoses*, VIII, 99.
7. Pour Varron et Scévola, voir respectivement saint Augustin, *Cité de Dieu*, IV, XXXI et IV, XXVII.
8. *Ibid.*
9. Phaëton fut puni par la foudre de n'avoir su conduire le char du Soleil son père.
10. Voir Diogène Laërce, *Vies et Opinions*, II, 10 et Xénophon, *Mémorables*, IV, VII, 2.
11. Voir Cicéron, *De natura deorum*, II, XXII, 57.

Page 298.

1. *Id.*, *Académiques*, « Lucullus », XXXVI, 117.
2. Voir Xénophon, *Mémorables*, IV, VII, 2.
3. Voir Cicéron, *Académiques*, « Lucullus », XXXIII, 106.
4. D'après Xénophon, *Mémorables*, IV, VII, 7.
5. Platon, *Timée*, 40 d.

Page 299.

1. Ovide, *Métamorphoses*, II, 107-108.
2. Platon, *République*, X, 617 b.
3. Ces vers, que l'on trouve dans les *Satires Ménippées* fragmentaires de Varron (92-96), sont cités par Valérius Probus dans ses annotations sur la VIe églogue de Virgile.
4. Voir Platon, *Second Alcibiade*, 147 b, dans la traduction de Ficin : « *Est enim ipsa natura universa poesis ænigmatum plena* » (« En effet, par sa nature même, la poésie est pleine d'énigmes »). On notera le fructueux contresens de Montaigne qui transforme l'ablatif en nominatif.

Page 300.

1. Cicéron, *Académiques*, « Lucullus », XXXIX, 122.
2. Voir Diogène Laërce, *Vies et Opinions*, III, 26.
3. [1595] : « Platon n'est qu'un poète décousu. Toutes les sciences surhumaines s'accoutrent du style poétique. Tout »
4. *Timée*, 72 d.

Page 301.

1. D'après un passage de Corneille Agrippa (*De incertitudine*, XXX) concernant l'astronomie.
2. Le microcosme, par opposition (mais aussi complémentarité) avec le macrocosme. Montaigne a pu trouver une explication sur ce terme chez Agrippa dans le *De occulta philosophia*, III, XXXVI.
3. Voir Platon, *Critias*, 107 b.
4. Cette anecdote célèbre — tout comme le vers d'Ennius qui suit — a certainement été tirée par Montaigne du chapitre XXX (« *De astronomia* ») du *De incertitudine* de Corneille Agrippa. Pour les sources antiques (avec des variantes) : Platon, *Théétète*, 174 a et Diogène Laërce, *Vies et Opinions*, I, 34.

Page 302.

1. Démocrite cite ici un vers de l'*Iphigénie* d'Ennius (Cicéron, *De divinatione*, II, XIII, 30).
2. Platon, *Théétète*, 174 a.
3. Horace, *Épîtres*, I, XII, 16-19.

Page 303.

1. Voir Ecclésiaste, XI, 5 reproduit sur une solive de la première travée dans la bibliothèque.

2. Pline l'Ancien, *Histoire naturelle,* II, XXXVII.

3. Saint Augustin, *Cité de Dieu,* XXI, X.

4. [1580] : « homme ne l'a su, comme dit Salomon. Et ne le met on pas »

Page 304.

1. L'argument est principalement utilisé par Omer Talon dans son commentaire des *Académiques* de Cicéron : « On retrouve la vanité d'une même erreur chez certains Aristotéliciens qui ont une telle considération pour leur maître qu'ils pensent qu'il est un Dieu et qu'ils croient que rejeter Aristote revient presque à rejeter la nature, la vérité et Dieu » (*Audomari Talæi in Lucullum Ciceronis Commentarii,* Paris, Matthieu David, 1550, p. 15, nous traduisons).

2. Voir Plutarque, *Vie de Lycurgue,* LXI.

3. Ce « contrerôle » des théories sur les principes naturels est inspiré de celui que donne Corneille Agrippa au chapitre L du *De incertitudine.* Voir également Sextus Empiricus, *Hypotyposes pyrrhoniennes,* III, VI, 30-32 et Cicéron, *Académiques,* « Lucullus », XXXVII, 118. Pour Musée, voir saint Augustin, *Cité de Dieu,* XVIII, XIV.

4. Il s'agit ici de Diogène d'Apollonie.

5. Dans le chapitre mentionné ci-dessus, Agrippa argumente en ce sens, tout comme Guy de Bruès dans ses *Dialogues contre les nouveaux académiciens,* Paris, G. Cavellat, 1557, p. 61.

Page 305.

1. Agrippa, au premier chapitre du *De incertitudine,* rapproche ce principe propre aux Péripatéticiens des Pythagoriciens.

Page 306.

1. Au dogmatisme scolastique, Montaigne oppose ici le scepticisme, « l'examen » fondé sur un mouvement antithétique producteur d'une présomption d'isosthénie, ouvrant à la suspension du jugement. Voir *Hypotyposes pyrrhoniennes,* I, IV, 8-10.

2. Platon, *République,* V, 480 a.

3. Voir Corneille Agrippa, *De incertitudine,* I.

Page 308.

1. Voir Diogène Laërce, *Vies et Opinions,* I, 24.

2. Lucrèce, *De rerum natura,* I, 112-116.

3. Ce contrerôle doxographique sur la nature de l'âme qui va jusqu'à l'opinion de Lactance est lisible chez Agrippa, *De incertitudine*, LII — à quelques auteurs près. Voir aussi Guy de Bruès, *Dialogues contre les nouveaux académiciens*, p. 74-75. Pour les sources antiques, voir Sextus Empiricus, *Hypotyposes pyrrhoniennes*, II, V, 31-33 et Cicéron, *Tusculanes*, I, X, 21.

4. Virgile, *Énéide*, IX, 349.

Page 309.

1. *Ibid.*, VI, 730.

2. Lucrèce, *De rerum natura*, III, 99-100.

3. La définition, rapportée par Cicéron en *Tusculanes*, I, X, 22, est proposée en de tels termes par Agrippa au même chapitre LII du *De incertitudine*.

4. Cicéron, *Tusculanes*, I, XI, 23.

5. Saint Bernard, *Liber de anima*, chap. I.

6. Voir Diogène Loërce, *Vies et Opinions*, IX, 7.

7. Le terme «*dissensio*», utilisé par Cicéron dans les *Académiques* («Lucullus», XLII, 129) et récupéré par Agrippa, est choisi par Gentian Hervet dans sa traduction de l'*Adversus Mathematicos* pour rendre une des notions sceptiques fondamentales: la διαφωνία, désaccord entre les opinions qui, nourrissant la σκέψις, permet de parvenir à la suspension du jugement. La «dissension» constitue même le premier des cinq tropes d'Agrippa (voir Sextus Empiricus, *Hypotyposes pyrrhoniennes*, I, XV, 165).

8. La controverse sur la localisation de l'âme suit celle de sa nature chez Agrippa, toujours au même chapitre LII, introduite par une même remarque ironique.

9. Lucrèce, *De rerum natura*, III, 102-103.

Page 310.

1. *Ibid.*, III, 141-142.

2. Voir Exode, XXIII, 18.

3. Cicéron, *Tusculanes*, I, XXVIII, 67.

4. Tiré de Guy de Bruès, *Dialogues contre les nouveaux académiciens*, p. 78.

Page 311.

1. Voir Sénèque, *Lettres à Lucilius*, LVII, 7.

2. C'est l'opinion d'Origène. Voir saint Augustin, *Cité de Dieu*, XI, XXIII.

3. Plutarque, *Vie de Thésée*, I : « Ainsi comme les historiens qui décrivent la terre en figure [...] ont accoutumé de supprimer aux extrémités de leurs cartes les régions dont ils n'ont point de connaissance ».

4. Voir Diogène Laërce, *Vies et Opinions*, VI, 40 pour la définition et la réplique comique de Diogène le Cynique ; voir aussi Sextus Empiricus, *Hypotyposes pyrrhoniennes*, II, 28 ou Platon, *Politique*, 266 a.

5. Pour cette critique de l'atomisme, voir Cicéron, *De finibus*, I, XVIII.

Page 312.

1. Voir Cicéron, *De natura deorum*, II, XXXVII, 93-94.

2. *Ibid.*, III, IX, 22-23.

3. [1580] : « sectes, comme il s'en voit infinis chez Plutarque contre les Épicuriens et Stoïciens : et en Sénèque contre les Péripatéticiens. Jugeons »

Page 313.

1. [1580] : « plus lâches. Combien de fois leur voyons dire des choses diverses et contraires ? Car ce même Platon »

2. Platon, *Premier Alcibiade*, 129 e.

Page 314.

1. Cicéron, *De divinatione*, II, LVIII, 119.

2. Voir Diogène Laërce, *Vies et Opinions*, III, 67 et Cicéron, *Académiques*, « Lucullus », XXXIX, 124, repris par Guy de Bruès, *Dialogues contre les nouveaux académiciens*, p. 79 et par Vivès commentant saint Augustin, *Cité de Dieu*, XIV, XIX.

Page 315.

1. Claudien, *De sexto consulatu Honorii*, V, 411-412, allégué par Juste Lipse, *Politicorum libri VI*, IV, IX.

2. Lucrèce, *De rerum natura*, III, 143-144.

3. Voir Guy de Bruès, *Dialogues contre les nouveaux académiciens*, p. 116 et Corneille Agrippa, *De incertitudine*, LII.

4. Virgile, *Géorgiques*, IV, 221-226.

Page 316.

1. Voir Plutarque, *Pourquoi la justice divine diffère...*, 559 e.

2. Vers d'Homère traduit en latin (Mentor s'adressant à Télémaque) : *Odyssée*, II, 271.

3. Horace, *Odes*, IV, IV, 29.

4. Lucrèce, *De rerum natura*, III, 741-743 et 746-747, avec une modification sur «*acris*».

5. La «justice divine» est liée bien sûr à celle dont parle Plutarque dans l'opuscule mentionné *supra*, mais aussi à l'avertissement consigné en Exode, XX, 5 et XXXIV, 7.

Page 317.

1. Lucrèce, *De rerum natura*, III, 671-673.

2. Platon, *Phédon*, 72 e.

Page 318.

1. Lucrèce, *De rerum natura*, III, 674-676, avec modification de «*longiter*».

2. Platon, *République*, 615 a-b.

3. Saint Augustin mentionne en premier lieu Origène (*Cité de Dieu*, XXI, XVII).

Page 319.

1. Lucrèce, *De rerum natura*, III, 445-446.

2. *Ibid.*, III, 510-511.

3. *Ibid.*, III, 175-176.

Page 320.

1. *Ibid.*, 499-501.

2. Sur cette phobie de l'eau suite à la morsure par un chien enragé, voir A. Paré, *Des venins*, XVIII.

3. Lucrèce, *De rerum natura*, III, 492-494.

Page 321.

1. *Ibid.*, III, 463-466.

2. Voir Cicéron, *Tusculanes*, I, XI, 25.

3. Lucrèce, *De rerum natura*, III, 800-805.

Page 322.

1. *Ibid.*, III, 458.

2. Voir Cicéron, *De divinatione*, II, LVIII, 119.

3. *Ibid.*

4. Lucrèce, *De rerum natura*, III, 110-111.

5. Aristote, *Métaphysique*, I, 993 b 9-11, allégué par Du Plessis-Mornay dans *De la vérité de la religion chrétienne*, XVI.

6. Cicéron, *Tusculanes*, I, XVI, 38.

7. Voir Diogène Laërce, *Vies et Opinions*, I, 24.

Page 323.

1. Voir Corneille Agrippa, *De incertitudine*, LII.

2. Sénèque, *Lettres à Lucilius*, CII, 2.

3. Platon, *Lois*, X, 905 a *sq*.

4. Voir Cicéron, *Tusculanes*, I, XIV-XV.

Page 324.

1. *Id.*, *Académiques*, « Lucullus », XXXVIII, 121.

2. Voir Genèse, XI, 1-9 ainsi que le commentaire augustinien en *Cité de Dieu*, XVI, IV, qui fait de la Tour le produit de la « présomption » humaine.

3. Saint Paul, Première épître aux Corinthiens, I, 19. Première occurrence en II, 12, p. 250.

4. Saint Augustin, *Cité de Dieu*, XI, XXII.

Page 325.

1. Sénèque, dont la citation suit : *Lettres à Lucilius*, CXVII, 6.

2. Cicéron, *Tusculanes*, I, XXXI, 77.

3. Voir Corneille Agrippa, *De incertitudine*, fin du chapitre LII.

4. Hérodote mentionne en II, 133 une croyance égyptienne en la métempsycose.

Page 326.

1. Voir Diogène Laërce, *Vies et Opinions*, VIII, 4-5.

2. Voir Plutarque, *De la face qui apparaît au rond de la lune*, 943 b.

3. Virgile, *Énéide*, VI, 719-721.

4. Voir saint Augustin, *Cité de Dieu*, XXI, XVII.

5. *Ibid.*, XXII, XXVIII.

6. Voir le commentaire de Vivès *ibid.*

7. Platon, *Ménon*, 81 a-d.

8. *Id.*, *Timée*, 42 b-c.

9. [1580] : « en maison. Socrates, Platon, et quasi tous ceux qui ont voulu croire l'immortalité des âmes, se sont laissés emporter à cette invention, et plusieurs nations comme entre autres la nôtre et nos Druides. Mais je ne veux »

Page 327.

1. Lucrèce, *De rerum natura*, III, 776-780.
2. Selon le témoignage de Lucrèce, *ibid.*, III, 713 *sq.*
3. Sur cette théorie des deux âmes, l'une sensitive et mortelle, l'autre intellective et immortelle, voir Corneille Agrippa, *De incertitudine*, LII.
4. Voir Tertullien, *Contre Praxeas*, VII.
5. Cette opinion teintée de platonisme aurait été celle d'Origène selon Vivès dans son commentaire à la *Cité de Dieu*, IX, XI.
6. Voir Plutarque, *Des oracles qui ont cessé*, 414-415.

Page 328.

1. *Id.*, *Vie de Romulus*, XLVII : reprise littérale de la traduction d'Amyot.
2. Il s'agit de *De la face qui apparaît au rond de la lune* et de *De l'esprit familier de Socrate*.
3. Ce nouveau « contrerôle » est tiré de Corneille Agrippa, *De incertitudine*, LXXXII.

Page 329.

1. Voir Diogène Laërce, *Vies et Opinions*, II, 17-19.
2. La grossesse de onze mois était une opinion répandue et forte de l'autorité d'Aristote et d'Hippocrate : Rabelais fait ainsi porter Gargantua onze mois durant, gestation que Montaigne revendique pour lui-même. Dès Alciat et Tiraqueau, la question a connu un traitement juridique, certaines autorités comme Justinien refusant de reconnaître une grossesse de plus de dix mois.

Page 330.

1. Pline l'Ancien, *Histoire naturelle*, II, I.
2. Voir Diogène Laërce, IX, 51, Cicéron, *Académiques*, « Lucullus », XLVI, 142 et Platon, *Théétète*, 152 a ou *Cratyle*, 385 e-386 a.
3. Voir Diogène Laërce, *Vies et Opinions*, I, 36.
4. Voir *supra*, p. 213, n. 1.
5. Tel est le principe autoabolitif de l'examen sceptique qui, comme Montaigne l'a signalé plus haut, est un processus qui ne laisse rien perdurer, à l'image de la rhubarbe purgative et de l'« antipéristase », mouvement physique opérant par contrecoup, qu'Estienne convoque dans sa préface aux *Hypotyposes*.

Perdre les « nouveaux docteurs » de la Réforme et le rationalisme qu'ils symbolisent, c'est aussi risquer de saper sa propre position.

Page 331.

1. Voir Plutarque, *Comment on pourra discerner le flatteur d'avec l'ami,* 50 e.

2. [1595] : « tous les deux. J'ai vu réprouver pour injustes, des armes et conditions de combat singulier désespérées, et auxquelles celui qui les offrait, mettait lui et son compagnon en termes d'une fin à tous deux inévitable. Les »

3. Voir J. Osorio da Fonseca, *Histoire de Portugal,* XII, XXIII.

4. Voir la définition aristotélicienne de la vertu comme un juste milieu en *Éthique à Nicomaque,* II, VI, 1106 b 36-1107 a 2.

5. Proverbe cité par Pétrarque dans son *Canzoniere,* CV, 48.

6. [1580] : « fantaisie, et qui se fut servi à faire son amas d'autres que de notre Plutarque. Toutefois »

Page 332.

1. Voir Plutarque, *Contre l'épicurien Colotès,* 1124 d.

2. Platon, *Lois,* 874 e-875 a.

Page 333.

1. L'expression, traditionnelle dans la controverse, désigne les protestants, et notamment leurs pasteurs, qui font figure — au dire des catholiques soumis à la Tradition — de rationalistes en promouvant le libre examen par les lumières naturelles en matière religieuse.

2. Cicéron, *Tusculanes,* II, II, 5.

3. [1580] : « Mais à présent que nous recevons les arts par autorité et ordonnance et que notre institution est prescrite et bridée : on ne regarde plus »

Page 334.

1. La critique de la chiromancie provient de Guy de Bruès, *Dialogues contre les nouveaux académiciens,* éd. cit., p. 94.

2. Traduit de Corneille Agrippa, *De incertitudine,* I.

Page 335.

1. Ovide, *Métamorphoses,* X, 284-286.

2. Voir Corneille Agrippa, *De incertitudine,* I.

3. Cicéron, *Académiques,* « Lucullus », XLI, 128.

Page 336.

1. Ovide, *Tristes*, I, II, 5.

2. Voir « Des boiteux », III, 11, p. 349 : « la vérité et le mensonge ont leurs visages conformes, le port, le goût et les allures pareilles : nous les regardons de même œil ».

3. Voir Cicéron, *Académiques*, « Lucullus », X, 32.

4. Voir la distinction opérée par Clitomaque entre deux types d'assentiment, dont l'un n'implique aucune « résolution » absolue, et rapportée par Cicéron, *ibid.*, « Lucullus », XXXII, 103-104.

5. [1580] : « L'avis des Pyrrhoniens est plus hardi et quant et quant beaucoup plus véritable et plus ferme : car ». La modification sur l'E.B. ne constitue pas une modération du point de vue sur le pyrrhonisme, mais au contraire une radicalisation de ce dernier et un ajustement de la pertinence de sa compréhension : outre l'ironie qu'il y a à faire des probabilistes les moins probables des deux sectes, la prise en compte du caractère autosuspensif de l'examen sceptique — qui pousse Sextus Empiricus à le décrire sur le mode de la simple « vraisemblance » et de « l'approximation » — conduit Montaigne à revenir sur la « fermeté » et la « vérité » de la position pyrrhonienne, termes induisant un résultat stable et définitif que contredit la logique zététique qui devrait reconduire l'enquête à l'infini. Le scepticisme est « vraisemblable », mais non au sens néo-académicien du terme que ces pages récusent : au sens où la vraisemblance est une simple plausibilité qui s'impose à celui qui expérimente l'exercice spirituel qu'est la σκεψίς, apparence reçue passivement, sans aucune maîtrise ni évaluation des degrés de proximité ou d'éloignement avec le vrai. Sur la distinction entre le « vraisemblable » (πιθανότης) entre néo-académiciens et pyrrhoniens, voir *Hypotyposes pyrrhoniennes*, I, XXXIII, 230.

Page 337.

1. Montaigne fait valoir ici l'argument du sorite portant initialement sur la constitution d'un tas par adjonctions successives de grain. Voir Cicéron, *Académiques*, « Lucullus », XVI, 49.

2. *Ibid.*, « Lucullus », XXXVIII, 90.

Page 338.

1. Voir le quatrième mode d'Énésidème (selon les « circonstances ») en *Hypotyposes pyrrhoniennes*, I, XIV, 100-117.

2. Premier des cinq tropes d'Agrippa sur la dissension entre les opinions (voir Sextus Empiricus, *Hypotyposes pyrrhoniennes*, I, xv, 165).

Page 339.

1. Lucrèce, *De rerum natura*, V, 1414-1415, avec suppression du segment « *fere melior* ».

Page 341.

1. Voir Plutarque, *Les Dits notables des Lacédémoniens*, 223 e.

2. Voir Alexander ab Alexandro, *Geniales dies*, III, v : l'anecdote est utilisée par G. Bouchet dans ses *Sérées*, I, 9 (1582).

3. Vers d'Homère (*Odyssée*, XVIII, 136-137) cités par saint Augustin dans leur traduction cicéronienne : *Cité de Dieu*, V, VIII. Déjà cités en II, 1, p. 15.

Page 343.

1. Horace, *Odes*, I, XXVI, 3-6.

Page 344.

1. Voir « De la vanité », III, 9, p. 261.

2. Catulle, *Élégies*, XXV, 12-13.

Page 345.

1. Image que l'on trouve chez Plutarque, *De la vertu morale*, 446 a.

2. Voir Cicéron, *Tusculanes*, IV, XXIII, 52.

3. *Ibid.*

4. Cette réflexion et l'illustration qui suit, englobant les philosophes, est cicéronienne : voir *ibid.*, IV, XIX, 43-44.

5. *Ibid.*, IV, XX, 45-46.

Page 346.

1. *Ibid.*, V, VI, 165.

2. [1580] : « et sollicitations, qui acheminent l'âme aux opérations vertueuses ? Au moins ceci ne savons-nous que trop, que les passions produisent infinies et perpétuelles mutations en notre âme, et la tyrannisent merveilleusement. Le jugement d'un homme, courroucé ou de celui qui est en crainte, est-ce le jugement qu'il aura tantôt quand il sera rassis ? Quelles différences »

3. Voir le Pseudo-Aristote, *Problème XXX*, *passim*, et Platon, *Phèdre*, 244 a.

4. Voir Cicéron, *De divinatione*, I, LVII, 129. Il s'agit ici de méthodes qui ne provoquent pas artificiellement le processus de divination, mais qui répondent à une réception passive du sujet dans la fureur et le sommeil, qui est « image de la mort » (voir *ibid.* I, XXX, 63).

Page 347.

1. Voir Ovide, *De remedio amoris*, 137.

Page 348.

1. Virgile, *Énéide*, XI, 624-628.

Page 349.

1. Voir Plutarque, *De la face qui apparaît au rond de la lune*, 923 a.

2. Voir Cicéron, *Académiques*, « Lucullus », XXX, 123.

3. [1580] : « jusques à ce qu'il y a environ quinze cents ans, que quelqu'un s'avisa de maintenir ».

4. Copernic publie son *De revolutionibus orbium cœlestium* en 1543.

Page 350.

1. Lucrèce, *De rerum natura*, V, 1276-1280.

Page 351.

1. Le fameux alchimiste (1493-1541) avait inauguré sa prise de chaire à l'université de Bâle en brûlant les ouvrages de Galien et d'Avicenne.

2. Le personnage n'est pas identifié.

3. Cœlius Rhodiginus renvoie, dans ses *Antiquarum lectionum libri* (XX, XVIII-XIX) au traité *Des vents* qu'aurait rédigé Théophraste.

Page 352.

1. Voir « De la force de l'imagination », I, 21, p. 246, n. 2. Peletier publia en 1549 une *Arithmetica*. La démonstration des asymptotes avait toutefois déjà été faite par Apollonios de Perga au deuxième livre de ses *Coniques*.

2. Les arguties pyrrhoniennes contestant la manière dogmatique de rendre compte des évidences avaient été mises en

relief par Estienne dans sa préface, prenant la précaution de désavouer « ces discussions où les [sceptiques] allaient jusqu'à nier les évidences sensibles » (nous traduisons). Estienne avait notamment développé la réfutation comique du mouvement par le médecin Hérophile confronté à Diodore venu lui parler de la luxation de son épaule.

3. Claude Ptolémée, astronome et géographe grec du IIe siècle apr. J.-C., restait avec sa *Géographie* une référence cartographique au XVIe siècle.

4. Guy de Bruès souligne dans ses *Dialogues contre les nouveaux académiciens* (éd. cit., p. 69) la récusation des antipodes par saint Augustin (*Cité de Dieu*, XVI, IX) et Lactance (*Institutions divines*, III, XXIII).

5. Condensation de deux vers de Lucrèce, *De rerum natura*, V, 1412-1413 : « *Nam quod adest præsto, nisi quid cognovimus ante / suavius, in primis placet et pollere videtur.* »

6. Platon, *Politique*, 272 d.

7. Hérodote, *Histoires*, II, CLXII.

Page 353.

1. Voir le commentaire de Vivès à saint Augustin, *Cité de Dieu*, XII, X.

2. Saint Augustin, *Cité de Dieu*, XII, XIII. Vivès voit derrière ce personnage Origène. Les sources mentionnées seraient Ecclésiaste, I, 9-10 et Isaïe, LXV, 17.

3. L'Académie de Platon. La cosmologie ici présentée est celle du *Timée*, 34 *sq*.

4. Voir Diogène Laërce, *Vies et Opinions*, IX, 8, mentionné par Vivès dans son commentaire de *Cité de Dieu*, XII, XI.

5. Apulée cité par saint Augustin, *Cité de Dieu*, XII, X : à rapprocher du *De deo Socratis* d'Apulée, IV, 127.

6. *Ibid.*, XII, X et VIII, V.

7. Vivès, *ibid.* (alléguant Cicéron, *De divinatione*, I, XIX, 36 et Diodore de Sicile, *Bibliothèque historique*, III, XXXI).

8. *Ibid.*

9. *Ibid.*

10. *Ibid.*, XII, XI et Diogène Laërce, *Vies et Opinions*, X, 45.

Page 354.

1. Le développement sur le Nouveau Monde puise dans Lopez de Gomara, *Histoire générale des Indes,* 1584 pour la trad. française de Martin Fumée, III, XXII et XXXIII.

Page 355.

1. Après l'allusion au Déluge, Montaigne produit une allusion au miracle des ossements revivifiés par l'esprit de Dieu en Ézéchiel, XXXVII, 1-14.

Page 357.

1. [1582] : « sottise de me fier maintenant à ce que ceux-ci en disent [p. 311]. Aristote dit que toutes les opinions humaines ont été par le passé, et seront à l'avenir, infinies autres fois : Platon, qu'elles ont à renouveler et revenir en être, après trente six mille ans. Si nature enserre... »

2. Bodin expose cette théorie des climats déjà présente chez Aristote (*Politique,* VII, VII, 1327 b) au chapitre V de la *Méthode de l'histoire.*

3. Végèce, *Art militaire,* I, II, cité par Juste Lipse dans ses *Politicorum libri VI,* V, X.

4. Voir Platon, *Timée,* 24 c-d.

5. Cicéron, *De fato,* IV, 7.

Page 358.

1. Voir Hérodote, *Histoires,* IX, CXXI et Plutarque, *Les Dits notables des anciens rois,* 172 f.

Page 359.

1. Juvénal, *Satires,* X, 4-6.

2. Voir Xénophon, *Mémorables,* I, III, 2.

3. Voir Platon, *Second Alcibiade,* 148 c.

4. Juvénal, *Satires,* X, 352-353.

5. Allusion à la prière du *Notre Père.*

6. [1580] : « désirer ce qui lui est propre. C'est pourquoi le Chrétien plus humble, et plus sage, et mieux reconnaissant que c'est que de lui se rapporte à son créateur de choisir et ordonner ce qu'il lui faut. Il ne le supplie d'autre chose, sinon que sa volonté soit faite : autrement il lui adviendrait à l'aventure ce que les poètes »

7. D'après Ovide, *Métamorphoses,* XI, 85-145.

8. *Ibid.*, XI, 127-128.

9. Sur cette distinction datant de Louis XI, voir « Des récompenses d'honneur », II, 7, p. 80.

Page 360.

1. Exemples fameux rapportés entre autres par Cicéron en *Tusculanes*, I, XLVII, 113-14 ou par Plutarque en *Consolation envoyée à Apollonius sur la mort de son fils*, 108 e-109 a.

2. Psaumes, XXII.

3. Juvénal, *Satires*, X, 346-348 et 350.

4. Traduit de Xénophon, *Mémorables*, I, III, 2.

5. Voir saint Augustin, *Cité de Dieu*, XIX, I.

6. Cicéron, *De finibus*, V, V, 14.

Page 361.

1. Horace, *Épîtres*, II, II, 61-64.

2. Voir Plutarque, *Comment il faut ouïr*, 44 b : « Pythagoras, qui disait que de l'étude de la philosophie, il lui était demeuré le fruit, qu'il n'avait rien en admiration ».

3. Horace, *Épîtres*, I, VI, 1-2.

4. Aristote, *Éthique à Nicomaque*, IV, III, 1125 a.

5. Voir Sextus Empiricus, *Hypotyposes pyrrhoniennes*, I, XXXIII, 232-233.

6. Voir *ibid.*, I, XII, 25-30.

7. Sur le caractère non assertif de la prise de parole pyrrhonienne, voir *ibid.*, I, I, 4 ; I, VII, 15 ; I, XX, 192-193.

Page 362.

1. Juste Lipse (1547-1606), humaniste des Pays-Bas, enseignant principalement à Louvain et à Leyde, se distingua par une œuvre de polygraphe touchant aussi bien l'histoire, la politique ou la philosophie.

2. Sur Turnèbe, voir p. 162, n. 2.

3. Xénophon, *Mémorables*, I, III, 1.

4. Henri VIII provoqua un schisme à l'intérieur de l'Église chrétienne d'Occident en se proclamant chef de l'Église anglicane en 1534. Marie Tudor réinstaura le catholicisme romain en 1553, avant qu'Élisabeth Ire ne rétablisse la religion anglicane six ans plus tard. En épousant en 1152 Henri d'Anjou, le futur roi Henri II, Aliénor d'Aquitaine fit de Bordeaux une

ville anglaise, ce qui demeurera inchangé jusqu'au milieu du XVe siècle.

Page 363.

1. Par les Lestonnac, Montaigne était allié à la famille des Makanam (voir M. Meaudre de Lapouyade et A. Saint-Saud, *Les Makanam*, Bordeaux, Féret, 1943).

Page 364.

1. Sur la relativité des lois, voir le 10e mode d'Énésidème en *Hypotyposes pyrrhoniennes*, I, XIV, 145-163.
2. Reformulation partisane de Platon, *Théétète*, 172 a-b.
3. Platon, *République*, I, 338 c. Voir aussi G. de Bruès, *Dialogues contre les nouveaux académiciens*, p. 255.
4. Voir Plutarque, *Dits notables des Lacédémoniens*, 234 a et G. de Bruès, *Dialogues contre les nouveaux académiciens*, p. 13.
5. Voir Sextus Empiricus, *Hypotyposes pyrrhoniennes*, I, XIV, 152 et III, XXIV, 205.
6. Ovide, *Métamorphoses*, X, 331-333.

Page 365.

1. Cicéron, *De finibus*, V, XXI, 59-60.
2. [1580] : « de quelque nation. Toutes les choses du monde, tous les sujets ils ont divers »
3. Tiré de Sextus Empiricus, *Hypotyposes pyrrhoniennes*, III, XXV, 247-248.

Page 366.

1. Voir Plutarque, *Vie de Lycurgue*, XXXVI.
2. Voir Sextus Empiricus, *Hypotyposes pyrrhoniennes*, III, XXIV, 204 et Diogène Laërce, *Vies et Opinions*, II, 78.
3. Voir Diogène Laërce, *Vies et Opinions*, II, 67.
4. *Ibid.*, II, 68.
5. Virgile, *Énéide*, III, 539-543.

Page 367.

1. Voir Diogène Laërce, *Vies et Opinions*, I, 63.
2. *Ibid.*, II, 35.
3. [1580] : « à divers effets. Il advient de cette diversité de visages, que les jugements s'appliquent diversement au choix des choses. Nous portons »

4. Voir Sextus Empiricus, *Hypotyposes pyrrhoniennes*, III, XXIV, 203.

5. *Ibid.*, III, XXIV, 200.

6. *Ibid.*, III, 208.

7. Juvénal, *Satires*, XV, 36-38.

8. Juristes italiens célèbres pour leurs gloses : Bartolo da Sassoferrato (né à Rave di Venatura, 1314-1347) et Baldo degli Ubaldi (né à Pérouse, 1327-1400).

Page 368.

1. Voir Plutarque, *Les Règles et préceptes de santé*, 126 a.

2. Cicéron, *Tusculanes*, V, XXXIII, 94.

3. *Id.*, *De finibus*, III, XX, 68.

4. Sénèque, *Lettres à Lucilius*, CXXIII, 15.

5. Voir Cicéron, *Tusculanes*, IV, XXXIV, 71.

6. Voir Aristote, *Politique*, 1265 b.

Page 369.

1. Voir Plutarque, *Les Contredits des philosophes stoïques*, 1047 f.

2. Voir Hérodote, *Histoires*, VI, CXXIX.

3. Voir Diogène Laërce, *Vies et Opinions*, IV, 94.

Page 370.

1. [1580] : « refusaient et dédaignaient la plupart de nos cérémonies. Chacun a ouï parler de la déshontée façon de vivre des philosophes Cyniques. Chrysippus disait qu'un philosophe fera une douzaine de culbutes en public, voire sans haut-de-chausses, pour une douzaine d'olives. Et cette honnêteté et révérence, que nous appelons de couvrir et cacher aucunes de nos actions naturelles et légitimes, de n'oser nommer les choses par leur nom, de craindre à dire ce qu'il nous est permis de faire, n'eussent-ils pas pu dire avec raison, que c'est plutôt une afféterie et mollesse inventée aux cabinets mêmes de Vénus, pour donner prix et pointe à ses jeux ? N'est-ce pas un allèchement, une amorce et un aiguillon à la volupté. Car l'usage nous fait sentir évidemment que la cérémonie, la vergogne, et la difficulté ce sont aiguisements et allumettes à ces fièvres-là. C'est ce que disent aucuns, que d'ôter »

2. Voir Corneille Agrippa, *De incertitudine*, LXIV.

3. Martial, *Épigrammes*, III, LXIX.

4. *Ibid.*, I, LXXIV.

5. Pour cette anecdote sur Diogène, voir Jean de Léry, *Histoire d'un voyage fait en la terre du Brésil*, XVII : « ce vilain Philosophe cinique, qui trouvé sur le fait, au lieu d'avoir honte, dit qu'il plantoit un homme » (éd. F. Lestringant, Livre de poche, 1994, p. 437).

6. Saint Augustin ; voir *Cité de Dieu*, XIV, XX.

Page 371.

1. Voir Diogène Laërce, *Vies et Opinions*, VI, 46.

2. *Ibid.*, VI, 58.

3. *Ibid.*, VI, 96 et Sextus Empiricus, *Hypotyposes pyrrhoniennes*, I, XIV, 153.

4. [1580] : « plantant des choux. Solon fut à ce qu'on trouve, le premier qui donna par ses lois liberté aux femmes de faire profit public de leurs corps. Et celle de toutes les sectes de philosophie, qui a le plus honoré la vertu, elle n'a en somme posé autre bride à l'usage des voluptés de toutes sortes, que la modération et la conservation de la liberté d'autrui. Et plusieurs ses sectateurs se sont licenciés d'en écrire et publier des livres hardis outre mesure. Heraclitus »

5. Voir Cicéron, *Académiques*, « Lucullus », VII, 19 ; voir aussi Sextus Empiricus, *Hypotyposes pyrrhoniennes*, I, 119.

6. Il s'agit ici des « sacres Bibles ».

Page 372.

1. Selon F. de Raemond, il s'agirait de François de Foix-Candale, traducteur des textes hermétiques d'Hermès-Trismégiste.

2. Il était en effet évêque d'Aire.

3. [1580] : « fables divinatrices, d'autant que nous proprosant par finesse un style ambigu et difficile, il n'est »

4. Lors de la foire du Lendit, le mercredi précédant la Saint-Barnabé, les écoliers qui achevaient leur année scolaire gratifiaient leurs maîtres de présents.

Page 373.

1. Alcofribas Nasier use du même argument dans le Prologue du *Gargantua* de Rabelais : « Croyez-vous en votre foi

qu'onques Homère écrivant l'*Iliade* et *Odyssée*, pensât aux allégories, lesquelles de lui ont calfreté Plutarque, Héraclide Pontique, Eustatie, Phornute : et ce que d'iceux Politien a dérobé ? Si le croyez : vous n'approchez ni des pieds ni des mains à mon opinion : qui décrète icelles aussi peu avoir été songées d'Homère, que d'Ovide en ses *Métamorphoses*, les sacrements de l'évangile. »

2. [1580] : « qu'il nous plaît d'interprétations diverses. Homere est aussi grand qu'on voudra, mais il n'est pas possible, qu'il ait pensé à représenter tant de formes, qu'on lui donne. Les législateurs y ont deviné des instructions infinies, pour leur fait, autant les gens de guerre, et autant ceux qui ont traité des arts. Quiconque »

3. Voir Sénèque, *Lettres à Lucilius*, LXXXVIII.

4. Les éditeurs des *Essais* dans la « Bibliothèque de la Pléiade » [2007] font l'hypothèse d'une allusion à Jean de Sponde qui traduisit et commenta les œuvres complètes d'Homère en 1577. Ce passage, au présent (« et combien admirables il y trouve en faveur de notre religion »), est lisible trois ans plus tard dans l'édition Millanges de 1580, témoignant peut-être d'une réception plus proche dans le temps.

5. Voir Sextus Empiricus, *Hypotyposes pyrrhoniennes*, I, XXIX, 210.

Page 374.

1. *Ibid.*, I, XXX, 213.

2. *Ibid.*, I, XXX, 213-214.

3. Pour les Cyrénaïques, plutôt que le paragraphe suivant des *Hypotyposes*, Montaigne suit Cicéron, *Académiques*, « Lucullus », VII, 20.

4. De Protagoras à Platon, voir *ibid.*, XLVI, 142.

5. Lucrèce, *De rerum natura*, V, 102-103.

Page 375.

1. Voir Platon, *Théétète*, 151 e.

2. Lucrèce, *De rerum natura*, IV, 478-479 et 482-483.

3. Cicéron est allégué par Denis Lambin dans son commentaire du précédent passage de Lucrèce. Voir *Académiques*, « Lucullus », XXVII, 87.

4. Voir Plutarque, *Les Contredits des philosophes stoïques*, 1036 f.

5. Tel est l'argument développé par Sextus lorsqu'il rapporte le troisième mode d'Énésidème (*Hypotyposes pyrrhoniennes*, I, XIV, 94-97).

Page 376.

1. Lucrèce, *De rerum natura*, IV, 486-488.

2. *Ibid.*, 489-490.

Page 377.

1. Cette réflexion sur le cas des aveugles est inspirée par Sextus Empiricus, *Hypotyposes pyrrhoniennes*, I, XIV, 96 ; une inflexion est néanmoins notable, puisque Montaigne introduit un développement illustré lié à la distinction fondamentale, chez les pyrrhoniens, entre le phénomène effectivement subi et donc vécu, et le « discours qui porte sur le phénomène », vaine surélaboration qui interfère avec l'expérience sans pour autant l'éclairer (voir *ibid.*, I, X, 19-20).

2. F. de Raemond propose de voir, derrière cette mention énigmatique, Louis VI de Rohan (1540-1611), qui fut aveugle à son cinquième anniversaire.

Page 378.

1. Sextus Empiricus, *Hypotyposes pyrrhoniennes*, I, XIV, 94.

2. Voir Pline l'Ancien, *Histoire naturelle*, VIII, XXVII.

Page 379.

1. Lucrèce à propos de la lune, *De rerum natura*, V, 577-578.

Page 380.

1. Mise en œuvre du cinquième mode d'Énésidème. Sur les distances, voir Sextus Empiricus, *Hypotyposes pyrrhoniennes*, I, XIV, 121-123.

2. Lucrèce, *De rerum natura*, IV, 379 et 386 (le texte porte « *oculos* » et non « *oculis* »).

3. Voir Cicéron, *Académiques*, « Lucullus », XXV, 80.

4. [1580] : « d'accuser les sens. Car de toutes les absurdités la plus absurde c'est, disent-ils, de les désavouer / *Proinde* »

5. Lucrèce, *De rerum natura*, IV, 499-510.

Page 382.

1. *Ibid.*, IV, 397-399, 389-390 et 420-423.

Page 383.

1. Voir Diogène Laërce, *Vies et Opinions*, VII, 23.
2. *Ibid.*, IV, 36.
3. Ces deux derniers cosmétiques sont le carmin d'Espagne et le blanc de baleine.

Page 384.

1. Ovide, *De remedio amoris*, 343-346.
2. *Id.*, *Métamorphoses*, III, 424-426.
3. *Ibid.*, X, 256-258 (le premier vers porte « *loquiturque tenetque* »).

Page 385.

1. Cette supposition célèbre que Pascal reprendra dans ses *Pensées* est un argument d'Avicenne vulgarisé par Thomas d'Aquin dans sa *Summa contra Gentiles*, III, CIII. Corneille Agrippa le reprend dans son *De occulta philosophia*, I, LXIII.
2. Tite-Live, *Histoire romaine*, XLIV, VI.
3. Voir cette anecdote sur Démocrite rapportée par Aulu-Gelle (*Nuits attiques*, X, XVII), par Cicéron (*Tusculanes*, V, XXXIX, 114 et *De finibus*, V, XXIX, 87) ou encore Plutarque (*De la curiosité*, 521 d).
4. Voir Plutarque, *Comment il faut ouïr*, 38 b.

Page 386.

1. Cicéron, *De divinatione*, I, XXXVI, 80.
2. Virgile, *Énéide*, IV, 470.

Page 387.

1. Lucrèce, *De rerum natura*, IV, 1155-1156.
2. Mise en œuvre du quatrième mode d'Énésidème (voir Sextus Empiricus, *Hypotyposes pyrrhoniennes*, I, XIV, 101-103).
3. Lucrèce, *De rerum natura*, IV, 811-813.
4. Sur la mise en relation de ces deux états, thème classique, voir plus spécifiquement le développement de Sextus Empiricus dans son exposition du quatrième mode de la suspension du jugement, *Hypotyposes pyrrhoniennes*, I, XIV, 104. Ce passage suit directement la topique de la santé et de la maladie suivie *supra*.

5. Voir Cicéron, *Académiques*, « Lucullus », XXVII, 88.

6. Les contrées cimmériennes étaient connues pour leur nuit permanente (voir par exemple l'adage d'Érasme « *Cimmeriæ tenebræ* »).

Page 388.

1. Voir le premier mode de la suspension du jugement, Sextus Empiricus, *Hypotyposes pyrrhoniennes*, I, XIV, 40-78.

2. Voir Plutarque, *Des opinions des philosophes*, 900 a.

3. Lucrèce, *De rerum natura*, IV, 636-639.

4. Voir Pline l'Ancien, *Histoire naturelle*, XXXII, I.

Page 389.

1. Voir Sextus Empiricus, *Hypotyposes pyrrhoniennes*, I, XIV, 44 et I, XIV, 126.

2. Lucrèce, *De rerum natura*, IV, 332-333.

3. Voir Sextus Empiricus, *Hypotyposes pyrrhoniennes*, I, XIV, 44 et I, XIV, 126.

4. *Ibid.*

5. *Ibid.*, I, XIV, 47.

6. Traduction de Lucrèce, *De rerum natura*, IV, 448-449, passage qui précède immédiatement les vers suivants.

7. *Ibid.*, IV, 450 et 452.

Page 390.

1. Voir Sextus Empiricus, *Hypotyposes pyrrhoniennes*, I, XIV, 50.

2. Lucrèce, *De rerum natura*, IV, 75-80 (le texte porte « *consessum* » pour « *concessum* », et « *fluitare* » pour « *volitare* »).

3. Tel est l'argument du deuxième mode de la suspension, Sextus Empiricus, *Hypotyposes pyrrhoniennes*, I, XIV, 79-90.

Page 391.

1. [1580] : « plus aigus. Les malades prêtent de l'amertume aux choses douces. Par où il nous appert, que nous ne recevons pas les choses, comme elles sont, mais autres »

2. Sextus Empiricus, *Hypotyposes pyrrhoniennes*, I, XIII, 33.

3. Voir *ibid.*, I, XIV, 92 et 120.

4. *Ibid.*, I, XIV, 92.

5. Le jeu de mot impliquant l'équivoque entre « pennes » et « peines » est traditionnel à la Renaissance. Voir la critique de

Rabelais en *Gargantua*, IX et de Tabourot dans ses *Bigarrures*, I, II.

6. Voir Sénèque, *Questions naturelles*, I, XVI.

Page 392.

1. Cet argument, qui joue sur la relativité de l'usage et du point de vue, intègre de manière implicite le recours aux sixième et septième modes de la suspension du jugement, mettant respectivement en jeu les « mélanges » et la « composition » (Sextus Empiricus, *Hypotyposes pyrrhoniennes*, I, XIV, 124-134). On peut noter que derrière la réflexion sur la digestion et la transformation des aliments que poursuit la citation lucrétienne qui suit, « l'usage » que Montaigne mentionne peut aussi impliquer la « transsubstantiation », ce fameux « *hoc* » dont la réception elle-même relative a été soulignée avec force plus haut (II, XII, p. 286).

2. Lucrèce, *De rerum natura*, III, 703-704.

3. Sur la disparité des phénomènes répercutés par le *medium* de l'air, voir Sextus Empiricus, *Hypotyposes pyrrhoniennes*, I, XIV, 125.

4. *Ibid.*, I, XIV, 102-103 (quatrième mode d'Énésidème).

Page 393.

1. Lucrèce, *De rerum natura*, IV, 513-521.

2. Voir Sextus Empiricus, *Hypotyposes pyrrhoniennes*, I, XV, 169. L'argument de Montaigne met en œuvre, d'une certaine manière, le cinquième mode d'Agrippa dit « du diallèle », puisque l'objet de la recherche est impliqué dans les conditions mêmes de cette recherche.

Page 394.

1. C'est ici le deuxième mode d'Agrippa qui est convoqué, tirant parti de la « régression à l'infini ». Voir *ibid.*, I, 166.

2. Traduit de Sextus Empiricus, *ibid.*, II, VII, 72-73.

3. *Ibid.*, II, VII, 74-75.

4. *Ibid.*, II, VII, 77-78.

Page 395.

1. Tout le développement qui suit reproduit un passage de Plutarque, *Que signifie ce mot* Eἰ, *qui était engravé sur les portes du temple d'Apollon en la ville de Delphes*, 392 a-393 b, à quelques ajouts près.

2. Platon, *Théétète,* 152 e.

3. Voir Plutarque, *Des opinions des philosophes,* 882 c.

4. Voir *id., Des communes opinions contre les Stoïques,* 1081 c.

Page 396.

1. *Id., Que signifie ce mot* Εἰ, 392 b.

2. *Id., Pourquoi la justice divine diffère quelquefois la punition des maléfices,* 559 b.

3. Retour à *Que signifie ce mot* Εἰ, 392 b.

4. Lucrèce, *De rerum natura,* V, 828-831.

Page 398.

1. Cette hypothèse ne manque pas de faire résonner l'Apocalypse de Jean, I, 8.

Page 399.

1. Traduit de Sénèque, *Questions naturelles,* Préface.

2. [1580] : « l'humanité. Il n'est nul mot en toute sa secte Stoïque plus véritable, que celui-là : mais de faire »

3. [1580] : « par la grâce divine, mais non autrement » [Fin du chapitre.]

De juger de la mort d'autrui

CHAP. XIII

Ce chapitre se situe dans la lignée des chapitres I, 14, I, 19, I, 20, II, 3 et II, 6. Il est révélateur comme eux de l'intensité de la réflexion de Montaigne sur la mort. Il nous est impossible de nous exercer à la mort, même si la philosophie nous enjoint de nous y préparer. D'où l'idée d'utiliser la mort d'autrui comme un miroir, une approximation possible de la mort propre. L'essai se développe donc comme une exploration par la lecture et la réflexion de la seule action que nous ne pouvons pas anticiper. Les morts des personnages du passé sont révélatrices de la folie humaine : le souci de la gloire les anime jusqu'au bord de l'anéantissement. Face à ce souci déraisonnable de l'opinion d'autrui, Montaigne utilise son scepticisme comme un remède : la mort semble échapper irrémédiablement à la pensée, il est difficile de juger de la mort d'autrui, et il est difficile à celui qui s'approche de la mort de savoir s'il va vraiment mourir.

À travers une enquête apparemment érudite et détachée, Montaigne exprime ici une angoisse essentielle. Il se prend à désirer une mort soudaine, ou indolore, songe un instant aux avantages du suicide. Toutefois, Montaigne ne renonce pas encore à l'idée d'un savoir-mourir. Sans rêver des morts illustres de Caton et surtout de Socrate (déjà mises en parallèle dans le chapitre II, 11), il pense encore devoir maîtriser et préparer sa mort (une position qu'il infléchira plus loin, notamment dans le chapitre III, 12), et c'est du côté des stoïciens (Cléanthe, Sénèque) qu'il cherche des leçons. (A.T.)

Page 401.

1. Virgile, *Énéide,* III, 72.
2. Lucrèce, *De rerum natura,* II, 1164 et 1166-1167.
3. Sénèque le rhéteur, *Suasoires,* I, IV.
4. D'après Lucain, *Pharsale,* V, 579-581 et 583-584.

Page 402.

1. *Ibid.,* V, 653-656.
2. Virgile, *Géorgiques,* I, 466-467.
3. Pline l'Ancien, *Histoire naturelle,* II, VI, 8.

Page 403.

1. Montaigne combine ici deux passages de Suétone, *Vie de Caligula,* XXX, et *Vie de Tibère,* LXI.
2. Lucain, *Pharsale,* II, 178-180.
3. Voir Lampride, *Histoire Auguste,* « Vie d'Héliogabale », XXXIII, 3-6.
4. Lucain, *Pharsale,* IV, 798.

Page 404.

1. Lucius Domitius, s'empoisonnant dans les Abruzzes : voir Plutarque, *Vie de Jules César,* XLV.
2. Plautius Silvanus : voir Tacite, *Annales,* IV, XXII.
3. Voir *ibid.,* VI, XLVIII.
4. Voir Plutarque, *Vie de Nicias,* XLVIII.
5. Voir Appien, *La Guerre de Mithridate,* LX, 247.
6. Voir Tacite, *Annales,* XVI, XV.
7. Voir Xiphilin, *Vie d'Hadrien.*
8. Voir Plutarque, *Vie de Jules César,* LXXXI.

Page 405.

1. Voir Pline l'Ancien, *Histoire naturelle*, VII, LIII.
2. Vers d'Épicharme, cité par Cicéron, *Tusculanes*, I, VIII, 15.
3. Voir Xénophon, *Mémorables*, et Platon, *Phédon*. Montaigne revient sur la mort extraordinaire de Socrate dans le chapitre III, 12.

Page 406.

1. Voir Cornélius Népos, *Vie d'Atticus*, XXII.
2. Voir Diogène Laërce, *Vies et Opinions*, VII, 176.
3. Voir Sénèque, *Lettres à Lucilius*, LXXVII, 5-9.

Page 407.

1. Horace, *Art poétique*, 467.
2. Montaigne raconte une expérience similaire dans le chapitre II, 6.

Page 408.

1. Voir Plutarque, *Vie de Caton d'Utique*, LXXXVIII.
2. À rapprocher de Sénèque, *De providentia*, II, 9-12.

Comme notre esprit s'empêche soi-même

CHAP. XIV

Ce court chapitre rassemble des exemples de paradoxes, à la fois logiques et mathématiques, qui conduisent au blocage l'esprit de l'homme, témoignant du goût de ce dernier pour les « vaines subtilités ». Le scepticisme de la conclusion, à la faveur d'une citation de Pline, semblerait relever davantage du dogmatisme négatif des néo-académiciens que Montaigne a désavoués dans l'« Apologie » ; à ceci près que c'est à une expérience de vérification que Montaigne convie ici (il s'agit de voir « comme notre esprit s'empêche soi-même »), et que l'effet déceptif entraîné par la prise en charge des « propositions géométriques » est objet d'une expérience elle-même incertaine, en ce qu'il est donné de manière fortement modalisée (« à l'aventure »). L'issue proposée par Montaigne à ce problème est contenue dans le traitement du premier exemple qui convoque le dilemme traditionnel attribué à Buridan avec son paradoxe de l'âne, écartelé entre la satisfaction de sa faim et de sa soif.

Face à telle impasse, Montaigne a recours à l'opposition propre à l'examen sceptique, mettant en balance le point de vue métaphysique des Stoïciens, et son propre point de vue physique et nominaliste qui envisage l'impossibilité d'une continuité homogène dans les éléments constitutifs de la réalité. L'essayiste dégage avec force son point de vue, mais ne tranche pas : il montre d'une part comment le jeu rationnel débouche, avec l'isosthénie des propositions, sur son propre « empêchement » ; l'essayiste s'implique ainsi lui-même dans l'illustration de la « *miseria hominis* » qui pense. Mais d'autre part, il parvient à montrer comment cet « empêchement » ne doit pas conduire à un immobilisme prostré sur pareille misère, et qu'une décision du sens est toujours possible, même si elle n'est qu'« aventureuse » et relative à une situation d'énonciation particulière. Ici, la récusation d'un fantasme d'homogénéité dans le réel et la promotion d'un monde bigarré à l'extrême, produisant toujours du différent et de l'individué, sont avancées comme l'effet même de cette bigarrure : quelque chose d'incomparable, et par là même d'impondérable. Ainsi, au sortir de l'« Apologie », le scepticisme est rendu à sa logique la plus originelle : la suspension dans l'ordre de la raison n'exclut en aucun cas le positionnement de l'esprit sur lequel on fondera son action. Elle le remet tout juste à sa place, en soulignant son invérifiable incertitude. (E.N.)

Page 409.

1. Sur ce dilemme, voir l'apologue de l'âne de Buridan, dont la structure générale remonte à Aristote (*De cælo*, 295 b 32).

2. Voir Plutarque, *Les Contredits des philosophes stoïques*, XXIV, 1045 b.

Page 410.

1. Montaigne évoque ici le paradoxe géométrique de l'hyperbole et des droites asymptotiques. Voir le chapitre II, 12, p. 310.

2. Pline l'Ancien, *Histoire naturelle*, II, VII, 25. Jusqu'à l'édition de 1588, ce passage, gravé sur les poutres de la bibliothèque de Montaigne, était traduit ainsi : « Il n'est rien certain que l'incertitude, et rien plus misérable et plus fier que l'homme. »

Que notre désir s'accroît par la malaisance

CHAP. XV

Placé sous le signe de la contradiction — notion chère aux pyrrhoniens —, ce chapitre met en scène un aspect paradoxal de la psychologie humaine : le désir semble se nourrir de ce qui s'oppose à lui. En tournant autour de ce fil directeur, Montaigne juxtapose des développements fort divers. La maxime trouve d'abord à s'appliquer dans le domaine amoureux et érotique, puis, de manière plus allusive, dans le domaine religieux (les épreuves fortifient le croyant) ou enfin dans le champ politique (les supplices sont sans effet sur les criminels). Un dernier développement, ajouté en 1592, constitue une forme d'apologie par laquelle Montaigne se justifie de ne pas avoir mieux fortifié sa demeure, malgré l'insécurité qui régnait dans sa région : selon lui, une demeure non défendue excite moins la convoitise. Ce choix étonnant s'explique par la psychologie des assaillants potentiels, mais il renvoie surtout à une éthique personnelle librement assumée et caractérisée par le refus de vivre dans l'inquiétude, le courage d'assumer librement des risques choisis et la volonté de se confier entièrement à la Providence (thèmes déjà abordés en I, 24 et repris à la fin du chapitre III, 12). (A.T.)

Page 411.

1. C'est-à-dire les pyrrhoniens : voir Sextus Empiricus, *Hypotyposes pyrrhoniennes*, I, VI, 27.
2. Voir Sénèque, *Lettres à Lucilius*, IV, 6.
3. *Ibid.*, XCVIII, 6.
4. Ce phénomène est décrit par la physique aristotélicienne sous le nom d'antipéristase : les qualités contraires s'aiguisent lorsqu'elles sont en contact (voir Aristote, *Météorologiques*, 348 b-349 a).
5. Ovide, *Amours*, II, XIX, 27-28.

Page 412.

1. Sénèque, *De beneficiis*, VII, IX, 3.
2. Martial, *Épigrammes*, IV, XXXVIII, 1.
3. Voir Plutarque, *Vie de Lycurgue*, XXVIII.
4. D'après Horace, *Épodes*, XI, 9-10.

5. Voir Plutarque, *Vie de Pompée*, III.

6. Lucrèce, *De rerum natura*, IV, 1079-1080, 1082-1083.

Page 413.

1. Le sanctuaire de Notre-Dame-de-Lorette est situé dans les Marches d'Ancône (Montaigne y fait ses dévotions lors de son voyage en Italie : voir le *Journal de voyage*, p. 246 et suiv.), tandis que Saint-Jacques-de-Compostelle se trouve en Galice.

2. Les bains de la Villa sont près de Lucques (Montaigne y prend les eaux lors de son voyage en Italie : voir le *Journal de voyage*, p. 337), et ceux de Spa sont près de Liège.

3. C'est le cas du plus jeune frère de Montaigne, Bertrand de Mattecoulom (voir le chapitre II, 27).

4. Voir Plutarque, *Vie de Caton d'Utique*, XXXVI et LXVIII.

5. Horace, *Satires*, I, II, 108.

6. Ovide, *Amours*, II, XIX, 47-48.

7. D'après Térence, *Phormion*, 163.

Page 414.

1. Ovide, *Amours*, II, XIX, 33.

2. Properce, *Élégies*, II, XIV, 19-20.

3. Poppée, maîtresse de Néron : voir Tacite, *Annales*, XIII, XLV, 3-5.

4. Virgile, *Bucoliques*, III, 65.

5. Properce, *Élégies*, II, XV, 6.

Page 415.

1. Allusion aux courtisanes italiennes, souvent cultivées et artistes ; Montaigne les fréquenta à Venise et à Rome (voir le *Journal de voyage*, p. 162 et p. 224).

Page 416.

1. Voir Valère Maxime, *Faits et Dits mémorables*, II, I, 4 ; Aulu-Gelle, *Nuits attiques*, IV, III, 1-2.

2. Ovide, *Amours*, II, XIX, 3.

3. Sénèque, dans le *De clementia*, I, XX-XXI.

4. Rutilius, *Itinerarium*, I, 397.

5. Voir Hérodote, *Histoires*, IV, 23.

6. Voir Lopez de Gomara, *Histoire générale des Indes*, III, XXIX.

7. Sénèque, *Lettres à Lucilius*, LXVIII, 4.

8. Montaigne développe ce point dans une anecdote, à la fin du chapitre III, 12.

Page 418.

1. Ainsi le camp catholique se divise, à partir de 1585, entre Ligueurs et modérés.

2. Les guerres de Religion commencent en France en 1562.

De la gloire

CHAP. XVI

La critique de la vaine gloire, en particulier aristocratique et militaire, fait l'objet de ce chapitre. L'illusion de la renommée a piégé jusqu'aux plus grands philosophes. Mais à Dieu seul est la gloire. Car la gloire des hommes ne consiste qu'en un jugement précaire et provisoire qui n'effleure que la part visible et remarquée des actions des hommes et n'atteint pas leur nature essentielle. Hautement contingent, fréquemment injuste, le jugement de gloire repose sur la confusion majeure entre valeur intérieure et spectacle extérieur : ainsi la gloire ne s'attache-t-elle qu'au « nom » et manque « la chose ». Rappelant que seule la conscience intérieure peut juger de l'action vertueuse et de l'excellence d'un homme, Montaigne renvoie son lecteur à la quête de son être propre par-delà les apparences qui nous éloignent de nous-mêmes. (D.R.)

Page 419.

1. Saint Paul, Première épître à Timothée, I, 17.

Page 420.

1. Luc, II, 14.

2. Voir R. Sebond, *Théologie naturelle*, ouvrage traduit par Montaigne.

3. Homère, *Odyssée*, XII, 184-185.

4. Chrysippe et Diogène, cités par Cicéron, *De finibus*, III, XVII, 57.

5. Juvénal, *Satires*, VII, 81.

Page 421.

1. Voir Plutarque, *Si ce mot commun est bien dit, « Cache ta vie »*, 1128 b-1130 e.

2. Voir Sénèque, *Lettres à Lucilius*, XXI, 3 ; Idoménée est un disciple d'Épicure.

3. Voir Cicéron, *De finibus*, II, XXX, 96.

Page 422.

1. Métrodore était un disciple d'Épicure.

2. Philosophe de la Nouvelle-Académie.

3. Voir Cicéron, *De finibus*, III, XVII, 57.

4. Voir Aristote, *Éthique à Nicomaque*, II, VII, 1107 b.

Page 423.

1. Voir Cicéron, *De finibus*, II, XV, 48.

2. Horace, *Odes*, IV, IX, 29.

3. Voir Cicéron, *De finibus*, II, XVIII, 59.

4. *Ibid.*, II, XVII, 58 ; Caius Plotius confia à Sextus Peduceus sa riche succession mais ce dernier transmit tous les biens légués à la veuve de Plotius.

5. *Ibid.*, II, XVII, 55. Selon la loi romaine, une femme ne pouvait hériter d'une importante succession ; Publius Sextilius Rufus devait aider un riche ami à contourner cette interdiction en en recevant la succession avant de la remettre à la fille de cet ami ; mais il fut parjure et conserva l'héritage.

6. *Id.*, *De officiis*, III, XVIII.

Page 424.

1. *Ibid.*, III, X.

2. Salluste, *Catilina*, VIII, 1.

3. Voir Cicéron, *Tusculanes*, I, XLV, 109.

4. *Id.*, *De officiis*, I, IV.

5. Variante de 1588 : « Ceux qui apprennent à nos gens d'avoir l'homme pour leur but et de ne chercher en la vaillance que la réputation, que gagnent-ils par là, que de les instruire de ne se hasarder jamais, qu'ils ne soient à la vue de leurs compagnons, et de prendre bien garde, s'il y a des témoins avec eux, qui puissent rapporter nouvelles de leur vaillance ? »

Page 425.

1. Cicéron, *De officiis*, I, XIX.

2. Métrodore représente l'épicurisme, Arcésilas l'Académie et Aristippe l'hédonisme.

Page 426.

1. Saint Paul, Deuxième épître aux Corinthiens, I, 12.
2. L'Arioste, *Roland furieux*, XI, LXXXI.

Page 427.

1. Horace, *Odes*, III, II, 17.
2. Cicéron, *De finibus*, I, X, 36.
3. *Ibid.*, II, XV, 49.
4. Cicéron, *Tusculanes*, V, XXXVI, 104.
5. Tite-Live, *Histoire romaine*, XXXI, XXXIV.

Page 428.

1. Voir Sénèque, *Lettres à Lucilius*, XCI, 19.
2. Cicéron, *De finibus*, II, XV, 49.
3. Quintilien, *Institution oratoire*, I, XII, 18.
4. D'après Sénèque, *Consolation à Marcia*, VI, 3.
5. Ovide, *Héroïdes*, I, 18.
6. Voir Tite-Live, *Histoire romaine*, XLIV, XXII.

Page 429.

1. Voir Plutarque, *Vie de Fabius Maximus*, XII et XXII.
2. Perse, *Satires*, I, 47-49.
3. Variante de 1588 : « Je veux être riche de mes propres richesses, non des richesses empruntées. ».
4. Voir Platon, *République*, II, 3, 359 d-360 c ; l'anneau du berger Gygès, qui rendait invisible celui qui le tournait vers l'intérieur.

Page 430.

1. Horace, *Épîtres*, I, XVI, 39-40.
2. Perse, *Satires*, I, 5-7.
3. Voir J. Bodin, *Methodus*, prologue ; Hérostrate, considéré comme fou, incendia le temple de Diane à Éphèse et Manlius, ambitieux arriviste, défendit le Capitole contre les Gaulois avant de prendre la tête d'une révolte du peuple.

Page 431.

1. Michel.

Page 432.

1. Perse, *Satires*, I, 37-40.
2. Voir le chapitre I, 46.
3. Juvénal, *Satires*, XIII, 9-10.

Page 433.

1. Virgile, *Énéide*, VII, 646.
2. Voir Plutarque, *Dits notables des Lacédémoniens*, 238 b.
3. Voir Pline l'Ancien, *Histoire naturelle*, VII, xxv, 92.
4. Virgile, *Énéide*, V, 302.

Page 434.

1. Sénèque, *Lettres à Lucilius*, LXXXI, 19 ; Cicéron, *De finibus*, II, XXII, 72.

Page 435.

1. Voir Platon, *Lois*, XII, 950 b-c.
2. Cicéron, *De natura deorum*, I, xx, 53.
3. Voir Diogène Laërce, *Vies et Opinions*, III, 26 ; Timon de Phlionte était un disciple de Pyrrhon.
4. Voir Plutarque, *Vie de Numa Pompilius*, VI et VIII.

Page 436.

1. Voir Exode, xx, 1-21.
2. Voir J. de Joinville, *Vie du roi saint Louis*, LI.
3. Lucain, *Pharsale*, I, 461-462.
4. Cicéron, *De finibus*, II, xv, 48.

Page 437.

1. Ovide, *Amours*, III, IV, 4.

De la présomption

CHAP. XVII

Ce chapitre est explicitement lié au précédent : après le souci de la renommée, Montaigne évoque une autre vanité, l'amour de soi et son corollaire, le mépris d'autrui. Explorant les limites de la subjectivité, Montaigne montre comment la question de l'appréciation de soi et des autres est vouée à la falsification. Il procède alors à un autoportrait distancié destiné à servir de support à l'exercice du jugement juste, cherchant à résister à la déformation vers l'amélioration ou l'aggravation. Inventoriant ses défauts et ses incompétences, Montaigne entend fournir un exemple de lucidité méthodologiquement efficace. Cette expérimentation du regard réflexif, de la considération dédoublée de soi-même, conduit à identifier les critères moraux qui sont enfin utilisés, à la fin du chapitre, dans l'estimation contrastée des contemporains illustres de Montaigne. Elle conduit aussi à ériger en modèle éthique la liberté sincère avec laquelle Montaigne s'essaie à donner à lire son être, témoignant d'une confiance profonde dans les ressources de l'écriture de l'essai. (D.R.)

Page 439.

1. Horace, *Satires*, II, I, 30-34, au sujet du poète Lucilius.

2. Tacite, *Vie d'Agricola*, I ; les deux personnages mentionnés avaient rédigé leur autobiographie.

Page 440.

1. Voir Plutarque, *Comment distinguer les flatteurs*, IX, 55 d et *Vie d'Alcibiade*, II ; jusqu'en 1588, Montaigne ajoute : « étant doués d'une extrême beauté, ils s'y aidaient un peu sans y penser, par mignardise. »

2. Voir *id.*, *Vie de Jules César*, IV.

3. Voir *id.*, *Vie de Cicéron*, LX.

4. Voir Ammien Marcellin, *Histoire*, XXI, 16 ; il s'agit de l'empereur Constance.

Page 443.

1. Voir Ecclésiaste, I, 13.

2. Voir Sénèque, *Lettres à Lucilius*, XXXVI, 3.

3. Jusqu'en 1588, Montaigne écrivait à la suite : « Je me connais tant, que s'il était parti de moi chose qui me plût, je le devrais sans doute à la fortune. »

4. Horace, *Art poétique*, 372-373.

Page 444.

1. Martial, *Épigrammes*, XII, LXIII, 13.

2. Denys l'Ancien, tyran de Syracuse. Diodore de Sicile, *Bibliothèque historique*, XIV, CIX, 1-6.

Page 445.

1. *Ibid.*, XV, XX.

2. Ovide, *Pontiques*, I, V, 15-16.

3. Variante jusqu'en 1588 : « Et en mon imagination même je ne conçois pas les choses en leur plus grande perfection : ce que je connais par là, que ce que je vois produit par ces riches et grandes âmes du temps passé, je le trouve bien loin au-delà de l'extrême étendue de mon imagination. »

4. Variante jusqu'en 1588 : « Je juge très bien leur beauté, je la vois, mais il m'est impossible de la représenter. »

Page 446.

1. Voir Plutarque, *Préceptes de mariage*, XXVIII, 141 f.
2. Pindare, *Olympiques*, XIV, dans la traduction latine de Nicolas Lesueur (1575).
3. Voir Cicéron, *Académiques*, I, II ; les deux personnages cités sont des épicuriens dissertant sans ordre ni méthode.
4. Jusqu'en 1588, le texte ajoute à la suite de cette phrase : « Ce que j'ai à dire, je le dis toujours de toute ma force. »

Page 447.

1. Dans le préambule de sa traduction du *Timée* de Platon.
2. Horace, *Art poétique*, 25-26.
3. Voir *Lois*, X, 887 b.

Page 448.

1. Voir *Dialogue des orateurs*, XXXIX.
2. Variante de 1580 : « Je ne sais parler que la langue Française, encore est-elle altérée. »

Page 449.

1. Voir Cicéron, *De finibus*, IV, VII, 14-17.

Page 450.

1. Lucrèce, *De rerum natura*, V, 1110-1112.
2. Voir Juste Lipse, *Politicorum libri VI*, V, XII.
3. Voir Baldassare Castiglione, *Le Livre du courtisan*, I, XX.
4. Voir Aristote, *Éthique à Nicomaque*, IV, III, 1123 b.
5. Voir *id.*, *Politique*, IV, 1290 b.

Page 451.

1. Virgile, *Énéide*, VII, 783-784.
2. *Psaumes*, XLV, 3.
3. Voir Platon, *République*, VII, XV, 535 a.
4. Voir Plutarque, *Vie de Philopœmen*, III.

Page 452.

1. Allusion à la théorie des humeurs — le sang, le flegme, la bile noire, la bile jaune — dont le mélange, singulier en chaque individu, compose le tempérament.
2. Martial, *Épigrammes*, II, XXXVI, 5.

3. Lucrèce, *De rerum natura*, II, 1131-1132.

4. Horace, *Épîtres*, II, II, 55.

5. Le père de Montaigne mourut à soixante-douze ans. Voir le chapitre II, 2.

Page 453.

1. Horace, *Satires*, II, II, 12.

2. Juvénal, *Satires*, III, 54-55.

Page 454.

1. L'édition de 1595 ajoute à la suite le passage suivant : « une occasion pourtant, que mille autres de ma connaissance eussent prise, pour planche, plutôt, à se passer à la quête, à l'agitation et inquiétude ».

2. Horace, *Épîtres*, II, II, 201-204.

Page 455.

1. Tout ce passage, encadré par les citations d'Horace, a été entièrement retravaillé par Montaigne. Le texte de 1588 était le suivant : « Étant né tel qu'il ne m'a fallu mettre en quête d'autres commodités, je n'ai eu besoin que de la suffisance de me contenter, et savoir jouir doucement des biens que Dieu par sa libéralité m'avait mis entre les mains : je n'y ai goûté nulle sorte de travail : et suis très mal instruit à me savoir contraindre : incommode à toutes sortes d'affaires et négociations pénibles : n'ayant jamais guère eu en maniement que moi : élevé en mon enfance d'une façon molle et libre et lors même exempt de sujétion rigoureuse : je suis devenu par là incapable de sollicitude, jusques là, que j'aime qu'on me cache mes pertes et les désordres qui me touchent. Au chapitre de mes mises, je loge ce que me coûte à nourrir et entretenir ma nonchalance. »

2. Horace, *Épîtres*, I, VI, 45-46.

Page 456.

1. Sénèque, *Agamemnon*, 420.

Page 457.

1. Térence, *Adelphes*, 219.

2. Properce, *Élégies*, III, III, 23.

Page 458.

1. Sénèque, *Agamemnon*, 154.

2. Horace, *Épîtres*, I, I, 51.

3. François Olivier, chancelier de France, c'est-à-dire ministre de la justice, en 1545-1551 et 1559-1560.

4. Properce, *Élégies*, III, IX, 5.

Page 459.

1. Juvénal, *Satires*, XIII, 60-63.

Page 460.

1. Cicéron, *Pro Ligario*, XII, 37.

2. Voir Aristote, *Éthique à Nicomaque*, IV, III, 1124 b.

3. Voir Apollonios de Tyane, *Lettres*, LXXXIII.

Page 461.

1. Charles VIII selon les *Propos mémorables* de Gilles Corrozet.

2. Voir Aurelius Victor, *De viris illustribus*, LXI.

3. Maxime machiavélienne.

4. Cicéron, *De officiis*, II, IX.

5. Voir Tacite, *Annales*, I, XI.

Page 462.

1. Voir R. de Lucinge, *De la naissance, durée et chute des États*, Genève, Droz, 1984, p. 92 ; P. Jove, *Historiae*, XXXVI.

Page 463.

1. Voir Diogène Laërce, *Vies et Opinions*, II, 68.

Page 465.

1. Voir Pline l'Ancien, *Histoire naturelle*, VII, XXV, 90.

2. Voir Pierre de Messie, *Diverses leçons*, III, 8.

Page 466.

1. Cicéron, *Académiques*, II, VII.

2. Térence, *Eunuque*, 105.

3. Voir Cicéron, *De senectute*, VII.

Page 467.

1. Pline le Jeune ; voir *Épîtres*, III, V.

Page 468.

1. Voir Diogène Laërce, *Vies et Opinions*, IX, 53 ; il s'agit de Protagoras d'Abdère, simple portefaix dont les aptitudes furent remarquées par Démocrite.

2. À la suite, le texte de 1580 donne la phrase suivante : « Et fais grand doute, quand j'aurais un cheval et son équipage, que j'eusse l'entendement de l'accommoder pour m'en servir. »

Page 469.

1. Martial, *Épigrammes*, XIII, II, 1-8.

Page 470.

1. En 1559, Montaigne suivit François II et la Cour en Lorraine.
2. Pétrarque, *Canzoniere*, CLXVIII.
3. Voir Diogène Laërce, *Vies et Opinions*, VII, 179.
4. Térence, *Andrienne*, 266.

Page 471.

1. Actes des Apôtres, I, 26.
2. Cicéron, *Académiques*, II, XXI.
3. *Panégyrique de Messalla*, 40-41, attribué à Tibulle.
4. Voir Innocent Gentillet, *Discours sur les moyens de bien gouverner […] Contre Nicolas Machiavel Florentin*, 1576.

Page 472.

1. Horace, *Épîtres*, II, II, 97.

Page 473.

1. Juvénal, *Satires*, VIII, 183-184.

Page 474.

1. Scipion l'Africain et Scipion Émilien.

Page 475.

1. À la place de cet ajout manuscrit, le texte de 1588 comporte le passage suivant : « Ainsi c'est une sorte d'exercitation, de laquelle on doit espérer fort peu de recommandation et de louange, et une nature de composition, de peu de crédit. Le plus sot homme du monde pense autant avoir d'entendement que le plus habile. Voilà pourquoi on dit communément […]. »
2. Lucrèce, *De rerum natura*, V, 961.

Page 476.

1. Perse, *Satires*, IV, 23.
2. Cicéron, *De officiis*, I, XXXI.

Page 478.

1. Voir I, 28.

Page 479.

1. Saint Jérôme.
2. Voir I, 26.
3. Voir Diogène Laërce, *Vies et Opinions*, IV, 16.

Page 480.

1. Horace, *Satires*, II, III, 253-257.
2. Lactance, *Institutions divines*, III, V.
3. François de Guise, né en 1519, chef du parti catholique, assassiné par un protestant en 1563 ; voir le chapitre I, 24.
4. Pierre Strozzi (1510-1558), chef de guerre florentin, cousin de Catherine de Médicis, qui entra au service d'Henri II.
5. François Olivier, évoqué précédemment par Montaigne ; Michel de L'Hospital (1505-1573), succéda à François Olivier comme chancelier de France et œuvra pour apaiser les querelles religieuses, notamment en organisant le colloque de Poissy.
6. Auratus c'est-à-dire Jean Dorat (1508-1588), célèbre humaniste, régent du collège de Coqueret où il fut le maître de Ronsard.
7. Théodore de Bèze (1519-1605), humaniste, poète néo-latin, compagnon de Calvin qui lui transmis son autorité spirituelle sur le parti protestant.
8. George Buchanan (1506-1582), poète néo-latin écossais, converti à la Réforme.

Page 481.

1. Pierre de Mondoré (1510-1570), humaniste et poète néo-latin, bibliothécaire royal, converti à la Réforme.
2. Adrien Turnèbe (1512-1565), humaniste, helléniste réputé, voir les chapitres I, 25 et II, 12.
3. Fernando Alvarez de Toledo (1508-1582), homme de guerre au service de Charles Quint et de Philippe II d'Espagne ; il combattit la Réforme avec acharnement.
4. Anne de Montmorency (1493-1567), homme de guerre au service de François Ier.
5. François de La Noue (1531-1591), gentilhomme converti à la Réforme ; il fut l'un des chefs militaires du parti protes-

tant tout en préconisant une politique de conciliation et de modération.

6. Marie de Gournay rencontra Montaigne à Paris en 1588. Tout le passage qui l'évoque est absent de l'Exemplaire de Bordeaux. Toutefois la présence d'un signe d'insertion indique le lieu où il devait figurer. Le texte a cependant été récusé comme apocryphe par certains critiques. Sur les arguments de ce débat, voir les précisions d'André Tournon, p. 836 de l'édition des *Essais* à l'Imprimerie nationale (1998).

Du démentir

CHAP. XVIII

Étroitement greffé sur le précédent, ce chapitre poursuit la réflexion de l'auteur des *Essais* sur son livre et son projet. Montaigne écrit en tant qu'homme ordinaire, ses actions n'ont rien d'exemplaire, et il doit justifier ce dessein à une époque où l'autobiographie était encore réservée aux individus remarquables par leur lignage ou leurs actions. Plus qu'un récit de vie, les *Essais* sont un livre au long cours dont l'écriture a contribué, en retour, à façonner son auteur : non un livre-miroir, mais un livre « consubstantiel » à son auteur, qui croît et se complexifie en même temps que lui. Écrivant sur un sujet qu'il est le seul à bien connaître — lui-même —, Montaigne doit aussi donner des gages de sa sincérité. Il réaffirme donc sa haine du mensonge, en écho à l'avertissement *Au lecteur* qui présentait les *Essais* comme « un livre de bonne foi ». Par association d'idées, il s'interroge ensuite sur le paradoxe qui voit le mensonge à la fois si décrié (être accusé de mentir suffisait souvent à déclencher un duel) et si pratiqué, dans une époque troublée où la vérité s'est enfuie. (A.T.)

Page 483.

1. César raconte ses hauts faits dans *La Guerre des Gaules ;* Xénophon relate sa participation à l'expédition de Cyrus dans *L'Anabase.*

Page 484.

1. D'après Horace, *Satires,* I, IV, 73-75.
2. D'après Perse, *Satires,* V, 19-21.
3. Saint Augustin, *Cité de Dieu,* I, XIII.

Page 485.

1. Les éditions de 1580 à 1588 ajoutaient ici: «il m'a fallu jeter en moule cette image, pour m'épargner la peine d'en faire plusieurs extraits à la main».

2. Martial, *Épigrammes*, XIII, I, 1.

3. Catulle, *Poésies*, XCIV, 8.

Page 486.

1. Clément Marot, *Le Valet de Marot contre Sagon, Épîtres*, XXIV, 211-212.

2. Pindare cité par Plutarque, *Vie de Caïus Marius*, LI.

3. Voir Platon, *République*, III, 389 b-d.

Page 487.

1. Voir Salvien de Marseille, *De gubernatione Dei*, I, 14.

2. Voir Plutarque, *Vie de Lysandre*, XIII.

Page 488.

1. Voir la fin du chapitre III, 6.

2. Voir Lopez de Gomara, *Histoire générale des Indes*, II, XXVIII.

3. Mot de Lysandre: d'après Plutarque, *Vie de Lysandre*, XIII.

4. Être accusé de mentir était une cause fréquente de duel: voir plus loin le chapitre II, 27.

Page 489.

1. Voir Plutarque, *Vie de Caton d'Utique*, XXXV.

De la liberté de conscience

CHAP. XIX

Si ce chapitre se conclut sur des événements contemporains — la «paix de Monsieur» promulguée par les édits de Beaulieu-lès-Loches (datés du 6 mai 1576), édits qui mettaient fin à la cinquième guerre de religion faisant rage depuis deux ans en accordant une tolérance de culte élargie aux protestants —, sa portée est avant tout théorique. Une fois de plus dans les *Essais*, la question des guerres civiles entraîne une prise de position très nuancée. Le centre de gravité de ces pages tient dans l'éloge de l'empereur Julien, dit «l'Apostat», éloge qui fut porté au nombre des erreurs reprochées à Montaigne par la censure romaine en 1580. S'inspirant vraisemblablement de Bodin dans sa *Methodus ad facilem historiarum cognitionem* (1566), Montaigne voit dans Julien le promoteur d'une liberté de conscience dont les contours sont fort différents de ceux de la notion philosophique telle qu'elle a été élaborée bien après la Renaissance : l'empereur aurait permis la liberté de culte pour des raisons essentiellement pragmatiques, favorisant la division des sectes religieuses pour mieux régner, libérant les hérésies, mais les affaiblissant paradoxalement à la fois par l'abolition des épreuves qu'elles devaient surmonter pour s'exprimer. On a pu souligner le parallèle, au centre du livre II cette fois, entre ces pages et un autre texte de La Boétie dont Montaigne n'avait pas assuré la publication lorsqu'il avait édité ses œuvres posthumes en 1571 : le *Mémoire touchant l'Édit de janvier*, où le parlementaire envisageait les effets positifs d'une solution transitoire fondée sur la mise en place de la liberté de conscience. Hommage par une substitution d'éloge, parallèle à la substitution du *Discours de la servitude volontaire* au livre I, avant un effacement plus complet de tout texte étranger ? S'il y a convergence thématique, le chapitre de Montaigne a pour particularité de poser le problème de la Réforme et de la Contre-Réforme de manière concomitante : comme dans « De la physionomie » (III, 12), si la Réforme se caractérise par une quête dogmatique indue de « nouvelleté », la Contre-Réforme risque bien souvent de promouvoir la « difformation » à son tour, par excès passionnel. L'attachement aux principes peut être plus néfaste que l'attachement aux « effets », et ce pragmatisme montaignien touche ici tant la définition de la politique de Julien, que le jugement des historiens chrétiens à son égard. En favorisant la scission de l'unité théologique qu'avait construite Constantin, Julien n'offre pas forcément la figure du tyran machiavélien ; il peut incarner au contraire la figure du philosophe-roi fondant son action sur une modération de l'attachement dogmatique, propre à créer une stabilité du pouvoir et de la sphère publique, à l'inverse des « conseils injustes, violents et encore téméraires » que peut favoriser un zèle indiscret. Nulle défense d'un machiavélisme quelconque dans ce chapitre qui reprend une constante du discours politique des *Essais* : à trop vouloir fonder son action sur un attachement dogmatique aux principes, à faire de son exercice une émanation de la réflexion abstraite, on finit par tordre la forme du corps public dont la stabilité, toute précaire qu'elle est, doit être respectée. Rejeter le fantasme de la régence pour s'attacher aux effets en prenant en considération les données imposées par les situations, telle est la ligne que défend Montaigne. C'est s'assurer une précieuse liberté, celle qui permet de faire l'éloge d'un renégat de l'Église, et celle qui permet de réinstaurer les conditions d'un retour à la paix de la vie civile. Si, comme le souligne la toute fin de chapitre, il y a isosthénie théorique sur les avantages et les inconvénients de l'instauration d'une liberté de conscience, il y a nécessité pratique, urgence décidée par les événements qui n'a que faire des rêves de rationalité et de maîtrise des différentes factions. La « paix de Monsieur » illustre avant tout les limites de la volonté individuelle et la soumission des grands à ce qu'impose la Fortune. (E.N.)

Page 491.

1. Voir J. Bodin, *Methodus*, IV.
2. Voir Tacite, *Annales*, XV, XLIV.
3. Voir J. Bodin, *Methodus*, IV.
4. Voir Ammien Marcellin, historien latin qui écrit l'histoire du règne de l'empereur Julien, ici *Histoires*, XXV.
5. Voir Plutarque, *De la fortune*, 97 d ; Tite-Live, *Histoire romaine*, XXVI, L ; Aulu-Gelle, *Nuits attiques*, VI, VIII ; Pierre Messie, *Diverses leçons*, II, XXIX.

Page 492.

1. Ammien Marcellin ; voir *Histoires*, XXII, X, 7.
2. Voir Zonaras, *Chroniques*, III ; Sozomène et Théodoret, *Historiæ ecclesiasticæ*, VI.
3. Voir Eutrope, *Abrégé d'histoire romaine*, X, 8.
4. Passage ici présent dans l'édition de 1580 : « Aussi ce que plusieurs disent de lui, qu'étant blessé à mort d'un coup de trait il s'écria "Tu as vaincu" ou comme disent les autres, "Contente-toi, Nazaréen", n'est pas vraisemblable. Car ceux qui étaient présents à sa mort, et qui nous en récitent toutes les particulières circonstances, les contenances mêmes et les paroles, n'en disent rien : non plus que de je ne sais quels miracles que d'autres y mêlent. »

5. Constance II ; voir Ammien Marcellin, *Histoires*, XXII, III ; XXV, IV, VIII et IX-XX.

Page 493.

1. *Ibid.*, XVI, V.
2. *Ibid.*, XXV, III.

Page 494.

1. Voir Plutarque, *Vie de Marcus Brutus*, XLIV et LIX ; Ammien Marcellin, *Histoires*, XXV, II.
2. Voir Sozomène et Théodoret, *Historiæ ecclesiasticæ*, III, 20 ; Zonaras, *Chroniques*, III.

Page 495.

1. Voir Ammien Marcellin, *Histoires*, XXI, II.
2. *Ibid.*, XXII, V.

Page 496.

1. Tour proverbial emprunté à Térence, *Andrienne*, II, I, 305 ; voir l'épître liminaire de la *Methodus* de J. Bodin et le *Discours sur les moyens de bien gouverner* d'I. Gentillet (III, 20).

Nous ne goûtons rien de pur

CHAP. XX

L'essence des choses nous échappe irrémédiablement : nos facultés et nos sens ne nous donnent accès qu'à des sensations et des sentiments confus et mélangés. La nature humaine elle-même n'est qu'hétérogénéité et diversité. L'efficacité pratique requiert ainsi peu de subtilité et une intelligence commune, suffisante pour conduire sa vie et éviter les vaines spéculations. (D.R.)

Page 497.

1. Aristippe de Cyrène est le fondateur de l'école cyrénaïque dont les disciples considéraient que le plaisir représentait le souverain bien.
2. Voir Sénèque, *Lettres à Lucilius*, XCI, 5.
3. Lucrèce, *De rerum natura*, IV, 1133-1134.

Page 498.

1. Sénèque, *Lettres à Lucilius*, LXXIV, 18.
2. Vers d'Épicharme, cité par Xénophon, *Mémorables*, II, I, 20.

3. Voir Platon, *Phédon*, 60 c.
4. Voir Sénèque, *Lettres à Lucilius*, XCIX, 25.
5. Ovide, *Tristes*, IV, III, 37.
6. Voir *Lettres à Lucilius*, LXIII, 5.
7. Catulle, *Poésies*, XXVIII, 1-2.

Page 499.

1. Sénèque, *Lettres à Lucilius*, LXIX, 4.
2. Voir *République*, IV, 426 e.
3. Tacite, *Annales*, XIV, XLIV.

Page 500.

1. Tite-Live, *Histoire romaine*, XXXII, XX, 2.
2. Voir Cicéron, *De natura deorum*, I, XXII, 60.

Contre la fainéantise

CHAP. XXI

Ce court chapitre pourrait à meilleur droit s'intituler « Contre les rois fainéants », tant son propos est axé sur la personne du monarque. Comme dans un miroir du Prince, Montaigne donne ici une leçon d'énergie et de bravoure aux rois qui voudront bien le lire. Reflétant en cela les mentalités traditionnelles, l'auteur des *Essais* attend d'un roi qu'il brille sur les champs de bataille, qu'il prenne en personne la tête de ses troupes et qu'il soit prêt à se sacrifier pour son royaume. C'est à cette condition que ses sujets accepteront, en retour, de verser leur sang pour lui. Cette image traditionnelle du roi de guerre convenait mieux à Henri IV qu'à Henri III, roi philosophe et mystique, mal aimé par ses contemporains : il est probable que Montaigne, quelle que soit la date à laquelle il a écrit ce chapitre, avait en tête le contraste formé par ces deux caractères. (A.T.)

Page 502.

1. Voir Suétone, *Vie de Vespasien*, XXIV.
2. Voir Spartien, *Histoire Auguste, Ælius Verus*, VI.

Page 503.

1. Il s'agit sans doute d'Henri IV, roi légitime depuis août 1589.

2. Sélim Ier, empereur de Turquie : voir René de Lucinge, *De la naissance, durée et chute des États*, I, XIII.

3. Voir Innocent Gentillet, *Discours sur les moyens de bien gouverner*, 1579, I, p. 20.

Page 504.

1. Julien : voir Zonaras, *Histoires et chroniques du monde*, III, trad. Millet de Saint-Amour, Paris, 1583.

2. Voir Xénophon, *Cyropédie*, I, III.

3. Voir Sénèque, *Lettres à Lucilius*, LXXXVIII, 19.

4. L'édition de 1595 insère ici l'ajout suivant, absent des marges de l'Exemplaire de Bordeaux, mais dont l'insertion était prévue par un signe typographique : « Fortune ne devait pas seconder la vanité des légions Romaines, qui s'obligent par serment, de mourir ou de vaincre. *Victor, Marce Fabi, revertar ex acie : Si fallo, Jovem patrem Gradivumque Martem aliosque iratos invoco Deos* [Que je revienne vainqueur du champ de bataille, Marcus Fabius : si j'échoue, j'invoquerai le grand Jupiter et Mars Gradivus, les dieux courroucés ; Tite-Live, *Histoire romaine*, II, XLV]. Les Portugais disent, qu'en certain endroit de leur conquête des Indes ils rencontrèrent des soldats, qui s'étaient condamnés avec horribles exécrations, de n'entrer en aucune composition, que de se faire tuer, ou demeurer victorieux : et pour marque de ce vœu, portaient la tête et la barbe rase. Nous avons beau nous hasarder et obstiner. Il semble que les coups fuient ceux, qui s'y présentent trop allégrement : et n'arrivent volontiers à qui s'y présente trop volontiers, et corrompt leur fin. Tel ne pouvant obtenir de perdre sa vie, par les forces adversaires, après avoir tout essayé, a été contraint, pour fournir à sa résolution, d'en rapporter l'honneur, ou de n'en rapporter pas la vie : se donner soi-même la mort, en la chaleur propre du combat. Il en est d'autres exemples : Mais en voici un. Philistus, chef de l'armée de Mer du jeune Dionysius contre les Syracusains, leur présenta la bataille, qui fut âprement contestée, les forces étant pareilles. En icelle il eut du meilleur au commencement, par sa prouesse. Mais les Syracusains se rangeant autour de sa galère, pour l'investir, ayant fait grands faits d'armes de sa personne, pour se développer [se dégager], n'y espérant plus de ressource, s'ôta de sa main la vie, qu'il avait si libéra-

lement abandonnée, et frustratoirement [en vain], aux mains ennemies. »

5. Il s'agit d'une bataille livrée le 4 août 1578 entre Muley Abd-el-Melek, roi de Fez, Muley Mohamed, son rival, et Sébastien, roi de Portugal, dont la mort sans héritier provoquera le rattachement de son royaume à la Castille. Montaigne suit le récit de Geronimo De Franchi, *Dell'unione del regno di Portogallo alla corona di Castiglia,* Gênes, 1585.

Page 505.

1. L'ajout manuscrit qui précède est consigné de la main de Marie de Gournay ; l'écriture de Montaigne reprend ici.

2. Tite-Live, *Histoire romaine,* XXIV, XXXIX, 5.

Page 506.

1. Voir Plutarque, *Vie de Caton d'Utique,* LXXXVIII.

Des Postes

CHAP. XXII

Montaigne n'a pas fait mystère de son goût pour l'équitation (voir le chapitre I, 48). Il lui arriva souvent de chevaucher entre Bordeaux et les cours de France ou de Navarre, porteur de missives officielles ou officieuses. Lorsqu'il voyage pour son plaisir, en Allemagne et en Italie, il est attentif à l'organisation matérielle des relais et aux tarifs pratiqués. Tout cela explique sans doute son intérêt pour l'organisation des postes dans les civilisations lointaines, antiques ou exotiques. (A.T.)

Page 507.

1. Voir Xénophon, *Cyropédie,* VIII, VI.

2. Voir César, *Guerre civile,* III, 11.

3. Voir Suétone, *Vie de César,* LVII.

Page 508.

1. Voir Pline l'Ancien, *Histoire naturelle,* VII, XX, 84 (texte altéré).

2. Tite-Live, *Histoire romaine,* XXXVII, VII, 11.

3. Voir Pline l'Ancien, *Histoire naturelle,* X, XXIV, 71 (cité par Juste Lipse, *Saturnalium libri,* II, XXVI).

4. D. Brutus à Modène : voir Pline l'Ancien, *Histoire naturelle,* X, XXXVIII.

5. Ces deux exemples viennent également de Juste Lipse, *loc. cit.*

6. Voir F. Lopez de Gomara, *Histoire générale des Indes*, V, VII.

7. Voir N. Chalcondyle, *Histoire de la décadence de l'Empire grec*, XIII, XIX. L'édition de 1595 ajoute ces mots, qui ne figurent pas sur l'Exemplaire de Bordeaux : « comme font assez [beaucoup] d'autres. Je n'ai trouvé nul séjour [soulagement] à cet usage ».

Des mauvais moyens employés à bonne fin

CHAP. XXIII

Ce chapitre explore les conséquences inattendues d'un postulat pessimiste : la faiblesse de notre nature déchue nous rendrait parfois le recours au mal nécessaire et même légitime. Tout dépend alors de la fin poursuivie : Montaigne n'adhère pas aux justifications utilitaristes de la colonisation ou des guerres de conquête ; il ne considère pas non plus que le progrès de l'anatomie vaille qu'on dissèque des hommes vivants ; il est plus sensible aux fins exemplaires revendiquées par les Spartiates qui enivraient leurs esclaves ; enfin, il examine comment les spectacles de gladiateurs pouvaient avoir des effets édifiants sur les spectateurs, avant d'en dénoncer la violence avec une ironie grinçante, qui n'exclut pas toujours une trouble fascination devant la cruauté antique. (A.T.)

Page 509.

1. Voir Aristote, *Politique*, V, I, 1301 a. L'idée est reprise par de nombreux auteurs (Jean Bodin, Louis Le Roy, René de Lucinge...).

Page 510.

1. Voir Jean Bodin, *République* (1576), IV, III et *Methodus* (1566), IX.

2. Voir Bodin, *République*, VI, II ; à rapprocher d'Innocent Gentillet, *Discours sur les moyens de bien gouverner* (1576), III, 1.

3. D'après Juvénal, *Satires*, VI, 291-293.

4. Voir Bodin, *loc. cit.*

Page 511.

1. Voir Froissart, *Chroniques*, I, CCXIII.
2. Allusion aux projets de croisades de Philippe VI et de Jean II.
3. Catulle, *Poésies*, LXVIII, 77-78.
4. Voir Plutarque, *Vie de Lycurgue*, LVIII.

Page 512.

1. Voir Corneille Agrippa, *De incertitudine*, LXXXVI.
2. Prudence, *Contre Symmaque*, I, 382-384 (cité par Juste Lipse, *Saturnalium libri*, I, XIV).
3. *Ibid.*, II, 1122-1123, 1126 et 1128-1129 (cité par Lipse, *op. cit.*, I, XII).

Page 513.

1. *Ibid.*, II, 1096-1099 (cite par Lipse, *op. cit.*, II, XXII).
2. Manilius, *Astronomiques*, IV, 225-226 (cité par Lipse, *op. cit.*, II, III).
3. Stace, *Sylves*, I, VI, 51-53 (cité par Lipse, *op. cit.*, II, IV).

De la grandeur Romaine

CHAP. XXIV

La puissance de l'Empire romain ne se voyait nulle part autant qu'à la facilité qu'il avait de disposer des autres royaumes, une fois conquis. À l'époque moderne, seul l'Empire ottoman semble pouvoir rivaliser avec cet illustre modèle. Orienté dans sa première rédaction vers une formule sublime de Tacite, ce chapitre montre aussi que la grandeur de Rome n'a pu se dire que par la plume de ses plus grands écrivains. (A.T.)

Page 514.

1. Voir Suétone, *Vie de César*, LVI.
2. Voir Cicéron, *Épîtres familières*, VII, V.
3. Voir César, *De bello alexandrino*, LXXVIII.

Page 515.

1. Voir Suétone, *Vie de César*, LIV (la conversion en écus vient d'une note de l'édition de César que Montaigne utilisait, parue à Anvers en 1570).
2. Claudien, *Contre Eutrope*, I, 203.

3. Marc-Antoine : voir Plutarque, *Vie d'Antoine*, XLIV.
4. Voir Tite-Live, *Histoire romaine*, XLV, XII-XIII.

Page 516.

1. Tacite, *Vie d'Agricola*, XIV, 2.
2. Voir René de Lucinge, *De la naissance, durée et chute des États*, I, IX.

De ne contrefaire le malade

CHAP. XXV

À la fois réflexion sur les bizarreries de la fortune et sur les connections mystérieuses de l'âme et du corps, ce chapitre enchaîne librement les variations sur le thème des maladies réelles ou imaginaires. Cultivant les associations d'idées et les ruptures de ton, Montaigne fait passer son lecteur du plaisant à l'inquiétant avec une maîtrise consommée. (A.T.)

Page 517.

1. Martial, *Épigrammes*, VII, XXXIX, 8-9.

Page 518.

1. Voir Appien, *Guerres civiles*, IV, VI, 41.
2. Voir Froissart, *Chroniques*, I, LVII.

Page 519.

1. Voir Pline l'Ancien, *Histoire naturelle*, VII, L, 166.
2. Au chapitre I, 21.
3. Voir Sénèque, *Lettres à Lucilius*, L, 2-4.

Des pouces

CHAP. XXVI

Note de lecture issue pour sa quasi-totalité du commentaire de Béroalde sur Suétone, Montaigne compile ici, à la manière des cornucopies, recueils de lieux communs et autres commentaires humanistes, les éléments de ce qui aurait pu donner lieu à un chapitre plus étendu. L'entassement accusant la bigarrure des effets tirés d'un phénomène unique et en apparence dérisoire (l'importance conférée aux pouces chez divers peuples de l'Antiquité) est une structure récurrente dans les *Essais*. (E.N.)

Page 521.

1. *Annales*, XII, XLVII, 2.
2. Montaigne donnait la traduction jusqu'à l'édition de 1588. Sur l'ensemble du paragraphe, voir le commentaire de Béroalde sur la *Vie d'Auguste*, XXIV, de Suétone. Voir Macrobe, *Saturnales*, VII, XIII.
3. Martial, *Épigrammes*, XII, XCVII, 8-9.
4. Voir Érasme, *Adages*, I, VIII, 46.
5. Horace, *Épîtres*, I, XVIII, 66.

Page 522.

1. Juvénal, *Satires*, III, 36-37.
2. Voir Suétone, *Vie d'Auguste*, XXIV.
3. Voir Valère Maxime, *Faits et Dits mémorables*, VI, III, 3.
4. Philoclès ; voir Plutarque, *Vie de Lysandre*, XVI.
5. Voir toujours le commentaire de Béroalde sur Suétone, d'après Cicéron, *De officiis*, III, XI, 46 et Valère Maxime, *Faits et Dits mémorables*, IX, II, 18
6. Voir Plutarque, *Vie de Lycurgue*, XXXVII.

Couardise mère de la cruauté

CHAP. XXVII

Ce chapitre reprend un thème déjà exploré en II, 11. S'y ajoutent des considérations sur le duel annoncées à la fin de II, 18. On oscille ici entre les deux sens du mot « cruauté » au XVIe siècle : plaisir pervers à faire souffrir, mais aussi goût indiscret pour les massacres et le sang versé. À l'encontre de Machiavel, Montaigne soutient ici que la violence exercée par le Prince sur ses ennemis est un signe non de force, mais de faiblesse. Car la cruauté est la marque d'une âme vile, le propre de la populace. Elle a partie liée avec la lâcheté.

Sur ce premier thème se greffent des considérations alors très actuelles sur la mode des duels, qui sont, au XVIe siècle, volontiers collectifs : les témoins y mettent eux-mêmes la main à l'épée, et l'on achève les adversaires blessés, par peur des représailles. Montaigne esquisse au passage un plaidoyer pour son plus jeune frère, Bertrand, compromis malgré lui dans une affaire de duel lors de son séjour en Italie et emprisonné dans les prisons du Pape, avant d'être libéré sur l'intervention du roi de France.

Montaigne pousse son rejet de la violence des armes jusqu'à mépriser l'escrime, dont le développement marque selon lui la victoire de la technique sur le courage des combattants. Le chapitre s'achève sur quelques contes cruels, sans commentaires, pour le seul plaisir du genre alors en vogue de l'histoire tragique. (A.T.)

Page 523.

1. Voir Quintilien, *Institution oratoire,* IX, III, 89, et Innocent Gentillet, *Discours sur les moyens de bien gouverner,* III, 8.

2. Le tyran Alexandre pleurant aux malheurs d'Hécube et d'Andromaque : voir Plutarque, *Vie de Pélopidas,* LII.

3. Claudien, *Supplication à Hadrien,* 30.

Page 524.

1. D'après Ovide, *Tristes,* III, V, 35-36.

2. Voir Plutarque, *Pourquoi la justice divine diffère quelquefois la punition des fautes,* II, 548 e.

Page 525.

1. Narsingue : royaume à l'ouest du Gange (voir J. Osorio, *Histoire de Portugal,* trad. S. Goulart, 1581, IV, XII).

Page 526.

1. Voir Pline l'Ancien, préface à l'*Histoire naturelle.*

2. Voir Diogène Laërce, *Vies et Opinions,* V, 18.

Page 527.

1. On trouve aussi cette critique des duels collectifs chez Étienne Pasquier, *Lettres,* Paris, 1586, X, IV.

2. Tite-Live, *Histoire romaine,* XXXIV, XXVIII, 4.

Page 528.

1. Le duc d'Orléans contre Henri II d'Angleterre : voir Nicole Gilles, *Annales et chroniques de France,* I, IX.

2. Les Grecs contre les Spartiates : voir Hérodote, *Histoires,* I, 82.

3. Les Horaces contre les Curiaces : voir Tite-Live, *Histoire romaine,* I, XXIV.

4. Bertrand, sieur de Mattecoulon, le plus jeune frère de

Montaigne (né en 1560), l'accompagna lors du voyage en Italie ; l'incident relaté ici prend place après le retour de Montaigne en France. Brantôme relate l'affaire dans un texte resté inédit au XVIe siècle (*Discours sur les duels*).

Page 529.

1. Le frère de Montaigne allait à Rome pour apprendre l'escrime.

2. D'après Virgile, *Énéide*, XI, 156-157.

3. Voir Tite-Live, *Histoire romaine*, XXVIII, XXI, 10.

Page 530.

1. D'après le Tasse, *La Jérusalem délivrée*, XII, LV, 1-8.

2. Le duel était interdit par les lois civiles et religieuses. Il était condamné par bien des auteurs : par exemple Pierre Messie, dans les *Diverses leçons*, IV, 9 ; Arnaud Sorbin, dans l'*Exhortation à la noblesse pour la dissuader et détourner des duels* (1578), ou encore Geoffroy de la Chassaigne, sieur de Pressac, le beau-frère de Montaigne, dans le *Cléandre* (1582).

Page 531.

1. Voir Valère Maxime, *Faits et Dits mémorables*, II, III, 2.

2. Voir Plutarque, *Vie de Jules César*, LIX.

3. Voir *id.*, *Vie de Philopœmen*, V.

4. Voir Platon, *Lachès*, 183 c.

Page 532.

1. Amycos et Epeios, inventeurs du pugilat ; Antée et Cercyon, connus pour leur talent à la lutte : voir Platon, *Lois*, VII, 796 a.

2. Voir Ammien Marcellin, *Histoires*, XXVIII, VIII, 4 ; Innocent Gentillet, *Discours sur les moyens de bien gouverner*, III, VIII.

3. Claudien, *Contre Eutrope*, I, 182.

4. Voir Tite-Live, *Histoire romaine*, XL, III.

Page 533.

1. Voir *ibid.*, XL, IV.

Page 534.

1. On trouve déjà cette formule en II, 11, p. 152.

2. Selon la religion chrétienne, le désespoir est un péché mortel, qui compromet le salut de l'âme du mourant.

3. Voir Flavius Josèphe, *Autobiographie*, LXXV, 420-421.

voir le chapitre « Des noms », I, 46). La syntaxe et les accords de la langue du XVIe siècle ont été conservés.

La ponctuation et ses corrections autographes ont été respectées, intégralement dans les parties imprimées, et au prix d'une restitution minimale dans les parties manuscrites (où elle était souvent très lacunaire). Montaigne emploie notamment la majuscule après une virgule ou après deux points, ce qui a pour effet de détacher un segment de phrase, de signaler une pause ou un élan nouveau dans la réflexion. La ponctuation du XVIe siècle ne donne pas aux deux points de valeur sémantique particulière (tandis qu'ils annoncent en général aujourd'hui une explication ou une conclusion), ils indiquent simplement une pause plus longue que le point-virgule (plus rare), et moins affirmée que le point. La virgule quant à elle a parfois un rôle rythmique, mais son usage est souvent lié à la syntaxe, d'une manière qui tranche avec les usages d'aujourd'hui : ainsi elle détache souvent la complétive et la principale, précédant un propos rapporté.

Une annotation abondante, en bas de page, explique les constructions et les mots difficiles ; elle propose également la traduction des passages en langue étrangère.

En fin de volume, une notice présente chaque chapitre ; des notes signalent les sources qui ont pu être utilisées par Montaigne, en renvoyant, par commodité, aux éditions d'aujourd'hui. Les références des citations sont rejetées en notes de fin, selon le choix de Montaigne sur ce point, qui ne donnait aucune référence en marge de son texte. Nous avons signalé les variantes antérieures ou postérieures les plus significatives (éditions de 1580 ou 1582, ou édition de 1595).

NOTE SUR L'ÉTABLISSEMENT DU TEXTE

Comme l'édition de Pierre Michel (Folio, 1965), dont elle prend la suite, cette nouvelle édition des *Essais* se fonde sur l'Exemplaire conservé à la Bibliothèque municipale de Bordeaux, qui comporte deux zones de texte bien distinctes : une partie imprimée (le texte de l'édition de 1588) et une partie manuscrite (les ajouts et corrections portés par Montaigne dans les marges après 1588). Nous avons choisi une police de caractères différente pour signaler la partie manuscrite : les ajouts et corrections portant au moins sur un mot entier ont ainsi été rendus immédiatement visibles ; les crochets signalent les passages restitués (tronqués par le massicot d'un relieur maladroit), pour lesquels on a eu recours au texte de l'édition posthume (1595).

Nous avons respecté la disposition typographique d'origine : absence d'alinéa dans le texte, italique sans alinéa pour la prose latine, et italique détaché et disposé en colonne centrée pour les vers. L'italique a été étendu aux citations en langues vivantes.

À la suite de Pierre Michel, nous avons modernisé les graphies et l'orthographe pour faciliter la lecture (à l'exception toutefois des noms propres, que Montaigne préférait conserver sous leur forme latine :

Page 535.

1. Mehmet II : voir N. Chalcondyle, *Histoire de la décadence de l'Empire grec*, X, II.

2. Voir J. de Lavardin, *Histoire de Georges Castriot surnommé Scanderberg, roi d'Albanie*, Paris, 1576, f° 446 r°.

3. Voir Plutarque, *De la malignité d'Hérodote*, 858 e-f.

4. George Székely, chef des paysans hongrois (et non polonais) révoltés en 1514 (voir Paul Jove, *Histoire de son temps*, XIII).

Toutes choses ont leur saison

CHAP. XXVIII

Ce bref chapitre développe un parallèle que Plutarque n'avait qu'esquissé : celui des deux Caton — Caton l'Ancien, héraut de l'austérité romaine traditionnelle, et Caton d'Utique, son lointain descendant, martyr stoïque de la liberté républicaine. C'est l'occasion pour Montaigne de manifester à nouveau sa prédilection pour ce dernier (dont il faisait déjà l'éloge dans les chapitres I, 37, I, 44 ou II, 21). Il envie sa sérénité et son détachement à l'approche de la mort. Par contraste, l'intérêt tardif de Caton l'Ancien pour le grec lui paraît puéril. Notons pourtant que le jugement de Montaigne diffère quelque peu dans d'autres chapitres : il louera, à l'inverse, dans le troisième livre, le relâchement de Socrate, apprenant la danse et la musique malgré son grand âge (III, 13), et préférera son insouciance face à la mort à la vertu tendue de Caton d'Utique (III, 12). Il faut sans doute voir dans ce chapitre un discours destiné à se convaincre soi-même, un exercice spirituel stoïcien visant à se détacher des biens contingents. (A.T.)

Page 536.

1. Proverbe d'origine biblique (Ecclésiaste, III, 1).

2. Voir Plutarque, *Vie de Caton le Censeur* et *Vie de Caton d'Utique*.

3. Voir *id.*, *Comparaison d'Aristide avec Caton le Censeur*, III.

4. Voir *id.*, *Vie de Phocion*, XI.

5. Voir *id.*, *Vie de Caton le Censeur*, V.

6. Voir *id.*, *Comparaison de Philopœmen avec T.Q. Flaminius*, VI.

7. Juvénal, *Satires*, VI, 444.

Page 537.

1. Eudamidas : voir Plutarque, *Dits notables des Lacédémoniens*, 220 d.
2. Voir *id.*, *Vie de Philopœmen*, xxi.
3. Voir Sénèque, *Lettres à Lucilius*, xxxvi, 4.
4. Voir *ibid.*, xxiii, 9.
5. Horace, *Odes*, II, xviii, 17-19.
6. Sénèque, *Lettres à Lucilius*, lxxvii, 3.
7. Virgile, *Énéide*, IV, 653 (cité par Sénèque, *Lettres à Lucilius*, xii, 9).

Page 538.

1. Voir Sénèque, *Lettres à Lucilius*, xxxvi, 4.
2. Pseudo-Gallus, *Élégies*, I, 104.
3. Voir Sénèque, *Lettres à Lucilius*, lxviii, 14.
4. Caton d'Utique lit le *Phédon* la veille de son suicide : voir Plutarque, *Vie de Caton d'Utique*, lxxxvi.
5. Voir Sénèque, *Lettres à Lucilius*, lxxi, 11.

De la vertu

Chap. xxix

Ce chapitre développe une critique serrée de la représentation aristotélicienne de la vertu comme *habitus*, disposition stable à agir en vue du bien, capacité acquise de manière pérenne par le sujet dans la répétition de l'expérience vertueuse (voir *Éthique à Nicomaque*, II). Si Montaigne prend ici le contrepied du Stagirite, c'est que la vertu, qui peut nous conduire jusqu'à surpasser la divinité elle-même, n'est pas donnée comme « une révolue et constante habitude », comme un *habitus* à la fois stable et indéfiniment perfectible, mais comme une « boutée et saillie de l'âme », un miracle qui surpasse le donné naturel. La vertu est conçue sur le mode de la fulgurance passionnelle : c'est la sphère irrationnelle de l'âme, mère chez les Stoïciens de tous les vices, qui occasionne paradoxalement la vertu comme par une sortie momentanée de nos propres bornes. Une expérience extraordinaire ne peut créer une disposition échappant à la vanité qui, dans son branle perpétuel, emporte l'être. L'exemple pris est de la plus haute ironie puisque Pyrrhon, figure anti-aristotélicienne par excellence, va prouver par l'incapacité à assumer sa propre indifférence apathique l'impossibilité de développer un *habitus* vertueux constant. Pyrrhon renverse donc Aristote en s'emportant lui-même, conformément à la métaphore pyrrhonienne de la rhubarbe médicinale. Mais Montaigne va plus loin : loin de se contenter de ruiner un tel modèle éthique fondé sur la prudence et la détermination du juste milieu, il met en lumière le vice qui se tapit sous ce modèle de vertu entendu comme disposition stable. La série d'exemples qui va de l'évocation de l'automutilation héroïque jusqu'à celle du suicide des gymnosophistes développe une gradation dans la constance vertueuse, aussi bien dans la nature du sacrifice que dans la durée de la préméditation. Ces anecdotes font ressortir la portée contre nature de tels comportements, d'autant qu'elles sont suivies d'une dénonciation du *Fatum* comme objet d'une persuasion vicieuse, nous conduisant à penser sur le mode de la nécessité des actes extraordinaires qui n'ont rien de nécessaire. Montaigne réaffirme l'entière liberté que Dieu a laissée aux hommes, bien loin de les enchaîner à l'avancée inéluctable de ses desseins. Si l'homme parvient à déployer une vertu avec constance, c'est qu'il s'est éloigné d'un comportement naturel en aliénant sa propre liberté à des abstractions, qu'elles portent sur le Destin, sur des suppositions dogmatiques ou encore sur la reconnaissance des signes divins. Un *habitus* vertueux peut donc être l'indice d'une perversion de la nature par l'asservissement aux chimères de la fantaisie, et non la marque de soumission à un calcul prudentiel fondé en raison. La vertu d'Aristote est alors définitivement disqualifiée, pensée non plus sous le mode de la modération calculée et stabilisée, mais sous le mode de l'*hybris* incontrôlée. (E.N.)

Page 539.

1. Voir Plutarque, *Vie d'Alexandre,* I.

2. Sénèque ; voir *De providentia,* VI, 6 ; *Lettres à Lucilius,* LIII, 2. Voir le chapitre II, 12, p. 204.

Page 540.

1. Voir Aristote, *Éthique à Nicomaque,* II, IV, 2 ; Sénèque, *Lettres à Lucilius,* LXXV, 11

2. Voir Diogène Laërce, *Vies et Opinions*, IX, 62-66. Le trai-

tement que Montaigne fait de ces anecdotes est original : la plupart des commentateurs, depuis la fin du XVe siècle (Tortelli et Perotti par exemple), se servaient de ces emportements pour récuser la philosophie pyrrhonienne et sa prétention à l'apathie. Montaigne n'insiste pas sur l'incohérence qui oppose les principes aux actes, et fait de Pyrrhon — dont la philosophie n'est pas ici discutée pour elle-même — un simple exemple de l'irrégularité qui emporte le cours de la vie, illustrant un mouvement qui ne peut tolérer une vertu entendue comme faculté stabilisée.

Page 541.

1. Vers 1572.
2. Tibulle, « *De inertia inguinis* », *Priapées*, LXXXII, 4.

Page 542.

1. L'anecdote concernerait un sieur de Campois, près de Romorantin ; voir Henri Estienne, *Apologie pour Hérodote*, XV.
2. Voir Plutarque, *Que le vice est suffisant pour rendre l'homme malheureux*, 499 b ; Cicéron, *Tusculanes*, V, XXVII, 78 ; Élien, *Histoires variées*, VII, 18.

Page 543.

1. Properce, *Élégies*, III, XIII, 17-22.
2. C. Guichard, *Funérailles et diverses manières d'ensevelir des Romains, Grecs et autres nations*, Lyon, J. de Tournes, 1581, p. 382 et p. 387-389.

Page 544.

1. Voir G. Balbi, *Viaggio dell'Indie Orientali*, Venise, 1590, XVIII.
2. Calanus était un des gymnosophistes, philosophes ascètes, évoqués notamment par Plutarque, *Vie d'Alexandre le Grand*, CVII et CXIII ; voir aussi Cicéron, *Tusculanes*, II, XXIII, 52 et *De divinatione*, I, XXIII, 47.
3. Allusion au commentaire du *De fato* de Cicéron par Adrien Turnèbe.

Page 545.

1. Voir saint Augustin, *Cité de Dieu*, V, X.
2. La question du libre arbitre est alors une des questions

brûlantes de la polémique théologique ; voir Luther, *Du serf arbitre*, et la réponse d'Érasme, *Du libre arbitre*.

3. Allusion au principe réformé du *sola fide*, excluant la possibilité pour le fidèle de faire son salut par les œuvres et non seulement par la foi.

4. J. de Joinville, *Histoire de saint Louis*, XXX.

Page 456.

1. Controverse entre un dominicain partisan de Savonarole et un cordelier, qui eut lieu le 7 avril 1498 à Florence ; voir le *Discours sur les moyens de bien gouverner* de Gentillet (II, IX) et les *Mémoires* de Philippe de Commynes (VIII, XXVI).

2. Voir N. Chalcondyle, *Histoire de la décadence de l'Empire grec*, VII, VIII.

3. Jean Huniade, voïvode de Transylvanie, général des armées de Ladislas V, régent de Hongrie.

Page 547.

1. Voir N. Chalcondyle, *Histoire de la décadence de l'Empire grec*, VII, VIII.

2. Allusion à Henri de Navarre.

3. Ces deux conspirateurs sont Jean de Jeauréguy, qui blessa Guillaume d'Orange à Anvers d'un coup de pistolet le 18 mars 1582 et Balthazar Gérard, qui le tua à Delft, le 10 juillet 1584.

Page 548.

1. L'assassinat de François de Guise par Poltrot de Méré devant Orléans, le 18 février 1563.

2. Balthazar Gérard.

Page 549.

1. Peuple évoqué par Joinville, *Histoire de saint Louis*, LI.

2. Voir E. Pasquier, *Recherches de la France*, Paris, Champion, 1996, VIII, 20, p. 1580.

3. L'assassinat eut lieu en 1151, voir l'*Histoire des rois de France*, de Du Haillan.

4. [1595] : « Et pareillement Conrad, marquis de Montferrat, les meurtriers conduits au supplice, tous enflés et fiers d'un si beau chef-d'œuvre. » Conrad fut assassiné à Tyr le 24 avril 1192.

D'un enfant monstrueux

CHAP. XXX

Montaigne prend ici à rebours, par un traitement sceptique particulièrement inattendu en son siècle, les discours tératologiques qui connaissaient un vif succès. Si Ambroise Paré dans ses *Monstres et prodiges* et dans les considérations liminaires de son *Traité de la peste*, Pierre Boaistuau dans ses *Histoires prodigieuses* (1560) ou Conrad Lycosthènes dans son *Prodigiorum ac ostentorum chronicon* (1567) insistent tous sur la nature signifiante du *monstrum* qui est avertissement de Dieu délivré aux hommes, Montaigne refuse les lectures allégoriques complexes qui visent à interpréter des signes dont on infère, par pétition de principe, la portée significative. Ce chapitre est ainsi parfaitement cohérent avec les développements de « Qu'il faut sobrement se mêler de juger des ordonnances divines » (I, 32) ou de « Des boiteux » (III, 11) : il offre la description directe de deux cas de malformation, sans qu'aucun déchiffrement, laissé aux suffisants « médecins », ne suive cette « récitation » qui « s'en va [toute] simple ». La lecture allégorique du premier cas monstrueux comme un signe portant sur la politique royale de conciliation religieuse est proposée de manière suspensive et ironique. La conclusion de cette double observation, indécidable en son sens, convoque le discours augustinien sur l'harmonie du tout visible au seul Créateur : comme dans d'autres chapitres, le discours patristique vient radicaliser l'anéantissement de l'éminence humaine en autorisant la mise en œuvre d'un argument relevant des tropes sceptiques portant sur les variations de distance et de fréquence, tropes que Montaigne a lus par ailleurs chez Sextus. Un tel propos théologique marque avec netteté ici les limites du jugement humain par l'opposition d'un autre type de point de vue contradictoire : celui de Dieu. (E.N.)

Page 551.

1. Cicéron, *De divinatione*, II, XXXI, 66.
2. Voir Aristote, *Rhétorique*, III, XVII, 1418 a.
3. Voir Cicéron, *De divinatione*, II, XXVIII, 60 ; saint Augustin, *Cité de Dieu*, XXI, VIII.

Page 552.

1. Cicéron, *De divinatione*, II, XXII, 49.

De la colère

CHAP. XXXI

Les débats de l'Académie du Palais, organisés à la fin des années 1570 autour d'Henri III, avaient mis à la mode l'analyse des passions de l'âme. La colère intéresse les philosophes par son ambivalence : condamnable selon les stoïciens, elle est parfois justifiée, selon Platon ou Aristote, et peut procurer une énergie précieuse pour les orateurs ou les guerriers. Pour Montaigne, il s'agit avant tout d'une passion qui trouble le jugement, et il faut s'en défier. Du point de vue social, la colère est un danger menaçant pour le juge ou l'éducateur, car elle entraîne à coup sûr l'injustice des châtiments. Du point de vue domestique, elle trouble les relations familiales et les rapports avec les serviteurs. Faute de pouvoir l'éradiquer, il faut tenter de la maîtriser, d'en canaliser les éclats pour l'utiliser avec fruit. Il faut la dépenser à bon escient, ne pas la couver trop longtemps, pour ne pas nuire à sa propre santé. Les préceptes de Plutarque ou de Sénèque sont ici bien utiles. Montaigne traite de la colère en moraliste, mais il n'en méconnaît ni les enjeux esthétiques ni les ressources comiques, qu'il suggère au passage par telle citation ou anecdote. (A.T.)

Page 553.

1. Voir Plutarque, *Comparaison de Lycurgue avec Numa Pompilius*, IX.
2. Voir Aristote, *Éthique à Nicomaque*, X, IX, 1180 a.

Page 554.

1. Juvénal, *Satires*, VI, 648-650.
2. Hippocrate : voir Plutarque, *Comment il faut réfréner la colère*, 455 e-f.
3. Voir Sénèque, *De ira*, II, X, 2.
4. Juvénal, *Satires*, XIV, 70-72.
5. À rapprocher de Sénèque, *De ira*, I, VI.
6. Voir *ibid.*, III, XXXII ; Plutarque, *Comment il faut réfréner la colère*, 459 f.

Page 555.

1. Voir Sénèque, *De ira*, III, XII, 4.
2. Voir Plutarque, *Comment il faut réfréner la colère*, 460 a.
3. Ovide, *L'Art d'aimer*, III, 503-504.
4. Voir Suétone, *Vie de César*, XII (il s'agit en fait de Caius Rabirius).

Page 556.

1. Voir Plutarque, *Dits notables des Lacédémoniens*, 220 e.
2. Voir *ibid.*, 223 e-f.
3. Voir Plutarque, *Dits notables des Lacédémoniens*, 233 f.

Page 557.

1. Le récit qui suit vient d'Aulu-Gelle, *Nuits attiques*, I, XXVI, 4-9.

Page 558.

1. Ces deux exemples se trouvent chez Plutarque, *Comment il faut nourrir les enfants*, 10 d.
2. Voir *id.*, *Dits notables des anciens rois*, 189 f.

Page 559.

1. Voir Sénèque, *De ira*, I, XVIII, 3-6.
2. Voir *ibid.*, III, VIII, 6.
3. Voir Plutarque, *Instruction pour ceux qui manient les affaires d'État*, 810 d-e.
4. Selon J. Balsamo (*Dictionnaire de Michel de Montaigne*, 2004), il pourrait s'agir du marquis de Trans (voir aussi le chapitre II, 8).

Page 560.

1. Virgile, *Énéide*, VII, 462-466.
2. Selon Roger Trinquet (*Bulletin de la société des amis de Montaigne*, 1975), il pourrait s'agir du maréchal de Matignon.
3. Voir Plutarque, *Vies des dix orateurs*, 847 e-f.

Page 561.

1. D'après Sénèque, *Lettres à Lucilius*, LVI, 10.
2. Claudien, *Contre Eutrope*, I, 237.
3. Rodomontade : terme récemment forgé sur le nom d'un héros du *Roland furieux* de l'Arioste, Rodomont (chevalier maure).

4. Virgile, *Énéide*, XII, 103-106.

Page 563.

1. Voir Aristote, *Éthique à Nicomaque*, III, VIII, 1116 b.

Défense de Seneque et de Plutarque

CHAP. XXXII

Montaigne revient ici aux deux auteurs qu'il distinguait déjà dans le chapitre *Des livres* (II, 10) comme ses moralistes préférés. L'idée du chapitre repose sur un clin d'œil à Plutarque, lui-même auteur d'un essai sur *La Malignité d'Hérodote* auquel le protestant Henri Estienne avait récemment répondu par une *Apologie pour Hérodote* (1566). D'une façon analogue, il s'agit pour Montaigne de défendre l'honneur de son auteur, injustement accusé de mensonge, d'invraisemblance et de partialité par Jean Bodin dans sa *Methodus ad facilem historiarum cognitionem* (1566). L'apologie de Plutarque prolonge celle de Sénèque, injustement attaqué par l'historien antique Dion Cassius, mais également par un pamphlet protestant qui s'en servait comme d'un comparant infamant pour le cardinal de Lorraine, l'un des chefs de file du camp catholique. Comme chez Estienne, les enjeux religieux se mêlent ici à la querelle historique. La question principale reste toutefois celle de l'écriture de l'histoire, et du statut de la vérité et de la vraisemblance, question que Montaigne avait déjà traitée dans le chapitre I, 27. (A.T.)

Page 564.

1. L'assimilation entre Charles IX et Néron est fréquente dans les pamphlets protestants qui ont suivi la Saint-Barthélemy.

Page 565.

1. Voir Dion Cassius, *Histoire romaine*, LXI, 9-12.
2. Voir Tacite, *Annales*, XIV, LIII-LV ; XV, LXI-LXIV.
3. Dion Cassius sur César : voir *Histoire romaine*, XLI, 33 ; sur Antoine, voir *ibid.*, XLV, 59. Montaigne suit ici le jugement de Jean Bodin (*Methodus*, IV).

Page 566.

1. Voir Jean Bodin, *Methodus*, *loc. cit.*
2. Voir Plutarque, *Vie de T. Q. Flaminius*, XLIII ; *Vie de Pyrrhus*, XVI.

3. Voir Jean Bodin, *Methodus*, IV, citant Plutarque, *Vie de Lycurgue*, XXXVII — exemple déjà cité par Montaigne en I, 14.

Page 567.

1. Voir Plutarque, *Vie de Pyrrhus*, LIV.
2. Voir Cicéron, *Tusculanes*, II, XIV, 34 ; Plutarque, *Vie de Lycurgue*, XXXVII.

Page 568.

1. À rapprocher plutôt de Valère Maxime, *Faits et Dits mémorables*, III, III, 1.
2. Voir Ammien Marcellin, *Histoires*, XXII, XVI, 23.
3. Voir Tacite, *Annales*, IV, XLV.
4. Voir *ibid.*, XV, LVII.

Page 570.

1. Voir Le Pogge, *Facéties*, LIX.
2. Voir le chapitre I, 27.

Page 571.

1. Voir Jean Bodin, *Methodus*, IV (citant Plutarque, *Vie d'Agésilas*, VI).
2. Procédures de bannissement à Athènes et à Syracuse.

Page 572.

1. Capitaines victorieux mais peu connus, cités par Plutarque (*Vie de Jules César*, XXIII ; *Vie d'Antoine*, XLI ; *Vie de Sylla*, LXI).
2. Les éditions de 1580 à 1588 ajoutaient cette phrase, rayée sur l'Exemplaire de Bordeaux : « et Scipion encore à Epaminondas, qui étaient aussi de son rolle [dans le même registre] ».

Page 573.

1. Voir Plutarque, *Comparaison d'Agésilas avec Pompée*, III.
2. Voir *id.*, *Comparaison de Lysandre avec Sylla*, VII.

L'histoire de Spurina

CHAP. XXXIII

Ce texte s'inscrit dans un ensemble de chapitres portant sur l'aptitude de l'homme à fonder une éthique sur la modération des passions — la métriopathie des Anciens. Cette question traditionnellement agitée par les philosophes est traitée ici par distinction entre deux types de passion : celle, liée à *Éros*, qui « [tient] au corps et à l'âme », et celle qui tient à des représentations purement spirituelles et symboliques, comme l'ambition. Au terme d'une série d'anecdotes qui évaluent de manière contradictoire la force de ces deux passions et les dangers qu'elles font courir, le chapitre revient au problème de la modération des passions, par retour à la première phrase du texte et à l'anecdote de Spurina annoncée en titre. L'ascèse est déclarée injustifiable lorsqu'elle se fait synonyme d'automutilation, blessure infligée à la nature pour préserver « l'intérêt d'autrui », sans que l'on puisse s'assurer, en vertu du principe de la relativité des points de vue, des effets d'un tel geste irrémédiable. Comme dans « De la vertu », Montaigne conclut sur l'échec des mortifications à fonder un modèle de vertu et de contrôle de soi légitime. Il est plus difficile de se conduire chastement au cœur du monde en régulant les effets produits par sa propre beauté que de renoncer à cette dernière une fois pour toutes en se lacérant le visage. Les morales de l'ascèse radicale constituent paradoxalement souvent des échappatoires à la vraie radicalité morale, celle qui implique le respect de sa propre nature. (E.N.)

Page 574.

1. Il s'agit d'Origène, voir Eusèbe, *Histoire ecclésiastique*, VI, VIII, 3.

Page 575.

1. D'après F. de Ræmond, il s'agirait de Louis de Bourbon, duc de Montpensier.
2. Voir Diogène Laërce, *Vies et Opinions*, IV, 7 ; Valère Maxime, *Faits et Dits mémorables*, IV, III, 3 ; voir B. Castiglione, *Le Livre du courtisan*, III, XXXIX.

Page 576.

1. Voir Suétone, *Vie de César*, XLV (voir le commentaire de Béroalde sur cette œuvre).
2. Voir *ibid.*, XLIX ; Plutarque, *Vie de Jules César*, II.
3. Voir Suétone, *Vie de César*, LII ; Plutarque, *Vie de Jules César*, LXIII.
4. L'amant de Clytemnestre, femme d'Agamemnon.
5. Voir Suétone, *Vie de César*, L.

Page 577.

1. Mahomet II, sultan au pouvoir au milieu du XVe siècle ; voir N. Chalcondyle, *Histoire de la décadence de l'Empire grec,* II, XII.

2. Ladislas, roi de Naples et de Hongrie de 1386 à 1414 ; voir *ibid.,* V, XI.

Page 578.

1. Voir Suétone, *Vie de César,* LV ; Plutarque, *Vie de Jules César,* III.

2. César rédigea une critique de Caton d'Utique visant en fait son admirateur, Cicéron ; voir Suétone, *Vie de César,* LVI et Plutarque, *Vie de Jules César,* LIV et LXV.

3. Voir Suétone, *Vie de César,* LIII.

4. *Ibid.*

Page 579.

1. Voir Plutarque, *Vie de Caton d'Utique,* XXXV.

2. « *Sine Cerere et Baccho friget Venus* » ; voir le chapitre III, 5, « Sur des vers de Virgile » et l'adage 1297 d'Érasme.

Page 580.

1. Voir Suétone, *Vie de César,* LXXV ; Plutarque, *Vie de Jules César,* XLV.

2. Voir Suétone, *Vie de César,* LXXV.

3. *Ibid.,* LXXIII.

Page 581.

1. Mamurra fut le favori de César, voir Catulle, *Poésies,* XXIX, 1-4.

2. Voir Suétone, *Vie de César,* LXXII ; Plutarque, *Vie de Jules César,* LXXV.

Page 582.

1. Voir Plutarque, *Vie de Jules César,* LXXV.

2. *Id., Vie d'Antoine,* XLIV.

Page 583.

1. Voir Valère Maxime, *Faits et Dits mémorables,* IV, V, 1.

2. Virgile, *Énéide,* X, 134-137.

Observations sur les moyens de faire la guerre, de Julius Cæsar

Chap. XXXIV

Montaigne témoigne ailleurs de son goût pour César écrivain et styliste (voir les chapitres I, 26 et II, 10) ; il s'en tient ici à l'homme de guerre, dont il admire sans partage les qualités de stratège intrépide et de chef vaillant et charismatique. Il glane dans ses lectures, chez Suétone, chez Plutarque et bien sûr chez César lui-même (on conserve un exemplaire des *Commentaires*, richement annoté de sa main, au musée de Chantilly), les traits d'un portrait haut en couleur, qui témoigne de l'excellence des Anciens dans l'art militaire. (A.T.)

Page 585.

1. Voir Plutarque, *Vie d'Alexandre le Grand*, XII et XLVIII.
2. Voir Cicéron, *Tusculanes*, II, XXVI, 62.
3. Voir Plutarque, *Vie de Marcus Brutus*, IV.
4. Voir Bodin, *Methodus*, préface.
5. Piero Strozzi, homme de guerre florentin enrôlé au service du roi de France. Montaigne a fait son éloge dans le chapitre II, 17. Dans le *Journal de voyage*, il se rend sur sa sépulture (p. 75).

Page 586.

1. Voir Suétone, *Vie de César*, LXVI.
2. Ce rapprochement avec Xénophon (*Cyropédie*, VI, II, 14-20) vient du commentaire de Béroalde sur Suétone dans l'édition que lisait Montaigne.
3. Voir Suétone, *Vie de César*, LXV.
4. Voir César, *Guerre des Gaules*, I, 7.

Page 587.

1. Qualité notée par Plutarque, *Vie de Jules César*, XXIV. Voir la *Guerre des Gaules*, VI, 1 et V, 49.
2. Les détails qui précèdent sont empruntés à Suétone, *Vie de César*, LXVII, et le dernier au commentaire de Béroalde sur la *Vie d'Auguste* (XLV).
3. Lucain, *Pharsale*, V, 289-290 (vers cités par Juste Lipse, *Politica*, VI, 1).

Page 588.

1. Voir Suétone, *Vie de César,* LXIX.
2. Voir César, *Guerre des Gaules,* IV, 17.
3. Voir *ibid.*, II, 21.

Page 589.

1. Voir Suétone, *Vie de César,* LV.
2. Voir Plutarque, *Vie de Jules César,* XXI.
3. Voir Suétone, *Vie de César,* XXXIV-XXXV.
4. Lucain, *Pharsale,* V, 405.
5. Virgile, *Énéide,* XII, 684-689.

Page 590.

1. Voir César, *Guerre des Gaules,* VII, 24.
2. Voir Suétone, *Vie de César,* LVIII.
3. Voir César, *Guerre civile,* I, 72.
4. Voir *ibid.*
5. Lucain, *Pharsale,* IV, 151-154.

Page 591.

1. D'après Horace, *Odes,* IV, XIV, 25-28.
2. Voir César, *Guerre des Gaules,* II, 25.
3. Voir Suétone, *Vie de César,* LVIII.
4. Voir Appien, *Guerre civile,* II, VI, 40.

Page 592.

1. Voir Plutarque, *Dits notables des anciens rois,* 206 b.
2. Voir Suétone, *Vie de César,* LXVII ; César, *Guerre civile,* III, 101.
3. Le siège d'Alésia : l'armée gauloise comptait en fait huit mille cavaliers, selon César (*Guerre des Gaules,* VII, 76).
4. Voir Plutarque, *Vie de Jules César,* XXXV, et *Vie de Lucullus,* XLVI.

Page 593.

1. Voir César, *Guerre des Gaules,* VII, 75.
2. Voir Xénophon, *Cyropédie,* II, II, 26-27.
3. Voir N. Chalcondyle, *Histoire de la décadence de l'Empire grec,* III, XI.
4. Voir J. de Lavardin, *Histoire de G. Castriot surnommé Scanderbeg,* XI.

Page 594.

1. Voir le commentaire de Béroalde à Suétone, *Vie de César,* LX.

2. Voir César, *Guerre des Gaules,* I, 46 ; Plutarque, *Vie de Jules César,* XXIV-XXV.

3. Voir César, *Guerre des Gaules,* VII, 88.

4. Voir Suétone, *Vie de César,* LXV.

Page 595.

1. Voir Platon, *Lois,* III, 689 d.

2. Voir le commentaire de Béroalde à Suétone, *Vie de César,* LVII.

3. Voir Suétone, *Vie de César,* LXIV.

4. Voir *ibid.,* LXVIII.

5. L'amiral de Coligny : voir F. Hotman, *Vie de Messire Gaspard de Coligny,* éd. E.-V. Telle, Genève, 1987, p. 61.

Page 596.

1. Voir Tite-Live, *Histoire romaine,* XXIV, XVIII.

2. Voir Suétone, *Vie de César,* LXVIII ; César, *Guerre civile,* III, 74.

3. Voir César, *Guerre civile,* III, 53 (« un bouclier percé de cent vingt trous »), et Plutarque, *Vie de Jules César,* XX (« trente flèches »).

4. Voir Suétone, *Vie de César,* LXVIII.

5. Voir Plutarque, *Vie de Jules César,* XX.

Page 597.

1. La vaillance des soldats de César assiégés par Lucius Octavus (et non Marcus Octavius), lieutenant de Pompée : voir César, *Guerre civile,* III, 9.

De trois bonnes femmes

CHAP. XXXV

Ce chapitre est riche en surprises. S'il exploite au début une veine satirique traditionnelle, volontiers misogyne, selon laquelle les femmes n'aiment jamais tant leur mari que lorsqu'il est mort, il change ensuite brusquement de perspective et de tonalité pour proposer au lecteur trois exemples d'épouses héroïques, accompagnant par amour leur mari dans la tombe. À travers ces récits, Montaigne revient à un problème qu'il posait déjà dans le chapitre II, 3 : comment décider de la légitimité et de l'opportunité du suicide. Il prend aussi un plaisir visible à amplifier ces récits édifiants, glanés chez Pline le Jeune ou Tacite, à les animer par des dialogues de sa façon, en les traitant à la manière du genre alors en vogue des histoires tragiques, riches en drames, en violence et en grands sentiments. Autre surprise : l'apparition finale d'un Sénèque à contre-emploi, incarnant, loin du stoïcisme inflexible et viril qu'il affecte souvent, une humanité sensible. Oubliant pour un temps le mépris de la mort, il rend leurs droits à l'amour et à la vie. (A.T.)

Page 598.

1. Voir le chapitre II, 8.

Page 599.

1. D'après Tacite, *Annales*, II, LXXVII, 3.
2. Voir Pline le Jeune, *Lettres*, VI, XXIV.

Page 601.

1. Virgile, *Géorgiques*, II, 473-474.
2. Voir Pline le Jeune, *Lettres*, III, XVI.
3. Thrasea Pætus : sénateur, stoïcien, condamné à mort par Néron, il se suicide courageusement (voir Tacite, *Annales*, XVI, XXI).

Page 603.

1. Martial, *Épigrammes*, I, XIII, 1-4.
2. Voir Tacite, *Annales*, XV, LXII-LXIV.

Page 607.

1. Par exemple François de Belleforest, qui adapte les *Histoires tragiques* de Bandello à partir de 1566.
2. Les *Métamorphoses* d'Ovide. Dans les éditions de 1580 à 1588, Montaigne ajoutait ici une allusion à l'Arioste.
3. Voir Sénèque, *Lettres à Lucilius*, CIV.

Des plus excellents hommes

Chap. xxxvi

Paradoxe appréciable : le scepticisme de Montaigne et sa conscience aiguë de la faiblesse humaine n'ont pas eu raison de sa faculté d'enthousiasme. Il suffit qu'il ouvre ses livres, et son Plutarque au premier chef, pour retrouver une capacité d'admiration intacte en contemplant la vie des grands hommes de l'Antiquité. Comme un pendant au catalogue des plus grands de ses contemporains, qu'il dressait dans le chapitre II, 17, Montaigne s'essaie ici à distinguer les plus excellents des hommes du passé : entendons ceux qui non seulement ont brillé plus que tous les autres, mais de surcroît se sont illustrés dans plusieurs domaines à la fois ; ceux que la nature a comblés de dons aussi variés que possible, et dont la fortune a couronné toutes les entreprises. À ce compte, ils ne sont pas si nombreux. Homère s'impose : il est non seulement le premier poète, mais encore le père de toutes les sciences. Alexandre le suit : chef de guerre génial, mais aussi et surtout bâtisseur d'un empire immense et durable. Épaminondas leur fait cortège : général brillant, orateur remarquable et homme politique éminent. Si les deux premiers sont attendus dans ce panthéon de l'excellence, le troisième marque un choix plus personnel : sa mesure, son humanité, son équilibre le rendent plus proche, et peut-être plus imitable, quoique Montaigne se défende d'y rêver. La triade se dédouble en autant de parallèles ébauchés, à la manière de Plutarque : Homère et Virgile, Alexandre et César, Épaminondas et Scipion. Alcibiade vient tardivement troubler le jeu. Quant aux « oubliés » (Socrate, Caton, Sénèque, Plutarque...), ils ont ailleurs leur chapitre réservé (III, 12 ; I, 37 ; II, 32...). (A.T.)

Page 610.

1. Varron (116-27) fut l'auteur d'une œuvre encyclopédique en grande partie perdue (on ne conserve de lui qu'un traité d'agriculture, une grammaire et des satires). Il est distingué comme le plus savant des Romains par Quintilien.
2. Montaigne connaît mal le grec.
3. Jules-César Scaliger place lui aussi Virgile au-dessus d'Homère dans sa *Poétique* (V, iii).
4. D'après Properce, *Élégies*, II, xxxiv, 79-80.

Page 611.

1. Horace, *Épîtres,* I, II, 3-4 (Chrysippe est un Stoïcien, Crantor un Académicien).

2. Ovide, *Amours,* III, IX, 25-26.

3. Lucrèce, *De rereum natura,* III, 1037-1038.

4. Manilius, *Astronomiques,* II, 8-11.

Page 612.

1. Voir Velleius Paterculus, *Histoire romaine,* I, V, 2 (cité par J. Bodin, *Methodus,* IV).

2. Voir Aristote, *Poétique,* XXIV, 1459-1460.

3. Voir Plutarque, *Vie d'Alexandre le Grand,* XLVIII.

4. Voir *id., Les Dits notables des Lacédémoniens,* 223 a.

5. Voir *id., Du trop parler,* 504 d.

6. Voir *id., Les Dits notables des anciens rois,* 186 d.

7. *Ibid.,* 175 c.

Page 613.

1. Voir Cicéron, *Tusculanes,* I, XXXII, 79.

2. Virgile, dans l'*Énéide,* ou Ronsard, dans *La Franciade,* ont repris et développé le mythe d'une origine troyenne de leur nation.

3. Voir Innocent Gentillet, *Discours sur les moyens de bien gouverner,* III, 1.

4. Aulu-Gelle, *Nuits attiques,* III, XI, 6.

Page 614.

1. Lucain, *Pharsale,* I, 149-150.

2. Voir Plutarque, *Vie d'Alexandre le Grand,* XIX-XXI.

3. Voir *ibid.,* XCV.

4. Voir *ibid.,* CXVI.

5. Voir *ibid.,* LXVIII.

6. Voir *ibid.,* C.

Page 615.

1. Voir *ibid.,* CXVI.

2. Sous l'emprise de l'ivresse et de la colère, Alexandre tue son ami Clytus, et s'en repent amèrement ensuite : voir *ibid.,* LXXXVI-LXXXIX ; et Quinte-Curce, *Histoire d'Alexandre,* VIII, I.

3. Voir Quinte-Curce, *Histoire d'Alexandre,* X, V.

4. Voir Plutarque, *Vie d'Alexandre le Grand,* XLI.

5. Voir *ibid.*, LXXIV.

6. Alexandre distribue des mangeoires, des armes et des mors plus grands et plus lourds pour perpétuer le souvenir de son nom : voir *ibid.*, CV.

7. Voir Plutarque, *Vie de T. Q. Flaminius,* XLIII ; Tite-Live, *Histoire romaine,* XXXV, XIV (mot cité dans la préface de la traduction française d'Arrien, *Faits et conquêtes d'Alexandre le Grand,* Paris, 1581).

8. Voir Plutarque, *Vie d'Alexandre le Grand,* VI.

9. Virgile, *Énéide,* VIII, 589-591.

10. Voir Trebellius Pollio, *Trente Tyrans,* XIV (trait cité dans la préface de la traduction d'Arrien, *Faits et conquêtes d'Alexandre, op. cit.*).

Page 616.

1. Voir G. Postel, *Des Histoires orientales et principalement des Turcs,* II.

2. Montaigne développe déjà un parallèle entre les deux hommes en II, 34.

3. Virgile, *Énéide,* XII, 521-525.

4. Voir le chapitre II, 16.

Page 617.

1. Voir Diodore de Sicile, *Bibliothèque historique,* XV, LXXXVIII, 3 ; Pausanias, *Description de la Grèce,* VIII, XI, 9.

2. Voir Plutarque, *De l'esprit familier de Socrate,* 592 f.

3. Voir Diodore de Sicile, *Bibliothèque historique,* XV, XXXIX, 2 ; Cicéron, *De officiis,* I, XLIV.

Page 618.

1. Voir Diodore de Sicile, *Bibliothèque historique,* XV, LXXXVIII, 3.

2. Scipion Émilien (v. 185-129) s'illustra lors de la troisième guerre punique et détruisit Carthage ; il fut aussi un grand orateur et un homme politique éminent ; il fut l'ami de Polybe, de Panétius, de Térence, de Lælius. Cicéron fait son éloge dans ses dialogues (*De republica, De senectute, De amicitia*).

3. La comparaison de Plutarque entre Scipion et Épaminondas est perdue.

4. Voir Plutarque, *Vie d'Alcibiade.*

5. Voir *id., Vie de Coriolan,* V.

6. Voir *id.*, *De l'esprit familier de Socrate*, 576 f.
7. Voir *ibid.*, 594 b.

Page 619.

1. Voir *ibid.*, 584 a.
2. Voir Diodore de Sicile, *Bibliothèque historique*, XV, LXXII, 1-3.
3. Voir *ibid.*, XV, LXXXVIII, 4 ; et Cornélius Népos, *Vie des grands capitaines, Épaminondas*, X.

De la ressemblance des enfants aux pères

CHAP. XXXVII

La majeure partie de ce chapitre est consacrée à une critique rigoureusement construite de la médecine, menée parallèlement à une apologie de la méfiance que cet art peut susciter. C'est en ceci que consiste en effet la ressemblance de Montaigne avec son père, Pierre Eyquem : ce dernier lui a transmis à la fois la maladie de la pierre (les crises de colique néphrétique) et l'hostilité envers la témérité des médecins. Le réquisitoire de Montaigne reprend des arguments traditionnels, mais se trouve d'une part remotivé par l'épreuve personnelle de la maladie que revendique Montaigne et d'autre part étayé dans sa construction argumentative par les arguments sceptiques issus de la lecture du *De incertitudine et vanitate scientiarum* de Corneille Agrippa. Montaigne puise dans ce dernier ouvrage des outils théoriques précis pour, comme dans l'argumentation pyrrhonienne de l'*Apologie de Raimond Sebond*, mettre en doute toute prétention universelle et dogmatique à la vérité et réfuter les ambitions des médecins à dominer rationnellement l'infinie diversité de l'expérience. L'écriture du chapitre permet donc à Montaigne de recevoir, assumer et s'approprier un héritage dont la reconnaissance devient le fondement du caractère réflexif du chapitre. La dédicace finale à Mme de Duras fait ainsi écho à l'« Avis au lecteur » en abordant le thème de l'intimité souffrante et du corps douloureux. La perspective réflexive du propos s'en trouve particulièrement appuyée en un lieu stratégique, puisque c'est sur ce dernier chapitre que se refermait le livre des *Essais* jusqu'à l'édition de 1588. (D.R.)

Page 620.

1. Voir II, 9, « Des armes des Parthes ».

Page 621.

1. Vers de Mécène cités par Sénèque, *Lettres à Lucilius*, CI, 11.

Page 622.

1. Voir N. Chalcondyle, *Histoire de la décadence de l'Empire grec*, III, x.

2. Voir Diogène Laërce, *Vies et Opinions*, VI, 18.

Page 623.

1. Martial, *Épigrammes*, X, XLVII, 13.

Page 624.

1. Variante de 1588 que ce passage remplace : « Comme si elle dressait les hommes aux actes d'une comédie : ou comme s'il était en sa juridiction, d'empêcher les mouvements et altérations que nous sommes naturellement contraints de recevoir : qu'elle empêche donc Socrate de rougir d'affection ou de honte, de cligner les yeux à la menace d'un coup, de trembler et de suer aux secousses de la fièvre ! la peinture de la Poésie, qui est libre et volontaire, n'ose priver de larmes mêmes, les personnes qu'elle veut représenter accomplies et parfaites,

> *e se n'aflige tanto*
> *Che si morde le man, morde le labbia,*
> *Sparge le guancie di continuo pianto :*
> [« et il souffre au point / de mordre sa main, de mordre ses lèvres, / de faire ruisseler ses joues de larmes continuelles », L'Arioste, *Roland furieux*, XLVI, XXVII, 4-6].

elle devrait laisser cette charge à ceux qui font profession de régler notre maintien et nos mines : ».

2. Ici commence un passage qui remplace le texte de 1588 suivant : « Qu'elle lui ordonne ses pas et le tienne en bride et en office : qu'aux efforts de la colique, elle maintienne notre âme capable de se reconnaître, de suivre son train accoutumé, combattant la douleur et la soutenant, non se prosternant honteusement à ses pieds, émue et échauffée du combat, non abattue pourtant et renversée. Voilà sa charge : du dehors, il

importe peu et en accidents si extrêmes, c'est cruauté de requérir de nous une démarche si réglée. Pourvu que nous ayons beau jeu, c'est tout un que nous ayons mauvaise mine. C'est bien assez que nous soyons tels, que avons nous accoutumé en nos pensées et actions principales : quant au corps, s'il se soulage, en se plaignant qu'il le fasse : ».

3. Voir par exemple Laurent Joubert, *Erreurs populaires au fait de la médecine*, IV, IX, Bordeaux, Millanges, 1579, p. 437.

4. Voir Diogène Laërce, *Vies et Opinions*, X, 98.

5. Cicéron, *Tusculanes*, II, XXIII, 56.

Page 625.

1. Ajout de 1595 : « et me contente de gémir sans brailler ».

2. Variante de 1588 : « mais je n'en viens point au désespoir et à la rage : et aux intervalles »

3. Vers du *Philoctète* d'Attius cités par Cicéron dans le *De finibus*, II, XXIX, 94 et *Tusculanes*, II, XIV, 33.

4. Voir *De divinatione*, II, 69.

5. Là s'insère jusqu'en 1588 un passage rayé sur l'E.B. : « je devise, je ris, j'étudie, sans émotion et altération ».

6. Virgile, *Énéide*, VI, 103-105.

Page 627.

1. Voir Ambroise Paré, *Des monstres et prodiges*, XIII, éd. J. Céard, Genève, Droz, 1971, p. 45.

2. Voir Pline l'Ancien, *Histoire naturelle*, VII, XII.

3. Voir Plutarque, *Pourquoi la justice divine [...]*, 563 a.

4. Voir *Politique*, II, II, 1261 a ; Hérodote, *Histoires*, IV, 180.

5. Le décès des deux frères aînés de Montaigne fit de ce dernier l'aîné des fils de Pierre Eyquem.

Page 629.

1. Pierre de Montaigne, oncle de l'auteur et parrain de sa fille Léonor, mourut en 1573.

Page 630.

1. Voir Diogène Laërce, *Vies et Opinions*, X, 129 (lettre à Ménécée) ; Cicéron, *Tusculanes*, V, XXXIII, 94. Variante des éditions antérieures à 1588 : « Cela est vraisemblable. Mais je dis que ce qui se voit en pratique, il y a grand danger que ce soit pure imposture, j'en crois leurs confrères Fioravanti et Paracelse. »

Page 631.

1. Voir Plutarque, *Le Banquet des sept sages*, 159 b.

Page 632.

1. Les arguments développés ici sont tirés de Corneille Agrippa, *De incertitudine*, LXXXII et LXXXIII.
2. Voir Pline l'Ancien, *Histoire naturelle*, XXIX, V, 11.
3. Voir Plutarque, *Vie de Caton le Censeur*, XXXIX.
4. Voir Pline l'Ancien, XXV, LIII, 94. Les Arcades sont les habitants de l'Arcadie.
5. Voir Hérodote, *Histoires*, IV, 137.

Page 633.

1. Voir Platon, *Timée*, 89 a-b.

Page 634.

1. Voir Sénèque, *Lettres à Lucilius*, CVII, 8-9.
2. Voir Corneille Agrippa, *De incertitudine*, LXXXVIII.
3. Voir Diogène Laërce, *Vies et Opinions*, VI, 62.
4. Roi de Chypre (IVe siècle av. J.-C.); C. Lycosthènes, *Apophtegmes*, « De medicina contempta ».
5. Voir Corneille Agrippa, *De incertitudine*, LXXXVIII.

Page 635.

1. Juvénal, *Satires*, III, 236-237.
2. Voir Platon, *République*, III, 389 b.

Page 636.

1. Voir Ésope, *Fables*, LXXII, « Le malade et le médecin »
2. Voir Corneille Agrippa, *De incertitudine*, LXXXIII.
3. Voir *ibid.*, d'après Pline l'Ancien, *Histoire naturelle*, XXIX, I, 3.
4. Virgile, *Énéide*, VII, 770-773.
5. Voir C. Lycosthènes, *Apophtegmes*, « De medicina contempta ».

Page 637.

1. Voir Pline l'Ancien, *Histoire naturelle*, XXIX, I, 2.
2. Cicéron, *De divinatione*, II, LXIV. La périphrase désigne un limaçon.
3. Voir L. Joubert, *Erreurs populaires au fait de la médecine*, I, XIV et Corneille Agrippa, *De incertitudine*, LXXXIII.
4. Voir Pline l'Ancien, *Histoire naturelle*, XXIX, I, 8.

Page 638.

1. Voir Platon, *République,* III, 389 b.

2. Voir Pline l'Ancien, *Histoire naturelle,* XXIX, v, 10 et Corneille Agrippa, *De incertitudine,* LXXXIII.

3. Emprunté à Corneille Agrippa, *De incertitudine,* LXXXII, fondé lui-même sur Pline l'Ancien, *Histoire naturelle,* XXIX.

Page 639.

1. Historique de la médecine emprunté à Pline l'Ancien, *Histoire naturelle,* XXIX, II à V.

Page 640.

1. Voir Corneille Agrippa, *De incertitudine,* LXXXIII.

2. Variante des éditions antérieures : « non plus que nous ne saurions donner prix aux drogues que nous connaissons : si elle ne nous est inconnue, si elle ne vient d'outre-mer, et ne nous est apportée de quelque lointaine région, elle n'a point de force. »

3. Il s'agit de trois végétaux (l'écorce d'un arbre du Mexique, une plante d'Amérique et un bois importé de Chine) qui étaient utilisés dans le traitement de la syphilis.

4. Théophraste Paracelse (1493-1541), médecin et alchimiste, rompant avec les préceptes d'Hippocrate comme de Galien, déjà évoqué par Montaigne en II, 12.

5. Leonardo Fioravanti, médecin de Bologne, mort en 1588, auteur de nombreux traités mais adepte de l'empirisme contre les théories médicales.

6. Giovanni Argenterio (1513-1572), médecin piémontais, critique de Galien et maître de L. Joubert.

Page 641.

1. Ésope, *Fables,* LXVI, « L'Éthiopien ».

2. Il s'agit sans doute de Pierre Pichot, auteur d'un *Traité de peste* (v. 1564).

3. Voir Corneille Agrippa, *De incertitudine,* LXXXIII.

Page 642.

1. *Ibid.,* LXXXIII.

Page 643.

1. *Ibid.,* LXXXII ; L. Joubert, *Erreurs populaires,* III, III.

2. Voir Corneille Agrippa, *De incertitudine,* LXXXV.

Page 644.

1. *Ibid.*, LXXXIV.
2. Voir Hérodote, *Histoires*, II, 84.

Page 645.

1. Étienne de La Boétie, mort en 1563.

Page 646.

1. Point de départ d'une variante de 1580 : « Somme, ils n'ont nul discours qui ne soit capable de telles oppositions. Quant au jugement de l'opération des drogues, il est autant ou plus incertain. J'ai été deux fois boire des eaux chaudes de nos montagnes : et m'y suis rangé parce que c'est une potion naturelle, simple et non mixtionnée, qui au moins n'est point dangereuse, si elle est vaine — et qui de fortune s'est rencontrée n'être aucunement ennemie de mon goût (il est vrai que je la prends selon mes règles, non selon celles des médecins) outre ce que le plaisir des visites de plusieurs parents et amis, que j'ai en chemin, et des compagnies qui s'y rendent, et de la beauté de l'assiette du pays, m'y attire. Ces eaux-là, ne font nul miracle sans doute, et tous les effets étranges qu'on en rapporte, je ne les crois pas : car pendant que j'y ai été, il s'est semé plusieurs tels bruits que j'ai découverts faux, m'en informant un peu curieusement. Mais le monde se pipe aisément de ce qu'il désire. Il ne leur faut pas ôter aussi qu'elles n'éveillent l'appétit et ne facilitent la digestion, et ne nous prêtent quelque nouvelle allégresse, si on n'y va du tout abattu de forces — Mais moi je n'y ai été ni ne suis délibéré d'y aller que sain et avec plaisir. Or, quant à ce que je dis de la difficulté qui se présente au jugement de l'opération, en voici l'exemple. Je fus premièrement à Aigues-Caudes, de celles-là je ne sentis nul effet, nulle purgation apparente : mais je fus un an entier après en être revenu sans aucun ressentiment de colique, pour laquelle j'y étais allé. Depuis, je fus à Bagnères, celles-ci me firent vider force sable et me tinrent le ventre longtemps après fort lâche. Mais elles ne me garantirent ma santé que deux mois : car après cela j'ai été très maltraité de mon mal. Je demanderais, sur ce témoignage, auxquelles mon médecin est d'avis que je me fie le plus, ayant ces divers arguments et circonstances pour les unes et pour les autres. Qu'on ne crie pas donc plus après ceux qui en

cette incertitude se laissent gouverner à leur appétit et au simple conseil de nature. Or ainsi quand ils nous conseillent une chose plutôt qu'une autre, quand ils nous ordonnent les choses apéritives, comme sont les eaux chaudes, ou qu'ils nous les défendent — ils le font d'une pareille incertitude, et remettent sans doute à la merci de la fortune l'événement de leur conseil : n'étant en leur puissance ni de leur art de se répondre de la mesure des corps sableux qui se couvent en nos reins : là où une bien légère différence de leur grandeur peut produire en l'effet de notre santé des conclusions contradictoires. Par cet exemple l'on peut juger de la forme de leurs discours. Mais pour les presser plus vivement, il ne faudrait pas un homme si ignorant comme je suis de leur art. Les poètes disent »

2. Voir le *Journal de Voyage*, éd. F. Garavini, p. 291.

Page 648.

1. Voir *ibid.*, p. 280 et 327.
2. Voir *ibid.*, p. 270.

Page 649.

1. Ausone, *Épigrammes*, LXXIV, cité par Corneille Agrippa, *De incertitudine*, LXXXIII.
2. Martial, *Épigrammes*, VI, LIII, 1-4.
3. Montaigne et le baron de Caupène étaient en procès depuis 1570 à propos de leurs droits sur le village de Lahontan, situé dans le canton de Salies (arrondissement d'Orthez dans le Béarn). Le droit de patronage consiste, pour un laïc, à pouvoir nommer une personne à un bénéfice, droit ordinairement détenu par le clergé.
4. Vallée du Piémont, haut lieu de la résistance protestante.

Page 651.

1. Voir L. Joubert, *Erreurs populaires*, II, XII.

Page 652.

1. Ajout présent jusqu'en 1588 : « Et si cette bête est sujette à cette maladie, je trouve qu'elle a été mal choisie pour nous y servir de médicament. »

Page 653.

1. Voir Ecclésiastique, XXXVIII, 1 et 13, cité par L. Joubert, *Erreurs populaires*, I, I.

2. Paralipomènes, II, 16, cité par L. Joubert, *Erreurs populaires*, I, I et Corneille Agrippa, *De incertitudine*, LXXXIII.

3. Voir Plutarque, *Vie de Lycurgue*, XVI.

Page 654.

1. Voir Hérodote, *Histoires*, I, 197.

2. Voir Corneille Agrippa, *De incertitudine*, LXXXIII.

3. Voir Diogène Laërce, *Vies et Opinions*, III, 7 ; Homère, *Odyssée*, IV, 231.

Page 655.

1. Voir Galien, *De compositione medicamentorum per genera*, trad. Martin Gregoire, Paris, M. de Vascosan, 1549.

Page 657.

1. Voir Corneille Agrippa, *De incertitudine*, LXXXIII.

2. Marguerite d'Aure de Gramont, veuve de Jean de Durfort, seigneur de Duras. Elle fut dame d'honneur de la reine Marguerite, l'épouse d'Henri de Navarre.

Page 658.

1. Voir Tacite, *Annales*, VI, XLVI, 3.

Page 659.

1. Aulus Cornelius Celsus, médecin romain, exerçant sous le règne de Tibère, auteur d'un traité *De la médecine*. Ajout à la suite de l'édition de 1580 : « : les montagnes où elles sont assises ne sonnent et ne retentissent rien que Gramont. »

Page 660.

1. Voir Pline l'Ancien, *Histoire naturelle*, XXXVI, VIII et XXIX, II-VIII.

2. Voir Plutarque, *Vie de Périclès*, LXXII.

Page 661.

1. Allusion à un roman de chevalerie du XIIIe siècle évoquant le conflit entre quatre chevaliers et Charlemagne.

Page 662.

1. Voir Cicéron, *Premiers Académiques*, II, XXVI, 84.

DU MÊME AUTEUR

Dans la même collection

JOURNAL DE VOYAGE. *Édition présentée et établie par Fausta Garavini.*

ESSAIS, I. *Édition présentée et établie par Emmanuel Naya, Delphine Reguig et Alexandre Tarrête.*

ESSAIS, II. *Édition présentée et établie par Emmanuel Naya, Delphine Reguig et Alexandre Tarrête.*

ESSAIS, III. *Édition présentée et établie par Emmanuel Naya, Delphine Reguig et Alexandre Tarrête.*

COLLECTION FOLIO

Dernières parutions

5477. Shilpi Somaya Gowda — *La fille secrète*
5478. Roger Grenier — *Le palais des livres*
5479. Angela Huth — *Souviens-toi de Hallows Farm*
5480. Ian McEwan — *Solaire*
5481. Orhan Pamuk — *Le musée de l'Innocence*
5482. Georges Perec — *Les mots croisés*
5483. Patrick Pécherot — *L'homme à la carabine. Esquisse*
5484. Fernando Pessoa — *L'affaire Vargas*
5485. Philippe Sollers — *Trésor d'Amour*
5487. Charles Dickens — *Contes de Noël*
5488. Christian Bobin — *Un assassin blanc comme neige*
5490. Philippe Djian — *Vengeances*
5491. Erri De Luca — *En haut à gauche*
5492. Nicolas Fargues — *Tu verras*
5493. Romain Gary — *Gros-Câlin*
5494. Jens Christian Grøndahl — *Quatre jours en mars*
5495. Jack Kerouac — *Vanité de Duluoz. Une éducation aventureuse 1939-1946*
5496. Atiq Rahimi — *Maudit soit Dostoïevski*
5497. Jean Rouaud — *Comment gagner sa vie honnêtement. La vie poétique, I*
5498. Michel Schneider — *Bleu passé*
5499. Michel Schneider — *Comme une ombre*
5500. Jorge Semprun — *L'évanouissement*
5501. Virginia Woolf — *La Chambre de Jacob*
5502. Tardi-Pennac — *La débauche*
5503. Kris et Étienne Davodeau — *Un homme est mort*
5504. Pierre Dragon et Frederik Peeters — *R G Intégrale*
5505. Erri De Luca — *Le poids du papillon*
5506. René Belleto — *Hors la loi*
5507. Roberto Calasso — *K.*
5508. Yannik Haenel — *Le sens du calme*
5509. Wang Meng — *Contes et libelles*
5510. Julian Barnes — *Pulsations*
5511. François Bizot — *Le silence du bourreau*

5512. John Cheever	*L'homme de ses rêves*
5513. David Foenkinos	*Les souvenirs*
5514. Philippe Forest	*Toute la nuit*
5515. Éric Fottorino	*Le dos crawlé*
5516. Hubert Haddad	*Opium Poppy*
5517. Maurice Leblanc	*L'Aiguille creuse*
5518. Mathieu Lindon	*Ce qu'aimer veut dire*
5519. Mathieu Lindon	*En enfance*
5520. Akira Mizubayashi	*Une langue venue d'ailleurs*
5521. Jón Kalman Stefánsson	*La tristesse des anges*
5522. Homère	*Iliade*
5523. E.M. Cioran	*Pensées étranglées* précédé du *Mauvais démiurge*
5524. Dôgen	*Corps et esprit. La Voie du zen*
5525. Maître Eckhart	*L'amour est fort comme la mort* et autres textes
5526. Jacques Ellul	*«Je suis sincère avec moi-même»* et autres lieux communs
5527. Liu An	*Du monde des hommes. De l'art de vivre parmi ses semblables.*
5528. Sénèque	*De la providence* suivi de *Lettres à Lucilius (lettres 71 à 74)*
5529. Saâdi	*Le Jardin des Fruits. Histoires édifiantes et spirituelles*
5530. Tchouang-tseu	*Joie suprême* et autres textes
5531. Jacques de Voragine	*La Légende dorée. Vie et mort de saintes illustres*
5532. Grimm	*Hänsel et Gretel* et autres contes
5533. Gabriela Adameşteanu	*Une matinée perdue*
5534. Eleanor Catton	*La répétition*
5535. Laurence Cossé	*Les amandes amères*
5536. Mircea Eliade	*À l'ombre d'une fleur de lys...*
5537. Gérard Guégan	*Fontenoy ne reviendra plus*
5538. Alexis Jenni	*L'art français de la guerre*
5539. Michèle Lesbre	*Un lac immense et blanc*
5540. Manset	*Visage d'un dieu inca*

5541. Catherine Millot	O Solitude
5542. Amos Oz	*La troisième sphère*
5543. Jean Rolin	*Le ravissement de Britney Spears*
5544. Philip Roth	*Le rabaissement*
5545. Honoré de Balzac	*Illusions perdues*
5546. Guillaume Apollinaire	*Alcools*
5547. Tahar Ben Jelloun	*Jean Genet, menteur sublime*
5548. Roberto Bolaño	*Le Troisième Reich*
5549. Michaël Ferrier	*Fukushima. Récit d'un désastre*
5550. Gilles Leroy	*Dormir avec ceux qu'on aime*
5551. Annabel Lyon	*Le juste milieu*
5552. Carole Martinez	*Du domaine des Murmures*
5553. Éric Reinhardt	*Existence*
5554. Éric Reinhardt	*Le système Victoria*
5555. Boualem Sansal	*Rue Darwin*
5556. Anne Serre	*Les débutants*
5557. Romain Gary	*Les têtes de Stéphanie*
5558. Tallemant des Réaux	*Historiettes*
5559. Alan Bennett	*So shocking !*
5560. Emmanuel Carrère	*Limonov*
5561. Sophie Chauveau	*Fragonard, l'invention du bonheur*
5562. Collectif	*Lecteurs, à vous de jouer !*
5563. Marie Darrieussecq	*Clèves*
5564. Michel Déon	*Les poneys sauvages*
5565. Laura Esquivel	*Vif comme le désir*
5566. Alain Finkielkraut	*Et si l'amour durait*
5567. Jack Kerouac	*Tristessa*
5568. Jack Kerouac	*Maggie Cassidy*
5569. Joseph Kessel	*Les mains du miracle*
5570. Laure Murat	*L'homme qui se prenait pour Napoléon*
5571. Laure Murat	*La maison du docteur Blanche*
5572. Daniel Rondeau	*Malta Hanina*
5573. Brina Svit	*Une nuit à Reykjavík*
5574. Richard Wagner	*Ma vie*
5575. Marlena de Blasi	*Mille jours en Toscane*

5610. Sylvia Plath — *Dimanche chez les Minton et autres nouvelles*
5611. Lucien — *« Sur des aventures que je n'ai pas eues ». Histoire véritable*
5612. Julian Barnes — *Une histoire du monde en dix chapitres ½*
5613. Raphaël Confiant — *Le gouverneur des dés*
5614. Gisèle Pineau — *Cent vies et des poussières*
5615. Nerval — *Sylvie*
5616. Salim Bachi — *Le chien d'Ulysse*
5617. Albert Camus — *Carnets I*
5618. Albert Camus — *Carnets II*
5619. Albert Camus — *Carnets III*
5620. Albert Camus — *Journaux de voyage*
5621. Paula Fox — *L'hiver le plus froid*
5622. Jérôme Garcin — *Galops*
5623. François Garde — *Ce qu'il advint du sauvage blanc*
5624. Franz-Olivier Giesbert — *Dieu, ma mère et moi*
5625. Emmanuelle Guattari — *La petite Borde*
5626. Nathalie Léger — *Supplément à la vie de Barbara Loden*
5627. Herta Müller — *Animal du cœur*
5628. J.-B. Pontalis — *Avant*
5629. Bernhard Schlink — *Mensonges d'été*
5630. William Styron — *À tombeau ouvert*
5631. Boccace — *Le Décaméron. Première journée*
5632. Isaac Babel — *Une soirée chez l'impératrice*
5633. Saul Bellow — *Un futur père*
5634. Belinda Cannone — *Petit éloge du désir*
5635. Collectif — *Faites vos jeux !*
5636. Collectif — *Jouons encore avec les mots*
5637. Denis Diderot — *Sur les femmes*
5638. Elsa Marpeau — *Petit éloge des brunes*
5639. Edgar Allan Poe — *Le sphinx*
5640. Virginia Woolf — *Le quatuor à cordes*
5641. James Joyce — *Ulysse*
5642. Stefan Zweig — *Nouvelle du jeu d'échecs*

5677. Jean-Noël Pancrazi *La montagne*
5678. Pascal Quignard *Les solidarités mystérieuses*
5679. Leïb Rochman *À pas aveugles de par le monde*
5680. Anne Wiazemsky *Une année studieuse*
5681. Théophile Gautier *L'Orient*
5682. Théophile Gautier *Fortunio. Partie carrée. Spirite*
5683. Blaise Cendrars *Histoires vraies*
5684. David McNeil *28 boulevard des Capucines*
5685. Michel Tournier *Je m'avance masqué*
5686. Mohammed Aïssaoui *L'étoile jaune et le croissant*
5687. Sebastian Barry *Du côté de Canaan*
5688. Tahar Ben Jelloun *Le bonheur conjugal*
5689. Didier Daeninckx *L'espoir en contrebande*
5690. Benoît Duteurtre *À nous deux, Paris !*
5691. F. Scott Fitzgerald *Contes de l'âge du jazz*
5692. Olivier Frébourg *Gaston et Gustave*
5693. Tristan Garcia *Les cordelettes de Browser*
5695. Bruno Le Maire *Jours de pouvoir*
5696. Jean-Christophe Rufin *Le grand Cœur*
5697. Philippe Sollers *Fugues*
5698. Joy Sorman *Comme une bête*
5699. Avraham B. Yehoshua *Rétrospective*
5700. Émile Zola *Contes à Ninon*
5701. Vassilis Alexakis *L'enfant grec*
5702. Aurélien Bellanger *La théorie de l'information*
5703. Antoine Compagnon *La classe de rhéto*
5704. Philippe Djian *"Oh..."*
5705. Marguerite Duras *Outside* suivi de *Le monde extérieur*
5706. Joël Egloff *Libellules*
5707. Leslie Kaplan *Millefeuille*
5708. Scholastique Mukasonga *Notre-Dame du Nil*
5709. Scholastique Mukasonga *Inyenzi ou les Cafards*
5710. Erich Maria Remarque *Après*
5711. Erich Maria Remarque *Les camarades*
5712. Jorge Semprun *Exercices de survie*
5713. Jón Kalman Stefánsson *Le cœur de l'homme*

5714. Guillaume Apollinaire — *« Mon cher petit Lou »*
5715. Jorge Luis Borges — *Le Sud*
5716. Thérèse d'Avila — *Le Château intérieur*
5717. Chamfort — *Maximes*
5718. Ariane Charton — *Petit éloge de l'héroïsme*
5719. Collectif — *Le goût du zen*
5720. Collectif — *À vos marques !*
5721. Olympe de Gouges — *« Femme, réveille-toi ! »*
5722. Tristan Garcia — *Le saut de Malmö*
5723. Silvina Ocampo — *La musique de la pluie*
5724. Jules Verne — *Voyage au centre de la terre*
5725. J. G. Ballard — *La trilogie de béton*
5726. François Bégaudeau — *Un démocrate : Mick Jagger 1960-1969*
5727. Julio Cortázar — *Un certain Lucas*
5728. Julio Cortázar — *Nous l'aimons tant, Glenda*
5729. Victor Hugo — *Le Livre des Tables*
5730. Hillel Halkin — *Melisande ! Que sont les rêves ?*
5731. Lian Hearn — *La maison de l'Arbre joueur*
5732. Marie Nimier — *Je suis un homme*
5733. Daniel Pennac — *Journal d'un corps*
5734. Ricardo Piglia — *Cible nocturne*
5735. Philip Roth — *Némésis*
5736. Martin Winckler — *En souvenir d'André*
5737. Martin Winckler — *La vacation*
5738. Gerbrand Bakker — *Le détour*
5739. Alessandro Baricco — *Emmaüs*
5740. Catherine Cusset — *Indigo*